HEYNE

Das Buch

Sechs Topkiller – jeder eine Legende in den finsteren Winkeln der internationalen Spionage – schließen sich zusammen, um inmitten eines Kriegsgebiets ein Vermögen zu rauben. Doch die Mission scheitert auf tragische Weise. Nun tauchen die Killer wieder auf.

Der frühere Militärspion Judd Ryder ist in Washington D. C. gerade auf dem Heimweg, als er aus seinem Reihenhaus einen Mann kommen sieht, der ihm ähnelt und seine Kleidung trägt. Als Ryder seine Schritte verlangsamt, um ihm zu folgen, wird der Unbekannte von einem Auto überfahren und tödlich verletzt zurückgelassen. Doch es war kein Unfall. War dieser Mann das beabsichtigte Opfer oder etwa Ryder selbst? Bald erfährt Ryder, dass der Schlüssel zu den mysteriösen Vorfällen der Vergangenheit und zum Mord an seinem Doppelgänger bei einem berüchtigten Attentäter aus dem Kalten Krieg liegt: *The Carnivore*. Ryder und die CIA-Anwärterin Eva Blake gehörten zu den Personen, die ihn zuletzt gesehen haben, und nun benutzt jemand die beiden, um an ihn heranzukommen.

»Ab der ersten Seite ist man gefangen, ab der zweiten wird man in die Geschichte hineingesogen, und bis zum letzten Abschnitt lässt Gayle Lynds einen nicht mehr vom Haken.«

Nelson DeMille

Die Autorin

Gayle Lynds ist in Nebraska geboren und wuchs in Iowa auf. Ihre preisgekrönten Spionage-Bestseller sind in zwanzig Sprachen übersetzt. Des Weiteren war sie als Co-Autorin von Robert Ludlum tätig. Sie lebt mit ihren Kindern in Südkalifornien.

Lieferbare Titel

Die Paris-Option – Der Altman-Code – Das Buch des Verrats

GAYLE LYNDS

KARTELL DER ANGST

Thriller

Aus dem Amerikanischen
von Jens Plassmann

WILHELM HEYNE VERLAG

Die Originalausgabe erschien 2015 unter dem Titel
The Assassins bei St. Martin's Press.

MIX
Papier aus verantwortungsvollen Quellen
FSC® C014496

Verlagsgruppe Random House FSC® N001967.

Taschenbucherstausgabe 09/2016

Printed in Germany
Redaktion: Birgit Bramlage
Umschlaggestaltung: Nele Schütz Design unter Verwendung von shutterstock/Mohd Khairil
Satz: Greiner & Reichel, Köln
Druck und Bindung: GGP Media GmbH, Pößneck

ISBN 978-3-453-40836-4
www.heyne.de

Für meinen Mann, John C. Sheldon.
Seine Liebe macht meine Welt schön.

DIE SECHS

Fast nie tauchte der Assassin aus der trüben Unterwelt des internationalen Verbrechens auf. Ein starres Fundament an Überzeugungen war ihm fremd. Seiten wechselte er ohne jede Mühe. Bisweilen entlohnten Regierungen ihn sogar dafür, dass er ihre Bevölkerung einfach nur in Ruhe ließ.

– TIME Magazine, 2. September 2002

1

Der Tod fand in den Gesprächen der sechs Männer keine Erwähnung. Stattdessen benutzten sie Begriffe wie »der Job« oder »der Auftrag«. Sie waren einander vertraut, ohne befreundet zu sein, so wie es häufig bei Berufen anzutreffen ist, die ein hohes Maß an Eigeninitiative, Unabhängigkeit und Mobilität verlangen.

Jeder von ihnen war seit mehr als zwei Jahrzehnten dabei und hatte erfolgreich Karriere gemacht in einem berüchtigten Arbeitsfeld. Sie waren die Besten. Und sie hatten noch nie zusammengearbeitet. Bis jetzt.

Die Nacht brachte Bagdad kaum Erholung. Strom gab es nur sporadisch, entlang der Prachtstraßen faulte der Müll vor sich hin. Lange vorbei waren die Zeiten, in denen sauberes Wasser aus den Hähnen floss. Plünderer schleppten Computer, Stühle und Kartons mit Konservendosen davon, während das Knattern automatischer Waffen über die Dächer hallte. Seit Beginn der Invasion gab es keinen Diktator, aber auch kein Gesetz mehr.

Unter dem Namen Mesopotamien war das Zweistromland in besseren Tagen bekannt gewesen. Ein wohlhabender Landstrich, in dem das Rad und die Schrift erfunden wurden. All dies und mehr belegten Zeugnisse im Irakischen Nationalmuseum, das bis zu einhunderttausend Jahre alte Fundstücke von unschätzbarem Wert aufbewahrte.

Eigentlich war es laut internationalem Gesetz verboten, Kulturstätten zu militärischen Zwecken zu nutzen oder anzugreifen. Doch das viereinhalb Hektar große Grundstück des Museums lag an strategisch günstiger Stelle inmitten Bagdads, war von einer hohen Schutzmauer umgeben und besaß eine Vielzahl von Türmen, die für Scharfschützen wie geschaffen waren. Daher besetzte die Republikanische Garde das Museum und nahm die einmarschierenden amerikanischen Soldaten von dort aus mit Maschinengewehren und AK-47s unter heftigen Beschuss. Die Amerikaner erwiderten das Feuer und ließen nicht locker. Schließlich packte die Garde ihre schweren Waffen aus – tragbare Raketenwerfer vom Typ RPG – und überzog die feindlichen Truppen mit Granatfeuer.

Ein amerikanischer Panzer antwortete mit einem einzigen Schuss aus seiner hochaufragenden 120-mm-Glattrohrkanone. Damit schaltete er die RPG-Stellung aus, hinterließ über einem der rekonstruierten assyrischen Tore ein gewaltiges Loch in der Fassade des Museums. Zwar waren die Amerikaner nach dem Kriegsrecht befugt, sich zu verteidigen, sie erkannten aber auch, wie schnell sie das Museum auf diese Weise zerstören würden. Aus diesem Grund zog der Befehlshaber der Einsatzgruppe die Panzer auf die Kreuzung vor dem Museum zurück, wo sie außerhalb der Reichweite der Iraker lagen.

Dies war die angespannte Lage am 10. April 2003 kurz vor Mitternacht, als sechs internationale Assassins sich einzeln durch Bagdads Nebenstraßen auf den Weg zum Museum machten. Sie waren in Bagdad, weil Saddam Hussein ihnen Geld schuldete und all sein Vermögen beschlagnahmt werden würde, sobald die Amerikaner den Krieg gewonnen hatten. Wenn sie haben wollten, was ihnen zustand, war dies ihre letzte Gelegenheit.

2

Die Nachtluft stank nach brennendem Öl. In der Ferne knatterten Schüsse. Die Auftragskiller warteten gespannt an der rückwärtigen Museumsmauer in einer dunklen Ecke. Sie hatten sich wie Einheimische gekleidet und trugen weite Hemden, westliche Hosen und *Kufijas*, Baumwolltücher, die ihre Köpfe und die unteren Gesichtshälften bedeckten. Nur ihre Augen waren zu sehen. Sie warfen einen Blick auf ihre Uhren.

Punkt null Uhr zehn öffnete sich die Tür in der Mauer, und General Mulh Alwar erschien. Der groß gewachsene schneidige Mann mit den vornehmen Zügen trug die Uniform der Speziellen Republikanischen Garde, aber sein Hemdkragen stand offen, die Mütze fehlte, und seine Augen leuchteten viel zu hell. Die Kalaschnikow hielt er nachlässig mit einer Hand.

»*Mierda. Ha perdido el juicio!*«, fauchte der Baske. Scheiße. Er ist durchgeknallt!

Der Russe schob den General rasch auf das Museumsgrundstück zurück, und die anderen stürmten kampfbereit mit gezogenen Waffen hinterher. Der Letzte verriegelte die Sicherheitstür hinter sich.

Der General schüttelte den Russen ab und starrte verunsichert in die verhüllten Gesichter. »Zeigen Sie mir, dass Sie das sind, Burleigh Morgan. Ich muss sicher sein, dass Sie das sind und dass dies Ihre Leute sind.«

»Sie dämlicher Wichser, natürlich sind wir das.« Morgan löste die *Kufija,* und seine furchige Haut, die schiefe Nase eines Boxers und der akkurat gestutzte, silberfarbene Schnurrbart kamen zum Vorschein. Morgan war mit Anfang sechzig der Älteste, strahlte jedoch immer noch eine Härte aus, als könnte er jedem von ihnen mit einem beiläufigen Fingerkrümmen das Auge herausreißen.

Der General stellte sich ein wenig aufrechter hin und nickte ehrerbietig. »*Aash min shaafak, Morgan. B-khidimtak.*« Schön, Sie zu sehen. Zu Ihren Diensten.

Obwohl Vertrauen in dem durch und durch korrupten Gewerbe der internationalen Assassins nicht existierte, gab es doch gelegentlich Respekt, und Burleigh Morgan wurde respektiert. Von einem wie ihm nahmen andere freischaffende Topkiller sogar einen Job an, weshalb Saddam Hussein auch gezielt Morgan damit beauftragt hatte, dieses Team für eine Reihe besonders heikler internationaler Mordanschläge zusammenzustellen. Neben Morgan, dem Basken und dem Russen zählten dazu noch ein ehemaliger Dschihadist, ein pensionierter Geheimagent des Mossad und ein Problembeseitiger aus dem Dunstkreis der Cosa Nostra. Ihre Aufträge hatten sie perfekt erledigt. Das Problem war nur, dass Saddam nie die zweite Hälfte der Summe bezahlt hatte, die er ihnen schuldete.

»Wo geht's lang, General?«, drängte Morgan.

Mit einem Nicken setzte sich der General in Bewegung.

Die Umgebung stets aufmerksam im Auge behaltend, folgten ihm die Assassins vorbei an von Unkraut überwucherten Parkanlagen und Rasenflächen. Durch die dunklen Fenster der Gebäude, die neben ihnen aufragten, huschten mitunter Lichtstrahlen von Laternen oder Taschenlampen.

Zu ihrer Rechten schwang die Tür eines Nebenausgangs

auf und knallte gegen die Wand. Zwei nur mit Hosen und Kampfstiefeln bekleidete Soldaten sprangen auf den gepflasterten Hof hinaus. Beide hatten ihre Gewehre um die nackten Schultern geschlungen und hielten einen Stapel Plastikkisten in den Händen. Sofort bemerkten sie den General und die Killer.

Der General brüllte ihnen auf Arabisch zu: »*Laa! Qof!*« Nein! Stehen bleiben!

Die beiden aber stürzten davon und rannten mit mächtigen Schritten quer über die Anlage auf das Tor im Nordwesten zu, das am weitesten von den amerikanischen Panzern entfernt lag.

»Ihr Hunde und Diebe! Deserteure!« Der General feuerte zwei Salven aus seiner AK-47.

Die Kugeln trafen die Soldaten in den Rücken und schleuderten sie zu Boden. Blut quoll wie schwarzer Teer aus ihrer Haut. Der eine lag still und reglos da, der andere stöhnte und zuckte mit den Füßen.

Der General rannte zu ihnen hinüber und hob eine Handvoll kleiner schmuckähnlicher Zylinder auf, die aus einer der Kisten gefallen waren. »Das sind Rollsiegel. Unsere Vorfahren, die alten Sumerer, schnitzten Bilder und Schriftzeichen hinein und unterschrieben dann, indem sie das Siegel über weichen Ton rollten. Schon ein einziges kann für fünfzigtausend Dollar verkauft werden …«

Der Baske hatte genug. »*Maria José Cristo!*«, brüllte er. »Das interessiert kein Schwein!«

Morgan war ganz seiner Meinung und trat dicht vor den General. Dieser hoch angesehene Truppenkommandeur hatte gerade wegen eines Haufens Röhrchen, die aussahen wie verkrustete Zigarettenhalter, zwei seiner eigenen Soldaten von hinten erschossen. Noch mochte der General nicht völlig übergeschnappt sein, von einem gesunden Urteilsvermögen jedoch hatte er sich bereits verabschiedet.

Morgan bohrte einen Finger in die Brust des Mannes. »Sie schwachsinniges Arschloch, erinnern Sie sich gefälligst daran, weshalb wir hier sind. So schaufeln Sie Ihrer eigenen Familie nur ihr Grab!« Er hatte die Frau und Kinder des Generals auf Tahiti ausfindig gemacht und ihm einige Fotos zukommen lassen, die auf erschreckende Weise zeigten, wie leicht sie ausgelöscht werden konnten.

Der General erbleichte. Er war ein enger Freund von Saddams Halbbruder Barzan al-Tikriti, der ein Teil von Saddams geheimem Finanzgeflecht verwaltete. Wenn es jemanden gab, der an das Geld von Barzan und Saddam herankam, dann war es der General.

Wortlos eilte der General davon. Die Männer folgten ihm dichtauf.

Morgan bemerkte Hunderte von 7.62-mm-Patronenhülsen, die im Unkraut und auf dem Boden verstreut lagen. Die Munition stammte aus AK-47s, nicht aus US-amerikanischen Sturmgewehren. »Wie viele Männer haben Sie, General? Und wo stecken Sie?«

»Ungefähr fünfundsiebzig, verteilt über das gesamte Gelände.«

Wie Morgan wusste, hatten sich um fünf Uhr nachmittags noch einhundertfünfzig Kämpfer der Republikanischen Garde hier befunden. Demnach hatte der General die Hälfte seiner Mannschaft verloren. Etwas weiter entfernt war ein Trupp Männer in T-Shirts und Unterhosen zu sehen, die Kartons schleppten und sich nach Nordwesten davonmachten, in dieselbe Richtung, die die beiden Soldaten mit den Rollsiegeln eingeschlagen hatten. Morgan gewann den Eindruck, dass auch die restlichen Männer des Generals ihre

Uniformen wegschmissen, sich antike Kunstgegenstände schnappten und desertierten.

Der General verlangsamte seinen Schritt und starrte ihnen mit wutverzerrter Miene nach.

»Vergessen Sie's.« Morgan stieß ihm sein kompaktes Bullpup-Sturmgewehr in die Seite.

Knurrend fiel der General wieder in den Laufschritt. Die kleine Gruppe joggte an einem Berg Sandsäcke vorbei zu einem lang gestreckten dreigeschossigen Gebäude. Der General riss eine Tür auf, und sie schlüpften in eine riesige Ausstellungshalle. Durch die hohen Fenster drang Mondlicht ein und beleuchtete zersplitterte Glasvitrinen, umgestürzte Regale und verwaiste Marmorsockel. Das Ganze wirkte wie ein Friedhof.

Der General verfluchte das Diebespack und führte sie durch den Raum zu einem bogenförmigen Durchgang. Eine Tür fehlte.

»Sieht verdammt dunkel da drin aus«, sagte Morgan. »Taschenlampen an, Jungs.«

3

Die sechs Assassins schalteten ihre Taschenlampen ein und liefen mit dem General an abgehenden Fluren und Türen vorbei, bis sie in eine weitere große Halle kamen. Diese war mit Wandfriesen geschmückt, auf denen überlebensgroße Mesopotamier verherrlicht wurden, die deutlich kleinere Feinde niedermetzelten.

Der General bremste ab und machte eine ausladende Geste. »Dies ist die assyrische Halle.« Dann wandte er sich zu einem Glaskasten, der an der Stirnwand befestigt war. »Und da ist Ihre Tafel.«

Die Killer traten näher. Im Innern war eine etwa fünfzig mal fünfzig Zentimeter große Tafel aus braunem Ton, die jedoch nicht mit lateinischen oder kyrillischen Buchstaben beschrieben war, sondern mit den eingedrückten Linien und Winkeln der ältesten Schriftzeichen der Menschheit, der Keilschrift.

Der Auftragskiller, der früher einmal beim Mossad gewesen war, richtete den Strahl seiner Taschenlampe auf ein Schild neben der Vitrine, auf der ein arabischer Text eingraviert war. Erregt sagte er: »Diese Tafel ist dreitausend Jahre alt und beschreibt unseren Stammvater Abraham. Er kam aus Ur.« Abraham, der Begründer des Judentums, wuchs in Ur auf, einer antiken Stadt, die auf dem Gebiet des heutigen Iraks liegt.

Der ehemalige Dschihadist warf ihm einen scharfen Blick

zu. »Der *Prophet* Abraham, ja.« Im Islam galt Abraham neben Mohammed und Jesus als einer der fünf in der Schrift erwähnten Propheten.

Genervt bereitete Morgan dem ewigen religiösen Disput ein Ende. »Wichtig ist bloß, dass wir an unser scheiß Geld kommen.«

Er zog den Schlüssel heraus, den er zwei Tage zuvor aus einem Schließfach in Amsterdam geholt hatte, und der General reichte ihm einen zweiten Schlüssel. Morgan steckte sie in das Doppelschloss, drehte sie um und öffnete die Glastür. Der General trat vor und drückte gegen eine Stelle am Rahmen, die unsauber gearbeitet zu sein schien. Ein leises Klicken war zu hören, dann schwang das gesamte Ausstellungsobjekt zur Seite, und ein eingebauter Safe mit zwei weiteren Schlössern kam zum Vorschein.

Erneut führte Morgan die Schlüssel ein, drehte sie und zog die Tür auf. In dem zweiten Safe lag eine weitere Tafel. Alle beugten sich nach vorn.

Morgans Puls beschleunigte sich. Er schwang seine Bullpup auf den Rücken, griff mit beiden Händen ins Innere und nahm die Tafel heraus. Sie war etwa fünfzig Zentimeter lang und vierzig breit und bestand statt aus hellem, leicht körnigem Kalkstein von gut fünf Zentimeter Dicke. Die Keilschrift war tief und sauber eingearbeitet. Morgan spürte, wie ergriffen ihn der Augenblick machte. Auslöser dieser Ergriffenheit war nicht das herrliche Artefakt in seinen Händen, sondern das Schloss in Yorkshire, das er sich von dem Erlös gönnen würde.

»Hier sind unsere zwölf Millionen, Jungs.« Das war der Betrag, den Saddam ihnen noch schuldete. Der General hatte garantiert, dass die Tafel wenigstens so viel wert sein würde. Morgan drehte sie aufrecht, damit die anderen sie betrachten konnten. »Und jetzt raus hier. Ich kenne da jemanden in London, der es kaum erwarten kann, das Ding zu verscherbeln.«

Plötzlich hörten sie ein mächtiges Krachen aus dem Treppenhaus, und die Wände schienen zu wackeln. Laut streitende Stimmen erschienen über ihnen, und dann polterten ein Arm und ein Kopf aus rosa Granit die Treppe hinunter.

»Noch mehr Diebe!« Der General sprang ins Treppenhaus und richtete seine AK-47 nach oben. »Kommt runter, ihr räudigen Hunde!«

Bevor der General schießen konnte, prasselten Salven auf ihn herab. Die Kugeln schlugen in Kopf und Schultern ein. Blut und Knochensplitter spritzten durch die Luft. Der General sank auf die Knie und kippte nach vorn.

»Lampen aus«, zischte Morgan. »Wir hauen ab.«

Er rannte quer durch die dunkle Halle und presste dabei mit der linken Hand die Kalksteintafel fest an die Brust, während die rechte das Bullpup-Gewehr hielt. Die anderen blieben dicht neben ihm. Sekunden später jagten die ersten Geschosse an ihnen vorbei. Die Schüsse hallten laut in dem weiten Raum. Ein stechender Schmerz breitete sich in seinem rechten Arm aus, und Morgan wusste, dass er getroffen worden war. Er sprintete um eine Ecke, einen Flur hinunter, um eine weitere Ecke und durch eine Tür.

Sie hatten eine andere Ausstellungshalle erreicht. Schwer atmend ging er in die Hocke. Die anderen kauerten sich neben ihn. Das Gewehrfeuer hinter ihnen hatte aufgehört. Sie starrten zur gegenüberliegenden Seite des dunklen, lang gestreckten Raums, wo zwei Soldaten der Republikanischen Garde in der Tür erschienen. Einer von ihnen sprach in sein Sprechfunkgerät und erklärte seinem Begleiter, dass Eindringlinge im Gebäude seien, die getötet werden müssten.

Morgan fluchte stumm. All seine sorgfältig ausgearbeiteten Pläne waren damit im Eimer. Hinter ihnen konnte man das Geräusch laufender Menschen hören. Sie saßen in der Falle, aber noch gab er nicht auf. Er zeigte auf den Basken und den Israeli und deutete dann auf die beiden Gardisten auf der anderen Seite des Raums.

Der Baske griff unter sein Hemd und zog sein Messer hervor. Es war schmal, spitz zulaufend und beidseitig geschliffen. Tief gebückt huschte er hinter einer umgestürzten Vitrine davon. Währenddessen hatte der Israeli sein modifiziertes M14-Scharfschützengewehr mit Schalldämpfer auf sein Ziel eingestellt.

Die beiden Gardisten schienen etwas gesehen oder gehört zu haben. Sie hoben ihre Waffen und machten sich schussbereit.

Das M14 des Israeli machte leise *pffft*. Beide Soldaten taumelten und fielen um.

Die Killer rannten zur anderen Seite der Halle. Ein Gardist hatte ein schwarzes Loch in der Stirn und war tot. Der andere lag im Sterben nach einem Stich unter den Rippen hindurch ins Herz.

Die Gruppe stürmte weiter, erst durch eine Tür, dann durch noch eine, bis sie endlich hinaus in die kühle Nachtluft kam. Kaum waren sie einige Schritte vom Gebäude entfernt, erschien hinter ihnen jedoch ein Dutzend Soldaten und begann, ihre AK-47s abzufeuern. Orangefarbenes Mündungsfeuer erhellte die Nacht.

Die Killer duckten die Köpfe und stürzten auf das Kindermuseum zu. Morgan geriet ins Wanken, ein Streifschuss hatte ihn getroffen.

Ein brennender Schmerz durchfuhr seine Kopfhaut. Heißes Blut tränkte seine *Kufija*.

Der Israeli grunzte – eine Kugel hatte seine Schulter durchschlagen.

Der Baske kam ins Straucheln – er war in der Wade getroffen worden.

Schließlich schafften sie es unter einem mächtigen Torbogen hindurch und vorbei an riesigen Statuen babylonischer Löwen auf die andere Seite des Gebäudes. Zumindest vorübergehend hatten sie Schutz vor ihren Verfolgern.

»Hier können wir nicht bleiben«, erklärte der ehemalige Cosa-Nostra-Vollstrecker. »Los weiter.«

Morgan wischte sich Schweiß und Blut aus dem Gesicht. Sein Kopf fühlte sich an, als hätte ihm jemand eine Axt übergezogen. »Und wohin, bitte, du Schlaumeier?«

»Da raus.« Der Italiener deutete mit seiner Waffe durch den schmiedeeisernen Zaun auf den Museumsplatz, wo ein Platoon US-amerikanischer Abrams-Panzer Stellung bezogen hatte. In diese Feuerkraft hinein würden die Gardisten ihnen ganz sicher nicht folgen.

Morgan zögerte. Sofern sie nicht gerade von einer Regierung angeheuert waren, und manchmal selbst dann, zählten Auftragskiller alle Staatsvertreter zu ihren natürlichen Feinden. Er betrachtete nachdenklich die amerikanischen Panzer. Von ihrer wahren Identität hatte dort drüben keiner eine Ahnung.

»Na super«, entschied er, »vorausgesetzt, wir machen es noch so lange.«

»Lass mich die Tafel tragen, Morgan«, bot der Dschihadist an.

»Noch bin ich kein Krüppel, du elender Raffzahn.« Morgan funkelte ihn an. »Gehen wir.«

Im Schutz des Gebäudes liefen die Killer an einer Reihe von Palmen vorbei. Der Israeli presste die Hand auf seine

Schulter. Der Russe hielt sich die Seite. Der Baske humpelte stark. Das Rattern einer weiteren Salve aus automatischen Waffen durchschnitt die Luft. Die Gardisten waren zur anderen Gebäudeseite vorgedrungen und jagten ihnen weiter nach.

Der Dschihadist stöhnte auf und begann zu torkeln. An seiner Hüfte bildete sich ein Blutfleck.

Der Ex-Mafiakiller bildete die Spitze. Er schoss das Museumstor auf, und die anderen stürmten darauf zu. In diesem Moment spürte Morgan einen Schmerz in seinem Rücken explodieren. Eine Kugel hatte ihn erwischt, aber es fühlte sich an, als wäre ihm ein Lastwagen ins Kreuz geknallt. Die Keilschrifttafel rutschte unter seinem Arm weg, und er hörte, wie sie auf die Pflastersteine krachte. Seine Beine gehorchten ihm nicht mehr. Er konnte seine Hände nicht mehr spüren und stürzte hart auf den Boden.

Verschwommen nahm er wahr, dass sein Team um ihn herum die Stücke aufsammelte. Er konnte hören, wie jemand auf ihn einredete und unter Fluchen seinen Namen sagte. Würden sie ihn mitnehmen oder im Stich lassen? Was seine Freunde betraf, konnte ein Assassin nie vorsichtig genug sein.

4

Von Beirut nach Paris

Einen Monat lang lag Burleigh Morgan unter falschem Namen in einem Privatzimmer in Beiruts Clemenceau Medical Center, nachdem er von zwei seiner Kollegen gerettet worden war. Er hatte Schussverletzungen am Schädel, rechten Arm, Schulterblatt sowie an der Lunge und den Rippen davongetragen. Während Schmerz und Betäubung einander abwechselten, kehrten seine Gedanken immer wieder zu dem Schloss in Yorkshire zurück, das er sich so wünschte. Er konnte es schon genau vor sich sehen, wie es dort auf einem grünen Hügel stand, mit hohen Türmen und prächtigen Mauern. Er hatte beabsichtigt, es von seinem Anteil an den Erlösen für die Keilschrifttafel zu kaufen.

Als seine Kopfschmerzen nachließen, flog Morgan nach Kairo, wo er auf einer Insel mitten im Nil einen geheimen Unterschlupf besaß. Seine Wohnung lag im zwanzigsten Stock. Er packte im Schlafzimmer seine Sachen aus und trat dann hinaus auf den Balkon, um den Ausblick zu genießen.

Einsamkeit war ihm fremd, Jammern konnte er nicht ausstehen, und tief in seinem vernarbten Innern wusste er, dass ein professioneller Auftragsmörder mit »Überzeugungen« nichts am Hut haben sollte. Ein Killer musste präzise sein, jedes Detail durchdenken und für seine Arbeit leben. Afrikanische Wildhunde waren bestimmt nicht die gefährlichsten Raubtiere der Savanne, aber erfolgreichere Killer als sie gab es kaum.

Daher lächelte Morgan vor sich hin, als er von seinem Balkon auf die schwitzenden, hektischen Menschenmassen hinabblickte, die durch die Straßen wuselten. Er war ein Wildhund. Sie nicht.

An diesem Abend schickte er den anderen fünf Killern eine E-Mail.

`Die Mitbringsel aus Bagdad könnten noch Wert besitzen. Ich habe zwei Stücke. Schickt mir eure, dann lass ich alles zusammenfügen und schätzen.`

Morgan beherrschte meisterhaft alle notwendigen konspirativen Techniken. Seine diversen E-Mail-Adressen liefen über private Server von Kuala Lumpur bis Mexiko City und vom Ural bis nach Pakistan, sodass jede Rückverfolgung zu ihm nahezu ausgeschlossen war.

Am nächsten Tag hatten drei der Killer bereits geantwortet.

`Heute Morgen, 3:22 Uhr: Du spinnst. Es ist Millionen wert, weil es ein Fundstück aus der Antike ist, hat der General gesagt. Jetzt haben wir nur noch einen Haufen Bruchsteine.`

`Heute Morgen, 8:03 Uhr: Ich gebe dir meine Teile, wenn du mir als Sicherheit $ 250000 überweist.`

`Heute Mittag, 12:10 Uhr: Und woher weiß ich, dass du mich nicht um meinen Anteil bescheißt, wenn ich dir das Zeug schicke?`

Morgan hielt seinen Ärger im Zaum und antwortete, sie dürften alle verdammt gut wissen, dass er niemanden von ihnen jemals übers Ohr gehauen hätte. Außerdem, Kleinvieh mache auch Mist, und es würde sich lohnen, einfach auszuprobieren, ob sich nicht mit dem, was sie hätten, noch ein paar Millionen machen ließen.

Am nächsten Morgen erreichten ihn zwei weitere E-Mails.

`Heute Morgen, 8 Uhr 43: Ich hab noch vier Teile. Deshalb gehe ich mal davon aus, dass ich dafür auch doppelt so viel bekomme wie einer, der bloß zwei hat.`

`Heute Morgen, 9 Uhr 12: Ich will meinen eigenen Schätzer.`

Das Gezänk nahm kein Ende, bis es Morgan einfach satthatte, sich mit diesen Arschlöchern noch länger zu beschäftigen. Außerdem traf zu, was einer von ihnen geschrieben hatte – in Bruchstücken war die Tafel womöglich wertlos.

Von Kairo flog er nach Mallorca, wo er sich weiter erholte, und später nach London in einen sicheren Unterschlupf im East End. Schließlich war er wieder fit genug, ins Geschäft zurückzukehren und Aufträge anzunehmen.

Jahre vergingen. Er verbrachte nun mehr und mehr Zeit in Paris. Er kaufte sich eine nagelneue saphirblaue Cobra MkVI mit Flügeltüren-Hardtop und begann ein Verhältnis mit einer flotten Blondine, die an der Rue des Fossés Saint Bernard wohnte. Ihr Name war Beatrice. Sie war in den Fünfzigern und ein Rasseweib. Gemeinsam bildeten sie ein sonderbares Paar. Er war inzwischen Mitte siebzig, hager und faltig wie ein Gorilla. Außerdem fühlte er sich merkwürdig glücklich.

Im Januar saßen Beatrice und er vor ihrem Kamin, hörten Bluesmusik und genossen das wärmende Feuer. Morgan warf einen Blick in sein E-Mail-Postfach. Gerade war eine Nachricht von einem anonymen Absender eingegangen, adressiert an sechs Auftragskiller. Als er die Namen las, lief es ihm eiskalt den Rücken hinunter. Es waren exakt die sechs, die die antike Tafel gestohlen hatten. Der Absender wusste viel zu genau über sie Bescheid, kannte sogar ehemalige Auftraggeber. Die Informationen waren brandgefährlich.

Beatrice sah ihn an. »Schlechte Nachrichten, *Cheri*?« Sie strich ihm über die zu einem Pferdeschwanz gebundenen, silbergrauen Haare.

Er schloss den Laptop und log: »Nein, überhaupt nicht schlecht. Aber ich bin müde, altes Mädchen. Ich werde mal zu mir rübergehen und ein wenig Schlaf nachholen. Wir beide amüsieren uns einfach viel zu häufig, weißt du.« Er brachte ein Lächeln zustande. In Wahrheit musste er dringend ein paar Telefonate führen. Er steckte den Laptop in seine Umhängetasche und stand auf.

Sie musterte ihn besorgt. »Kein Problem. Verstehe schon.«

Er nahm ihre Hand und küsste sie.

Sie sah zu, wie er seinen Mantel anzog und ging. Früher einmal war sie eine berühmte Tänzerin auf dem Pigalle gewesen, und sie vermisste diese bewegenden Zeiten. Doch Morgan war ein aufregender Mann. Sie eilte ans Fenster und sah, dass sein Sportwagen kurz vor der nächsten Querstraße geparkt war. Gut – so würde er es nicht weit haben. Sein Gesicht war erschreckend fahl gewesen.

Sie wandte sich zurück ins Wohnzimmer. Zeit für einen *café serré*. Sie öffnete die Tür und machte sich auf den Weg zur Küche. Bevor sie sechs Schritte gemacht hatte, gab es einen gewaltigen Knall. Ihre Wohnung bebte. Während über ihr noch der Kristallleuchter schwang, lief sie zum Dielenfenster. An der Stelle, wo die Cobra geparkt hatte, züngelten Flammen aus einer dichten braunen Wolke hervor. Ihr Hals schnürte sich zusammen. Ohne den Mantel anzuziehen, rannte sie vier Stockwerke hinunter auf den Bürgersteig, wo die Concierge mit Nachbarn und Ladenbesitzern in der nachmittäglichen Kälte stand und zum Ende des Häuserblocks starrte.

»*Sainte merde*«, murmelte jemand schockiert.

Eine Frau nickte. »*Une bombe énorme!*«

Sirenen heulten.

Beatrice rannte in den Qualm hinein. Überall lagen Äste der Alleebäume herum wie zerbrochene Zahnstocher. Glühend heiße Autoteile waren in weitem Umkreis verstreut. Eine Straßenlaterne war in der Mitte abgeknickt. Entsetzt sah sie einen verkohlten Arm auf dem Bürgersteig liegen. Wo der Wagen gestanden hatte, klaffte nun ein riesiges Loch, ein schwarzes Loch, das Parkplätze und Grünfläche weggerissen hatte und weit in den Asphalt reichte.

Hustend wischte sie sich Tränen aus dem Gesicht.

»*Madame, venez avec moi.*« Die Concierge nahm ihren Arm und führte sie zurück. »Ihr Gentleman hat bestimmt nicht leiden müssen, *Madame*. Es tut mir sehr leid. *Venez avec moi.*«

Sie spürte, wie die Leute sie ansahen. Der Schock und die Kälte ließen sie zittern. Aber die Kälte tat auch gut. Sie half ihr, einen klaren Kopf zu bekommen. Vor ihrem Hauseingang drehte sie sich noch einmal zu dem Wrack um und wunderte sich über die enorme Wucht der Explosion, die Morgan umgebracht hatte. Es wäre doch wesentlich einfacher und billiger gewesen, ihn zu erschießen. Hier ging es nicht nur darum, irgendeinen alten Auftragskiller auszuschalten. Hier hatte jemand höchst Einflussreiches eine Warnung geschickt.

DER PADRE

Nicht die Zahl der Getöteten führt zum Sieg, sondern die Zahl der in Angst Versetzten.

– Arabisches Sprichwort

5

Washington, D. C.

Es war einer jener eisigen Januartage, an denen die Morgenkälte durch Mark und Bein ging. Die Stadt lag unter einer dichten Schneedecke, und an den Telefondrähten hingen funkelnde Eiszapfen. Judd Ryder warf sich den Seesack über die Schulter, trat aus der Union Station in den scharfen Wind, der auf seinen Wangen brannte, und marschierte in östliche Richtung. Er war groß gewachsen, etwa eins fünfundachtzig, und vierunddreißig Jahre alt. Seine Gesichtszüge mit der gebogenen Nase, den grauen Augen, die ein wenig gleichgültig blickten, und dem Kinn, das trotzig hervortreten konnte, blieben nur selten jemandem in Erinnerung. Ryder mochte es so. Ihm gefiel es, leicht in Vergessenheit zu geraten.

An der Fifth Street bog er ab, betrat die Filiale der Metro Cleaners und wuchtete seinen Seesack auf die Theke. »Ich bring Ihnen gleich einen ganzen Monat schmutzige Wäsche. Versuchen Sie sich dran.«

Die Angestellte zog den Sack zu sich heran. »Aber gerne doch. Wie lautet Ihre Telefonnummer?«

Ryder gab sie ihr. Sie tippte die Angaben in ihren Computer.

»Ich hab auch noch zwei Hemden und ein Sakko zum Abholen hier«, sagte er.

Sie runzelte die Stirn. »Hier steht, Sie hätten sie bereits gestern abgeholt.«

»Gestern war ich noch in Übersee.« Er dachte einen Moment nach. »Ich zahle immer mit Visa. Zeigt Ihr Computer das an?«

Sie tippte auf der Tastatur und studierte den Bildschirm. »Nein, es wurde bar bezahlt.« Sie sah ihn entschuldigend an. »Wenn wir Ihre Sachen finden, melden wir uns sofort telefonisch bei Ihnen.«

Verwundert bedankte er sich bei ihr und trat zurück auf die Straße. Nach fast vier Wochen in Bagdad war er froh gewesen, nach Washington zurückzukehren, und noch viel sehnlicher hatte er sich auf sein Zuhause gefreut. Er vergrub die Hände in den Taschen, zog die Schultern gegen die Kälte hoch und bog eilig in die G Street. Die Bürgersteige waren bereits weitgehend geräumt, aber die Straße hatten die städtischen Pflugmaschinen noch nicht frei gemacht, und so lag der Schnee hier gut dreißig Zentimeter hoch. Wulstige Schneebänder bedeckten die stark verzweigten Bäume, die mehrgeschossigen Reihenhäuser und die kleinen Vorgärten mit ihren kleinen schmiedeeisernen Zäunen. Die ganze Gegend strahlte weiß und sauber im Sonnenlicht. Er ließ die stille Schönheit auf sich wirken.

Dann fiel eine Tür ins Schloss und verursachte einen Lärm, der die idyllische Stimme störte. Ein Mann war nach draußen getreten und stand nun vornübergebeugt, um seine Haustür abzuschließen. Verfluchter Mist! Das war Ryders Haus – 668 G Street Northeast.

Ryder blieb auf der anderen Straßenseite stehen und beobachtete, wie der Mann sich mit gesenktem Kopf von der Tür abwandte und den Trenchcoat zuknöpfte. Ein Windstoß schlug den Mantel auf. Das Futter war schwarz-grün kariert.

In Ryders Trenchcoat war genau das gleiche karierte Winterfutter eingenäht. Sein Blick wanderte zu den Stiefeln des Mannes. Über dem hellbraunen Schaft konnte man sehen, dass sie mit Lammwolle gefüttert waren. Das waren seine Stiefel. Der Mistkerl war ein Einbrecher. Was hatte er sonst noch gestohlen?

Der Dieb hob den Kopf und sah sich um. Zum ersten Mal war sein Gesicht zu erkennen. Es kam Ryder vor, als würde er in den Spiegel sehen. Graue Augen, gebogene Nase, kantiger Unterkiefer. Körpergröße etwa eins fünfundachtzig. Genau wie Ryder. Der Mann hatte gewelltes kastanienbraunes Haar. Wie Ryder. Das Gesicht des Dreckskerls war sogar ebenso sonnengebräunt wie das von Ryder nach einem Monat im Irak. Das war kein gewöhnlicher Einbrecher. Ryder sah einen professionellen Doppelgänger vor sich

Eine heiße Woge der Wut stieg in Ryder auf. Seine Hände verkrampften sich ineinander. Am liebsten hätte er den Bastard erwürgt. Fähig dazu war er. Getötet hatte er weiß Gott genug im Irak und in Pakistan. Er atmete langsam ein und aus, um sich zu beruhigen. Tote konnten nicht reden, das war der Nachteil. Ryder zog sich die Strickmütze über die Ohren und setzte seine Sonnenbrille auf.

Der Doppelgänger schaute nach links und beobachtete einen Skilangläufer, der mit gleichmäßigen Schwüngen auf die Kreuzung G und Seventh Street zu glitt. Dann wanderte sein Blick über die Grundschule an der gegenüberliegenden Ecke hinweg zurück und blieb an Ryder hängen, der mit ausdrucksloser Miene seinen Weg gemächlich fortsetzte. Endlich stieg der Doppelgänger die Eingangsstufen hinab, wandte sich nach links und schlenderte bis zur nächsten Ecke. Dort wartete er am Bordstein, um den Langläufer vorbeizulassen.

Der Skiläufer trug eine schwarze Sturmhaube, die nur Augen, Nase und Mund frei ließ. Unvermittelt beschleunigte der Langläufer sein Tempo und eilte mit weit ausladenden Schritten und Armschwüngen über die Kreuzung, als würde er sich in einem Rennen der Ziellinie nähern.

Der Doppelgänger trat vom Bordstein hinab, und seine Stiefel versanken im Schnee.

Aus der Seitenstraße war das Dröhnen eines kraftvollen Motors zu hören.

Der Doppelgänger begann über die Straße zu stapfen.

Ein großes weißes Schneemobil schlitterte um die Ecke. Der Fahrer trug einen weißen Helm, Skibrille und Overall und steuerte die Arctic Cat mit hoher Geschwindigkeit auf den Doppelgänger zu.

Der Mann erstarrte. Plötzlich stob eine Schneewolke in die Luft, als der Doppelgänger hektisch versuchte umzukehren. Seine Füße rutschten aus, seine Arme flogen hoch, und er fiel hin, bemühte sich aber sofort wieder auf die Beine zu kommen.

Zwei Frauen waren auf die Treppe der Grundschule hinausgetreten.

»Vorsicht!«, schrie die eine, während die andere einen ohrenbetäubenden Schrei ausstieß.

Die Cat krachte in den Doppelgänger und schleuderte ihn meterhoch über sich hinweg nach hinten. Der Mann fiel flach auf den Boden, und Blut begann ihm aus Nase, Mund und Ohren zu laufen.

Das Schneemobil war durch den Zusammenstoß ins Schlingern geraten. Routiniert vollführte der Fahrer eine schlitternde Drehung und brachte die Cat wieder unter Kontrolle. Nach einem kurzen Blick auf den reglos daliegenden Fußgänger setzte er sich auf seine Bank, brachte den Motor der Cat auf Touren und schoss davon.

»Wählen Sie den Notruf, schnell!«, schrie Ryder zu den Frauen hinüber. Sekunden später kniete er neben dem Opfer.

Die Augen seines Doppelgängers standen offen und starrten in den eisblauen Himmel. Sein Unterkiefer hing schlaff herab, der Mund stand offen, als wollte er gleich etwas sagen.

Ryder tastete nach der Halsschlagader. Kein Puls. Er knöpfte den Trenchcoat auf, unter dem der Mann das Sportsakko und eines der Hemden trug, die Ryder erst vor wenigen Minuten in der Wäscherei hatte abholen wollen. In der Innentasche des Sakkos fand er eine alte Brieftasche von ihm, die er schon lange ausrangiert hatte. Darin steckten tausend Dollar in bar und ein in Washington D.C. ausgestellter Führerschein, der eine perfekte Fälschung seines eigenen war. Er schob die Brieftasche samt Bargeld und Führerschein wieder zurück und suchte weiter, bis er ein Handy fand, das er einsteckte.

Rasch richtete er sich auf. Er musste verschwinden, bevor die Polizei eintraf. Die Frauen standen weiter starr vor Schreck auf der Schultreppe und betrachteten die Szene voller Entsetzen.

»Haben Sie angerufen?«, fragte er sie.

»Ja, Krankenwagen und Polizei sind unterwegs«, antwortete die eine. »Wie geht es ihm?«

»Bewusstlos und in kritischem Zustand. Meine Schwester wohnt hier in der Seventh Street.« Das war alles gelogen. Der falsche Ryder war eindeutig tot, und der richtige besaß weder Bruder noch Schwester. »Sie ist Ärztin. Ich werde mal nachsehen, ob sie zu Hause ist.«

Die Frauen nickten, während in der Ferne Sirenengeheul zu hören war.

Ryder stieg auf den Bürgersteig zurück und rannte los. An der nächsten Ecke bog er nach Westen ab. Die breite, belebte

Straße verlief parallel zu seiner Wohnstraße. Autos rauschten vorbei. Endlich wechselte er in langsames Schritttempo und atmete tief durch. Konzentration war gefragt. Was war da gerade geschehen, und was hatte es zu bedeuten?

Der Skilangläufer war in normaler Geschwindigkeit unterwegs gewesen, bis der Doppelgänger die Ecke erreicht hatte. Dann hatte der Skiläufer beschleunigt und war über die Kreuzung gespurtet. Und als der Doppelgänger über die Straße gehen wollte, war der Motor des Schneemobils angesprungen. Ryders Ansicht nach hatte der Skiläufer den Mann abgepasst und mit seinem Spurt über die Kreuzung dem in der Seitenstraße wartenden Schneemobilfahrer signalisiert, dass der Doppelgänger jetzt durch den Tiefschnee laufen und angreifbar sein würde.

Um diese Zeit ging Ryder gewöhnlich zu dem kleinen Supermarkt auf der Seventh hinüber, um Lebensmittel einzukaufen. Wenn er das tat, überquerte er stets diese Kreuzung. Ryders Brust zog sich zusammen. Es war ein gezielter Mordanschlag auf seinen Doppelgänger gewesen, der aber vermutlich ihm gegolten hatte.

6

Ryder wollte zurück in sein Reihenhaus, um dort nach einer Erklärung dafür zu suchen, warum jemand einen Doppelgänger von ihm erschaffen hatte. Das Sirenengeheul kam immer näher. Er lief an einer Versicherungsagentur vorbei, bog in eine Einfahrt und überquerte dann einen Parkplatz in Richtung Süden. Vor ihm sah er nun die Rückseite seines Hauses. Er öffnete das Gartentor. Der Schneedecke war hier noch unberührt. Hier hinten war also heute noch niemand gewesen, auch der Doppelgänger nicht.

Ryder stapfte durch den Garten, schloss die rückwärtige Tür auf und schlüpfte hindurch. Ein Schwall warmer Luft schlug ihm entgegen. Das einzige Geräusch war das Brummen seines Kühlschranks. Jetzt war er zwar endlich zu Hause, doch so hatte er sich die Rückkehr in sein schützendes Heim nicht vorgestellt. Irgendein anderer hatte diese vier Wände für seine Bedürfnisse in Anspruch genommen. Er trat in die Küche, wo es nach verbranntem Toast roch. Die vielen Jahre in der Armee hatten ihn von einem einstmals schlampigen Mann in einen ordnungsliebenden Menschen verwandelt. Wenn man ständig mit der Unvorhersehbarkeit eines gewaltsamen Todes lebte, war Ordnung nicht nur hilfreich, sie wirkte ebenso beruhigend wie eine präzise eingestellte Waffe. Entsprechend verärgert registrierte er daher den Fettfleck auf dem Herd und das schmutzige Geschirr, das sich auf der Ablage stapelte.

Er streifte den Schnee von seinen Stiefeln und ging weiter ins Wohnzimmer. Eine Ausgabe der *Washington Post* lag quer über das Sofa verstreut. Er stieg die Treppe hinauf. In seinem Schlafzimmer türmte sich die Wäsche auf einem Stuhl oder lag auf dem Boden herum. Ryder ignorierte das Durcheinander und trat in seinen begehbaren Kleiderschrank, wo er Kartons zur Seite rückte und sich in eine Ecke kauerte. Dort strich er mit der Hand über den Parkettboden, bis er die vier Fingerlöcher gefunden hatte. Er hob ein rechteckiges Holzelement an, unter dem seine halbautomatische Beretta zum Vorschein kam, dazu Munition, Schalldämpfer, Bargeld, zwei Brieftaschen mit falschen Identitäten, Ausweispapieren und passenden persönlichen Utensilien.

Ryder zog seinen Mantel und sein Sportsakko aus und schnallte sich das Stoffschulterholster um. Dann überprüfte er die Beretta, lud sie und balancierte sie in der Hand. Eine wohlvertraute Ruhe stellte sich ein, und das Gefühl, etwas würde fehlen, war wie weggeblasen. Instinktiv hob er die Waffe und zielte. *Wenn du die Erinnerungen nicht tötest, werden die Erinnerungen dich töten.* Er hatte dem MI, dem militärischen Geheimdienst, angehört und war später von einer streng geheimen MI Black Unit ausgewählt und ausgebildet worden, um spezielle Todeskommandos durchzuführen. Und er war gut darin gewesen. Was noch schlimmer war, es hatte ihm gefallen. Aus diesem Grund hatte er seinen Abschied von der Armee genommen. Allerdings gab es immer wieder Momente, in denen ihn eine dunkle Wolke zu umgeben schien.

Er steckte die Beretta ins Holster und packte die restlichen Sachen aus seinem Versteck in einen schwarzen Rucksack. Dann trat er ans Fenster und schielte durch die Lamellen der Jalousie auf die Kreuzung hinunter, wo zwei Streifenwagen und ein Krankenwagen mit laufenden Blaulichtern quer auf der Straße standen. Ein gelbes Flatterband der Polizei sperrte den Tatort bereits ab. Die beiden Frauen, die den Anschlag miterlebt hatten, sprachen mit den Uniformierten. Im günstigsten Fall würden sie die Sache als tödlichen Unfall mit Fahrerflucht schildern, im ungünstigsten als vorsätzlichen Mord. So oder so würden die Polizisten im Zuge ihrer Ermittlungen bald hier in seinem Haus auftauchen.

Rasch durchsuchte er das Schlafzimmer. Interessant waren lediglich eine Jeans, ein Flanellhemd, Unterwäsche und Schuhe, die allesamt nicht ihm gehörten. Doch die Taschen waren leer, Namensschilder nicht vorhanden. Methodisch ging er den Rest des Zimmers durch, bevor er unten im Wohnzimmer und schließlich in der Küche weitermachte. Das rote Licht seines Anrufbeantworters leuchtete. Er drückte auf PLAY.

Aus dem Lautsprecher drang die Stimme von Tucker Andersen: »Hoffe, du langweilst dich zu Tode. Oder bist du wieder zu Verstand gekommen und hast begriffen, dass du zum Zivilisten nicht taugst? Ruf mich an.« Tucker war der stellvertretende Chef bei Catapult, einer Black Unit der CIA, die auf Gegenoperationen spezialisiert war.

Nicht jetzt, Tucker. Zuerst muss ich mal hier aus der Scheiße raus. Was für eine gelungene Heimkehr. Er streifte Mantel, Mütze und Handschuhe über und verließ das Haus. Die Tür zum Garten schlug hinter ihm zu und verriegelte sich automatisch. Sein Gesicht fühlte sich bereits wie tiefgefroren an.

Er schlurfte durch den Schnee. In der Garage stand sein Ford Pick-up Baujahr 1978 mit der verblassten grünen Lackierung und dem kraftvollen Audi-V8-Motor mit Allradantrieb, den er hatte einbauen lassen. Ryder kletterte hinein.

Nur ein winziges Zögern und die mächtige Maschine sprang an.

Sekunden später überquerte Ryder den Parkplatz und fuhr davon. Er war entkommen, ohne mit der Polizei sprechen zu müssen, aber er hatte nicht die geringste Ahnung, was es mit dem Doppelgänger auf sich hatte. Bevor er auf die H Street bog, sah er sich um. Da er nichts Ungewöhnliches bemerkte und sich auch niemand besonders für ihn zu interessieren schien, fädelte er sich in den Verkehr ein.

Beim Wegfahren fiel ihm das Handy ein, das er dem Toten abgenommen hatte. Er packte das Lenkrad mit einer Hand und fischte mit der anderen das Telefon aus seiner Tasche.

Ein schneebedeckter Chevy-Kleinbus parkte einen halben Häuserblock weiter zurück auf der gegenüberliegenden Seite der H Street. Es war ein älteres Modell, wie es zu Tausenden im Großraum Washington herumfuhr. Der einzige Insasse saß hinten an einem verdunkelten Fenster und sah mit einem Feldstecher nach draußen. Er studierte aufmerksam den Mann in dem navyblauen Mantel, der mit dem grünen Pick-up wegfuhr, und erkannte in ihm Judd Ryder.

Er griff nach seinem Handy und rief an. »Sie hatten recht. Ich hab ihn.«

7

In gewissen Momenten war ein starker Kaffee einfach die einzige Lösung. Ryder entspannte sich, bog in den Drive-thru von Coffee Blast ein, bestellte seinen gewohnten dreifachen *caffè americano* und parkte in einer Seitenstraße der Maryland Avenue. Er trank einen tiefen Schluck. Die Wärme und das Koffein taten gut. Dann untersuchte er das Handy des Doppelgängers. Erwartungsgemäß handelte es sich um ein nicht anmeldepflichtiges Prepaid-Modell. Das Adressbuch war nicht passwortgeschützt, brauchte es allerdings auch nicht, da es keine Einträge gab.

Ryder überprüfte die Anrufe, die der Doppelgänger gemacht hatte. Erschrocken hielt er inne. Der Mann hatte die Festnetznummer von Eva Blake angerufen. Die Anspannung kehrte zurück. Mit ihrem langen roten Haar und den kobaltblauen Augen, die sich in sein tiefstes Inneres zu bohren vermochten, nahm Eva einen ganz besonderen Platz in seiner Erinnerung ein. Er wusste noch genau, wie er sie das erste Mal gesehen hatte. Wie sie nachts durch den kalten Londoner Regen lief, ohne Schirm, mit wehenden Haaren, und voller Zorn und Angst versucht hatte, ihrem mordgierigen Ehemann zu entkommen. Irgendwas in ihrer trotzigen Haltung, ihrer Tapferkeit hatte Ryder beeindruckt, obwohl sie doch in diesem miesen Deal zu den Verlierern zählte. Inzwischen war sie auf der Farm, der hochgeheimen Einrichtung der CIA in Camp Peary, wo sie zur Agentin ausgebildet wurde. Vielleicht war sie für ein paar Tage zu Hause. Er wählte ihre Nummer.

»Hallo«, antwortete sie.

Der Klang ihrer Stimme rief eine Flut an Empfindungen in ihm wach. Damals in dieser Londoner Nacht hatte er sie gerettet, und sie waren gute Freunde geworden. Er hatte sich sogar ausgemalt, sie könnten eine gemeinsame Zukunft haben. Aber als die Operation, die sie seinerzeit ausführten, abgeschlossen war, gab sie ihr bisheriges Leben als Museumskuratorin auf und ging zur CIA. Das Problem war, dass er mit dieser ganzen Geheimdienstwelt nichts mehr zu tun haben wollte. Also war es besser gewesen, sich von ihr fernzuhalten.

»Hi, Eva.«

»Judd!« Sie hörte sich überrascht an. »Rufst du aus Bagdad an?«

»Nein. Ich bin gerade zurückgekommen.«

»Ich dachte, du würdest frühestens morgen nach Washington kommen.« Ihre Stimme klang irgendwie gepresst. Wahrscheinlich setzte ihr das anstrengende Training auf der Farm zu, dachte er.

»Ich bin einen Tag früher fertig geworden, und da hab ich mich entschlossen, meinen Rückflug vorzubuchen«, erzählte er ihr. »Und bevor du fragst, die Reise war erfolgreich. Wir können ja später darüber reden. Im Augenblick habe ich eine Frage. Wer hat dich gestern um kurz nach vier auf deinem Festnetzanschluss angerufen?«

»Ich wüsste nicht, wer. Warum? Was ist passiert?«

»Jemand gibt sich für mich aus.« Er beschrieb, wie er seinen Doppelgänger beim Verlassen des Hauses beobachtet hatte und wie der Fahrer des Schneemobils ihn anschließend vorsätzlich überfahren hatte.

»Mein Gott, das ist ja schrecklich. Bist du sicher, dass er tot ist?«

»Ja, zu meinem größten Bedauern. Ich hatte da noch ein paar wichtige Fragen an ihn. Was ist denn nun mit dem Anruf von gestern?«

»Warte mal kurz.« Sie las ihm eine Reihe Zahlen vor. »Ist das seine Nummer?« Auf seine Bestätigung hin fuhr sie fort: »Meinem Telefon zufolge hat er um vier Uhr zwölf angerufen. Ich war nicht da, und er hat keine Nachricht hinterlassen. Vielleicht hat er ja angerufen, um die Sache noch glaubwürdiger aussehen zu lassen. Weißt du, was ich meine? Der Versuch, mich zu erreichen, würde ihn noch echter wirken lassen. Und wenn ich tatsächlich ans Telefon gegangen wäre, hätte er einfach behaupten können, sich verwählt zu haben.«

Ryder nickte. »Klingt stimmig.« Dann aber warnte er: »Womöglich weiß allerdings nicht nur mein Doppelgänger über dich Bescheid, sondern auch sein Mörder. Keine Ahnung, was ihn – beziehungsweise mich – auf die Abschussliste gebracht hat, aber sein Anruf lässt mich befürchten, dass auch du in Gefahr schweben könntest.«

»Ich werde vorsichtig sein. Komm doch einfach vorbei. Dann können wir uns gemeinsam um die Sache kümmern.«

Er stimmte zu. Nachdem er sich verabschiedet hatte, fiel ihm ein, dass Tucker Andersen angerufen und eine Nachricht auf seinem Anrufbeantworter hinterlassen hatte. Tucker war dafür verantwortlich, dass er Eva kennengelernt hatte. Begonnen hatte die ganze Angelegenheit vor sechs Monaten, als Ryders Vater erschossen wurde. Um den Mörder seines Vaters zu finden, hatte Ryder zugestimmt, für Tucker Auftragsarbeiten zu erledigen. Sein alter Herr hatte Tucker kurz vor seiner Ermordung mit Informationen versorgt, mit der dieser die Finanzierung von Terroristen zurückverfolgen konnte.

Er gab die Nummer des CIA-Mannes ein.

Sobald er Ryders Stimme hörte, bellte Tucker: »Und warum hat das so lange gedauert mit dem Rückruf?«

Tuckers knurriger Ton brachte Ryder zum Lächeln. »Ich arbeite nicht mehr für dich, schon vergessen?«

»Und wir beide wissen, dass dies ein Fehler ist. Bist du jetzt zu Hause?«

»Bin ich. Du hast doch nicht wieder einen deiner alten Tricks ausgepackt, Tucker, oder?«

»Wovon zum Teufel redest du?«

»Da ist ein Doppelgänger von mir aufgetaucht«, berichtete Ryder ihm. »Absolut professionell gemacht. Steckst du etwa dahinter?«

»Wenn ich dich doubeln lassen würde«, Tuckers Stimme hatte einen scharfen Klang angenommen, »hätte ich es dir gesagt.«

Ryder nickte vor sich hin. Dann erzählte er erneut die Geschichte von dem Schwindler in seinem Haus und dem Schneemobilfahrer. »Der Doppelgänger trug Sachen, die ich heute aus der Wäscherei abholen wollte, und er besaß Duplikate meiner Ausweispapiere. Er wurde zu einem Zeitpunkt umgebracht, an dem ich normalerweise dort zum Supermarkt gehen würde. Er kopierte exakt meinen Tagesablauf.«

»Wer wäre an deinem Tod interessiert?«

»Da müsste ich erst nachzählen.« Er seufzte. »Ich habe mein Haus durchsucht, konnte aber weder herausfinden, wer der Doppelgänger ist, noch, warum die Wahl auf mich gefallen ist. Er trug ein Handy bei sich. Es ist ein Prepaid-Handy, aber er hat Eva angerufen …«

»Hast du sie schon gewarnt?«, unterbrach ihn Tucker.

»Klar. Er hat auf ihrem Festnetz angerufen, aber keine Nachricht hinterlassen. Du musst mir einen Gefallen tun.

Zum einen waren auf dem Handy drei andere Anrufe aufgelistet. Kannst du die Nummer überprüfen?«

Tucker brummte bejahend, und Ryder gab ihm die Daten durch.

»Zum anderen«, fuhr Ryder fort, »wäre es schön, wenn die Polizei und die Gerichtsmediziner nichts davon mitbekommen würden, dass der Tote mein Doppelgänger ist. Zumindest nicht sofort. Ich bräuchte wenigstens eine Woche, in der ich ungestört nachforschen kann, in wessen Fadenkreuz ich da geraten bin.«

Sobald die Meldung an die Öffentlichkeit drang, würden sich die Journalisten auf ihn stürzen. Schließlich verwahrte die städtische Gerichtsmedizin da in ihrem Kühlfach eine Leiche auf, die nicht nur die Ausweispapiere eines ehemaligen Mitglieds des amerikanischen Militärgeheimdiensts bei sich trug, sondern die außerdem bis zu der Farbe der Wimpern hin so aussah wie er. Fotos von Ryder würden umgehend auf Fernseh- und Computerbildschirmen rund um den Globus erscheinen.

»Verstehe«, sagte Tucker zu ihm. »Ich werde sehen, was sich machen lässt.«

»Danke. Du bist dran. Worüber wolltest du mit mir sprechen?«

»Über deine Reise in den Irak. Die Lage verschlechtert sich dort mal wieder. Wir befürchten, dass irgendetwas im Busch ist, irgendeine große Aktion, die verheerende Folgen für uns und die Region haben könnte. Ich würde gerne wissen, was du so gesehen und gehört hast. Wem du begegnet bist … und vertrauen würdest.«

»Kein Problem, aber warten wir mit dem Gespräch bis später. Ich bin jetzt auf dem Weg zu Eva.«

»In Ordnung.« Die Verbindung wurde getrennt.

8

Den dicken Wollmantel bis unters Kinn zugeknöpft, schlängelte sich Tucker Andersen durch die Menschenmengen in Chinatown. Es war Mittag, und die Bürgersteige wimmelten vor Menschen, die Mittagspause hatten. Tucker schnüffelte und roch mexikanisches, griechisches und italienisches Essen. Wie so viele Dinge im Leben war auch Chinatown nicht mehr, was es früher war. Tucker besaß den leichtfüßigen Gang eines lebenslangen Joggers. Er war eins achtundsiebzig groß, dreiundfünfzig Jahre alt und schlank. Da von seinem einst dichten Haar nur noch ein grauer Rand übrig war, dessen Strähnen im Nacken über dem Kragen hingen, trug er zum Schutz gegen die Kälte eine weinrote Baskenmütze. Eine Brille aus Schildpatt akzentuierte sein Gesicht, dessen Faltenlandschaft an den Grand Canyon erinnerte. Sein Schnauzer war braun, der restliche Bart grau, kurz, schlecht gestutzt. Er sah völlig durchschnittlich aus und fiel in keiner Alltagssituation auf, was in seinen Augen der einzige Maßstab für »Style« war.

Während er sein abhörsicheres Handy einsteckte, überlegte er, warum jemand einen Doppelgänger von Judd Ryder einsetzen sollte. Er selbst hatte noch einiges vor mit Judd, und ein früher Tod passte zu diesen Plänen überhaupt nicht. Außerdem mochte Tucker ihn, was er nicht von allzu vielen Menschen sagen konnte. Erst kürzlich hatte er seinetwegen einige Telefonate geführt. Jetzt aber wurde es Zeit, sich wieder auf die anstehende verdeckte Operation zu konzentrieren.

Tucker folgte dem Padre, einem massigen Mann, der seine Markenzeichentarnung trug – schwarzer Hut mit breiter Krempe, der kerzengerade auf seinem Kopf saß, ein langer schwarzer Kaschmirmantel, schwarzes Priestergewand aus Schurwolle und weißer Kragen. Sicherlich würde kein neutraler Beobachter auf die Idee kommen, dass es sich bei diesem katholischen Priester mit dem liebevollen Lächeln in Wahrheit um einen berüchtigten internationalen Auftragskiller handelte. Eine halbe Stunde zuvor hatte Tucker im Teaism Café zu Mittag gegessen, als der Padre aufgetaucht war und im Vorbeigehen eine Art Visitenkarte auf den Tisch gelegt hatte. Die Notiz forderte Tucker auf, ihm zu einem Treffen zu folgen. Keine weiteren Details, nur die Anmerkung, dass es sich lohnen würde.

Mit etwa zehn Schritten Abstand folgte Tucker dem Padre in eine breite Fußgängerzone und dann durch die Glastüren ins Gallery Place, ein Einkaufszentrum, das sich über mehrere Stockwerke erstreckte. Der Auftragskiller blieb an der Kasse des Kinos stehen und kaufte sich eine Karte für die Mittagsvorstellung des neuen George-Clooney-Films.

Während der Padre den nach oben führenden Fahrstuhl nahm, kaufte Tucker sich ebenfalls eine Karte und folgte ihm. Schon bald hatte er das dreiköpfige Observationsteam ausgemacht, dass er von Catapult angefordert hatte. Einer stand am Haupteingang des Gebäudes, der zweite in der Nähe des Eisverkäufers, und der Dritte fuhr direkt hinter Tucker im Fahrstuhl.

Zufrieden stellte Tucker fest, dass sie selbst niemand zu beobachten schien, und trat aus dem Fahrstuhl. Der Geruch von heißem Popcorn mit Butteraroma erfüllte die Luft, und der Padre verließ gerade mit einer großen Tüte den Verkaufsstand. Tucker knöpfte seinen Mantel auf und folgte ihm in den Kinosaal. Der Mann saß bereits oben in der letzten Reihe am Gang und aß sein Popcorn. Niemand war in Hörweite.

Tucker stieg die Stufen hinauf und machte eine auffordernde Handbewegung. Der Padre rückte seine Beine zur Seite, und Tucker schob sich an ihm vorbei auf den Nachbarsitz.

»Ich liebe George Clooney.« Der Padre sprach in einem rauen Flüsterton. »Ihm hat einmal ein Hängebauchschwein namens Max gehört. Das Schwein wog gut zweieinhalb Zentner, aber er hat es nicht geschlachtet. Überlegen Sie sich das mal. Sie haben achtzehn Jahre lang in Hollywood zusammengelebt.« Er nickte in Richtung Leinwand, wo Clooney gerade von einem Gebäude sprang. »Ich sehe mir jeden Film von George Clooney an. Hab noch nicht einen verpasst.« Er aß eine Handvoll Popcorn. »Trotzdem kann ich noch immer nicht verstehen, warum Menschen mit Tieren zusammenwohnen.«

Auf der Leinwand gelang Clooney in einem rasant beschleunigenden Jaguar die Flucht. So ein Glückspilz, dachte Tucker.

Tuckers Flüstern war ausdruckslos. »Sie wollten mich sprechen. Hier bin ich. Um was geht es?«

Mehr als vier Jahrzehnte lang wusste niemand, ob der Padre nun Spanier oder Portugiese war. Zweifelsfreie Fakten über ihn gab es kaum, abgesehen von der Tatsache, dass er hervorragend mit Messern umgehen konnte. Dann berichtete ein spanischer Maulwurf in der baskischen Terrorgruppe ETA vor zwei Jahren, der richtige Name des Padre sei Sabino Zaragoza und er habe seinen Aufstieg in der ETA begonnen. Allerdings konnte niemand sagen, warum er bereits vor Jahren dort ausgestiegen und sich als Assassin selbstständig gemacht hatte.

»Ich möchte Sie um einen Gefallen bitten.« Der Padre sah sich den Film an und bewegte kaum merklich die Lippen. »Es ist kein großer Gefallen, und natürlich werde ich mich im Gegenzug mit etwas sogar noch Wertvollerem erkenntlich zeigen.«

Heute ist offenbar der Tag, an dem mich alle Welt um einen Gefallen bittet, dachte Tucker. »Was bieten Sie an?«

»Von dem Fass voller Waffen, das Schulkinder letzte Woche zufällig am Strand des Gazastreifens gefunden haben, werden Sie vermutlich gehört haben, oder?«

»Selbstverständlich.« Palästinensische Jugendliche hatten am Strand gespielt und dabei ein Ölfass entdeckt, das wasserdicht versiegelt und schwarz angestrichen im Sand lag. Im Innern waren Handgranaten, automatische Gewehre und Mörsergranaten gewesen.

»Ich könnte mir denken, Sie wüssten gerne, wie all diese bösen schweren Waffen mitten in Hamas-Gebiet an Land kommen konnten.«

Nicht nur Tucker würde das gerne wissen, vor allem der Mossad wäre daran interessiert. »Was verlangen Sie dafür?«

Der Padre lächelte, und seine großen, weißen Zähne zeichneten sich im flackernden Halbdunkel ab. Dann wurde sein Ausdruck ernst. »Sagen Sie mir, wo ich den Carnivore finden kann.«

Tuckers Augenbrauen wanderten in die Höhe. Sehr interessant. Der Carnivore war ebenfalls ein unabhängig agierender Killer. Er war bekannt dafür, Auftragsmorde wie Unfälle, Selbstmorde oder natürliche Tode aussehen zu lassen.

»Warum gerade ihn?«, fragte Tucker.

»Es hat mit Konkurrenzbereinigung zu tun. Wir sind Konkurrenten – und er hat schon ein sehr langes Leben hinter sich. Die Sache ist rein persönlich. Mit anderen Leuten oder Dingen hat das gar nichts zu tun.« Der Padre warf sich eine Handvoll Popcorn in den Mund.

»Weshalb kommen Sie damit zu mir?«

»Seinen letzten Auftrag hat er für Sie erledigt. Tun Sie nicht so überrascht. Vermasselte Operationen sickern schneller durch als Regen im Blumenbeet. Und da Sie und er zusammengearbeitet haben, liegt die Vermutung nahe, dass Sie vielleicht nicht genau wissen, wo er sich aufhält, aber zumindest sagen können, wie man ihn erreichen kann. Außerdem wird jemand, der bereits tief genug nachgeforscht hat, um Ihre Verbindung mit ihm herauszufinden, natürlich auch wissen, wer die beiden Mitarbeiter von Ihnen in der Operation gewesen sind. Ich werde Ihnen sogar die Namen sagen, damit Sie verstehen, wie viel ich bereits herausgefunden habe – Judd Ryder und Eva Blake.«

Tucker ließ sich sein Erstaunen nicht anmerken. »Ich habe keine Ahnung, wo er steckt«, sagte er ehrlich.

»Für den Carnivore ist absolute Verborgenheit das Wichtigste. Damit stellt er für Sie, Ihre Freunde und Ihre ganze ach so geheime CIA-Einheit eine Gefahr dar, denn es ist nur eine Frage der Zeit, bis er, um seine eigene Sicherheit zu schützen, all die in Ihrem Laden wegputzt, die ihn kennen.«

Tucker fragte sich, ob der Carnivore hinter dem Doppelgänger von Judd steckte.

»Hat dieses plötzliche Interesse von Ihnen vielleicht mit dem Anschlag auf Burleigh Morgan zu tun?«, wollte Tucker wissen.

Morgan war in der Killerbranche noch länger unterwegs gewesen als der Padre oder der Carnivore. Den französischen

Quellen von Tucker zufolge war der aus dem East End stammende Brite zäher als alle anderen gewesen. Vor zwei Tagen hatte Morgan die Wohnung seiner Freundin in Paris verlassen und war in seinen Sportwagen gestiegen. Als er den Motor startete, war der Sitz unter ihm explodiert. Manche Leichenteile landeten jenseits der nächsten Querstraße.

Der Padre verlagerte seine massige Gestalt. »Morgans Tod ist bedauerlich. Er war so freundlich gewesen, mich mit den Informationen zu dem Fass am Gazastreifen zu versorgen.« Er musterte Tucker aufmerksam. »Bleiben Sie dabei, nicht zu wissen, wo der Carnivore lebt? Wo er sich derzeit aufhält? Mir wäre wirklich sehr daran gelegen, die Information jetzt und hier zu bekommen. Oder wollen Sie vielleicht gar nicht mehr über das Fass voller Waffen wissen?«

Die implizierte Drohung ignorierte Tucker. Für ihn zählte, dass er dem Carnivore weit weniger schuldete, als der Mossad ihm für die Informationen über das Fass schulden würde. »Ich will erst alles hören, was Sie über das Fass wissen«, verlangte er. »Wenn sich herausstellt, dass die Infos etwas taugen, werde ich für Sie den Aufenthaltsort des Carnivore herausfinden.«

Der Padre schloss seine Augen und öffnete sie wieder, während er das Angebot abwog. »Also schön.« Er schilderte, wie die Waffenschmuggler die Ladungen in einem italienischen Hafen in wasserdichte Fässer verstauten, auf welchem Weg diese Fässer anschließend über das Mittelmeer verfrachtet wurden, und nannte ihm Breiten- und Längengrad der Stelle, wo das natürliche Zusammenspiel der Strömungen günstig war und die Fässer über Bord geworfen wurden. Der Schnittpunkt hieß auch al-Baraka – der Gesegnete.

»Von dieser Stelle im Meer treiben die Fässer dann an die Küste«, fuhr der Padre fort. »Wenn alles richtig berechnet ist, landen sie stets im frühen Morgengrauen an demselben Strandabschnitt. Sie müssen doch zugeben, dass diese Information einigen Wert besitzt und mit dem Leben eines alten Killers wie dem Carnivore nicht zu teuer bezahlt ist. Stimmen Sie mir da zu?«

»Wenn die Angaben stimmen, steht der Deal.«

»Wie kann ich Sie erreichen?«, fragte der Padre.

»Gar nicht. Ich werde Sie anrufen. Geben Sie mir Ihre Handynummer.«

Leise vor sich hin grummelnd, zog der Padre ein iPhone aus der Tasche, sah nach und diktierte ihm die Nummer.

»Warten Sie fünf Minuten, bevor Sie gehen«, wies Tucker ihn an.

Der Padre schüttelte den Kopf. »Nein, ich werde mir den Film noch zu Ende anschauen. Ich muss doch sehen, wie George Clooney die Bösen um die Ecke bringt. Ein sehr befriedigender Anblick.«

Gemächlich ging Tucker die Stufen hinunter und verließ den Saal. Draußen im Flur sah er die Leiterin seines Teams an einem Wasserbrunnen trinken. Die Agentin sah auf und nickte. Das Signal gab Tucker zu verstehen, dass seine Mitarbeiter alle auf ihrem Posten waren, um den Padre zu verfolgen, egal welchen Ausgang er nehmen würde.

Tucker schlenderte an ihr vorbei. »In der obersten Reihe. Direkt an der Treppe.«

Am Ende des Gangs warf der Agentenchef einen kurzen Blick über die Schulter. Seine Teamleiterin war verschwunden, und die Saaltür fiel gerade lautlos ins Schloss.

9

In Höhe des Popcornstands sah Tucker, dass er einen der Fahrstühle ganz für sich allein haben konnte. Rasch lief er die letzten Schritte und stieg ein. Sobald die Tür sich schloss, nahm er sein gesichertes Handy heraus, das er benutzte, um vertrauliche E-Mails und Textnachrichten zu verschicken, auf geheime Netzwerke zuzugreifen oder um Gespräche zu führen, die topsecret waren. Von außen sah das Gerät ganz normal aus und funktionierte wie jedes internetfähige Smartphone, gleichgültig ob der Sicherheitsmodus eingeschaltet war oder nicht.

Während der Fahrstuhl sich in Bewegung setzte, aktivierte Tucker den abgesicherten Modus und rief Gloria Feit bei Catapult an. Die ehemalige Agentin Gloria war inzwischen Büroleiterin der Black Unit, dazu bestens vernetzte Schaltzentrale der Einheit und sporadische Aushilfe bei verdeckten Einsätzen.

»Ich dachte, du wolltest schon vor einer Stunde wieder zurück sein«, sagte sie. »Bridgeman hat nach dir gefragt. Du sollst sofort herkommen.«

Scott Bridgeman war der frischgebackene neue Chef von Catapult, ein Managertyp, der alles streng nach Vorschrift erledigte. Oder, wie Tucker es formulieren würde, ein Paragrafenreiter, so flexibel wie eine Eisenbahnschiene.

Er seufzte. »Ich komme, sobald es geht. In der Zwischenzeit starte doch bitte einen neuen Anlauf, den Aufenthaltsort des Carnivore festzustellen. Wir müssen ihn schnell finden.«

»Ich kümmere mich sofort darum.«

Er trennte die Verbindung, und die Fahrstuhltür öffnete sich im Erdgeschoss. Auf dem Weg durch die begrünte Eingangshalle hörte er seine Nachrichten ab. Die erste stammte von der Informationszentrale des Catapults und beantwortete eine Frage Judds. Die drei unbekannten Nummern auf dem Telefon des Doppelgängers gehörten zu Prepaidhandys, die nicht zurückverfolgbar waren. Wie nicht anders zu erwarten, dachte Tucker. Ein weiterer Beleg dafür, dass die Leute hinter der ganzen Inszenierung Profis waren.

Tucker hörte die zweite Nachricht ab.

»Hier ist Annie. Was um alles in der Welt hast du denn hier wieder für ein Durcheinander angerichtet, Tucker? Ruf mich an.«

Bei Annie handelte es um Annie Chernow, ihres Zeichens Captain der Washingtoner Polizei. Sie war eine seiner Schützlinge im Geheimdienst gewesen, bis sie Zwillinge bekam und einen Karriereweg einschlug, der sie nach Feierabend zu Hause sein ließ.

Er wählte ihre Dienstnummer. Sie war nicht an ihrem Schreibtisch, aber der Sergeant stellte ihn zu ihrem Handy durch. Als sie sich meldete, konnte er im Hintergrund metallisches Klappern und eine dröhnende Stimme hören.

»Bist du beim ME?«, fragte er und meinte damit den für den District of Columbia zuständigen Gerichtsmediziner.

»Sicher bin ich das. Weißt du, Tucker, bei dir kann ich mir immer sicher sein, dass es nicht langweilig wird. Nun erklär mir bitte, was dich so an dem Toten interessiert, den wir von der G Street Northeast gekratzt haben?«

»Warum fragst du? Hat er plötzlich das Bewusstsein wiedererlangt?«

»So ungefähr. In dem Fall hätte er uns vermutlich rasch verraten, dass sein Name *nicht* Judson Ryder lautet.«

Ausnahmsweise verschlug es Tucker die Sprache. Woher wusste sie das?

In deutlich härterem Ton fuhr sie fort: »Seine Verletzungen passen tatsächlich zu einem Zusammenstoß mit einem Schneemobil, da hast du recht, aber danach wird die Sache schräg. Der ME hat herausgefunden, dass an seinem Gesicht plastische Veränderungen vorgenommen worden sind. Durch aufgebrachte Schichten wurde ihm ein Nasenhöcker verpasst, die Wangenknochen hervorgehoben und das Kinn kantiger gemacht. Laut dem ME bestehen diese Prothesen aus irgendeinem neuen hautähnlichen Silikon, von dessen Existenz auf einem internationalen Pathologenkongress im letzten Jahr Gerüchte kursierten, den selbst er aber noch nie gesehen hat – bis jetzt. Das Silikon war mit einer gefärbten Polymerschicht überzogen, um es der Hautfarbe des Trägers genau anzupassen. Der ME hat erst eine Unmenge Fotos geschossen, bevor er die Prothesen entfernte, was gar nicht so leicht war, und dann weitere Aufnahmen von dem Resultat gemacht. Was ist hier los, Tucker?«

»Ich kann es dir nicht sagen. Ich wünschte, ich könnte es.«

»Das ist *mein* Toter hier«, erinnerte sie ihn. »*Meine* Ermittlung.«

»Ich brauche einen umfassenden Bericht, am besten gestern«, befahl er. »Und davon darf nichts nach außen dringen. Du, der ME und der Obduktionsraum, kein Zentimeter weiter. Zumindest einstweilen. Es muss dir ja nicht gefallen, Annie, aber tu, was ich gesagt habe. Nationale Sicherheit.«

Sie schnaubte. »Nationale Sicherheit? Der alte Spruch?«

Er ignorierte ihren Ton. »Ja, nationale Sicherheit, verdammt noch mal. Und ich muss wissen, wer der Tote in Wahrheit ist, und zwar rasch.«

»Oh, das kann ich dir sagen. Da seine Fingerabdrücke nirgends registriert waren, habe ich ihn durch unsere Gesichtserkennungsdatei geschickt und Bingo!. Sein Name ist Jeff Goos. Von Beruf ist er Schauspieler. Hat eine Wohnung in Richmond und arbeitet hier und da an der Ostküste fürs Fernsehen oder auf der Bühne. Zweimal geschieden. Heftige Unterhaltsverpflichtungen für seine Kinder. Und so weiter und so fort.«

Das war es, was ihm an Annie so gefiel, sie war verflucht gut. »Oje«, sagte Tucker. »Warte auf mich. Bin schon unterwegs.«

10

Sobald Tucker Andersen den Kinosaal verlassen hatte, streifte Sabino Zaragoza alias der Padre sich schnell den weißen Priesterkragen und das schwarze Gewand ab. In diesem Moment war auch schon Ricardo Agote, einer seiner Leute, der die ganze Zeit unbemerkt zehn Reihen unter ihm gesessen hatte, an seiner Seite. Wenige Sekunden später hatten sie die Kleidung getauscht, und Ricardo saß entspannt auf dem Platz des Padre, den schwarzen Kaschmirmantel über dem Schoß, die Popcorntüte in der Hand und den schwarzen breitkrempigen Hut steif auf dem Kopf.

Der Padre stieg derweil in Ricardos Thermojacke die Stufen hinab, nahm dessen Sitz ein, lehnte sich gemütlich zurück und beobachtete aus halb geschlossenen Augen, wie eine etwa dreißigjährige Frau den Saal betrat. Mit einer leichten Kopfdrehung konnte er sehen, dass sie sich in einer der höheren Reihen niederließ, von wo aus sie bequem den Kinobesucher im Auge behalten konnte, den sie für den Padre hielt. Sie war eindeutig eine von Tucker Andersens Observationsagenten.

Ein Lächeln umspielte den Mund des Auftragskillers, und er wandte seine Aufmerksamkeit wieder der Leinwand zu. George Clooney und seine Männer schlichen sich an eine Hütte an, in der sich die Schurken versteckten. Die Bösewichter schwebten in höchster Gefahr. Der Padre wusste nur allzu gut, wie es sich anfühlte, wenn es jeden Moment zum

Angriff, zur Vernichtung kommen konnte. Sein Magen rebellierte dagegen, dennoch wollte er, dass Clooney und seine Männer gewinnen. In einem seltenen Augenblick der Einsicht erkannte er darin den Konflikt, der ihn ein Leben lang angetrieben hatte.

Die letzten zehn Minuten des Films vergingen wie im Flug, und beim aufregenden Schluss durchströmte den Padre die wohlige Wärme der Erlösung.

Während auf der Leinwand noch der Abspann lief, stieg Ricardo im langen schwarzen Mantel des Padre und mit dessen schwarzem Hut auf dem Kopf die Saalstufen hinab. Der weiße Priesterkragen leuchtete in dem abstrahlenden Licht.

Auch die Agentin erhob sich und steuerte in diskretem Abstand den Ausgang an.

Nach und nach leerte sich der Saal. Der Padre zog eine rot karierte Kappe mit Ohrenschützern aus der Jackentasche. Er setzte sie auf und befestigte den Klettverschluss so straff, dass sich eine zusätzliche Wulst unter seinem Kinn bildete. Mit gesenktem Kopf stapfte er die Stufen zum hinteren Ausgang hinab und schlurfte durch einen langen grauen Gang Richtung Eingangshalle.

Geradeaus waren die Glastüren eines Ausgangs, der zur Tiefgarage führte. Einige Kinobesucher warteten hier auf ihre Begleiter, die den Wagen holten. Gerade glitt die Tür auf, und ein Schwall kalter Luft, der nach Autoabgasen stank, drang ins Innere. Unmittelbar neben der Tür war augenscheinlich ein weiterer von Tucker Andersens Agenten postiert. Ein drahtiger Mann mit braunen Haaren und nichtssagenden Gesichtszügen, der so tat, als würde er auf seinem Handy eine SMS schreiben, dabei aber jeden taxierte, der das Kino verließ.

Der Padre registrierte dies alles, und eine wohlbekannte Anspannung erfasste seine Schultern und wanderte den rechten Arm hinab auf das Messer, das *Navaja*, in seiner Tasche. Er trug es bei sich, weil es idiotisch wäre, nichts bei sich zu tragen, und weil eine Pistole ihm immer schon zu klobig und schwer gewesen war. Seinen kunstfertigen Umgang mit dem Messer unter Beweis zu stellen hatte er längst nicht mehr nötig, und reizen tat ihn der Kampf noch viel weniger, daher handelte es sich bei dieser Waffe um ein hochmodernes Injektionsmesser, das schnell und wirkungsvoll genug war, um damit die größten auf der Erde lebenden Raubtiere mit einem Stich zu erledigen.

Allerdings waren eine Auseinandersetzung und die damit verbundene Unannehmlichkeit, eine Leiche entsorgen zu müssen, wirklich das Letzte, was der Padre sich wünschte. Er wollte nach Möglichkeit unentdeckt entkommen. Also schleppte er sich schlurfend wie ein schwächlicher älterer Herr zu der Schlange der Wartenden und reihte sich ein. Als der Agent ihn bemerkte, schniefte der Padre und putzte sich dann beiläufig die Nase an seinem Jackenärmel ab.

Einen Moment lang blieb jede Reaktion aus. Dann huschte ein angewiderter Ausdruck über das Gesicht des Agenten. Sein Blick senkte sich wieder auf den Bildschirm seines Handys, und seine Daumen gaben ein paar Befehle ein.

Doch im Vorbeigehen warf auch der Padre einen Blick auf den Bildschirm – und sah in sein eigenes Gesicht.

Als würde er die Gedanken des Padre lesen können, hob der Agent den Kopf.

Einen unerwarteten Moment lang starrten die beiden einander in die Augen.

Ohne eine Miene zu verziehen, fluchte der Padre stumm vor sich hin und schlurfte durch die Tür. Ihm war klar, dass er verfolgt wurde, also ging er einfach bedächtig weiter. Im Treppenhaus des Parkdecks begann er nach unten zu steigen. Seine Schuhe knirschten auf dem Betonboden wie Schleifpapier. In der untersten Etage angekommen, drückte er eine Tür auf und schlüpfte rasch um die Ecke, wo er nicht gesehen werden konnte. Er zog sein Messer heraus und lauschte. Sein Atem ging ruhig.

Sobald er das Öffnen der Tür hörte, schnellte der Padre um die Ecke und rammte mit all seiner Masse den kleineren Mann gegen die Wand. Gleichzeitig stieß er die Spitze der Klinge in den Bauch des Agenten und drückte den Knopf im Neoprengriff des Messers. Mit einem gewaltigen Druck von 55 bar wurden 24 Gramm Kohlendioxid von einer Minikartusche im Griff durch die Klinge und aus der Spitze hinausgeschossen.

Der Agent schrie auf. Panisches Entsetzen lag in seinem Blick. Während er sich noch wehrte und zuckte, ließ die eiskalte Gasblase von der Größe eines Basketballs seine inneren Organe in Sekundenschnelle gefrieren. Kurz darauf erschlaffte der Körper, und der Padre beugte sich hinab, um ihn auf die Schulter zu nehmen. Dann rief der Padre mit der freien Hand über das Handy seine Limousine zu sich. Er musste die Leiche verschwinden lassen und hoffen, dass es Tucker Andersen nie gelingen würde, ihn mit dem Tod in Verbindung zu bringen.

Keine Minute später rangierte sein Chauffeur den schwarzen Cadillac rückwärts vor den Padre. Der Winkel, in dem das Fahrzeug parkte, machte es dem Fahrgast im Fond unmöglich zu sehen, was der Padre tat. Geräuschlos öffnete sich der Kofferraum. Während er noch die Leiche verstaute, trat der Chauffeur neben ihn. Der Padre gab ihm Anweisungen für die Entsorgung und rutschte dann zu seiner Frau auf die Rückbank. Er sog den Duft ihres kostbaren Parfüms ein und verdrängte alle Gedanken ans Geschäft.

»*Hola, generalissimo, querido mio*«, empfing ihn Catalina auf Spanisch mit einem Lächeln und einem schüchternen Wangenkuss.

Ihre Freude, ihn zu sehen, wärmte ihm das Herz. Sie war klein, erst neunzehn Jahre alt und besaß das breite Gesicht und Becken einer waschechten Baskin. Ihre schönen schwarzen Augen strahlten ihn voller Bewunderung an. Ihre Zähne waren klein und saßen mittlerweile – dank des hervorragenden Kieferchirurgs, den er in der Nähe ihres, neuen Heims in Gstaad aufgetrieben hatte – makellos gerade. Ihre Finger waren kurz, aber ihre Hände breit und kräftig. Während er sie betrachtete, verschränkte sie ihre Finger mit seinen. Dies war seine erste Ehe. Er hob den linken Arm, und sie schlüpfte darunter.

»Hat alles gut geklappt?« Sie war ein naives Ding und wusste nichts von seiner Arbeit.

»So gut, wie zu erwarten war«, antwortete er auf Baskisch. Mit zunehmendem Alter war seine Sehnsucht nach den eigenen Wurzeln immer stärker geworden. Sich mit ihr in der gemeinsamen Muttersprache unterhalten zu können stillte dieses Verlangen ein wenig.

»Weißt du denn jetzt, wo der Mann wohnt, den du treffen willst?«, erkundigte sie sich neugierig auf Baskisch. »Den Carnivore hast du ihn genannt, wenn ich richtig gehört habe.«

»Keine Sorge. Ist alles bloß geschäftlich. Aber ich muss noch ein paar andere Dinge erledigen. Der Fahrer kann dich entweder in Bethesda absetzen, und du gehst ein wenig shoppen, oder du bleibst bei mir.«

Sie tätschelte seine Brust, und die zahllosen Diamanten an

ihrem Ehe- und ihrem Verlobungsring funkelten. »Ich bleibe bei dir.«

Er war reich und bot ihr Geld, so viel sie haben wollte. Dennoch hatte sie sich gegen die Shoppingtour entschieden. Er wusste ihre Bescheidenheit und ihren gesunden Menschenverstand zu schätzen. Sie war wie seine Mutter – solide, verlässlich und strikt. Sein Hals schnürte sich zusammen, als er an seine verstorbene Mutter dachte. Er war bereits mit fünfzehn der ETA beigetreten, um dabei zu helfen, Spanien zur Einwilligung in die nationale Unabhängigkeit der Basken zu zwingen. Aber dann geriet seine Mutter ins Kreuzfeuer zwischen einer ETA-Einheit und Francos Polizei und wurde erschossen. Seine Einheit hätte sie retten können, entschied sich jedoch dafür, sie zu opfern, um es politisch ausschlachten zu können.

Das war der Punkt gewesen, an dem er die ETA verlassen und sich mit den dort gelernten Fähigkeiten selbstständig gemacht hatte. Um Regierungen und ihre banalen Streitfragen kümmerte er sich schon lange nicht mehr. Sie bezahlten ihm viel Geld, damit er für sie die Drecksarbeit tat und sie derweil ihre eigenen dreckigen Absichten entrüstet leugnen konnten. Sie unterschieden sich keinen Deut von der ETA.

Catalina seufzte und schmiegte sich an ihn. Lächelnd strich er über ihr seidenweiches Haar. Als das iPhone an seiner Hüfte vibrierte, zog er es heraus und lächelte erneut. Alles verlief nach Plan.

II

Silver Spring, Maryland

Unter dem strahlend blauen Himmel wurde die Luft langsam wärmer. Schnee tropfte von Dachrinnen und Briefkästen. Ryder bog in die Derby Rodge Lane und folgte ihrem weit geschwungenen Verlauf. Links der Straße reihten sich Häuser aneinander, während auf der rechten ein verschneiter Wald bis weit in die Ferne reichte. Er parkte vor dem modernen Reihenhaus mit weißen Pfeilern und Fensterläden, in dem Eva wohnte. Als er den Motor ausschaltete, vibrierte sein Samsung Galaxy Smartphone.

Tuckers Stimme klang laut und kräftig. »Ich bin beim ME gewesen, um nachzusehen, ob es etwas Neues zu der Leiche des Mannes gibt, der sich für dich ausgegeben hat. Der Grund für die Ähnlichkeit mit dir sind Gesichtsprothesen.«

Ryder runzelte ungläubig die Stirn. »Sicher?«

»Dem ME zufolge hätte man ein Vergrößerungsglas gebraucht oder sein Gesicht mit den Fingern untersuchen müssen, um es zu merken. Die Kanten heben sich mikrofein ab, und die Prothesen fühlen sich ein wenig steifer an als menschliche Haut.« Tucker beschrieb die farbigen Polymerschichten, die kosmetische Tönung, mit der die Übergänge kaschiert wurden, und den wasserfesten, biokompatibel trocknenden Klebstoff.

»Herrgott. Da hat sich jemand aber verdammt viel Mühe gegeben.«

»Kann man so sagen. Der Name deines Doppelgängers lautet übrigens Jeff Goos. Er war Schauspieler und lebte in Richmond. Meine Leute recherchieren gerade nach mehr Hintergrundinformationen. Hast du ihn gekannt?«

»Noch nie von ihm gehört. Wie lange habe ich Zeit, bis die Cops und der ME bekannt geben, dass nicht ich es bin?«

»Der ME wollte sofort an die Öffentlichkeit gehen, aber ich konnte ihn überzeugen, dir die Woche zu geben. Ich musste allerdings die ›nationale Sicherheit‹ bemühen, um ihn davon abzuhalten.« Tucker wechselte das Thema. »Du hast mir einmal gesagt, du wüsstest nicht, wo der Carnivore wohnt oder wie man ihn findet. Gilt das noch immer?«

»Ja. Warum?«

»Hast du schon einmal von einem Auftragskiller gehört, den sie den Padre nennen?«, fragte Tucker.

»Ja, er arbeitet schon seit ewigen Zeiten selbstständig und ist vor allem in Europa aktiv.«

»Genau. Nach unserem Gespräch heute habe ich ihn getroffen. Wie sich herausstellte, versucht er, den Aufenthaltsort des Carnivore herauszufinden. Seine heißeste Spur bislang ist, dass der Carnivore bei seinem letzten Job mit dir, Eva und mir zusammengearbeitet hat. Weiß Eva, wo er steckt oder wie man ihn kontaktieren kann?«

»Kann sein, kann auch nicht sein«, antwortete Ryder. »Dazu hat sie nie etwas erwähnt.«

»Wenn sie es weiß, dürfte der Carnivore befürchten, sie könnte es dir oder mir erzählt haben.«

»Soll das heißen, der Carnivore könnte der Mann gewesen sein, der meinen Doppelgänger umbrachte, weil er ihn für mich hielt?«

»Ja, wenn er seine Sicherheit bedroht sah.«

Ryder studierte aufmerksam die Straße. »Gibt es Fotos der beiden, die du mir schicken könntest?« Den Padre hatte er noch nie gesehen, und dem Carnivore war er nur zweimal persönlich begegnet, und beide Male war der Assassin verkleidet gewesen.

»Wir haben die Observierungsaufnahmen des Padre von heute. Ich werde sie dir schicken. Aber was den Carnivore betrifft, habe ich nichts. Er wird nicht umsonst der Mann ohne Gesicht genannt. Wir besitzen weder Videomaterial noch Fotos oder Phantomzeichnungen von ihm, zumindest konnten wir nie welche auftreiben. Er achtet peinlich genau auf seine Sicherheit, dafür ist er berüchtigt. Ich ruf dich an, wenn ich etwas Neues erfahre. Und du tust gefälligst dasselbe.« Tucker legte auf.

Ryder stopfte das Galaxy in die Hosentasche, schlang sich den Rucksack um, lief zu Evas Tür und klingelte. Es war so still in der Straße, dass er das leise Dröhnen des East-West Highway hören konnte, der auf der anderen Seite des Hügels verlief. Er drückte erneut auf die Klingel. Schließlich beugte er sich über das Geländer der Eingangsveranda und warf einen Blick durch das tiefe Frontfenster. Ein Sessel war umgestürzt und lag auf der Seite. Der Couchtisch war in zwei Teile zerbrochen, der Bildschirm des Fernsehers zersplittert. Adrenalin schoss durch seinen Körper. *Was war mit Eva?*

Er riss sich die Handschuhe von den Fingern, streifte den Rucksack ab und fischte seinen Dietrich heraus. Sekunden später stand er im Haus. Leise schloss er die Tür hinter sich und lauschte in die Stille. Er sah sich im Wohnzimmer um. Außer der zerschlagenen Einrichtung gab es Schleifspuren auf dem Dielenboden und Blutspritzer vor dem Fernseher.

Den Blutspuren zufolge muss der Kampf ziemlich heftig gewesen sein. Eva war womöglich tot, oder sie war gewaltsam entführt worden. Und inzwischen wusste er auch, dass der Carnivore einen Grund dafür hatte.

Ryder kontrollierte rasch Esszimmer und Küche. Alles schien an seinem Platz zu sein. Durch das rückwärtige Fenster sah er Evas Wagen auf dem Privatparkplatz stehen. Er war von einer fast dreißig Zentimeter hohen Schneeschicht bedeckt. Ryder lief nach oben, ging kurz durch das Arbeitszimmer und das Badezimmer und warf einen Blick hinter alle Türen. Im Schlafzimmer roch er noch den Rosenwasserduft ihres Parfüms. Ansonsten entdeckte er nirgends ein Anzeichen von ihr.

Er machte auf dem Absatz kehrt, rannte aus dem Raum und wählte ihr Handy an. In dem Galaxy, das er an sein Ohr presste, ertönte das Klingeln des durchgehenden Anrufs, aber zur gleichen Zeit hörte er auch irgendwo im Erdgeschoss ein Telefon klingeln.

Er stürmte die Stufen hinunter, folgte dem Geräusch bis zum Sofa in ihrem Wohnzimmer und begann, mit beiden Händen zwischen den Kissen zu wühlen. Endlich fühlte er zwei aneinandergedrückte Gegenstände, von dem eins vibrierte und klingelte. Er zog die beiden heraus und fand ein nagelneues Mobiltelefon, bei dem es sich um ihres handeln musste, da es auf seinen Anruf reagiert hatte, und einen GPS-Tracker. Verflucht, war sie clever. Er tippte auf die Off-Taste seines Galaxys, und das Klingeln brach ab. Sie hatte damit gerechnet, dass der Carnivore ihr das Handy abnehmen würde, daher hatte sie Vorsorgemaßnahmen ergriffen und beide Gegenstände versteckt in der Hoffnung, Ryder würde wie versprochen zu ihr kommen. In dem Fall würde er bestimmt das verwüstete Wohnzimmer bemerken, ins

Haus einbrechen, ihre Mobilnummer anrufen und durch das Klingeln den Peilsender entdecken.

Er schaltete den GPS-Tracker ein. Mit einem leisen *Biep* erwachte der Bildschirm zum Leben und zeigte auf einer Rasterkarte den nördlich von Evas Haus gelegenen Teil Marylands. Ryders Puls beschleunigte sich. Ein grüner Punkt, der für irgendein Fahrzeug stehen musste, bewegte sich mit 101 km/h auf der Route 650 von hier fort. Ein grimmiges Lächeln umspielte seinen Mund. Eva hatte den Tracker dagelassen, weil sie sich selbst mit einem Sender verwanzt hatte. Auf diese Weise konnte er ihr problemlos folgen.

Ryder rannte durch die Haustür in das fahle Nachmittagslicht hinaus, schwang sich hinter das Steuer seines Pick-ups und raste davon.

12

Washington, D. C.

Die Organisation, die intern den Namen Catapult trug, saß mitten im Herzen des historischen Capitol-Hill-Viertels, wo sie in einem der alten Backsteingebäude aus der amerikanischen Gründerzeit untergebracht war. Dem Schild über dem Eingang nach residierte hier der Council of Peer Education, offensichtlich eine der zahlreichen Verbände, die sich in dieser Gegend ansiedelten, um möglichst bequem im Weißen Haus und im Kongress Lobbyarbeit zu betreiben. In Wahrheit war Catapult eine Black Unit des CIA, deren Auftrag darin bestand, aktive Geheimdienstoperationen durchzuführen, mit denen weltweit negative Entwicklungen initiiert oder abgewendet werden konnten.

Tucker Andersen ging weiter zum Nebeneingang, gab seinen Code über das Tastenfeld ein und wartete, bis der Iris-Scanner ihn erkannt hatte. Als ein leises Klicken die Freigabe der Tür signalisierte, trat er ein. Durch die Gänge eilten geschäftige Mitarbeiter und trugen Aktenmappen, die je nach Sicherheitsstufe unterschiedliche Farben besaßen. Das alte Gebäude bebte in seinem Innern förmlich vor Energie, und Tucker genoss diese erregende Atmosphäre.

Am Empfang sah Gloria Feit von ihrem großen Stahlschreibtisch auf, zog sich die Brille mit dem regenbogenfarbenen Gestell von der Nase und musterte ihn. »Einigermaßen unbeschädigt, wie es aussieht«, bemerkte die kleine Frau mit den blauen Augen und den vielen Lachfältchen spitz. In ihrer langärmligen weißen Bluse und dem Trägerkleid aus schwarzer Wolle glich die Endvierzigerin eher einer Nonne als einer Geheimagentin mit schwarzem Gürtel in Karate.

»Was hast du erwartet? Eine von Kugeln durchsiebte Leiche?« Er löste seinen Schal und knöpfte den Wintermantel auf.

»Bei dir bin ich mir da nie sicher«, erwiderte Gloria ungerührt. »Hier, das haben wir bisher über den Carnivore zusammentragen können.«

»Danke.« Er nahm den Stapel Papiere, den sie ihm hinhielt.

»Bridgeman erwartet dich.« Damit war Scott Bridgeman, der neue Direktor von Catapult gemeint.

Tucker unterdrückte ein Seufzen und nickte.

»Dachte ich mir doch, dass Sie das sind, Tucker«, sagte eine vertraut klingende Stimme hinter ihm.

Der Agent drehte sich um und sah Bash Badawi auf sich zukommen. Bash, ein gelenkiger Typ mit pechschwarzem Haar, war einer von Tuckers Infiltrationsspezialisten. Er hatte erst kürzlich eine lang andauernde Operation in Rom zu Ende geführt, war nun seit drei Wochen wieder zu Hause und langweilte sich.

»Brauchen Sie Hilfe?«, erkundigte sich Bash. »Irgendein Auftrag? Mal schnell rüber nach Peschawar?«

»Sie sollen sich entspannen, Bash«, ermahnte Tucker ihn. »Lassen Sie es ruhig angehen.«

Gloria mischte sich ein: »Der Chef will dich sehen, Tucker, denk dran.«

»Okay, okay. Bin schon unterwegs.« Tucker umkurvte ihren Schreibtisch und klopfte an die Tür des Direktors.

»Herein.«

Tucker trat ein. Scott Bridgeman hatte das beste Büro in dem dreistöckigen Gebäude, mit großen Fenstern, die auf die mit Bäumen gesäumte Allee hinausführten. Sämtliche Scheiben in Catapults Büro waren aus schusssicherem, gekrümmtem Spezialglas gefertigt, mit dem verhindert werden sollte, dass jemand hineinsehen oder mithilfe eines Demodulators Gespräche abhören konnte.

»Nehmen Sie Platz, Tucker.« Bridgeman legte den Stift aus der Hand. Mit seinen ebenmäßigen Zügen, den strohblonden Haaren und dem muskelbepackten Oberkörper sah er gut genug aus, um als Fotomodel für Calvin Klein durchzugehen. Trotz seines guten Aussehens hatte er im Außendienst unter Beweis gestellt, wie geschickt er sich in nahezu jedem Umfeld unsichtbar machen konnte. Bei Catapult jedoch galt für sein Auftreten das genaue Gegenteil. Hier war seine Anwesenheit stets unmissverständlich zu spüren.

»Aber gerne.« Tucker warf seinen Mantel über einen der Stühle, die vor dem Schreibtisch standen, und setzte sich in den anderen. Er war müde von den vielen Aktivitäten an diesem Tag.

»Okay, wie ist denn der aktuelle Stand.« Bridgeman lehnte sich zurück und verschränkte die Hände hinter dem Kopf.

Tucker schilderte seine mittägliche Begegnung mit dem Padre im Kino und erläuterte, wie die Fässer mit Waffen an den Strand des Gazastreifens gelangten. »Natürlich wollte der Padre für diese Info im Gegenzug etwas haben, nämlich den Aufenthaltsort des Carnivore. Hier der vorläufige Bericht über den Carnivore, um den ich Gloria gebeten hatte.«

Er wollte die Seiten über den Tisch schieben, aber Bridgeman winkte ab. »Nein, erzählen Sie.«

»Kurz gesagt: Der Carnivore ist seit fast vierzig Jahren international als Auftragskiller unterwegs. Manchmal war er uns nützlich. Manchmal nicht …«

Bridgeman beugte sich vor. »Der Carnivore ist bei der *Library of Gold*-Operation aufgekreuzt und hat Ihnen Geheiminformationen mitgeteilt – Informationen, zu denen eigentlich nur Ihr Team Zugang hatte. Wie ist der Carnivore an diese Informationen gekommen? Die einzige Erklärung ist, dass sie von einem Ihrer Leute stammten. Leute, die jetzt *meine* Leute sind. Eine andere Quelle gab es nicht. Wir haben also einen verfluchten Maulwurf hier unter uns. Geht Ihnen das nicht irgendwie auf den Sack, Tucker? Mir geht es jedenfalls so.«

Tucker blieb einen Moment stumm. Scott Bridgeman war erst dreißig Jahre alt und leitete dennoch bereits eine der bedeutendsten Geheimabteilungen der CIA. Die Zentrale in Langley verfügte inzwischen eben nicht mehr über die breite Auswahl an erfahrenen Spitzenkräften für Führungsaufgaben wie in der Vergangenheit.

In geduldigem Ton antwortete Tucker: »Die ganze Sache könnte allerdings auch gar nichts mit uns zu tun haben. Es gab andere Leute im Umfeld, die ebenfalls eingeweiht waren – etwa Armeeangehörige. Was zählt, ist, dass nicht zuletzt dank dieser Informationen die Operation erfolgreich abgeschlossen wurde. Der Carnivore war aus freien Stücken dabei, hat keinen Cent bekommen, und sein einziger Lohn bestand darin, zusammengeschossen zu werden. Trotzdem habe ich nach meiner Rückkehr eine Untersuchung eingeleitet, die klären sollte, ob einer unserer Leute heimlich mit ihm zusammenarbeitet. Diese Untersuchung geriet ins Stocken, als in einigen unserer Hotspots die Lage eskalierte. Natürlich habe ich Gloria inzwischen angewiesen, die Ermittlungen wieder in Gang zu setzen.«

Bridgemans Augen blitzten. »Wir brauchen zügig Antworten.«

»Das ist Gloria bewusst.« Tucker überlegte, ob er die neueste Baustelle mit dem Doppelgänger von Judd Ryder erwähnen sollte. Nicht einmal Gloria wusste bislang davon.

Der Mann mit dem blonden Bürstenhaar musterte ihn durchdringend. Seine Brauen zogen sich zusammen. »Warum haben Sie eigentlich diesen Posten hier nicht übernommen, als er Ihnen angeboten wurde, Tucker? Sie sind doch eine Legende in diesem Laden. Sie könnten jetzt auf meinem Stuhl sitzen.«

»Schon der Job als stellvertretender Direktor zwingt mich, viel zu viel Zeit im Büro zu verbringen«, erklärte Tucker offen. »Bei Ihrem Posten könnte ich mich genauso gut am Schreibtisch festketten.« Der Außendienst half Tucker, einen klaren Kopf zu bewahren. Es gefiel ihm, in ständig wechselnden Einsatzfeldern unterwegs zu sein, neue Leute kennenzulernen und Gelegenheit zu haben, sich ganz persönlich und an vorderster Front mit intelligenten und gefährlichen Gegnern zu messen.

»Wie soll ich mit einem wie Ihnen umgehen, Tucker? Sie weihen mich erst in Ihre Schritte ein, wenn sie bereits längst durchgeführt sind. Eben habe ich einen Anruf von Matt Kelley bekommen.« Kelley war der Direktor der geheimdienstlichen Koordinationsbehörde NCS. »Er hat mir erzählt, Sie wären beim ME gewesen und hätten angeordnet, die Ermittlungen im Fall des toten Doppelgängers von Judd Ryder geheim zu halten. Matt wollte wissen, warum ich so blöd bin, mir hier auf der Nase herumtanzen zu lassen.«

Das klang ganz nach Matt, dachte Tucker mit ausdrucksloser Miene.

»Verdammte Scheiße, Sie haben die Sache mit der Nationalen Sicherheit begründet«, fuhr Bridgeman fort. »Dazu waren Sie überhaupt nicht autorisiert. Außerdem wissen Sie nur zu gut, dass Judd Ryder kein unbeschriebenes Blatt ist. Er hat im Irak richtig Ärger gehabt.«

»Aber bei der *Library of Gold*-Mission hat er uns mehr als einmal aus der Klemme geholfen«, erinnerte Tucker ihn.

Scotts Lippen wurden schmal. »Er hat für den militärischen Geheimdienst Zielobjekte in Pakistan und im Irak ausgeschaltet. Und einem Auftragskiller ist nie wirklich zu trauen, selbst wenn es einer von unseren ist. Sie bekommen Albträume und Flashbacks. Sie sind überreizt und reagieren irre. Sie sind unberechenbar, und das Töten wird ihnen zur Gewohnheit. Sie hatten Glück, dass er gerade innerlich ausreichend gefestigt war, als Sie ihn für uns unter Vertrag genommen haben.«

»Ich kenne Judd schon sein ganzes Leben. Er ist innerlich ebenso gefestigt wie Sie und ich.«

Bridgeman schüttelte den Kopf.

»Das lässt sich doch schon an Judd Ryders Familiengeschichte ablesen. Sein Vater hat sich als international operierender Verbrecher entpuppt.«

»Ich bezweifle stark, dass Judd überhaupt eine Ahnung davon hatte, was sein Vater getrieben hat. Judd hat zehn Millionen Dollar von ihm geerbt, aber statt sich an der Riviera zur Ruhe zu setzen oder alles für Glücksspiel oder Drogen auf den Kopf zu hauen, gründete er damit eine Stiftung, die in benachteiligten Gegenden Schulen baut. Sein gesamtes Vermögen hat er da hineingesteckt. Und das ist wohlgemerkt eine Stiftung, die tatsächlich etwas tut, nicht so ein Laden zur Steuerhinterziehung. Er kümmert sich persönlich um die einzelnen Projekte. Er hämmert Nägel in die Balken und streicht Wände. Er ist gerade aus Bagdad zurückgekommen, wo er in einem der ärmsten Viertel der Stadt eine Grundschule ins Leben gerufen hat.«

»Schön für ihn. Schicken Sie ihn nach Bagdad zurück. Ich möchte nicht, dass er Catapult Schaden zufügt.« Bridgeman beugte sich über den Schreibtisch. Sein Kinn trat hervor. »Sie haben Ryder durch Ihr Auftreten beim Gerichtsmediziner in Schutz genommen, obwohl Sie genau wussten, dass ich diesem Vorgehen niemals zugestimmt hätte. Der Mord an dem Doppelgänger ist Sache der Polizei. Ich möchte, dass Sie den ME anrufen, sich entschuldigen und ihm erklären, dass Sie zu weit gegangen sind.«

»Der ME ist ein eitler Pfau. Er wird das mit Ryder sofort an die große Glocke hängen.«

»Vermutlich. Aber zumindest wird er Langley nicht mit hineinziehen.«

Tucker schluckte seinen Ärger hinunter. »Sie haben recht. Ich hätte melden sollen, was ich vorhabe, aber es war verdammt wenig Zeit, und es ist auch noch gar nicht gesagt, dass ich damit falschlag. Mit dem Padre ist jedenfalls schon ein internationaler Auftragskiller auf amerikanischem Boden aktiv.«

»Wie Sie genau wissen, sind Ermittlungen innerhalb unserer Grenzen Aufgabe des FBI.«

»Aber wir teilen unsere vertraulichen Informationen nicht immer mit dem FBI und die nicht mit uns. Und wenn doch, dann meist mit gehöriger Verspätung.«

»Der Padre kümmert uns nicht. Er hat sich hier nichts zuschulden kommen lassen.«

»Nichts, wovon wir wüssten«, entgegnete Tucker. »Das Schlimme ist doch, dass wir nicht einmal wissen, was er vorhat, außer dass er hinter dem Carnivore her ist.«

»Er hat uns mit wertvollen Informationen versorgt.«

Bridgemans Ton war eisig. »Sie haben keinen echten Beweis dafür, dass er den Carnivore umbringen will. Und selbst wenn, der Carnivore ist womöglich Tausende von Meilen weit weg. Wollen Sie wirklich die Zeit unserer Leute für eine derart vage Geschichte vergeuden? Solange Sie mir nichts Handfestes zu bieten haben, am besten etwas, das geht, redet und Blut in den Adern hat, lassen Sie mich mit Ihren Annahmen in Ruhe.«

Tucker sah auf seine Hände hinab, die er ordentlich gefaltet auf dem Schoß hielt. So saß er häufig, wenn er angegriffen wurde. Manche Leute verschränkten dann die Arme vor der Brust, eine unbewusste Geste der Selbstverteidigung, mit der sie ihr wertvollstes Organ, das Herz, schützten. Andere fuhren sich mit der Hand an ihren Hals oder spielten mit ihren Haaren. Vor langer Zeit schon hatte Tucker sich entschlossen, in solchen Situationen lieber entspannt zu wirken. Also legte er die Hände locker auf dem Schoß zusammen, wodurch seine Schultern zwangsläufig jede Anspannung verloren. Die dafür nötige Selbstbeherrschung lenkte sein Hirn von dem Angriff ab und ermöglichte es ihm, sich besser zu konzentrieren.

Tucker sagte ruhig. »Sie haben mich eine Legende genannt. Sie sagten, ich könnte jetzt auf Ihrem Stuhl sitzen. Wenn nur eins davon stimmt, lohnt es sich ja vielleicht, meine Meinung in dieser Angelegenheit ernst zu nehmen. Lassen Sie mich die Sache mal anders angehen. Um ein guter Agent zu sein, braucht es Intelligenz, hohen Arbeitseinsatz und Talent. Um ein außergewöhnlicher Agent zu sein, muss man aber noch eine weitere Fähigkeit besitzen – Instinkt. Das richtige ›Bauchgefühl‹, wenn Sie so wollen. Von Ihnen zum Beispiel würde ich annehmen, dass Sie ein gutes Bauchgefühl besitzen.« Bislang hatte er noch nicht einmal einen

Beleg dafür, dass Bridgeman über irgendein Gefühl verfügte. Tucker versuchte damit nur, ihn in eine empfänglichere Stimmung zu versetzen.

Bridgeman nickte vorsichtig. »Fahren Sie fort.«

»Mein Bauchgefühl schreit geradezu, dass hier ein Riesending läuft und dass es sich bei der Jagd des Padre auf den Carnivore nur um die Spitze des Eisbergs handelt. Zum einen haben wir es hier schließlich mit Titanen aus der Welt der Auftragskiller zu tun. Die vergeuden ihre Zeit nicht mit bloßen Revierkämpfen. Dafür gibt's kein Geld, und irgendeinen erwischt es bestimmt. Wenn man sich auf diesem exklusiven Niveau bewegt, ist man da schnell selbst weg vom Fenster. Was also ist so Bedeutsames geschehen, dass es den Padre veranlasste, sich mit dem Carnivore anzulegen?«

Bridgeman blieb stumm.

»Zum anderen die Frage«, fuhr Tucker fort, »wer Judds Doppelgänger umbracht hat. Und wem galt der Anschlag tatsächlich – dem Doppelgänger oder Judd? Am selben Tag noch bittet der Padre mich, möglichst rasch für ihn den Carnivore aufzutreiben. Die logische Antwort also ist, der Carnivore hat den Doppelgänger getötet in der Annahme, es sei Judd, und zwar weil er fürchtete, Judd könnte dem Padre erklären, wie der an ihn herankommt. Der Carnivore ist besessen von der eigenen Sicherheit. Nicht zuletzt aus diesem Grund gilt er schon so viele Jahrzehnte als unantastbar. Er hat mehr Pseudonyme benutzt, als Borsten an einer Bürste sind. Wie sein richtiger Name lautet? Keine Ahnung. Seine Staatsangehörigkeit? Viel Glück beim Raten. Ich sehe die Sache folgendermaßen: Der Carnivore weiß, dass der Padre hinter ihm her ist. Er muss jede Möglichkeit ausschließen, von ihm aufgespürt zu werden. Der letzte Job des Carnivore war gemeinsam mit Judd, Eva Blake und mir. Judd behauptet, der Carnivore habe ihm nichts darüber erzählt, wo er wohnt. Mir hat er auch nichts gesagt. Bleibt noch Eva Blake. Judd ist in diesem Moment auf dem Weg zu ihr. Der Carnivore und sie haben sich eine Weile Gesellschaft leisten müssen. Er könnte es ihr gesagt haben, und wenn er es getan hat, dann wird er nun befürchten, dass sie es Judd oder auch mir weitererzählt hat.«

»Glauben Sie, er wird sie ins Visier nehmen?«, erkundigte sich Bridgeman neugierig.

Tucker zuckte mit den Achseln. »Wichtig ist nur, dass zwischen dem Padre und dem Carnivore irgendein Riesending laufen muss. Judd ist bereits mit hineingezogen worden. Lassen wir ihn doch einfach ein wenig herumschnüffeln und ersparen uns damit womöglich einigen Ärger.«

Bridgeman wandte den Blick ab. Tucker hatte einen wichtigen Aspekt angesprochen, aber Bridgeman konnte sich offenbar noch nicht überwinden, ihm zuzustimmen.

»Matt Kelley kann den ME zum Einlenken bewegen«, sprach Tucker weiter. »Wenn Sie Matt nicht darum bitten wollen, kann ich das tun.« Damit hatte er seinen höchsten Trumpf ausgespielt. Matt Kelley war nicht nur Direktor des National Clandestine Service, er hatte sich auch vor etwa zwanzig Jahren unter Tucker seine ersten Sporen verdient. Bridgeman konnte es auf gar keinen Fall zulassen, dass sich Tucker über seinen Kopf hinweg an Matt wandte.

Bridgeman tat, als wäre ihm gerade eine brillante Idee gekommen. »Diese Situation scheint mir doch potenziell zu heikel, als dass der ME sie an die große Glocke hängt. Wie viel Zeit braucht Ryder?«

»Eine Woche.«

»Eine Woche?« Bridgeman lehnte sich zurück und fuhr sich mit einer Hand über das Gesicht. »Mein Gott. Ich werde mit dem ME reden und sehen, ob ich die für Sie rausholen kann. Aber Ihr Freund Ryder sollte sich verdammt beeilen. Sein erster Tag geht schon zur Neige.«

13

Montgomery Country, Maryland

Judd Ryder jagte seinen Pick-up die Route 650 in nördliche Richtung. Häuser und Geschäfte huschten als verschwommene Masse an ihm vorbei. Während er mit hundertdreißig dahinraste, kontrollierte er ständig den Tracker, den Eva für ihn zurückgelassen hatte, und hielt zugleich Ausschau nach Wagen der State Police, die den Verkehr überwachten. Nach gut zwanzig Kilometern wurde die Umgebung hügelig und ländlich, und der vierspurige Highway schrumpfte auf zwei Spuren zusammen. Eingeholt hatte er sie noch immer nicht. Seine Hände umklammerten das Lenkrad so fest, dass die Knöchel schmerzten.

Endlich wanderte der grüne Punkt auf dem Tracker von der Interstate fort. Der Wagen musste abgebogen sein. An einer Kirche mit weißem Kirchturm tat Ryder dies auch und folgte nun einer Landstraße nach Osten. In diesem Moment blieb der Punkt auf dem Trackerbildschirm stehen und setzte sich auch nicht mehr in Bewegung. Ryders Blick richtete sich starr geradeaus. Ihr Wagen hatte angehalten.

Erleichtert gab Ryder Gas, fuhr mit seinem Pick-up in ein Waldstück und überquerte eine Steinbrücke. Um ihn herum stiegen bewaldete Hügel auf, und dann sah er einen Abzweig, der nicht breiter war als eine gewöhnliche Garageneinfahrt. Daneben stand auf einem kleinen Schild:

JAGDKLUB ESTI

PRIVAT – EINFAHRT VERBOTEN

Ryder schoss daran vorbei, parkte ein Stück weiter abseits der Straße, nahm den Rucksack um und kehrte zu Fuß mit dem Tracker in der Hand zurück. Er nahm seine Beretta heraus und stapfte in den Wald. Die Wintersonne fiel in langen silbernen Streifen durch die Bäume. Hinter einer großen Eiche versteckt, sondierte er den Eingang des Jagdklubs. Hohes Stahltor mit integrierter Gegensprechanlage. Zu beiden Seiten Überwachungskameras hoch in den Bäumen.

Sein Tracker zeigte an, dass der Punkt sich leicht bewegte. Offenbar lief Eva herum. Ryder wechselte die Einstellung und rief eine Karte der Gegend auf, aber als er hineinzoomen wollte, wurde die Ansicht unscharf. Erkennen konnte er nur zwei quaderförmige Gebäude, einige vage Konturen, die anscheinend kleinere Hütten darstellten, die schemenhafte Zufahrt und eine graue, formlose Masse, bei der es sich vermutlich um Wald handelte. Er stieß einen lautlosen Fluch aus. Da dieses Gebiet nördlich von Washington Teil der nationalen Sicherheitszone war, verbot die amerikanische Regierung die Veröffentlichung detaillierter Satellitenbilder.

Durch Schnee und tief hängende Äste kämpfte sich Judd den Hang hinauf. Seine Stiefel wurden immer schwerer. Schließlich stieß er auf einen Trampelpfad, dem er folgte. An einem Hochsitz vorbei stieg er bis zur Hügelkuppe hinauf, wo er sich hinkauerte und den Jagdklub unter sich beobachtete. Die Anlage bestand tatsächlich aus zwei großen Jagdhäusern und einigen kleinen Hütten mit steilen Schindeldächern. Die Zufahrt mündete vor den Gebäuden in ein weites gepflastertes Oval, auf dem ein weißer Ford

Explorer parkte. Zwei Männer in dick gefütterten Jagdjacken standen bewaffnet vor dem Wagen. Einer von ihnen rauchte, der andere telefonierte. Sie trugen ihre Waffen mit routinierter Sicherheit. Andere Fahrzeuge waren nicht zu sehen, und sämtliche Fenster in den Häusern schienen dunkel.

Ryder ließ den Blick zur Seite wandern und entdeckte Eva, die an einem der Jagdhäuser unter dem überdachten Vorbau hervortaumelte. Ihr Kopf war unbedeckt, und die langen Haare leuchteten feuerrot in der Nachtmittagssonne. Es folgte ein bewaffneter Mann, der sie vor sich herstieß. Ryders Unterkiefer spannte sich an. Sie stürzte auf die Knie und schrie auf. Der Bewacher packte ihren Arm und riss sie hoch. Dann gab er ihr einen weiteren Stoß, drängte sie in eine der kleinen Hütten und verriegelte die Tür. Sekunden später tauchte sie bereits am Fenster auf, wo sie die Hände an die Scheiben presste und nach draußen sah. Ihre Gesichtszüge waren angstverzerrt.

Sich geschlagen zu geben passte gar nicht zu Eva, dennoch wirkte sie hoffnungslos. Was hatten sie mit ihr angestellt? Ryders Hand schloss sich noch fester um die Beretta. Aus Richtung der Zufahrt näherte sich das Brummen eines kraftvollen Motors, und kurz darauf erschien eine schwarz glänzende Cadillac-Limousine. Die Scheiben waren verdunkelt, sodass man die Insassen nicht sehen konnte. Sobald der Wagen stand, öffnete sich die Fahrertür, und ein Mann stieg aus, der genau die gleiche gefütterte Jagdjacke trug wie die anderen drei Männer. Auch er hielt eine Waffe in der Hand. Aufmerksam suchte sein Blick die umliegenden Hänge ab.

Ryder duckte sich noch tiefer und betrachtete nachdenklich den Ford Explorer, die Cadillac-Limo, die Männer mit den Waffen und Evas Gesicht hinter der Scheibe. Dann erhob er sich lautlos und machte sich, während er hinter Kiefern und Fichten Deckung suchte, auf den langen Weg den Hang hinab.

14

Der Padre war in bester Stimmung. Die Sonne schien über seinem geliebten Jagdklub, Catalina machte Schneebälle und lachte, und er war fest überzeugt, auf die eine oder andere Weise in Kürze den Carnivore aufgespürt zu haben. Bequem zurückgelehnt in die weichen Lederpolster seiner Limousine, drückte er den Knopf, der die Scheibe heruntergleiten ließ, und winkte seinen langjährigen Fahrer heran.

Der Mann trat an die Fondtür und beugte sich zum Fenster herab. »*¿Si, Señor?*«

»Wo steckt Judd Ryder?«, wollte der Padre wissen.

»Kommt gerade herunter. Er hat noch knapp fünfzig Meter vor sich. Er trägt einen dunklen Mantel, deshalb ist er schwer auszumachen, wenn er im Schatten der Nadelbäume bleibt und sich nicht aufrichtet. Seine Ausbildung muss hervorragend gewesen sein.«

»Er war beim militärischen Geheimdienst als Undercoverspezialist.« Der Padre hatte alles nur Denkbare über Judd Ryder in Erfahrung gebracht, genau wie er alles über Eva Blake herausgefunden hatte. Einer der beiden oder beide mussten wissen, wo der Carnivore sich aufhielt. Und wenn sie es nicht wussten, dann würde Tucker Andersen ihm die Information liefern. Er hatte bloß keine Lust, noch ewig darauf zu warten, dass etwas passierte.

»Wir erwarten Ryder bereits«, versicherte der Chauffeur ihm. »Wo der Wald endet, muss er sich entscheiden, ob er quer über die freie Fläche will oder hinter dem Gebüsch bleibt. Natürlich wird er sich für das Gebüsch entscheiden. Und an unseren Waffen wird er dort nicht vorbeikommen.«

»Ich will ihn lebend«, sagte der Padre in scharfem Ton.

»*Por supuesto.*« Respektvoll tippte sich der Fahrer an die Kappe.

Der Padre lächelte zufrieden vor sich hin. Er fühlte einen Moment der Zuneigung für seinen getreuen Helfer. »*Bueno.* Zur Belohnung werde ich dir ein äußerst wertvolles Geheimnis zeigen, ein außergewöhnliches Wunder, wie du es nur einmal in deinem Leben zu Gesicht bekommen wirst.« Es gefiel ihm, seine Angestellten mit Dingen zu sticheln, die sie sich nie würden leisten können.

Vor den Augen des Chauffeurs zog der Padre einen Lederbeutel aus seiner Hosentasche. Er löste das Zugband, schüttete den Beutel über seiner geöffneten Handfläche aus, und drei kleinere Lederbeutel fielen heraus. Er schnürte einen von ihnen auf, und ein großes ungleichmäßig geformtes Stück Kalkstein kam zum Vorschein. Eine spürbare Erregung erfasste den Padre, als er ihn umdrehte, um die Keilschriftzeichen zu zeigen.

Er hielt seine Hand in die Höhe. »Weißt du, was ich hier habe?«

Der Mann machte ein ratloses Gesicht. »Nein, Señor.«

»Hiermit kann man sich von einem Erpresser freikaufen, und es ist der Schlüssel zu Millionen von Dollar.«

Die dunklen Augen des Fahrers wurden groß wie die Glocken der Kathedrale Buen Pastor in San Sebastian. »So viel für ein Stück Stein?«

Der Padre lachte glucksend und steckte das Bruchstück zurück in den Beutel. Er erwähnte nicht, dass er lediglich drei Teile besaß und alle anderen Tafelstücke brauchte, um zu gewinnen.

Plötzlich überkam ihn Unruhe. Er sah zur anderen Seite des Wendehammers. Dort entdeckte er die Frau, die reglos am Fenster stand.

Er deutete auf sie. »Bring sie raus. Ich hab keine Lust, noch länger auf Ryder zu warten. Ihr Anblick dürfte ihn ermuntern, sich zu beeilen.«

Während der Fahrer davontrabte, kontrollierte der Padre sein iPhone, aber Tucker Andersen hatte sich noch nicht gemeldet. Verärgert lehnte er sich wieder zurück und betrachtete seinen abgeschiedenen Rückzugsort. Wann immer er geschäftlich in Nordamerika gewesen war, hatte er sich einen Abstecher hierhin gegönnt, um seiner Liebe zum Angeln und Jagen zu frönen. All das war jedoch vor Catalina gewesen, vor seinem gemeinsamen Leben mit ihr. Sie füllte jetzt die Leere aus, die er früher mit rastlosen Aktivitäten aller Art überdeckt hatte.

Er verfolgte, wie sie sich bückte, um noch mehr Schnee aufzusammeln, sah ihr breites Lächeln und ihre kindliche Freude. Erneut musste er an seine Mutter Esti denken. Nach ihr hatte er diesen Ort benannt – Jagdklub Esti. Er seufzte tief.

Als er den Blick hob, sah er seinen Helfer mit der Frau aus der Hütte treten. Der Padre öffnete die Tür der Limo und stieg hinaus in die eisige Luft. Er dehnte sich und musterte den aufsteigenden Hang. Er wollte Ryder. Jetzt gleich.

Zum Fahrer gewandt, schlug er mit der Faust in die offene Handfläche. Das Zeichen wies ihn an, die Frau zu schlagen. Das würde Ryder schon Beine machen.

Verwirrt und verängstigt sah die Frau erst zum Padre, dann zu den vier Männern und schließlich zu der jungen Frau des

Padre. Aber Catalina hatte sich rücklings neben die Limo in den Schnee gelegt und schwang mit Armen und Beinen, um einen Schneeengel zu machen.

Der Fahrer nickte, drehte sich zu der entsetzten Frau um und hob seine Faust. Was danach passierte, konnte der Padre nicht sehen. Stattdessen fühlte er eine Nanosekunde unerträglichen Schmerz und dann gar nichts mehr. Eine Scharfschützenpatrone hatte seine Schädeldecke gesprengt. Die restlichen Schüsse prasselten wie ein tödlicher Regen auf seine Frau herab, auf seine Männer und auf die Frau, die aussah wie Eva Blake.

15

Der letzte Schuss war noch nicht abgefeuert, da stand für Ryder bereits fest, dass für die Tötung des Padre einer von zwei zusammenarbeitenden Scharfschützen verantwortlich sein musste, die beide von den Bäumen auf dem nördlich gelegenen Hügel aus operierten. Obwohl sie mindestens sechshundert Meter von ihren Zielen entfernt waren, trafen sie mit ungeheurer Präzision. Allein die Anzahl – fünf Männer, zwei Frauen. Und alles war so schnell vorbei, dass keiner der bewaffneten Opfer Zeit gefunden hätte, das Feuer auch nur zu erwidern. Mal ganz abgesehen davon, dass sie die Schützen gar nicht ausmachen konnten und diese sowieso außerhalb der Reichweite ihrer Waffen lagen. Es gab nichts, was einer von ihnen hätte tun können. Nichts, was Ryder hätte tun können.

Ich konnte Eva nicht retten. Ich konnte sie nicht retten.

Ryder stürzte den bewaldeten Hang hinunter. Seine Stiefel versanken tief im Schnee, sein Herz hämmerte. Eine schwarze Krähe krächzte laut auf und flog tief über einen schmalen Pfad aus festgestapften Hufspuren davon. Ryder sprang auf den Weg, rannte, schlitterte, stürzte und kam wieder auf die Beine. Das Wild war einem vereisten Bachbett gefolgt, das sich hier den Hang hinunterzog.

Kurz bevor er aus dem Wald kam, sah Ryder einen Mann aus einer der Hütten treten. Ryder ging in Deckung und beobachtete ihn. Der Mann trug die gleiche Jagdkleidung wie die anderen und hatte ebenfalls eine Waffe dabei. Ein sechster Mann. Ein Überlebender. Er musste die ganze Zeit im Innern der Hütte gewesen sein. Ohne sich umzuschauen, ging der Mann von einem Opfer zum anderen, stieß Waffen mit dem Fuß zur Seite und forschte nach Lebenszeichen. Er zeigte weder Schock, Überraschung noch das geringste Anzeichen von Mitgefühl.

Lautlos schlich sich Ryder die letzten fünf, sechs Meter den Hang hinab und huschte auf allen vieren hinter Wacholdersträuchern entlang bis zu einem Durchgang, der im Rücken des Mannes lag. Sobald der Mann sich den beiden Leichen neben dem Explorer näherte, sprintete Ryder zum Heck der Limo. Dort kauerte er sich nieder und wartete. Der Mann ging weiter zu den beiden letzten Opfern. Am weitesten entfernt war eine blutjunge Frau, die mit einer Kugel zwischen den Augen rücklings in einer Schneewehe lag. Sie hatte gerade einen Schneeengel gemacht und war mit einem Lächeln auf den Lippen gestorben. Der überlebende Aufpasser lief eilig an ihr vorbei auf den korpulenten, älteren Mann zu, der neben der Beifahrertür der Limo ausgestreckt auf der Erde lag.

Ryder betrachtete die Züge des Toten genauer und nickte mit grimmiger Zufriedenheit. Damit hatte er zumindest eine Antwort. Bei dem Toten handelte es sich um den Padre, den er von dem Überwachungsvideo wiedererkannte, das Tucker ihm geschickt hatte. Wie Ryder sich jetzt erinnerte, hatten die Scharfschützen auch erst zu schießen begonnen, nachdem der Padre aus der Limo gestiegen war und als Erster dran glauben musste.

Er lenkte seine Aufmerksamkeit zurück auf den Mann, der neben dem Padre in die Hocke gegangen war. Während er in der einen Hand seine Waffe hielt, durchsuchte er mit der anderen die Jackentaschen des Padre. Es machte den Eindruck, als würde er erwarten, etwas Wichtiges zu finden.

Ryder stand auf und feuerte einen Schuss in den gepflasterten Boden direkt neben dem Mann. Wie ein Donnerschlag durchbrach das Krachen die winterliche Stille.

Der Mann sprang auf und schnellte herum. Sein Kopf war groß und quadratisch wie der Rest seines Körpers.

»Waffe runter!« Ryder jagte eine zweite Kugel in das Pflaster. Steinsplitter spritzten hoch und schnitten dem Mann die Wange auf. »Sofort!«

»*Mierda!*«, fluchte er und legte die Waffe auf den Boden. Als er sich zum ersten Mal aufrichtete, weiteten sich seine Augen vor Erstaunen. Es schien, als würde er Ryder erkennen.

»Sie wissen, wer ich bin«, sagte Ryder. »Also erzählen Sie mir, was hier läuft.« Als der Mann zögerte, schoss ihm Ryder so dicht neben den Fuß, dass der Luftzug der Kugel den Schnee von seinen Stiefeln blies.

Jetzt sprudelten die Worte aus ihm heraus. »Sie sind Judd Ryder. Der Padre hat darauf bestanden, dass wir uns Ihr Gesicht genau einprägen.« Er deutete zu den toten Wachleuten hinüber. »Die waren es, die Sie verfolgt haben. Ich hatte keine Ahnung, dass Sie schon so nah waren.«

»Wie haben die mich verfolgt?«, fragte Ryder nach.

»Der Padre hat einen Sender in dem Tracker versteckt, den Sie in Eva Blakes Haus gefunden haben. Auf diese Weise konnte er genau verfolgen, wie dicht Sie waren, und Sie beim Eintreffen abfangen, um Sie zu verhören.«

Ryder stieß einen lauten Fluch aus. Während er mithilfe des Geräts Eva auf den Fersen geblieben war, hatten sich ihre Kidnapper damit ihm an die Fersen geheftet. Und jetzt war Eva tot. Ein bitterer Geschmack breitete sich in Ryders Mund aus. »Werfen Sie Ihre Brieftasche her.«

Der Mann zog ein Stoffportemonnaie aus der Gesäßtasche und warf es auf den Boden.

Ryder nahm es, klappte es auf und fand darin einen internationalen Führerschein auf den Namen Tomás Lara. »Okay, Tomás. Geht es hier darum, den Carnivore aufzuspüren?«

»Der Padre war der Meinung, Sie oder Eva Blake könnten sagen, wie man ihn findet.«

»Steckt der Padre hinter dem Doppelgänger von mir?«

Lara nickte langsam mit dem Kopf. »Sie haben einflussreiche Freunde. Das Problem war, dass diese Leute vielleicht nach Ihnen suchen würden, daher hat sich Padre einen Plan ausgeheckt, wie Ihr Verschwinden eine Weile unentdeckt bleibt. Aber dann kamen Sie einen Tag früher aus Bagdad zurück, und der Padre hatte noch nicht alles vorbereitet, um Sie abzufangen.« Er sah Ryder mit ernster Miene an. »Es besteht keine Notwendigkeit, mich umzubringen. Ich haue ab, sobald ich eine Kleinigkeit beim Padre gefunden habe. Es wird sein, als wären wir beide uns nie begegnet.«

Ryder machte eine Handbewegung zu Eva und dem jungen Mädchen. »Unbewaffnet. Unschuldig. Kein Grund, sie umzubringen, es sei denn, jemand fürchtete Zeugen, die Sie – oder das, was Sie mitnehmen wollen – beschreiben könnten. Sie arbeiten für die Scharfschützen. Wer sind die?«

Schweiß trat dem Mann auf die Stirn. »Angeheuert hat mich Eli Eichel. Er arbeitet mit seinem Bruder Danny zusammen. Sie haben geschossen. Eli ist ehemaliger Kidon.«

Ryder schwieg einen Moment. Er hatte gedacht, der Mann würde zum Carnivore gehören. Kidon war die hoch effiziente Liquidationsabteilung des Mossad, die für ihre erfolgreiche Organisation von Morden rund um den Globus berühmt war. Und nun hatten ein von Kidon ausgebildeter Assassin und sein Bruder sechs Männer und Eva getötet, nur um etwas in ihren Besitz zu bringen, das der Padre bei sich trug.

»Suchen Sie weiter«, befahl Ryder.

Lara ging wieder in die Hocke. Im Mantel des Padre stieß er in einer der Innentaschen auf einen Lederbeutel. Unter Zuhilfenahme seiner Zähne löste er die Verschnürung und kippte drei kleinere Lederbeutel in seine Handfläche. Er öffnete auch sie. Jeder enthielt ein Stück Kalkstein.

Ryder zog die Brauen zusammen. »Was ist das?«

»Eli sagt, es sind ganz besondere Steine. Sehen Sie hier, da sind Zeichen drauf.« Er drehte einen von ihnen um.

Ryder kannte diese Art Zeichen, es war Keilschrift. »Wie soll die Übergabe an Eichel erfolgen?«

»Ich soll ihn anrufen. Dann sagt er mir, wo wir uns treffen.«

Ryder überlegte. »Sagen Sie ihm, er soll herkommen.«

Die Augen des Mannes weiteten sich entsetzt. »Die werden mich umbringen, wenn ich sie anlüge.«

»Und ich, wenn Sie es nicht tun. Rufen Sie an. Schalten Sie auf Lautsprecher.«

Wie in Zeitlupe holte Lara sein Handy heraus und tippte eine Nummer ein.

Ryder hörte, wie ein Mann mit einer tiefen Bassstimme sich meldete. »*Schalom.*« Im Hintergrund war das leise Brummen eines laufenden Motors zu hören.

Lara atmete tief ein. »*Schalom.* Ich hab die Steinbrocken. Sie sehen genauso aus, wie Sie sie beschrieben haben.«

»Das hast du gut gemacht. Geh nun zum Ausgang des Jagdklubs, bieg links ab …«

Laras Schultern spannten sich an. Mit zitternder Stimme warf er ein: »Kommen Sie bitte her. Es ist bestimmt besser, wenn mich keiner auf dem Weg sieht.«

Die tiefe Stimme wurde schärfer: »Hast du etwa Angst? Weshalb?«

Ryder warf Lara einen warnenden Blick zu.

Lara seufzte. »Es sind so viele Tote hier. So viel Blut. Viel mehr, als ich …«

»Wir sind gleich da.« Die Verbindung wurde unterbrochen.

»Ist er Jude?«, fragte Ryder, dem die Begrüßung mit *Schalom* aufgefallen war.

»Ja, aus Bilbao. Die meisten Basken sind katholisch – wie der Padre –, aber Synagogen hat es dort schon immer gegeben, auch wenn sie von außen nicht zu erkennen waren. Man musste nur wissen, an welche Tür man zu klopfen hatte. Es gibt ein altes baskisches Sprichwort, das heißt: Wir wissen, wer die Juden sind, weil wir früher selbst welche waren.«

Dass Lara zu der Minderheit der baskischen Juden zählte, machte ihn natürlich zum idealen Kontaktmann für Eli Eichel.

Ryder nickte. »Legen Sie die Steine auf den Boden.«

Als der Mann sich dafür nach vorn beugte, hob Ryder blitzschnell das rechte Bein und knallte ihm den Stiefelabsatz an den Schädel. Mit einem lauten Grunzen sackte der Wachmann bewusstlos zusammen. Ryder hob die Kalksteinstücke auf, steckte sie in ihre jeweiligen Säckchen und anschließend alle gemeinsam in den großen Lederbeutel, den er in der Innentasche seines Mantels sicher verstaute.

Dann holte er tief Luft und ging zu Eva hinüber. Sie lag, zusammengekrümmt wie eine zerbrochene Puppe, mit abgewandtem Gesicht auf der rechten Seite. Eine Kugel hatte die Halsschlagader durchschlagen. Um ihren Kopf herum hatte sich eine große Lache aus gefrierendem Blut gebildet.

Mit stockendem Atem kniete er sich neben sie und nahm ihren Kopf in die Hände. Sie war noch warm. Er nahm all seinen Mut zusammen und drehte ihr Gesicht zu sich. Ihre Augen standen offen. So ein wunderschönes Kobaltblau. Ihr Kinn war weich und rund. Die Lippen voll und hübsch geschwungen. Er musste an die gewaltsamen Tode so vieler Kameraden, Freunde und Angehörigen denken. An den Tod seiner Verlobten. Und nun hatte es Eva erwischt. Seine Augen brannten vor Schmerz.

Vorsichtig legte er ihren Kopf ab und wollte schon aufstehen, hielt dann aber inne. An der Art, wie das Sonnenlicht von ihrem offen stehenden Auge reflektiert wurde, erkannte er, dass sie Kontaktlinsen trug. Eva trug aber keine Kontaktlinsen. Verwundert musterte er sie genauer. Sein Gesicht nahm einen fragenden Ausdruck an. Plötzlich beschleunigte sich sein Puls rasant. Er nahm ihren Kopf erneut in die Hände und betastete erst ihre Wangen mit den Daumen, dann ihre Mundpartie. Hier fühlte sich ihre Haut weicher und nachgiebiger als an den Wangen an.

Erneut fuhr er an ihren Wangen entlang, bis er einen Übergang fand, eine feine Linie, an der die Haut sich auf der einen Seite normal anfühlte und auf der anderen fester, weniger elastisch. Wie hatte Tucker noch gesagt? »Der ME sagte, die Auflagen sind zwar äußerst eng anliegend und biegsam, aber wenn man dagegendrückt, fühlen sie sich ein wenig steifer als menschliches Fleisch an.« Er bohrte tiefer mit dem Finger, bis sich eine Kante abzeichnete, ein winziger Spalt, an dem die festere »Haut« sich von ihrem natürlichen Untergrund abhob. Mit dem Fingernagel schnitt er den Spalt entlang und konnte einen schmalen Rand der Kunsthaut abheben. Es war eine Prothese.

Sein Blick kehrte zu ihren Augen zurück. Er entfernte eine ihrer Kontaktlinsen und starrte in ein hellblaues Auge. Das war keineswegs der kräftige Kobaltton von Eva. Sie konnte es nicht sein.

Er stieß einen langen Seufzer aus. Sie hatten einen Doppelgänger von Eva geschaffen, genau wie bei ihm. Er schaute auf, betrachtete das blutige Gemetzel um sich herum, und eine große Erleichterung erfasste ihn. Eva lebte irgendwo da draußen.

16

Von den bewaldeten Hängen wehte ein kalter Wind herab. Ryder sah auf seine Uhr. Die Scharfschützen dürften jeden Augenblick eintreffen. Er sprang auf, holte den Tracker heraus, mit dem er Evas Doppelgängerin gefolgt war, und öffnete den Deckel auf der Rückseite. Da steckte er, genau wie Tomás Lara gesagt hatte, ein Sender so dünn wie Papier und von der Größe eines Hemdknopfs.

Ryder rannte zu Lara zurück, lockerte an einem Stiefel des bewusstlosen Mannes den Schnürsenkel und riss ein kleines Loch in das Futter. Dorthinein steckte er den Sender, presste das Futter wieder gegen den Schuh und band den Schnürsenkel wieder fest.

Jetzt musste er nur noch den dazugehörigen Tracker finden. Er hastete von einer Leiche zur nächsten, bis er schließlich unter einem der toten Wachleute ein kleines Handgerät fand. Der Minibildschirm zeigte den Sender als bewegungslosen grünen Punkt samt Ortsangaben in Längengrad, Breitengrad und Höhe. Damit war Ryder nun in der Lage, Lara zu folgen, wohin er auch gehen würde.

Er hievte sich Lara auf die Schulter, schleppte ihn zu seinem Auto, öffnete die Fondtür und kippte ihn hinein. Wie gern hätte er den Mistkerl so richtig durchgeprügelt, aber der Mann sollte ja noch reden können, wenn die Scharfschützen eintrafen.

Nach kurzer Suche entdeckte er ein Stück Seil unter dem

Vordersitz, mit dem er Laras Hände und Füße fesselte. Ein rascher Blick auf die Uhr ließ ihn fluchen. Er hatte bereits zehn Minuten verbrannt.

Er schnappte sich Laras Handy und sah, dass es ein Prepaidmodell war. Er drückte die MENU-Taste und wählte LETZTE KONTAKTE. Der allerletzte Anruf war an den Scharfschützen Eli Eichel gegangen. Es war noch eine zweite Nummer vermerkt. Ryder rief sie an. Sekunden später hörte er ein Klingeln – von einer Leiche ganz in der Nähe. Er rannte hin, riss dem toten Mann das Handy aus der Hand und antwortete. Jetzt hatte er eine offene Leitung zwischen den beiden Mobiltelefonen.

Er aktivierte die Freisprechfunktion an Laras Handy und steckte es in dessen Brusttasche. Dann hielt er sich das andere Telefon ans Ohr und sprach in Richtung der Tasche.

Er sprach in normaler Lautstärke: »Eins … zwei … drei … vier … fünf.«

Mit einem zufriedenen Grinsen hörte er seine eigene Stimme am Telefon klar und deutlich. Damit sollte es ihm möglich sein, alle Unterhaltungen zwischen Lara und den Scharfschützen mitzuhören. Er stopfte das zweite Handy in die Außentasche seiner Jacke, um leicht heranzukommen.

Nachdem er sich den Rucksack übergeworfen hatte, fischte Ryder noch eine der Waffen vom Boden. Es war eine vollautomatische Waffe, ein noch effektiveres Mordinstrument, das in den Vereinigten Staaten verboten war. Ausnahmen existierten nur für Polizei und Class-3-Händler. Das Magazin steckte im Griffstück. Ryder überprüfte es und stellte fest, dass es mit fünfundzwanzig Schuss vollgeladen war. Er nahm sich zwei Schachteln Munition aus dem Heckteil seines Fahrzeugs und packte sie in seinen Rucksack.

Zum Schluss sah er sich noch einmal um, schlang die

Waffe um die Schulter und rannte dann an der Limo vorbei zur Wacholderhecke und weiter bis in den Wald. Als er den Hang hinaufkletterte, überzogen die länger werdenden Schatten den Trampelpfad und den vereisten Bachlauf bereits mit dunklen Streifen. Wintervögel zwitscherten. Auf der Spitze des Hügels drehte Ryder sich um und sah zurück auf den Schauplatz des Massakers. Einen Moment lang überlegte er, wer die toten Menschen wohl sein mochten, und er bedauerte ihre Angehörigen.

Die Scharfschützen waren noch immer nicht eingetroffen.

Er nahm sein Handy heraus und rief Tucker Andersen an.

»Was für einen Unsinn hast du nun wieder angerichtet?«, brummte Tucker zur Begrüßung.

»Eva haben sie ebenfalls eine Doppelgängerin verpasst«, berichtete Ryder ihm. »Sie war nicht zu Hause, aber es gab Blut und andere Spuren eines Kampfes. Ich habe ihr Handy und einen Tracker in ihrem Wohnzimmer gefunden. Es machte den Eindruck, als hätte sie sich selbst einen Sender eingesteckt, damit ich ihr folgen konnte. Und das tat ich auch bis zum Jagdklub Esti.« Er schilderte, wie er Zeuge des Gemetzels geworden war und wie er die Gesichtsprothesen an der Frau entdeckte, die er für Eva gehalten hatte. »Es gab einen Überlebenden. Er erzählte mir, was wir schon vermutet hatten. Der Padre hatte vor, aus mir herauszuquetschen, wie er an den Carnivore kommt. Das Merkwürdige ist allerdings, dass der Carnivore nicht der Scharfschütze war. Es waren zwei andere Auftragskiller, Eli und Danny Eichel. Angeblich war Eli Eichel früher mal Kidon.«

»Zuerst der Padre, dann der Carnivore.« Tuckers Stimme klang immer frustrierter. »Und jetzt auch noch die Eichel-Brüder.«

»Erzählen Sie mir von ihnen.«

»Eli ist der Anführer. Zu Beginn seiner Karriere verfolgte er einen führenden irakischen Wissenschaftler nach Paris, wo er ihm die Kehle durchschnitt, mehrere Male ins Herz stach und das Ganze schließlich wie ein aus dem Ruder gelaufenen Raubüberfall aussehen ließ – was die französische Polizei tatsächlich glaubte. Zuvor hatte Eli den Wissenschaftler noch dazu gebracht, ihm den Ort von Saddams streng geheimer Nuklearanlage vor den Toren Bagdads zu verraten. Am Ende entschwand Eli, ohne eine Spur zu hinterlassen, und ein paar Tage später bombten die Israeli die Anlage kaputt. Nach einigen Jahren verließ Eli ohne erkennbaren Grund den Mossad und begann auf eigene Rechnung zu arbeiten. Der Mossad machte kein großes Geschrei darum. Jemanden von seinem Kaliber zu verlieren ist für einen Geheimdienst natürlich schlecht – es sei denn, dieser Dienst setzt den ehemaligen Mitarbeiter weiter für inoffizielle Arbeiten ein. Soweit ich gehört habe, soll sein Bruder Danny etwas schräg sein, aber als Scharfschütze ebenso talentiert wie sein Bruder.«

»Ich brauche Fotos von beiden. Und alles, was ihr an Informationen über sie habt.«

»Ich werde Gloria Dossiers zusammenstellen lassen. Was hast du sonst noch herausgefunden?«

Ryder beschrieb die Kalksteinstücke mit den Keilschriftzeichen. »Lara hatte keine Ahnung, was es damit auf sich hat, und ich weiß es auch nicht.«

»Eichel hat gerade sieben Leute umgebracht, um sie in die Finger zu bekommen«, sagte Tucker. »Wenn er erfährt, dass du sie hast, wird er dir auf den Pelz rücken.«

»Vermutlich. Willst du eure Leute herschicken, um die Sache zu untersuchen, oder überlässt du das lieber den örtlichen Kräften?«

»Ich werde ein Team einfliegen lassen«, entschied Tucker. »Wohin sollte Lara die Kalksteinstücke bringen?«

»Er wird sie nicht bringen. Eichel wird sie abholen.«

»Ich schick dir Verstärkung.«

»Dafür reicht die Zeit nicht. Ihr seid viel zu weit weg. Außerdem habe ich Lara den Sender verpasst, damit ich ihm folgen kann. Und ich habe ihm ein aktiviertes Handy zugesteckt, über dessen Mikrofon ich mitbekomme, was sie reden. Er wird den Eichels von mir erzählen, und ich hoffe, sie werden ihn mitnehmen, um möglichst viel aus ihm herauszuquetschen. Auf diese Weise bleiben wir ihnen auf den Fersen.«

»Das gefällt mir.«

Ryder neigte den Kopf zur Seite und lauschte. Das Motorengeräusch eines Wagens, der sich dem Jagdklub näherte, drang den verschneiten Hügel hinauf.

»Sie sind da«, erklärte er Tucker. »Bevor ich auflege: Eva dürfte vermutlich auf der Farm sein. Sie muss wissen, was passiert ist und dass sie womöglich in Gefahr schwebt. Wenn ich da anrufe, werden sie mich nicht mit ihr reden lassen.« Lehrgangsteilnehmer durften auf der Farm keinen Kontakt mit der Außenwelt haben.

»Ich erledige das«, versprach Tucker. »Pass auf dich auf.«

17

Williamsburg, Virginia

Leichter Schneefall überzuckerte die Grünflächen und die Straßenlaternen in Colonial Williamsburg. Die Tür einer Kneipe schwang auf, und der Geruch nach starkem Ale und original Virginia Barbecue drang nach draußen. Eva Blake bewegte sich inmitten des Pulks an Touristen, die das historische Museumsviertel bestaunten. Sie lächelte und brachte mit ihrer gesamten Haltung zum Ausdruck, wie sehr sie all die Sehenswürdigkeiten genoss.

In Wahrheit hatte sie die erste Hälfte des sechsmonatigen Geheimdienstlehrgangs der CIA auf der Farm hinter sich und absolvierte gerade eine Außendienstübung. Williamsburg lag nur wenige Kilometer entfernt, weshalb die Bewohner bei Exkursionseinheiten häufig als ahnungslose Statisten fungierten.

Zwei mächtige Ochsen mit großen Kuhglocken um den Hals trotteten geräuschvoll an ihr vorbei. Ihrer Rolle gemäß hob Eva sofort die Digitalkamera und gesellte sich zu den anderen Touristen, die Aufnahmen von den Tieren machten. Dann drehte sie sich um und machte noch mehr Fotos, erst von Darstellern in historischen Kostümen und anschließend von einer Reihe malerischer Häuser mit hohen Mansardenfenstern.

Aus dem Winkel, den sie jetzt einnahm, konnte Eva zudem einen weiteren Blick auf die grauhaarige Frau mit dem Kinderwagen werfen, die jetzt ein paar Häuser hinter ihr war. Die Frau machte den perfekten Eindruck einer Großmutter, die mit ihrem kleinen Enkelkind einen schönen Spaziergang unternahm, nur dass in ihrem Kinderwagen wahrscheinlich bloß eine lebensgroße Puppe lag. Eva glaubte nämlich, dass die Frau sie verfolgte. Und die Frau beherrschte das Metier ausgezeichnet, zweifelsohne eine Pensionärin des FBI oder CIA.

Eva überquerte die Straße. Sie trug eine braune Kurzhaarperücke über ihrem langen roten Haar, eine Thermo-Steppjacke und schwarze Stiefel mit flachen Absätzen. Ungeschminkt und mit ihrer betont zweckmäßigen Kleidung würde man sie vermutlich völlig übersehen und nicht für eine Geheimagentin in der Ausbildung halten.

Sie unterdrückte ein Lächeln. Ihr Leben unterschied sich inzwischen völlig von dem einer Kuratorin am Getty Museum von Los Angeles. Damals hatte es Galaveranstaltungen für potenzielle Sponsoren gegeben, edle Dinner bei Kerzenlicht, bei denen reiche Sammler überredet werden sollten, ihre Kunstschätze als Leihgabe zur Verfügung zu stellen. Und dann natürlich das vorsichtige Navigieren durch die Welt der internationalen Museumsarbeit, in der es vor Piranhas nur so wimmelte. Sie hatte es gemocht. Allerdings war dies damals für sie die Krönung der vielen harten Jahre gewesen, in denen sie sich aus armen Verhältnissen heraufgearbeitet hatte, aus einer Kindheit in der Gosse mit alkoholkranken Eltern und Teenagerzeiten, in denen sie sich eine Weile sogar als Taschendiebin durchgeschlagen hatte. Wenn es einem mit dieser Biografie gelingt, seinem Leben endlich eine neue Richtung zu geben, dann besaß alles, was man erreichte, einen ganz besonderen Wert.

In der Spiegelung eines Erkerfensters sah Eva, dass die grauhaarige Frau ebenfalls die Straßenseite wechselte. Eva behielt ihr Tempo und ihre Haltung unverändert bei. Die Aufgabe bestand darin, die Frau mit der Belanglosigkeit ihres eigenen Verhaltens einzulullen und sich zugleich deren Gesicht, Kleidung und jedes andere Detail einzuprägen, das Eva aufschnappen konnte – wie sie ihren Kaffee trank, welchen Wein oder welche Süßigkeit sie bevorzugte –, um dies dann in dem Bericht zu vermerken, den sie heute Abend anfertigen musste.

Sie ging an einem Buchladen vorbei und schlenderte auf den Merchants Square. All die pittoresken Gebäude am Platz waren im Stil des achtzehnten Jahrhunderts gehalten, aber viel später entstanden. Sie war müde, erschöpft und wollte zurück ins Motel, um eine lange, heiße Dusche zu nehmen. Das Problem war nur, dass ihr Schatten zuerst aufgeben musste. Dann fiel ihr ein Videoladen mitten im historischen Viertel ins Auge. Sie starrte einen Moment das Geschäft an, dann hatte sie eine Idee.

Beim Eintreten bimmelte eine altmodische Klingel. Eva hielt kurz neben der Kasse und betrachtete das Angebot an klassischen Videos. Erneut erklang das Bimmeln. In der reflektierenden Scheibe der Verkaufstheke erkannte sie, dass es nicht ihre Verfolgerin war, sondern ein älterer Mann in einem Wollmantel. Hoffnung stieg in ihr auf. Vielleicht hatte die grauhaarige Frau ja endlich genug und war verschwunden.

Zu früh gefreut. Wieder bimmelte die Ladentür, und diesmal war es ihr Schatten mit dem Kinderwagen. Mit gleichgültiger Miene spazierte Eva tiefer in den Laden hinein. Sie studierte die Titel unter den Kategorien Drama, Horror und Comedy, als würde sie einen Film ausleihen wollen. Und dann entdeckte sie das Schild, das sie gehofft hatte hier zu finden. Es hing ganz oben, klein und diskret: NUR FÜR ERWACHSENE. Ganz leise konnte sie hinter sich die Räder des Kinderwagens hören.

Ohne sich umzublicken, trat Eva durch den Perlenvorhang in einen kleinen Raum, in dem rundherum an den Wänden und in einem deckenhohen Regal in der Mitte Filme mit schlüpfrigen Titeln aufgereiht standen. Voluminöse nackte Brüste, Stahlketten und schwarzes Leder reckten sich ihr entgegen. Es war niemand zu sehen. Eva lief zur anderen Seite des zentralen Regals. Auch dort hielt sich niemand auf.

Ganz am Ende der Reihe arrangierte sie die Filmkassetten so um, dass sie durch einen kleinen Spalt die Tür im Auge behalten konnte. Als die Perlen raschelten, sah sie hindurch. Die Frau schob sich rückwärts durch den Vorhang, den Kinderwagen nach sich ziehend. Dann zögerte sie und hielt den Bügel des Wagens, der noch auf der anderen Seite war, fest mit einer Hand gepackt. Mit ihrem Verhalten hatte sie gerade zwei Vermutungen Evas bestätigt. Erstens war sie definitiv ihr Schatten, und zweitens wollte sie nicht dabei beobachtet werden, wie sie mit einem Kleinkind die Pornoabteilung eines Videoshops betrat. Ebenso wie Eva sollte sie es nämlich vermeiden, Aufmerksamkeit zu erregen.

Die Frau schaute auf und musterte das Filmplakat mit einem Pärchen, das nichts außer dornenbesetzten Hundehalsbändern trug, dann auf eins, auf dem Darsteller in G-Strings aus Zellophan abgebildet waren. Für einen winzigen Augenblick verfinsterte sich ihre Miene, und sie sah sich um, als wollte sie etwas laut sagen. Doch auch ihr war nicht gestattet, ihre Tarnung aufzugeben. Sie saß in der Zwickmühle. Unschlüssig verharrte sie noch einen Moment, dann wandte sie sich ab und ging. Die Räder des Kinderwagens verkündeten ihren Rückzug.

Eva atmete erleichtert auf und lachte leise in sich hinein. Natürlich könnte die Frau draußen auf sie warten. Aber es wurde immer kälter, und die Frau musste genauso müde sein wie Eva. Vorsichtig schielte sie durch die Perlenschnüre und ließ den Blick durch den Laden wandern. Sie sah weder die Frau noch den Kinderwagen. Fünf Minuten wartete sie ab, dann trat sie in den Hauptraum zurück und blieb am Regal mit den Thrillern stehen.

Der Mann mit dem Wollmantel trat neben sie und fuhr mit den Fingern eine Liste von Titeln entlang. Er trug mit Quasten besetzte Kroko-Slipper, und sein dreiviertellanger Mantel war aus feinster beigefarbener Schurwolle und hervorragend geschnitten. Er dürfte wenigstens dreitausend Dollar gekostet haben. Eine Hornbrille saß fest auf seiner großen römischen Nase. Sein dichtes graues Haar war kunstvoll verwuschelt. Ein eleganter älterer Herr, der sich selbstsicher und lässig in seiner Kleidung bewegte. Ein leichter Schweißfilm bedeckte seine Stirn. Er knöpfte seinen Mantel auf, wahrscheinlich weil ihm zu warm war.

Amüsiert bemerkte sie, dass sie ihn ebenso genau studierte wie zuvor ihren Schatten. Und dann sah sie, dass auch er sehr genau beobachtete – aber die anderen Leute im Geschäft.

»Tucker Andersen lässt schöne Grüße ausrichten«, sagte der Mann. Seine Lippen hatten sich kaum bewegt, und sein Gesicht blieb im Profil, da er starr Richtung Regal blickte.

Der leise Klang seiner Stimme schien einige Sekunden durch die Luft zu schweben, bevor Eva überhaupt registrierte, dass er mit ihr gesprochen hatte.

»Sehen Sie mich nicht direkt an«, fuhr er fort. »Ihnen ist schon bewusst, dass Sie Gretchen Hilton eben einen Herzstillstand beschert haben. Wie sie zwanzig Jahre im Außendienst überstehen konnte, ist mir noch immer schleierhaft. Sie wird es Ihnen aber heimzahlen, da können Sie sicher sein. Rechnen Sie schon mal damit, dass Beschreibungen wie *geschmacklos*, *voyeuristische Neigungen* und *spätpubertäre Albernheiten* in ihrem Bericht über Sie auftauchen werden. Aber selbstverständlich wird es auch einige geben, denen die peinliche Lage, in die Sie die Gute gebracht haben, köstlich gefallen wird.«

»Wer sind Sie?«

Er schob den Film, deren Hülle er sich angesehen hatte, zurück an seinen Platz. »Frank Smith. Das ist mein echter Name. Ich weiß, dass Sie unter dem Decknamen Debora Lane operieren. Gehen wir doch nach draußen und laufen ein wenig, während wir uns unterhalten. Auf diese Weise minimieren wir die Gefahr, von Lauschern, Neugierigen und professionellen Schnüffelnasen wie wir belästigt zu werden.« Ohne ihre Antwort abzuwarten, ging er an der Kasse vorbei und durch die gläserne Ladentür hinaus.

Eva nahm eine *Washington Post* vom Stapel auf dem Tresen und zahlte. An der Tür blieb sie kurz stehen und suchte den Bürgersteig und den Platz unter den Bäumen ab. Als sie nirgends ein Anzeichen ihres Schattens erblickte, verließ auch sie das Geschäft. Die Mühe, nach Frank Smith Ausschau zu halten, ersparte sie sich. Wenn er wirklich mit ihr sprechen wollte, würde er sie schon finden.

Sie wandte sich zurück in die Richtung, aus der sie gekommen war, um zu ihrem Mietwagen zu gehen – alle Lehrgangsteilnehmer mussten Mietwagen benutzen, für deren Kosten die Behörde aufkam. So war es einfacher, wenn Identitäten gewechselt oder Verfolger abgeschüttelt werden mussten.

Sie war noch keine zehn Meter gelaufen, da trat Frank Smith aus dem Schatten eines Gebäudes. Wie war es ihm gelungen, sich so rasch unsichtbar zu machen?

Sie wandte sich zu ihm um.

Er schenkte ihr ein breites Lächeln. »Ach ja, die Farm. Zu diesem Zeitpunkt haben Sie bestimmt schon paramilitärisches Training absolviert und diesen albernen Hindernisparcours hinter sich gebracht. Wahrscheinlich haben Sie auch eine Bombe aus Clorox herstellen müssen, obwohl mir nie ganz klar geworden ist, wozu wir das wissen müssen …«

Eva ging dichter an ihn heran. Während sie ein gezwungenes Lächeln aufsetzte, ließ sie ihren Knöchel so umknicken, dass sie ins Stolpern kam und gegen ihn fiel. Ihre linke Hand, die die Zeitung hielt, stützte sich an seiner Brust ab, gleichzeitig schnellte ihre rechte Hand unter seinen Mantel, ertastete seine Brieftasche und beschlagnahmte sie mit zwei Fingern.

Grinsend packte er ihre Ellbogen, um sie aufzufangen.

»Tut mir schrecklich leid.« Sie richtete sich wieder auf. »Gewöhnlich bin ich nicht so tollpatschig.« Die Brieftasche war inzwischen sicher verborgen unter der Zeitung.

»Ganz im Gegenteil«, sagte er freundlich, während er sie den Bürgersteig entlangführte. »Das hätte jedem Langfinger zur Ehre gereicht. Wie ich gehört habe, sind Sie in jungen Jahren als Taschendiebin unterwegs gewesen. Dem Trick nach zu urteilen, den Sie da eben an mir angewendet haben, dürften Sie ziemlich erfolgreich gewesen sein. Nun werden Sie ja sehen, dass ich keine weiteren Papiere unter anderem Namen bei mir trage und dass die in Ihrer Hand völlig in Ordnung sind. Bitte überzeugen Sie sich.«

Eva war bemüht, sich ihre Überraschung – und ihre Verärgerung – nicht anmerken zu lassen. Nur einem anderen war es bislang gelungen, sie zu erwischen: Tucker Andersen. Wobei der wohlgemerkt, wie Frank Smith, vorgewarnt gewesen war.

»Das hatte ich vor«, erwiderte sie in unverändert geschäftsmäßigem Ton. Sie steckte sich die Zeitung unter den Arm und öffnete die lederne Brieftasche. Im Innern steckten Kreditkarten, ein in Virginia ausgestellter Führerschein, ein CIA-Ausweis und ein Mitgliedsausweis des Westwood Country Club in Vienna, Virginia.

»Ich spiele Golf«, erklärte er auf die Karte deutend. »Aufgrund der vielen Reisen, die unsere Arbeit so mit sich bringt, hatte ich das große Glück, auf einigen der schönsten Plätze der Welt zu spielen. Mein absoluter Favorit ist natürlich St. Andrews in Schottland.« Er rieb seine behandschuhten Hände vor Vergnügen aneinander. »Und der Whiskey dort ist samtweich.«

Sie reichte ihm die Brieftasche zurück. Er redete viel, sagte aber wenig. »Warum sind Sie hier?«, wollte sie wissen.

»Tucker Andersen braucht Sie für einen Job. Er hat die Sache mit der Farm abgeklärt und mich angewiesen, Sie abzuholen. Ihr Vorgesetzter schickt jemanden vorbei, der sich um Ihren Mietwagen kümmert. Wir fahren mit meinem Wagen zum Flughafen, wo wir uns zum Abflug bereithalten sollen. Es geht los, sobald Tucker uns den Treffpunkt durchgibt.«

Ein aufregendes Kribbeln erfasste Eva. Sie verdankte Tucker viel. Ihre gesamte berufliche Existenz in der Museumswelt war vernichtet worden, als ihr Mann sie betrogen, hintergangen und benutzt hatte. Am Ende war sie für ein Verbrechen ins Gefängnis gewandert, das sie überhaupt nicht begangen hatte. Tucker hatte ihr eine Begnadigung in Aussicht gestellt, weil er ihre Fachkenntnisse über antike Buchmalereikunst benötigte. Im Verlauf der Operation gelang es Eva, ihre Unschuld zu beweisen. Gleichzeitig entdeckte sie ihr Talent für die Geheimdienstarbeit und stellte fest, dass diese Arbeit ihrem Leben Sinn gab und ihr den nötigen Antrieb verlieh weiterzumachen.

Als der Auftrag abgeschlossen war, bewarb sie sich beim CIA. Das einzige Problem war, dass sie sich in Judd Ryder verliebt hatte, und Judd wollte nichts mehr mit der CIA und Geheimdiensten aller Art zu tun haben. Einen Moment lang schloss sie die Augen, um den Schmerz zu verdrängen.

»Ich weiß selbst nicht, worum es geht.« Er schüttelte voller Entrüstung den Kopf und tat ganz so, als fände er es schändlich, nicht ins Vertrauen gezogen zu werden. Sollte er wirklich so denken, hatte er sich den falschen Beruf ausgesucht.

Eva zog ihr Handy heraus. Es war ein Prepaidmodell, wie sie die Farm zur Verfügung stellte.

Smith bemerkte es. »Tucker hat eine neue Nummer.« Er gab sie ihr. »Nur zu, rufen Sie ihn an. Kann nicht schaden, wenn Sie es direkt aus erster Hand hören. Nein, nein, ehrlich. Das macht mir überhaupt nichts. Tucker wird Ihnen genau dasselbe erzählen, was ich Ihnen gesagt habe.«

Eva musterte Frank Smith. Sein verletzter Stolz war ihr in diesem Moment egal. Sie gab die Nummer über die Tastatur ein, hielt sich das Telefon ans Ohr und hörte es klingeln. Kurz darauf erklang Tuckers Stimme vom Band. »Bin im Moment nicht zu sprechen. Bitte hinterlassen Sie Name, Telefonnummer, Tag und Uhrzeit, und ich melde mich bei Ihnen so bald wie möglich.«

Sie hinterließ eine Nachricht für Tucker, in der sie ihre Teilnahme an dem Auftrag bestätigte.

18

Washington, D. C.

Tucker Andersen hatte den Großteil des Nachmittags damit verbracht, Berichte von Catapult-Operationen durchzusehen. Nach dem Anruf von Judd Ryder saß er eine Weile reglos am Schreibtisch, die Hände vor sich auf der Platte ausgebreitet, und grübelte darüber nach, was Judd alles erzählt hatte – vom Padre, von Eli Eichel, den Kalksteinstücken mit Keilschrift und einer ermordeten Frau, die sich für Eva ausgegeben hatte. Schließlich griff er erneut zum Telefon und wählte eine Nummer.

»David R. Erickson«, meldete sich eine kräftige Stimme.

»Hier ist Tucker Andersen, David. Ich brauche dringend einen Hubschrauber für einen kurzen Trip rüber nach Maryland. Er müsste etwa ein Dutzend Leute mitnehmen sowie eine durchschnittliche Menge Ausrüstung. Keine sperrigen Geräte. Haben Sie da was?«

Erickson war einer der leitenden »Lumpensammler« in Langleys *Support to Mission*-Abteilung, die für Errichtung und Unterhalt von CIA-Außenposten zuständig war, für Aufbau und Wartung gesicherter Kommunikationsstrukturen, für den Betrieb des CIA-Telefonnetzes sowie für die Einstellung und Ausbildung neuer Mitarbeiter, die dann als Fachkontakt in die einzelnen Abteilungen gingen. In Tuckers Augen war Erickson ein Zauberkünstler. Ob Versorgung,

Material oder Personal, der Mann trieb auch das Unauffindbare auf, selbst wenn es längst ausrangiert und vergessen war.

»Da haben Sie aber Glück. Gestern konnte ich zwei Hubschrauber von Andrews loseisen, die eben in Langley gelandet sind.« Andrews Air Force Base lag nur fünfzehn Kilometer südöstlich von Washington und war nicht nur Standort der *Air Force One* und diverser Luftwaffeneinheiten, es war auch der Stützpunkt, über den die CIA verdächtige oder besonders wichtige Personen ein- und ausfliegen ließ. »Einer der Chopper ist ein Bell 412. Der sollte perfekt den Ansprüchen genügen, die Sie genannt haben. Außerdem ist er bis morgen Nachmittag frei. Sie führen wirklich ein entsetzlich langweiliges Leben, Tucker. Ich melde mich, sobald ich die Einzelheiten habe.«

Tucker legte auf und ging zur Garderobe. In diesem Moment klopfte es an der Tür. »Herein.«

Es war noch einmal Bash Badawi, dessen drahtige Figur in einem lässigen Outfit aus Jeans und schwarzem T-Shirt steckte. Er verfolgte, wie Tucker sein Sakko anzog. »Auf dem Sprung?«, fragte er. »Sind Sie nicht der, der sich ständig darüber beschwert, an seinen Schreibtisch gefesselt zu sein?«

»Ich gehe nur ein paar Türen weiter, um mit Bridgeman zu reden«, erklärte Tucker ihm. »Was wollen Sie?«

»Das Gleiche wie beim letzten Mal. Etwas zu tun. Wie wär's, wenn ich Ihnen einen ausgeben würde, und Sie erzählen mir, was so läuft?«

»Ich hätte da vielleicht etwas für Sie«, erwiderte Tucker. »Warten Sie hier.« Er marschierte zur Tür hinaus und den Gang hinunter.

Am Empfang saß Gloria und arbeitete an ihrem Computer.

Tucker stellte sich vor ihren Schreibtisch. »Ich brauche eine Audienz.«

»Na, so was. Mal sehen, was sich machen lässt.« Sie drückte auf die Taste der Gegensprechanlage. »Tucker möchte Sie sprechen.«

Die Baritonstimme von Scott Bridgeman antwortete: »Schicken Sie ihn rein.«

Ihre Brauen wanderten über den Rand ihrer Brille. »Schätze, er ist deinem Charme erlegen.«

»Das wohl kaum.« Tucker trat durch die Tür des Catapult-Chefs.

Scott Bridgeman war müde und genervt. Er hatte einen langen Tag hinter sich, zu dem auch ein weiteres Scharmützel mit seinem Stellvertreter Tucker Andersen gehört hatte. Der alte Haudegen benahm sich, als befänden sie sich noch immer im Kalten Krieg, lange bevor Twitter, Instagram und Wikileaks eine verdeckte Operation und die Karriere aller daran Beteiligten mit ein paar Klicks zunichtemachen konnten. Früher oder später würde Tucker mit seinen draufgängerischen Eigentouren irgendeinen Mist bauen, und dann könnte auch Bridgemans Weste empfindliche Flecken bekommen.

Bridgeman verfolgte, wie Tucker durch die Tür kam. Wirr zerzaustes graues Haar grenzte den ansonsten nackten Schädel des alten Mannes im Nacken ab, und wie gewöhnlich waren seine Chino und sein Sakko zerknittert.

Bridgeman zügelte seine Verärgerung und deutete eine Handbewegung an. »Nehmen Sie Platz.«

Tucker ließ sich in einen Stuhl fallen und schlug die Beine übereinander. »Haben Sie schon etwas wegen der Woche Aufschub erfahren, die Judd Ryder für die Ermittlungen wegen seines Doppelgängers braucht?«

»Als ich den ME um sieben Tage bat«, erklärte Bridgeman, »hat er sich angestellt, als wollte ich ihm in Wahrheit seine Eingeweide herausreißen. Die Antwort ist also nein. Ryder bekommt seine Woche nicht. Allerdings ist es mir gelungen, drei Tage für ihn herauszuholen. Seien Sie zufrieden damit. Und er soll verflucht noch mal zusehen, dass er etwas Brauchbares herausfindet, damit ich nicht wie ein Depp dastehe, weil ich mich für ihn eingesetzt habe.«

»Vielleicht wird das ja reichen, um herauszubekommen, was so in groben Zügen dahintersteckt.« Tucker machte kurz ein angemessen dankbares Gesicht. »Ich habe gute Nachrichten. Der unmittelbare Konflikt zwischen dem Padre und dem Carnivore hat sich erledigt.« Er schilderte den Anschlag der beiden Scharfschützen auf einen privaten Jagdklub in Maryland, dessen Angaben auf dem Augenzeugenbericht von Judd Ryder beruhten. »Das Gute daran ist, dass wir dem Padre nichts mehr schuldig sind, da er nun tot ist. Das Schlechte ist, dass er uns nicht länger als Quelle zur Verfügung steht. Auf der anderen Seite könnte es am Tatort natürlich auch Hinweise darauf geben, was tatsächlich zwischen dem Padre, dem Carnivore und den Eichel-Brüdern gelaufen ist. Eli Eichel war ein namhafter Kidon.«

»Eli Eichel, der Chorleiter«, sagte Bridgeman.

»Genau. Womit wir einen Beleg dafür hätten, dass internationale Auftragskiller auf dem Boden der Vereinigten Staaten aktiv sind. Zweitens gab es da ein paar alte Bruchstücke mit Keilschrift, die die Eichels dem Padre abnehmen wollten, was offenbar auch der Anlass für den Mord am Padre und seinen Leuten gewesen ist.«

Bridgeman war erleichtert. »Demnach dürfte es sich also um eine persönliche Abrechnung gehandelt haben.«

»Das ist schwer einzuschätzen. Drittens war eine der Frauen, die erschossen wurden, als Doppelgängerin von Eva

Blake, eine unserer Agentinnen, unterwegs. Sie absolviert gerade ihre Ausbildung auf der Farm.«

Bridgeman nickte bedächtig. »Das ist schlecht. Gab es noch andere Zeugen außer Ryder?«

Tucker schüttelte den Kopf. »Nein, nur Ryder.«

Bridgeman seufzte. »Was wollen Sie?«

»Einen Hubschrauber und ein Team, um am Tatort eine gründliche Untersuchung durchzuführen.«

»In Ordnung. Tun Sie das. Aber wenn Sie in dem Jagdklub nicht fündig werden, hat dieser Schwachsinn ein Ende. Wir folgen dem gesunden Menschenverstand und gehen auf Abstand zu Judd Ryder und zu einem möglichen Kleinkrieg unter Auftragskillern. Und Sie werden sofort zum ME gehen und sich bei ihm entschuldigen, damit er seiner Aufgabe als öffentlicher Angestellter gerecht werden und die Öffentlichkeit in Kenntnis setzen kann.«

»Verstehe.«

Aber Bridgeman hörte ein Zögern heraus. Er sah Tucker durchdringend an. »Sie haben bereits einen Hubschrauber angefordert, stimmt's?«

Tucker erwiderte den Blick gelassen. »Selbstverständlich.«

Bridgeman bezwang den Impuls, Tucker eine Gerade zu verpassen. »Ich autorisiere den Chopper und das Team«, erklärte er betont ruhig. »Aber ich möchte deren Bericht sehen, sobald Sie ihn bekommen. Und damit meine ich, keine Sekunde später! Und jetzt machen Sie, dass Sie rauskommen.«

19

Tucker eilte in sein Büro zurück. Als er die Tür öffnete, stand Bash vor dem großen Fenster, die Hände hinter dem Rücken zusammengelegt, und starrte hinaus. Mit einem hoffnungsvollen Ausdruck auf dem Gesicht wandte er sich zu Tucker um.

»Haben Sie einen Job für mich?«, fragte er.

»Ja, Sie leiten ein Untersuchungsteam aus Langley. Setzen Sie sich. Ich erkläre Ihnen, worum es geht.«

Die nächste halbe Stunde marschierte Tucker in seinem Büro auf und ab. Um Bash die Zusammenhänge klarzumachen, schilderte er, was geschehen war, seit Judd an diesem Morgen angerufen und ihm von seinem Doppelgänger und dessen Ermordung erzählt hatte. Bash blickte ins Leere, schloss mitunter die Augen und stellte hier und da eine Frage.

»Besonderes Interesse habe ich an Festplatten, handschriftlichen Aufzeichnungen, GPS-Datenlisten, alles, was uns hilft, die Situation besser zu verstehen«, schloss Tucker seinen Vortrag. »Dann ziehen Sie mal ab und rufen Sie Erickson an, wie es mit dem Hubschrauber aussieht.«

Mit einem Nicken verschwand der junge Agent durch die Tür.

Tucker setzte sich an seinen Schreibtisch und rief Dorothy Kunz an. Sie hatten sich kennengelernt, als sie beide im Athener Büro stationiert waren. Während Tucker beim operativen Dienst geblieben war, hatte Dorothy sich mehrfach in andere Abteilungen versetzen lassen. Seit fünf Jahren war sie Leiterin der Farm.

Kunz besaß eine warme Stimme. »Hey, Tucker. Bestimmt willst du etwas. Sonst rufst du doch nie an. Irgendwann werde ich dich noch einmal so richtig abfüllen und dir all deine Geheimnisse entlocken.«

Er lächelte. Sie hatten einen Abend mit reichlich Ouzo zusammen verbracht, an dem es jedoch nicht zum Austausch von Vertraulichkeiten gekommen war. »Und ich habe immer geglaubt, du hättest mich betrunken gemacht, weil du meinen Körper wolltest.«

Sie lachte. »Was hast du auf dem Herzen, Tucker?«

»Du hast da eine Lehrgangsteilnehmerin bei dir, die ich …«

»Du meinst bestimmt Eva Blake. Schließlich hast du dich dafür starkgemacht, dass wir sie eingeladen haben.«

»Ich muss mit ihr sprechen.«

Zum ersten Mal klang eine gewisse Zurückhaltung aus der Stimme von Kunz. »Mal sehen, was sich machen lässt. Ich lege dich kurz in die Warteschleife.«

»Kein Problem.« Tucker drehte sich zum Fenster und betrachtete eine Reihe kahler Ahornbäume, die vor einem Holzlattenzaun am Grundstücksende von Catapult wuchsen. Irgendwie erinnerten sie ihn an einen Trupp knorriger Soldaten, die dort, unbeirrt und auf alles gefasst, zum Einsatz bereitstanden.

»Eva Blake ist heute zu einer Außendienstübung in Williamsburg gewesen«, kam Kunz' Stimme zurück. »Mir war doch so, als wäre da etwas gewesen, und natürlich hatte ich mal wieder recht. Sie hat nämlich später hier angerufen und erklärt, es gebe da einen Notfall in der Familie und sie müsse sofort los. Über Einzelheiten hat sie nicht sprechen wollen. Ihren Angaben zufolge handelte es sich um eine private Angelegenheit, und sie konnte nicht sagen, wann sie zurückkommen würde.«

Tucker setzte sich aufrechter in seinen Schreibtischstuhl. »Klingt gar nicht nach Eva.«

»Mag sein, aber das hat sie nun mal gesagt und getan«, hielt Kunz fest. »Zu schade, denn sie schlug sich prächtig.«

»Welcher von deinen Leuten hat sie denn zuletzt gesehen?«

»Gretchen Hilton. Ich habe gerade bei ihr nachgefragt. Sie war heute Blakes Schatten. Ihrem Bericht nach machte Blake ihre Sache ordentlich, bis sie einen übertrieben cleveren Trick aus dem Hut zauberte. Sie führte Gretchen, die mit Kinderwagen unterwegs war, in die Pornoabteilung eines Videoladens. Gretchen hat sie dafür in ihrem Bericht gerügt. Ein amüsantes kleines Kabinettstück, das Blakes Einfallsreichtum zeigt.«

»Hatte Blake Kontakt zu einem der anderen Lehrgangsteilnehmer?«

»Wir haben nachgefragt. Offenbar nicht. Worum geht es hier eigentlich, Tucker?«

»Eine Doppelgängerin von Blake ist aufgetaucht. Und die ist jetzt tot. Erschossen.«

»Willst du mir nicht vielleicht ein wenig mehr verraten?«, fragte Kunz.

»Derzeit wissen wir nicht mehr.«

»Vielleicht hat Blake uns gegenüber ja die Wahrheit gesagt, und es gibt Schwierigkeiten in ihrer Familie, um die sie sich kümmern will.«

Tucker nickte nachdenklich. »Hat denn das Tribunal schon ihr Urteil über sie gefällt?« Das »Tribunal« war ein Komitee, das aus Ausbildern der Farm bestand und neben anderen Dingen darüber entschied, ob ein Aspirant sich aufgrund seines Verhaltens als ungeeignet erwiesen hatte.

»Die Untersuchung läuft noch«, sagte sie. »Sie werden heute noch zusammentreten, um die Ergebnisse zu bewerten.«

Tucker seufzte. »Halt mich auf dem Laufenden.«

Nachdem er aufgelegt hatte, drehte er den Stuhl wieder Richtung Fenster, um die lange Reihe von Ahornbäumen zu betrachten. Einen Moment lang sahen sie gar nicht mehr wie zu allem bereite Soldaten aus, sondern einfach nur tot.

20

Montgomery County, Maryland

Auf der Landstraße war kein anderer Wagen in Sicht, als Eli Eichel den grauen Dodge-Van in die Zufahrt zum Jagdklub Esti lenkte. Ein erwartungsvolles Lächeln lag auf seinen Lippen. Schon bald würde er drei weitere Kalksteinstücke besitzen.

»Sind wir spät dran?«, fragte Danny. Er saß zusammengekrümmt auf dem Beifahrersitz und spielte ein Videospiel auf seinem iPad.

Wie gewöhnlich waren die Eichel-Brüder allein unterwegs, nur sie beide. Früher einmal hätte Eli so viel Einsamkeit gestört, sich nach einer Frau an seiner Seite und nach Freunden gesehnt.

»Nein, alles in Ordnung«, erklärte er Danny.

»Mir gefällt's hier.«

»Ich weiß, Danny.«

»Keine Farben.« Danny schaute gerade lange genug auf, um mit seiner mächtigen Pranke über die Windschutzscheibe zu wischen und auf das triste Einerlei aus kahlen Bäumen und weißen Schneeflächen zu deuten.

»Ich weiß, Farben bedrücken dich immer«, sagte Eli.

Danny seufzte glücklich. Er wurde verstanden, und Eli wusste, dass dies alles war, was für seinen jüngeren Bruder zählte.

Eli selbst war klein und drahtig, hatte die großen, dunklen Augen und die olivfarbene Haut eines Mannes aus der Levante. Er konnte jederzeit glaubwürdig versichern, aus dem Nahen Osten zu stammen, konnte sich aber auch als Kreole, Süditaliener oder Korse ausgeben. Er war stolz auf dieses Geschenk der Natur und nutzte es ständig. Eli war fünfundsechzig.

Danny war zehn Jahre jünger, groß und massig, von plumper Gestalt und mit einem überbreiten, grobknochigen Gesicht, das von seinem vorstehenden Kinn dominiert wurde. Wegen seiner außergewöhnlichen Körpergröße hatten ihn die anderen Jungs als Kind furchtbar verspottet. Motiviert wurden diese Hänseleien jedoch eigentlich durch das Desinteresse, das Danny schon immer allen anderen entgegenbrachte. Nie beteiligte er sich an den Schlachten, die sie ausfochten, nie an Fußballspielen oder an anderen Sportvergleichen, wo seine physische Dominanz dem Team zum Sieg verholfen hätte. Und dennoch hatte er ein blutverschmiertes Gesicht und blaue Flecken auf Rücken und Beinen, wenn er nach Hause kam. Er ließ es zu, dass sie ihn verprügelten, weil er einerseits ihre Affekte oder ihre Verwirrung nicht nachvollziehen konnte und andererseits nicht fähig war, selbst Wut oder Empörung gegen sie zum Ausdruck zu bringen. In der Schule scheiterte er an Lesen und Geschichte. Er feierte keine Bat-Mizwa, wurde von der Familie aber trotzdem als gesegnetes Kind betrachtet, und der Rabbi stimmte ihnen zu. Denn Danny war mit einem gottgegebenen Riesentalent ausgestattet. Er konnte alles bauen oder reparieren. Insbesondere seine Auge-Hand-Koordination war bemerkenswert.

Vor den Eichel-Brüdern tauchten die beiden Jagdhäuser des Klubs und die Hütten mit ihren Steildächern auf. Der weiße Explorer SUV und die schwarze Cadillac-Limo standen noch genau so, wie sie es von ihrem Scharfschützennest aus gesehen hatten, und die Leichen lagen über die Einfahrt verteilt in verrenkten Positionen. Der Anblick war einfach nur gespenstisch. »Wow.« Danny sah wieder zur Windschutzscheibe hinaus. »Die haben wir alle innerhalb von Sekunden erledigt.«

Danny beugte sich vor und ergriff das Armaturenbrett. Seine Augen leuchteten. Ihre Tötungen versetzten ihn immer in Hochstimmung, und diese hier war ausgesprochen präzise und effizient gelungen. Sie hatten ihre besten Gewehre benutzt. Die *Silent Assassin*, so der Spitzname der britischen L115A3 Long Range Rifle, war bekannt dafür, in Afghanistan Rebellen noch aus über fünfzehnhundert Meter ausgeschaltet zu haben. Außerdem waren heute die äußeren Bedingungen zum Schießen ideal gewesen. Klare Sicht. Der Wind hatte sich kurz vor Eintreffen des Padre gelegt. Nur die tiefen Temperaturen hätten ein Problem darstellen können, aber die hatten sie einkalkuliert.

Eli hielt den Van an. Danny und er schnappten sich ihre AK-47 und stiegen aus.

Danny schlenderte zur nächstgelegenen Leiche.

Eli musterte die stillen Gebäude, die Wacholderhecke, die Bäume. Nirgends ein Zeichen von ihrem Spitzel Tomás Lara. »Tomás!«, rief er. »Tomás, komm raus! *¿Como esta?*«

Plötzlich war ein Wummern zu hören. Der SUV schaukelte, dann kamen Rufe aus seinem Innern.

Danny sah durch das Fenster. »Hier steckt er, Eli. Tritt mit den Füßen und schreit. Er denkt wahrscheinlich, er ist wütend, aber ich denke, er hat bloß Angst.« Mit zwölf wurde bei Danny Autismus festgestellt. Über die Jahre hinweg hatte er sich selbst beigebracht, durch genaue Beobachtung der Mimik oder der Veränderungen von Gesichtsfarbe oder Pupillengröße abzuleiten, was andere empfanden.

»Danke, Danny.«

Danny nickte und trat einen Schritt zurück, sodass Eli die Tür öffnen konnte. Lara lag mit gefesselten Händen und Füßen auf dem Boden. Der eigentlich große Mann wirkte auf einmal klein.

Eli funkelte ihn an. »Was ist passiert?«

»Es war Judd Ryder, dieser Scheißkerl.« Die Augenlider Laras zwinkerten hektisch. »Er hat mich überfallen und fast umgebracht. Ich …«

»Wo sind die Stücke der Tafel?«

»Ryder hat sie gestohlen. Ich konnte ihn nicht daran hindern.«

Eli blickte seinen Bruder an. »Sieh mal beim Padre nach, ob er sie noch bei sich hat.«

Danny nickte und trottete davon.

Eli taxierte den Mann. Bei erkaufter Verlässlichkeit bestand das Problem darin, dass man nie genug dafür bezahlen konnte. Stets blieb das Risiko, dass jemand mehr bot oder so lange Druck ausübte, bis Geld keine Rolle mehr spielte.

Danny kehrte zurück. »Der Padre hat die Stücke nicht.«

»Dankeschön, Danny«, sagte Eli. Er lehnte die AK-47 gegen den SUV, nahm sein Klappmesser heraus und durchtrennte die Seile, mit denen Lara an Hand- und Fußgelenken festgebunden war.

»*Muchas gracias.*« Lara stemmte sich hoch, setzte sich mit dem Rücken gegen die Innenwand des Wagens und massierte sich die Handgelenke.

»Hat Ryder etwas von den Kalksteinstücken gewusst?«, fragte Eli in freundlichem Ton.

»Ja, natürlich. Warum hätte er sie sonst mitnehmen sollen?«

»Wie hat er denn von ihnen erfahren?«

»Hat er nicht gesagt.«

»Wusste er etwas von mir?«

Lara schüttelte energisch den Kopf. »Nein, nein!«

»Von irgendjemandem müssen seine Informationen doch stammen. Vom Carnivore, von Seymour, Krot oder womöglich vom Padre selbst?«

Lara wandte den Blick ab. »Ich denke, es muss der Padre gewesen sein, der es ihm erzählt hat.«

Eli spürte ein Kribbeln im Rückgrat. Er drehte sich zu Danny um. »Lügt er?«

Danny nickte. »Der Padre war es nicht.«

Lara riss die Augen auf. Schweißperlen traten ihm auf die Stirn. »Dann muss ich … muss es mir wohl rausgerutscht sein. Aber ich werde euch dabei helfen, ihn zu finden. Der Padre hat ihn genau durchleuchten lassen. Alles, was er herausgefunden hat, befindet sich auf einem Laptop, der da drüben im Jagdhaus im großen Zimmer steht.« Er deutete mit dem Daumen in die Richtung.

Unaufgefordert machte Danny sich auf den Weg.

Lara sah ihm hinterher und erklärte diensteifrig: »Mir fällt gerade ein, dass Ryder etwas vom Carnivore wissen muss. Er fragte nämlich, ob der Padre es darauf abgesehen hätte, den Carnivore zu finden.«

Eli sagte nichts. Er starrte nur unverwandt auf Lara hinunter.

Der Mann rutschte nervös in eine andere Sitzposition. Ein Schweißtropfen rann ihm die Schläfe entlang.

Das stampfende Geräusch von laufenden Füßen näherte sich. Danny kam zurück.

»Das war der einzige Computer in dem Haus.« Danny hielt ein Laptop hoch.

Eli nahm es und reichte es Lara. »Zeig mir das Material über Ryder.«

Der Mann klappte das Gerät auf und begann zu suchen. »Hier ist die Datei. Ihr werdet eine Menge Fotos darin finden.« Er drehte den Laptop in ihre Richtung.

Eli sah auf den Bildschirm. Unter Ryders Name waren Dokumente aufgelistet – *Frühe Kindheit, College, Armee, nach der Entlassung.*

»Bring es in unseren Van«, sagte er Danny.

Wieder verschwand Danny.

»Woher wusste der Padre denn, dass Ryder oder Blake ihn womöglich zum Carnivore führen könnten?«

Lara wischte sich den Schweiß aus dem Gesicht. Er war verzweifelt bemüht, sich hilfreich zu zeigen. »Das lief über einen fetten Finanzhai namens Martin Chapman. Seine Verbindung zu Ryder wird in den Berichten beschrieben.«

»Wo steckt dieser Chapman?«

»Er besitzt eine Pferdefarm hier in Maryland.« Lara nannte ihm die Adresse und alle Einzelheiten, die er kannte.

Eli empfand einen sonderbaren Schmerz, zugleich erfasste ihn eine angespannte Erregung. Er hob seine AK-47 und zielte.

Das Gesicht des Mannes verzerrte sich in panischem Entsetzen. »*No! Madre de Dios, no!*«

Lächelnd feuerte Eli eine Salve ins Herz des Verräters. Explosionsartig schoss Blut heraus und spritzte über Sitze, Fenster und Boden des SUVs. Eli sparte sich die Mühe, die Tür zu schließen, und ging eilig davon. Die erfrischend kalte Luft zog ihn sanft voran wie der Sog eines Windschattens.

Als er den Wagen erreichte, hatte Danny bereits auf dem Beifahrersitz Platz genommen.

»Ruf Karel an«, befahl Eli, stieg hinter das Steuer und warf Danny sein iPhone zu. »Sag ihm, er kann jetzt zum Saubermachen kommen. Wir beide fahren weiter nach Osten, um einem Mann namens Martin Chapman einen Besuch abzustatten. Er wird uns dabei helfen, Judd Ryder zu finden.«

21

Ryder stand hoch über dem Areal des Jagdklubs im Schnee und hörte, wie der Feuerstoß der AK-47 zwischen den Hügeln hallte. Gleichzeitig konnte er die Schüsse auch in dem Mobiltelefon in seiner Hand hören. Vorher hatte er dem gesamten Gespräch zwischen Tomás Lara und Eli Eichel gelauscht, das von dem Handy in der Brusttasche von Laras Jacke übertragen wurde. Jetzt war Lara offensichtlich tot, und die Eichels machten keine Anstalten, seine Leiche mitzunehmen.

Frustriert schüttelte Ryder den Kopf, klappte das Handy zu und stapfte davon. Er wandte sich vom Gelände des Jagdklubs ab und marschierte den Kiefernwald auf der anderen Hügelseite hinunter in Richtung der Stelle, an der er den Pick-up abgestellt hatte.

Unterwegs rief er Tucker Andersen an.

»Hast du etwas von Eva gehört?« Tuckers Stimme klang besorgt.

»Kein Wort. Was ist passiert?«

»Sie hat heute Nachmittag die Farm angerufen, etwas von einem Notfall in der Familie erzählt und gesagt, sie wisse nicht, wann sie wieder zurückkommt. Es könnte wahr sein, aber mich überzeugt es noch nicht. Ich habe einen Mann losgeschickt, der ihr Haus im Auge behält. Ich habe ihre Eltern angerufen. Sie sagen, sie hätten seit einem Monat nichts mehr von ihr gehört. Hat sie einen Freund?«

»Nicht dass ich wüsste.« Ryder zwang sich zu einem ruhigen Ton, obwohl es in seinem Innersten tobte.

»Du musst meine Fragerei entschuldigen, Judd. Ich weiß, ihr steht euch sehr nahe. Es ist durchaus möglich, dass meine Sorgen unbegründet sind und es ihr gut geht. Und jetzt erzähl mal, was bei dir passiert ist.«

Ryder schwieg einen Moment, um sich zu sammeln. »Zuerst einmal, die Kalksteinstücke sind keine beliebigen Teile. Sie gehören alle zu einer Tafel. Zumindest hat Eli Eichel das behauptet. Ich habe mir die drei Stücke angesehen, die ich habe. Die passen zusammen und scheinen zusammen eine Ecke zu bilden, aber ich hab natürlich keinen Schimmer, was die Keilschrift besagt.«

»Noch ein Grund, sich zu wünschen, dass Eva hier wäre.«

»Ja, womöglich könnte sie es lesen. Aber der eigentliche Hammer kommt jetzt: Eli Eichel sagte, der Carnivore, Seymour und Krot wüssten ebenfalls über die Kalksteinstücke Bescheid. Wer sind Seymour und Krot?«

Tucker fluchte. »Das entwickelt sich langsam zu einem *Who's Who* der Killerzunft. Auch das sind alte Schlachtrösser, die in den Zeiten des Kalten Kriegs ins Geschäft eingestiegen sind. Seymour hat unter den verschiedensten Namen operiert. Früher war er beim Islamischen Dschihad. Krot hat genauso viele Gesichter. Er ist ein Ex-KGB.«

»Na wunderbar. Fragt sich nur, ob sie auch hinter den Kalksteinstücken her sind.«

»Und wie viele Teile es insgesamt gibt und wer die anderen hat.«

Ryder war inzwischen die Hälfte des Hügels abgestiegen. »Vor seiner Abfahrt hat Eli seinen Spitzel noch erschossen.«

»Hat er die Leiche mitgenommen?«

»Leider nein. Jetzt bekomme ich keine Gespräche mehr

mit, da der Sender an der Leiche steckt, und kann den Eichel-Brüdern nicht mehr auf den Fersen bleiben. Immerhin habe ich ihr Nummernschild.« Er gab die Daten durch. »Sie haben aus einem der Jagdhäuser ein Laptop mitgehen lassen, weil sich darauf die Hintergrundinformationen befinden, die der Padre über mich hat sammeln lassen. Außerdem dürften darauf Angaben sein, wie man am besten an Eva herankommt. Also werden sie sich jetzt auf den Weg zur Quelle all dieser Infos machen, zu dem Mann, der dem Padre erzählt hat, dass wir mit dem Carnivore zusammengearbeitet haben …«

»Martin Chapman«, sagte Tucker sofort.

»Genau, diesen Typ meine ich.« Er spürte die Wut in seiner Stimme, aber auch das Gefühl eines unersetzlichen Verlusts, der in ihr mitschwang. Es spielte keine Rolle, was die anderen sagten oder welche Beweise für die kriminellen Machenschaften des eigenen Vaters vorlagen, wenn er derjenige gewesen ist, der dich in deiner Kindheit auf den Schoß gesetzt und dir zugehört hat, der mit dir Angeln gegangen ist, kein einziges deiner Footballspiele versäumt hat und dir selbst dann noch gesagt hat, wie stolz er auf dich ist, wenn du einen von seinen Wünschen abweichenden Lebensweg eingeschlagen hast. Dann wird dein Vater immer dein Vater bleiben, und Judd hatte ihn geliebt. Sein Vater war jedoch auch Mitglied in einer Gruppe internationaler Geschäftsleute gewesen, die unter Führung von Martin Chapman nicht nur Gesetze umgangen, sondern sie unzählige Male gebrochen und es damit zu beträchtlichem persönlichem Reichtum gebracht hatten. Allerdings hatte es für seinen Vater stets eine Grenze gegeben, die er nicht zu überschreiten bereit war. Nie im Leben hätte er US-amerikanische Sicherheitsbelange gefährdet. Als er entdeckte, dass womöglich Terroristengelder über die Library of Gold flossen, jene Organisation, die das Herzstück ihrer mächtigen und einflussreichen Gruppe bildete, erzählte er Tucker davon. Das Ende vom Lied war, dass Chapman seine Ermordung befohlen hatte.

»Und jetzt hast du vor, ebenfalls zu Chapmans Anwesen zu fahren«, begriff Tucker.

Ryder atmete tief durch, um seine Wut zu unterdrücken. »Schätze, ich werde ein paar Stunden für die Strecke brauchen. Ich melde mich dann.«

22

Washington, D. C.

Tucker Andersen saß gerade an seinem Schreibtisch bei Catapult und las die Akte über Danny und Eli Eichel, als der Anruf von Bash einging.

»Wo sind Sie?«, fragte Tucker.

»Auf dem Gelände des Jagdklubs.« Bashs Stimme klang laut und zornig. »Wir sind zu spät gekommen. Alle Spuren wurden bereits beseitigt. Kein Wagen, keine Waffen, kein Blut, keine Leichen. Und auch keine lebenden Menschen irgendwo. Die Anlage sieht aus wie ein x-beliebiges wohlgepflegtes Vereinsgelände nach einem heftigen Schneefall. Wir haben die Gebäude durchsucht und weder Computer gefunden noch Unterlagen, Papiere oder irgendwelche Anhaltspunkte über die Leute, die angeblich hier gestorben sind.«

»Wow.« Ein Knoten formte sich in Tuckers Brust. »Sonst noch was?«

»Ich habe ein paar Telefonate geführt und herausgefunden, welche Firma die Anlage hier in Schuss hält. Dem Geschäftsführer zufolge sind sie erst vor einigen Tagen hergeschickt worden, um alles auf Vordermann zu bringen. Sämtliche geschäftlichen Kontakte mit dem Eigentümer laufen übers Telefon. Sein Name ist Sabino Zaragoza.«

»So heißt der Padre.«

»Zumindest in dieser Hinsicht keine Überraschung. Ich

habe jetzt hier einen Schwung angefressener Langley-Figuren am Hals, die unbedingt wissen wollen, warum zum Teufel Catapult ihre Zeit und öffentliche Mittel für solch eine bescheuerte Verfolgungsjagd verschwendet.«

Tucker zögerte. Die Tatsache, dass auf dem Grundstück des Jagdklubs nichts Verdächtiges gefunden worden war, verschaffte Bridgeman den nötigen Vorwand, jede Unterstützung für Judd und die Ermittlungen einzustellen und Tucker gehörig ans Bein zu pinkeln. Mit finsterer Miene ging er die Ereignisse der letzten Stunden durch. Dann fiel ihm ein, dass Judd ein angewähltes Handy und einen Sender erwähnt hatte, die bei Tomás Lara versteckt waren.

»Ich muss kurz einen anderen Anruf machen. Ich melde mich gleich wieder bei Ihnen.« Tucker legte auf und wählte.

»Ja?« Die Anspannung bei Judd war unüberhörbar.

»Überprüf mal deinen Tracker nach dem Sender, den du bei Lara gelassen hast. Ich will wissen, wo seine Leiche steckt.«

»Scheiße. Die Leiche liegt nicht mehr beim Jagdklub? Einen Moment, ich muss erst den Tracker wieder einschalten.« Seine Stimme verstummte nur für Sekunden. »Der Sender ist entweder ausgestellt worden oder kaputt. Auf jeden Fall gibt es kein Signal. Was ist denn da los, Tucker?«

»Das Gelände wurde peinlich genau gesäubert. Ich hatte gehofft, dem Reinigungskommando wäre der Sender, den du versteckt hast, entgangen, und wir könnten auf diese Weise herausfinden, wohin die Leichen und die anderen Beweismittel gebracht worden sind. Wieder 'ne Pleite, aber was soll's. Die Hoffnung stirbt zuletzt.«

Ryder stöhnte genervt auf. »Ich wette, ich bin an dem Reinigungskommando vorbeigekommen. Keine zwei Kilometer von der Einfahrt zum Jagdklub entfernt, standen ein

Pritschenlaster mit einer Kehrmaschine drauf und direkt daneben ein Streufahrzeug mit einem anmontierten Schneepflug. Ich habe das überhaupt nicht mit dem Jagdklub in Verbindung gebracht.«

»Die Eichels geben sich wirklich größte Mühe, selbst die kleinste Spur ihrer blutigen Geschäfte zu verwischen.« Tucker beendete die Verbindung, wirbelte im Stuhl zu seinem Registerschrank herum und öffnete die unterste Schublade, aus der er eine Flasche Whisky fischte. Während er sich ein Glas einschenkte und leerte, dachte er mit Wehmut an seine ehemalige Chefin zurück. Am Ende eines anstrengenden Tages hatten sie sich oft in einem ihrer Büros getroffen und Operationen analysiert, herumphilosophiert und gemeinsam etwas getrunken. Im Unterschied zu seinem derzeitigen Boss hatte sie verstanden, welch schreckliche Gefahr fehlende Risikobereitschaft in der Geheimdienstbranche darstellte. Wer sich stets engstirnigen Regeln unterwarf, um einen Feind zu bekämpfen, der selbst gar keine Regeln kannte, der schlitterte unweigerlich in die Katastrophe. Seine damalige Chefin hatte ohne Scheu Entscheidungen gefällt, deren Ausgang ungewiss war. Und genau das war es, was Catapults neuen Chef wahnsinnig machte – dass Tucker noch immer nach diesem Grundsatz arbeitete, weil es so nämlich funktionierte.

Er stand auf und lief im Raum auf und ab. Wenn er Bridgeman von dem makellos gesäuberten Jagdklub erzählte, würde der behaupten, es hätte dort überhaupt kein von Scharfschützen verursachtes Massaker gegeben, weil es dafür, abgesehen vom mündlichen Bericht von Judd Ryder, nicht den kleinsten Anhaltspunkt gab. Und in Ryder setzte Bridgeman keinerlei Vertrauen.

Tucker machte auf dem Absatz kehrt und ging weiter durch den Raum. Wenn er es nun aber hinauszögerte, Bridgeman zu informieren, würde er die Chance haben nachzuweisen, dass Judd recht hatte, was den Jagdklub betraf oder was er über seinen Doppelgänger und über Evas Doppelgängerin erzählt hatte, und dass tatsächlich eine Gruppe internationaler Assassins in ihrem Land aktiv war. Diese letzte Vorstellung erschreckte ihn am meisten.

Er blieb am Schreibtisch stehen und goss sich noch einen Schluck Whisky ein. Beim Trinken kam es ihm fast so vor, als würde er seine Ex-Chefin in einer dunklen Ecke des Büros sitzen sehen und sagen hören: »Verflucht, Tucker, du weißt doch genau, dass du in dieser Sache nicht auf Bridgeman zählen kannst. Also tu, was du tun musst.«

Er nickte einige Male stumm vor sich hin, dann setzte er sich und rief Bash Badawi an, der vermutlich gerade auf dem Parkplatz des Jagdklubs vor Wut seine Runden drehte.

Bash meldete sich beim ersten Klingeln. »Was soll ich tun, Tucker?«

»Fliegen Sie Ihre Männer zurück nach Langley«, befahl Tucker. »Sagen Sie dem Piloten, sein nächster Auftrag besteht darin, mich zurück nach Maryland zu bringen, allerdings an einen anderen Ort. Merrittville. Wenn er noch auftanken muss, soll er das sofort nach der Landung erledigen.«

Die Reaktion erfolgte umgehend. »Können Sie vielleicht Hilfe brauchen in Merrittville?«

»Diesmal nicht.« Sich selbst Ärger einzubrocken, indem er sich Bridgeman widersetzte, war eine Sache, aber seine Leute in Schwierigkeiten zu bringen war eine ganz andere.

»Merrittville«, wiederholte Bash nachdenklich. »Wohnt da nicht Martin Chapman ganz in der Nähe?«

»Manchmal ist Ihr Erinnerungsvermögen einfach zu gut.«

»Statten Sie etwa Chapman einen Besuch ab? Werden die Eichels und Judd auch da sein?«

»Ja zu all Ihren Fragen, aber mehr bekommen Sie nicht aus mir raus. Und behalten Sie das, was ich Ihnen gerade gesagt habe, für sich. Wir treffen uns in Langley.« Nachdem er eine Entscheidung gefällt hatte, fühlte er sich zumindest einen Hauch besser. Er trank noch einen Whisky, dann wählte er erneut die Nummer von Judd Ryder.

»Was geht denn da vor sich, Tucker?«, wollte Judd wissen.

»Ich fliege raus, um mich mit dir zu treffen. Bist du schon bei Chapman?«

»Noch etwa zwanzig Kilometer. Warum kommst du her?«

»Erklär ich dir, wenn ich da bin. Ich werde Dossiers über den Padre, den Carnivore, Eli Eichel, Krot und Seymour mitbringen. Irgendwo darin findet sich hoffentlich der Schlüssel zu diesem ganzen Durcheinander. Ich werde einen von Langleys Hubschraubern in Beschlag nehmen. Draußen vor der Stadt gibt es einen alten Flugplatz. Dort treffen wir uns.«

Nachdem er Judd den Weg erklärt hatte, schraubte er die Flasche zu und stellte sie in den Registerschrank zurück. Er streifte den dicken Wollmantel über, ging zur Tür hinaus und den Gang hinunter. Er konnte hören, wie Gloria auf der Tastatur ihres Computers tippte.

An ihrem Schreibtisch hielt er an.

Sie sah auf. Beim Anblick seines Mantels zog sie die Stirn in Falten. »Gehst du noch mal fort? Es steht gar nichts auf deinem Terminplan.«

»Beeindruckend, dass du noch immer denkst, ich hätte einen festen Terminplan, und dass ich, sollte ich denn einen haben, mich daran halten könnte.«

»Den Optimismus nicht verlieren hält mich eben jung.« Die Lachfältchen um ihre Augen vertieften sich.

»Mir gefällt das Älterwerden. Ich hab Talent dafür. Die

Kopien deiner Dossiers über den Carnivore und die Eichels habe ich bereits. Jetzt bräuchte ich noch die über den Padre, Krot und Seymour.«

»Im Ernst. Krot und Seymour auch. Keine Angst, keine Angst, ich frag ja gar nicht weiter.«

»Schön. Und ich möchte topaktuelle Satellitenaufnahmen von Martin Chapmans Pferdefarm und dem angrenzenden Gelände. Baupläne des Gebäudes auch, falls du sie bekommen kannst. Schick alles an mein gesichertes Handy. In spätestens einer Stunde brauche ich die Sachen.«

Sie nahm ihre Brille ab und sah ihn prüfend an. »Wohin gehst du?«

»Nach Langley.«

»Und wann wirst du wieder zurück sein?«

»Spät.« Er schaute sich kurz um, ob jemand in der Nähe war. »Wenn der Chopper, den ich für Bash angefordert habe, wieder in Langley landet, werde ich mir ihn schnappen und zurück nach Maryland fliegen. Judd und ich planen, Marty Chapman einen Überraschungsbesuch abzustatten. Es ist besser, wenn Bridgeman nichts von alldem erfährt. Zumindest für's Erste nicht.«

Sie nickte. »Demnach hatte Bash offenbar keine guten Nachrichten aus dem Jagdklub, oder?«

»Etwa so wie bei der *Titanic*.«

ELI EICHEL

Wer keine Macht hat, lässt morden, um sie zu bekommen,
und wer Macht hat, lässt morden, um sie zu behalten.

— Richard Belfried, The Assassination Business

23

Montgomery County, Maryland

Eli Eichel hielt mit dem Dodge-Van an einem doppelt verstärkten schmiedeeisernen Eingangstor. Über dem Tor spannte sich in eisernen Lettern der verschnörkelte Schriftzug:

THE CHAPMAN FARM

ARABIAN HORSES

Er ließ das Seitenfenster heruntergleiten und drückte die Taste der Gegensprechanlage.

Sofort meldete sich eine Stimme: »Guten Abend, Sir. Was können wir für Sie tun?«

»Ich bin ein Freund des Padre«, log Eli. »Ich bin hier, um Mr. Chapman das Neueste über Judd Ryder zu erzählen.«

»Ich werde Ihre Bitte weitergeben.«

Eli schloss das Fenster wieder und betrachtete durch die Windschutzscheibe das Anwesen genauer. Vorbei an aufgetürmten Schneebergen und malerischen Holzgattern führte auf der anderen Seite des Tors eine breite Auffahrt bis hinauf zu einem Landsitz im Plantagenhausstil, der weiß und üppig verziert wie eine Hochzeitstorte war. Imposante Säulen säumten die Front, und über sämtliche drei Stockwerke hinweg protzte das Haus mit wuchtig eingefassten Balkonen. Das Grundstück war bestens gesichert. Auf der Granitmauer, die den gesamten Komplex umgab, waren Überwachungskameras und Natodraht montiert. Ein Wachmann in einem weißen Overall patrouillierte zwischen den Gebäuden. Solange ihn kein direktes Licht erfasste und für Schattenwurf sorgte, war der Mann gegen den Schnee fast unmöglich auszumachen. Kurz darauf bemerkte Eli einen zweiten Sicherheitsmann, der ebenfalls von Kopf bis Fuß in Weiß gekleidet war.

»Ich schätze das Hauptgebäude auf elfhundert Quadratmeter.« Danny hatte die Hände auf die Knie gelegt und starrte nach vorn durch das Tor. »Da es im Grunde genommen einen Quader darstellt, fällt die Berechnung nicht schwer. Möchtest du, dass ich dir auch die Größe der anderen Gebäude sage?«

»Ja, das würde mich interessieren.« Eli hatte schon vor langer Zeit die Versuche eingestellt nachzuvollziehen, was Danny an diesen Dingen bloß so faszinierte. Die Aufgabe würde ihn jedenfalls eine Weile beschäftigen.

»Ich fange mal mit dem zweitgrößten Gebäude an«, sagte Danny. »Die Scheune. Die ist neunhundert Quadratmeter. Wahrscheinlich gibt es eine komplette Reithalle darin. Danach kommt die Garage. Die ist vierhundert Quadratmeter. Er muss mehrere Fahrzeuge haben. Dann ist da …«

Eli hörte nicht länger zu. Als sich die Stimme durch die Gegensprechanlage wieder meldete, ließ er die Scheibe herunter.

»Fahren Sie zum Haupthaus«, forderte ihn der Mann auf. »Dort werden Sie empfangen und durchsucht.«

Eli fuhr die von grellen Strahlern ausgeleuchtete Einfahrt hinauf.

»Waffen darf ich wohl nicht mit reinnehmen, was?«, sagte Danny.

»Nein. Die werden sie dir bloß wegnehmen, wenn du es versuchst. Und wir wollen auch keinerlei Auseinandersetzung, zumindest einstweilen nicht.«

Sie parkten auf dem höchsten Punkt der kreisförmigen Auffahrt. Als sie die gemauerten Treppenstufen hinaufstiegen, öffnete sich die Eingangstür.

»Treten Sie ein, Sir. Mein Name ist Troy.« Der Sprecher war eine eindrucksvolle Figur. Vermutlich Anfang dreißig, mindestens eins fünfundneunzig groß, hundertzehn durchtrainierte Kilo, mit breiten Schultern und schmaler Hüfte. Er trug einen dunkelgrünen Trainingsanzug und ein M4. Quer über seine Brust spannte sich ein komplett gefüllter Patronengurt.

Was für eine alberne Kostümierung, dachte Eli, als er den Patronengurt sah. Aber andererseits passte dieser Auftritt genau zu dem, was Eli über Chapman in Erfahrung gebracht hatte. Hinter dem hünenhaften Sicherheitsmann standen noch zwei weitere Männer, die ebenfalls grüne Trainingsanzüge, M4s und Patronengurte trugen. Nachdem sie Eli und Danny abgetastet hatten, führten sie die beiden in eine drei Stockwerke hohe Eingangshalle, die von einem lebensgroßen Porträt eines älteren Mannes dominiert wurde. Das dichte Silberhaar war in Wellen nach hinten frisiert, und man sah auf ein falten- und sorglos wirkendes Gesicht. Seine aufrechte Haltung und sein offener Blick verliehen ihm etwas Nobles. Eli erkannte ihn dank seiner Nachforschungen – Martin Chapman.

Hinter Troy stiegen sie die geschwungene Treppe hinauf in den ersten Stock und bogen in einen Flur ein. Die Tische und Stühle entlang der holzgetäfelten Wände schienen alles Originalstücke aus der Zeit vor dem Amerikanischen Bürgerkrieg zu sein.

Troy klopfte an eine Kassettentür. Ein leises Klicken war zu hören. Jemand hatte die Tür von innen entriegelt.

Troy drückte sie auf, und alle betraten eine schwach beleuchtete Bibliothek. Tausende ledergebundene Bücher starrten von drei hoch aufragenden Wänden herab. Danny stieß eine Serie aufgeregter Atemstöße aus, während er nach oben sah und sich umschaute. Eli betrachtete ausdruckslos die riesige Fläche an Bänden in dunkelbraunem, weinrotem oder glänzend schwarzem Leder. Es war ein erhabener Anblick. Im Raum verteilt standen Glasvitrinen, in denen weitere ledergebundene Bücher ausgestellt waren.

Auf der anderen Seite des Raums erhob sich hinter einem gewaltigen Schreibtisch ein großer Mann. Er war die lebende Version des noblen Herrn vom Gemälde. Breite Terrassentüren führten hinter ihm auf den Balkon und in die Abenddämmerung hinaus. Der Mann trug ganz leger eine Hose aus Schurwolle und ein ordentlich eingestecktes Hemd. Seine Miene war ernst.

»Mein Name ist Chapman.« Er kam ihnen mit dem geschmeidigen Gang eines Sportlers entgegen.

Eli schüttelte dem Finanzmogul die Hand und las an dem neutralen Griff die Selbstsicherheit seines Gegenübers ab. Unsichere Menschen drückten entweder viel zu fest zu oder besaßen gar keinen Druck. »Eine ganz schön beeindruckende Bibliothek, die Sie hier haben.«

Ein kurzes zufriedenes Lächeln huschte über Chapmans Gesicht. »Woher kennen Sie den Padre?«

»Viel wichtiger dürfte sein, was ich über Sie und Judd Ryders Vater weiß«, erklärte Eli. »Seit Monaten fürchten Sie bereits, Ryder könnte sich an Ihnen rächen für den Mord an seinem Vater. Daher auch all die Sicherheitsmaßnahmen.« Er deutete auf die drei Wachmänner, die mit ihren M4s und

Patronengurten an der rückwärtigen Wand aufgereiht standen.

Chapman lachte, als hätte er gerade einen guten Witz gehört. »Sie sind ein Mann, der gerne wilde Geschichten erzählt. Ich hatte nichts zu tun mit dem Tod dieses Mannes. Sagen Sie mir, wer Sie sind. Da Sie so überzeugt scheinen, eine Menge über mich zu wissen, ist das doch nur fair.«

»Mein Name ist Eli Eichel, und das ist mein Bruder Danny. Mir ist klar, dass Sie in Ihrer Position nicht so einfach jemanden ausschalten können, der eine Gefahr für Sie darstellt, daher werden wir das für Sie übernehmen. Alles, was ich dafür brauche, ist ein wenig Hilfe beim Aufspüren von Ryder.«

Danny war inzwischen im Raum herumgeschlendert und hatte sich die Wände voller Bücher angesehen. Jetzt erklärte er Chapman: »Sie besitzen dreihundertsechzig laufende Meter Bücherregal.«

Chapmans Augenbrauen wanderten überrascht in die Höhe. »Wie haben Sie denn das ausgerechnet?«

»Eine simple Multiplikationsaufgabe. Sobald man weiß, wie lang ein Regalbrett ist, multipliziert man es mit der Anzahl der Bretter an einer Wand und hat dann die Summe für diese Wand. Insgesamt sind es drei Bücherwände von identischer Größe, also muss dieses Ergebnis nur noch verdreifacht werden.«

»Ich habe aber nicht gesehen, wie Sie ein Regalbrett ausgemessen haben«, warf Chapman ein. »Woher wollen Sie dann die Länge kennen.«

»Das hängt alles mit den Wellen zusammen.« Dannys Gesicht nahm einen geradezu verzückten Ausdruck an. Er hatte einen interessierten Schüler gefunden. »Ich sehe für jede zehn Zentimeter eine Welle. Wellen sind Bestandteile der Luft, die sich kräuseln. Also warte ich einfach, bis ich dieses Kräuseln sehe. Je weiter entfernt ich von einer Messstrecke bin, desto schwerer ist es, die Wellen auszumachen, aber wenn ausreichend Licht da ist und mir genug Zeit zur Verfügung steht, liege ich mit meinen Berechnungen ziemlich genau.«

Chapman sagte nichts. Er starrte ihn nur einen Moment an, dann wandte er sich an Eli. »Was haben wir denn hier, ein durchgeknalltes Genie?«

»Nein, einen Autisten. Viel wichtiger aber dürfte sein, dass er ein außergewöhnlich guter Scharfschütze ist.«

Chapmans Augen verengten sich. »Freischaffend?«

»Ja, wir beide sind seit mehr als dreißig Jahren selbstständig. Aber wir verstehen uns auch auf andere Methoden der Beseitigung.«

Chapman verfolgte, wie Danny erneut durch den Raum lief.

»Was hat er jetzt vor?«, fragte Chapman.

»Wenn Sie die Wattzahl Ihrer Glühbirnen wissen wollen, einzeln oder insgesamt, kann er Ihnen die nennen – oder die Dicke des Teppichs oder die durchschnittliche Breite ihrer Buchrücken oder wie schnell er mit Krav Maga braucht, die drei Wachen an der Tür zu töten.« Auf Hebräisch bedeutet *krav maga* so viel wie »Kontaktkampf«. Als Kampf mit bloßen Händen bildete es in seiner extrem brutalen, effizienten Form einen zentralen Aspekt im zweijährigen Ausbildungstraining des Mossad an dessen Schule in Henzelia, das in der Nähe von Tel Aviv lag.

Chapman deutete auf Danny. »Er gehört zum Mossad?«

»Nein, ich gehörte dazu. Nach der Zeit in Henzelia wurden ein paar von uns in ein Spezialcamp in der Wüste Negev geschickt, um für gezielte Tötungsaufgaben ausgebildet zu werden. Egal ob mit Schusswaffen, Messern, Bomben, Gift oder mit physischer Kraft, vor allem natürlich mit den Händen. Nach meinem Abschied vom Dienst habe ich Danny alles beigebracht, was ich weiß.«

»Und warum haben Sie Ihren Abschied genommen?«

»Danny war zum Serienmörder geworden. Er hatte drei Männer in Tel Aviv und eine Frau in Jerusalem umgebracht. Ihn faszinierte schon damals die handwerklich-technische Seite des Tötens, aber er musste unbedingt lernen, wie man es richtig macht und damit auch noch Geld verdient. Andernfalls hätte er nicht überlebt. Und ich habe mich immer um meinen kleinen Bruder gekümmert.«

Danny zog ein Buch aus einem der Regale heraus. Er balancierte es auf seinen Fingerspitzen, als wäre seine Hand eine Waage und er würde das Gewicht des Buches bestimmen. Seine Hände waren groß wie Bratpfannen und ließen den Lederband winzig aussehen.

»Trifft es zu, was Ihr Bruder mir da gerade erzählt hat, Danny?«, fragte Chapman.

»Ich mag tödliche Treffer, die absolut sauber sitzen und so wenig wie möglich spritzen.« Danny bog seine Finger und ließ sie nach oben schnellen. Das Buch drehte sich einmal in der Luft und landete wieder sicher auf seinen Fingerspitzen.

Chapman nickte und drehte sich zu Eli zurück. »Dann lassen Sie Ihr Angebot mal hören. Uns ist doch beiden klar, dass Sie nicht irgendjemanden umbringen, nur um mir einen Gefallen zu tun. Sie müssen Ihre eigenen Gründe haben, weshalb Sie Ryder haben wollen.«

»Die Antwort ist einfach. Ryder hat mich bestohlen. Mein Bruder und ich wurden angeworben, den Besitzer von drei Teilen einer seltenen Keilschrifttafel zu beseitigen«, log Eli. »Stattdessen erledigte Ryder die Sache und steckte die Teile ein.«

»Wen hat Ryder umgebracht?«

»Den Padre.«

Chapman machte ein erstauntes Gesicht. »Der Padre ist tot?«

Eli unterdrückte ein Lächeln. »Ja, genau wie seine Frau und all seine Angestellten, die er dabeihatte.«

Blankes Entsetzen blitzte kurz in den Augen des Finanzmoguls auf. »Wenn Ryder an den Padre herankommen kann …«

»Ist es mehr als wahrscheinlich, dass er auch an Sie herankommt.«

Chapman wandte den Blick ab. »Das ist ihm schon einmal gelungen. Aus irgendeinem Grund hat er es sich in letzter Minute anders überlegt.«

Die Tatsache war Eli neu, aber er wusste sie zu nutzen. »Was auch immer ihn davon abgehalten hat, Sie umzubringen, da jetzt schon das Blut des Padre an seinen Händen klebt, wird es diese innere Hürde nicht mehr geben. Sie sind so gut wie tot.«

Chapman fragte mit steinerner Miene: »Wo haben Sie denn schon nach ihm gesucht?«

»Leute von mir haben bei seinem Reihenhaus in Capitol Hill vorbeigesehen, beim Haus seiner Mutter in Chevy Chase und bei der Adresse von Eva Blake in Silver Spring. Sie haben sich mit Nachbarn unterhalten, aber nichts Brauchbares herausgefunden. Soweit ich weiß, versteht er sich gut mit Tucker Andersen, diesem CIA-Mann.« Eli gab lediglich wieder, was die Leute des Padre in ihren Berichten über die Suche nach Ryder festgehalten hatten.

»Es ist undenkbar, dass Ryder meine Sicherheitsvorkehrungen überwindet.« Chapman sah zur Seite, und ein langer Moment der Stille trat ein, in dem er sich offenbar sammelte. »Bei Ihrer Ankunft taten Sie noch so, als würde der Padre noch leben. Entweder Sie haben da gelogen, oder Sie lügen jetzt.«

Eli lächelte. »Ich habe nur gesagt, was nötig war, um zu Ihnen vorgelassen zu werden. Danny, was denkst du so?«

Danny hatte ihnen den Rücken zugekehrt und strich gerade mit den Fingern sanft über die dicke Goldprägung auf einem Buchrücken über seinem Kopf. Ohne sich umzudrehen, sagte er: »Mr. Chapman ist es egal, ob du gelogen hast. Er will nur, dass Ryder beseitigt wird. Eigentlich sollte er uns einen Haufen Geld dafür zahlen, denn er hat so viel Schiss, dass sein Mund ganz trocken ist.«

Eli lachte amüsiert.

Chapmans Miene blieb unbewegt. »Halten wir das noch einmal fest … Sie bringen Ryder um im Austausch gegen Informationen über seinen Aufenthaltsort?«

»Genau. Außerdem behalte ich die Keilschriftstücke.«

»Abgemacht.« Chapman marschierte mit langen, energischen Schritten zu seinem Schreibtisch zurück. Er suchte eine Nummer aus seiner Rollkartei und wählte. »Frau Senatorin Leggate, bitte. Martin Chapman am Apparat.« Der schwerreiche Finanzhai klopfte ungeduldig mit der Spitze seines Schuhs auf das Parkett. »Ist sie nicht? Dann stellen Sie mich zu ihrem Handy durch.« Als er das nächste Mal sprach, war sein Ton eisig. »Sagen Sie ihr, sobald sie wieder Empfang hat, dass sie mich anrufen soll.« Chapman legte auf. Er wirkte verärgert. »Sie ist zu Hause in Colorado und trifft sich in irgendeinem abgelegenen Bergresort mit Anhängern. In ein paar Stunden wird sie mit dem Hubschrauber zurück nach Denver fliegen. Sie weiß, dass sie auf meine Anfragen besser rasch reagiert. Bestimmt ruft sie noch von unterwegs aus an.«

»Warum Senatorin Leggate?«

»Die Antwort ist Tucker Andersen. Wenn irgendjemand weiß, wo Judd steckt, dann ist das gewöhnlich Tucker. Die beiden sind eng befreundet. Senatorin Leggate sitzt im Geheimdienstkomitee. Sie weiß genau, wo die Langley-Jungs überall Leichen im Keller haben. Sie findet schon Mittel und Wege.«

»Warum haben Sie nicht auch diesen Kontakt genutzt, als der Padre nach Ryder suchte?«, fragte Eli.

»Wie, glauben Sie wohl, hat er herausgefunden, dass Ryder im Irak steckt?«

Eli nickte zustimmend. Beziehungen waren alles. Für Milliardäre wie für Assassins.

24

Williamsburg International Airport
Newport News, Virginia

Ein kalter Abendwind fegte über das Rollfeld, als Eva Blake hinter Frank Smith die Treppe zur zweimotorigen Dash 8 hinaufstieg. In der gängigen Aufteilung mit Mittelgang und zwei Sitzen rechts und links pro Reihe konnte die Maschine bis zu dreißig Fluggäste aufnehmen. Frank und sie waren in diesem Fall die einzigen Reisenden.

Frank zog die Tür zu und verriegelte sie. In der plötzlich eintretenden Stille fühlte sich Eva wie in einer Zeitkapsel, abgetrennt von allem und in Erwartung unbekannter Gefahren. Auf einmal wurde sie nervös. Wofür genau brauchte Tucker sie?

Frank hing ihre Mäntel in den vorderen Schrank und bot Eva mit einer galanten Handbewegung den Vortritt im Mittelgang. Sie wählte einen Sitz neben einer Tragfläche, und er setzte sich ihr gegenüber. In seiner anthrazitfarbenen Hose, dem Sakko mit dem grau-weißen Fischgrätmuster und dem hellblauen Hemd mit Button-down-Kragen sah er exakt aus wie ein Collegeprofessor.

»Wie lange sind Sie schon bei der CIA, Frank?« Sie streifte die braune Perücke ab, und das lange rote Haar fiel ihr über die Schultern. Sie seufzte erleichtert. Eine Perücke war wie ein Heizkissen in Mützenform.

»Zu lange schon und eigentlich noch nicht lange genug«, antwortete Frank. »Grob gesagt, so ungefähr dreißig Jahre. Was mir in dieser Zeit besonders zusetzte, war die traurige Erfahrung, dass Langley nur für Geheimagenten berühmt ist, die sich als Versager oder Verräter einen Namen machten. Verdammt schade, wenn doch so viele heikle Aufgaben von der großen Mehrheit der Agenten gemeistert werden, deren Leistung aber nie an die Öffentlichkeit geraten. Ein paar Jährchen bleiben mir allerdings noch bis zur Überschreitung des Haltbarkeitsdatums, und so hoffe ich, noch während meiner aktiven Zeit zu erleben, dass sich die öffentliche Wahrnehmung von Langley bessert.«

Eva musterte ihn. Die große vornehme Nase, der kräftige Körperbau, die breiten Schultern. Er hatte irgendetwas Vertrautes an sich. Sie beobachtete seine Gesten, achtete auf die Klangfarbe seiner Stimme.

»Ich erzähle Ihnen mal etwas streng Vertrauliches.« Er machte eine raumgreifende Handbewegung, die das gesamte Flugzeug einbezog. »Das ist eine Dash-Propellermaschine, wie Sie zweifellos schon erkannt haben. Wären Sie vor ein paar Jahren in Afghanistan gewesen, hätten Sie an dieser oder einer ähnlichen Maschine ein seltsames Antennengewirr bemerkt. Damals benutzte Langley sie nämlich für sogenannte ›Spezialtransporte‹. Aber das muss natürlich unter uns bleiben.«

Sie erkundigte sich, wo er stationiert gewesen war und an welchen Operationen er teilgenommen hatte. Aber wie auch immer sie ihre Fragen über die nächsten Stunden hinweg abwandelte, sie bekam keine aussagekräftigen Antworten. Er gab den perfekten Agenten ab – charmant, voller Anekdoten über Belanglosigkeiten und absolut verschwiegen, wenn es bedeutsam wurde. Während sie noch auf dem Flugplatz von

Williamsburg auf weitere Instruktionen von Tucker warteten, brachte der Pilot ihnen Sandwiches und Erfrischungsgetränke. Frank bearbeitete seine E-Mails. Sie hatte keinen Computer dabei, aber der Pilot versorgte sie mit Zeitungen und Nachrichtenmagazinen. Da sie weiter beschäftigte, was Tucker wohl mit ihr vorhaben könnte, durchforschte sie alles nach passenden Meldungen. Ihr fiel lediglich auf, dass die blutigen Ereignisse im Vorfeld der Wahl des nächsten irakischen Ministerpräsidenten die Schlagzeilen beherrschten.

Endlich öffnete sich die Cockpittür, und der Pilot kam mit einem Satellitentelefon in der Hand auf sie zu.

»Hat Tucker sich gemeldet?«, fragte sie gespannt.

Mit einem Nicken drückte der Mann auf die Taste für die Lautsprecherfunktion.

Eine Frauenstimme meldete sich, die in einem sehr bestimmenden Ton sprach: »Mein Name ist Jane Squires. Tucker sagt, Sie sollen zum Flugplatz Merrittville in Maryland kommen und dort auf weitere Anweisungen warten.«

Die volle Stimme von Frank Smith dröhnte durch das Flugzeug. »Worum geht es denn überhaupt?«

»Um jemanden namens Martin Chapman«, erklärte die Frau.

Eva spürte einen Adrenalinstoß. »Gibt es etwas, für das wir Chapman dranbekommen können?«

»Das müssen Sie Tucker fragen, wenn Sie ihn treffen.« Squire legte auf

Der Pilot klappte sein Telefon zu und verkündete: »Sobald wir die Freigabe erhalten, heben wir ab.« Er kehrte in sein Cockpit zurück.

Frank sah Eva an. »Sie scheinen Martin Chapman zu kennen.«

Eva fühlte sich wie eingeschnürt. Sie sah auf ihre Hände hinab und bemerkte, dass sie zu Fäusten geballt waren. Sie atmete tief ein. »Er hat mich reingelegt und es so aussehen lassen, als hätte ich im betrunkenen Zustand bei einem Verkehrsunfall meinen Mann umgebracht. Ich habe drei Jahre dafür im Knast gesessen. Und ich meine Knast, nicht irgendeine Haftanstalt.« Prompt sah sie sich wieder in der *Central California Women's Facility*, einer grauenvollen Welt aus Stahlgittern, Wächtern und Gewalt. Erst glaubte sie dort ihr Leben zu verlieren, dann ihren Verstand. Stattdessen hatte es sie abgehärtet und gleichzeitig gelehrt, auszublenden, was sie nicht wollte, und auf Dinge zu verzichten, die sie zu brauchen glaubte.

»Tucker holte mich raus, damit ich ihm bei einer Operation helfe«, fuhr sie fort. »Und an diesem Punkt kam Chapman erneut ins Spiel. Er schickte Leute los, die einen Kollegen und mich umbringen sollten, und wir wurden beide bei der Schießerei ziemlich schwer verletzt. Mir passt es einfach nicht, wenn ein Verbrecher für seine Taten nicht büßen muss. Aber die meisten Menschen, die gegen Chapman hätten aussagen können, starben vorher. Als die Operation dann in Griechenland zu Ende ging, haben die Anwälte von Chapman mit den griechischen und der amerikanischen Regierungsstellen Deals ausgehandelt. Chapman und seine Kumpane bezahlten die Griechen dafür, die Anklage fallen zu lassen, und die US-amerikanischen Stellen machten einen Rückzieher, weil der CIA streng genommen illegal auf griechischem Staatsgebiet operiert hatte.«

Frank blickte missmutig. »Wie schrecklich. Der Kollege, den Sie erwähnten, war wohl Judd Ryder, richtig? Und fragen Sie erst gar nicht, natürlich habe ich vorab einen Blick in Ihre Akte geworfen.«

»Ja, das stimmt.« Judds Gesicht trat ihr vor Augen. Sie konnte sein warmes Lächeln spüren … und ihre Erinnerung wanderte vier Monate zurück nach Los Angeles. Sie hatte ihr Haus verkauft, ihre Sachen gepackt und war auf dem Weg zu Judd nach Capitol Hill, wo sie in seinem Reihenhaus zusammen leben wollten. Es war einer dieser perfekten Abende in Südkalifornien. Die Sonne ging in einem spektakulär gefärbten Streifen über den glitzernden Lichtern der Stadt unter. Judd und sie standen auf dem Balkon ihres Zimmers im Chateau Marmont. Er beugte sich zu ihr hinab, sein Atem verlockend frisch. Sie hob ihre Lippen, und er packte ihr Kinn und küsste sie. Ein Hitzeschwall fuhr ihr vom Bauch bis in die Beine. Sie stieß ihn zurück ins Zimmer, und sie stürzten sich gierig aufs Bett.

Später kehrten sie Hand in Hand auf den Balkon zurück. Ihre Haut war noch feucht, der Zauber von erfülltem Sex umfing sie wie ein anhaltender Duft. Die Momente sind äußerst rar, wenn jemand im richtigen Augenblick am richtigen Ort ist und das Richtige mit dem richtigen Partner tut, aber genauso fühlten sie sich. Sie waren zusammen und glücklich. Dies war der richtige Moment, es ihm zu erzählen.

»Tucker hat angerufen«, sagte sie. »Langley hat mich für das Aufnahmeverfahren angenommen. In zwei Wochen soll ich anfangen. Erst in der Zentrale, dann geht's auf die Farm.«

»Bist du dir sicher, dass du das willst?«

»Ja, aber dich will ich auch. Das mit uns wiegt schwerer als die unterschiedlichen Meinungen, die wir zu diesem Thema haben.«

Er sah sie mit traurigen Augen an. »Es würde mich kaputtmachen, Eva.« Er ging ins Zimmer zurück und lief durch den dunklen Raum zu den Kleidungsstücken, die auf dem Boden verstreut lagen.

Sie folgte ihm. »Ich verstehe nicht.«

Er zog sich an. »Die Wahrheit ist, ich war für die Ausschaltung von Zielpersonen zuständig. Ein Assassin, Vollstrecker, Entsorger, Henker, Müllmann.« Er stieß die Worte aus, als würde er Nägel einschlagen. »Wenn du jetzt in die gleiche Branche einsteigst, würde es mich tagtäglich daran erinnern, was ich getan habe. Wer ich war und was daraus leicht wieder werden könnte.«

»Aber du hast doch für staatliche Stellen gearbeitet. Es war dein Job.«

Er schüttelte energisch den Kopf. »Es fing an, mir zu gefallen.« Dann war er weg, und die Zimmertür glitt leise hinter ihm ins Schloss.

Jetzt saß sie in einem Flugzeug und wartete darauf, zu Tucker zu fliegen, um an einer neuen Operation teilzunehmen. Sie schloss die Augen und atmete ein. Sie vermisste Judd bis heute. Gerne hätte sie ihn wissen lassen, dass Chapman wieder aufgetaucht war, aber Judd würde erst morgen aus dem Irak zurückkehren.

25

Das Flugzeug stieg auf und drehte in der Dämmerung nach Norden ab. Lange Zeit starrte Eva mit leerem Blick aus dem Fenster, dann schlief sie ein. Als sie aufwachte, war es bereits dunkel, und unter ihnen breitete sich weite schneebedeckte Hügellandschaft aus. Vor ihnen tauchte der Lichterglanz einer Stadt auf. Dem Umfang nach mit vielleicht fünfzehntausend Einwohnern.

»Ist das Merrittville?«, fragte sie Frank.

Er nickte. »Der Flugplatz liegt auf der nördlichen Seite. Ein kleines Abfertigungsgebäude, ein Tower und nur zwei Landebahnen. Die Bahnen sind allerdings groß genug für eine 737. Flugzeuge, die sonst in Dulles, auf dem National oder sogar in Baltimore landen würden, nutzen sie gern als Ausweichmöglichkeit. Und diskreter ist es auch.«

Sie sagte nichts, da sie seine Botschaft verstanden hatte. Filmstars, prominenten Politikern und allzu bekannten Gaunern kam der Flugplatz gelegen, wenn sie der Presse, auf Scheidung klagenden Ehepartnern oder auch der Polizei aus dem Weg gehen wollten.

»Gut geschlafen?«, fragte er.

»Hab ich. Und Sie?«

»Das Böse schläft nicht.« Er hob den Kopf und lächelte.

Sie bewunderte ihn für die Fähigkeit, so gelassen zu wirken, während sie innerlich vor Aufregung bebte.

Das Flugzeug beschrieb eine weite Kurve, und die Landebahn tauchte vor ihnen auf. Nach dem sicheren Aufsetzen manövrierte der Pilot die Dash 8 in ein speziell für Privatmaschinen abgetrenntes Areal. Nach dem Ausschalten der Motoren erschien der Pilot wieder in der Cockpittür. Erneut hielt er sein Satellitentelefon in der Hand.

Eva setzte sich gespannt auf. »Hat Tucker sich gemeldet?«

Er schüttelte den Kopf und drückte die Lautsprechertaste.

»Hier ist Jane Squires.« Es war dieselbe Frauenstimme. »Tucker lässt sich entschuldigen, dass er es Ihnen nicht persönlich mitteilen kann. Ich habe eine Nachricht für Sie, Frank. Er hat mich beauftragt, einen Mietwagen für Sie zu organisieren. Er steht bei *Peebles Air and Land Transportation* für Sie bereit. Sie müssten den Laden eigentlich von Ihrem Flugzeug aus sehen. Die Anweisung für Sie lautet, zu Martin Chapmans Haus zu fahren.«

Sie gab ihm die Adresse durch.

Frank notierte sie.

Eva war verwundert, dass sie nicht mit angesprochen wurde. Dennoch merkte sie sich die Anschrift.

»Tucker wird sich bei Ihnen melden, wenn Sie unterwegs sind, und Ihnen genaue Angaben machen, wo sie hinkommen und was Sie tun sollen, Frank«, fuhr die Stimme fort. »Was Sie betrifft, Miss Blake, so bittet Tucker Sie um Verständnis. Er sagt, Sie sollen im Flugzeug warten. Ihm ist klar, dass Sie ein persönliches Interesse an diesem Fall haben, aber zum gegenwärtigen Zeitpunkt benötigt er Ihre ganz besonderen Fähigkeiten noch nicht.«

»Aber ich …«, hob Eva an.

»Er ahnte schon, dass Sie widersprechen würden«, fiel die Frau ihr ins Wort. »Haben Sie den Lehrgang auf der Farm bereits erfolgreich abschließen können?«

»Natürlich nicht, aber …«

»Genau das meint Tucker. Er befiehlt Ihnen, sich nicht von der Stelle zu rühren. Die Sache könnte doch gefährlicher werden, als er erwartet hat, und Ihre Ausbildung ist noch nicht abgeschlossen.«

Plötzlich war kein Ton mehr zu hören. Squires hatte aufgelegt. Eva sah auf ihre ineinander verknoteten Hände herab. In diesem Moment hätte sie Tucker erwürgen können, ihr solche Hoffnungen gemacht zu haben.

»Na, na.« Frank warf ihr einen mitfühlenden Blick zu. »Tut mir leid, Eva, aber Sie wissen ja selbst, wie Tucker ist. Denken Sie immer daran, dass Sie erst am Anfang Ihrer Karriere stehen. Es wird in Ihrem Leben noch eine ganze Menge Operationen geben, mehr als ihnen im Gedächtnis bleiben werden. Glauben Sie es einem Fossil wie mir – diese eine verpasst zu haben wird angesichts der riesigen Zahl, die Ihnen noch bevorstehen, später nicht mehr ins Gewicht fallen.«

Sie nickte abwesend. Die Enttäuschung schmerzte körperlich, denn sie wollte sich an Chapman rächen.

Sie verfolgte, wie Frank seinen Mantel anzog, aus der Tür schlüpfte und über das Rollfeld zu dem langen Wellblechgebäude lief, in dem Peebles Transportation untergebracht war. Kurz darauf kam er wieder heraus und eilte an einer Reihe von Autos vorbei, bei denen es sich offenbar um Mietwagen handelte, bis zu einem viertürigen Mittelklasse-Chevrolet, der im toten Winkel zwischen zwei Außenstrahlern parkte. Frank stieg ein. Als er wegfuhr, kam er unter einer Laterne durch, und sie sah, dass der Wagen schwarz war. Bevor die roten Rücklichter in der Nacht verschwanden, prägte sie sich noch das Nummernschild ein.

26

Merrittville, Maryland

Vor lauter Langeweile starrte Eva aus dem Fenster und beobachtete die wenigen rollenden Maschinen und die sporadisch den Asphalt überquerenden Piloten, Passagiere oder Flughafenarbeiter. Ein Stück weiter wurde eine Dassault Falcon 7X abgestellt. Es war das einzige dreistrahlige Flugzeug unter den Privatmaschinen. Das war auch schon das Aufregendste, was geschah.

Als sie sich zurücklehnte und die Augen schloss, hörte sie in ihrem Kopf wieder die Worte *Ihre Ausbildung ist noch nicht abgeschlossen.*

Die ganze Situation ließ ihr noch immer keine Ruhe. Nicht allein, dass sie in der Vergangenheit schon so eng mit Tucker zusammengearbeitet hatte, sie hatte sich dabei auch so geschickt angestellt, dass Tucker sie höchstpersönlich für Langley vorgeschlagen hatte.

Je länger sie darüber nachdachte, desto schwerer fiel es ihr zu glauben, Tucker würde sie eine solch lange Anreise machen lassen, nur um dann zu dem Schluss zu kommen, sie wäre noch zu grün für den Job.

Was war hier los?

Der einzige Fehler, der beim Observationstraining garantiert einen Rauswurf aus der Farm zur Folge hatte, bestand darin, einen Beschatter völlig zu übersehen. Übersah sie hier ein wichtiges Detail? *Ihre Ausbildung ist noch nicht abgeschlossen … Ausbildung*, nur allein auf dieses Wort kam es an. Ausbildung.

Plötzlich fielen ihr die Gerüchte wieder ein, über die auf der Farm getuschelt worden war, und ihre Augen sprangen auf. Danach sollte es zwei ganz besonders schwierige Übungseinheiten auf der Farm geben. In einer wurden die Lehrgangsteilnehmer »gefangen genommen« und als Terroristen in ein fingiertes Kriegsgefangenenlager gesteckt. Dort wurden sie dann mithilfe von stundenlangen Verhören, Schlafentzug und Isolation erst dazu gedrängt und, wenn das nicht genügte, dazu gezwungen, den Namen eines anderen Terroristen – also den eines ihrer Lehrgangskollegen – preiszugeben. Ziel war es, den Auszubildenden die Grenzen ihrer Belastbarkeit bewusst zu machen. In der zweiten Übung verwickelte die Farm jeden Lehrgangsteilnehmer in eine unangekündigte Operation. Gemeinsam mit ehemaligen oder noch aktiven Agenten entwickelten die Ausbilder eine Situation, die in jeder Einzelheit authentisch wirkte. Alles wurde so genau inszeniert, dass jeder normale Mensch es für echt halten würde. In der Agentensprache hieß eine solche Operation »ein Film«. Aufgabe des Auszubildenden war es, das falsche Spiel zu durchschauen und zu entlarven.

Da es keinen Sinn ergab, dass Tucker sie außen vor ließ, handelte es sich hier womöglich um einen solchen Film. Schließlich war allgemein bekannt, wie sehr sie sich darüber ärgerte, dass Chapman ungeschoren davonkam. Und Langley verfügte über eine ganze Abteilung, die Identitäten herstellte, daher konnte »Frank Smith« leicht ein Deckname sein.

Eva trommelte mit den Fingern auf der Armlehne. Langley verlangte von den eigenen Agenten zwar, sich an Befehle zu halten, zugleich aber galt Eigeninitiative als wertvolle Eigenschaft. Wo genau die Grenze zwischen beiden verlief, war oft nur schwer auszumachen, insgeheim jedoch wurde von Undercoveragenten erwartet zu wissen, wann sie von den Regeln abzuweichen haben. Sollte es sich hier tatsächlich um eine Übungseinheit handeln, musste sie das Ganze enttarnen.

Sie hörte, wie sich die Cockpittür öffnete.

Es war Jack, der sein schwarzes Pilotensakko zuknöpfte. »Ich gehe kurz weg.« Er griff in den vorderen Schrank und nahm eine Daunenjacke heraus.

»Wohin gehen Sie?«, fragte sie.

»Nur nach nebenan. Der Halter der Maschine ist ein alter Bekannter.«

Sie nickte. »Tucker wollte doch mit seinen Anweisungen nur sicherstellen, dass ich hier auf dem Flugplatz in Rufweite bleibe, stimmt's?« Ohne auf eine Antwort zu warten, fuhr sie fort. »Ich bin wahnsinnig hungrig. Neben dem Peebles-Gebäude habe ich einen Pizzaladen gesehen. Wie wär's, wenn ich uns etwas holen gehe?«

»Tut mir leid, Miss Blake, aber Sie müssen hier drin bleiben. Sie wollen doch nicht wegen Missachtung von Befehlen aus der Farm fliegen, oder?« Dann fügte Jack noch freundlich hinzu: »Ich bring uns Pizza mit. Was hätten Sie denn gern?«

Sie erfand irgendeine Antwort und verfolgte aufmerksam, wie er das Rad an der Tür drehte, einen Hebel hochdrückte und die Tür aufschob. Kalte Luft blies in Innere, dann schloss sich die Tür.

Eva stand auf, lief im Gang hin und her und überdachte alles noch einmal. Auffällig war, dass sie nicht mit Tucker direkt gesprochen hatte, sondern nur mit einer Frau namens

Jane Squires, die behauptete, eine Mitarbeiterin von ihm zu sein. Da Tucker sie den ganzen Weg bis in dieses gottverlassene Nest machen ließ, hätte er ihr doch wenigstens sagen können, worum es bei dem Auftrag ging. Andererseits, wenn dies tatsächlich ein Film war, würde er vielleicht gar nichts davon wissen – und sie könnte die Sache als Übungseinheit entlarven.

Sie lief zu ihrem Sitz zurück, kramte ihr Handy aus ihrer Umhängetasche und wählte Tuckers neue Nummer, die Frank ihr gegeben hatte. Sekunden später meldete sich Tuckers Stimme vom Band. Enttäuscht legte sie auf, ohne eine Nachricht zu hinterlassen.

Nach kurzem Grübeln gab sie Tuckers alte Nummer ein, die Nummer, die er ihr vor Monaten bereits gegeben hatte. Das Telefon klingelte dreimal. Gespannt hörte sie, wie eine Verbindung geschaltet wurde, aber dann erklang auch hier nur die aufgezeichnete Stimme von Tucker. Wütend stach sie auf die OFF-Taste ein und starrte ihre Hand an. Die Aufzeichnungen waren identisch. Rasch wählte sie erst die neue, dann die alte Nummer. Beide Male sprang der Ansagetext an. Sie lauschte angestrengt. Nicht nur die Worte waren gleich, auch die Betonungen, die Melodie und der Rhythmus.

Sie schlang die Arme um den Oberkörper und begann erneut, im Gang auf und ab zu laufen. Natürlich war es denkbar, dass Tucker seine Ansage gesondert aufgezeichnet und auch für die neue Nummer verwendet hatte. Ebenso gut möglich war es jedoch, dass die Farm Tuckers Ansage einfach kopiert und dann auf seinen angeblich neuen Anschluss gelegt hatte. Und schon war sie mitten in einem Film.

Sie blieb stehen und sah aus dem Fenster. Die Tür der dreistrahligen Maschine stand offen, und Jack trat eben hindurch. Während Eva beobachtete, wie die Tür sich wieder schloss, traf sie eine Entscheidung. Lieber würde sie wegen zu großer Risikobereitschaft durchfallen als dafür, sich zu dämlich angestellt zu haben.

Sie rief *Peebels Air and Land Transportation* an. »Ich brauche einen Mietwagen«, erklärte sie dem Mann am anderen Ende der Leitung.

»Hätten Sie gerne einen kräftigen Motor?«, fragte er und beschrieb einen Ford Mustang V8, der gerade frei war.

»Hier ist meine Kreditkartennummer«, unterbrach sie ihn. »Schicken Sie mir den Papierkram per E-Mail.«

»Verstanden. Kein Problem.« Auf einem kleinen Flugplatz, der hauptsächlich von Passagieren frequentiert wurde, die aus den verschiedensten Gründen die großen Flughäfen von Washington lieber mieden, hatte er vermutlich schon merkwürdigere Wünsche erlebt.

Sie gab ihm die erforderlichen Daten durch und holte ihren Mantel aus dem Schrank. Als sie ihn angezogen und die Umhängetasche über die Schulter gestreift hatte, traf bereits der Mietvertrag auf ihrem Handy ein. Sie bestätigte und schickte das Dokument zurück.

Dann rief sie noch einmal in der Filiale an. »Stellen Sie den Wagen bitte am Tor mit laufendem Motor ab. Ich werde ihn dann von hier aus sehen können. Ich bin auf dem Weg.« Sie drehte mit einer Hand schon am Rad der Kabinentür.

»Hey, das geht nicht. Den Motor kann ich nicht laufen lassen. Ich werde mit dem Schlüssel da warten.« Er legte auf, bevor sie protestieren konnte.

Sie stieß den Hebel auf und trat in die eisige Nachtluft hinaus. Den Mantel fest um den Körper geschlungen, eilte sie die Treppe hinunter.

»Eva!«, brüllte eine Stimme hinter ihr.

Sie sah sich um.

Jack, der Pilot, sprintete auf sie zu. »Verdammt, Eva, Sie wissen doch gar nicht, auf was Sie sich da einlassen! Kommen Sie zurück!«

Da war sie schon auf halbem Weg zu dem wartenden Mustang. Neben der Fahrertür stand ein junger Mann, der mit behandschuhten Fingern lächelnd einen Autoschlüssel hochhielt.

Bevor er noch etwas sagen konnte, hatte sie ihm den Schlüssel aus der Hand gerissen. »Danke!« Sie riss die Tür auf, sprang hinein und startete den Motor. Im nächsten Moment hatte sie den Gang eingelegt und das Gaspedal durchgedrückt. Die Reifen schleuderten kurz Schnee auf, dann schoss der Wagen davon.

Im Rückspiegel konnte sie verfolgen, wie der junge Angestellte immer wieder verwirrt von ihr zu Jack sah. Der Pilot stand mit hochrotem Gesicht am Zaun und schnaufte große weiße Wolken. Eine Hand umklammerte den Maschendraht, die andere hielt sein Handy, in das er aufgeregt hineinsprach. Zweifellos meldete er sie der Farm. Zum Teufel mit ihm. Sie würde Tucker schon aufspüren.

Eva jagte den rassigen Sportwagen durch die winterliche Landschaft des Montgomery County. Ihre Nerven waren angespannt. Unablässig überlegte sie, was sie wohl bei Martin Chapman erwarten würde. Es herrschte nur spärlicher Verkehr, und das helle Mondlicht tauchte die Schnellstraße in ein fahles Grau. Eva sah geradeaus und achtete auf die Anweisungen ihres Navis.

Als ihr Handy klingelte, wollte sie auf dem Display den Anrufer kontrollieren, las dort aber nur »Rufnummer unterdrückt«.

Nach kurzem Zögern meldete sie sich. »Ja?«

Eine Stimme erklärte in herzlichem Ton: »Eva, hier ist Jack, der freundliche Mann aus dem Cockpit. Legen Sie nicht auf.«

Sie erstarrte. »Ich werde nicht zum Flugzeug zurückkommen.« Sie presste den Finger auf die OFF-Taste.

Draußen wurden die verschneiten Wälder bisweilen von Häusern unterbrochen, in denen Lichter brannten, Menschen sich zum Abendessen versammelt hatten oder vor dem Fernseher saßen. »Rufnummer unterdrückt« versuchte es noch einmal. Sie hob nicht ab, scheuchte den Mustang weiter auf der Straße, und die Zeit schien sich endlos auszudehnen. Als das Navi endlich verkündete, dass sie ihr Fahrziel erreicht hatte, ging sie vom Gas. Wie der Schriftzug über dem Eingangstor bestätigte, war dies Chapmans Adresse. Ein mächtiger Bau mit protzigen Säulen in griechischem Stil ragte am höchsten Punkt der breiten Auffahrt in die Höhe.

Im Vorbeifahren bemerkte sie eine Überwachungskamera in einem Baum auf der hinteren Seite der hohen Sicherheitsmauer. Dann noch eine zweite Kamera. Beide waren auf die Mauer gerichtet, fingen aber auch die Straße ein. An ihrer Geschwindigkeit änderte sie jetzt lieber nichts mehr, um kein Aufsehen zu erregen. Sie bog um eine Ecke und hielt Ausschau nach Wachposten. Wie sollte sie vorgehen? Sie warf einen wütenden Blick auf ihr Handy. Dann nahm sie es und rief ihre Mailbox ab.

Es gab eine Nachricht von Jack, dem Piloten. »Verflucht, Eva, ruf mich an!« Er hinterließ seine Nummer.

Sie tippte sie ein und rief an.

Jack meldete sich sofort. »Lassen Sie doch den Quatsch, Eva. Kommen Sie zurück.«

Sie starrte geradeaus auf die zweispurige Straße und sagte: »Das ist doch kein scheiß Film, hab ich recht, Jack? Es ist eine echte Operation. Warum wurde ich ausgeschlossen?«

Am anderen Ende herrschte für einen Moment verblüfftes Schweigen. Dann: »Sie sind dafür nicht richtig vorbereitet. Es steht viel auf dem Spiel. Mehr steckt nicht dahinter.«

»Unsinn.« Sie wartete darauf, dass er weitersprechen würde.

Schließlich hörte sie ihn seufzen. »Herrgott, Eva, wo zum Teufel sind Sie überhaupt?«

»Ich fahre gerade an der westlichen Grenze von Chapmans Grundstück entlang. Vor mir kann ich eine Lieferantenzufahrt sehen.«

»Also gut, Sie haben jetzt zwei Möglichkeiten. Entweder Sie kehren um, oder Sie bestehen darauf weiterzumachen, dann müssen Sie mir aber versprechen, nur zu tun, was Ihnen gesagt wird. Befolgen Sie alle Befehle.«

»Umkehren werde ich nicht.«

»Versprechen Sie's.«

Mit zusammengebissenen Zähnen wiederholte sie: »Ich werde genau befolgen, was Frank oder Tucker mir auftragen.«

»Und vergessen Sie's nicht wieder. Fahren sie an Chapmans Lieferantenzufahrt vorbei, wenden Sie zwei Kilometer später und stellen Sie den Mustang dann gegenüber der Zufahrt ab. Ich werde Frank sagen, dass er nach Ihrem Wagen Ausschau hält, aber ich habe schon eine Weile nichts mehr von ihm gehört und weiß nicht einmal, ob er noch am Leben ist. Jetzt haben Sie Ihre Anweisungen bekommen. Bauen Sie keinen Scheiß, sonst stirbt noch jemand Ihretwegen.« Er kappte die Verbindung.

Während sie mit einer Hand steuerte, umklammerte sie mit der anderen ihr Handy, bis es schmerzte. War sie wirklich so ein Dickschädel? Sie sah hinaus auf die verschneite Ebene, die gegenüber von Chapmans Anwesen wie ein gewaltiges weißes Meer im Mondlicht glitzerte. Es ließ sie an Schneemänner und Ausflüge auf Langlaufskiern denken, an das klassische Bild schöner Kindertage. Ihre Kindheit dagegen hatten ein trunksüchtiger Vater und eine überforderte Mutter geprägt. Sie war diejenige gewesen, die alles zusammenhalten musste. Sie hatte damals schon früh eine Menge Lebenserfahrung gesammelt.

Sie riss sich mit einem Kopfschütteln aus den Gedanken, warf einen kurzen Blick auf den Kilometerzähler und wendete den Wagen. Gemächlich fuhr sie zurück und parkte gegenüber von Chapmans Lieferantenzufahrt. Sie schaltete den Motor aus und betrachtete das imposante Eisentor. Bewegte sich da etwas auf der anderen Seite? Sie wartete noch eine Minute. Dann fiel ihr auf, dass ein Seiteneingang neben dem kleinen Unterstand irgendwann geöffnet worden sein musste. Das schmale Tor stand einen Spalt breit auf.

Sie schlang sich die Umhängetasche um die Schulter, schaltete das Handy stumm und öffnete die Wagentür. Außer dem fernen Brummen der Autos auf der Durchgangsstraße war nichts zu hören. Mit klopfendem Herzen lief sie über die Straße und schlüpfte durch den Seiteneingang. Unschlüssig blieb sie stehen und sondierte die Lage. Vor ihr führte die Zufahrt weiter nach oben, auf der Anhöhe zeichneten sich Gebäude ab, und links von ihr ragten einige Fichten in den Himmel.

Sie warf einen Blick zurück auf den offenen Seiteneingang, beschloss, ihn nicht zu schließen, und schob sich vorsichtig nach vorn.

Und erstarrte sofort wieder. In einem weißen gefütterten Overall und mit einer weißen Skimaske über dem Kopf kam plötzlich ein Mann hinter dem Unterstand hervor. Er war mit einem M4 bewaffnet, und der routinierten Art nach zu urteilen, in der er sie hielt, wusste er bestens mit ihr umzugehen.

27

Montgomery County, Maryland

Judd Ryder lag ausgestreckt auf der vorderen Sitzbank seines Pick-ups und schlief, als ihn das unverwechselbare Flappen von Rotorenblättern weckte. Die Türen waren verriegelt, die Heizung wärmte den Innenraum. Judd setzte sich gähnend auf und schüttelte den Kopf. Er hatte keine Ahnung, ob es dem Jetlag geschuldet war oder nur allgemeiner Erschöpfung, er fühlte sich auf jeden Fall wie erschlagen. Was für ein Tag. Spätestens seit acht Uhr heute Morgen hatte er keine ruhige Minute mehr gehabt.

Die Ellbogen auf die Oberschenkel gestützt, verfolgte er gespannt durch die Windschutzscheibe, wie der Hubschrauber keine hundert Meter entfernt auf der Straße landete. Die einstige Landebahn samt Rollfeld und Zufahrtstraße unterlag mittlerweile der Verwaltung des Bundesstaats Maryland, der die Fläche zum Abstellen von schweren Fahrzeugen wie Müllwagen und Ähnlichen nutzte. Tucker sprang aus der Kabine des Hubschraubers und rannte geduckt durch die klirrende Kälte. Wild flatterten die Schöße seines langen Mantels hinter ihm, während seine großen Füße über den nassen Asphalt platschten. Der Agentenchef war ein willkommener Anblick.

Tucker kletterte auf den Beifahrersitz und schlug die Tür hinter sich zu. »Schön dich zu sehen, Judd.«

»Etwas Neues von Eva?« Ryder schickte den Wagen in eine Hundertachtziggrad-Kehre und raste los.

»Ich habe einen Anruf von der Farm erhalten. Dort ist man davon überzeugt, dass tatsächlich Eva am Apparat gewesen ist, und vielleicht haben sie ja recht. Sie haben sich bei Evas Eltern erkundigt und herausgefunden, dass es keinen Notfall in der Familie gibt. Sie haben auch bei ihrem Bruder und ihrer Schwester angerufen. Das gleiche Resultat. Wie du weißt, wird es streng geahndet, wenn Auszubildende falsche Angaben machen und sich ohne Erlaubnis vom Lehrgangsgelände entfernen. Das Tribunal hat bereits entschieden.«

»Sie ist rausgeflogen?«

»Ja, und wir wissen noch immer nicht, wo sie steckt.«

Ryders Gesicht verzerrte sich. »Verfluchte Scheiße!«

»Stimmt. So sehe ich das auch. Immerhin wissen wir jetzt, dass das Kennzeichen des Vans, mit dem die Eichels unterwegs sind, zu einem Toyota SUV gehört.«

»Also hat Eichel die Nummernschilder von einem Toyota geklaut und an seinen Van montiert.«

»Scheint so. Ich habe die örtliche Polizei gebeten, Ausschau danach zu halten.« Tucker sah ihn durchdringend an. »Wo sind die Kalksteinstücke?«

Ryder brachte den Pick-up an der Kreuzung mit der Schnellstraße zum Stehen. »Draußen auf der Ladefläche liegt ein großer Wasserkanister, Tucker. Kannst du den mal eben holen?« Als Tucker sich nicht rührte, drängte Ryder ihn mit Nachdruck: »Es ist wichtig. Nun hol schon das scheiß Ding.«

»Das dürfte doch inzwischen ein einziger Eisklumpen sein«, erwiderte Tucker mürrisch, stieg aber aus und kehrte mit einem Schwall arktischer Luft im Schlepptau zurück. Er schlug die Tür hinter sich zu, ließ sich schwer in den Sitz fallen und hielt mit einer behandschuhten Hand den Plastikkanister hoch. »Tiefgefroren.«

»Du wolltest doch wissen, wo die Kalksteinstücke sind.«

Tucker grinste. »Cleverer Hund.« Er hielt den durchscheinenden Behälter ins Licht der Straßenbeleuchtung. »Nichts zu sehen.«

»Prima. Ich habe auf dem Weg hierhin ein paarmal angehalten und den Kanister gedreht, damit die Steine am Ende wirklich in der Mitte landen.« Ryder gab Gas, und sie reihten sich in den Verkehr auf der Schnellstraße ein. »Noch acht Kilometer und wir sind bei Chapman.«

»Erst müssen wir noch einen Zwischenstopp einlegen. Den Satellitenbildern zufolge gleicht sein Anwesen einer Festung, aber wir glauben, einen Weg gefunden zu haben, wie man hinkommen könnte. Ich erkläre es dir, wenn wir da sind.«

»In Ordnung.« Während sie an Farmen, Weideflächen und Pferdekoppeln vorbeirauschten, spürte er Tuckers Blick auf sich. Als er sich umwandte, fiel ihm auf, wie genau er ihn musterte. »Was ist?«

»Du hast gar nicht wissen wollen, wie Chapmans Sicherheitsmaßnahmen überhaupt aussehen«, sagte Tucker. »Keinerlei Einzelheiten.«

»Ich dachte, du würdest es mir schon erzählen, wenn es wichtig wäre.«

»Schlechte Ausrede, Judd. Jeder würde an dieser Stelle Nachfragen stellen, weil es genau auf diese Informationen ankommt. Du weißt bereits Bescheid, das ist es. Irgendwann musst du sein Sicherheitssystem schon unter die Lupe genommen haben.« Er ließ Ryder gar keine Zeit, ihm zu widersprechen. »Und machen würdest du so etwas nur, wenn du die Absicht hattest, ihn zu liquidieren. Dennoch ist Chapman noch am Leben. Was ist passiert?« Die braunen Augen hinter der Schildpattbrille betrachteten Ryder ernst.

Plötzlich fühlte sich die heiße Luft, die in den Pick-up geblasen wurde, stickig an. Ryder schaltete die Heizung herunter. »Ich habe Chapman wochenlang observiert, aber er hat einen Trupp an Bewachern, der extrem an ihm klebt. Eines Abends besuchte er einen Sexklub, und er blieb so lange da drin, dass seine Bodyguards unaufmerksam wurden. Um drei Uhr morgens schließlich kam er raus, und einige Sekunden lang hatte ich ihn direkt im Visier.« Genau in diesem Moment hatte Judd seine weinende Mutter vor sich gesehen. Zuerst hatte er noch geglaubt, sie würde seinen Vater betrauern, aber dann war ihm klar geworden, dass sie seinetwegen weinte. Sie weinte über den Mörder, der aus ihm geworden war. »Ich habe all meine Kraft darauf konzentriert, diesen Abzug zu ziehen.« Er schüttelte den Kopf. »Ich konnte es einfach nicht. Und jetzt bin ich hier, stecke mittendrin in einer Sache, mit der ich nie gerechnet und die ich nie gewollt habe, und offensichtlich ist auch Martin Chapman darin tief verwickelt.« Ryder lenkte seine Aufmerksamkeit auf den Verkehr und wechselte das Thema. »Warum bist du eigentlich selbst gekommen? Ich hatte gedacht, du würdest mir allenfalls jemanden aus den unteren Rängen zur Unterstützung schicken.«

»Der eine Grund ist Bridgeman. Wenn er für meinen Rauswurf sorgen kann, dann wäre das für ihn ein Gefühl wie Weihnachten und Geburtstag zusammen. Wenn wir beide aber aufdecken, was es mit all diesen verfluchten Auftragskillern hier tatsächlich auf sich hat, dann muss er sich dafür etwas Neues einfallen lassen.« Er nahm sein Smartphone aus der Tasche. »Ich habe ihre Dossiers dabei, oder zumindest was Gloria in der kurzen Zeit über sie zusammenstellen konnte. Über den Padre und die Eichel-Brüder habe ich dir ja schon einiges an Hintergrundinformationen gegeben, also lass uns lieber über den Carnivore sprechen.«

»Als Eva und ich mit ihm in der Türkei waren, hat er uns erzählt, er würde nur noch sporadisch Aufträge annehmen. Es klang, als wäre er schon halb in Rente.«

»Den Eindruck habe ich auch. Aber vielleicht ödet ihn der ganze Scheiß inzwischen ja nur noch an.«

»Dafür hat er bei unserer Zusammenarbeit aber noch reichlich aufgedreht.« Ryder hatte nicht vergessen, dass der Auftragskiller Eva und ihn fast umgebracht hätte.

Tucker sprach einen anderen Punkt an. »Früher einmal muss Langley umfangreiches Material über ihn besessen haben, denn Gloria ist auf entsprechende Querverweise gestoßen. In der Eile ist es ihr aber nicht gelungen, die Spuren zurückzuverfolgen. Persönlich hatte ich in den Zeiten des Kalten Kriegs nie Kontakt mit dem Carnivore, aber mir ist damals zu Ohren gekommen, seine Dienste seien bisweilen durchaus hilfreich. Mit anderen Worten, wir haben ihn für Jobs angeheuert, an die wir uns selbst nicht herantrauen wollten oder durften. In den Neunzigern habe ich dann nicht mehr viel von ihm gehört.« Er sah auf das große Display seines Smartphones. »In einer der Akten über ihn steht: ›Wenigstens ein Elternteil dürfte U.S.-Amerikaner sein, da er den Berichten von Informanten zufolge einen amerikanischen Akzent besitzt, wenn er Englisch spricht. Neben Englisch beherrscht er noch vier weitere Sprachen fließend— Deutsch, Französisch, Italienisch und Spanisch –, die meisten davon akzentfrei.‹«

»Arabisch spricht er auch«, sagte Ryder.

»Klingt naheliegend. Ich glaube, er war in den Achtzigern an einigen Auseinandersetzungen im dschihadistischen Umfeld beteiligt, daher dürfte er Arabisch schon allein zu seinem eigenen Schutz gelernt haben.« Tucker las weiter:

»›Sein wahrer Name lautet angeblich Alex Bosa. *Bosa* könnte auf ungarische Wurzeln deuten, aber auch auf italienische, portugiesische, spanische Abstammung oder aus irgendeinem mittel- oder südamerikanischen Land einschließlich Kuba. Vermutet wird allerdings ein italienischer Ursprung.‹«

»Bosa war einer der Namen, die er benutzte, als er damals mit Eva und mir zusammen war«, erinnerte sich Ryder. »Hast du Fotos von ihm?«

Trotz ihrer persönlichen Begegnungen mit dem Carnivore hatte keiner jemals sein wahres Gesicht gesehen, da er es stets hinter Verkleidungen verbarg.

»Nicht ein einziges«, sagte Tucker. »Dass es keinerlei Aufnahme von ihm gibt, hat ihm den Spitznamen ›Der gesichtslose Assassin‹ eingebracht. Wer ihn aufspüren will, hat es dadurch noch schwerer.«

»Wer waren denn seine Zielpersonen?«

Tucker scrollte durch die Unterlagen auf seinem Smartphone. »Hier ist eine: ›Finanzminister Jacques-Claude Metarsque starb 1981, als er in der Normandie mit seinem Wagen über eine Klippe stürzte. Sein Alkoholspiegel war so hoch, dass die Gerichtsmedizin einen alkoholbedingten Blackout für den Unfall verantwortlich machte. Laut unserer belgischen Mitarbeiterin *Salsa* handelte es sich allerdings um einen Auftragsmord.

Der Geschäftsführer eines Versicherungskonzerns wollte Metarsques Versicherungsreform verhindern, die allein seiner Firma Verluste von fast einhundert Millionen Francs zu verursachen drohte. Metarsque weigerte sich, seinen Entwurf zurückziehen. Also nahm der Firmenchef die Sache selbst in die Hand und beauftragte heimlich den Carnivore.‹«

Tucker sah auf. »Eindeutig einer von diesen *Unfällen*, die auf das Konto des Carnivore gehen. Und für seinen Auftraggeber hat sich die ganze Sache auch gelohnt. Die Gesetzesinitiative verpuffte, und niemand griff sie wieder auf.«

Ryder nickte. »Habe ich dir jemals von seinen Regeln erzählt?«

»Was meinst du mit ›Regeln‹?«

»Dass er nach so langer Zeit noch am Leben war, während es so viele seiner Kollegen erwischt hatte, verdankte er, wie er Eva und mir sagte, allein seiner Selbstdisziplin. Er hatte feststehende Bedingungen und jeder, der ihn anwerben wollte, musste in diese Bedingungen, einwilligen, andernfalls würde er den Job nicht annehmen, gleichgültig wie viel Geld sie ihm boten.«

»Und ihr kennt die Bedingungen?«

»Ja, er hat sie uns genannt, aber natürlich auf seine ganz spezielle Weise. Er redete mit uns, als würden wir ihn anheuern wollen. ›Wenn der Zeitpunkt der Umsetzung gekommen ist, arbeite ich allein. Das heißt, Sie müssen verschwunden sein, und all Ihre Leute müssen verschwunden sein. Über unsere Verbindung dürfen Sie nie etwas verraten. Sie dürfen keinerlei Versuche unternehmen, mein wahres Aussehen oder meine wahre Identität zu entdecken. Sollten Sie es dennoch versuchen, werde ich Sie dafür zur Rechenschaft ziehen. Aus Achtung vor unserer geschäftlichen Abmachung und der Gage, die Sie mir zahlen, werde ich es ganz in Ihrem Interesse schnell und sauber über die Bühne bringen. Anschließend werden Sie nie wieder versuchen, mit mir in Kontakt zu treten. Sobald der Job erledigt ist, werde ich mich mit Ihnen in Verbindung setzen und Ihnen mitteilen, wie die letzte Rate überwiesen werden soll. Zahlen Sie nicht den vollen Preis, werde ich Sie auch dafür zur Rechenschaft ziehen. Ich nehme nur Aufträge für Zielpersonen an, die sowieso besser nicht am Leben wären. Und ich bin derjenige, der in dieser Frage die Entscheidung fällt – nicht Sie. Einverstanden?‹« Ryder stieß ein trockenes Lachen aus und musste mit dem Kopf schütteln, als er daran zurückdachte.

»Stell dir mal vor, irgend so ein Industrieller, prominenter Wichtigtuer oder Politiker bekommt das zu hören«, sagte Tucker. »Denen geht doch selbst der Arsch auf Grundeis, wenn er mit seiner Ansprache fertig ist. Und die anderen Auftragskiller hier sind ebenso lange im Geschäft, was bedeutet, dass sie auch so knallhart sind und über diese Erfahrung verfügen. Also gut, was haben wir noch.« Er scrollte den Bildschirm herunter. »Hier ist ein Bericht über Eli Eichel.

›1987 wurde die britische Staatsangehörige Madonna Millman im Londoner Bezirk Mayfair auf offener Straße von einem Scharfschützen getötet, dessen Kugel sie zwischen die Augen traf. Millman hatte im japanischen Kobe als Zeugin gegen einen Verbrecherboss der Yamaguchi-gumi ausgesagt und war später nach London geflüchtet.

Einer glaubwürdigen Quelle zufolge spürte die Organisation die Frau in London auf, wollte es jedoch vermeiden, dass irgendein Zweig der Yakuza für ihre Ermordung unter Anklage gestellt werden konnte. Sie wollten aber auch eine Warnung an alle schicken, die mit dem Gedanken spielten, den Schweigekodex zu verletzen.

Daraufhin wurde Eli Eichel angeworben, um den Auftragsmord durchzuführen …‹«

Ryder atmete tief aus. Die Yamaguchi-gumi-Familie zählte zu den größten Verbrecherorganisationen der Welt und war nicht nur in Japan aktiv, sondern in ganz Asien und bis in die Vereinigten Staaten.

»Der Mord an ihr stand in allen Zeitungen«, erinnerte er sich. »Sie war schwanger. Das Baby hat nicht überlebt.«

»Und niemand wurde je dafür verhaftet.« Tucker steckte das Smartphone ein und starrte finster in die Nacht hinaus. »In den Achtzigerjahren wurden mehr Mordanschläge und Terrorangriffe verübt als irgendwann sonst in der Geschichte, wenn es keine großen Kriege gegeben hat. Jeder konnte ins Fadenkreuz geraten – Kinder, Großmütter, Flugzeugpassagiere ebenso wie Gäste auf einem Kreuzfahrtschiff. Und dahinter steckten alle möglichen Arten von politisch, religiös oder sonst wie motivierten Terroristen und Attentätern. Sie scherten sich einen Dreck um die Trennung zwischen Schuld und Unschuld und traten ethische und moralische Normen mit Füßen. Klingt das nach der Situation, die wir heute haben? Zweifellos. Grenzen kennt das Handeln nicht mehr. Alles und jeder ist bedroht.«

Sie schwiegen.

Schließlich fragte Judd: »Bist du bei deinen Nachforschungen auf irgendeinen Hinweis dazu gestoßen, was die Assassins mit den Keilschriftteilen verbindet?«

»Schön wär's. Ich bin die Akten durchgegangen. Ich habe nach gemeinsamen Aufträgen gesucht, nach Auftraggebern, für die mehrere vielleicht zu unterschiedlichen Zeiten gearbeitet haben, nach Orten, an denen sich mehrere zur selben Zeit aufgehalten haben, nach gemeinsamen Bezugsquellen, Interessen, politischen Ansichten, Freundinnen, allem Möglichen. Das Problem für uns ist dabei, dass selbstständige Auftragskiller ganz besonders diskret vorgehen. Da ihnen keine große Organisation den Rücken freihält, müssen sie ganz besonders vorsichtig sein. Ihre Auftraggeber verlangen völlige Anonymität. Daher lautet meine Antwort leider: Nein, ich konnte keine Verbindungen zwischen ihnen entdecken. Und ich konnte auch nichts finden, was sie mit Kalksteinbrocken, Keilschrift oder antiken Tafeln in Verbindung gebracht hätte.«

Enttäuscht sagte Ryder: »Bist du denn trotzdem zu irgendwelchen Schlussfolgerungen gekommen?«

»Ja. Es sind viel zu viele Auftragskiller der Spitzenklasse darin verwickelt, als dass es sich bloß um irgendeine Keilschrifttafel drehen könnte. Hier muss irgendetwas Großes im Busch sein. Das kann ich spüren, kann ich riechen.«

»Da stimme ich dir zu. Aber was?«

Tucker nickte. »Genau. Was?«

»Wo soll ich eigentlich noch einen Zwischenstopp einlegen?«, fragte Judd.

Tucker deutete auf ein großes einstöckiges Gebäude ein Stück weiter. Über der Einfahrt hing ein Schild mit der Aufschrift: LONG PLAINS FEED & SUPPLIES. »Wir sind da. Macht nicht viel her, ist aber unsere Eintrittskarte zu Chapman.«

28

Als alle Vorbereitungen abgeschlossen waren, übernahm Ryder mit seiner Waffe auf dem Schoß den Beobachtungsposten, während Tucker sie mit dem Lieferwagen von Long Plains Feed & Supplies zu Chapmans Pferdefarm fuhr. Der große Lastwagen war voll beladen, und im Führerhaus lag der kräftige Geruch nach Heu und Luzerne. Der Futtermittelhändler hatte den Lastwagen für sie bereits vorbereitet und Tucker bei ihrer Ankunft noch eine Winterjacke mit dem Logo der Firma geliehen. Unter der Jacke steckte jetzt in einem Schulterholster Tuckers Lieblingswaffe, eine Browning 9 mm.

»Da drüben ist Chapmans Haus.« Judd nickte in Richtung einer Anhöhe, auf der eine weiße Villa stand.

Tucker drehte den Kopf. »Sieht aus, als würde der Kasten den ganzen Hügel bebrüten und jeden Moment müssten kleine weiße Cupcakes aus dem Boden schießen.«

Ryder unterdrückte ein Grinsen. »Die Eichels sind schon da«, sagte er und deutete mit dem Finger zur Auffahrt. »Da vor dem Eingang steht ihr Van.«

»Ich kann es kaum erwarten, die Mistkerle kennenzulernen.«

»Sieh dir mal die Beleuchtung im Haus an.«

Die Fenster beiderseits der Eingangstür waren hell erleuchtet, während das restliche Erdgeschoss im Dunkeln lag. Das oberste Stockwerk war komplett dunkel.

»Von meinen Observationen her weiß ich«, fuhr Ryder fort, »dass die Räume im Erdgeschoss nur selten erleuchtet sind und spätestens ab elf Uhr dunkel bleiben. In den Räumen im zweiten Stock geht grundsätzlich erst nach elf Uhr Licht an, was darauf schließen lässt, dass dort jemand zu Bett geht.«

»Bleibt der erste Stock«, sagte Tucker. »Aus vier der großen Balkontüren fällt reichlich Licht.«

»Genau wie beim letzten Mal, als ich hier war. Die Lichter blieben dort gewöhnlich bis gegen elf an. Es ist mir leider nie gelungen, irgendeinen Grundriss des Hauses zu bekommen, aber hinter diesen Balkontüren muss irgendein großer Raum liegen, in dem sich Chapman bevorzugt aufhält. Vielleicht sein Büro oder Arbeitszimmer, in dem er bis zum Schlafengehen noch liest, arbeitet oder fernsieht.«

»Oder Eli und Danny Eichel empfängt.« Tucker betrachtete die flache Kuppe des Hügels. »Hast du die Bewegung neben dem Haus bemerkt?«

Ryder sah angestrengt zur Villa und erkannte einen Schatten, der am nordwestlichen Eck des Hauses anwuchs, bis ein Mann in einer Art weißem Skianzug hervortrat. »Das ist ein Wachmann. Im Sommer tragen die draußen grüne Trainingsanzüge. Sieht aus, als hätte er einen Patronengurt umgebunden. Das ist neu.«

»Einen Patronengurt?«, wiederholte Tucker. »Chapman muss ganz schön Schiss haben.«

»Ich sehe einen weiteren Wachmann hinten an den Stallungen«, erklärte Ryder.

»Na, wunderbar.«

Tucker lenkte den Lieferwagen auf die Landstraße, die seitlich an Chapmans Grundstück entlangführte. Links dehnten sich offene Felder aus, die milchig weiß im Mondlicht lagen. Rechts bot die hohe Mauer der Pferdefarm ein steinernes Zeugnis für Reichtum und Angst.

»Zeit abzutauchen«, sagte Tucker.

Ryder hob den Kanister mit gefrorenem Wasser vom Boden, zwängte sich mitsamt seiner Waffe in den Fußraum und stellte den Kanister auf den Beifahrersitz. Tucker griff nach hinten, holte eine Decke hervor und warf sie über Ryder. Sie stank nach Pferd.

»Am Lieferanteneingang gibt es ein großes schmiedeeisernes Tor«, berichtete Tucker. »Ich werde mich jetzt über die Sprechanlage melden und durchgeben, dass ich mit der Bestellung gekommen bin.« Er hielt den Laster an, und ein Schwall kalter Luft zog unter die Decke. Tucker musste das Fenster geöffnet haben. Ryder hörte, wie er sagte: »Lieferung für Dean Jennings.« Jennings war der leitende Pferdetrainer.

Eine Stimme fragte zurück: »Wo ist Tim?« Tim Wayne arbeitete für den Futtermittelhändler und brachte normalerweise die Bestellungen zu Jennings, hatte der Firmenchef ihnen erklärt.

»Die arme Sau hat die Grippe«, antwortete Tucker. »Mein Name ist Jon Jacobson. Wir haben Ihnen einen Extraschwung Raufutter für die Pferde gebracht. Das wird ihnen durch diesen verfluchten Kälteeinbruch helfen.«

»Okay, Jon«, entschied die Stimme. »Kommen Sie rein. Ich werde Dean ausrichten, dass Sie hier sind.«

Tucker fuhr wieder los. Ryder spürte, wie die Schnauze des Lastwagens sich hob. Sie fuhren den Weg zu den Gebäuden hinauf. Er atmete möglichst flach, um den Gestank unter der Decke erträglich zu halten.

»Wir fahren jetzt an dem Streifen mit Fichten vorbei«, sagte Tucker.

In Gedanken sah Ryder den Wald vor sich, der sich weit

bis an der Rand des Grundstücks zog. Vor dem Losfahren hatte er sich noch Tuckers Satellitenfotos angesehen und geschildert, wie er Chapman beim Ausritt in den Wald beobachtet hatte. Anhand der Fotos hatten sie auch einen Reitweg ausgemacht, den Tucker nachher benutzen konnte. Auf der anderen Seite des Wegs, wo zur rückwärtigen Grenze der Farm hin das Land flacher wurde, lagen Chapmans Landebahn und der Hangar, in dem sein Learjet bequem Platz fand. Die Fotos, die vom heutigen Tag stammten, zeigten jemanden, der mit einem Schneepflug die Landebahn säuberte. Das war typisch für Chapman. Er wollte stets auf alles vorbereitet sein.

»Ein Wachmann kommt uns zu Fuß auf der Einfahrt entgegen«, fuhr Tucker fort. »Er schleppt ein M4 und einen Patronengurt mit sich herum und behält alles genau im Blick. Er sieht immer wieder zum Lieferwagen.«

»Kann ich kurz den Kopf herausstrecken, um Luft zu schnappen?«

»Ja, aber bleib unten.«

Ryder schob die Decke zur Seite und atmete tief durch. Er sah Tucker, der – ganz der mit allen Wassern gewaschene Profi – eine gelangweilte Miene aufgesetzt hatte und stur auf die Straße blickte. Ryder richtete seine Waffe auf das Seitenfenster.

»Chapmans Einlasskontrolle muss ihn gewarnt haben, dass heute ein Ersatzmann von Tim kommt«, erklärte Tucker, ohne merklich die Lippen zu bewegen. »Er hat angehalten und sieht sich das Firmenlogo auf der Tür genau an. Jetzt betrachtet er mich.« Tucker wandte sich um und winkte freundlich. »Er ist weg.« Seine Schultern entspannten sich leicht. »Hat mir zugenickt, also dürfte die Sache laufen.«

Ryder senkte die Waffe und spürte, wie der Wagen wieder in die Horizontale kam.

»Wir sind jetzt oben angekommen«, sagte Tucker. »Ich fahre um die Ecke an der Rückseite des Hauses entlang.«

Den Aufnahmen zufolge gab es hier hinter der Garage eine Stelle, die von den Stallungen nicht einsehbar war. Etwa in der Mitte des Gebäudes befand sich der Ausgang, durch den Chapman direkt zu seiner wartenden Limo kommen konnte, wenn er es eilig hatte. Soweit Judd es hatte beobachten können, wurde der Ausgang auch vom Personal ständig benutzt, daher sollte die Tür unverschlossen sein. Genau dort würde Tucker verabredungsgemäß Ryder aussteigen lassen.

»Scheiße.« Tuckers Stimme klang erregt. Dennoch bewegten sich auch jetzt seine Lippen kaum beim Sprechen. »Ein Wachmann kommt um die Ecke der Garage.«

»Hat er von dort die Hintertür vom Haupthaus im Blick?«

»Fuck, ja.«

Die Anspannung in der Lastwagenkabine wuchs. Eigentlich sollte Tucker bis auf Schritttempo abbremsen, aber das würde den Wachmann misstrauisch machen.

Tucker lächelte gequält. »Er ist gerade Richtung Stallungen verschwunden.« Der Agentenchef bremste vorsichtig ab und nahm den gefrorenen Wasserkanister vom Beifahrersitz. »Raus jetzt, bevor noch einer von denen auftaucht.«

Aber Ryder hatte bereits die Tür geöffnet. Der Lastwagen rollte noch. Ryder packte die Waffe mit beiden Händen und taumelte nach draußen. Sofort griff Tucker über den Sitz, zog die Tür zu und fuhr mit normaler Geschwindigkeit weiter zum Stall.

Ryder rannte zu einem Fenster, das von einer schmalen Spitzengardine geschmückt war. Er presste sich flach an dessen Seite, sah vorsichtig hinein und konnte einen kurzen Flur erkennen. Erst war er menschenleer, dann öffnete sich rechts eine Tür, und ein muskulöser Mann in einem der dunkelgrünen Trainingsanzüge, die Ryder schon kannte, trat in den Gang. Er hielt ein M4 in der Hand und trug einen voll bestückten Patronengurt quer über der Brust. Mit einem mächtigen Gähnen schlenderte er den Flur hinunter und öffnete die Tür am anderen Ende.

Sobald er verschwunden war, schlüpfte Ryder hinein. Links von ihm war durch einen Türbogen die Anrichte für die Kellner zu sehen und dahinter, an der Stirnseite des Raums, eine Küchentheke. Das Klappern von Töpfen und Pfannen war zu hören. Er blieb an der Tür stehen, durch die der Wachmann verschwunden war, und drückte sein Ohr an das Türblatt. Ein Moment später öffnete er die Tür einen Spaltbreit. Es war ein kleiner Umkleideraum. Er huschte hinein und schloss die Tür.

Auf einem Tisch lagen stapelweise ordentlich gefaltete grüne Sweatshirts und dazu passende Hosen. Auf der anderen Seite stand ein Waffenschrank mit Glasscheibe, in dem vier M4s und vier Patronengurte hingen. Die leeren Haken boten noch Platz für sechs weitere M4s und Patronengurte, was vermuten ließ, dass neben den beiden Wachleuten draußen noch vier andere im Haus oder sonst wo herumliefen, die in ihrem martialischen Outfit glatt dem Anzeigenteil einer Waffenzeitschrift entsprungen sein könnten. Mit einem Grinsen machte sich Ryder an die Arbeit.

29

Ein Dutzend Vollblutaraber stand in Decken gehüllt, vor Chapmans großer weißer Stallung und stampfte wiehernd mit den Vorderhufen auf den Boden. Während die Pfleger sie durch eine Seitentür ins Innere führten, parkte Tucker den Lieferwagen rückwärts vor das Tor und sprang aus der Kabine. Er musste sich mit dem Ausladen beeilen, um rasch bei Judd im Haus zu sein.

Ein drahtiger Mann in einem gefütterten Winteroverall kam auf ihn zu.

»Sind Sie Dean Jennings?«, fragte Tucker.

»Der bin ich. Und Sie sind?« Dean betrachtete die Jacke von Long Plains Feed & Supplies, die Tucker trug.

»Jon Jacobson.« Tucker brachte erneut die Erklärung mit dem erkrankten Stammfahrer vor. »Wohin soll ich die Sachen bringen?«

Dean führte ihn durch das Tor. Der erdige Geruch nach Pferdedung lag in der Luft. Tucker bemerkte die winzigen Kameras, die von den Dachsparren alles überwachten. Zwei Männer kümmerten sich um die Pferde, verteilten Futter und Wasser. Offensichtlich stand die Außenanlage nicht unter Kameraüberwachung, das Innere der Stallung aber schon. Da Chapmans Zucht an Vollblutarabern ein kleines Vermögen wert war, war die Maßnahme wenig verwunderlich.

Sobald ihm Dean den Vorratsbereich gezeigt hatte, eilte Tucker zurück nach draußen, öffnete die Heckklappe des

Lieferwagens und fuhr die erste Sackkarrenladung nach innen. Die Pferde steckten die Köpfe aus den Boxen und verfolgten, wie er Futtersäcke stapelte. Als er Heuballen auftürmte, vibrierte sein Handy. Er zog es aus der Tasche und sah, dass es Judd war.

Dean beobachtete sein Tun mit verschränkten Armen. Seine ganze Haltung signalisierte Missbilligung.

»Meine Frau«, erklärte Tucker.

Dean nickte bedächtig, und Tucker las stumm die SMS:

```
Hinter Tür kleiner Flur. Umkleide Wachleute rechts.
Zieh Uniform an und such in 1. Et. nach Raum
```

Tucker gefiel die Vorstellung, dass Judd ohne ihn das Haus durchsuchte, gar nicht. Er schrieb zurück:

```
Noch im Stall. Warte auf mich.
```

Tucker verstaute das Handy wieder in der Jacke und schob die Sackkarre zu Dean hinüber. »Wie wär's denn, wenn Sie oder einer Ihrer Leute mir kurz ein wenig helfen würden? Meine Frau sitzt mir im Nacken. Ich muss nach Hause.«

Dean rührte sich keinen Zentimeter und schüttelte nur den Kopf. »Tim hat nie Hilfe gebraucht.«

Der Typ war vermutlich schon scheintot, so träge und maulfaul wie der war, entschied Tucker. Diskutieren machte hier wenig Sinn. »Kein Problem.«

Mit einem stummen Fluch schob er die Sackkarre wieder nach draußen und fuhr mit dem Ausladen fort. Die Minuten verstrichen zäh. Schweiß lief ihm das Gesicht hinunter. Als er endlich die letzte Kiste verräumt hatte, schmerzten ihm Arme, Schultern und Rücken. Er verstaute die Sackkarre im

Laderaum und schlug die Hecktür zu. Nach einem kurzen Abschiedswinken kletterte er hinter das Steuer, schloss die Fahrertür und startete den Motor. Am liebsten hätte er sofort Vollgas gegeben. Aber er hielt sich zurück, fuhr gemächlich an der Garage und dem Haupthaus vorbei und bog in den abschüssigen Weg zur Straße. Zwei Minuten später hatte er den Rand des Fichtenwalds erreicht. Der Lieferanteneingang und die massive Granitmauer lagen nur noch ein paar Hundert Meter vor ihm.

Tucker warf einen kurzen Blick in den Rückspiegel, löschte die Scheinwerfer des Lieferwagens und bremste durch Herunterschalten, um die Bremslichter nicht aufleuchten zu lassen. Gleichzeitig hielt er zwischen den Bäumen nach der Bresche Ausschau, die er auf der Hinfahrt bemerkt hatte. Junge, dünne Bäumchen hatten dort eng nebeneinandergestanden und selbst beim langsamen Vorbeifahren noch eine dichte Masse gebildet.

Plötzlich tauchte der schmale dunkle Tunnel rechts von ihm auf. Der Streifen mit Jungbäumen war insgesamt nur unwesentlich breiter als der Lieferwagen. Tucker riss das Steuer herum, drückte das Gaspedal durch, und der Wagen brach durch die Front an Bäumchen. Um ihn herum knackten und krachten Äste. Schnee stob in mächtigen Wolken auf und legte sich über Windschutzscheibe und Seitenfenster. Dann knallte die Schnauze des Lasters gegen irgendein Hindernis, und Tucker wurde in den Sicherheitsgurt geschleudert. Die Hinterräder drehten durch.

Tucker schaltete den Motor aus, wischte sich den Schweiß von der Stirn und setzte den Kanister mit dem gefrorenen Wasser auf den Boden. Er griff hinter sich nach Sturmhaube und Schneeschuhen, streifte die schwarze Sturmhaube über den Kopf und justierte den Sehschlitz über der Brille.

Die Schneeschuhe schnallte er erst um, als er die Tür geöffnet hatte. Verflucht kalt war es geworden. Er nahm seine Waffe an sich und stieg aus. Dank der Schneeschuhe sank er nicht einmal einen Fingerbreit tief in den Schnee ein. Mondlicht strömte in hellen Streifen durch die Bäume und ließ den Wald auf unwirklich fahle Art leuchten.

Tucker schloss die Tür und schlurfte nach vorn, um nachzusehen, was den Lieferwagen so abrupt zum Stehen gebracht hatte. Es war eine Schneeverwehung, in die sich der Kotflügel gebohrt hatte. Nadelzweige ragten unter dem Blech hervor. Irgendwo unter der Schnauze musste ein umgestoßener Baum begraben liegen. Er stapfte in seinen Schneeschuhen zurück zum Heck des Wagens und sah, wie tief sich die Hinterräder in den Boden gegraben hatten. Es dürfte schwierig, vielleicht sogar unmöglich sein, hier ohne fremde Hilfe wieder herauszukommen. Aber darum würde er sich später Gedanken machen.

Nach einem orientierenden Blick zum Mond machte sich Tucker in seinen Schneeschuhen auf den Weg. Er schob Zweige zur Seite, duckte sich unter den Nadeln dicker Äste hindurch und wurde von Kopf bis Fuß eingezuckert, als ein Windstoß den Schnee um ihn herum aufwirbelte. Endlich stieß er auf den Reitweg, den Judd und er auf den Satellitenfotos ausgemacht hatten. Er folgte ihm und kam jetzt schneller voran. Während er den Hang hinaufstieg, suchte er zwischen den Bäumen immer wieder nach Lichtkegeln von Scheinwerfern oder Taschenlampen oder nach herumschleichenden Schatten. Der eisige Wind schnitt ihn in die Haut.

Am Waldrand hielt er an, um das offene Gelände zu studieren, das hinauf zu den Gebäuden führte. Bäume und Büsche warfen lange Schatten. Dann bemerkte er eine Spur aus ovalen Vertiefungen – Abdrücke von Schneeschuhen. Mit gezückter Browning schlich Tucker darauf zu. Der Schnee dämpfte seine Schritte. Plötzlich erstarrte er. Versteckt unter der vordersten Baumreihe, lag ein großes Bündel, das dort nicht hinzugehören schien.

Tucker sah zum Haus hinauf. Die Garage war dunkel. Kein Licht deutete darauf, dass dort jemand war. Er betrachtete noch einmal die Abdrücke im Schnee. Es gab drei verschiedene Reihen. Zwei Menschen waren von der Garage den Hang hinuntergestiegen, wobei einer dem anderen gefolgt war. Dann hatte der eine den anderen unter die Bäume gezerrt und war wieder hinaufgelaufen.

Als er sich noch näher heranschob, konnte Tucker das Gesicht des Bündels erkennen. Es war der Wachmann, der ihnen bei ihrem Eintreffen mit dem Lieferwagen auf der Einfahrt entgegengekommen war. Das gefrorene Blut an seiner Halsseite glänzte dunkel im Mondlicht. Im Schnee darunter zeigte eine kleine schwarze Kuhle an, wo der Lebenssaft des Mannes versickert war.

Die Wunde bestand aus einem einzigen, sauber durchgeführten Stich in die Halsschlagader. Vermutlich hatte jemand den Mann zu dieser Stelle verfolgt oder ihn gezwungen, hierhin zu gehen, und ihn dann bewusstlos geschlagen, damit er nicht schreien oder sich wehren konnte. Anschließend hatte derjenige den Wachmann gekonnt erstochen.

Tucker stand auf. Wo war das M4 des Wachmanns? Er trat zwischen den Bäumen hervor und suchte den Waldrand nach dem Gewehr ab. Es war nirgends zu sehen. Entweder hatte es der Killer an sich genommen oder tief in den Wald geschleudert. Tucker sah wieder den Hügel hinauf. Nirgends eine Menschenseele, kein Wachmann, kein Pferdepfleger. Wenn der Wachmann für diesen Bereich zuständig war, stand er jetzt nicht länger unter Beobachtung. Aber wer hatte ihn umgebracht?

Er zog sein Handy heraus und schrieb Judd:

`Toter Wachmann nahe Wald. Profistich in Schlagader. Weißt du etwas darüber?`

Tucker folgte aufmerksam den Schneeschuhabdrücken und kletterte rasch zu den Gebäuden hinauf. Während in der Garage weiter alles dunkel war, drang aus den Fenstern des Haupthauses und der Stallungen Licht. In der Ferne heulte irgendwo ein Kojote.

Endlich erreichte er die Garage. Inzwischen schwitzte und zitterte Tucker zugleich. Er folgte den Spuren bis zur Rückseite. Hier war der Schnee grau und festgetrampelt. Sein Handy vibrierte, und er las die Nachricht von Judd:

`Nein. Noch in Umkleide. Beeil dich.`

Mit dem Rücken zur Garagenwand hatte Tucker einen Hundertachtziggradblick über das Grundstück bis zu den Bäumen und einem Parkplatz hinter den Stallungen, auf dem etwa ein Dutzend Pkws und Pick-ups parkten. Das war vermutlich der Parkplatz für die Angestellten. Noch weiter dahinter lag Chapmans Landebahn und der Hangar, dessen kastenförmige Silhouette sich schwarz abhob. Die Anfahrt erfolgte über eine einspurige Straße vom Parkplatz aus.

Links von Tucker stand ein großer Holzkarren, wie man ihn zum Transport von Gartengeräten oder Heu benutzte. Auf dem Karren lag der Schnee hoch und unberührt, während er auf dem Boden ringsum festgetreten war. Tucker trat dichter heran und bemerkte eine Spur aus kleinen schwarzen

Spritzern. Sein Blick folgte ihr unter den Karren und fiel auf eine weitere Leiche in einem weißen Skianzug, die dort mit dem Gesicht nach oben und offenen, eisverkrusteten Augen lag. Tucker sah sich erst misstrauisch um, bevor er sich bückte und den gefrorenen roten Klumpen am Hals des Mannes untersuchte. Wieder ein einziger Stich in die Halsschlagader. Was zum Teufel war hier los?

Er schrieb Judd:

`Zweiter erstochener Wachmann hinter Garage.`

Als er sich aufrichtete, durchbrach das Geräusch eines startenden Motors die Stille auf dem Hügel. Ein zweiter Motor sprang an. Tucker lief zurück an die Stelle, von der er den Parkplatz einsehen konnte. Qualm strömte aus den Auspuffrohren mehrerer Wagen, und ein SUV rollte bereits davon. Zwei dick vermummte Männer eilten vom Pferdestall zu einem abgestellten Wagen und starteten auch dessen Motor. Offenbar hatte ein Teil des Personals für heute Feierabend.

Während er die Szene betrachtete, vibrierte sein Handy. Endlich eine Antwort von Judd:

`Schätze noch 4 Wachleute im Haus übrig. Sei vorsichtig.`

Das Brummen sich nähernder Wagen wurde lauter. Tucker ging rasch auf der anderen Seite der Stallungen in Deckung und zog seine Schneeschuhe aus. Er rammte die Schuhe in eine Schneewehe, bis kein Stück mehr herausragte, und sprintete dann über die Zufahrt zur Hintertür des Haupthauses.

30

Oben in der Bibliothek verharrten die drei bewaffneten Wachleute noch immer auf ihrem Posten an der Tür. Eli Eichel und Martin Chapman hatten inzwischen in Ohrensesseln Platz genommen, wo sie Bourbon mit Quellwasser tranken und gespannt darauf warteten, den Aufenthaltsort von Judd Ryder zu erfahren.

Chapman nippte an seinem Glas. »Sind Sie verheiratet, Eli?«

Eli spürte einen dumpfen Schmerz in der Brust. »Nicht mehr. Meine Frau starb vor dreißig Jahren im Kindbett. Auch das Baby starb. Junge Liebe, früher Tod, Ende der Geschichte.« Ihm kam Madonna Millman in den Sinn, die er in Mayfair mit einem einzigen Schuss zwischen die Augen ausgelöscht hatte. Niemand hatte ihm gesagt, dass sie schwanger war. Seitdem hatte ihn ständig die Frage beschäftigt, ob er den Auftrag auch angenommen hätte, wenn er es gewusst hätte.

»Ich bin mit einer prima Frau verheiratet«, erzählte Chapman. »Schön. Intelligent. Nett. Die meiste Zeit besucht sie Freundinnen in St. Moritz, Cabo San Lucas oder Paris. Sie verstehen schon. Sie glaubt, ich würde nicht begreifen, dass sie in Wahrheit nur so viel herumreist, weil sie sich nach mir sehnt. Ich verbringe nur wenig Zeit mit ihr, selbst wenn wir mal unter demselben Dach schlafen.« Er zuckte mit den Achseln. »Es ist meine Schuld, mein schwacher Punkt. Aber

Sie kennen sich mit Einsamkeit ja bestimmt auch bestens aus.«

Bevor Eli antworten konnte, sagte Danny: »Eli lebt mit mir zusammen. Also kann er nicht einsam sein.« Er blieb unter einem riesigen Kristallleuchter stehen. Er starrte hinauf, legte seine mächtigen Pranken hinter dem Rücken ineinander und verlor sich murmelnd in eine seiner Berechnungen.

»Auftragskiller sind generell einsam, ist meine Vermutung«, sagte Chapman.

»Mein Geld hält mich warm«, erwiderte Eli. »Was ganz offensichtlich bei Ihnen nicht anders ist.«

Das Telefon klingelte. Chapman nahm es in die Hand und warf einen Blick auf das Display. »Es ist Senatorin Leggate«, verkündete er erleichtert. Er nahm das Gespräch an und erklärte sofort im Plauderton: »Hallo, Donna. Ich hoffe, Ihre Investitionen in unseren Betrieb zahlen sich aus.« Er hörte ihren Worten zu. »Das freut mich. Wir möchten doch, dass es verdienten Volksvertretern wie Ihnen gut geht und Sie uns im Senat erhalten bleiben. Ja, um ehrlich zu sein, möchte ich Sie noch einmal um einen kleinen Gefallen bitten. Es geht wieder um Judd Ryder. Er ist aus dem Irak zurück, aber wir wissen nicht, wo er sich aufhält.« Er verstummte erneut. »Vielen Dank, Donna.« Dann wurde sein Ton härter. »Ich erwarte dann, in Kürze von Ihnen zu hören.«

Washington, D. C.

Scott Bridgeman hatte in aller Ruhe in seinem Büro in der Catapult-Zentrale gearbeitet. Er rieb sich die Augen und sah aus dem Fenster auf den Schneeberg, den die städtischen Räumfahrzeuge in den Vorgarten geschoben hatten. Es war schweinekalt da draußen, aber zu Hause bei seiner Frau würde es noch kälter sein. Er schüttelte trübselig den Kopf und warf einen Blick auf die Schreibtischuhr. Er würde nicht gehen, bevor er nicht hundertprozentig sicher sein konnte, dass sie tief und fest schlief. Vier Stunden würde das noch mindestens bedeuten.

Bridgeman ließ sich in die Rückenlehne seines Chefsessels fallen und dehnte Arme und Beine, um seinen Ärger zu bezähmen. Seit ihm die Leitung von Catapult übertragen worden war, hatte er wie ein Verrückter dafür geschuftet, Disziplin und Verlässlichkeit in die Abteilung zu bringen, und Tucker Andersen hatte ihm dabei ständig Knüppel zwischen die Beine geworfen. Jeder andere hätte inzwischen angerufen und einen Bericht, zumindest einen Zwischenbericht, über die Ermittlungen im Jagdklub durchgegeben. Vor einer halben Stunde hatte Bridgeman nach Tucker gesucht, ihn aber weder in seinem Büro noch sonst irgendwo im Gebäude gefunden, und die Tagschicht war schon nach Hause gegangen, einschließlich Gloria. Er hatte zwar eine Nachricht auf Tuckers Handy hinterlassen, aber natürlich hatte dieser nicht zurückgerufen.

Er war kurz davor, Gloria anzurufen, als ein Telefon klingelte. Oh Gott, hoffentlich nicht seine Frau. Beruhigt sah er, dass es Senatorin Donna Leggate war.

»Hallo, Mr. Bridgeman. Schön, Sie mal wieder an der Strippe zu haben.« Ihre Stimme war tief und kräftig.

Sie rauchte, wie er sich erinnerte, und war dafür sogar richtig bekannt. »Ganz meinerseits, Frau Senatorin Leggate. Sie wissen ja, wie sehr ich Ihre Unterstützung für die Interessen Langleys schätze. Was kann ich für Sie tun?« Jeder, der mit den Washingtoner Machtzirkeln nur ein wenig vertraut war, wusste, dass man der Senatorin besser nicht in die

Quere kam. Gleichzeitig konnte sie als führendes Mitglied im Geheimdienstausschuss ein politisch überaus vorteilhafter Kontakt sein.

»Ich versuche, denselben ehemaligen Agenten aufzuspüren wie beim letzten Mal – Judd Ryder«, sagte sie. »Mr. Ryder hält sich offenbar im Land auf, aber niemand scheint zu wissen, wo genau. Ich dachte, jemand aus Ihrer Abteilung könnte womöglich wieder dabei helfen. Sie wissen ja um seine Verbindung zu Tucker Andersen. Wenn Sie es rasch in Erfahrung bringen könnten, ohne meine Person dabei ins Spiel zu bringen, wären ich Ihnen sehr ... zu Dank verpflichtet.«

Der Ton war neu, dachte er hocherfreut. Die Pause vor den letzten Worten sagte ihm, dass sie ihm eine Gefälligkeit für die Zukunft anbot. Angesichts der unberechenbaren Wirren im Washingtoner Politgeschäft konnte so eine kleine Gefälligkeit rasch eine Lebensversicherung darstellen.

»Sie wissen doch, dass Sie auf meine Hilfe stets zählen können«, erklärte er aufrichtig. »Erzählen Sie mir doch bitte kurz, wie weit Sie in der Angelegenheit sind, die Ryder betrifft.« Diese Nachfrage war reine Formsache und sollte lediglich abklären, dass keine ungesetzlichen oder unethischen Motive hinter ihrem Ersuchen standen. Solche Verfahrensregeln mussten in seinen Augen unbedingt eingehalten werden, koste es, was es wolle.

»Selbstverständlich. Tut mir leid, damit hätte ich gleich anfangen sollen. Mittlerweile hat sich das Ganze für den Parteifreund in meinem Wahlkreis zu einer höchst unangenehmen Angelegenheit entwickelt. Wie Sie sich erinnern werden, handelt es sich um einen Bankleiter, der versucht, Ryder ausfindig zu machen, da dessen Vater in einer Denver Bankfiliale ein beträchtliches Konto hinterlassen hat. Dem Mann ist es weder gelungen, Ryder zu kontaktieren noch dessen Mutter. Deshalb hat er sich in seiner Verzweiflung noch einmal an mich gewandt. Die Sache muss weiterhin mit größter Diskretion behandelt werden. Ich vermute, es bestehen Befürchtungen, dass diese Gelder aus … nun ja, illegalen Quellen stammen könnten und dass Judd Ryder über diese Herkunft besser Bescheid weiß, als er es eigentlich dürfte. Und wir möchten ihn doch nicht vorwarnen, oder?«

»Gewiss nicht.« Es wäre zu schön, wenn sich sein Verdacht, dass Judd Ryder ein zwielichtiges Spiel trieb, bestätigen ließe. »Sie sind doch eng mit Tom O'Day befreundet, richtig?«, fragte er. »Ich bin ein großer Bewunderer von ihm.« Tom O'Day war erst seit wenigen Monaten der neue CIA-Chef, aber es hatte sich schon herumgesprochen, dass er fair und bestens vernetzt war und über einen guten Draht zum Präsidenten verfügte.

»Das bin ich tatsächlich. Ich treffe mich häufig auch privat mit ihm und seiner Frau Marie. Vielleicht möchten Sie und Ihre Frau uns ja mal bei einem Abendessen Gesellschaft leisten?«

»Mit Vergnügen, Frau Senatorin«, sagte Bridgeman sofort. »Ich melde mich bei Ihnen, so schnell es geht.«

Die Senatorin beendete das Gespräch.

Mit der Hand auf dem Telefon saß Bridgeman eine Weile bewegungslos am Schreibtisch. Dann riss er den Hörer wieder hoch.

Über das gespeicherte Adressbuch wählte er Tuckers Handy an und erwischte erneut nur die Mailbox. »Verdammt, Tucker, melden Sie sich!« Er legte auf. Beim letzten Mal hatte er Ryders Aufenthaltsort für die Senatorin herausgefunden, indem er sich zu Tucker und Bash Badawi gestellt hatte, als die sich unterhielten. Die Frage nach Ryder hatte sich leicht in das Gespräch eingefügt, und Tucker hatte keinen

Verdacht geschöpft. Ein Lächeln trat auf Bridgemans Gesicht. Badawi leitete die Untersuchungen im Jagdklub. Er suchte Badawis Name heraus und wählte die Nummer.

»Ja, Sir?« Badawi klang angemessen respektvoll.

»Sind Sie noch immer im Esti Jagdklub?«

»Nein, Sir. Ich bin zu Hause. Möchten Sie, dass ich noch einmal in die Zentrale komme?«

Bridgeman ignorierte die Frage. »Warum liegt mir Ihr Bericht nicht vor?«

»Den habe ich noch nicht geschrieben. Ich habe ihn mündlich an Tucker durchgegeben.«

»Ich möchte ihn auch gern hören.«

»Ja, Sir.« Badawi begann zu reden.

Bridgeman lehnte sich verblüfft in seinem Sessel zurück. »Noch einmal zur Klärung. Sie haben keine Leichen gefunden. Kein Blut und keine anderen Anzeichen einer gewalttätigen Auseinandersetzung.«

»Richtig. Wie ich schon sagte, das Gelände war offenbar gründlich gesäubert worden.«

Oder es war dort überhaupt nichts geschehen, dachte Bridgeman bei sich. Seine Finger trommelten auf der Schreibtischplatte. »Und wo steckt Tucker jetzt?«

»Er sagte, er würde nach Maryland gehen, zur Farm von Martin Chapman.«

Bridgeman zog überrascht die Brauen zusammen. »Warum das?«

»Keine Ahnung, Sir.«

Bridgeman fiel ein, dass Chapman angeblich in die Ermordung von Ryders Vater verwickelt gewesen sein sollte.

»Ist Judd Ryder ebenfalls auf dem Weg zu Chapman?«, fragte Bridgeman.

»Ja, Sir.«

Gehen die beiden etwa zur Farm, um sich Chapman vorzuknöpfen?, überlegte Bridgeman. Er kappte die Verbindung und rief Senatorin Leggate an. Ohne lange Vorrede erklärte er: »Judd Ryder und Tucker Andersen sind auf der Pferdefarm von Martin Chapman in Maryland, oder sie werden demnächst dort eintreffen.«

»Sind Sie da sicher?« Sie klang ebenso verwundert, wie er es gewesen war.

»Absolut.«

»Sie halten, was Sie versprechen. Ich werde Sie mit den O'Days zusammenbringen.«

»Freut mich, Ihnen behilflich sein zu dürfen, Frau Senatorin. Es war mir ein Vergnügen.«

Er legte auf und genoss den Moment eine Weile regungslos. Er hatte zwei Volltreffer gelandet. Zum einen hatte er bei Senatorin Leggate mächtig Pluspunkte gesammelt, zum anderen hatte er Tucker dabei erwischt, wie er gegen CIA-Verhaltensregeln massiv verstieß. Diesmal hatte Bridgeman ihn am Wickel.

31

Montgomery County, Maryland

Nach einem prüfenden Rundgang durch den Umkleideraum in Chapmans Haupthaus zog sich Ryder einen der grünen Trainingsanzüge an, schnallte sich einen Patronengurt um die Brust und nahm eine der M4s aus dem Waffenschrank. Er kontrollierte die Funktionsfähigkeit der Waffe, dann lief er ungeduldig im Raum hin und her, wartete auf Tucker und antwortete auf dessen Textnachrichten. Jede Sekunde nahm das Risiko zu, entdeckt zu werden. Neben der Tür hing ein Clipboard mit dem Dienstplan der Wachleute. Irgendwann schnappte er sich den Plan und trat aus der Tür. Er folgte dem Weg, den der gähnende Wachmann gegangen war. Den kurzen Flur hinunter und durch die letzte Tür.

Als er sie öffnete, sah er einen langen, menschenleeren Gang vor sich, der sich über die ganze Rückseite des Gebäudes zog. Er war gerade breit genug für einen Servierwagen und diente offenbar als Personaldurchgang. Der Ort machte auf Ryder einen trostlosen und verlassenen Eindruck. Fast schien es, als würde hier niemand leben. Trotz der riesigen Dimensionen des Baus knackte nirgendwo eine Diele, waren nirgends Stimmen zu hören. Wachleute, Küchenpersonal, die Eichels und Chapman hielten sich im Haus auf, dennoch herrschte eine gespenstische Stille.

Er musste irgendwie hoch in den ersten Stock kommen.

Links von ihm gingen Türen vom Korridor ab, die in den vorderen Teil des Hauses führten, wo es sicherlich einen imposanten Treppenaufgang gab. Doch rechts von ihm entdeckte er kurz vor dem Ende des Korridors das, was er suchte – ein nicht einsehbares Treppenhaus, das ganz schlicht gehalten war. Dies musste der Aufgang für das Personal sein. Doch auf dem Weg dorthin musste er an einer offenen Tür vorbei, durch die Licht in den Flur fiel. Jetzt hörte man auch ein Geräusch. Irgendwo in dem Raum knarrte ein Stuhl.

Er entschied sich, erst links von ihm einen Blick auf die Treppe im vorderen Hausteil zu werfen. Aber bevor er sich umwenden konnte, trat ein Wachmann aus dem Raum und richtete sofort sein M4 auf ihn, als hätte er gewusst, dass er hier stand. Borstige Brauen hingen tief über seinen dunklen Augen, die einen verschlafenen Eindruck machten. Druckfalten zogen sich über seine Wange, so als hätte er längere Zeit mit dem Kopf gegen etwas gelehnt. Es handelte sich um denselben Mann, den Ryder zuvor beim Verlassen der Umkleide beobachtet hatte. Offenbar war er gerade von einem kleinen Dienstschläfchen erwacht.

»Wer zum Henker bist du denn?«, wollte er wissen.

»Ich bin der Neue«, erklärte Ryder bestimmt. »Schreibst du etwa diesen Scheiß?« Er hob das Clipboard in die Höhe, auf dem die Wachpläne standen.

»Troy hat nichts von einem Neuen erzählt.«

»Troy wollte dir eigentlich Bescheid geben.« Ryder nahm an, dass Troy der Schichtleiter war. Er mischte ein wenig Ärger in seine Stimme. »Mir hat er versprochen, ich könnte heute Innendienst machen. Draußen ist es kälter als eine Eisbärschnauze. Frag ruhig bei Troy nach. Ich würde auch gern mit ihm sprechen. Ist er bei Mr. Chapman?«

Die Augen des Wachmanns verengten sich weiter. »Ich ruf Troy an. Da rein.« Er zuckte mit dem Kopf in Richtung des Raums, den er gerade verlassen hatte.

Achselzuckend ging Ryder den Flur hinunter und an dem Mann vorbei durch die Tür. Hier schien die Sicherheitszentrale untergebracht zu sein. Die Stirnwand hing voller Überwachungsbildschirme. Auf einem Monitor war der Korridor zu sehen, den Ryder eben betreten hatte, was erklärte, weshalb der Wachmann mit gezücktem M4 aus der Tür gekommen war. Andere Kameras zeigten die Außenmauer der Pferdefarm und das Innere von Stallungen und Garage. Außerdem war das Erdgeschoss im Haupthaus erfasst. Außer ihnen beiden waren vom Personal nur noch der Chefkoch und sein Souschef zu sehen, die jeder für sich in der Küche mit konzentrierter Miene ihrer Arbeit nachgingen. Von den Räumen im ersten und zweiten Stock fehlten Überwachungsbilder, hier gab es nur lange Flure voller Gemälde, dekorativer Tischchen und verschlossener Türen. Das Haus sah genauso einsam und verlassen aus, wie es sich anfühlte, was bedeutete, dass das Geschehen sich irgendwo hinter diesen Türen im ersten Stock abspielte.

»Ständig wechseln hier die Leute«, sagte der Mann genervt und musterte Ryder. »Da verliert man ja völlig den Überblick. Troy spinnt.«

Ryder nahm einen jovialen Ton an und erklärte verschwörerisch: »Yeah, an deiner Stelle wäre ich auch genervt. Mein Name ist Roger C. Graves. Nenn mich einfach Rog. Und du bist?« Während Ryder sprach, registrierte er drei Aktenschränke, einen Arbeitstisch mit Klappstühlen und ein langes schmales Pult unterhalb der Monitore. Fenster gab es keine.

»Matty Perkins. Ich behalte hier die Bildschirme im Auge.«

Den Blick und die Waffe weiter auf Ryder gerichtet, ging er auf den Kontrolltisch zu.

Ryder folgte ihm freundlich grinsend und verkürzte so den Abstand zwischen ihnen. Das Telefon stand links vom Stuhl auf dem Pult. Der Bürostuhl hatte Rollen und sollte leicht in Schwung zu versetzen sein.

»Du bleibst schön stehen.« Matty riss sein M4 hoch und zielte zwischen Ryders Augen. »Was soll der Scheiß? Immer schön Distanz halten.«

Tucker öffnete die Hintertür und schlüpfte ins warme Innere. Sofort beschlugen seine Brillengläser. Er zog die Skimaske vom Kopf, nahm die Brille ab und belebte die eingefrorenen Finger seiner Schusshand.

Auch wenn er alles nur verschwommen wahrnahm, erkannte er doch den kleinen Flur, den Judd ihm beschrieben hatte. Er tapste ein paar Schritte durch den Türbogen, der in den Küchenbereich zu führen schien. Durch einen offenen Durchgang konnte er hören, wie etwas entfernt ein Hackbeil krachend auf einen Hackklotz niedersauste. Tucker setzte seine Brille wieder auf und bemerkte eine Tür auf der rechten Seite. Dies musste der Eingang zur Umkleide der Wachleute sein. Er öffnete die Tür einen Spalt, sah nichts Verdächtiges und trat ein. Wo war Judd?

Tucker schickte ihm erneut eine SMS. Während er auf eine Antwort wartete, durchsuchte er die Umkleide, fand aber nur das Übliche wie Deodorant, Rasiercreme und Unterwäsche. Besorgt setzte er sich auf eine der Bänke, zog seine Schuhe aus und massierte seine schmerzenden Beine und Füße. Sich durch die Schneemassen den Hang hochzukämpfen war doch anstrengender gewesen, als er erwartet hatte. Und hier im Warmen begannen die Beine erst richtig zu schmerzen. Wehmütig erinnerte er sich daran, wie es mit fünfundzwanzig gewesen war. Ach, verflucht, noch mit fünfundvierzig ging alles viel leichter.

Er zog seine Schuhe wieder an, verließ den Raum und ging den kleinen Flur hinunter. Er kontrollierte noch einmal sein Handy. Keine Nachricht von Judd. Dieser war schon immer ein Draufgänger gewesen, wahrscheinlich war es diesmal nicht anders. Zumindest hoffte er, dass Judd nicht ganz übel in der Klemme saß.

32

In der Sicherheitszentrale verfolgte Ryder, wie Mattys dichte Augenbrauen wieder misstrauisch nach unten wanderten und seine Augen sich verengten. Ryder war ihm zu nahe gekommen.

Er machte einen Schritt zurück und stellte sich auf die andere Seite des Bürostuhls. »Da hab ich wohl nicht aufgepasst.«

»Das kannst du laut sagen.«

Während Matty ihn durchdringend anstarrte, erhaschte Ryder einen Blick auf etwas, das er lieber nicht gesehen hätte. Einer der Monitore zeigte Tucker, wie er mit seiner Browning in der Hand den kleinen Flur durchquerte. Zum Glück hatte Matty ihn noch nicht bemerkt.

Ryder versuchte, den Wachmann weiter abzulenken. »Rufst du nun Troy an oder was?«

»Ja, genau.« Matty richtete seine Aufmerksamkeit auf das Telefon. Er machte einen Schritt zu dem einzigen Platz, von dem aus er es bequem erreichen konnte – die andere Seite des Bürostuhls.

Blitzschnell versetzte Ryder dem Stuhl einen harten Tritt, und der raste auf seinen Rollen mit solcher Wucht in Mattys Seite, dass der Wachmann aus dem Gleichgewicht geriet. Ryder ließ sein Clipboard fallen, hob sein M4 und rammte dessen Schulterstütze dem Mann an die Schläfe. Blut spritzte hervor. Mattys Kopf wurde zur Seite geschleudert, und er begann zu taumeln. Ryder entriss ihm das Gewehr, aber Matty gelang es, nach hinten zu greifen und ein Messer zu zücken. Ryder ließ sein M4 ein zweites Mal gegen den Schädel des Mannes knallen.

Matty stürzte rückwärts gegen die Wand. Seine Augen waren aufgerissen und zeigten diesen unmissverständlichen Ausdruck von Schmerz und Verwirrung. Dann schlossen sich seine Augen, seine Finger lösten ihren Griff, und er sackte zusammen. Blut strömte seine Wange herab. Er war bewusstlos.

Ryder zerschlug mit der Schulterstütze seines M4s die Überwachungsgeräte und kappte die Anschlüsse zu den Kameras. Als er gerade zu Tucker gehen wollte, klingelte das Telefon auf dem Kontrollpult. Er zögerte. Wenn er nicht abhob, würde der Anrufer Verdacht schöpfen. Andererseits, wenn er abhob, würde es höchstwahrscheinlich Troy sein, der am besten wusste, wer sich in Chapmans Haus aufhalten durfte und wer nicht.

Nachdem er erst an der Tür gehorcht hatte, trat Tucker in den langen Korridor. Ein Stück weiter drang Telefonklingeln aus einer offenen Tür. Bevor er sich bewegen konnte, brach das Klingeln ab, im Raum wurde das Licht gelöscht, und Judd trat hinaus. Judd schloss die Tür hinter sich, sah sich rasch um und lief dann auf ihn zu.

»Was ist passiert?«, fragte Tucker leise.

Judd hielt direkt vor ihm an. »Ich musste dem Wachmann in der Zentrale eins überziehen und die Überwachungsmonitore zerschlagen.«

»Scheiße, ich hab doch gesagt, du sollst auf mich warten.«

Judd schüttelte den Kopf. »Du hast zu lange gebraucht. In der Zeit hätte ich ja eine Autobahn bis nach Bagdad asphaltieren können. Außerdem führst du diesmal gar nicht das Kommando, erinnerst du dich? Hast du herausgefunden, was es mit den toten Wachen draußen auf sich hat?«

Tucker antwortete nicht. Hinter Judd kam gerade ein Wachmann in grünem Trainingsanzug die Treppe heruntergestürzt und raste mit erhobenem M4 auf sie zu. Tucker spürte einen Adrenalinstoß. Aber bevor er reagieren konnte, hatte Judd ihn zurück durch die Tür gestoßen. Als Tucker gegen die Wand knallte, war Judd bereits in die Hocke gegangen, herumgewirbelt und hatte eine Salve aus seinem M4 abgefeuert. Die Schüsse hallten gewaltig in dem engen Gang. Aus der Küche war ein lautes Kreischen, gefolgt vom metallischen Scheppern fallender Pfannen zu hören.

Tucker kehrte mit erhobener Browning in den Flur zurück.

Das Kinn des Wachmanns ragte nach oben, als hätte ihn soeben ein Aufwärtshaken getroffen. Sein Sweatshirt war blutdurchtränkt. Er wankte noch zwei Schritte vor, fiel dann hart auf die Knie und schlug mit dem Gesicht auf den Boden. Judd sprintete zu ihm.

Tucker folgte ihm und hörte aus der Küche trappelnde Füße, die rasch leiser wurden. Es klang so, als würde das Personal Reißaus nehmen.

Judd kauerte sich neben den verwundeten Mann. Der metallische Geruch von Blut lag in der Luft. Das Gesicht des Wachmanns war ihnen zugewandt, ein Auge sichtbar. Es war geschlossen. Sein Atem ging stockend.

»Puh«, sagte Judd seufzend. »Der hat aber Schwein gehabt. Bewusstlos, aber am Leben.«

»Woher hast du gewusst, dass er hinter dir ist?«

»Ich hab die Schritte gehört und deine Reaktion gesehen. Du bist ein wenig langsam heute Abend. Alles in Ordnung?«

»Ich komm von draußen, und da ist es scheißkalt, falls du das noch nicht bemerkt haben solltest. Also weiter.«

Mit einem nüchternen Nicken sprang Judd auf und lief wieder los. Tucker bemühte sich Schritt zu halten. Kurz bevor sie das rückwärtige Treppenhaus erreichten, vernahm Tucker leise Stimmen, die sich hinter ihnen vom anderen Ende des Korridors näherten. Er lauschte gespannt, um abzuschätzen, wie viele Männer kamen.

»Drei«, flüsterte er Judd zu. »Werden jeden Moment in Sicht kommen. Mit dreien sollten wir fertigwerden.«

»Wir brauchen zumindest einen lebend und bei Bewusstsein.« Judd drehte sich um und versuchte, die Tür zu öffnen, an der sie gerade vorbeigekommen waren. Sie war verriegelt.

Tucker versuchte es bei der nächsten Tür. Ebenfalls verriegelt.

Judd rannte an ihm vorbei. Eine letzte Tür gab es noch, die fast direkt dem Treppenhaus gegenüberlag. Judd drückte sie auf. Mit einem raschen Blick über die Schulter, stellte Tucker fest, dass der Korridor noch leer war. Judd deutete auf Tucker, dann auf die Tür. Tucker nickte. Während Judd sich hinter die Ecke zum Treppenhaus duckte, schlüpfte Tucker durch die Tür in völlige Dunkelheit.

33

Eli Eichel saß in der Bibliothek in seinem Ohrensessel und tappte ungeduldig mit der Schuhspitze auf den Boden. Am Couchtisch ihm gegenüber saß Martin Chapman und trommelte mit den Fingern auf der Armlehne. Plötzlich war der Feuerstoß eines automatischen Gewehrs zu hören. Das laute Knattern schien von den Bücherwänden widerzuhallen. Die Schüsse kamen eindeutig aus dem Erdgeschoss.

Eli sprang auf. »Wir brauchen Waffen!«

Chapman richtete einen Finger auf Troy, den großen muskulösen Mann, der die Wachleute anführte. »Die Waffenkammer!« Er ließ seinen Kopf zur westlichen Wand aus Büchern schnellen. »Na, mach schon!« Während Troy sich in Bewegung setzte, sah Chapman zu dem letzten verbliebenen Wachmann und befahl: »Ruf Kyle an. Finde heraus, was die Schüsse zu bedeuten haben. Mit etwas Glück hat er ja Ryder und Andersen erwischt.« Chapman hatte Kyle nach unten geschickt, um nachzusehen, warum der Mann in der Sicherheitszentrale nicht ans Telefon gegangen war.

Chapman eilte quer durch den riesigen Raum, und Eli und Danny Eichel wichen ihm nicht von der Seite.

Dannys Gesichtszüge waren so seelenruhig wie immer, nur in seinen Augen lag jetzt ein Funkeln. »Was ist los?« Solange ihn eine Angelegenheit nicht persönlich interessierte, ignorierte er sie. Aber das Gewehrfeuer hatte seine Aufmerksamkeit erregt.

»Judd Ryder und sein CIA-Kumpel Tucker Andersen sind hier«, erklärte Eli ihm.

»Was ist daran schlecht?«, erwiderte Danny stoisch. »Wir wollen Ryder. Also ist es doch sehr bequem, wenn er zu uns kommt. Sehr praktisch.«

Eli verbarg seine Gereiztheit und sah zu seinem Bruder hoch. »Was daran schlecht ist? Die Schüsse, die sind schlecht.«

»Kyle geht nicht an sein Handy, Sir!«, rief der Wachmann von der Tür herüber.

Also war der Mann, den sie runtergeschickt hatten, bereits ausgeschaltet, dachte Eli.

»Versuch's weiter, verdammt noch mal.« Chapman erreichte das Bücherregal, wo er Troy wütend ansah. »Wie zum Teufel konnten Andersen und Ryder Ihr Sicherheitssystem überwinden?«

Troy reckte sich und brachte seine eindrucksvollen Einsfünfundneunzig zur Geltung. »Keine Ahnung, Sir. Aber wir sind hier im Raum zu fünft, dazu kommen die sechs neuen Männer, die gerade im Haus eintreffen, um ihre Schicht anzufangen. Ich habe sie bereits angerufen und darüber informiert, was passiert ist. Selbst wenn die anderen überwältigt wurden, sind wir also insgesamt elf gegen zwei.« Seine Schultern schienen noch breiter zu werden, sein kräftiges Gesicht nahm einen wild entschlossenen Ausdruck an. »Sie haben keine Chance.«

»Ich will Ryder lebend«, erinnerte ihn Eli scharf.

»Ja, Sir. Alle wissen darüber Bescheid, Sir.«

»Sie haben sich nach Waffen erkundigt«, sagte Chapman und gab Troy ein Zeichen.

Eli verfolgte, wie der große Wachmann seinen Daumen gegen eine der Regalstützen drückte, und rechnete damit, dass sich nun im Bücherregal eine Geheimtür öffnen würde. Doch nach einem Moment der Stille begann sich der Boden unter Elis Füßen zu bewegen. Fluchend trat Eli zur Seite.

Danny sprang zurück, als hätte eine Klapperschlange nach ihm geschnappt.

Eli musterte den Boden, aus dem sich ein Stück von der Größe eines Doppelbetts gut zehn Zentimeter absenkte, bevor es in zwei Hälften geräuschlos auseinanderfuhr. Zum Vorschein kam ein Dutzend glänzender M4s, deren Anblick Eli in erregte Spannung versetzte. Die Waffen lagen, in Einzelhalterungen ordentlich aufgereiht, in einem maßgeschreinerten Fach aus poliertem Holz. Neben ihnen steckten über die gesamte Längsseite Reservemagazine und Munitionsschachteln. Der Anblick des Waffenverstecks war für Eli schöner als ein Gemälde von Michelangelo, beeindruckender als ein Abschluss von Cambridge und inspirierender als die Predigt eines Rabbi.

»So sichert man seinen Schutz ab«, dozierte Chapman. »Auf die richtige Vorbereitung kommt es an, und zwar auf eine Vorbereitung, von der keiner etwas weiß.«

Danny grummelte: »Lieber hätte ich meine Kalaschnikow.«

Aber als Troy das erste M4 herausnahm, war es Danny, der sich die Waffe sofort schnappte.

34

Während sich Ryder am Fuß der Personaltreppe hinten an die Wand kauerte, versteckte sich Tucker in dem Raum auf der anderen Gangseite. Als er vom Flurende sich leise nähernde Schritte hörte, zog Ryder einen kleinen Spiegel aus der Tasche und hielt ihn an die Ecke. Es waren tatsächlich drei Männer. Einer hatte die Führung übernommen, die anderen beiden folgten vorsichtig im Gänsemarsch mit angewinkelten Knien, die Pistolen im Anschlag. Sie trugen weder grüne Trainingsanzüge noch weiße Overalls, sondern gewöhnliche Straßenkleidung. Ihre Wangen waren gerötet, und ihre Haut glänzte, als würden sie gerade von draußen kommen. Vermutlich handelte es sich um die nächste Schicht an Wachleuten, die irgendwie erfahren haben mussten, dass es Ärger gab.

Mit einem Fingerzeig dirigierte der Anführer den zweiten Mann in Richtung Küchentür. Dann schlichen er und der dritte weiter die Wand entlang. Ryder konnte die Anspannung förmlich riechen.

An der Tür, die zu dem kleinen Eingangsflur führte, gestikulierte der Anführer erneut. Aber bevor sein Hintermann sich noch in Bewegung setzen konnte, schwang die Tür auf, und der zweite Wachmann erschien wieder. Offensichtlich hatte er die Küche durch den einen Eingang betreten und durch den anderen verlassen. Ein Kopfschütteln zeigte an, dass er niemanden gefunden hatte. Dann hielt er grinsend drei M4s hoch, die er aus der Umkleide der Wachleute mitgenommen haben musste. Sekunden später waren sie alle mit Karabinern bewaffnet.

Es gibt nur wenig, was so beunruhigend klingt wie M4s, die gerade gespannt werden. Als das unheilvolle Geräusch durch den Korridor drang, sah Ryder rasch nach rechts zur gegenüberliegenden Seite. In dem Raum, in dem Tucker sich versteckt hatte, war es stockdunkel. Die Wachleute würden erst bei Tucker sein, bevor sie ihn erreichten, und er war besorgt, dass Tucker sie nicht rechtzeitig hören könnte.

Aber während er noch hinübersah, erschien für einen Augenblick das Gesicht des Agentenchefs und verschwand wieder in der Dunkelheit. Eine weiße Hand gab das Daumen-hoch-Zeichen. Tucker wollte ihn wissen lassen, dass er alles im Griff hatte und er sich keine Sorgen machen musste. Aber Ryder gefiel weder Tuckers bleiche Gesichtsfarbe noch seine langsame Reaktion auf den Wachmann, der auf sie zugestürmt war. Der Agentenchef bewegte sich einfach nicht mehr so flink und geschickt wie früher.

Tuckers Tür schloss sich langsam, bis nur noch ein fünf Zentimeter breiter Spalt blieb.

Ryder wandte sich wieder zum Spiegel und sah, dass die drei Männer in Laufschritt verfallen waren, um zu dem Wachmann zu kommen, den er verwundet hatte. Der Anführer kniete sich neben ihn und senkte den Kopf tief zu ihm herab. Selbst wer seinen Kampfgefährten nicht leiden kann, will nicht, dass es ihn erwischt, denn es erinnert einen selbst und alle anderen sofort daran, wie verwundbar jeder ist.

Während der Mann sich noch hinabbeugte, behielten die beiden Nachfolgenden über ihm den Korridor im Auge.

Dann sprang der Anführer wieder auf, schüttelte kurz den Kopf in Richtung seiner Männer und sprach leise in ein Handy.

»Kyle ist bewusstlos … nichts, was wir für ihn tun könnten … Erdgeschoss, hinterer Gang. Ja, klar. Wenn sie noch da sind, werden wir sie finden.«

Vorsichtig öffnete der Anführer die erste Tür, an der sie vorbeikamen. Sie führte in die Sicherheitszentrale, wo der ohnmächtige Matty lag und Ryder die Überwachungsgeräte zertrümmert hatte. Gebückt und das M4 im Anschlag, schlüpfte er hinein. Im nächsten Moment flammte die Deckenbeleuchtung auf, und ein angewidertes Schnauben war zu hören. Kurz darauf kehrte er mit mürrischer Miene zurück.

Das Trio fiel wieder in den Laufschritt. Die nächsten beiden Türen wurden geöffnet und die Räume kontrolliert. Ryder sah zu Tuckers Tür hinüber, die sich gerade völlig schloss. Er schrieb Tucker:

`Sie kommen.`

Die Wachleute erreichten Tuckers Tür. Der Anführer drehte den Knauf und drückte. Doch statt aufzuschwingen, rutschte die Tür aus ihren Angeln, kippte nach hinten und fiel mit großer Wucht in den dunklen Raum, wo sie vom Boden ein Stück hochprallte, bevor sie ein zweites Mal krachend aufschlug. Aus den Tiefen des lichtlosen Zimmers knallten drei Schüsse.

Alle drei Männer wurden getroffen. Der Anführer ins Knie, ein anderer in die Schulter und der dritte in die rechte Seite. Blut spritzte.

Ryder glitt um die Ecke und stand nun hinter den verletzten Sicherheitsleuten, die sich in Schussposition zu bringen versuchten. Der Anführer hatte sich auf den Bauch geworfen und zog sein M4 nach vorn. Der in der Seite getroffene Wachmann warf sich gegen die Wand neben der Tür und lehnte sich an den Rahmen, um hineinsehen und feuern zu können. Der dritte war Ryder am nächsten. Die Rückseite seines beigefarbenen Flanellhemds war rot durchtränkt. Die Kugel musste die Schulter glatt durchschlagen haben. Er stolperte in den Korridor hinein, wo ihn Tucker nicht mehr sehen konnte.

Während er die Lage erfasste, hörte Ryder zwei Fußpaare die Stufen hinunterlaufen. Er fällte eine schwere Entscheidung: Wenn Tucker und er überleben wollten, war es kaum möglich, einen der drei bei Bewusstsein zu lassen, um ihn befragen zu können.

Zwei der Verwundeten feuerten in den dunklen Raum. Der Mann mit der Schulterverletzung, der sich außerhalb der Schusslinie aufhielt, schien die Schritte im Treppenhaus ebenfalls gehört zu haben. Er schwang sein M4 herum – und entdeckte Ryder.

Ryder schoss ihm in beide Oberschenkel. Der Lärm erregte die Aufmerksamkeit der anderen beiden, die sich umdrehten. Als sie feuerten, gab auch Ryder zwei kurze Salven aus seinem M4 ab. Er hatte genau gewusst, wo sie waren, während sie ihn erst im Umdrehen ausmachen mussten.

Seine Kugeln rissen zackige Linien über die Körper der beiden Männer, und sie kippten um. In diesem Moment gelang es dem Mann, dem er in die Schenkel geschossen hatte, sich umzuwenden, den Oberkörper auf die Ellbogen zu stützen und zu feuern. Die Geschosse jagten an Ryders rechtem Ohr vorbei und schlugen in der Wand ein. Putz löste sich und verteilte sich in der Luft.

Bevor Ryder das Feuer erwidern konnte, traf Tuckers Kugel den Mann in den Brustkorb. Sie musste einen Lungenflügel getroffen haben. Der Mann jedenfalls atmete laut aus und sackte röchelnd zusammen.

Tucker konnte unmöglich etwas von den Männern wissen, die das Treppenhaus herunterkamen, und Ryder blieb keine Zeit, mit ihm zu sprechen. Also schnappte er sich nur das Clipboard, das er in der Umkleide mitgenommen hatte, sprang auf und sprintete zum Fuß der Treppe.

Zwei Männer in Straßenkleidung und mit Pistolen in den Händen waren bereits auf den letzten Stufen. Offenbar noch mehr Sicherheitsleute von der neuen Schicht, die das Haus durch den Vordereingang betreten haben mussten. Zuerst bemerkten sie seine Uniform und das Clipboard, dann sahen sie sein Gesicht und wurden misstrauisch.

»Wer zum Teufel bist du?«, fragte der eine.

Bevor er noch mehr Fragen stellen konnte, übernahm Ryder das Wort. »Hier brennt die Hütte, Leute. Wir haben vier von ihnen ausschalten können, aber es müssen noch mindestens zehn draußen auf dem Hof sein. Ein paar von uns sind nicht mehr einsatzfähig, darunter Matty und Kyle.«

Der andere riss die Augen auf. »Großer Gott.«

»Sie werden jeden Moment ins Haus eindringen«, warnte Ryder.

Der erste Mann bestätigte mit einem kurzen Nicken. »Dann wollen wir die Sache mal klären, bevor es noch schlimmer wird.«

Während die Männer die letzten Stufen hinunterliefen, erkundigte sich Ryder besorgt: »Was ist mit Mr. Chapman? Ihn müssen wir beschützen. Ist er im Ersten?«

Der vordere Mann nickte. »In der Bibliothek, wie immer.«

Eine Schulter stieß Ryder zur Seite, und plötzlich stand Tucker neben ihm, der auf jeden der Männer einen kurzen Feuerstoß im Drei-Schuss-Modus abgab. In den Mienen der Männer war Überraschung zu sehen, dann Schmerz. Von den Kugeln in der Brust getroffen, torkelten sie und stürzten zu Boden.

Tucker warf Ryder einen entschlossenen Blick zu. »Jetzt wissen wir, wo Eichel und Chapman sind. Gehen wir.«

35

Die Enge im Treppenhaus war klaustrophobisch. Pulvergestank hing schwer in der Luft. Ryder und Tucker rannten die Stufen hinauf. Ryder sah, dass Tuckers Brille vom Schweiß von der Nase rutschte. Mit gereizter Miene schob der Ältere sie wieder zurück.

»Für die letzten beiden hättest du echt eine Medaille verdient«, flüsterte Ryder.

»Ich dachte, sie hätten dich ins Visier genommen.«

»Da hast du ganz richtig gedacht.«

Über ihnen war ein leises Knacken zu hören. Ryder sah nach oben. Der Türknauf bewegte sich. Tucker sah es ebenfalls. Die Drehung erfolgte mit großer Vorsicht, langsam und bedacht. Wortlos trennten sie sich, pressten sich rücklings an gegenüberliegende Wände und richteten ihre M4s zum nächsten Absatz hoch.

Die Tür öffnete sich. Aber statt weiterer Wachleute stand im Türrahmen eine Frau mit langen roten Haaren, die eine Thermojacke trug. Unter der offenen Jacke waren Jeans, Rundhalspullover und Cardigan zu sehen, Evas bevorzugtes Winterensemble. Sie stand einfach nur mit herabhängenden Armen und unbewaffnet da. Ein angespannter Ausdruck lag auf ihrem ovalen Gesicht.

Ryder starrte sie entgeistert an. Sein Herz hämmerte. »Eva«, hauchte er leise. Einen Moment lang überwältigte ihn die Erinnerung. Sie hatte so viele kleine Dinge an sich, die ihm gefielen. Und jetzt war sie hier, stand da oben abwartend und steckte ganz offensichtlich in Schwierigkeiten.

Tucker schälte sich von der Wand. »Herrgott, Eva, was machst du denn hier?«

»Bist du verrückt geworden?« Ryders Angst um sie verdrängte alle Erleichterung. »Wir müssen dich sofort hier rausbringen!« Er raste die Stufen hinauf.

»Hallo, Judd. Tucker.« Der herzliche Ton in ihrer Stimme klang aufgesetzt. »Tut mir wirklich leid, euch das anzutun …«

Die Männer erstarrten, als zwei bewaffnete Sicherheitsleute rechts und links von ihr auftauchten. Ein Wachmann trug den regulären weißen Skioverall. Mit Ausnahme eines Paars schwarz glänzender, harter Augen blieb sein Gesicht hinter der dazu passenden weißen Skimaske verborgen. Er hielt sein M4 auf sie gerichtet, während der andere Wachmann, der noch sein ziviles Outfit aus Kakihosen und Karohemd trug, mit seiner Smith & Wesson 9 mm auf Tucker und Ryder zielte.

»Vorwärts, Ryder«, sagte der in Zivilkleidung. »Sie auch, Andersen.«

Der Wachmann kannte also ihre Namen. Sie waren erwartet worden, was erklärte, warum die ablösende Schicht sofort kampfbereit ins Haus gestürmt war.

»Beweg dich«, befahl der Mann im Skianzug Eva.

Als sie nicht sofort losging, packte er ihren Arm. Sie schüttelte ihn ab. Er drückte ihr das M4 in die Seite, und ihr Widerstand brach. Sie ließ sich zur Seite und außer Sicht führen.

Ryder stürmte die letzten Stufen hinauf. Seine Kehle war wie ausgetrocknet, seine Brust zusammengeschnürt. Den Blick fest auf die Smith & Wesson gerichtet, hörte er, wie

Tucker hinter ihm schnaufte. Am Ende der Treppe traten sie durch die Tür auf plüschig weichen Teppichboden, dessen rote Farbe dunkel wie Blut wirkte. Der Gang war breit, und überall entlang der getäfelten Wände standen Antiquitäten. Zwei Meter entfernt ließ der Mann im Skianzug den Arm von Eva los.

»Herkommen.« Er nickte Ryder und Tucker zu. »Waffen abgeben.«

»Die werde ich nehmen«, sagte der andere. »Du hast ja mit ihr schon alle Hände voll zu tun.« Er deutete auf Eva.

Der Mann in Weiß nickte nach kurzem Zögern.

Kommentarlos gaben Ryder und Tucker ihre Waffen dem Wachmann in Zivil, der sie unter seinen Arm steckte und seinen Kollegen im Skianzug fragte: »Warum ziehst du eigentlich nicht dieses verfluchte Skizeug aus? Da drin musst du doch eingehen vor Hitze.«

»Wenn du heute Abend so lange draußen gewesen wärst wie ich, würdest du auch jede Chance nutzen, dich kochen, braten und frittieren zu lassen. Ich bekomme die Kälte einfach nicht aus den Knochen.«

Der andere Mann nickte kurz verständnisvoll. »Okay, ihr Wichser. Wir werden euch jetzt durchsuchen. Ich übernehme dich, Ryder. Und keine Tricks. Der Preis, den deine Freundin Blake dafür zahlen müsste, würde dir nicht gefallen.«

»Hey, du« – der Mann im Skioverall nickte in Richtung Eva – »setz dich auf den Boden. Da hin. Und halt's Maul, verflucht noch mal, zu diskutieren gibt's in deiner Lage nichts. Setz dich!«

Mit hochexplosiver Miene rutschte Eva neben einem Holzschränkchen die Wand herunter. Ryder brachte seine aufgewühlten Emotionen unter Kontrolle und warf ihr rasch ein ermutigendes Lächeln zu. Sie schloss für einen Moment die Augen und erwiderte das Lächeln. Nur schwach zwar, aber echt.

Während man ihn betont grob abtastete und durchsuchte, dachte Ryder daran zurück, wie er im Alter von zwölf Jahren im Sommerlager an der Chesapeake Bay gewesen war. Damals war er weit ins kalte Wasser hinausgeschwommen, hatte beim Bau einer Schutzhütte geholfen und Bretter angenagelt. Ryder sah zu Tucker hinüber, der mit abwesendem Gesichtsausdruck eine genaue Durchsuchung über sich ergehen lassen musste.

»Scheiße, der hat nichts außer einer Brieftasche und einem Smartphone«, sagte der Mann in Weiß, der Tucker übernommen hatte.

»Yeah, mehr hat meiner auch nicht. Auf geht's, ihr Deppen. Zeit, den Boss kennenzulernen.«

Tucker hatte Schwierigkeiten, den Reißverschluss an seiner Jacke zu schließen. Achselzuckend gab er auf.

Ryder und Tucker gingen vorweg, die Waffen im Rücken. Eva und der Wachmann im Skianzug bildeten den Schluss. Irgendwo tickte eine Uhr. Ein Geräusch, das nervöse Menschen noch gereizter werden ließ.

»Halt, ihr Arschlöcher«, befahl der vordere Bewacher. »Nach links zur Tür drehen. Ryder, direkt vor den Türspion.«

Es handelte sich um eine breite, massive Kassettentür in klassischem Stil. Ihrer Ausrichtung nach zu schließen, musste sie in den Raum führen, den Ryder und Tucker von der Straße aus so hell erleuchtet gesehen hatten. Ryder stellte sich vor den Spion.

Der Wachmann mit der Kakihose hielt sich ein Handy ans Ohr. »Ich hab hier Ryder. Und Andersen und Blake hab ich auch.« Eine Pause trat ein. »Klar bin ich mir da sicher. Sie entsprechen den Fotos, die Sie gemailt haben. Ryder können Sie sich im Türspion ansehen. Er ist am Leben, genau wie Sie es wollten.«

36

Sie traten in ein Paradies für jeden Bücherliebhaber. Tausende von Bänden mit kunstvoll beschrifteten und verzierten Rücken füllten drei hohe Wände. Ryder starrte gebannt nach oben. Sein Vater hatte eine ganz ähnliche Bibliothek besessen, ein Ort, den sie beide sehr geliebt hatten.

Er wandte sich ab und sah zu den Männern, die mit ihren M4s bereits warteten. Sein Blick blieb an Chapman haften. Das silbergraue Haar des Finanzmoguls war in Wellen nach hinten frisiert, sein Lächeln selbstsicher, als gehöre für jemanden wie ihn die Leitung einer Milliarden schweren Investmentfirma ebenso zum gewöhnlichen Alltagsgeschäft wie der Umgang mit einem todbringenden M4. Heiße Wut stieg in Judd auf. Wieder fühlte er den Schmerz über den Verlust seines Vaters, über all die verlorenen Jahre, die Eva im Gefängnis zubringen musste, über die vielen Menschen, die Chapman in den Ruin getrieben oder umgebracht hatte.

Neben Chapman standen Seite an Seite die Eichel-Brüder. Eli Eichel – olivfarbene Haut, klein, drahtig, gerissen und tödlich. Daneben Danny Eichel – riesig, verschlossen, das Gewehr mit einer seiner gewaltigen Hände haltend. Flankiert wurde das Trio von zwei Sicherheitsleuten.

Die beiden Bewacher, die sie hergebracht hatten, standen weiter hinter Eva, Tucker und Ryder und blockierten die Tür, die ihren einzigen Fluchtweg zurück in den Gang bildete.

»Willkommen, die Herren.« Chapman verneigte sich

leicht in Richtung Eva. »Und die Dame. Haben Sie meine anderen Gäste schon kennengelernt? Dies sind die Eichel-Brüder, Eli und Danny.«

Eli Eichel hatte die Schnauze voll. »Was soll der ganze Quatsch hier?« Er funkelte die beiden Wachleute an. »Habt ihr sie gefilzt?«

»Ja, Sir«, erwiderte der in Zivilkleidung. »Keine versteckten Waffen und auch keine Kalksteinstücke. Nur Handys, Brieftaschen, das übliche Zeug.«

Eichel richtete seine dunklen Augen auf Ryder. »Du hast die Teile, die der Padre von der Tafel hatte. Wo sind sie?«

Ryder machte ein verständnisloses Gesicht und sagte: »Welche Tafel? Welche Teile?«

Danny hatte ihn genau beobachtet. »Er hat sie irgendwo versteckt.«

»Die Vermutung liegt nahe, wenn ich sie denn hätte«, antwortete Ryder. »Aber mehr ist es auch nicht, eine Vermutung.«

»Er lügt«, erklärte Danny. »Die Stücke sind in seinem Auto.«

»Das ist jetzt aber keine große Hellseherei, sondern einfach nur logisch.« Ryder mischte ein wenig Entrüstung in seinen Ton. »Aber in unserem Lieferwagen werdet ihr allenfalls Pizzareste und Biergestank finden.«

»Das lässt sich ja rasch klären«, erwiderte Eli. »Danny.« Das eine Wort genügte als Befehl.

Danny grinste und stapfte auf Eva zu. »Sie wird uns sagen, wo sie sind.« Sein Hals war so kurz und dick, der Bowlingkugelschädel schien direkt aus seinen massigen Schultern zu wachsen. Im Kontrast zu seiner ansonsten plumpen Erscheinung zeugten seine schwarzen Augen allerdings von Intelligenz. Seinen Bruder hatte er mit einem Blick angesehen, in dem eine liebevolle Bereitwilligkeit gelegen hatte. Jetzt erkannte Ryder darin Unvermeidbarkeit und Bestimmung. Er war ein Killer. Und Killer töten.

Ryder schluckte hart. »Sie weiß es nicht.«

»Mag sein, aber du schon«, erklärte Danny nüchtern.

Eva wich einen Schritt zurück. »Judd hat doch gesagt, er hat die Teile nicht.«

Danny hielt an und betrachtete sie. »Ich bin jetzt sechs Meter von dir entfernt, also knapp zwanzig Fuß«, rechnete er ihr vor. »Von nun an werde ich mein Tempo auf fünf Kilometer die Stunde verlangsamen, das sind 1,39 Meter die Sekunde. Umgerechnet 3,1 Meilen die Stunde, was der durchschnittlichen Geschwindigkeit eines gehenden Menschen entspricht. Ich werde damit nur etwa 4,32 Sekunden brauchen, um bei dir anzukommen. Dieser Zeitraum bleibt Ryder, es sich anders zu überlegen und uns zu sagen, wo die Stücke der Tafel sind. Tut er das nicht, werde ich dich auslöschen.«

Eva baute Körperspannung auf, winkelte die Knie an und hob ihre flachen Hände in Abwehrhaltung. Sie strahlte trotzige Unbeugsamkeit aus. Und obwohl sie keineswegs klein gewachsen war, wirkte sie neben Danny zwergenhaft.

Ryder reichte es. Er stellte sich vor sie. »Zurück, Danny.«

Sie trat neben Ryder und nahm wieder ihre Haltung ein. »Wir erledigen das gemeinsam, Judd.« Sie sah Danny aus herausfordernd funkelnden Augen an.

Plötzlich dröhnte eine Stimme von der Eingangstür durch die ganze Bibliothek. »Es reicht, Eli. Ruf Danny zurück. Sag uns, wo deine Teile der Tafel sind, und vielleicht können wir ja Ryder überzeugen, deinem Beispiel zu folgen.«

Überrascht drehten alle sich um. Aber statt sich auf den Sprecher zu konzentrieren, wanderten ihre Blicke unwillkürlich zu dem Sicherheitsmann in Karohemd und Kakihose. Der Mann saß nämlich mit weit geöffneten Augen gegen die Tür gelehnt auf dem Boden. Aus einer tödlichen Stichwunde an der Halsschlagader quoll Blut und durchweichte den Stoff seines Hemds. Während sie alle gebannt der Auseinandersetzung zwischen Danny und Eva gefolgt waren, hatte der Mann im weißen Skianzug den Wachmann auf die gleiche Weise ausgeschaltet, auf die auch die beiden Sicherheitsleute draußen gestorben waren.

Jetzt stand der Mann mit blutbespritztem weißem Overall über seinem Opfer und zielte mit seinem M4 durch die Bibliothek auf Eli Eichel.

Eli machte einen Schritt vor und richtete sein M4 in Richtung Angreifer. Mit Ausnahme von Tucker und Eva traf alle die Entwicklung unvorbereitet. Tucker zog rasch eine 9 mm Walther PPS aus der Innentasche seiner Jacke und übernahm damit Chapman. Im selben Augenblick holte Eva ein M4 unter ihrem langen gefütterten Mantel hervor und zielte auf Danny.

Judd fiel auf, dass Chapman und seine Wachleute inzwischen allein standen und zu bloßen Zuschauern in einer Angelegenheit geworden waren, die nichts mit ihnen zu tun hatte. Judd brauchte unbedingt eine Waffe. *Selber denken, Verantwortung übernehmen und danach handeln.* Judd entriss Eva das M4, rammte seine Schulter in Danny und drückte den Abzug. Eine Salve automatisches Feuer strich über Chapman und seine beiden Wachleute.

Die Kugeln durchschlugen die Oberkörper der Männer und drangen aus den Rücken wieder aus. Bücher zerplatzten auf den Regalen hinter ihnen. Es regnete Papierschnipsel. Judd jedoch hatte nur Augen für diesen perfekten Moment der Rache. Chapman war tot. Judd hatte einen Fehler korrigiert. Einen winzigen Augenblick lang empfand er innere Ruhe.

Die Reaktion erfolgte umgehend. Danny stürzte sich auf Judd, der so heftig auf den Boden knallte, dass ihm das M4 aus den Händen geschlagen wurde. Nach Luft ringend, rollte er sich ab, um nach der Waffe zu greifen.

»Aufhören!«, brüllte der ganz in Weiß gekleidete Killer von der Tür aus. »Ryder steht unter meinem Schutz.«

Mit einem Schlag herrschte Stille in der Bibliothek.

»Eli, sag deinem Bruder, er soll ihn in Ruhe lassen.« Wieder dröhnte die Stimme von der Tür.

Dannys massive Schultern zitterten. »Eli?«

»Tu es, Danny«, sagte Eli ihm. »Du kannst dich später noch amüsieren.«

Bedachtsam wie ein Tanzlehrer, vollführte Danny einen Schritt rückwärts, dann einen zweiten und einen dritten. Sein M4 blieb dabei auf Ryder gerichtet.

Ryder schnappte sich sein M4 und stand auf.

Eva starrte ihn mit entsetztem Blick an. »Mein Gott, Judd.«

Er zuckte mit den Achseln und wandte sich an den weiß gekleideten Mann hinter ihnen. »Was soll das Ganze?«

Eva sah den Mann ebenfalls fragend an. »Sie haben sich verdammt viel Zeit gelassen, Frank. So war die Sache nicht abgesprochen.«

»Ihr habt das hier *abgesprochen?*«, sagte Judd.

»Ja. Ich habe Frank am Lieferanteneingang getroffen, und er hat mich über den Plan informiert.«

Jetzt verstand Ryder, wie Eva und Tucker an ihre Waffen gekommen waren. Der Skianzugträger »Frank« hatte Eva bereits zuvor das M4 gegeben, und die Pistole musste er Tucker zugesteckt haben, als er ihn angeblich nach Waffen durchsuchte.

Frank streifte die weiße Skimaske ab und kam auf sie zu. Selbst jetzt wusste Ryder nicht, wer der Mann war. Er hatte eine große römische Nase und volles graues Haar, dass jemand mit viel Sorgfalt verstrubbelt haben musste. Seine mittelgroße, leicht stämmige Gestalt strahlte eine elegante Gewandtheit aus, wie sie sich lässig, aber zugleich selbstsicher bewegte und mit dem M4 umging. Trotz der Tatsache, dass er heute Abend offenbar bereits drei Männer erstochen hatte, machte er einen völlig entspannten Eindruck, was ihn nur noch gefährlicher wirken ließ.

Tucker hatte das Kinn mit den grauen Bartstoppeln weit vorgestreckt und musterte Frank aufmerksam. »Schönen Dank für die Pistole. Aber wer zum Teufel sind Sie, und was haben Sie hier mitten in meiner Operation zu suchen?«

»Was?«, sagte Eva. »Du selbst hast doch Frank um Hilfe gebeten, Tucker …«

»Hab ich ganz sicher nicht.«

Frank Smith sagte nichts. Er sah nur starr auf Eli Eichel.

Die Mundwinkel von Eli zuckten.

Frank Smith setzte ein tückisches Lächeln auf.

Eli lachte. Zuerst nur zaghaft, dann schallend laut. »Verdammt, es ist dir wieder gelungen.« Er lachte weiter über den gelungenen Spaß. Mit einem Seitenblick auf Eva, Tucker und Ryder sagte er: »Wisst ihr denn gar nicht, wer euch da gerettet hat?«

Der Mann in Weiß hob zwei Finger und berührte damit seine Stirn zu einem knappen Gruß an die drei.

Ryder überlegte angestrengt, woher er diese Geste kannte … dann fiel es ihm wie Schuppen von den Augen.

Eva schnappte scharf nach Luft. »Mein Gott, das ist der Carnivore. Frank Smith ist der Carnivore.«

37

Der Carnivore lachte, während Eva ihn weiter ungläubig ansah. »Es gibt Momente in unserem Metier, da amüsiert man sich köstlich«, sagte er zu Eli Eichel. »Ich habe mich wirklich gefragt, wie lange du wohl brauchen wirst. Woran hast du es gemerkt?«

»Nach so vielen Jahren sollte ich eigentlich Bescheid wissen«, sagte Eli. »Zuerst war da die Walther PPS, die du Andersen gegeben hast – deine Lieblingspistole. Aber die mögen auch andere, daher reichte das noch nicht. Den Ausschlag hat dein Gang gegeben. Du machst es einem nicht leicht, da du ihn für fast jede neue Rolle änderst. Aber ich weiß noch, dass du deinen Frank-Smith-Gang schon einmal benutzt hast, als sich 1986 in London unsere Wege kreuzten.«

Die Gesichtszüge des Carnivore erstarrten. Was immer seinerzeit vorgefallen sein mochte, es hatte ihm nicht gefallen. Ohne das M4 von Eli zu nehmen, sah er kurz zu Judd, Eva und Tucker. »Schön zu sehen, dass Sie alle mich nicht vergessen haben. Andererseits hat sich diese Bekanntschaft für Sie in letzter Zeit als wenig vorteilhaft erwiesen. Ich habe es eilig, also kommen wir zur Sache. Dies ist keine Neuauflage einer Zusammenarbeit, hier überlappen sich bloß vorübergehende gewisse Interessen. Sie können mich Alex nennen. Alex Bosa.«

Eva beruhigte ihren rasenden Puls. »Sie kamen mir gleich

irgendwie bekannt vor. Warum haben Sie mir nicht einfach gesagt, was los ist?«

»Ich hatte gehofft, Sie wieder zur Farm zurückschicken zu können, bevor hier überhaupt irgendjemand mitbekommt, dass ich es bin. Wie der Padre in Erfahrung gebracht hatte, sollten Sie demnächst ein paar Tage Erholungsurlaub bekommen, und er wollte Sie und Judd entführen. Er installierte Doppelgänger von Ihnen, um Sie beide ohne großen Zeitdruck ausfragen zu können. Sein Alternativplan sah vor, durchsickern zu lassen, dass er Sie entführt hatte, damit ich davon erfahre und versuche, Sie zu retten. Aber dann habe ich Judds Doppelgänger ausgeschaltet, und Judd kam früher aus dem Irak zurück und begann nach Ihnen zu suchen.« Sein Blick wanderte über die drei. »Ich war Ihnen etwas schuldig, weil Sie mir das Leben gerettet haben. Jetzt sind wir quitt.«

Eva wusste von den Regeln, die der Carnivore sich auferlegt hatte, und in deren Rahmen folgte er durchaus ethischen Prinzipien, wenn auch selten moralischen. Eine seiner Regeln besagte, vergelte Gleiches mit Gleichem, weshalb die Begleichung einer Schuld für ihn so wichtig war. Dennoch hatte es sie nicht danach verlangt, ihm jemals wiederzubegegnen. Persönliche Nähe zum Carnivore war so, als würde man einen fressgierigen Piranha in das eigene Aquarium setzen – exotisch, aber viel zu dicht, um es zu genießen.

»Das stimmt«, bestätigte Judd. »Der Padre wollte ihn ausfindig machen. Er dachte, er könnte von dir oder mir die entscheidende Information bekommen. Er hat sogar Tucker kontaktiert, um über einen Deal an sie heranzukommen.« Er wandte sich an den Carnivore: »Da es noch kein anderer gesagt hat, sag ich es jetzt: Vielen Dank für die Hilfe.«

Der Carnivore betrachtete ihn von Kopf bis Fuß. »Ich dachte, Sie wären ausgestiegen.«

»Das dachte ich auch.«

»Wer aufhört, lebt länger«, riet er ihm. »Aber nach dem, was Sie gerade mit Chapman gemacht haben, bin ich mir nicht so sicher, ob Sie dazu in der Lage sind.«

Eva hatte den Eindruck, dass Judd bleich wurde bei diesen Worten, aber sein Ausdruck blieb unverändert neutral.

Tucker mischte sich ein. »Wie viele von euch Assassins sind eigentlich in den Vereinigten Staaten unterwegs, um diesen Keilschriftstücken nachzujagen?«

»Meines Wissens nur die in diesem Raum«, antwortete Bosa ihm.

Sie betrachteten einander aus den Augenwinkeln. Zwei altgediente Könner ihres Fachs, die einander nicht mochten.

Tucker schnaufte. »Das sind schon drei zu viel.«

Bosa hielt sich nicht länger mit ihm auf und wandte sich an Eli: »Wir beide müssen uns noch über Burleigh Morgan unterhalten. Weißt du, wer die Bombe unter seinem Wagen angebracht hat?«

»Ich werde dir gar nichts sagen, bevor du mir nicht deine Kalksteinstücke gibst«, erwiderte Eli kühl. »Das Geld dürfte dich ja nicht interessieren. Du bist sowieso steinreich.«

»Auf dem Spiel stehen auch mein Ruf und mein Leben, aber vielleicht hast du ja recht.« Er griff mit einer Hand in seinen Skianzug und brachte eine etwa acht Zentimeter dicke Stoffschachtel zum Vorschein. Es schien sich um eins dieser Mikrofasermaterialien zu handeln, die ihre Form exakt dem Inhalt anpassen. »Wie du dich erinnern wirst, besitze ich vier Stücke.« Er ging zu einem Lesetisch, stellte die Schachtel ab und hob ihren Deckel. »Sie gehören dir – im Austausch gegen alle Informationen, die du hast. Aber keine Lügen. Keine Auslassungen. Einverstanden?«

Eva hatte keine Ahnung, worüber die beiden Männer da

sprachen, nur dass es mit irgendeinem Geschäft zu tun hatte, das offenbar furchtbar in die Hose gegangen war.

»Einverstanden.« Eli trottete zum Tisch und nahm zwei der Stücke, die angeblich Bosas waren, in die Hand. Er hob sie auf Kinnhöhe, drehte sie mit dem Daumen mehrmals um und untersuchte sie. Dann legte er sie zurück und wiederholte die Prozedur mit den anderen beiden. Mit undurchdringlicher Miene zog er aus seiner Jacke einen wattierten Stoffbeutel, der bereits etwas enthielt, vermutlich weitere Kalksteinstücke. Eine kleine Melodie pfeifend, steckte er zwei von Bosas Teilen in den Beutel und signalisierte damit, dass er das Angebot annahm.

So schnell, dass seine Hand dabei kaum zu sehen war, verstaute Bosa die übrigen Stücke in seiner Mikrofaserschachtel, schloss den Deckel, spannte den Klettverschluss und schob die Schachtel zurück in seine Innentasche. »Den Rest kannst du haben, wenn ich merke, dass du mir alles erzählt hast«, sagte er. »Beginnen wir mit Morgan. Weißt du, wer ihn in die Luft gejagt hat?«

Eva erinnerte sich daran, in einem Bericht gelesen zu haben, wie der berüchtigte Burleigh Morgan, ein alter, international operierender Auftragskiller, in Paris in seinen Flügeltürflitzer stieg und der Fahrersitz unter ihm explodierte. Der Bombenanschlag sollte ihn nicht nur mit absoluter Sicherheit umbringen, die spektakuläre Inszenierung zielte offenbar auch darauf ab, das weltweite Interesse der Medien zu erregen – und das mit Erfolg.

»Vermutlich war Morgan einfach zu gut und zu beliebt«, erwiderte Eli. »Und das Schlimmste, er wusste zu viel. Aber, nein, ich habe ihn nicht umgebracht. Ich meine, soweit sich das von hier aus beurteilen lässt, kommt dafür doch jeder Auftraggeber infrage, der sauer auf ihn war. Und wenn du ihn nicht gemeinsam mit dem Padre rausgetragen hättest, wäre er sowieso auf dem Gelände des Museums verreckt. Seine Zeit war also schon längst abgelaufen.«

Bosa zuckte mit den Achseln. »Irgendwie musst du herausgefunden haben, dass der Padre in seinem Jagdhaus sein würde, und da konntet ihr euch in aller Ruhe mit euren Scharfschützengewehren auf die Lauer legen. Da du genau wusstest, wie verschwiegen er vorging, musst du entweder einen seiner Leute umgedreht oder einen von deinen in seine Organisation eingeschleust haben.«

»Ich habe einen aus seinem Team davon überzeugt, mir zu helfen«, gab Eli zu. »Er fühlte sich nicht angemessen bezahlt und nicht angemessen gewürdigt. Beide Missstände konnte ich beheben.«

»Du hast ihn ausgeschaltet?«

»Natürlich.«

»Mit wem von uns arbeitest du zusammen?«, fragte Bosa.

»Er arbeitet mit mir zusammen«, erklärte Danny besitzergreifend.

Bosa würdigte ihn nicht einmal eines Blickes.

Eli Eichel zögerte, schien mit sich selbst zu ringen. »Ich habe mit Krot Kontakt aufgenommen. Er hat mir auch den Typ in der Organisation des Padre genannt. Meine Aufgabe bestand darin, mich um den Padre zu kümmern und dessen Stücke sicherzustellen, die ich jetzt von Ryder bekommen werde, sobald wir unser kleines Geschäft hier erledigt haben. Krot sollte in der Zwischenzeit herausfinden, wo Seymour sich aufhält. Bislang wissen wir nur, dass Seymour seit Ende 2003 wie vom Erdboden verschwunden ist. Ich glaube, sein Anteil an der Tafel bestand aus vier Teilen. Hast du eine Ahnung, wo er ist?«

Eva spürte, wie Tucker neben ihr hellhörig wurde. Der

Carnivore hatte gesagt, dass die drei Auftragskiller in diesem Raum seines Wissens die einzigen waren, die sich im Land aufhielten. Sollte es sich bei »Krot« und »Seymour« ebenfalls um Auftragskiller handeln, befanden sie sich derzeit also außerhalb der Grenzen der Vereinigten Staaten.

»Keine Ahnung, wo Seymour ist«, antwortete Bosa. »Wo steckt Krot?«

»In einem Hotel in Wien, irgendwo in der Inneren Stadt. An den Namen erinnere ich mich nicht.«

»Wie weit seid ihr bei eurem Vorhaben inzwischen gekommen?«

»Mit deinen Teilen, denen des Padre, meinen und Krots haben wir mehr als die Hälfte der Tafel zusammen. Möchtest du dich uns vielleicht anschließen? Womöglich gelingt es uns nur mit vereinten Kräften, Seymour ausfindig zu machen und festzunageln. Er ist ein verflucht skrupelloser Schweinehund.«

»Ganz anders als der Rest von uns.« Die Ironie in Bosas Stimme war unüberhörbar. »Ich werde darüber nachdenken.«

Eli nickte langsam und misstrauisch mit dem Kopf. »Ich habe dir die Wahrheit gesagt. Du schuldest mir die letzten beiden Teile. Gib sie mir.«

Bosa sagte nichts und unternahm nichts. Niemand bewegte sich.

Der Lesetisch, an dem der Carnivore und Eli Eichel einander Auge in Auge gegenüberstanden, befand sich an der Westseite des Raums. Judd, Tucker und Eva waren in einer Gruppe an der Ostseite, während Danny sich so dazwischen positioniert hatte, dass er seine Waffe auf sie gerichtet halten konnte, zugleich aber seinen Bruder nicht aus dem Blick verlor.

Ein rasches Wechselbad der Gefühle spiegelte sich auf dem Gesicht von Eli Eichel – Angst, Zorn, Hass und Leere.

»Krot ist nicht in Wien«, sagte der Carnivore leise, viel zu leise. »Er ist in Marrakesch, und das weißt du genau.«

Eli riss sein M4 hoch, und Danny schrie: »Nein!«

Der Carnivore feuerte einen Dreierstoß direkt in Elis Hals. Aus solch kurzer Distanz hätten die Kugeln ihn fast geköpft. Er drehte sich um die eigene Achse und kippte um.

»Bruder!«, schrie Danny, als Elis Körper auf den Boden schlug. Er rannte zu Eli und schoss dabei blind Salven durch den Raum.

Der Carnivore feuerte erneut.

Die Geschosse schlugen in einem kleinen Kreis in Dannys Brust ein, direkt über dem Herz. Sein Kopf wurde zurückgeschleudert, schnellte dann wieder nach vorn. Seine gewaltige Körpermasse trieb ihn noch zwei stolpernde Schritte voran, dann knallte er nur Zentimeter von Eli entfernt auf den Boden.

Judd war bereits losgelaufen, um die herumliegenden Waffen aufzusammeln und nachzusehen, ob noch jemand lebte.

Bosa ließ sein M4 sinken. In seiner freien Hand hielt er ein iPhone, in das er sprach. »Komm und hol uns ab, Jack. Wir sind hier fertig. Die Lichter an der Landebahn habe ich angestellt. Du solltest keine Probleme haben. Beeil dich.«

Eva hörte Tucker stöhnen.

»Oh, mein Gott«, entfuhr es ihr leise. Sie kniete sich neben den alten Agentenchef und rief mit lauter Stimme: »Tucker hat's erwischt. Kopftreffer. Sieht ernst aus.«

38

Judd rannte zu Tucker zurück. Einer von Dannys wilden Schüssen musste ihn getroffen haben. Tucker lag auf dem Bauch, den Kopf zur Seite gedreht, die Pistole direkt neben seiner Hand. Seine Schildpattbrille war heruntergefallen, ein Glas zersprungen. Er hielt die Augen geschlossen. Blut rann die Wange hinab und färbte seinen grauen Bart.

Eva presste ihre Jacke auf seinen Kopf, um die Blutung einzudämmen.

»Augen aufmachen, Tucker«, sagte sie beschwörend. »Na los, ich weiß, dass du das kannst. Mach die Augen auf!« Sie sah mit düsterer Miene zu Judd hinüber. »Seine Pupillen sind unterschiedlich groß. Das ist typisch für Kopfverletzungen. Wir müssen ihn in eine Notfallklinik bringen.«

Bosa sprach bereits wieder in sein iPhone. Nachdem er das Gespräch beendet hatte, sagte er: »Die nächste Notfallchirurgie ist im Merrittville Hospital. Jack kann uns in zehn Minuten zum Flughafen bringen. Einer meiner Leute ist ausgebildeter Sanitäter. Er wird auf dem Weg dorthin die Erstversorgung übernehmen.«

Judd gab eine Ziffernfolge in sein Smartphone ein und rief Gloria Feit an. Es war inzwischen schon nach zwei Uhr morgens. Gloria und ihr Ehemann Ted würden vermutlich bereits schlafen.

Trotzdem meldete sie sich mit hellwacher Stimme: »Was gibt's so Wichtiges, Judd?«

»Tucker ist in den Kopf geschossen worden«, erklärte er ohne lange Vorrede. »Er lebt, bewegt sich aber nicht und redet auch nicht.«

»Oh Gott, nein.« Eine kurze Pause trat ein, dann kehrte ihre Stimme völlig beherrscht zurück. »Was kann ich tun?«

»Wir brauchen einen Krankenwagen, der am Flughafen in Merrittville auf uns wartet, um Tucker ins Krankenhaus zu bringen.« Bosa nannte ihm Flugzeugtyp und -nummer, die er an Gloria weitergab.

»Wird erledigt.« Sie legte auf.

Bosa hatte Eli Eichel durchsucht und dessen Kalksteinstücke an sich genommen.

Judd stieß Bücher von einem frei stehenden Bücherregal, nahm zwei der etwa eins achtzig langen Regalbretter und legte sie neben Tucker auf den Boden. Gemeinsam mit Bosa hob er Tucker an und schob ihn vorsichtig auf die behelfsmäßige Trage.

Judds Handy klingelte. Es war Gloria. »Ich habe das Krankenhaus darüber unterrichtet, dass ein Geheimdienstbeamter Notfallhilfe benötigt. Ein Krankenwagen ist bereits auf dem Weg zum Flughafen. Die örtliche Polizei wird sich mit den Rettungssanitätern treffen, und die Cops werden bei Tucker bleiben, bis ich einen unserer Leute vor Ort habe, um sicherzustellen, dass er alle erforderliche Hilfe bekommt und in seinem Zustand nicht unbedacht irgendwelche Geheimnisse ausplappert. Außerdem habe ich seine Frau Karen verständigt. Wie ist es eigentlich passiert?«

»Es gab eine Schießerei auf der Pferdefarm von Martin Chapman.« Judd betrachtete das Chaos um ihn herum. »Sirenen haben wir bislang zwar noch keine gehört, aber es ist gut möglich, dass ein paar der Angestellten, die getürmt sind, inzwischen die Maryland State Police informiert haben. Allerdings dürfte es eine Weile dauern, bis die Cops geklärt haben, wen und was sie hier überhaupt vorgefunden haben. Das verschafft uns ein wenig Zeit.«

»Und was genau werden sie vorfinden?«, erkundigte Gloria sich misstrauisch.

»Leichen. Einige Wachleute, Martin Chapman und die Eichel-Brüder.«

»Oje, ein Milliardär und zwei international bekannte Auftragskiller«, sagte sie. »Ist Tuckers Blut am Tatort?«

»Ja. Und unsere Fingerabdrücke und DNA.«

Glorias Stimme wurde schärfer. »Was heißt hier ›unsere‹? Und wessen Flugzeug wird euch nach Merrittville fliegen?«

»Halt dich fest, Gloria. Wir arbeiten wieder mit dem Carnivore zusammen.«

Sie schnappte hörbar nach Luft. »Na ja, wenn Tucker das kann, bekomme ich das wohl auch hin.«

»Eva Blake ist bei uns«, fügte Judd hinzu.

»Eva? Wie ärgerlich, die hättest du nicht mit hineinziehen sollen. Wird Tuckers Verletzung ihm genug Mitleid einbringen, dass er seinen Job nicht verliert?« Eine Pause trat ein, in der ihm das nachgeschobene *sofern er überlebt* nicht entging.

»Tucker hat seine Befugnisse heute Abend gewaltig überschritten«, sagte Judd. »Rechnet man all die Verstöße dazu, die Bridgeman bereits zusammengetragen hat, dann könnte er sich genötigt sehen, den Dienst zu quittieren. Wirklich helfen würde, wenn Tucker recht hätte und tatsächlich etwas im Busch ist, das eine ernste Gefahr für die Vereinigten Staaten darstellt.«

»So ein Mist.« Sie schwieg einen Moment. »Es ist dir schon klar, dass ich Scott Bridgeman informieren muss.«

»Kannst du das nicht hinauszögern?«

»Ich kann viele Sachen tricksen, aber einer direkten Frage meines Chefs kann ich nicht einfach ausweichen. Letztlich wird er sowieso alles herausbekommen. Melde dich, wenn ich noch irgendwie helfen kann.«

Judd legte auf.

»Nun macht schon«, schnappte Bosa. »Wir müssen hier weg.«

Eva schloss den Reißverschluss an Tuckers Jacke und hob seine Brille auf.

»Fertig?«, fragte Judd, kniete sich hin und ergriff die Regalbretter.

Bosa ging in die Hocke und nickte. »Los gehts.«

Die Männer hoben die Bretter hoch, auf denen Tucker lag, und trugen ihn rasch durch die Bibliothek. Judd hielt das vordere Ende und lief rückwärts, während Eva weiter ihre Jacke an Tuckers Kopf drückte. Sekunden später waren sie durch die Tür den hellerleuchteten Gang und von dort die Personaltreppe hinunter. Sie kamen an den beiden Wachleuten vorbei, die Tucker erschossen hatte, und an den anderen Leichen, die in dem langen Erdgeschossflur lagen. Judds Schuhsohlen klebten vor Blut. Der Anblick von gewaltsamem Tod verursachte bei ihm ein Gefühl, als würde ein Wurm sein Rückgrat hinaufkriechen.

Er zwang sich zu anderen Gedanken. »Haben Sie die beiden Wachleute draußen erstochen?«, fragte er Bosa.

»Wer sonst?«, sagte Bosa

»Wovon sprecht ihr?«, wollte Eva wissen. »Welche Wachleute?«

Judd berichtete ihr von Tuckers Textnachrichten, in denen er beschrieb, wie er draußen im Schnee auf zwei Leichen mit durchtrennten Halsschlagadern gestoßen war.

Bosa nickte. »Der eine hatte Tucker entdeckt, der andere mich.« Er sah Eva an. »Das ist alles bereits gewesen, als ich noch die Lage auskundschaftete.«

»Was machst du eigentlich hier, Eva?«, wollte Judd von ihr wissen.

Sie schilderte, wie der Carnivore sie in Williamsburg hereingelegt hatte, damit sie mitkam, und wie sie später aus seinem Flugzeug geflüchtet und hierhergefahren war. »Er hat mich am Lieferanteneingang erwartet. Da trug er schon diesen weißen Skianzug mit der Maske über dem Kopf und war bis an die Zähne bewaffnet. Um ohne Probleme ins Haupthaus zu gelangen, hatte er sich überlegt, so zu tun, als hätte er mich gerade gefangen genommen. Das funktionierte, und dann bemerkten wir, dass ihr beide schon eingedrungen wart. Also übernahm er rasch eine Rolle im Begrüßungskomitee, und den Rest kennst du.«

Die Tür zu dem kleinen Eingangsflur stand offen. Eilig liefen sie an der verwaisten Küche und dem Umkleideraum vorbei, wo Judd seine Sachen zurückgelassen hatte. Das mächtige Brummen von Flugzeugturbinen näherte sich und ließ das Gebäude vibrieren.

Bosa hob den Kopf und lauschte. »Jack dreht zum Anflug ein. Am besten setzen wir Tucker noch mal ab.«

»Jack ist der Pilot von Alex«, erklärte Eva für Judd.

Sie setzten die Regalbretter auf dem Boden ab.

Bosa trat ans Fenster und sah hinaus.

Judd ging in die Umkleide, zog den grünen Trainingsanzug aus und seine eigene Kleidung an. Als er merkte, wie sehr seine Hände zitterten, hielt er inne. Er hob die leeren Hände und betrachtete sie. Die kräftig ausgeprägten Knöchel, die breiten Handflächen. Auf die gleiche Art hatten seine Hände gezittert, als er die Chance gehabt hatte, Chapman zu erschießen, und es nicht getan hatte. Doch diesmal hatte er sich gar nicht erst Zeit gelassen, es sich anders zu überlegen.

Kopfschüttelnd knöpfte er seinen Mantel zu und kehrte in den Flur zurück.

Eva saß im Schneidersitz neben Tucker auf dem Boden und beugte sich über ihn, um das Blut aus seinem Gesicht zu wischen. Noch immer sickerte es leicht aus der Eintritts- und Austrittwunde, aber die Blutung hatte nachgelassen. Tucker war reglos wie ein Grabstein.

Als er sie so beobachtete, spürte Judd einmal mehr die Liebe, die er für Eva empfand. Es bewegte ihn, wie liebevoll sie sich um Tucker kümmerte, wie unerschrocken und mutig sie sich verhalten hatte. Irgendetwas an ihr war so eng mit irgendetwas in seinem Innern verbunden, dass es ihm schwerfiel, von ihr getrennt zu sein. Zugleich quälte es ihn, wenn sie zusammen waren.

Bosa öffnete die Tür. Ein eisiger Wind blies hinein. »Da kommt der SUV«, erklärte er. »Hauen wir endlich ab von hier.«

»Werden Sie Jagd auf Krot machen, sobald Sie Tucker abgesetzt haben?«, wollte Judd wissen.

»Ja«, sagte Bosa. »Wollen Sie mitkommen? Ich könnte Hilfe gebrauchen.«

»Tucker war der Meinung, dass es bei der Auseinandersetzung zwischen Ihnen und den anderen Assassins um mehr als nur eine antike Kalksteintafel gehen muss«, erwiderte Judd. »Lag er damit richtig?«

»Natürlich.«

»Ich biete Ihnen einen Deal an, wie Sie ihn mit Eli Eichel geschlossen haben«, entschied Judd. »Sie erzählen mir alles, und ich komme mit.«

Bosa ging in die Hocke, um sein Ende der behelfsmäßigen Trage anzuheben. »Einverstanden.«

Judd beugte sich zu seinem Ende hinab. »Nach Marrakesch?«

»Nach Marrakesch«, bestätigte Bosa.

Die Männer hoben Tucker an und traten in die eisige Kälte hinaus.

KROT

Für eine heimliche gezielte Tötung … ist der vorgetäuschte Unfall die effektivste Methode. Bei planmäßiger Ausführung ist … nur selten mit Untersuchungen zu rechnen.

– Handbuch der CIA für gezielte Tötungen, 1954

39

Die kalte Nachtluft betäubte Evas Wangen und brannte auf ihrer Nase. Nördlich von ihnen schimmerten die Parkleuchten des Privatflugzeugs über den Schnee. Der SUV traf ein. Dichter weißer Qualm quoll aus seinem Auspuffrohr.

Nacheinander sprangen Bosas Männer – Fahrer und Beifahrer – aus dem Wagen, öffneten die Heckklappe, schoben Tucker mitsamt den Regalbrettern hinein und schlossen die Tür wieder. Der Fahrer und Bosa saßen vorn, während Eva und Judd hinter ihnen auf der Bank Platz nahmen. Ganz hinten kümmerte sich Bosas zweiter Mann um Tucker.

All dies hatte keine sechzig Sekunden in Anspruch genommen.

Die beiden Männer waren etwa in Bosas Alter, trugen dick gefütterte Mäntel und waren mit AK-47s bewaffnet. Bosa, Judd und Eva hatten noch immer ihre M4s dabei.

Der Fahrer legte den Gang ein, drückte aufs Gaspedal, und der Wagen rauschte davon. Mit einem Blick auf Bosa, der neben ihm saß, sagte er: »Mensch, Alex, was suchst du dir immer für Dinger aus. Eine elende Kraxelei war das vom Flugzeug zur Garage hoch. Wir hätten uns in dieser Gluthitze beinahe zu Tode geschwitzt.«

»Stell dich nicht so an.« Bosa schwenkte eine Hand in Richtung Judd und Eva. »Darf ich vorstellen, dieser ewige Nörgler ist George Russell.«

Ohne die Augen von der Fahrbahn zu lassen, sagte George

über die Schulter: »Freut mich, Sie kennenzulernen.« Er hatte ein kräftiges Gesicht und strahlte eine gewisse Ruhelosigkeit aus. Offenbar ein Mann, der gerne körperlich arbeitete und auf Achse war.

Bosa deutete auf den zweiten Helfer, der gerade Tucker untersuchte. »Und das ist Doug Kennedy.«

Doug sah kurz auf und nickte den anderen zu. Braunes, mit grauen Strähnen durchsetztes Haar baumelte in Form eines Pferdeschwanzes unter einer schwarzen Rollmütze heraus. Er hatte eine hohe Stirn, trug eine Nickelbrille und schenkte ihnen ein freundliches Lächeln.

Als sie an der Garage vorbeifuhren, sagte Judd zu Bosa: »Ich habe meine Kalksteinteile in einem Lieferwagen gelassen, den wir drüben in dem Wäldchen versteckt haben. Wir müssen zurück, um sie zu holen.«

»Meinen Sie die aus dem gefrorenen Wasserkanister?«

Judd verzog keine Miene. »Na, dann haben Sie die Stücke ja bereits gefunden.«

»Ich konnte mir nicht erklären, warum ihr das Ding mit herumschleppt, also habe ich den Motor eingeschaltet und das Eis geschmolzen. Kein schlechtes Versteck. Das habe ich übrigens auch im Lieferwagen gefunden.« Er reichte Judd seinen Rucksack.

»Wie sind Sie eigentlich auf Chapmans Grundstück gekommen?«, fragte Judd und kontrollierte dabei den Inhalt seines Rucksacks. All seine Habseligkeiten waren noch da.

»Einer meiner Kumpel hat eine Karte aus den 50ern gefunden, auf der als Wasserdurchlass eine Betonröhre eingezeichnet ist. Aus irgendeinem Grund wurde die Röhre stillgelegt und wuchs über die Jahre zu. Also musste ich sie einfach nur wiederfinden, was dank GPS kein großes Problem war.«

Der SUV jagte über den Angestelltenparkplatz.

Eva hatte verfolgt, wie Doug den verletzten Tucker untersuchte. Tuckers Haut war totenbleich und faltig, wie die eines alten Mannes. Mit seiner schlaffen, schlanken Gestalt wirkte er ungeheuer zerbrechlich.

»Wie geht es ihm?«, fragte sie beunruhigt.

»Ich habe seine Schädeldecke auf Instabilität hin abgetastet, aber sie fühlt sich normal an.« Doug griff in eine Tasche zu seinen Füßen und holte zwei steril verpackte Beutel heraus. Er riss eins davon auf. »Seine Gesichtsknochen scheinen ebenfalls fest zu sein.« Er legte vorn und hinten an Tuckers Kopf Kompressen an. »Hat er irgendetwas gesagt oder sich bewegt.«

»Nein, hat er nicht.« Eva schnürte es den Hals zu.

»Er atmet aus eigener Kraft, und weder aus Ohren noch aus Nase oder Augen dringen Flüssigkeiten. Beides sind gute Zeichen.«

»Ich habe gehört, neunzig Prozent aller Kopftreffer sollen tödlich sein«, sagte sie gefasst. »Stimmt das?«

»Ja, aber das heißt noch lange nicht, dass Tucker nicht zu den zehn Prozent gehört, die überleben.«

Sie schwiegen. Mondlicht fiel ins Wageninnere und beschien Judds Gesichtszüge. Seine Augen sahen in die Ferne. Unwillkürlich begann sie, seine entschlossene Miene, die Muskelstränge an seinem Unterkiefer und den festen Blick zu studieren. Die Kälte hatte seiner Haut einen rötlichen Stich verliehen und die feinen Falten auf seiner Stirn und um seine Augen herum vertieft. Viel zu viele Falten für einen Vierunddreißigjährigen, aber er gefiel ihr trotzdem. Sie bewunderte die Widerborstigkeit seines dichten Haars und seine haselnussfarbenen Augen, die von einem Moment zum andern ins Blaue wechseln konnten. Jetzt waren seine Züge wie aus Marmor, hart und emotionslos, aber wenn es ihm gut ging, entspannten sie sich. Dann sah sie einen sanftmütigen Mann vor sich, der keine Angst vor sich selbst kannte. Sie mochte diese Komplexität an Judd, aber wie er Martin Chapman über den Haufen geschossen hatte, zeigte ihr eine andere Seite von Judd, die neu für sie war. Und ihr war noch nicht klar, was sie von dieser Seite halten sollte.

»Was genau hat denn Bridgeman gegen Tucker in der Hand?«, fragte sie.

»Das meiste hängt mit mir zusammen.« Judd schilderte den Mord an seinem Doppelgänger und wie Tucker sowohl den Gerichtsmediziner als auch Bridgeman überredet hatte, Stillschweigen zu bewahren, damit er Ermittlungen anstellen konnte. »Bridgemann hat sich auf die Sache nur eingelassen, weil Tucker ihn davon überzeugen konnte, dass eine internationale Gruppe von Auftragskillern auf US-amerikanischem Boden ihr Unwesen treibt und es im ureigensten Interesse von Catapult liegt herauszufinden, warum die hier sind und was sie vorhaben. Aber dann haben die Eichel-Brüder den Jagdklub keimfrei säubern lassen. Plötzlich standen wir nur mit Tuckers Wissen über den Deal mit dem Padre und mit meiner These, was unsere Doppelgänger und das Massaker im Jagdklub betraf, da. Mit anderen Worten, es gab nur ein paar Indizienbeweise für die Aktivität von Auftragskillern. Deshalb kam Tucker hierher, um die beiden Eichels aufzuspüren – ohne Brigdemans Wissen und ganz sicher ohne sein Einverständnis.«

Der Wind hatte aufgefrischt, und der SUV geriet ins Schaukeln, als er vom Parkplatz auf die Zufahrt zur Landepiste bog.

»Und was ist mit der Schießerei heute Abend?«, fragte Eva. »Die Leichen der Eichels liegen in Chapmans Bibliothek.

Das sollte doch Beweis genug sein, dass Tucker recht hatte und sie sich im Land befanden.«

Judd schüttelte den Kopf. »Retten wird Tucker das nicht, und für uns dürfte es die Sache noch verschlimmern. Ich bin Zivilist und dürfte eigentlich gar nicht hier sein, weshalb ich in ihren Augen womöglich genauso viel Dreck am Stecken habe wie die Leute, die wir eben getötet haben. Vergiss nicht, die Vorgeschichte zwischen mir und Chapman ist allgemein bekannt – und jetzt bin ich es gewesen, der ihn erschossen hat. Eine weitere Interpretation wäre übrigens auch, dass du deinen Lehrgang auf der Farm geschmissen hast, um mir zu helfen.«

Eva dachte darüber nach. »Ich bin eine Verpflichtung gegenüber der CIA eingegangen, und die beabsichtige ich auch zu halten. Sobald Tucker sicher im Krankenhaus angekommen ist, werde ich ein Auto mieten und zurück zur Farm fahren, um zu erklären, was passiert ist. Auf diese Weise kann ich mich für Tucker und dich einsetzen und vielleicht sogar retten, was von meinen Berufsaussichten noch übrig geblieben ist.«

Bosa drehte sich halb um, sodass sein Knie auf der Mittelkonsole zwischen ihm und dem Fahrer lag. Er wandte sich an Eva. »Ich habe noch eine bessere Idee. Bleiben Sie bei uns.« Er ließ es wie eine harmlose Einladung klingen, aber sie nahm ihm nicht eine Sekunde lang ab, dass nicht mehr dahintersteckte. »Für Sie wäre es das Beste.«

»Sie wollen uns doch nur beide dabeihaben, weil Sie befürchten, wir könnten andernfalls ausplaudern, was wir wissen«, warf sie ihm vor. »Dass eine Gruppe internationaler Assassins sich wegen einer zerbrochenen Keilschrifttafel gegenseitig an die Gurgel geht, wäre sicherlich ein gefundenes Fressen für die Presse. Irgendwie würden die Medienleute

Ihnen schon auf die Spur kommen. Für jemanden, der sich stets so viel Mühe gemacht hat, unbekannt, unsichtbar und unauffindbar zu bleiben, wäre dies höchst ärgerlich.«

Bosa lächelte. In seinem Ausdruck lag etwas Unschuldiges, Argloses, als wäre er dazu fähig, seine Lebensbereiche so gut voneinander abzuschotten, dass ein fast großväterlich wirkender Mann zum Vorschein kam, sobald der Killer in ihm sich zurückzog.

»Das ist alles wahr, aber ich mache mir auch Sorgen um Sie beide«, entgegnete er.

Möglicherweise glaubte der Killer selbst an die Aufrichtigkeit in seiner Stimme, dachte Eva.

»Der Padre und Eli Eichel haben bereits versucht, Sie und Judd auszuschalten«, fuhr er fort. »Woher wollen Sie wissen, dass Krot und Seymour nicht gerade ihre Kontakte spielen lassen, um Sie beide aufzuspüren? Die beiden vermuten ja ebenfalls, dass sie durch Sie an mich herankommen können.«

Eva schüttelte energisch den Kopf. »Ich gehe zurück auf die Farm.«

»Die werden dich nicht wieder reinlassen«, warnte Judd sie. »Hast du nicht heute Nachmittag da angerufen und erklärt, du würdest wegen eines familiären Notfalls aussteigen und wüsstest nicht, wann du zurückkommst?«

»Ganz sicher nicht!«

»Dann hat das jemand anderer für dich erledigt – jemand, der sich für dich ausgegeben hat und auch so klang wie du. Tucker zufolge hat das Tribunal bereits sein Urteil gefällt, und du bist draußen. Gefeuert.«

Einen Moment war sie verdutzt, sogar sprachlos. Dann fauchte sie Bosa an: »Sie Mistkerl! Sie haben mir das angetan!«

Er zuckte mit den Achseln. »Meinen Leuten war es nicht gelungen, die Eichel-Brüder ausfindig zu machen. Ich wollte Sie nicht gehen lassen, bevor ich nicht wusste, dass von den beiden keine Gefahr mehr ausgeht. Eine meiner Mitstreiter, eine junge Frau, die eine exzellente Stimmenimitatorin ist, rief erst dann bei der Farm an, als klar war, dass ich Sie nicht rechtzeitig wieder zurückbringen konnte. Vielleicht sollten Sie nicht so voreilig urteilen – wenn Sie tot wären, könnten Sie jetzt nicht einmal wütend auf mich sein.«

»Leckt mich doch alle am Arsch!« Eva nahm ihr Handy und wählte die Nummer, die sie in der ersten Woche auf der Farm auswendig lernen musste. Sie starrte in die Nacht hinaus, während es dreimal klingelte.

Eine Frau meldete sich: »Ja?«

»Hier ist Eva Blake. Ich möchte gerne mit Dan Lord sprechen.«

»Einen Dan Lord gibt es hier nicht. Sie müssen sich verwählt haben.«

Eva erkannte die Stimme. Das war Judith Mignogna, eine der anderen Anfängerinnen. »Bitte, Judie. Ich bin's, Eva. Es gab einen Notfall, und ich muss die Sache unbedingt meinem Ausbilder Dan erklären. Versteh doch, ich bin heute Nachmittag in Williamsburg entführt worden, aber es war in Wahrheit gar keine richtige Entführung. Bis jetzt hatte ich noch keine Gelegenheit, mich zu melden.«

»Entführt?« Judies Stimme klang besorgt. »Dann sollten Sie die Polizei anrufen. Ich werde auflegen, damit Sie das sofort tun können. Viel Glück.« Die Verbindung brach ab.

Eva konnte nicht fassen, so abgefertigt worden zu sein, und starrte ungläubig das Handy an.

Die anderen beobachteten sie stumm.

Sie riss sich zusammen und drückte auf Wahlwiederholung. Wieder klingelte es. Aber diesmal nahm das Klingeln kein Ende. Bill kam ihr in den Sinn, ein anderer Lehrgangsteilnehmer, über den das Tribunal vor einem Monat den Stab gebrochen hatte. Der Sicherheitsdienst war noch während des Abendessens erschienen, hatte ihm das Abstimmungsergebnis mitgeteilt und ihn vom Gelände geführt. Damit war er komplett raus aus dem Dienst, ohne Job und ohne Bleibe. Die CIA war knallhart in dieser Hinsicht, aber darin lag einer der Gründe, weshalb die Organisation zu den besten Geheimdiensten der Welt zählte.

Eva wartete noch ein Klingeln ab, dann legte sie auf. Einen Moment lang fühlte sie sich unsichtbar. Das Atmen fiel ihr schwer. Mit einer Laufbahn bei der CIA hatte sie ein Ziel in ihrem Leben gehabt.

»Sie glauben mir nicht«, gestand sie leise. Sie vermied es, Judd anzusehen.

Keiner sagte ein Wort.

Sie steckte ihr Handy wieder ein und wandte sich an den Carnivore. »Sie hätten zulassen können, dass Chapman uns umbringt. Damit wären Sie alle Probleme los gewesen, die wir Ihnen womöglich später verursachen. Warum haben Sie das nicht getan?«

»Weil ich ohne Sie wahrscheinlich nicht lebend aus Chapmans Bibliothek herausgekommen wäre. Unglücklicherweise stehe ich damit wieder in Ihrer Schuld. Andererseits sind auch Sie mir jetzt etwas schuldig. Wir sollten langsam Schluss mit diesem ständigen Hin und Her machen. Kommen Sie einfach mit, Eva. Hier ist nichts mehr für Sie zu tun.«

Sie fühlte sich auf schmerzhafte Weise losgelöst von allem und ließ sich ins Polster zurückfallen.

Je näher sie dem Flugzeug kamen, desto dominanter wurde die unglaubliche Lautstärke der drei Turbinen. Blaue Bodenlichter begrenzten die Landebahn. Eine Treppe stand bereit zum Einsteigen.

Eva musste sich entscheiden, was sie tun würde, aber ihre Gedanken kehrten immer wieder zu Tucker zurück. Er besaß eine enorme Selbstsicherheit und schien sich wenig darum zu sorgen, was andere von ihm denken mochten. Dummköpfe nervten ihn, und es fiel ihm manchmal schwer, seine Ungeduld zu verbergen, dennoch bemühte er sich darum, offizielle Spielregeln einzuhalten. Manchmal gelang es ihm sogar. Dann gab es da noch all seine verdeckten Einsätze – von London bis in beide Teile Berlins, von Moskau bis in den Mittleren Osten. Er war nicht nur erfolgreich gewesen, man hatte ihn auch dafür ausgezeichnet. Und er hatte Judd geglaubt, dass die Eichels den Padre und dessen Leute im Jagdklub erschossen hatten. In solchen Fragen folgte er stets seinem Bauchgefühl, diesem besonderen Gespür, das einer Mischung aus Erfahrung und Talent entsprang. Und jetzt erfüllte sie selbst solch ein sonderbares Gefühl. Irgendetwas in ihrem Innern sagte ihr, sie solle mit Bosa gehen.

»In Ordnung«, sagte sie zum Carnivore. »Ich bin dabei.«

40

Bei dem kraftvoll dröhnenden Jet des Carnivore handelte es sich um die schnittige, silberfarbene Dassault, die Eva auf dem Flughafen von Merrittville gesehen hatte. Die dreimotorige Maschine war edel ausgestattet, unter anderem mit Teppichboden aus beiger Wolle, Ledersitze in Elfenbeinton und Einbauten aus Kirschholz. Der Carnivore mochte es nicht nur komfortabel, er besaß durchaus Geschmack.

Sie ging den Gang hinunter. »Gehört das alles Ihnen?«, fragte sie ihn.

Er war direkt hinter ihr. »Jedes seiner fünfzigtausend Bestandteile. Hat mich ein Vermögen gekostet. Man könnte es allerdings als unvermeidliche betriebliche Ausgabe bezeichnen.«

Sie blieben vor einem der Passagiersessel stehen, und er entleerte seine Taschen.

»Wem gehörte denn die Propellermaschine, mit der wir nach Merrittville geflogen sind?«

»Die war gemietet«, sagte er. »Langley benutzt solch teure Flieger nicht für den normalen Dienstbetrieb. Ich nahm an, dass Sie das wissen.«

Die Cockpittür öffnete sich, und Jack steckte seinen Kopf mit der verwegen sitzenden Pilotenmütze heraus. »Warum hat das denn so lange gedauert?«

Bosa ignorierte die Stichelei. »Bring den Vogel endlich in die Luft. Wir sind mit einem Krankenwagen verabredet.«

»Nicht nur das«, erinnerte Jack ihn. »Hallo, Eva. Freut mich, dass Sie sich zum Mitkommen überreden ließen.«

»Erpressen würde es eher treffen.«

Er lachte kurz auf, bevor er wieder in seinem Cockpit verschwand, und Eva ging weiter nach hinten.

George drängelte sich an ihr vorbei in die entgegengesetzte Richtung. »Ich muss aufpassen, dass Jack bei der fliegenden Untertasse hier nicht nach Bremspedal und Kupplung sucht.« Sie schloss daraus, dass George der Kopilot war.

Als sie durch die in Kirschholz gehaltene Bordküche kam, hörte sie, wie die Turbinen zum Start hochgefahren wurden. Im Speisebereich gab es vier weitere helle Ledersessel und im Heck der Maschine ein langes Sofa, aus dem sich auf Knopfdruck drei Liegeplätze ausfahren ließen. Ein Sitzelement war zum Bett umgewandelt und mit einem weißen Laken bezogen. Auf ihm lag Tucker, der noch immer die Augen geschlossen hatte. Judd saß vornübergebeugt daneben, die Ellbogen auf den Knien, und beobachtete, wie Doug sich um Tucker kümmerte.

Judd wirkte niedergeschlagen. Er gab ihr ein Zeichen, und sie setzte sich neben ihn.

»Irgendeine Veränderung, Doug?«, fragte sie.

»Nein, tut mir leid.« Doug legte Tucker eine Sauerstoffmaske an.

»Husch, husch in die Sitze, Leute, und schnallt die Gurte um.« Es war Jacks Stimme, die aus den Lautsprechern drang.

Alle schnallten sich an, und der Jet rollte los. Da es Eva irritierte, so dicht neben Judd zu sitzen, wandte sie sich zur anderen Seite, lehnte die Wange gegen das Fenster und sah nach draußen. Die im Mondlicht liegende Schneelandschaft verschwamm, als das Flugzeug rasant beschleunigte und abhob.

Doug hörte Tuckers Herz mit dem Stethoskop ab. Er fühlte sein Handgelenk, presste dann den Finger hinter seinen Knöchel. »Puls und Kreislauf scheinen normal.« Er betrachtete Tuckers Oberkörper. »Die Lungenausdehnung ist beidseitig gut. Geht er laufen?«

»Ja«, antwortete Judd ihm. »Drei- oder viermal die Woche. Woran haben Sie das erkannt?«

»Atmung, Herzfrequenz, Puls. Schlanke Statur, aber muskulös. Eine gute physische Verfassung ist immer von Vorteil.«

Um weitere medizinische Notfallartikel herauszuholen, öffnete Doug diverse Hängeschränke und Bodenfächer, mit deren Inhalt man einen Notarztwagen hätte ausrüsten können. Von Schienen und Schläuchen über einen tragbaren Defibrillator bis hin zu Deckenhaken für einen Infusionsbeutel war alles vorhanden. »Alex schwört auf umfassende Vorbereitung.« Doug schob Tuckers Jackenärmel hoch, strich mit einem Tupfer über den Arm und legte eine Nadel für die Infusion an. »Das ist Kochsalzlösung. Flüssigkeitsmanagement ist ein zentrales Element in der Reanimation.«

»Wie schätzen Sie denn die Chancen ein, dass er wieder zu sich kommt?«, fragte Eva.

»Sollte die Kugel beide Hirnhälften verletzt oder den Hirnstamm getroffen haben, wird er wohl erhebliche bleibende Schäden bis hin zum Wachkoma davontragen, sofern er nicht stirbt. Doch soweit ich das sehe, scheint die Kugel nur die linke Hälfte durchschlagen und auch den Hirnstamm verfehlt zu haben. Ansonsten gibt es einfach viel zu viele Unwägbarkeiten, um zweifelsfrei sagen zu können, dass er wieder auf die Füße kommt. Natürlich könnte ich mich auch irren.« Er zögerte. »Um ehrlich zu sein, wäre ich ein wenig optimistischer, wenn er die Augen öffnen, reden oder eine bewusste Bewegung ausführen würde. Das wäre ein Indiz dafür, dass die Kugel keine schweren Schädigungen an jenen Hirnteilen verursacht hat, die für das Denken, Sprechen, die Verarbeitung von Gehörtem und die motorischen Funktionen zuständig sind.«

Eva und Judd schwiegen.

Dann tat Judd etwas Unerwartetes. Er nahm ihre Hand. »Er wird es schon schaffen«, versicherte er ihr.

Sie brachte kein Wort heraus. Ohne nachzudenken, drückte sie seine Hand und nickte.

Doug warf ihnen einen Blick zu. »Wenn ich Hilfe brauche oder sich sein Zustand verändert, melde ich mich. Gehen Sie einstweilen nach vorn. Sie haben andere Dinge zu erledigen.«

Eva und Judd standen auf, zogen ihre Jacken aus und hängten sie in einen schmalen Schrank. Das Flugzeug sackte kurz ab und hüpfte leicht. Instinktiv streckte sie ihre Hand nach einem Deckengriff aus und spürte plötzlich Judds Arm um ihre Hüfte, der sie stützte. Nur das schwache Brummen der Turbinen war zu hören. Ihre Empfindungen wirbelten durcheinander. Dann war sein Arm nicht mehr zu spüren.

Sie gingen weiter und suchten an Rückenlehnen und Deckenlauf Halt. Vorne in der Kabine saß Bosa mit einem iPad an einem ausklappbaren Tisch. Seine grauen Haare waren nicht länger kunstvoll verwuschelt, sondern einfach glatt nach hinten gekämmt. Eine Fertiglesebrille saß auf dem Ende seiner römischen Nase. Er trug ein langärmliges schwarzes T-Shirt und dunkelblaue Jeans. Sein stämmiger Körper war vorgebeugt, hoch konzentriert auf das, was er las. Ohne den Blick zu heben, schaltete er das iPad aus.

Eva und Judd setzten sich in die Sessel vor ihm und drehten sich zu ihm.

Er musterte über den Rand seiner Lesebrille erst den einen, dann den anderen. »Ja?«

»Bekommen wir jetzt tatsächlich den echten Carnivore zu sehen?«, fragte sie. »Bislang waren Sie immer irgendwie verkleidet.«

»Das bin ich, wie Sie mich für diese Operation erleben werden«, sagte er. »Wie geht's Tucker?«

»Nicht gut«, antwortete Judd.

»Er ist am Leben. Entfernen Sie Akkus und SIM-Karten aus Ihren Handys, damit sie nicht geortet werden können.« Neben seinem Platz stand eine Einkaufstüte. Er griff hinein, brachte neue Handys zum Vorschein und warf sie ihnen zu. »Das sind anmeldefreie Prepaids, die auch für internationale Anrufe benutzt werden können. Außerdem sind es Smartphones, mit denen Sie E-Mails verschicken und Recherchen im Internet betreiben können. Lernen Sie Ihre Nummer und die aller anderen auswendig. Ich habe Sie bereits angerufen, Judd. Der Lieferwagen, den ihr auf Chapmans Gelände zurückgelassen habt, wird in ein paar Minuten abgeholt und zum Futtermittelhändler zurückgebracht. Alle persönlichen Dinge darin kommen in den Pick-up. Dieser wird dann in Ihrer Garage abgestellt, der Schlüssel ist in einem Halter unter der Fahrertür. Noch Fragen?«

»Ja.« Eva deutete auf die Schachtel aus Mikrofaser, die auf seinem aufgeklappten Tisch lag. »Wir wollen wissen, was es mit den Tafelstücken auf sich hat. Erzählen Sie es uns bitte.«

41

Während der Düsenjet in östliche Richtung flog, verfolgte Eva, wie Bosa die Kalksteinstücke auf seinem Tischchen ausbreitete. »Ich habe jetzt die drei Stücke der Eichels, drei vom Padre und meine vier. Macht zusammen zehn. Krot und Seymour haben den Rest – ach ja, und womöglich die beiden von Morgan.« Er drehte sie auf die Rückseite. »Wie Sie sehen, habe ich die Rückseiten nummeriert, damit es leichter fällt, sie zusammenzufügen.«

Als er sie wieder mit der Vorderseite nach oben legte, war fast die Hälfte der Tafel komplett. Ein Puzzle aus hellgrauem grobkörnigem Kalkstein. Das Ganze war etwa fünfzig Zentimeter lang, fünfundvierzig breit und fast fünf Zentimeter dick. Er schwenkte den Tisch, sodass Eva und Judd es sich genau ansehen konnten.

Eva beugte sich vor, denn ihr Interesse als Kunsthistorikerin und Kuratorin für Schriften war geweckt. Einige Teile waren beschädigt, und in der Mitte und am oberen Rand blieben Lücken, wo noch Teile fehlten. Die Keilschriftzeichen waren zum Großteil klar zu erkennen.

Bosa beobachtete sie. »Können Sie Keilschrift lesen?«

Sie sah auf. »Nicht so richtig. Ich habe mich damit beschäftigt, als ich eine Ausstellung kuratierte, in der es um den Übergang von Piktogrammen zu Keilschrift ging. Ein echter Experte zu werden ist eine Lebensaufgabe.«

»Können Sie denn sagen, ob die Tafel ein Original ist?«

Sie schwiegen, während Eva die Stücke untersuchte.

Schließlich sah sie wieder auf. »Der Schriftkünstler besaß Erfahrung. Er hat die Keile sauber und tief eingeritzt. Das ist ganz professionell gemacht. Grundsätzlich gibt es drei verschiedene Arten von Keilen. Vertikale mit der dreieckigen Spitze oben, horizontale mit der Spitze links und schräg abfallende, bei denen das Dreieck entweder oben links oder in der Mitte sitzt. Diese Dreiecke falsch auszurichten oder an den falschen Stellen zu platzieren gehört zu den gängigsten Fehlern, die Fälschern unterlaufen. Ein anderer Fehler besteht darin, Zeichengruppen einfach zu wiederholen. Das zeugt von Nachlässigkeit und Unverständnis.«

»Die Spitzen scheinen alle an der richtige Stelle zu sitzen«, bemerkte Bosa.

»Und Wiederholungen kann ich auch keine erkennen«, fügte Judd hinzu.

»Ja, die Keilschriftzeichen sind korrekt ausgeführt«, stimmte Eva zu. »Wäre auch die Rückseite beschriftet, müsste der Text dort auf dem Kopf stehen, da die Tafeln nicht wie Bücherseiten umgeblättert, sondern über die Unterkante gedreht wurden. Aber ansonsten verlaufen die Zeichen hier richtig, auch wenn es Unterschiede je nach Ära und Königreich gegeben hat. Soweit ich das mit meinen bescheidenen Kenntnissen beurteilen kann, scheint die Tafel authentisch zu sein. Jetzt zum Problem der Übersetzung. Hier sehe ich das sumerische Wort für »Krieg« auf der Tafel. Die Sumerer erfanden die Keilschrift etwa dreitausend vor Christi. Aber welcher Krieg ist gemeint … wann und wo?« Sie studierte die Zeilen und Zeichen und deutete schließlich auf einzelne Symbole. »Ich denke, das könnte eine Art Palast bezeichnen.« Sie schüttelte den Kopf. »Dafür brauchen wir einen richtigen Experten. In Los Angeles kenne ich solche Leute natürlich, aber L. A. liegt in der entgegengesetzten Richtung.«

Für einen Moment herrschte Stille.

»Woher stammt die Tafel überhaupt?«, wollte Judd von Bosa wissen.

»Aus dem Irakischen Nationalmuseum via Saddam Hussein«, sagte Bosa. »Eigentlich war der Privatbesitz von antiken Fundstücken im Irak gesetzlich verboten, aber Saddam nahm sich einfach, was er wollte, und gab einzelne Stücke auch weiter, manchmal sogar an Ausländer. Wenn andere sich einfach etwas nahmen, ließ Saddam sie natürlich erschießen.«

»Okay, aber warum ausgerechnet diese Tafel?« Judd tippte mit dem Finger auf den Tisch mit den Kalksteinbrocken. »Warum streiten sich sechs Auftragskiller ausgerechnet um diese Teile?«

»Ich fange mal ganz am Anfang an, dann spare ich mir vielleicht die Mühe, endlose Nachfragen beantworten zu müssen. Wissen Sie, wie Saddam seine politische Karriere begonnen hat?« Als niemand etwas sagte, fuhr Bosa fort: »Als Assassine – genau wie Eli Eichel, der Padre, Krot, Morgan, Seymour und ich. Mit zwanzig brachte er im Auftrag der Baath-Partei Leute um. Als die Partei im Land die Macht übernahm, war er einunddreißig und allgemein als ein *shaqawah* bekannt, als ein übler Bursche, dem man besser aus dem Weg ging. Sein Aufstieg war atemberaubend. Elf Jahre später wurde er Präsident. Zum selben Zeitpunkt befand sich Iraks Nachbar Iran am Rande einer Revolution. Der Schah von Persien musste seinen Reichtum in Sicherheit bringen. Also heuerte Saddam einen internationalen Finanzfachmann an, der den Schah dazu überredete, einen beträchtlichen Teil zur sicheren Aufbewahrung in der irakischen Zentralbank zu deponieren. Dafür zahlte der Schah dem Finanzberater eine Aufwandsentschädigung von 1,5 Prozent. Saddam selbst bezahlte ihm noch einmal 1,5 Prozent, damit der Berater das Geld des Schahs sofort wieder von der Bank abhob und auf Saddams persönliche Nummernkonten auf den Cayman Islands und bei der Credit Suisse in der Schweiz überwies.«

»Haben sich der Schah oder seine Familie irgendetwas von dem Geld zurückholen können?«, sagte Judd.

»Nein, und die Ajatollahs kamen auch nicht heran. Und während sie sich noch um das Geld des Schahs stritten, machte Saddam den Irak zu seiner persönlichen Melkkuh. Von allem, was produziert, verkauft oder gestohlen wurde, nahm er sich seinen Anteil. Einige seiner engsten Familienangehörigen verwalteten das Ganze, bis seine Paranoia solche Ausmaße annahm, dass er der Einzige sein wollte, der über alles Bescheid wusste. Das war der Moment, in dem er sich an einen Meister der Finanzverschleierung wandte ...«

»Den Anlagenberater, der das Geld des Schahs unterschlagen hatte«, vermutete Eva.

Bosa nickte. »Sein Name war Toma Asker. Seine Mutter war Engländerin, sein Vater Iraker. Die meiste Zeit lebte er allerdings in London. Asker brachte fünf »Assistenten« mit ins Spiel, jeder selbst ein ausgewiesener Finanzfuchs. Sie schufen ein auf sechs Säulen stehendes Netzwerk, das mehr als siebzig Banken in das System einspannte.«

»Nur gemeinsam besaßen sie also einen Überblick über das gesamte Konstrukt«, sagte Judd.

Eva nickte. »Sechs Auftragskiller. Sechs Finanzberater. Sechs *tote* Finanzberater.«

»Stimmt genau«, sagte Bosa. »Jeder von uns übernahm

einen von ihnen, womit Saddam der einzige Mensch war, der wusste, wo genau sich all sein Besitz befand.«

»Das Vermögen müssen sie jedenfalls clever versteckt haben«, sagte Eva. »Wenn ich mich recht erinnere, hat die US-Regierung selbst nach dem Sturz von Saddam nur noch ein paar Milliarden Dollar finden können.«

»Auch das ist richtig«, sagte Bosa. »Eine Summe irgendwo zwischen vierzig und siebzig Milliarden Dollar wird noch immer vermisst. Saddams Familie, Bankexperten und Regierungsstellen suchen bereits seit Jahren. Inzwischen hat es sich zur größten – und verschwiegensten – Schatzsuche aller Zeiten ausgewachsen.«

»Wo könnte man so viel Geld überhaupt verstecken?«, grübelte Eva.

»Sicher nicht an einem Platz«, sagte Judd. »Wahrscheinlich ist es über die ganze Welt verbreitet. Stell dir nur vor, was für eine Macht derjenige besäße, der all die Verstecke entdecken würde.«

Die Stimme des Piloten drang aus den Kabinenlautsprechern. »Der Krankenwagen erwartet uns bereits auf dem Flugplatz. Alle vorbereiten zur Landung.«

»Wir reden nachher weiter«, sagte Eva zu Bosa und ging, gefolgt von Judd, wieder ins Heck des Flugzeugs. Tucker lag noch genauso da, wie sie ihn verlassen hatten. Reglos, eine Sauerstoffmaske über dem Gesicht und eine Infusion im Arm. Sie schnallten sich an. Es gab einen leichten Stoß, und das Flugzeug schien von einem heftigen Widerstand abgebremst zu werden. Sie waren gelandet.

Eva griff nach Tuckers Hand. Sie war warm, aber schlaff.

Judd beugte sich zu ihm. »Das ist nur ein vorübergehender Abschied, alter Freund. Wir werden dich in Marrakesch vermissen.«

Das Flugzeug blieb stehen, und Eva sah aus dem Fenster. »Wir sind da, Tucker. Sie fahren schon eine Treppe heran. Da drüben wartet dein Krankenwagen.« Sie lächelte ihn an, als wären seine Augen auf und er könnte erkennen, wie viel er ihr bedeutete. Sie musste es noch ein letztes Mal versuchen. »Tucker, drück zu. Bitte.«

Ein eisiger Lufthauch streifte ihre Wange. Sie sah den Gang hinunter, wo Jack gerade die Flugzeugtür geöffnet hatte.

Judd bemerkte es ebenfalls. »Wir haben nicht mehr viel Zeit. Gleich kommen die Sanitäter, um ihn zu holen.« Er nahm Tuckers andere Hand.

Eva beugte sich so dicht hinab, dass ihre Lippen fast das Ohr des alten Agentenchefs berührten. »Du bist im Kopf getroffen worden. Tu irgendetwas, darum bitten wir dich. Es würde bedeuten, dass du noch denken kannst, dass du uns verstehst und Kontrolle über deine Bewegungen hast. Na los, Tucker, du willst es doch selbst wissen.«

»Ich werde deine Hand jetzt noch einmal drücken, Tucker. Dann drückst du meine.« Judd spannte die Finger an.

Sie warteten.

»Hab ich da etwas gespürt, Tucker?«, fragte Eva aufgeregt.

Ganz langsam streckte sich der Zeigefinger von Tuckers linker Hand, blieb eine Sekunde so und klappte dann zusammen.

Eva schloss die Augen. »Gott sei Dank.«

Judd stieß einen erleichterten Seufzer aus. »Glückwunsch, alter Halunke.«

42

In der Luft unterwegs nach Marrakesch, Marokko

Der dreistrahlige Jet des Carnivore stieg auf 27 000 Fuß und näherte sich der amerikanischen Ostküste. Judd sah aus dem Fenster, wie die letzten blinzelnden Lichter der Zivilisation verschwanden und sich die schwarze Masse des Atlantischen Ozeans vor ihnen ausbreitete. Das gedämpfte Brummen der Turbinen war das einzige Geräusch. Eva und er waren allein in der Kabine. Bosa stand mit Doug in der Bordküche. Jack und George saßen im Cockpit und hatten die Tür geschlossen.

Eva legte den Kopf an die Rückenlehne. Sie sah müde aus, aber das traf auf jeden von ihnen zu. Es war ein langer Tag gewesen.

»Eins verstehe ich nicht, Judd.« Sie setzte sich auf, faltete die Hände in ihrem Schoß und sah auf sie herab. »Du hast zu mir gesagt, du könntest nicht mit mir zusammen sein, weil dir nicht gefiel, was für ein Mensch aus dir im Irak geworden ist. Du bräuchtest für dich ein anderes Leben, hast du gesagt, anders als das Leben, das du mit mir und den ständigen Erinnerungen an die alte Arbeit haben würdest. Aber dann hast du vor ein paar Stunden erst Chapman und zwei seiner Wachleute erschossen, obwohl sie – zumindest in diesem Augenblick – keine Gefahr für uns darstellten. Bist du froh, dass du es getan hast?«

»Froh würde ich nicht sagen. Es hat eine Last von mir genommen. Es fühlte sich an, als würde die Zeit stillstehen. Der Lärm klang ab, und eine große Ruhe kam über mich.«

»Was du sagst, hört sich in meinen Ohren gar nicht gut an. *Eine große Ruhe.*«

»Aber es war eine kalte Ruhe, falls dich das beruhigt. Fast so, als hätte ich die Welt verlassen. Warum siehst du mich nicht an?«

Sie hob den Kopf. »Vor vier Monaten hast du mir gesagt, du wolltest nicht mehr töten, und jetzt hast du Chapman einfach so aus dem Weg geräumt. Das war eine rein persönliche Sache, richtig?«

Seine Miene verfinsterte sich. »Er hätte uns alle umgebracht, wenn er eine Chance dazu gehabt hätte. Es ließ sich nicht vermeiden, Chapman umzubringen.«

Sie zögerte. Dann fragte sie nach: »Verfolgen dich die Bilder von den Geheimoperationen, die du im Irak und in Pakistan durchgeführt hast?«

»Nein. Warum?«

»Wenn du Flashbacks hättest, würdest du es mir sagen?«

»Natürlich«, sagte er. »Sicher.«

Ihr Gesichtsausdruck machte klar, dass sie ihm nicht glaubte.

Dann begriff er, und es versetzte ihm einen Stich in der Herzgegend. »Du hast Angst vor mir. Du fürchtest, ich könnte dir etwas antun.«

Ihr Blick blieb unerbittlich. »Ich hatte doch lange gar keine Ahnung davon, dass du im Irak mit der gezielten Tötung von Leuten beauftragt warst«, erinnerte sie ihn. »Das hast du mir erst verraten, nachdem ich mich in dich verliebt habe. Das war schon schlimm genug. Und nun erzählst du mir, es habe dir ›eine kalte Ruhe‹ verschafft, Chapman zu erledigen.«

»Eva, bitte. Das waren doch nur meine Empfindungen in einer Situation, in der ganz außergewöhnliche Umstände zusammenkamen. Sie geben nicht wieder, wer ich bin. Und mein Verhältnis zu dir beeinträchtigen sie auch nicht. Nie im Leben würde ich dir etwas antun.«

Als sie nichts sagte, wechselte er das Thema. »Wie schwer trifft dich denn dein Rauswurf aus der CIA?«

»Das ist schrecklich. Meine Laufbahn als Geheimagentin hört auf, noch bevor sie angefangen hat. Und am meisten ärgert mich, dass es aussieht, als wäre ich selbst schuld daran. Was denkst du denn darüber?«

»Ich bin erleichtert. Jetzt hast du deine Freiheit wieder.« Er wollte ihr sagen, wie sehr er sie liebte, und am liebsten in die Arme schließen. Judd holte tief Luft. »Vertraust du mir denn wenigstens genug, um noch einmal mit mir zusammenzuarbeiten?«

Sie schien darüber nachzudenken. »Beim letzten Mal waren wir ein gutes Team«, erklärte sie.

Immerhin ein Anfang. »Dann lass uns dabei bleiben. Wir sind gute Partner, sonst nichts.«

43

Marrakesch, Marokko

Francesca Fabiano war ein weiteres Mal nach Marrakesch gekommen. Hier hatte sie einen Traum von etwas, das sie zwar nicht genau beschreiben konnte, das sich aber gut anfühlte. Piotr Azarow hatte ihr gesagt, er habe kein Vertrauen in Träume, doch sie verzieh ihm. Sie wusste, dass Träume Macht besaßen, besonders wenn man ihnen die nötige Beachtung schenkte.

Er hatte ihr aufmerksam zugehört, als sie ihm ihre Haltung auseinandersetzte, sein Blick jedoch war ernst geblieben.

»Sie sollten besser auf Ihren Verstand hören statt auf Ihre Gefühle«, riet er ihr. »Über einen scharfen Verstand verfügen Sie zweifellos.«

Angefangen hatte alles am gestrigen Morgen. Wie gewöhnlich war sie von ihrem Hotel in der Avenue Hassan II zu Fuß zur Kreuzung Rue Mauritania gelaufen. Laster und Pkws, die ohne Schalldämpfer am Auspuff auskamen, heulende Mopeds und gelegentlich ein brüllendes Kamel verwandelten die beiden Straßen in ein Irrenhaus.

Sie wartete am Bordstein auf eine Lücke im Verkehr. Neben ihr stand ein junges Pärchen. Die Frau hatte sich bei ihrem Begleiter eingehakt. Dann trat ein Mann mit einem englischen Reiseführer über Marrakesch hinzu und stellte sich zwischen sie und das Pärchen. Er warf ihr einen Blick zu und lächelte.

Sie fühlte, wie sich irgendetwas in ihr veränderte. Es fühlte sich wundervoll an. Allein an seinem guten Aussehen konnte es nicht gelegen haben, obwohl er schon eine eindrucksvolle Erscheinung war mit seinem dichten schwarzen Haar, das an den Schläfen silbrig grau wurde, und dem kräftigen Kinn, auf dem sich der Anflug eines Barts zeigte. Die Gläser seiner Sonnenbrille glänzten schwarz wie die Sünde. Die gut eins achtzig große Gestalt in den beigefarbenen Hosen, dem offenen weißen Hemd und den stabilen Ledersandalen machte einen athletischen Eindruck. Er dürfte in den Fünfzigern sein. Sie selbst war gerade vierzig geworden. Kein unüberbrückbarer Altersunterschied. Einen Ehering trug er nicht.

Mit ausdrucksloser Miene sah sie wieder nach vorn. Es gab eine Menge gut aussehender Männer in Marrakesch. Ihre Wege würden sich gewiss nie wieder kreuzen.

Sie konzentrierte sich auf das Chaos in der Straße. Ein Esel zog einen Karren voller Gemüse die Straße hinunter. Er hielt sich dicht am Bürgersteig, um dem schlimmsten Verkehr zu entgehen. Dann aber wich ein Pick-up zur Seite aus, und ein Taxifahrer hupte anhaltend. Der Esel stellte seine Ohren nach hinten und stürmte los. Seine Hufe hämmerten über den Asphalt, der Karren geriet heftig ins Schlingern, und der Fahrer schrie mit hochrotem Kopf etwas auf Arabisch, während er versuchte, das Tier wieder unter Kontrolle zu bekommen.

Francesca sprang erschrocken zurück und stolperte. Piotr fing sie auf. So war Marrakesch eben, dachte sie später. Wo sonst lernte man wegen eines durchgehenden Esels einen attraktiven Mann kennen und verliebte sich Hals über Kopf in ihn?

»Alles in Ordnung?«, fragte er sie. Er hatte eine warme Stimme.

Sein Arm lag noch immer um ihren Rücken und stützte sie. Jede seiner Hände hielt einen ihrer Arme. Er hatte einen festen, sicheren Griff.

»Mir geht's gut«, sagte sie. »Vielen Dank. Da haben Sie ganz schön schnell reagiert.«

Er lächelte, und diesmal schenkte sie ihm auch ein Lächeln.

»So bin ich eben«, sagte er. »Speedy Gonzales. Sie kennen doch Speedy, oder?« Als sie den Kopf schüttelte, erklärte er: »Das ist die schnellste Maus in ganz Mexiko.«

Er gefiel ihr. Und sie fand es bemerkenswert, dass er um ihr Wohl besorgt schien. Sie arbeitete als Erzieherin in einem Kindergarten in Portland, Maine, wo Erzieherinnen gewöhnlich früh heirateten und gute Partien machten. Offensichtlich verbanden Männer mit Jobs und gesicherter Zukunft gerade mit Kindergärtnerinnen bestimmte Traumvorstellungen, was den Beruf zum idealen Sprungbrett für heiratswillige Frauen machte. Aber sie hatte nie Wert auf eine Heirat gelegt.

Ihr fiel auf, dass der Fremde sie ein wenig länger hielt, als es nötig gewesen wäre.

»Sie zittern ja.« Er zog die Stirn in Falten. »Vielleicht haben sie sich doch verletzt. Sie müssen sich hinsetzen und erholen. Kommen Sie mit mir, dort drüben ist ein Straßencafé.« Er ließ ihre Arme los und deutete mit dem Finger auf die gegenüberliegende Seite. »In dem Haus bin ich auch abgestiegen – im Hotel Fashion.«

»Da wohne ich auch. Ich danke Ihnen. Sie haben mir das Leben gerettet. Mein Name ist Francesca Fabiano.«

»Ich bin Piotr. Piotr Azarow.« Er buchstabierte seinen Vornamen. »Sprechen Sie es einfach ›Peter‹ aus.«

»Sind Sie Russe?«

»Kosake, aus der Ukraine.« Mit seinen kräftigen Schultern, der breiten Brust und den langen durchtrainierten Beinen sah er wirklich aus wie ein Kosake, der zum Zähmen von Wildpferden geboren war.

Sie nahmen an einem runden Tischchen im Café Platz und bestellten Milchkaffee und Croissants. Als sie beide die warmen Hörnchen mit Butter und Marmelade bestrichen, sahen sie einander an und lachten darüber, genau die gleichen Frühstücksvorlieben zu haben.

Piotr trank seinen Milchkaffee. »Unglaublich, eine blonde Italienerin aus Maine.«

»Meine Familie stammt aus Mailand in Norditalien«, erklärte sie ihm. »Da leben eine ganze Menge blonde und rothaarige Menschen.« Verlegen strich sie sich mit den Fingern durch ihr kurz geschnittenes Haar und schob es hinter die Ohren. Es war so hell, dass es schon fast ausgebleicht wirkte. Sie hatte ein herzförmiges Gesicht und eine leichte Stupsnase.

»Ja, jetzt fällt es mir wieder ein.« Er musterte sie aufmerksam. »Merkwürdig, aber ich habe das Gefühl, als wären wir uns schon begegnet.«

»Unmöglich. Aber das wäre schön gewesen.«

Francesca und Piotr nahmen eine *Calèche*, eine der leuchtend grünen Pferdekutschen, und ließen sich von ihr in den *Jardin Majorelle* bringen, wo früher Yves Saint Laurent gelebt hatte. Sie schlenderten schattige Wege entlang und genossen die Blütenpracht der Blumen und Bäume.

Er konnte kaum die Augen von ihr lassen. »Wissen Sie überhaupt, wie schön Sie sind? Ich habe den Eindruck, Sie sind sich dessen gar nicht bewusst.«

Verwundert wandte sie den Blick ab. »Danke.«

»Sind Sie alleine hier?«, wollte er wissen.

»Ja«, antwortete sie. »Ich bin inzwischen zum fünften Mal hier. Meine Mutter hat in den Achtzigern ein paar Jahre in Marrakesch gearbeitet.« Damit meinte sie ihre biologische Mutter, nicht die herzensgute Frau in Maine, die sie letztlich aufgezogen hatte und die sie sonst üblicherweise als ihre Mutter vorstellte.

»Hat sie im Duty-free-Shop am Flughafen gearbeitet?«, fragte er beiläufig.

Ihre Augen weiteten sich überrascht. »Woher wissen Sie das?«

»Ach«, erklärte er in unbeschwertem Ton, »für Amerikaner war das damals an so abgelegenen Orten wie Marrakesch einfach ein typischer Job.«

44

Abends nahmen Francesca und Piotr ein Taxi zum Djemaa el-Fna, dem berühmten Marktplatz von Marrakesch, und eilten im Chez Chegrouni sofort die Treppe hinauf. Der Duft nach Couscous ließ Francesca das Wasser im Mund zusammenlaufen. Auf der Dachterrasse suchten sie sich einen Tisch am Geländer, der einen Panoramablick über den vor Menschen wimmelnden Platz bot.

»Mir hat jemand erzählt, Djemaa el-Fna wäre der größte Marktplatz in ganz Afrika«, sagte er.

Sie atmete tief ein. »Es ist jedenfalls ein berauschender Ansturm auf alle Sinne.«

Während sie einen in der traditionellen *Tajine* langsam geschmorten Eintopf aßen, ging die Sonne in leuchtenden Farben unter. »Sind Sie wirklich in Maine aufgewachsen?«, fragte Piotr neugierig. »Ich weiß, es klingt verrückt, aber ich habe mal eine Frau namens Rosa Lewintschew gekannt. Das ist schon lange her, und ich war damals noch ein junger Mann, aber ich werde sie nie vergessen.«

Francesca schnürte es den Hals zu. In ihrem Kopf herrschte wildes Durcheinander. Zur Ablenkung stocherte sie in ihrem Essen herum.

»Unsere Familien lebten in einer kleinen Stadt, die Bedford hieß«, fuhr er fort. »Später erfuhren wir, dass es in den Vereinigten Staaten in fast jedem Bundesstaat eine Stadt gibt, die Bedford heißt. Wie auch immer, dieses Bedford lag im Norden der ehemaligen Sowjetunion, in der Nähe der Ostsee. Der Ort war nie auf irgendeiner Karte verzeichnet. Ist er wahrscheinlich bis heute nicht. Wissen Sie, wovon ich spreche?«

Sie machte große Augen. »Nein. Das ergibt doch keinen Sinn. Warum sollte eine Stadt in der Sowjetunion Bedford heißen?«

Er legte seine Gabel ab. »Unsere Lebensmittel kauften wir bei Safeway, unsere Eistüten bei Dairy Queen und Quarter-Pounder aßen wir bei McDonald's. Ich war noch unverheiratet, daher wohnte ich zu Hause. Meine Mutter sah sich im Fernsehen *As the World Turns* an. Mein Vater und ich lasen die *New York Times* und die *Financial Times*, die jeden Morgen vor unserer Haustür lagen. Wir unterhielten uns in einem amerikanischen Englisch. Unsere Lehrer unterrichteten uns in amerikanischer Geschichte, amerikanischer Musik und amerikanischer Literatur.« Er schaute sich um, ob jemand lauschte. »Bedford war ein hochklassiges Ausbildungszentrum für sowjetische Spione, Schläfer und Maulwürfe.«

Jetzt legte sie ihre Gabel ab. »Wer sind Sie?« Sie betrachtete sein attraktives Gesicht, in dem die Kosakenaugen blitzten. Der Typ war nicht an ihr interessiert, sondern an ihrer Vergangenheit.

»Ich glaube, Sie sind Rosas Tochter – Katia. Sie erinnern sich überhaupt nicht mehr an mich, hab ich recht? Na ja, wie auch. Sie müssen damals acht oder höchstens zehn gewesen sein. Seitdem ist viel Zeit vergangen, und ich hatte diverse kosmetische Operationen. Ihre Mutter war eine der Besten im Jahrgang, aber das wissen Sie vermutlich. Wenn ich mich nicht irre, wurden Sie und Ihre Mutter dann nach Washington, D. C. entsandt. Später hörte ich, dass sie in Marrakesch im Duty-free-Shop arbeitete, aber in Wirklichkeit die PLO bei der Verschiebung von Waffen, Munition und Sprengstoff unterstützte. Die PLO hat seinerzeit eine Menge Drecksarbeit für uns erledigt.« Er schenkte ihr einen mitfühlenden Blick. »Es muss schrecklich für Sie gewesen sein, sie zu verlieren. Wie es scheint, hat sie in Maine ein Umfeld für Sie aufgebaut, in dem Sie während ihrer Abwesenheit ungefährdet aufwachsen konnten. Den Berichten zufolge wurden ihre sterblichen Überreste in ihrem Wagen unterhalb eines Felsvorsprungs im Atlasgebirge entdeckt. Wir sind fest davon überzeugt, dass sie sich nicht selbst umgebracht hat, falls das ein Trost für Sie ist. Sie ist offenbar aufgeflogen, und die CIA hat sie ausgeschaltet.«

Katia beugte sich vor. Ihre Stimme war leise und hart. »Ich habe keine Ahnung, wer zum Teufel Sie sind und was Sie von mir wollen. Klar ist allerdings, dass ich Ihnen angesichts der absurden Geschichte, die Sie sich da gerade aus den Fingern gesogen haben, dringend den Besuch eines Therapeuten empfehle. Gehen Sie am besten regelmäßig hin.«

Sie wollte ihren Stuhl zurückschieben, aber er ergriff ihre Unterarme mit beiden Händen. Ein Schauer lief ihr das Rückgrat hinauf, sie hielt jedoch in der Bewegung inne.

Hastig sagte er: »Ich vermute, Sie sind eine Schläferin, aber ich bin nicht hier, um Sie zu wecken. Ich habe Ihnen Dinge von mir erzählt, über die ich seit Jahrzehnten mit niemandem gesprochen habe. Verstehen Sie, wozu Sie mich gebracht haben? Bitte, geben Sie mir eine Chance. Ich meine es ehrlich. Ich möchte mich zur Ruhe setzen. *Ich habe nicht vor, Sie zu aktivieren.*«

Sie schüttelte ihn ab und stand auf. »Sie sind geisteskrank. Lassen Sie mich gefälligst in Ruhe.«

Francesca musste zu Fuß gehen, musste nachdenken und einen klaren Kopf bekommen. Sie lief an den Marktständen vorbei, ohne die laut schallende arabische Musik wirklich wahrzunehmen, ohne die wirbelnden Tänzer zu beachten. Eine Touristin mit toupierten grauen Haaren und weichen Gesichtszügen fiel ihr auf, die mit ihrer Digitalkamera ständig hinter ihr zu sein schien, manchmal ganz dicht, manchmal etwas weiter entfernt. Gewiss nur ein Zufall, sagte sie sich selbst. Aber dank Piotr litt sie offenbar schon an Verfolgungswahn.

Eine verschleierte Frau hielt ihr einen flachen Korb entgegen, wobei ihre Armreifen klingelten. »Marokkanische Datteln«, pries sie mit stark französischem Akzent in Englisch an. »Marokkanische Datteln. Nirgendwo gibt es bessere …«

Francesca hastete an ihr vorbei und tauchte in den Markt ein. Sie lief so schnell, dass sie ins Schwitzen geriet.

Die grauhaarige Frau mit der Digitalkamera stieß mit ihr zusammen. »*Pardonnez-moi!*«

»*C'est pas grave.*« Francesca eilte weiter. Auf über drei Kilometer Länge summierte sich das Gewirr aus Gängen. Sie begann die Orientierung zu verlieren.

Dann war Piotr wieder da, ging an ihrer Seite und beugte sich hinab zu ihrem Ohr. »Bleiben Sie doch bitte stehen, Katia. Es tut mir leid. Ich bin wirklich nicht hier, um Sie zurück ins Geschäft zu ziehen. Können Sie nicht einem anderen Russen, einem alten russischen Landsmann, eine Chance geben? Ich weiß, dass es sehr hart für Sie sein muss …«

Unsägliche Einsamkeit durchströmte sie in einer dunklen Woge. Sie blieb stehen und drehte sich um. Irgendwie umfingen sie plötzlich Piotrs Arme.

Er hielt sie fest, und sie lehnte sich an ihn und weinte in

sein weißes Hemd. Sie konnte sein Aftershave riechen, spürte das Kitzeln seines Urlaubsbarts auf ihrer Stirn. Sie hatte noch die Stimme ihrer Mutter im Ohr, wenn sie aus Marrakesch anrief. »I love you, Francesca. I'll see you soon. Be a good girl.« Immer auf Englisch, nie auf Russisch.

»Schon in Ordnung«, murmelte Piotr auf Russisch. »Na, na, na.« Er drückte sie sanft.

Als sie sich schließlich von ihm löste, reichte Piotr ihr ein großes weißes Taschentuch. Sie sah sich um und bemerkte, dass die Leute sie anstarrten. Auch die ältere Frau mit der Kamera, die sie angerempelt hatte, war wieder da. Hatte die Frau sie fotografiert? Jetzt machte sie gerade eine Aufnahme von einem hohen Tonkrug.

Katia trocknete sich die Augen und schnäuzte sich. Piotr nahm ihren Arm und führte sie zurück. Auf dem Weg durch den Suq schlang er seinen Arm um ihre Hüfte. Die Geste hatte eher etwas Beschützendes an sich als etwas Sexuelles.

Sie hatte nachgedacht. »Sie haben mich nicht einfach wiedererkannt, Piotr, richtig? Sie müssen gewusst haben, dass ich hier in Marrakesch bin. Wir sind nicht zufällig im selben Hotel abgestiegen.«

Ein schuldbewusster Ausdruck trat in sein Gesicht. »Sie haben recht. Ich habe an der Ecke gestanden und mir überlegt, wie ich am besten mit Ihnen ins Gespräch kommen könnte. Plötzlich drehte der Esel durch, sie gerieten ins Stolpern, und ich fing sie auf. Ich wollte Sie unbedingt kennenlernen – Rosas Tochter. Ich habe Rosa stets bewundert und wollte wieder mit meiner alten Welt in Verbindung kommen. Insgeheim hoffte ich, Sie würden mich vielleicht doch wiedererkennen.«

»Ich bin keine Schläferin«, erklärte sie ihm. »Ich war zu jung, um für so etwas ausgebildet zu werden.« Dann fuhr sie auf Russisch fort: »*Karaschó, Piotr. Schto wam núschna*?« Also gut, Piotr. Was willst du wirklich von mir?

»Deine Freundschaft«, sagte er ernst. »Würdest du mir deine Freundschaft schenken? Ich habe mir vorgestellt, dass ich mich mit dir über die alten Zeiten unterhalten kann.« Seine schwarzen Augen blickten sie zärtlich an. »Ich könnte einen Freund gut gebrauchen, und womöglich geht es dir genauso.«

Sie war dabei, sich in Piotr zu verlieben. Das ist doch alles verrückt, sagte sie sich. *Verrückt.* Er hatte so getan, als würden sie sich zufällig begegnen. Mit anderen Worten, er hatte sie belogen. Aber jetzt nach seiner Erklärung klang es plötzlich nachvollziehbar. Oder wollte sie es ihm einfach gerne glauben? Sie war aufgeregt, berauscht, wie von Sinnen, sie war … verrückt nach ihm. Dieser Mann verdrehte ihr den Kopf.

Erneut versicherte er ihr, dass er mit dem Spionagegeschäft abgeschlossen habe und nicht nach Marrakesch gekommen war, um sie zu aktivieren. »*Ti ponimájesch minjá?*«, fragte er schließlich.

»*Da. Da.* Ja, Piotr. Natürlich verstehe ich, was du sagst.« Und dann hörte sie sich sagen: »Ich glaube dir. Ehrlich, das tue ich. Und ich bin sehr erleichtert.« Das war sie tatsächlich.

Zurück im Hotel brachte er sie noch zu ihrem Zimmer im zweiten Stock. Sein Zimmer lag ein Stockwerk tiefer. Sie schloss die Tür auf, öffnete sie und wandte sich zu ihm um. Ihr Herz schlug so laut, dass sie fürchtete, er würde es hören.

»Alles okay bei dir?« Seine schwarzen Kosakenaugen schienen sie zu verschlingen.

Es fiel ihr zu schwer, ein Wort hervorzubringen, und so nickte sie nur. Sie hob den Kopf und betrachtete ihn. Gern hätte sie ihm über die Bartstoppeln gestrichen, wäre mit den

Fingern seinen Hals entlanggefahren und hätte sie unter sein Hemd gleiten lassen. Sie fragte sich, wie seine Haut wohl schmecken würde.

Als er sich zu ihr beugte, griff sie nach hinten ins Zimmer. tastete an der Wand, bis sie den Schalter gefunden hatte, und schaltete das Licht an. Um Halt zu finden, packte sie den Türknauf. »Ich muss jetzt rein. Ich brauche dringend … Schlaf.«

Er war jetzt so nah an ihr, dass sie seine Lippen fast auf ihren spüren konnte.

»Sehen wir uns morgen?«, sagte er. »Hättest du Lust, noch einen Tag mit mir zu verbringen? Ich muss übermorgen früh wieder abreisen und würde wirklich gerne noch mehr Zeit mit dir verbringen.«

Sie fühlte, wir ihre Wangen rot anliefen. »Ja. Frühstück im Café wie heute. Um neun Uhr.« Und dann trat sie rasch in ihr Zimmer, bevor sie es sich anders überlegen konnte. »Gute Nacht.«

Beim Schließen der Tür konnte sie sehen, wie das Lächeln auf seinem Gesicht schwand. Er war enttäuscht, dass sie ihn nicht hineingebeten hatte. Sie konnte nicht fassen, dass er Marrakesch schon so bald verlassen würde.

45

Am nächsten Morgen trafen sich Katia und Piotr wieder in dem kleinen Café zu Milchkaffee und warmen Croissants. Unmittelbar neben ihrem Tisch hingen an einem Ständer die Tageszeitungen aus, und ihr Blick fiel auf die Schlagzeilen über grauenvolle Bombenanschläge, Entführungen und Morde in Bagdad. Sie schloss die Augen und schob die Erinnerungen beiseite. Als sie die Augen wieder öffnete, sah sie in Piotrs glückliches Gesicht.

Der Verkehr dröhnte in den Straßen, und die Sonne stieg langsam immer höher. Sie fuhren mit dem Taxi zu einem prachtvollen alten Stadtpalast, in dem nun das Museum für Marokkanische Kunst untergebracht war. Katia fragte sich, ob sie wieder der älteren Frau mit der Kamera begegnen würden, die ihr gestern Abend womöglich gefolgt war, und sah sich aufmerksam um.

Im Innern des Museums war es angenehm kühl. Die Kunstobjekte wie die Einrichtung und die Architektur boten eine faszinierende Mischung aus spanischen und maurischen Elementen.

»Wie lange lebst du schon in den Staaten?«, erkundigte sich Piotr.

»Seit meinem sechzehnten Lebensjahr. Ich wollte mit Mutter nach Marrakesch gehen, aber sie bestand darauf, dass ich meine Ausbildung in den Staaten abschloss. Eine Bekannte von uns war von Washington nach Maine gezogen – sie war wie eine Großmutter für mich. Und dort bin ich dann weiter aufgewachsen. Ich liebe meine Arbeit im Kindergarten. Ich liebe die Frau, die ich meine Mutter zu nennen begann. Aber wenn ich jetzt so zurückdenke, wird mir bewusst, wie sehr ich mich stets davor gefürchtet habe, jemand könnte tatsächlich mein Geheimnis herausfinden, wer ich tatsächlich bin. Es schien immer das Beste, keinen zu nah an sich herankommen zu lassen.«

Er blieb unter einem mit Wandfliesen verkleideten Türbogen stehen, drehte sie zu sich und legte ihr die Hände auf die Schultern. Ernst sah er zu ihr hinab. »Ich weiß ganz genau, wer du bist, Katia Lewintschew. Es ist mir eine Ehre, dir nach so vielen Jahren wiederbegegnet zu sein.«

Bei Einbruch der Dunkelheit nahmen sie wieder ein Taxi. Auf der Fahrt kamen sie durch Straßen, in denen alte marokkanische Gebäude direkt neben moderner Architektur standen. Katia sah darin eine Art Omen für das Zusammenwirken von Altem und Neuem.

Zwischen dem Fahrer und ihnen war eine Trennscheibe, weshalb sie sich offen unterhalten konnten. »Was ist mit dir?«, fragte sie. »Erzähl mir von deiner Familie.«

»Die in Bedford waren lediglich Ausbilder. Meine eigentliche Familie war noch in der Ukraine. Wie habe ich dich darum beneidet, dass deine Bedford-Eltern auch deine echten waren.« Er schüttelte den Kopf, dann kehrte sein Lächeln zurück. »Vielleicht kannst du mir eine Sache erklären, die mir immer rätselhaft geblieben ist. Wie war das mit deinem Vater? Sein Name war Grigori, das weiß ich noch. Ich war erst ein Jahr in Bedford, als er verschwand.«

Zentnergewichte legten sich auf ihren Brustkorb. »Er ging mitten in der Nacht. Ich habe Mutter ständig gefragt, wohin er gegangen ist und wann ich ihn wiedersehen würde. Sie sagte, sie wisse es nicht.« Ihr Vater, Grigori Lewintschew, war ein hervorragender Undercover-Agent gewesen.

»Hat er sich nach dem Tod deiner Mutter nicht mit dir in Verbindung gesetzt?«, fragte Piotr.

»Ich habe nie wieder etwas von ihm gehört.« Das war gelogen. Sie wandte sich von ihm ab.

Das Taxi hielt an, und Piotr bezahlte. Sie traten aus dem Verkehrschaos in die entspannte Ruhe des Café France, wo Piotr einen Tisch für sie reserviert hatte. Weißes Leinen bedeckte die Tische, Silberbesteck und Kristallgläser funkelten. Sie bestellten gebratenen Lachs, der erst heute Morgen aus dem Atlantischen Ozean gefischt worden war. Der Sommelier schenkte ihnen einen Pinot Gris aus dem Elsass ein.

»Was hast du nach deiner Zeit im Ausbildungsdorf gemacht?«, fragte sie.

»Das darf ich dir nicht sagen. Du kennst die Regeln. Außerdem ist es schon so lange her. Wen kümmert das heute noch? Schnee von gestern. Macht dir doch nichts aus, oder?«

Es machte ihr etwas aus. »Du weißt über mein Leben Bescheid. Ich weiß fast nichts über deins.«

Er sah aus dem Fenster auf die endlosen Reihen vorbeilaufender Marokkaner und Touristen. Seine Züge wurden härter. Schließlich zuckte er mit den Schultern. »Also gut … Ich habe sechs Monate lang unsere Schule für Sabotage in Prag besucht, dann wurde ich nach Moskau zurückgeschickt, um an der Patrice-Lumumba-Universität Psychologische Kriegsführung und Medienmanipulation zu lernen. Das ist die Uni, an der auch Ilich Ramirez Sánchez einen Stipendiumsplatz gehabt hat.«

»Carlos, der Schakal.«

»Ja. Er war damals schon eine Legende, aber während des Studiums muss er ein ganz schöner Partylöwe gewesen sein.

Ein intelligenter, aber fauler Student. Als ich meinen Abschluss machte, verkaufte Moskau Waffen an Gruppen wie die Roten Brigaden oder die IRA und bildete diese Leute in Lagern überall im Nahen Osten aus. Darin war ich tief verstrickt. Ich war als eine Art Problemlöser unterwegs, könnte man sagen.«

Ihr Abendessen kam. Piotr sah es an, aber all sein Elan schien verflogen.

Nachdem der Kellner gegangen war, fragte sie: »Was meinst du mit ›Problemlöser‹?«

Er betrachtete sie mit ernster Miene. »Ich vertraue einfach mal darauf, dass du mit dem zurechtkommst, was ich dir jetzt erzähle. Ich möchte dir gegenüber alles rückhaltlos offenlegen, und … schön ist es wahrlich nicht.« Sein Glas war leer. Er bot erst an, ihr Wein nachzuschenken. Als sie den Kopf schüttelte, goss er sich ein und trank. »Die Menschen, mit denen wir es damals zu tun hatten, waren gewalttätig. Manchmal war Gewalt die einzig mögliche Antwort. Lubjanka schickte mich aus, die Schlimmsten von ihnen zu eliminieren.« Lubjanka war das Hautquartier des KGB in Moskau.

Einen Moment lang wirkte sie verblüfft. Aber was hatte sie denn erwartet? Der KGB war doch kein philanthropischer Herrenklub. »Du bist Auftragskiller gewesen?«

»Ja.« Angewidert schüttelte er den Kopf, als er fortfuhr: »Erst behandelten wir unsere Verbündeten wie Freunde. Wir luden sie nach Moskau ein und servierten ihnen Kaviar. Dann waren sie plötzlich unsere Feinde, und wir liquidierten sie. Ich habe damals mein Leben für den Kommunismus und das Heimatland aufs Spiel gesetzt. Und was brachte uns das alles ein? Gar nichts änderte sich. Wir unterstützten weiter jeden, der die Friedensgespräche im Nahen Osten sabotierte. Wir finanzierten den Iran wie den Irak, erst um den Krieg in Gang zu halten, dann damit ihre Beziehungen zu den Vereinigten Staaten angespannt blieben. In Afrika ließen wir endlose Stellvertreterkriege austragen, und eine Million Menschen starben. Wir strampelten uns ab, und drehten uns doch immer nur im Kreis.« Von Zorn und Frustration übermannt, lehnte er sich in seinem Stuhl zurück. »Es war idiotisch. *Ich* war ein Idiot.«

»Lubjanka hat dir erlaubt auszusteigen?«

»Ich hatte reichlich Geld und diverse Identitäten gebunkert, damit bin ich abgetaucht und habe mein Aussehen verändert. In solchen Dingen war ich schon immer gut.« Er schwieg und betrachtete sie mit zur Seite geneigtem Kopf. »Und jetzt darfst du mich nach Herzenslust beschimpfen, bevor du wütend aufspringst und gehst. Mach schon. Ich kann's verstehen.«

Sie wandte ihren Blick ab »Und wie ging es weiter?«

Er zögerte. »Ich habe mich selbstständig gemacht, wie Carlos und Abu Nidal. Ich war hoch qualifiziert, besaß Erfahrung. Von allen Seiten bestand Interesse an meinen Diensten. Man nannte mich Maulwurf.«

»Krot«, flüsterte sie die russische Übersetzung.

»Ja. Ich bin Krot.«

46

Es war nach Mitternacht, als Katia und Piotr das französische Restaurant verließen. Die Nacht war mild und warm. Der Verkehr ließ langsam nach. Auf der anderen Straßenseite standen die Menschen essend und redend um einen Eiscremewagen herum. Dann sah Katia die Frau mit den toupierten grauen Haaren und dem Gesicht, das von einem Netz feiner Falten überzogen war. Sie machte Fotos von Händen, Mündern und Essen.

Katia verlangsamte ihren Schritt. »Hast du eine Ahnung, wer die Frau da drüben ist, die ständig Fotos macht?« Sie nickte über die Straße. »Ich glaube, sie ist mir gestern Abend schon gefolgt. Sie könnte Fotos von uns beiden gemacht haben, als wir im Suq waren. Womöglich auch schon vorher – auf dem Marktplatz.«

Er warf einen kurzen Blick zu der Frau hinüber. »Ich kann mich nicht an sie erinnern. Stört sie dich?«

An Piotrs Seite fühlte Katia sich sicher. Trotz seiner gewalttätigen Vergangenheit hatte er etwas an sich, dass ihr das Gefühl gab, unter Schutz zu stehen.

»Nein«, erklärte sie. »Wahrscheinlich nur eine Touristin.«

Aus einer Seitengasse rief eine Wahrsagerin ihnen zu: »Kommt her, ihr Turteltauben. Findet heraus, wie viele gemeinsame Jahre voller Glück vor euch liegen. Kommt nur, kommt.« Mit gebeugtem Rücken hielt sie beide Hände ausgestreckt. Goldene Ringe steckten an ihren knotigen Fingern, und winzige goldene Becken klimperten an ihren Ohren. »Ihr werdet es nicht bereuen. Erfahrt, was euch Gutes bevorsteht!«

Piotr gab ihr ein paar Dirham. »Sie sind doch viel zu jung, um so spät noch auf der Straße herumzulaufen.«

Sie lachte, und das Geld verschwand in der roten Schärpe, die um ihre Hüfte gebunden war. »Ich bin viel zu alt, um mir darüber noch Gedanken zu machen. Hier, junge Frau, lassen Sie mich mal sehen. Ihre Hand, bitte.«

Katia verschränkte ihre Hände hinter dem Rücken und schüttelte den Kopf. »Vielen Dank, aber ich halte mehr von Träumen als von Vorhersagen.«

Im Weitergehen sah Katia kurz über ihre Schulter zurück. Am Eisstand herrschte noch immer der gleiche Andrang, aber die Fotografin konnte sie nicht entdecken.

»Wo lebst du eigentlich, Piotr«, erkundigte sie sich.

»In einem Chalet aus Holz hoch über einem grünen Tal in der Schweiz. Die Aussicht ist atemberaubend. Die Glocken der Milchkühe sind der einzige Wecker, den ich dort habe. Meine Vorstellung vom Paradies.«

Zehn Minuten später waren sie an ihrem Hotel angekommen. Das Straßencafé hatte bereits geschlossen, alle Tischchen waren weggeräumt. Sie schlenderte durch die Lobby, in der einige Lichter brannten, und nahmen den Fahrstuhl in Katias Stockwerk. Obwohl sie einander nicht berührten, spürte sie die Hitze, mit der sein Körper sie begehrte. Sie sehnte sich danach, mit ihm zu schlafen, obwohl das sicherlich keine gute Idee war.

Bald hatten sie die Tür zu ihrem Zimmer erreicht. Sie schloss auf und öffnete. Dunkelheit und Leere strömten ihr entgegen. Die Einsamkeit in ihrem Leben war fast mit Händen zu greifen.

Sie wandte sich um. »Vielen Dank für zwei wundervolle Tage.«

»Klingt nach Abschied.«

»Das sollte es nicht. Ich wollte nur sagen, wie schön es gewesen ist.«

»Schon wieder. Auch das klang nach Abschied.« Enttäuschung lag in seinem Blick. »Du ängstigst dich vor mir. Vor dem, was ich gewesen bin. Du fragst dich, ob ich heute noch derselbe Mensch bin. Ein Assassine. Ob ich wieder töten könnte.«

»Du hast mir ein herrliches Geschenk gemacht«, sagte sie ihm. »Du hast mir gezeigt, wie arm mein Leben ist und … dass ich daran etwas ändern kann. Ich kann Liebe finden, das wollten mir meine Träume sagen. Um das herauszufinden, bin ich nach Marrakesch gekommen.«

Seine Lippen umspielte ein leichtes Lächeln. Sollte er sich wirklich so geändert haben, wie er behauptete, dann war er ein bemerkenswerter Mensch. Er sah zudem gut aus, war eine elegante Erscheinung, gut gebaut und besaß eine verführerische Ausstrahlung. Sie konnte es nicht fassen, dass sie ihm den Laufpass gab.

Sie trat einen Schritt zurück und zwang sich, die Worte auszusprechen. »Ich bin müde und muss jetzt gehen. Noch einmal, herzlichen Dank für alles. Ich werde dich nie vergessen.«

Langsam schüttelte er den Kopf. Das leichte Lächeln stand noch immer auf seinen Lippen. »Darf ich dich etwas fragen, obwohl ich mir die Antwort schon denken kann. Hast du deinen Vater geliebt? Liebst du ihn noch?«

Sie zog die Stirn in Falten. Was für eine seltsame Frage. Vor allem in dieser Situation. »Selbstverständlich.«

»Vermisst du ihn noch immer?«

»Worauf willst du hinaus?«

»Ich nehme das mal als Ja.« Er schaute sich links und rechts in dem mit Teppichen ausgelegten Flur um.

Sie folgte seinem Blick. Sie waren allein.

Als er wieder fortfuhr, sprach er leise und auf Russisch. »Ich werde dir erklären, wer du wirklich bist, Katia Lewintschew, Tochter von Rosa und Grigori Iwanowitsch Lewintschew. Ich habe dich nach deinem Vater gefragt, weil ich wissen wollte, ob dir klar ist, welche Aufgabe Lubjanka ihm übertragen hatte, als er das Ausbildungsdorf Bedford verließ. Wir beide haben sogar gelegentlich zusammengearbeitet. Lubjanka hat auch ihn zum politischen Assassinen gemacht. Er ist ein Jahr vor mir ausgestiegen, um unabhängig zu arbeiten.«

Sie sagte nichts. Hatte sie dies womöglich in irgendeiner Ecke ihres Gehirns schon längst vermutet? Ungefähr ein Jahrzehnt nach seinem Verschwinden hatte sie plötzlich wieder Kontakt mit ihrem Vater bekommen. Mehrmals im Jahr hatte er sich gemeldet, besonders an ihren Geburtstagen. Für Katia hatten diese Gespräche stets eine ganz besondere Bedeutung besessen. Durch sie verzogen sich die Wolken in ihrem Leben, und die Sonnenstrahlen wärmten sie.

»Ich habe ihn respektiert«, fuhr er fort. »Wenn du deinen Vater geliebt und ihm vertraut hast, vielleicht kannst du mir ja dann eine Chance geben. Zwischen uns gab es keine großen Unterschiede.«

Sie fühlte sich einen Moment lang wie betäubt. Was blieb ihr jetzt überhaupt noch? Sie konnte zu einer Mutter zurückkehren, die gar nicht ihre echte Mutter war, konnte in ihrem Kindergarten den Kindern die amerikanische Erzieherin vorspielen, obwohl sie gar keine richtige Amerikanerin war, und sie konnte ihre wenigen Freunde wiedertreffen, die –

anders als sie – immer ganz genau gewusst hatten, wer sie waren, und die dieses Wissen auch nie infrage gestellt hätten.

Sie zwang sich zu atmen. Ihr gefiel der Blick, mit dem er sie ansah. Fest, aber besorgt. Seine Nase stand ein wenig schief, und auch das gefiel ihr. Merkwürdig, dass er sie sich nie hatte richten lassen. Ein bewundernswerter Zug – bei ihm musste nicht alles makellos sein, auch er selbst nicht.

Er nahm ihre Hand und legte seine darüber. »Lass es zu, dass ich mich in dich verliebe, Katia.«

Freudenschauer prickelten ihren Arm hinauf und bis in ihren Bauch hinab.

Er zog sie zu sich. Ihr Kopf kippte in den Nacken, und sie sank gegen seinen glühenden, muskulösen Körper. Gierig hob sie ihren Mund, und er küsste sie, bis ihre Kräfte schwanden und sie sich losmachte.

Er bedeckte ihre Ohren und ihren Hals mit Küssen, während er sie in ihr Zimmer führte. Ihre Finger wanderten seine Wange hinab, über seine Bartstoppeln und über seinen Hals. Irgendwie fiel die Tür hinter ihnen ins Schloss, und die kleine Nachttischlampe ging an. Hektisch knöpfte sie sein Hemd auf. Seine feuchten Lippen glitten forschend über ihre Schulter. Sie bog den Oberkörper zurück, und er löste die Träger ihres Sommerkleids und schob es über ihre Brüste.

Sie spürte, wie ihre Brustwarzen hart wurden. Mit zittrigen Fingern öffnete sie den Reißverschluss seiner Hose, und dann drängte er sich hart gegen sie, schob sie rücklings gegen die Wand. Sie bebte vor Verlangen. Er riss den Saum ihres Kleids hoch und legte seine Hand zwischen ihre Beine.

Sie stöhnte auf und ergab sich begierig in das Unvermeidliche.

47

Um drei Uhr morgens befreite Piotr sich aus den wild verschlungenen Bettlaken. Für ein wenig Licht sorgte allein der Mond, der durch einen Spalt zwischen Vorhängen und Wand in Katias Zimmer schien. Da er sie gleichmäßig tief atmen hörte, glitt Piotr aus dem Bett, lief über den Teppich und sammelte seine Kleidungsstücke auf. Er musste noch kurz etwas erledigen.

Rasch zog er sich an, verließ den Raum und lief die Treppe hinunter in den ersten Stock. Sekunden später war er in seinem Zimmer, wo er in eine schwarze Hose, schwarze Sportschuhe und einen schwarzen Blouson wechselte. In das Schulterholster steckte er seine »lautlose« PB. Diese Weiterentwicklung der klassischen sowjetischen Makarow-Pistole war seit seiner Zeit beim KGB seine bevorzugte Kleinwaffe.

Er warf einen prüfenden Blick in den Flur, dann rannte er erneut zum Treppenhaus und stieg ein weiteres Stockwerk in das Erdgeschoss hinunter. Durch die geschlossene Tür zur Lobby konnte er das Fernsehen hören, in dem offenbar ein alter französischer Film lief.

Er schob die Tür auf, lief einen weiteren Flur entlang und presste sein Ohr gegen die Küchentür. Er schlüpfte hinein und war plötzlich von Dunkelheit und dem Duft nach Zimt und Nelken umgeben. Die Küche hatte er zuvor bereits ausgekundschaftet, und so steuerte er in dem schwachen Mondlicht, das durch ein Oberlicht fiel, direkt die rückwärtige Tür an. Wie erwartet, war sie von innen verriegelt. Es war ein massiver Riegel, aber ins Haus einbrechen wollte er ja nicht. Er schob den Riegel auf, trat hinaus und eilte zwischen den Mauern der Seitengasse davon.

Ihr Name war Doktor Hanke Bürger oder Sarah Rosenblatt oder Señora Agrifina Cortez. Oder am nächsten Tag einfach nur Jane Smith. Ihre Stimmung war bestens, denn der Carnivore honorierte ihre Berichte über den groß gewachsenen Mann mit den schwarzen Haaren, der im Hotel Fashion unter dem Namen Piotr Azarow abgestiegen war, mit regelmäßigen 5000-Dollar-Überweisungen auf ihr Liechtensteiner Konto. Sie hatte keine Ahnung, ob der Mann tatsächlich Azarow hieß, und es interessierte sie auch nicht. Ihr Auftrag lautete nur, ihm zu folgen und in allen Einzelheiten zu berichten, wen er getroffen hatte, wohin er gegangen war, was er getan und – wenn sie ihn belauschen konnte –, worüber er sich unterhalten hatte.

Während sie in einem dunklen Eingang auf der gegenüberliegenden Seite des Hotels stand und den Rest grünen Tee mit Honig aus dem Thermobehälter trank, betrachtete sie auf ihrem Motorola Milestone die Summe der Eingänge und musste lächeln. Bislang hatte sie für diesen einen Auftrag bereits 20 000 Dollar kassiert, ein lukratives Engagement.

Gähnend warf sie einen Blick auf die Uhr. Azarow und seine Freundin würden jetzt bestimmt den Rest der Nacht im Hotel bleiben. Und ihr taten vor Müdigkeit alle Knochen weh. Nachdem sie sich aufmerksam umgesehen hatte, trat sie aus dem Eingang und machte sich auf den Weg zu ihrem *Riad*, dem kleinen Hotel, in dem sie wohnte. Um diese Nachtzeit herrschte in den Straßen nur noch wenig Verkehr.

Als sie an einer kleinen Grünfläche zwischen zwei Gebäuden vorbeikam, hatte sie das Gefühl, verfolgt zu werden. Nicht dass sie Schritte hinter sich gehört hätte, es war eher eine Veränderung in der sie umgebenden Energie. Sie sah in eine Schaufensterscheibe und hoffte, darin ihre Vermutung überprüfen zu können, doch das einzige Spiegelbild war ihr schmales Gesicht, aus dem das schwarze Haar zu einem lockeren Pferdeschwanz nach hinten gekämmt war.

»Was haben Sie mit ihr gemacht?«, sagte eine Stimme hinter ihr. Es war die Stimme eines Mannes. Und sie erkannte auch, wem sie gehörte – Piotr Azarow.

Sie warf einen raschen Blick über die Schulter, zog eine kleine Luger heraus und begann zu laufen, so schnell sie konnte. Eine Weile nahm sie nur Palmen, Häuser und geparkte Autos wahr. Sie konnte ihn nicht länger hören und spürte ihn auch nicht mehr hinter sich. Ohne ihr Tempo zu verlangsamen, bog sie in eine Seitengasse ab, wo sie um Tonnen und Kisten kurvte bis zu einem kleinen Seitentor, das sie vor ein paar Tagen für Fälle wie diesen gesucht und gefunden hatte.

Auf der anderen Seite wartete Azarow bereits. Seine Füße standen ruhig und fest auf dem Boden, seine PB mit Schalldämpfer war direkt auf sie gerichtet. Sie bremste abrupt, den Oberkörper noch in Laufposition nach vorn gebeugt, und wollte ihre Luger hochreißen, doch wie aus dem Nichts schlug sein Arm ihr die Waffe aus der Hand.

Ohne den Blick von ihr zu wenden, hob er die Pistole auf. »Was hast du mit der alten Frau gemacht, die für dich als Deckung gearbeitet hat? Die ständig fotografieren musste, um mich von dir abzulenken?«

Einem raschen Einfall folgend, deutete sie auf ihre Hosentasche. »Wollen Sie mich ausrauben? Ich gebe Ihnen meine Brieftasche. Es sind eine Menge Dirhams und Euros darin …«

»Mein Gott, mach dich doch jetzt nicht noch lächerlich.« Azarow war groß und kräftig. In seinen Augen lag eine Düsternis, die ihr gar nicht gefiel. »Was zum Teufel hast du mit deiner grauhaarigen Helferin gemacht?«

Sie richtete sich auf. »Vivienne ist heute Abend nach Paris zurückgeflogen. Ihr Urlaub ist vorbei, und sie muss morgen wieder auf der Arbeit sein.«

»Du hast sie umgebracht«, entschied er. »Hast ihre Leiche an einer Stelle gelassen, wo die Behörden sie rasch finden.«

»Ich habe sie nicht …«

Er fluchte laut. »Verdammte Scheiße, da hast du aber wirklich einen schönen Mist gebaut. Jetzt muss ich mir wieder überlegen, wie ich Katia davon überzeuge, dass nicht ich es gewesen bin. Für wen arbeitest du – den Carnivore oder Eli Eichel?«

»Den Carnivore, aber das ist auch egal«, antwortete sie. »Mir ist es nicht gelungen, etwas über Sie herauszufinden, und deshalb wurde ich heute Abend gefeuert. Wie haben Sie mich entdeckt?«

»Schätzchen, wenn du das auch noch fragen musst, bist du wirklich in der falschen Branche.«

Trotzig stülpte sie die Lippen auf. »Tut mir leid, wenn ich Ihre hübschen kleinen Pläne …«

Es war nur ein einziger Schuss, den sie nicht hörte, der sie jedoch wie ein Vorschlaghammer auf der Stirn traf. Sie fühlte, wie sie nach hinten taumelte. Dann umfing sie tiefe Schwärze.

48

Über dem Atlantischen Ozean

Alex Bosa kam den Gang des Jets mit einem Tablett hinunter, auf dem sechs Sandwichs auf drei Tellern verteilt waren. »Ich werde Ihnen beim Essen die restliche Vorgeschichte erzählen.«

»Wie lange brauchen wir bis Marrakesch?«, fragte Eva und entschied sich für den Teller mit Putensandwichs. Sie hatte gar nicht bemerkt, wie hungrig sie war. Mit großem Appetit begann sie zu essen.

»Der Flug dauert acht Stunden. Wir werden nachmittags eintreffen.«

»Dann machen Sie schnell. Wir brauchen alle noch etwas Schlaf.« Judd griff sich die Sandwichs mit rosa gebratenem Roastbeef und biss hinein.

Bosa nahm wie zuvor auf der anderen Seite des Gangs Platz, stellte den letzten Teller auf seinen Schoß und biss ebenfalls herzhaft zu. »Ich fange mit Burleigh Morgan an. Vor ein paar Tagen ist in Paris eine Bombe unter seinem Wagen explodiert. Er bildete die zentrale Figur in der ganzen Sache. Er war Brite, und in den Sechzigern haben die Briten im irakischen Ölgeschäft noch kräftig mitgemischt. Als die Baath-Partei im Land an die Macht kam und jemanden brauchte, der gemeinsam mit Saddam einige Anschläge auf britische Ölleute und Beamte verübte, heuerten sie Morgan an. Springen wir vierzig Jahre weiter. Jetzt brauchte Saddam einen Außenstehenden, der die Auftragsmorde an seinen Finanzberatern organisierte …«

»Und er wandte sich an Morgan«, sagte Eva.

Der Auftragskiller nickte. »Und Morgan kontaktierte uns. Alles in allem fiel es schwer, ein Angebot abzulehnen, das so gut bezahlt war – vier Millionen Dollar pro Leiche. Das Problem war nur, dass Saddam später die zweite Rate der Summe, die er uns schuldete, nicht mehr bezahlte. Natürlich beschlossen wir, ihm das nicht durchgehen zu lassen. Aber Saddam wechselte ständig seinen Tagesablauf und benutzte Doppelgänger, manchmal fünf gleichzeitig. Sie waren so gut, wenn einer von ihnen sich die Zähne putzte, war vermutlich der echte Saddam derjenige, der ins Bett ging.« Seine Stimme klang jetzt zornig. Kurz hielt er inne. »Uns blieb nichts anderes übrig, als darauf zu warten, dass sich eine Chance zum Handeln ergab. 2003 war es dann so weit. Es zeichnete sich ab, dass die Vereinigten Staaten und ihre Partner in den Irak einmarschieren würden. Die Zeit lief ab für Saddam.«

Das Flugzeug hüpfte und schwankte. Bosa sah mit nachdenklichem Blick aus dem Fenster, als würde er überlegen, wie sich die Naturgewalten ausschalten ließen. »Morgan erfuhr von einer kostbaren Keilschrifttafel, die Saddam im Irakischen Nationalmuseum gebunkert hatte. Bei dieser Tafel sollte es sich um eine antike Rarität handeln, die mindestens zwölf Millionen Dollar wert war. Also brachen wir ein und beschlagnahmten das Ding. Die Schwierigkeiten begannen, als Morgan durch Schüsse der Republikanischen Garde so schwer getroffen wurde, dass er die Tafel fallen ließ und sie zersprang. Jeder von uns griff sich ein paar Teile. Wir gingen zwar alle davon aus, dass nur der komplette Artefakt echten

Wert besaß, konnten uns aber nie auf die Konditionen für eine Restaurierung einigen.«

»Das liegt alles inzwischen zwölf Jahre zurück«, bemerkte Judd. »Warum jetzt auf einmal der Ärger?« Er hatte das erste Sandwich aufgegessen, nahm sich das zweite und biss hinein.

»Wir haben alle anonyme, nicht zurückverfolgbare E-Mails erhalten, in denen jeweils ein besonders brisanter Auftragsmord von uns beschrieben wurde«, erklärte Bosa ihnen. »Die Angaben waren zutreffend, umfassten sogar Kontaktdaten von Auftraggebern und Zielpersonen sowie Einzelheiten über die Ausführungen selbst. Diverse Jobs, auch von mir, gelten allgemein noch immer als Unfälle. Keiner von uns möchte, dass diese E-Mail in fremde Hände gerät. So etwas könnte unsere Auftraggeber die Existenz kosten und zu unserer Verhaftung führen. Auf jeden Fall brächte es uns reichlich Ärger ein, weil wir unseren Auftraggebern Verschwiegenheit garantiert haben.«

»Au weia, wie furchtbar«, kommentierte Eva ironisch. »Dabei haben Ihre Auftraggeber Sie doch nur angeheuert, um Morde zu begehen!«

Bosa bedachte sie mit einem ernsten Blick. »Einer von ihnen war eine US-amerikanische Regierungsstelle.«

Sie seufzte. »Was sonst.«

»Es kam aber noch schlimmer. Der Absender behauptete nämlich, detaillierte Angaben zu fünfzig Jobs, die jeder von uns erledigt hatte – zu insgesamt also dreihundert Auftragsmorden –, in einer Sammlung namens *Der Killerkatalog* zusammengetragen zu haben. Zum Glück ist er bereit, diese Aufzeichnungen gegen die Tafelstücke einzutauschen. Seiner Meinung nach stellt die Tafel eine Wegbeschreibung zu irgendeinem antiken mesopotamischen Schatz dar, den er unbedingt haben will. Er hat uns fünf Regeln vorgegeben. Erstens, wenn einer von uns aussteigt, mailt er den *Katalog* an Online-Blogs, Fernsehsender und internationale Zeitungen wie die *New York Times* und die *Times* in London. Er erpresst uns also nach Strich und Faden. Die zweite Regel besagt, dass nur einer von uns den *Katalog* gewinnen kann. Drittens, wir müssen uns gegenseitig umbringen.« Bosa schäumte inzwischen vor Wut. Er sprang auf und lief im Gang herum. »Viertens, jeder von uns muss seine Tafelstücke ständig bei sich tragen, damit sie am Ende tatsächlich alle beim Sieger landen. Und fünftens, alle zwölf Stunden müssen wir uns bei dem anonymen E-Mail-Account des Erpressers melden. So behält er einen Überblick, wer von uns noch am Leben ist, und der Sieger kann am Ende ein Treffen mit ihm arrangieren, um die Tafelstücke gegen den *Katalog* auszutauschen.«

»Mit anderen Worten, wer übrig bleibt, gewinnt«, sagte Eva. »Er hat sich einen Wettbewerb ausgedacht, um herauszufinden, wer der Beste ist.«

Bosa ließ sich in den Sessel fallen. »In all den Jahren ist diese Frage natürlich immer mal wieder aufgetaucht, aber beantworten lässt sich so etwas nicht. Jeder von uns hat seine Stärken, und allein die Tatsache, dass wir so lange überlebt haben, spricht für die Klasse von jedem.«

»Und Sie wissen nicht, von wem die E-Mail stammt?«, fragte Judd.

»Wenn ich ›nicht zurückverfolgbar‹ sage, meine ich das auch. Ich habe eine Reihe von Hackern an der Hand, nach denen sich Russland die Finger lecken würde. Sie konnten die Quelle nicht feststellen. Ich habe mich mit Krot in Verbindung gesetzt, und auch dessen Leute haben nichts herausfinden können. Und ganz offensichtlich waren der Padre und Eli Eichel ebenfalls nicht erfolgreich.«

»Sie haben gesagt, die E-Mail ging an Sie alle sechs«, sagte

Judd. »Das sollte Ihnen doch zumindest ermöglichen, untereinander in Kontakt zu treten.«

Bosa schüttelte den Kopf. »Der Absender hat die E-Mail zwar an alle adressiert, aber einzeln herausgeschickt. Dass wirklich etwas an der Sache dran ist, habe ich erkannt, als Krot zugab, sie ebenfalls bekommen zu haben. Er hatte mit Eli Eichel gesprochen, und Eichel hatte es Krot auch bestätigt. Zu der Zeit bestanden bereits gewisse lose Partnerschaften. Ich habe beispielsweise mit Krot zusammengearbeitet, und der wiederum stand mit Eli Eichel in Verbindung. Über Eli hat Krot auch erfahren, dass der Padre Doppelgänger von Ihnen beiden eingesetzt hatte, und Krot hat es dann mir erzählt. Jeder, der uns in die Quere kam, würde beseitigt werden, und dazu zählten Sie beide eben auch.«

»Also, Morgan starb bei einem Bombenanschlag auf seinen Wagen in Paris«, fasste Judd zusammen. »Der Padre starb in seinem Jagdklub in Maryland. Sie haben Eli Eichel und seinen Bruder in der Bibliothek von Martin Chapman erschossen. Bleiben Krot, Seymour und Sie. Wie gut ist Krot?«

»Absolute Spitze. Ich habe eine Observationsspezialistin beauftragt, ihn zu beschatten. Ihr zufolge spielt er den Touristen und zieht mit einer Kindergärtnerin herum, die im gleichen Hotel wohnt. Es gibt keine Anzeichen dafür, dass er nach Seymour sucht, obwohl er in seiner letzten E-Mail an mich behauptete, ›kurz‹ davor zu sein, ihn zu finden.«

»Warum Marrakesch?«, fragte Eva.

Bosa zuckte mit den Schultern. »Keine Ahnung. Was mich beunruhigt, ist die E-Mail, die ich gerade von meiner Überwachungsfrau bekommen habe. Darin schreibt sie, Krot würde seinen gewohnten Tagesbeschäftigungen nachgehen, aber ihre Mail traf viel später ein als gewöhnlich. Und was noch merkwürdiger ist, sie hat nicht wie sonst um sofortige

Bezahlung für ihren Bericht gebeten. Ich muss wohl davon ausgehen, dass ihr untypisches Verhalten und Krots Aufenthaltsort neuen Ärger für mich bedeuten dürften.«

»Haben Sie Krot erzählt, dass der Padre und die Eichel-Brüder tot sind?«, fragte Judd.

»Nur das vom Padre. Und ich habe ihm gesagt, ich hätte dessen Kalksteinstücke. Solange er glaubt, ich würde noch nach Eichel suchen, besteht für ihn kein Anlass, einen Überraschungsbesuch von mir zu befürchten. Ich habe nämlich keine große Lust, direkt ins offene Messer zu laufen, und genau die Gefahr scheint mir in Marrakesch gerade zu bestehen. Natürlich könnte ich mich auch verkleiden, was in 99,9 Prozent aller Fälle funktioniert, aber Berufskollegen reinzulegen ist extrem schwer. Sie haben ja gesehen, wie schnell Eli Eichel mich erkannt hat, obwohl ich Chapmans Schneeuniform trug und meine Gesichtszüge und meine Frisur sich geändert hatten. Auf diese Weise würden wir Gefahr laufen, rasch aufzufliegen.«

»Und Ihr Alternativplan sind wir«, stellte Judd fest. »Sie brauchen uns, damit wir Ihnen helfen.«

»Wenn Sie so gut sind, wie ich denke, Judd, sollten Sie in der Lage sein, dicht genug heranzukommen, um sich einen genauen Überblick zu verschaffen«, sagte Bosa. »Mich interessieren zwei Dinge. Erstens, der Aufenthaltsort von Seymour, und zweitens, ein sicheres, kontrollierbares Arrangement, wie ich mich mit Krot treffen kann.« Er ignorierte Eva und hielt den Blick fest auf Judd gerichtet.

Bevor er antworten konnte, drehte sich Eva zu ihm. Judd spürte, wie sie vor Empörung bebte.

»Judd, ich muss erst mehr über diese Operation wissen, du nicht?« Ihre Stimme klang so treuherzig, es fehlte nicht viel, und sie hätte dazu mit den Wimpern geklimpert.

Bosa fuhr entschlossen dazwischen. »Sie, mein liebes Fräulein, sind für so etwas viel zu unerfahren. Sie haben schon genug Scheiß gebaut. Noch mehr Querschläger kann ich nicht gebrauchen. Sie bleiben schön hier im Flugzeug.«

»Ach was«, sagte sie gedehnt. »Ich wüsste nicht, wie man mehr Scheiße bauen könnte, als Sie das getan haben. Erst gelingt es Ihnen nicht, das Geld zu kassieren, das man Ihnen schuldet. Lautet nicht sogar eine Ihrer eigenen Regeln, dass jeder, der Sie reinlegt, dafür mit dem Leben bezahlt? Klar doch, bloß durchsetzen konnten Sie die Regel nicht. Dann haben Sie es zugelassen, dass Morgan die Tafel fallen ließ und das kostbare Teil zerbrach. Und als Sie merkten, dass einer Ihrer ›Kollegen‹ es auf Judd und mich abgesehen hat, da mussten Sie zu unserer ›Rettung‹ unbedingt ein Riesenchaos veranstalten und unter anderem meine scheiß Entführung inszenieren, die mich prompt meinen Job gekostet hat.«

Bosa betrachtete sie mit mürrischem Blick.

Judd mischte sich ein. »Da hat sie nicht ganz unrecht. Sie mag eine Anfängerin sein, aber eine brauchbare.«

Bosa hob die Augenbrauen und schien sie zu taxieren.

Sie starrte ihn an. Ihre blauen Augen funkelten silbrig vor Wut.

Bosa schob die Lippen vor und wirkte gereizt. Dann drang aus seiner Kehle ein Laut, der wie ein beginnendes Glucksen klang. »In Ordnung, Eva ist dabei«, entschied er. »Und jetzt, zu Krot ... hier sind Fotos, die meine Überwachungsfrau von ihm und seiner Bekannten gemacht hat.« Er reichte ihnen Kopien.

Eva und Judd steckten die Köpfe zusammen und studierten die kleine Blondine und den großen, dunkelhaarigen Mann. Es gab mehrere Einzelfotos und eins von beiden.

»Hier gibt es nichts, an dem man erkennen könnte, wie gefährlich er zu sein scheint«, sagte Judd.

»Genau«, bestätigte Bosa. »Er ist im Hotel unter dem Namen Piotr Azarow abgestiegen. Sie nennt sich Francesca Fabiano, aber nach einer Weile begann er, sie mit Katia anzureden. Beide sprechen Russisch. Er macht den Eindruck, sie wirklich zu mögen, aber das will nichts heißen. Seine Spezialität ist ungewöhnlich – er verfügt über die beispiellose Fähigkeit, auf die emotionalen Bedürfnisse anderer einzugehen. Er ist im höchsten Maße manipulativ. Dieses Talent hat er immer und immer wieder dazu benutzt, seine Opfer in eine Lage zu manövrieren, in der er sie dann problemlos ausschalten kann.«

49

Washington, D. C.

Um Punkt 7 Uhr 55 parkte Scott Bridgeman seinen Wagen und betrat das Catapult-Hauptquartier. Gloria saß an ihrem Schreibtisch und ordnete verschiedenfarbig markierte Aktenmappen akkurat auf diverse Stapel. Ohne ihre Arbeit zu unterbrechen, sah sie auf und verfolgte, wie er den Gang auf sie zukam.

»Morgen, Chef«, sagte sie.

»Morgen, Gloria.« Es zahlte sich aus, freundlich zu Gloria zu sein. Keiner wusste besser Bescheid, was im Haus und manchmal sogar in den Schaltzentralen von Langley los war. »Schicken Sie Tucker bitte in mein Büro.« Er lief an ihr vorbei auf sein Büro zu.

»Kann ich nicht, Chef. Sorry.«

Er blieb stehen. Gewöhnlich war sie guter Laune, heute jedoch nicht. Er musterte ihre ernste Miene. Dass sie Informationen zurückhielt, war offenkundig.

»Warum nicht?«, fragte er nach.

Sie stand auf, strich ihren karierten Rock glatt und straffte ihren roten Pullover. Dann trat sie an seine Bürotür, öffnete sie und sagte: »Wir sprechen besser unter vier Augen weiter.«

Einen Moment war er verunsichert. Ihr Gesicht wirkte beinahe fahl. Er lief an ihr vorbei. »Was bedrückt Sie denn?

Oder ist jemand gestorben?« Es sollte ein Witz sein. Wahrscheinlich hatte bloß wieder der sechste Stock irgendeine boshafte Hausmitteilung losgeschickt. Gloria konnte solche Dinge sehr persönlich nehmen.

Während er sich hinter seinen Schreibtisch stellte, schloss sie die Tür und wandte sich um.

Sie legte die Hände vor sich zusammen. »Tucker Andersen ist in den Kopf geschossen worden. Er liegt im Merrittville Krankenhaus in Maryland auf der Notfallchirurgie. Seine Frau Karen ist bei ihm. Ich habe ein Zwei-Mann-Team von Catapult hochgeschickt, um permanent auf Tucker aufzupassen. Die Ärzte haben ein MRT gemacht und andere Tests. Bei meinem letzten Gespräch mit Karen wurde gerade eine Notfalloperation durchgeführt. Es gab Blutungen unterhalb der Schädeldecke, und sie mussten den Druck auf das Gehirn reduzieren. Ich hoffe demnächst einen Rückruf zu erhalten und zu erfahren, wie die Operation gelaufen ist. Sonst habe ich noch niemandem hier etwas erzählt.«

»Ach, du meine Güte.« Er setzte sich in seinen Chefsessel.

»Wir wissen noch nicht, ob er durchkommen wird. Sie hoffen das Beste.«

Seine Stimme wurde härter. »Meinem letzten Kenntnisstand zufolge befanden Tucker und Judd Ryder sich auf dem Weg zum Haus von Martin Chapman.«

Ihre Brauen hoben sich erstaunt: »Sie wussten davon?«

Er ignorierte ihre Frage. »Ist dort auf ihn geschossen worden? Ich möchte alles genau wissen. Jede Einzelheit.«

Sie setzte sich, faltete die Hände auf dem Schoß und fasste die Ereignisse zusammen.

Er hörte ihr mit wachsender Verärgerung zu. Unter den Toten waren Martin Chapman und die Eichel-Brüder. Eva Blake war beteiligt, genau wie der Carnivore. Blake, Ryder und der Carnivore waren irgendwohin weitergeflogen und hatten einen Berg Leichen zurückgelassen.

»Ihnen ist schon klar, dass dies mehr als nur übel ist, oder, Gloria?«, sagte Bridgeman.

Sie sah auf die Spitzen ihrer schwarzen Pumps. »Ja, Sir.«

»Haben die Behörden in Maryland herausgefunden, dass Catapult involviert ist?«

Sie schüttelte den Kopf. »Ich habe das im Auge behalten. Derzeit verfolgen sie mehrere Theorien. Eine davon ist, dass es einen Raubüberfall gab, Chapmans Sicherheitsleute dazwischengingen und die Räuber flohen, bevor die Polizei eintraf. In dem Haus gibt es eine Menge kostbarer Sachen. Sie hoffen, von Chapmans Anwalt eine Bestandsliste zu bekommen, anhand der sie überprüfen können, ob etwas fehlt. Eine andere Theorie, die sie verfolgen, lautet, dass es sich um einen Rachemord wegen Chapmans Finanzgeschäften handelt. In den Augen der Leute, deren Firmen er aufkaufte, oder der Banken, die draufzahlten, wenn eins seiner gigantischen Kartenhäuser einstürzte, war er nicht unbedingt ein Unschuldsengel, vor allem, da er irgendwie immer seinen Schnitt machte.«

Bridgeman stieß einen Seufzer aus. »Weiß Langley davon?«

»Natürlich nicht. Diese Entscheidung liegt bei Ihnen.«

»Wo stecken sie jetzt?«

»Judd und Eva? Keine Ahnung.«

Er starrte sie an.

Unbehaglich rutschte sie auf ihrem Stuhl hin und her. »Ehrlich, ich weiß es nicht.«

Er nickte. »Sollten sie anrufen, informieren Sie mich umgehend. Jetzt ist Schadensbegrenzung angesagt. Es ist unwahrscheinlich, dass sie in den Vereinigten Staaten bleiben.

Das wäre zu gefährlich für sie. Geben Sie Interpol Bescheid. Sagen Sie ihnen, wir suchen Judd Ryder und Eva Blake wegen möglicher Verwicklung in einen Mehrfachmord, dem auch zwei internationale Auftragskiller zum Opfer fielen, und dass ein dritter Killer sich vermutlich im Umfeld von Ryder und Blake aufhält. Alle sind bewaffnet und gefährlich – die üblichen Warnungen. Schicken Sie Fotos raus, Lebensläufe, alles, was Sie finden. Wir wollen, dass sie möglichst schnell aus dem Verkehr gezogen werden. Das ist alles. Legen Sie los.«

Gloria bewegte sich nicht von der Stelle. »Tucker hatte recht – innerhalb unserer Landesgrenzen operieren derzeit tatsächlich internationale Auftragskiller. Vielleicht stimmt es ja, dass es sich erst um den Anfang von etwas viel Schlimmerem handelt. Sollten wir nicht erst herausfinden, was die alle hier wollten?«

»Tucker hat so viele Lügengeschichten erzählt, wahrscheinlich wusste er gar nicht, dass es in diesem Fall die Wahrheit war. Es deutet jedoch nichts darauf hin, dass die Killer irgendetwas Illegales im Schilde führten. Mal abgesehen von dem gegenseitigen Töten, und in manchen Kreisen gilt ein Schwund an Killern als positive Entwicklung.«

»Und der Tod von Martin Chapman?«

Bridgeman zuckte mit den Schultern. »Chapman wurde von einer Kugel getroffen und starb. Sie könnte auch aus Tuckers Waffe stammen.«

»Wenn Tucker sie abgefeuert hat, dann sicherlich in Notwehr. Die ganze Sache in der Bibliothek könnte ein Angriff auf Tucker, Judd und Eva gewesen sein.«

»Oder das Gegenteil. Sie könnten es genauso gut auf Chapman abgesehen haben. Bedauerlicherweise kann Chapman es uns nicht mehr erzählen, und den Behauptungen von Tucker, Ryder, Blake oder dem Carnivore ist nur schwer Glauben zu schenken.«

Ihre Brauen wanderten in die Höhe. Sie wechselte das Thema. »Möchten Sie, dass ich all unsere Leute in der Kantine zusammenrufe, damit Sie ihnen von Tuckers Kopfverletzung erzählen? Wenn es Ihnen lieber ist, kann ich sie auch selbst davon unterrichten. Sie werden gewiss sehr aufgebracht sein.«

Seine Miene verfinsterte sich. »Selbstverständlich übernehme ich das«, erklärte er mit Nachdruck. »Das ist meine Aufgabe. Geben Sie mir Bescheid, wenn alle da sind.« Er würde die langjährigen Verdienste Tuckers hervorheben und nicht erwähnen, dass der alte Agentenchef zuletzt nur noch ein Schatten früherer Tage gewesen war.

Gloria nickte und öffnete die Tür.

Aber Bridgeman war noch nicht fertig. »Sie werden bemerkt haben, dass ich nicht gefragt habe, warum Sie mich nicht sofort nach dem Anruf von Ryder benachrichtigt haben. Das war eine Pflichtverletzung Ihrerseits. Ich werde dieses Mal noch darüber hinwegsehen, aber geben Sie mir nie wieder Anlass, an Ihrer Zuverlässigkeit zu zweifeln.«

50

Marrakesch, Marokko

Schnurrend wie eine Katze, streckte und dehnte sich Katia im Bett. Zufrieden seufzte sie. Sie hatten lange geschlafen. Es war schon fast Mittag.

»Hallo, mein Schatz. Bist du wach?« Piotr trat splitternackt aus dem Badezimmer und rieb sich die Haare mit einem Handtuch trocken.

»Ja.« Sie kuschelte sich wieder in die Bettdecke und betrachtete über das Laken hinweg seine tiefen Gesichtsfalten, das schwarze Haar auf seiner Brust, sein krauses, ebenfalls schwarzes Schamhaar und den auf Halbmast stehenden Schwanz. »Nachschlag gefällig?«, fragte sie.

Er war ans Fenster getreten, um sich das Wetter anzusehen. Abrupt schnellte er herum. Er setzte ein breites Grinsen auf, knüllte das Handtuch zusammen und schlich mit gesenktem Kopf auf sie zu. Dann schleuderte er das Handtuch auf sie. »Du wirst mich noch fix und fertig machen.«

Sie richtete sich auf und schnappte das Handtuch. »Das glaube ich nicht.«

Piotr ging in sein Zimmer, um sich frische Sachen anzuziehen, während sie duschte. Als er in gebügeltem weißem Hemd und hellgrauen Leinenhosen zurückkehrte, war sie bereits fertig und trug ihr blaues Lieblings-Sommerkleid.

»Du siehst wunderschön aus.« Er reichte ihr eine pinkfarbene Rose. »Die habe ich aus einer Vase im Flur gestohlen, aber solange sie im Hotel bleibt, ist es doch kein richtiger Diebstahl, oder?«

»Erwarte bloß nicht von mir, dass ich dich von all deinen kleinen Sünden freispreche.« Sie lächelte. »Trotzdem vielen Dank. Das ist bezaubernd von dir.«

Zusammen mit Piotr war auch das Frühstück eingetroffen. Na ja, eigentlich eher der Brunch, dachte Katia. Es war eine lange Nacht gewesen, in der sie abwechselnd geschlafen und sich geliebt hatten. Nun saßen sie einander gegenüber, tranken ihren Milchkaffee und aßen ihre Croissants.

»Wenn ich weiter ständig Croissants esse, werde ich noch richtig fett«, warnte sie ihn.

»Unwahrscheinlich. Und wenn doch, gibt es ja nur noch mehr von dem, was ich liebe.« Er lächelte.

»Hast du immer schon so gut ausgesehen?«

Er lachte. »Nein. Da haben die kosmetischen Operationen schon geholfen. Warum?«

»Ich bin davon ausgegangen, dass man sich ein möglichst nichtssagendes Aussehen verpasst, wenn man nicht auffallen will.«

»Unter normalen Umständen hast du recht. Aber meine letzte Operation erfolgte, kurz nachdem ich mich zur Ruhe gesetzt hatte, und da sollte mir ein etwas attraktiveres Aussehen den Anschein verleihen, gerade nicht in diesem Beruf gearbeitet zu haben.«

»Lässt du dir einen Bart stehen?« Sie griff über den Tisch und strich über seine Urlaubsstoppel. Die Haare waren bereits länger und fühlten sich elastisch und weich an.

»Mit dem Bart werde ich lieber bis zum Winter warten. Mal sehen, ob er dir dann gefällt.«

Sie geriet ins Stocken. Was wollte er damit sagen?

»Du siehst überrascht aus.« Er lächelte wieder. »Was dachtest du denn? Natürlich werden wir im Winter noch zusammen sein, und im nächsten Winter und in dem danach.« Er sah sie fragend an. »Es sei denn, du hast etwas dagegen.«

Sie hörte auf ihr Herz. Augenblicklich war sie viel zu wenig bei Sinnen, um ihren Verstand zu befragen. »Klingt gut. Einen Tag nach dem anderen, okay?«

Er hielt seine Kaffeetasse in einer Hand und lehnte sich zurück. »Ich muss mit dir über etwas sprechen, dass heute Nacht geschehen ist. Ich wollte dich nicht ängstigen, aber ich habe mir Sorgen gemacht wegen dieser Frau, die dich ständig fotografierte. Ich dachte mir, wenn sie dich tatsächlich verfolgt, dann würde ich sie vielleicht vor dem Hotel erwischen. Also bin ich heute Morgen um drei aufgestanden und habe nachgesehen. Die Frau habe ich zwar nicht entdeckt, aber ihre Auftraggeberin, die eigentlich für die Observation verantwortlich ist. Der Name, unter dem sie auftrat, war Laura Billingsley. Sie bezahlte die ältere Frau dafür, zur Ablenkung Fotos zu machen, weil sie selbst mich beobachtete, nicht dich. Am Ende hat Billingsley die Frau umgebracht, wahrscheinlich um die einzige Zeugin für ihre eigenen Aktivitäten zu beseitigen.«

Katia schlug sich die Hand vor den Mund. Sie war sprachlos und völlig entsetzt.

Piotr atmete tief ein. »Billingsley hat bei meiner Verfolgung ganz erfolgreiche Arbeit geleistet. Sie wusste, wer ich bin, und sie hat genug von unseren Gesprächen mitbekommen, um zu wissen, dass wir Russisch sprechen und dass du zwei Vornamen hast. Sie hat mich mit einer Luger bedroht. Ich musste sie erschießen. Sie ist tot.«

Katia schnappte nach Luft.

»Meine Vergangenheit lässt mich nicht los«, sagte er leise. »Ich habe immer und immer wieder versucht, sie hinter mir zu lassen, und dann passieren solche Dinge.«

Sie schwieg.

»Katia? Liebling?«

Schwankend stand sie auf. »Gib mir einen Moment.«

Ihre Beine waren kraftlos. Unsicher ging sie ins Badezimmer, schloss die Tür hinter sich und lehnte sich dagegen. Nachdem sie einige Male tief durchgeatmet hatte, trat sie an das Waschbecken und drehte das kalte Wasser auf. Sie beugte sich vor und spritzte sich Wasser ins Gesicht, bis es taub wurde. Sie nahm ein Handtuch und drückte es gegen ihre Haut. Es roch nach Piotr. Sie unterdrückte ein Schluchzen.

Während sie ihr Spiegelbild anstarrte, fragte sie sich, wie wohl ihre Mutter auf die Nachricht reagiert hatte, dass ihr Mann für den KGB gezielt Menschen beseitigte. Hatte sie sich gefühlt, als hätte ihr gerade jemand einen Schlag in die Magengrube verpasst? Oder hatte sie es akzeptiert, da er damit eine ehrenvolle Aufgabe für sein Land erfüllte? Piotr jedoch konnte sich nicht länger mit der Erfüllung patriotischer Pflichten herausreden.

Sie hielt den Blick unverwandt geradeaus gerichtet, nur ihre Augen zogen sich zusammen, als sie angestrengt versuchte, sich daran zu erinnern, was Piotr noch gesagt hatte. Bei seinen Worten, dass er die Frau erschossen hatte, schien ihr Kopf sofort abgeschaltet zu haben. Jetzt fiel es ihr wieder ein – die Frau war gefährlich gewesen. Sie hatte ihn mit einer Waffe bedroht. Piotr hatte nur getan, was er zu seinem, aber auch zu ihrem Schutz tun musste.

Der Schreck verflüchtigte sich wie ein rasch weiterziehendes Sommergewitter. Sie war selbst verblüfft, wie ruhig sie sich fühlte. Die Situation überforderte sie nicht.

Als sie die Tür öffnete, sah sie Piotr, der mit hinter dem Rücken verschränkten Händen im Zimmer auf und ab lief. Er wandte sich mit fragendem Blick zu ihr um.

»Danke, dass du es mir erzählt hast, Piotr«, sagte sie. »Gibt es irgendetwas, das dich mit Billingsleys Tod in Verbindung bringen könnte?«

»Ich denke nicht. Ihre Leiche habe ich im Suq gelassen. Da hat die Polizei sowieso wenig Freunde.« Er kam mit besorgter Miene auf sie zu. »Du machst mir also keine Vorwürfe für mein Handeln? Verzeihst du mir?«

»Natürlich, Liebling. Es ist gut, dass du genau wusstest, was getan werden muss. Du hast den Anschlag überlebt und anschließend das entstandene Durcheinander beseitigt. Jetzt können wir beide uns wieder um uns kümmern.«

»Noch nicht ganz.« Er zog einen kleinen Rucksack aus der untersten Schublade der Kommode. »Der gehörte Billingsley. Hilfst du mir, ihn zu durchsuchen?«

»Na klar.«

Er kippte den Inhalt auf das Tischchen, an dem sie gefrühstückt hatten. Sie setzten sich hin.

Zuerst war da die Luger. »Mit der hat Billingsley mich bedroht.« Er untersuchte die Waffe. »Es steckt schon eine Kugel in der Kammer. Sie war bereit.« Er nahm eine Tube Lipgloss und drückte sie auf einem Taschentuch aus. »Nichts im Innern versteckt.« Er reichte ihr den Stadtplan von Marrakesch. »Sieh doch mal nach, ob sie irgendetwas darauf notiert hat, ja? Namen, eine Streckeneinzeichnung, irgendetwas.«

Während er die Brieftasche öffnete, klappte sie die Karte aus. Erst untersuchte sie das Straßennetz, dann die Liste der Straßennamen. »Keine Notizen, keine Anstreichungen irgendwelcher Art«, erklärte sie.

Die Brieftasche bestand aus schwarzer Mikrofaser und machte einen nagelneuen Eindruck. Er zählte das Bargeld. »Sie hatte sechshundert Euro und fünfhundert Dirhams bei sich, dazu eine Kreditkarte und einen Führerschein, beide ausgestellt auf Laura Billingsley.« Er sah auf seine Uhr und verzog das Gesicht. »Es ist zwei Uhr. Zeit für die Nachrichten.«

Er schaltete den Fernseher ein und drehte ihn so, dass sie von ihrem Tischchen aus das Bild sehen konnten. Die Landesnachrichten begannen mit Berichten aus Tanger, Casablanca und Tarfaya, in denen politische Ereignisse und Verbrechen geschildert wurden. Die Beiträge waren auf Arabisch und Französisch mit gelegentlichen englischen Eigennamen. Piotr übersetzte das ein oder andere für sie. Schließlich kam ein Sprecher mit Lokalnachrichten ins Bild. Die erste Meldung betraf einen tödlichen Skiunfall in den Bergen.

Als die Farbzeichnung einer jungen europäischen Frau mit schmalem Gesicht und langen braunen Haaren auf dem Bildschirm erschien, sagte Piotr: »Das ist sie. Die Polizei glaubt, dass sie einem Raubüberfall zum Opfer gefallen ist.«

»Warum hat sie dich verfolgt?«

»Beauftragt hat sie ein ehemaliger Berufskollege von mir, der unter diversen Decknamen auftritt. Allgemein bekannt ist er als der Carnivore. Er ist ein unabhängiger Assassine. Ich glaube, er hat vor, mich auszuschalten.«

Sie zuckte zusammen.

Er hielt das Milestone aus Billingsleys Rucksack hoch. »Ich habe mir die E-Mail-Berichte angesehen, die sie an ihn geschickt hat. Da ich nicht wollte, dass er von ihrem Tod erfährt, habe ich einen neuen Bericht in ihrem Namen verfasst. Ich bin auch unter meinem eigenen Namen mit ihm in Verbindung geblieben. Wenn Billingsley dem Carnivore über mich Bericht erstattet hat, dann wird sie ihm auch von dir erzählt haben. Er könnte also nach dir suchen, um herauszufinden, wo ich mich aufhalte.«

Sie machte ein beunruhigtes Gesicht. »Worin seid ihr beide denn verwickelt?«

Er sprang auf und lief herum, wirkte für einen Moment unruhig und fehl am Platz. Wie ein Kosake ohne Pferd. Dann wandte er sich um. »Lass uns rausgehen. Mir fällt hier die Decke auf den Kopf. Wir reden draußen weiter.«

Sie machten sich fertig. Er steckte seine Pistole in seinen Schulterholster und zog ein Jackett darüber. Sie starrte erst auf die Waffe, dann zu ihm und seiner völlig lässigen Haltung. Ein unangenehmer Schauer lief ihr über die Haut. Sie fuhren mit dem Aufzug in die Lobby und standen wenig später in den tiefen Schatten des späten Nachmittags.

Er hielt ein Taxi an. »Uns bleibt noch Zeit, also spielen wir doch weiter die Touristen. Mit dir macht das richtig Spaß.« Sie stiegen ein, und er sagte zum Fahrer: »Maison Tiskiwin.«

Er schien stets genau zu wissen, was zu tun war. Auch sie hatte das dringende Bedürfnis verspürt, aus dem Zimmer nach draußen zu kommen. Der Verkehr war dicht und laut, so unbändig wie Marrakesch selbst.

»Erzähl mir, was los ist.« Sie betrachtete Piotrs dunkles Gesicht.

Er nickte. »Vor einigen Jahren haben sechs von uns sich zusammengetan, um für Saddam Hussein eine Reihe von Leuten auszuschalten.« Er beschrieb den milliardenschweren Raubzug Saddams und wie die Finanzexperten das Vermögen für ihn versteckt hatten. »Der Mann, den Saddam mit der Organisation der Jobs betraute, war Burleigh Morgan. Morgan selbst war für einen Schweizer Banker zuständig. Ich übernahm einen Investmentbanker aus Moskau. Eli

Eichel bekam einen Saudi. Der Carnivore erledigte einen Banker aus Liechtenstein, der Padre einen aus Rom. Und Seymour kümmerte sich um das Superhirn hinter dem ganzen Anlagesystem – Toma Asker. Ich erzähle das alles so haarklein, damit du auch weißt, dass ich nichts verschweige.« Er griff in sein Jackett und brachte eine Aluminiumbox zum Vorschein, die er in ihre Hand legte. »Sag mir, wofür du das hältst.«

Sie löste den Schnappverschluss und öffnete den Deckel. Im Innern lagen vier wattierte Päckchen. Sie zog die Klettbänder auf und packte alle vier aus. Verwirrt sagte sie: »Sieht aus wie Stücke aus Kalkstein, in die komische Zeichen geritzt sind.«

»Ja, das sind Teile einer antiken Keilschrifttafel, einer überaus kostbaren.« Er hatte immer wieder durch die Rückscheibe gesehen. Jetzt erstarrte sein Blick.

Sie drehte sich ebenfalls um. Dämmerung fiel über die Stadt, die im schwindenden Licht purpurfarben wirkte.

»Hast du den schwarzen Mercedes gesehen?« Seine Stimme klang angespannt. »Es war ein E 350 mit algerischem Nummernschild.« Als sie den Kopf schüttelte, fuhr er fort: »Ich dachte, er verfolgt uns, aber er ist abgebogen.«

Jetzt verstand sie. »In Wahrheit wolltest du das Hotel verlassen, um herauszufinden, ob wir noch immer verfolgt werden.«

»Entschuldige, Liebling. Ich habe dir wirklich keinen großen Gefallen getan, als ich mich in dich verliebte.«

51

Maison Tiskiwin war ein stattliches marokkanisches Haus mit eleganten Torbögen und alten Wandfliesen, in dem eine Fülle von historischen Objekten und Kunstgegenständen den Weg der legendären Goldroute nachzeichneten, auf dem die Karawanen einst vom Atlasgebirge bis nach Timbuktu zogen. Katia tat, als würde sie die Ausstellungsstücke betrachten, warf jedoch ständig nervöse Blicke auf die Wachleute und andere Besucher. Auch Piotr behielt heimlich alles aufmerksam im Auge.

»Mal abgesehen davon, den Carnivore nicht an dich heranzulassen, worauf hast du es eigentlich abgesehen?«, flüsterte sie.

»Ich muss Seymour finden«, sagte Piotr ihr leise. »Damals, in Zeiten des Kalten Kriegs, war er beim Islamischen Dschihad. Grigori, dein Vater, hat ihn in Athen bei einem gemeinsamen Auftrag kennengelernt. In der Folgezeit intensivierte sich die persönliche Verbindung, da beide Organisationen davon profitierten, bis sich schließlich eine Freundschaft zwischen den Männern entwickelte. Und als dein Vater sich dann später unabhängig machte, tat Seymour es ihm nach …«

Sie hörte nicht mehr, was er danach sagte. Angestrengt suchte sie nach einer Erklärung dafür, weshalb er ihr gerade von der engen Beziehung zwischen ihrem Vater und Seymour erzählt hatte.

Er sah mit fragendem Blick zu ihr hinab. »Ich brauche deine Hilfe, Katia.«

Rasende Wut schoss in ihr hoch. »Schwachsinn!« Nur mit größter Mühe gelang es ihr, leise zu sprechen. »Du verfluchter Mistkerl. Nur aus diesem Grund bist du nach Marrakesch gekommen. Du hast geglaubt, du könntest über mich an meinen Vater herankommen, um ihn dann dazu zu benutzen, Seymour zu finden.«

»Das ist zum Teil wahr. Aber was ich dir bereits gesagt habe, ist ebenso wahr – ich wollte Rosas Tochter wiedertreffen.« Seine Miene war ernst. »Ich wollte dich treffen. Wir teilen eine Vergangenheit, von der kaum jemand überhaupt weiß, dass es sie gibt. Nicht gerechnet hatte ich allerdings damit, mich in dich zu verlieben.«

Sie sah sich um. Zwei Pärchen standen vor Ausstellungskästen mit Gürteln und Umhängetüchern, aber sie schenkten ihnen auch immer wieder Seitenblicke, die bedeuteten, dass sie die Spannungen bemerkt hatten. Katia sparte sich das Flüstern: »Du hast mich hierhergebracht, damit ich keine Szene mache.« Sie wandte sich brüsk ab und marschierte zurück zum Eingang des Museums. Wie hatte sie nur so dämlich sein können.

Wie ein unerwünschter Schatten war Piotr sofort an ihrer Seite.

»Bitte, glaub mir, Katia«, flüsterte er. »Ich liebe dich wirklich. Ich möchte dich heiraten.«

»Lügner.«

»Du weißt, dass ich die Wahrheit sage. Das war noch nicht alles …« Er beugte sich zu ihr und redete in einem gedämpften, fast hypnotisierenden Ton: »Grigori und Seymour sind 2003 von der Bildfläche verschwunden.« Er nahm ihre Hand und zwang sie, anzuhalten und ihn anzusehen. Seine Hände legten sich um ihre. »Ich weiß, dass Grigori sich mit dir in Verbindung gesetzt hat. Das hat er selbst gesagt. Er hat deine Mutter geliebt, und er hat dich geliebt. Es ist vollkommen ausgeschlossen, dass er die Verbindung einfach abbrechen lässt. Wo ist er, Katia? Wo ist Grigori? Ich muss es wirklich wissen. Er wird mir bestimmt sagen können, wie ich Seymour finde.«

Sie versuchte, ihre Stimme frei von Bitternis zu halten. »Erst tust du so, als wären wir uns noch nie begegnet. Dann erzählst du mir, du hättest dich zur Ruhe gesetzt. Du hast meine Einsamkeit bemerkt und sie benutzt, um mir nahezukommen. Du warst so nett, so attraktiv, so mitfühlend. Aber das alles geschah nur aus einem einzigen Grund … weil ich Girgoris Tochter bin – nicht weil ich Rosas Tochter bin. Weil du unbedingt Seymour finden möchtest – nicht weil du dich in mich verliebt hast. Jetzt verstehe ich auch, warum sie dich den Maulwurf nennen. Du bist hinterlistig, ein meisterhafter Manipulator. Keinem gelingt es, deine wahren Motive zu erkennen – bis es zu spät ist.« Sie entriss ihm ihre Hände. »Aber für mich ist es noch nicht zu spät.« Sie trat einen Schritt zurück.

»Oh, Gott, Katia. Ich wollte dich doch nicht verletzen. Es tut mir leid.«

In seinem Gesicht lag eine solche Verzweiflung, fast wäre sie ins Wanken gekommen.

Er deutete auf die Vitrine neben ihnen. Ausgestellt waren dort herrliche Ketten, Armbänder und Ringe. »Du funkelst mehr als jeder Edelstein, Katia. Wer hätte gedacht, ich würde einmal einem so wundervollen Menschen wie dir begegnen und mich in dich verlieben. Eigentlich bin ich in der Hoffnung hergekommen, dich zu überreden, mir zu helfen. Aber sobald ich dich sah, hat sich alles für mich geändert. Du bist wunderschön und hinreißend, und wir passen einfach zusammen. Ich hatte mich wirklich zur Ruhe gesetzt, bis dieser Mist mit der Tafel anfing. Kannst du mir jemals meine Bitte verzeihen, mich in Kontakt mit deinem Vater zu bringen?«

Sie schüttelte wütend den Kopf. »Lass uns hier verschwinden.«

Schweigend durchquerten sie zwei weitere Zimmer und traten durch den Vordereingang des Museums. Draußen war es dunkel geworden, eine glänzend schwarze Nacht, die nur von Autoscheinwerfern, Straßenlaternen und gelegentlich aufflammenden Feuerzeugen durchbrochen wurde.

Piotr betrachtete den Verkehr und die Fußgängergruppen aus Touristen und Einheimischen.

Plötzlich erstarrte er. »Hast du den schwarzen Mercedes gesehen? Er hat abgebremst beim Vorbeifahren.«

Ihre Kehle schnürte sich zusammen. »Der Wagen, der unserem Taxi gefolgt ist?«

Er packte ihren Arm. »Ja, schnell!«

Sie rasten den Bürgersteig hinunter, kurvten um Passanten und sprangen Radfahrern aus dem Weg. Er reckte sich und beobachtete den in beide Richtungen fließenden Autoverkehr. Unvermittelt zog er sie hinter einen Obstkarren. Der Esel drehte sich um und stieß einen lauten Schrei aus. Sie duckten die Köpfe und sahen zur Straße. Dann erschien der schwarze Mercedes E 350 mit dem algerischen Nummernschild und kam im Licht der Straßenlaternen direkt auf sie zu. Er war jetzt unmittelbar vor ihnen.

»Ich kann das Gesicht des Fahrers nicht richtig erkennen«, sagte sie beunruhigt.

Der Fahrer hatte den Schirm seiner Kappe so tief über die Augen gezogen, dass nur Mund und Kinn zu sehen waren. Aufmerksam wanderte sein Blick über den Bürgersteig. Piotr blieb völlig auf die Luxuslimousine konzentriert und sagte nichts. Der Wagen bremste erneut stark ab und glitt dann vorbei.

Sobald er außer Sicht war, liefen sie weiter. Sie pressten sich an Häuserwände, blieben im Schutz von Markisen, und als der Mercedes ein drittes Mal auftauchte, sprangen sie rasch in einen zurückversetzten Eingang. Der Wagen verschwand. Piotr packte ihre Hand. Zehn Meter weiter liefen sie gemeinsam in ein Geschäft, das französische Waren verkaufte, und verließen es sofort wieder durch die Hintertür, die auf ein schmales Gässchen führte. Gebäude ragten rechts und links auf, schoben ihre Balkone über den unbefestigten Weg und ließen ihn wie einen Tunnel aussehen. Sie verlangsamten ihren Schritt und sondierten die Lage.

Katia zitterte am ganzen Leib. Sie hatte noch nie um ihr Leben laufen müssen. Die Handtasche fest an die Brust gedrückt, entfuhr ihr unwillkürlich das Geständnis: »Ich habe Angst um dich. Wenn dich der Carnivore heute Abend nicht finden kann, hört er dann auf?«

»Wahrscheinlich nicht, aber ich komme schon zurecht. Vergiss nicht, ich bin schon ganz schön lange in diesem Geschäft.«

Sie nickte, doch das flaue Gefühl in der Magengrube wollte nicht verschwinden.

Am Ausgang der Gasse stellten sie sich dicht an eine dunkle Häuserwand, von wo aus sie nach dem Mercedes Ausschau hielten. Er schlang seine Arme um sie, und einen kurzen Moment sträubte sie sich. Sie spürte seinen Herzschlag, fest und beruhigend.

»Hier können wir nicht bis in alle Ewigkeit bleiben, und ins Hotel zurück können wir auch nicht, da der Carnivore davon weiß.« Er nahm sein iPhone heraus. »Ich kenne einen

Ort, an dem wir sicher sind.« Er tippte eine Nummer ein und sprach mit jemandem namens Lisa, die er nach einem Zimmer fragte. »Ja, wir sind im Hotel Fashion abgestiegen.« Nach einer Pause gab er Katia mit einem Nicken zu verstehen, dass es funktionieren würde. Nachdem er sich verabschiedet hatte, wählte er erneut und verständigte ihr Hotel davon, dass ein Vertrauter Lisas vorbeikommen würde, um ihr Gepäck abzuholen.

Dann verließen sie die Gasse und gingen mit schnellen Schritten um den Häuserblock. Bei jedem Wagen, der sich näherte, fürchtete Katia für einige Sekunden, es könnte der Mercedes sein. Sie wechselten von einer Seitenstraße in die nächste, und nach einer Weile hatte sie die Orientierung verloren. Ihre Verwirrung wuchs noch, als Piotr sie an einer Reihe alter Häuser mit aufwendig geschnitzten Fenstern vorbeiführte.

»Wo sind wir?«, fragte sie.

»Auf der Rückseite des Suq.«

»Ich bin immer nur vom Marktplatz her gekommen.«

Er sah sich vorsichtig um. »Dieser Teil ist älter, eher das Wohnviertel sozusagen. Hier gibt's nicht so viele Geschäfte, und so viele lächelnde Gesichter. Wir sind gleich bei Lisa.«

52

Sie waren ein sympathisch wirkendes Pärchen in den Dreißigern, offen und kontaktfreudig. Mr. und Mrs. Roman. Sie war eine hübsche Rothaarige, die ihre langen Haare in einem Pferdeschwanz zurückgebunden hatte. Er hatte hellbraune Haare und ein von markanten Falten gezeichnetes Gesicht. Sie lächelten einander an, wenn sie sich unterhielten. Kaum hatten die beiden die Lobby des Hotel Fashion in Augenschein genommen, äußerte sie sich bewundernd über die kunstvoll verlegten Wandfliesen, während er sich für die bequemen Möbel interessierte. Sie verließen die Rezeption und steuerten ein Sofa in der Nähe der gläsernen Eingangstüren an, um auf ihren Freund Piotr Azarow zu warten.

»Verdammt rücksichtslos von Piotr«, nörgelte Greg vernehmlich. Sein britischer Akzent war unüberhörbar. »Haut der Sack einfach ab, ohne zu sagen, wann er wiederkommt, und lässt uns hier hocken wie bestellt und nicht abgeholt. Apropos ›bestellt‹, ich könnte einen Martini vertragen, einen schön trockenen.«

»Immer mit der Ruhe, mein Schatz.« Seine Frau Courtney tätschelte seinen Arm. Sie war offenkundig Amerikanerin. »Er ist einfach unterwegs, um die Zeit hier zu genießen. Urlaub ist dafür da, sich ein paar herrliche Tage zu machen.«

Sie nahmen auf dem Sofa Platz, und Courtney legte ihre große geflochtene Umhängetasche auf den Schoß. Die Tasche war schwer, denn ihre Waffe lag darin. Sie trug eine dunkelblaue Bluse aus einem dünnen Sommerstoff, die in Hosen im gleichen Farbton steckte. Mit den locker um den Hals geschlungenen Ärmeln ihres gelben Pullovers machte sie einen betont sportlichen Eindruck. Greg trug ein grelles Hawaiihemd, auf dem riesige grüne Palmwedel und orangefarbene Hibiskusblüten prangten. Seine Jeans sahen nach Designermodell aus, aber genau ließ sich das nicht ausmachen, da das Hawaiihemd weit über den Bund fiel und so die Beretta 9 mm verdeckte, die in einem Holster im Rücken steckte.

Wie nicht anders zu erwarten war, wandte sich die allgemeine Aufmerksamkeit bald dem Kommen, Gehen und den Anmeldeformalitäten anderer Gäste zu, wodurch Judd und Eva, alias »Mr. und Mrs. Roman«, zu bloßen Hintergrundfiguren verblassten.

Vom Sofa aus behielten sie die Eingangstüren im Blick. Eva war hoch konzentriert. Jedes Mal, wenn die Türen sich öffneten, wuchs der Druck, den sie auf sich spürte.

Nach zwei Stunden stand sie kurz davor, bei nächster Gelegenheit aus der Haut zu fahren.

Judd hatte sie genau beobachtet. »Warten ist immer das Schlimmste. Komm, wir fragen mal nach, wie's Tucker geht.«

»Ja, mach das.« Sie hatten schon zweimal angerufen und gehört, dass er operiert werden musste.

»Hallo, Gloria«, sagte Judd in sein Handy. »Nein, keine Bange, ich werde dir nicht erzählen, wo wir gerade sind. Bleib dran. Ich schalte auf Lautsprecher, damit Eva dich auch verstehen kann. Wie geht's Tucker?«

Judd und Eva rückten zusammen, bis ihre Schultern sich berührten, und beugten die Köpfe über das Telefon. Während sie die Hotelgäste beobachteten, die kamen und gingen, lauschten sie Glorias leiser Stimme. »Es gab innere Blutungen, und die Ärzte haben operiert, um den Druck auf das Gehirn zu mindern. Sie haben ihm einen Teil der Schädeldecke entfernt, was das übliche Verfahren zu sein scheint, wenn das Gehirn zu sehr anschwillt. Sie haben das Stück Schädeldecke dann eingefroren und hoffen, es wieder einsetzen zu können, wenn es ihm besser geht.«

Eva atmete tief ein. »Klingt gar nicht gut.«

»Die Operation selbst hat er gut überstanden, und jetzt überwachen sie seinen Zustand sehr aufmerksam«, erklärte Gloria ausweichend. »Ich weiß, ihr möchtet gerne in Verbindung bleiben, um herauszufinden, wie es ihm geht, aber Bridgeman hat hier das Kriegsrecht ausgerufen. Mir hat er aufgetragen, Interpol einzuschalten, damit die nach euch suchen. Noch habe ich das nicht getan, aber lange kann ich es nicht mehr aufschieben. Bislang hat er mich nicht danach gefragt, ob ich wieder von euch gehört habe, aber auch das ist nur eine Frage der Zeit.«

»Was wirst du ihm sagen?«, fragte Judd. *Wirst du für uns lügen?*, war die stumme Frage, die sich dahinter verbarg.

»Keine Ahnung. Ich muss jetzt los. Passt auf euch auf.« Die Verbindung wurde getrennt.

An der Rezeption stand ein Neuankömmling. Der kleine Mann mit der Hautfarbe von getrocknetem Lehm trug eine schwarze Baseballkappe und eine lange *Djellaba* aus weißem Leinen, die schwarz bestickt war. Er unterhielt sich auf Arabisch mit dem Empfangschef. Judd beherrschte die Sprache fließend, Eva hatte angefangen, sie zu lernen. Sie schnappte die Namen Piotr Azarow und Francesca Fabiano auf, und irgendetwas von Gepäckstücken. Der Empfangschef führte ein Telefonat. Der Mann mit der Baseballkappe drehte sich um und ließ seinen Blick durch die Lobby wandern.

Judd stand auf und streckte ihr die Hand entgegen.

»Komm, lass uns rausgehen, Liebling, an die frische Luft. Mein Arsch ist schon ganz taub von der Warterei.«

»Sieht aber immer noch schön stramm aus«, sagte sie fröhlich und erhob sich ebenfalls. Sie schob die Träger ihrer geflochtenen Umhängetasche über die linke Schulter, damit ihre Schusshand unbehindert war.

Sie traten durch die Glastüren in die kühle Abendluft. Taxis und Pick-ups rauschten vorbei. Sie gingen weiter bis an den Bordstein.

»Worüber haben sie gesprochen?«, flüsterte Eva.

»Sein Name ist Hata. Er ist hier, um das Gepäck von Krot und dessen Freundin abzuholen. Offenbar übernachten sie heute irgendwo im Suq.«

»Dann bringen wir einfach einen Sender an seinem Wagen an und folgen dem Gepäck.« Sie nahm eine kleine Schachtel aus ihrer Korbtasche, klappte sie auf und hielt ihm den Mikrosender hin, der darin lag.

Er winkte ab. »Besser, wenn du das machst. Ich lenke ihn ab, sobald wir den Wagen kennen.«

Die Glastüren wurden aufgedrückt, und Hata erschien rückwärtsgehend mit einem Messingkarren, auf dem zwei Rollkoffer, eine Reisetasche und eine Einkaufstüte gestapelt waren. Mit drei schnellen Schritten war Judd an der Tür und hielt sie ihm auf.

Eva hörte, wie er den Mann etwas auf Arabisch fragte. Hata schüttelte aber nur den Kopf. »*Mish bi iyd.*« Sein Wagen stand nicht weit entfernt.

Judd blieb an seiner Seite, während Hata den Gepäckkarren den Bürgersteig hinunterschob. Hata war zwar mehr als einen Kopf kleiner als Judd, aber er lief mit langen, energischen Schritten.

Eva folgte ihnen. Sie hörte Judd etwas über »Urlaub« und

»Tourist« sagen. Er wollte wissen, was man sich ansehen sollte. Hata antwortete einsilbig, doch Judd spielte weiter den redseligen Briten, der sich nicht abschütteln ließ und beharrlich nachbohrte. Vor einem schwarzen Citroën, der mit zwei Rädern auf dem Bürgersteig stand, stellte Hata die Karre ab.

Eva näherte sich rasch, aber noch gab es keine Gelegenheit, den Sender anzubringen, ohne von Hata dabei gesehen zu werden.

Hata zog einen Schlüsselbund aus der Tasche, drückte mit dem Daumen auf einen Knopf, und der Kofferraumdeckel des Citroëns sprang auf. Er drehte sich genau in dem Moment zu seinem Karren zurück, als Judd die Einkaufstüte und einen der Koffer packte.

In atemberaubender Geschwindigkeit riss Hata ein Stilett aus dem Innern seiner *Djellaba* und richtete es auf Judds Herz. Die nadelfeine Spitze blitzte im Laternenlicht auf.

»Dieb, Dieb!«, schrie er auf Arabisch.

Judd wich zurück und begann erregte Verteidigungsreden zu schwingen. Da er Tasche und Koffer nicht losließ, lockte er Hata damit ein Stück vom Wagen fort.

Eva trat auf die Straße und begann zu laufen. Autos rasten an ihr vorbei und wirbelten Staub auf.

Wütend zerrte Hata den Karren hinter sich her, während er den Oberkörper vorbeugte und entschlossen schien, jeden Augenblick mit seinem Stilett zuzustoßen. Judd tänzelte weiter zurück, jonglierte dabei mit Tüte und Koffer und schoss Worte mit der Geschwindigkeit einer Nagelpistole hervor. Soweit sie es verstehen konnte, versuchte Judd seinem Gegenüber klarzumachen, dass man freundliche Hilfe nicht einfach ausschlug.

Eva strich derweil am Kofferraum des Wagens vorbei und presste den winzigen Sender unter die Gummidichtung des hinteren Seitenfensters. Sobald das Elektroteil in den Türrahmen gerutscht war, ging sie eilig davon. Judd und Hata umtanzten einander noch immer auf höchst gefährliche Weise. Eva reckte den Kopf und nickte, als sie Judds Blick erhaschen konnte.

Sofort schleuderte Judd den Koffer und die Einkaufstüte auf Hata.

Unter wilden Beschimpfungen sprang der kleine Mann zur Seite, während Seidenpapier, feine Unterwäsche, Slips und BHs aus der Tüte flogen. Endlos Verwünschungen ausstoßend, kniete sich Hata hin, um die Wäsche wieder einzusammeln.

Eva sah, wie Judd davonlief. Als sie um die Ecke zu ihrem Mietwagen eilte, trat ein zufriedenes Lächeln in ihr Gesicht. Jetzt würden sie Krot finden.

53

Im mittelalterlichen Suq zogen Rauchschwaden der Holzkohlefeuer an geschlossenen Fensterläden vorbei. Fettgeruch lag in der Luft. Gassen schlängelten sich ineinander und formten ein undurchschaubares Gewirr. Mit Erleichterung bemerkte Katia, dass die Durchfahrt inzwischen zu schmal für den Mercedes war. Vielleicht waren sie ja jetzt endlich in Sicherheit.

»Wer ist diese Lisa, die du angerufen hast?«, fragte Katia.

»Ihre Name ist Lisa Kosciuch«, erklärte Piotr. »Aufgewachsen ist sie in Warschau und Leningrad. Wir kennen uns schon seit ewigen Zeiten. Ihre Pension ist höchst privat, einer von den Orten, den die Polizei lieber ignoriert und um den andere einen ängstlichen Bogen machen. Niemand redet viel über das Haus. Kein Außenstehender findet es, selbst wenn er gerüchteweise von seiner Existenz erfahren hat.« Er streckte kurz den Zeigefinger aus. »Das ist es.«

Sie hielten an einem dreigeschossigen Gebäude, in dessen niedriger Eingangstür ein rundes Guckfenster eingelassen war. Geschützt wurde das Fenster von einem kunstvoll gearbeiteten Gitter, dessen Eisenstäbe stark genug für eine Gefängniszelle gewesen wären.

Piotr klopfte. Kurz darauf öffnete sich das Fenster, und hinter dem Gitter erschien das Gesicht einer Frau mittleren Alters. Sie hatte hohe Wangenknochen, eine gerade Nase und ein kantiges Kinn. Tiefe Falten zogen sich kreuz und quer über ihre Wangen. Sie musste vor einiger Zeit eine echte Schönheit gewesen sein.

»Ah, du bist es, Piotr.« Sie hatte einen starken russischen Akzent.

»Hallo, Lisa«, sagte er. »Schön, dass du uns aufnehmen kannst.«

»Klar doch.«

Ihr Gesicht verschwand, und das Fenster wurde geschlossen. Piotr nahm seine Brieftasche heraus und zählte zehn Hundert-Dollar-Scheine ab. Die Tür öffnete sich.

Lisa winkte: »Kommt herein.«

Sie mussten sich beim Eintreten bücken, traten dann aber von der tristen Düsternis des Suq in ein helles Foyer mit hoher Decke, sonnengelben Wänden und einem Fußbodenmosaik aus blauen und grünen Fliesen. Katia sah sich interessiert um. Ein alter silberner Samowar stand auf einem Mahagonitisch. Die Hauptattraktion indes war Lisa selbst. Sie trug einen babyblauen Jogginganzug von Donna Karan, und ihre üppige graue Mähne wurde von silbernen Klammern nach hinten gehalten.

»Ich weiß deine Hilfe zu schätzen.« Piotr versuchte, ihr die Dollarscheine zu geben.

Sie winkte ab. »Ist stets ein großes Vergnügen, dich zu treffen, Piotr. Und wer ist die bezaubernde Dame?«

»Katia Lewintschew«, sagte Piotr ihr. »Katia, ich möchte dir eine Heldin des Kalten Kriegs vorstellen.«

Lisa lachte und machte eine wegwerfende Handbewegung. »Herzlich willkommen in meiner sicheren Burg.«

Piotr verstaute das Geld wieder in seiner Brieftasche, während Katia sich umsah. Der Raum war etwa zweieinhalb Meter breit und vier Meter lang und mündete in einen weit geschwungenen Türbogen, hinter dem ein Flur zu sehen war.

In dem Türbogen stand ein bulliger Mann mit einem Kreuz wie ein Viehwaggon. In seiner Hand hielt er irgendeine Art von Gewehr. Seine Augenlider bewegten sich langsam auf und zu, ohne dass er seinen Blick von ihnen wandte.

»Piotr, du kennst doch Spartak«, sagte Lisa zu ihm. »Das ist seine Freundin. Ist die erste Freundin, die er mir jemals vorstellt.«

Spartak nickte. »*Da.*« Hinter ihm stand ein Holzstuhl mit gerader Rückenlehne. Er setzte sich und legte das Gewehr über die Oberschenkel, wobei eine Hand fest den Griff umschloss.

»Tja, Piotr, du aussiehst gut«, sagte Lisa. »Wieder neue große Veränderungen seit Schweiz?«

»Offen gesagt, ja.« Er nahm Katias Hand, führte sie zu seinen Lippen und küsste sie. »Ich möchte Katia gerne heiraten.«

»Oh? Neuer Piotr leicht verrückt. Was kommt als Nächstes – Babies?« Sie lachte. »Und was ist mit dir? Willst du diesen klapprigen, alten Assassinen heiraten?«

»Ich denke darüber nach.« In Wahrheit wollte sie ihn trotz allem nur zu gerne heiraten.

»Klingt nach Zögern«, bemerkte Lisa.

Katia zuckte mit den Achseln. »Es gibt da noch ein paar Dinge, über die wir uns unterhalten müssen.«

Lisas Augen verengten sich. Aufmerksam betrachtete sie die beiden. »Ist verrückte Welt, in der wir leben. Kalter Krieg war klarer. Genießt das Glück, wo immer es geht.« Sie wandte sich an Piotr. »Euer Zimmer ist fertig. Gepäck auf dem Weg. Ich sage Bescheid, wenn Hata trifft ein.« Sie reichte ihm einen elektronischen Schlüssel. »Angenehmen Aufenthalt.« Sie öffnete eine Tür neben dem Tisch mit dem Samowar und verschwand.

Schweigend und mit gelangweiltem Blick verfolgte Spartak, wie sie an ihm vorbeigingen.

Auch der Flur war mit Fliesen ausgelegt. Links stand die obere Hälfte einer zweigeteilten Tür auf, hinter der eine makellos saubere Küche zu sehen war. An einer schlichten Holztür ohne Spion hielt Piotr schließlich an. »Hier sind wir.« Mit Lisas elektronischem Schlüssel öffnete er, und sie traten ein zu der romantischen Musik von Sergej Rachmaninoff, die den ganzen Raum erfüllte.

»Oh, mein Gott.« Katia ging hinein und lauschte begeistert. »Klavierkonzert Nummer zwei.«

Piotr verriegelte die Tür und lächelte sie an. »Rachmaninoff spielt selbst. Großartige russische Musik gespielt von einem großartigen russischen Komponisten. Was kann es Besseres geben? Die Aufnahme stammt von 1929.« Er nahm auf einem Zweiersofa Platz und betrachtete sie.

»Woher hast du … ach, auch egal.«

Die Musik schwoll an, Katia schlang die Arme um den Oberkörper und schloss die Augen. Jede Note schien in ihrem Innern nachzuschwingen, und in ihrer Vorstellung war es Frühling in Bedford. Die Linden entlang der Main Street leuchteten in frischem Grün, die Tulpen blühten. Sie war mit ihren Hausaufgaben fertig, der abendliche Abwasch war erledigt, und sie sahen gemeinsam fern. Papa und Mama saßen auf der Couch, er hatte den Arm um sie gelegt. Katia saß zwischen ihnen auf dem Boden und spürte die Beine, die sich gegen ihre Schultern pressten. Es war ein schönes Gefühl, die spürbare Gewissheit ihrer beschützenden Liebe.

Um neun Uhr ging sie ins Bett. Dann geschah etwas Ungewöhnliches. Papa sagte ihr nicht nur im Wohnzimmer Gute Nacht, sondern kam auch noch einmal in ihr Zimmer.

»Bist du glücklich hier in der Schule?« Er setzte sich auf die Bettkante.

»Es gefällt mir.«

»Aber glücklich bist du nicht, richtig?« Seine blauen Augen suchten in ihrem Gesicht nach der wahren Katia.

»Ich vermisse unser Zuhause«, gab sie zu.

»Natürlich tust du das. Deiner Mutter und mir geht es nicht anders.«

Sein Gesicht war unscheinbar, besaß keinerlei markante Züge, aber es war ein gutes Gesicht, ein kräftiges Bauerngesicht mit einer Stupsnase, runden Wangen und buschigen braunen Augenbrauen.

»Vergiss nie, dass du aus Stalingrad kommst«, sagte er ihr. »Zwei Millionen sowjetische und deutsche Menschen sind hier im Zweiten Weltkrieg gestorben. Die Stadt aber überlebte und wurde wieder mächtig und groß. Wenn du mal auf Probleme stößt, dann denk an ihre Entschlossenheit und Opferbereitschaft, und du wirst wie Stalingrad alle Widerstände überwinden, ohne jemals klein beizugeben.« Er sah auf seine Hände hinunter. »Und deinen Spaß, den sollst du auch haben. Vor dir liegt ein schönes Leben, meine geliebte Katjuscha.«

Er küsste sie auf die Stirn und auf beide Wangen. Mit einem breiten Lächeln stand er auf. In der Tür drehte er sich noch einmal um und winkte ihr fröhlich zu.

Sie sollten sich danach viele Jahre nicht wiedersehen. Ein paar Sekunden lang konnte sie noch seine beruhigende Anwesenheit spüren, konnte sein altmodisches Aftershave Old Spice riechen. Ihre Kehle schnürte sich zusammen. Dann war die Musik zu Ende.

54

Bis auf das sanfte Knacken des Feuers im gemauerten Kamin herrschte Stille im Zimmer. Katia sah, dass Piotr sie vom Sofa aus mit schräg geneigtem Kopf und einem zärtlichen Lächeln auf den Lippen beobachtete.

Sie setzte sich neben ihn. »Meine Eltern liebten Rachmaninoff.«

»Lisa legt immer irgendetwas Russisches für mich auf. Eine freundliche Geste.«

»Aber du hast das Zimmer nicht bezahlt.«

Er zögerte. »Vor vielen Jahren haben wir einmal zur selben Zeit in Athen gearbeitet. Ich erfuhr, dass sie in Schwierigkeiten steckte, und war rechtzeitig zur Stelle, um zu helfen.«

»Du hast sie gerettet. Und jetzt fühlst du dich hier sicher, richtig?« Es war mehr eine Feststellung als eine Frage.

»Ja. Ich weiß genau, dass uns niemand gefolgt ist, und Lisas Sicherheitssystem ist stets auf dem allerneuesten Stand.« Er schwieg kurz. »Lisa hat recht. Es hat zahlreiche Veränderungen in meinem Leben gegeben. Das bringt das zunehmende Alter nun mal so mit sich. Affären kommen und gehen – ich wollte nie, dass eine von ihnen hält. Aber bei dir, Katia … da würde ich alles tun, um die Zeit langsamer vergehen zu lassen und jeden Augenblick auszudehnen.« Er hob ihre Hand und küsste die Fingerspitzen. »Für mich fühlt es sich an, als würden wir zusammengehören. Du verstehst meine Vergangenheit, was ich gewesen bin. Ich liebe dich mehr, als Sterne am Himmelszelt stehen. Und ich glaube, du liebst mich auch.« Er hielt inne. »Aber wenn du meine Liebe nicht für wahr hältst, dann sollten wir die Sache gleich jetzt beenden.«

Eine Zentnerlast senkte sich auf ihren Brustkorb.

»Wirst du mir jetzt sagen, wie ich mit deinem Vater in Verbindung kommen kann?«, fragte er leise. »Ich möchte nur erfahren, wie ich Seymour erreiche.«

Sie wandte sich ab und biss sich auf die Unterlippe. »Papa ist tot. Er ist vor sieben Jahren gestorben.«

Einen Moment lang wirkte er verblüfft, dann entmutigt. »Das tut mir wirklich leid, Katia. Hast du ihn denn überhaupt noch einmal treffen können?«

Sie bezwang den Impuls, die Tür aufzureißen und davonzulaufen. Stattdessen faltete sie die Hände im Schoß und verknotete die Finger, um die Fassung nicht zu verlieren. »Ja, wir trafen uns einmal in Wien. Es war ... es war unglaublich.«

Für einige Sekunden war sie wieder mit ihm zusammen, roch das Old Spice, das er extra für sie noch einmal benutzt hatte, spürte die zärtlichen Berührungen seiner Hände. Sie hatten zusammen gelacht, die Freude des Wiedersehens empfunden und auch den bittersüßen Schmerz daran.

»Er litt an Speiseröhrenkrebs und war todkrank«, erklärte sie Piotr. »Sein ganzes Leben lang hatte er geraucht. Ich durfte ihn nicht zu der Adresse begleiten, wo er wohnte. Er meinte, es sei noch immer zu unsicher. Er war so dünn und blass. Er versicherte mir, dass sich jemand um ihn kümmert. Ich weiß es heute nicht mehr genau, aber ich glaube, er nannte ihn Seymour.« Sie griff in ihre Handtasche und zog einen Notizzettel und einen Stift heraus. »Ich gebe dir die Kontaktinformation, aber sie wird vermutlich nicht mehr gültig sein.« Sie entfernte die Kappe von dem Stift und begann zu schreiben.

»Kannst du es mir nicht einfach sagen?«

Sie antwortete mit einem energischen Kopfschütteln. »Nein, es lief immer streng vertraulich ab, wenn ich mich mit ihm in Verbindung setzen wollte. Frag mich nicht warum, aber ich werde mich weiter daran halten. Hier ist die Telefonnummer.«

Er beugte sich zu ihr. »Bagdad?«

Sie nickte. »Er hatte schon seit Jahren in Bagdad gelebt. Die Stimme, die sich meldete, sprach Arabisch.« Sie deutete mit dem Stift auf die Worte.

»Handelt es sich um eine richtige Firma?«

»Keine Ahnung. Als Nächstes sagst du auf Russisch: ›Ich möchte gerne ein paar Schraubenschlüssel kaufen.‹ An diesem Punkt wurde mir immer gesagt, um welche Uhrzeit er mich zurückrufen würde. Ich weiß nicht, ob es dir irgendwie weiterhilft. Wahrscheinlich ist es bloß eine Sackgasse.«

Er prägte sich ihre Angaben ein. »Okay, ich hab's.«

»Schön.« Sie zerknüllte das Papier, ging zum Feuer und warf es in die Flammen. Dann drehte sie sich um.

Er lächelte. »Ich liebe dich«, sagte er schlicht. »Ich weiß, das war schwer für dich.«

Das Telefon klingelte. Es stand auf einem Tischchen neben seinem Ellbogen.

Er hob ab. »Ja, danke.« Dann sprach er zu Katia: »Unser Gepäck ist da. Wir können es in der Garage abholen.«

55

Alex Bosa saß auf dem Vorfeld des Flughafens Marrakesch-Ménara in seinem abgedunkelten Jet und studierte auf seinem iPad die Lokalnachrichten. Schon bald hatte er entdeckt, warum seine Observationsexpertin sich nicht pünktlich gemeldet hatte. Sie war tot, erschossen heute Morgen irgendwann zwischen drei und vier Uhr.

Bosa verschränkte die Arme vor der Brust und dachte nach. Der Mord erklärte, warum ihr letzter E-Mail-Bericht verspätet eingetroffen war. Wer immer ihn geschrieben hatte, wollte also gerne den Eindruck erwecken, dass sie noch am Leben war. Die logische Schlussfolgerung lautete, dass Krot sie beseitigt hatte und sich jetzt für sie ausgab, um Bosa glauben zu machen, in Marrakesch würde sich nichts Ungewöhnliches tun.

Bosa fühlte sein iPhone vibrieren. Er warf einen Blick auf das Display – Sachertorte.

Sofort meldete sich Bosa: »Hast du etwas Neues?«

»Noch besser … eine Antwort.« Die alte Stimme besaß einen auffällig stählernen Klang, an dem Bosa erkannte, dass sich etwas ereignet hatte oder jeden Moment ereignen würde. »Ich hab mich mal mit der Frau beschäftigt, mit der Krot herumflirtet. Soweit ich in Erfahrung bringen konnte, beginnt ihr amerikanischer Lebenslauf erst vor ungefähr fünfundzwanzig Jahren. Davor war sie nicht existent. Also habe ich ihr Gesicht durch verschiedene Datenbanken von bekannten Spionen aus der Zeit des Kalten Kriegs gejagt. Und jetzt wird es interessant: Sie weist verblüffende Ähnlichkeiten mit Rosa Lewintschew auf. Erinnerst du dich noch an Rosa? Sie war mit diesem elenden Grigori Lewintschew verheiratet. Ich werde dir die Fotos und die Hintergrundinfos mailen. Zu den äußeren Ähnlichkeiten kommt übrigens noch, dass die junge Frau genau zu dem Zeitpunkt in Maine aufgetaucht ist, als Rosa ihren Posten in Marrakesch antrat.«

»Schöne Scheiße.« Bosa schloss genervt die Augen. »Also hat Krot mit Grigoris Tochter angebändelt. Wenn ich mich richtig erinnere, haben Grigori und Seymour auch nach der Trennung von ihren Geheimdiensten bei einer Vielzahl von Aufträgen zusammengearbeitet.«

»Ganz richtig. Allerdings ist die Tochter im Hotel unter dem Namen Francesca Fabiano abgestiegen.«

»Die Frau, die ich auf Krot angesetzt hatte, erzählte, dass er sie Katia nennt.«

»Rosas Tochter hieß Katia. Grigori war ganz vernarrt in sie.«

»Woher weißt du das alles?«, wollte Bosa wissen.

»Von Seymour. Er hat es mir vor Jahren erzählt.« Eine Pause trat ein. »Schätze, ich werde langsam senil. Die Verbindung hätte mir schon früher einfallen sollen.«

Bosa unterdrückte ein Seufzen. Älter wurden sie alle, aber das war die Art von Fehlern, die weitreichende Folgen haben konnte. »Weiß Katia Lewintschew, wo ihr Vater steckt?«

»Warum sollte sich Krot sonst gerade an sie ranmachen? Er hat sie in den Suq geschleppt, das arme Ding. Aber deinen beiden Jungspunden – Judd und Eva – ist es gelungen, dem Wagen, der das Gepäck abholte, einen Sender zu verpassen. Gar nicht ungeschickt.«

»Wo im Suq sind sie untergetaucht?«

»Weiß ich noch nicht.«

»Dann finde es heraus!«

Bosa beendete das Gespräch und saß im Halbdunkel der Kabine. Jack, George und Doug hockten am Esstisch des Flugzeugs zusammen und spielten Karten. Bosa schloss die Augen und blendete das Gemurmel ihrer Stimmen langsam aus. Er hatte zwar auf dem Flug gut geschlafen, aber nachdenken konnte er besser im Dunkeln.

Sobald er zu einem Entschluss gekommen war, öffnete er die Augen und gab die Nummer von Judds Handy ein. Er hörte es zweimal klingeln.

»Ja?«, Judd klang abgelenkt.

»Wo sind Sie?«, wollte Bosa wissen. »Was machen Sie?«

»Wir folgen gerade dem Wagen, der das Gepäck von Krot und der Frau abgeholt hat. Eva fährt. Ich behalte das Peilgerät im Auge. Noch haben wir Blickkontakt zu dem Citroën. Ach du Scheiße, da kommt irgendeine Art von Umzug die Straßen hinunter.«

»Eine Hochzeitsparade.« Das war Evas Stimme.

»Stellen Sie das Telefon laut«, sagte Bosa. »Das sollten Sie beide hören.«

Kurz darauf meldete Judd: »Okay, was gibt's?«

»Der wahre Name der Frau, die in Krots Begleitung ist, lautet Katia Lewintschew«, erzählte Bosa ihnen. »Ihr Vater ist Grigori Lewintschew, ein ehemaliger KGB-Killer. Lewintschew und Seymour halten seit Jahren engen Kontakt. Katias Vater dürfte wissen, wo Seymour sich aufhält.«

»Also ist Krot ihm auf die Spur gekommen. Klingt doch gut.«

»Könnte sein. Das Problem ist nur, die Frau, von der ich Krot beobachten ließ, ist tot und wurde aller Wahrscheinlichkeit nach von ihm umgebracht. Außerdem wissen wir nicht, ob Krot und Katia ein Paar sind oder ob Krot sie entführt hat. Seien Sie also auf alles gefasst.«

»Sollen wir noch immer versuchen, ein Treffen mit ihm zu arrangieren?«

»Ja, wenn es geht. Wenn nicht, macht, was ihr für richtig haltet.«

56

Judd behielt abwechselnd das Peilgerät und den Verkehr im Auge, während Eva fuhr. Auf der gegenüberliegenden Seite zog die Hochzeitsgesellschaft singend und tanzend die Straße entlang. Von Eseln gezogene Karren waren mit bunt eingepackten Geschenken beladen. Zu der Musik der Trommler und Flötenspieler tanzten die Begleiterinnen der Braut in wirbelnden Satinkleidern.

Judd ließ sein Fenster heruntergleiten. »Riechst du das?«

Eva öffnete das Fahrerfenster. »Marihuana.«

»Genau. Hier sagen sie *Kif* dazu. Jetzt sind wir auf der Rückseite des Suq. Da drüben ist er.«

Er deutete nach links, wo sich auf der anderen Straßenseite zwei- und dreigeschossige Gebäude im Laternenlicht grau und ein wenig unheimlich aneinanderreihten.

»Da ist der Citroën.« Eva nickte mit dem Kopf.

Der Wagen musste wegen der Hochzeitsgesellschaft abbremsen. In der schmutzigen Eintönigkeit der Häuserrückseiten begann ein Garagentor nach oben zu gleiten.

»Muss ferngesteuert funktionieren«, bemerkte sie. »Ziemlich aufwendige Geschichte für den Suq.«

»Allerdings. Siehst du die Miniüberwachungskameras am Dachvorsprung? Auch das sind modernste Modelle. Bleib hier auf der Seite stehen. Ich setz mich mit Hata lieber in der Garage auseinander als auf offener Straße. Wenn wir uns beeilen, kommen wir vielleicht hinein und können die

Lage unter Kontrolle bringen, bevor jemand auf die Überwachungsbilder reagiert.«

Während der Citroën in die Garage fuhr, stellte Eva den Wagen ab.

Er warf ihr einen Blick zu. »Mach keine verrückten Sachen da drin«, warnte er sie. »Auf geht's.«

Sie liefen zwischen den Autos hindurch über die Straße, drückten sich gegen die Garagenwand und nahmen ihre Pistolen heraus.

Eva starrte das Tor an. »Gleich ist es so tief unten, dass wir nicht mehr drunter durchkommen. Also los!«

Bevor Judd etwas antworten konnte, hatte sie sich auf den Boden geworfen und robbte rücklings hinein. Er stieß einen stummen Fluch aus und folgte ihr.

57

Im Innern der Pension herrschte Stille. Katia und Piotr gingen den blau-grün gefliesten Flur hinunter bis zu einer Stahltür. Er schob die Riegel zurück und öffnete. Scheinwerferlicht blendete sie. Sie hob ihre Hand, schirmte die Augen ab und hörte, wie das Brummen eines kräftigen Automotors im Leerlauf leiser wurde. Die Scheinwerfer wurden dunkel, und an den Decken flammten Leuchtstoffröhren auf. Der Motor des Wagens ging aus. Es war ein schwarzer Citroën.

Piotr und sie standen auf einem breiten Treppenpodest, das in die Doppelgarage ragte. Als sie bis zum Geländer vortraten, öffnete sich die Tür hinter ihnen erneut, und Spartak erschien mit dem Gewehr im Anschlag. Er schaute sich kurz um und trat dann zur Seite. Lisa eilte an ihm vorbei mit einer Pistole in der Hand. Zwei Wachleute folgten ihr.

Auf den obersten Stufen hielt sie an. Ihre Züge waren angespannt. »Wir bekommen ungebetenen Besuch«, sagte sie ihnen. »Bleibt ihr hier oben.«

Piotr fischte seine PB-Pistole aus dem Schulterholster. »Braucht ihr Hilfe?«

»Nein. Alles im Griff.«

Mit einem Wink führte sie die Männer die Stufen hinunter und an dem Citroën vorbei bis zum Garagentor. Dort teilte sie die Gruppe. Spartak und sie auf einer Seite, die beiden Wachleute auf der anderen. Alle zogen sich in die dunklen Ecken zurück. Sekunden später schlüpften zwei Fremde –

ein Mann mit hellbraunem Haar und eine rothaarige Frau – unter dem sich schließenden Tor durch. Sie hielten Pistolen schussbereit in Händen und blickten sich wachsam um.

»Jetzt!«, befahl Lisa.

Sie und ihre Leute sprangen vor und richteten ihre Waffen auf das in der Hocke kauernde Pärchen. Die beiden Eindringlinge tauschten einen kurzen Blick aus, erhoben sich und schwenkten ihre Pistolen langsam durch die Runde, aber die Übermacht war zu groß.

Lisa neigte den Kopf zur Seite und musterte sie. »Fragt erst gar nicht. Ihr werdet meinen Namen nicht erfahren und nicht erfahren, was dies ist für ein Haus. Lebend rauskommen werdet ihr nur, wenn ihr macht keine Dummheiten. Also, zuerst einmal beantwortet zwei Fragen: Wer seid ihr? Was wollt ihr hier?«

Der Mann schien von der Situation nicht im Geringsten eingeschüchtert, hatte Katia den Eindruck. Er war schlank und muskulös, mit dem zerklüfteten Gesicht eines wettergegerbten Outdoor-Typs. Seine Nase war kräftig, sein Kinn breit. Ein gut aussehender Kerl, wenn man auf den letzten Schliff keinen Wert legte. Er trug ein Hawaiihemd.

Zu Piotr auf der anderen Seite der Garage gewandt, sagte er: »Mein Name ist Greg Roman. Wir haben eine Nachricht für Krot – Piotr Azarow. Für Sie da drüben.«

Kaum hatte der Mann ihn identifiziert, verwandelte sich die Haltung von Piotr. Plötzlich war die liebevolle Wärme, mit der er Katia eben noch umfangen hatte, verschwunden und an ihre Stelle eine eisige Leere getreten. Sie starrte ihn erstaunt an.

Piotr würdigte sie keines Blickes. Seine Konzentration galt allein den Fremden. Der Ton seiner Stimme wurde tiefer: »Ja, ich bin Krot. Von wem stammt die Nachricht?«

Die rothaarige Frau mischte sich ein: »Mein Name ist Courtney Roman. Ist alles in Ordnung mit Ihnen, Katia?«

Die Frau mochte irgendwo in den Dreißigern sein, schätzte Katia. Durchaus hübsch mit ihrem ovalen Gesicht und den blauen Augen. Auch sie strahlte Selbstsicherheit aus.

Die Frage traf Katia unerwartet. Sie hatte sich mit Piotrs Lügengeschichten abgefunden und war glücklich dabei gewesen. Aber nun war Piotr anders. Seine attraktiven Züge schienen zur Maske erstarrt. Seine Augen waren flach, ohne jede Tiefe.

Katia riss sich von seinem Anblick los und räusperte sich. »Mir geht's gut.«

»Krot will Ihren Vater finden«, warnte die Frau sie. »Einmal hat er dafür bereits getötet. Sie schweben in Gefahr, vor allem wenn Sie sich weigern sollten, es ihm zu sagen.«

Katias Miene verdüsterte sich.

Piotr wurde ungeduldig. »Hat der Carnivore euch geschickt?«

Der Mann nickte. »Er möchte sich mit Ihnen treffen.«

»Einverstanden, aber nur unter gewissen Bedingungen. *Meinen* Bedingungen.« Piotr fragte nicht und verhandelte auch nicht.

Katia erfasste erst eine Woge der Angst, dann wurde sie wütend auf sich selbst. »Piotr!«

Er machte ein mürrisches Gesicht, sah aber weiter nicht zu ihr, sondern nur auf den Mann und die Frau. »Ja?«

»Du und der Carnivore, ihr versucht euch hier gegenseitig mit euren schmutzigen Tricks zu übertreffen. Ist das dir wirklich so wichtig? Wenn es dir all die Jahre gelungen ist, dich erfolgreich vor dem KGB zu verstecken, dann wirst du doch wohl ein paar dämlichen Killern entwischen können, die über weit weniger Möglichkeiten verfügen.« Katia wurde lauter. »Es wird immer noch ein einziges, letztes Treffen geben. Immer noch eine letzte Bedrohung, um die du dich vermeintlich kümmern musst. So wie meine Mutter kann ich nicht leben. Ich kann nicht ständig in Angst leben – um dich, um mich. Hör hier und jetzt auf, oder ich gehe zurück nach Maine.« Sie bemerkte selbst den Nachdruck in ihrer Stimme und erkannte, dass es ihr ernst war.

Piotr sah weiter nur auf den Mann und die Frau, als er antwortete: »In der Theorie klingt das alles nicht schlecht, aber hier steht eine Menge auf dem Spiel, und ich rede dabei nicht nur von Geld.«

»Da hast du recht«, erwiderte Katia. »Der Einsatz ist hoch. Dein Leben. Deine Zukunft. *Unsere* Zukunft. Entscheide dich. Dieses schwachsinnige Spiel – oder ich.«

In der Garage war es still. Sie wusste, dass alle sie anstarrten. Damit hatte keiner gerechnet. *Schön*, dachte sie. *Sollen sie und ihre jämmerlichen Existenzen mich doch alle am Arsch lecken!*

Die Finger von Piotrs freier Hand zuckten nervös. »Ich möchte dich nicht verlieren, Katia, aber diese letzte Angelegenheit mit dem Carnivore muss ich noch klären …«

»Humbug. Das war's.« Sie machte auf dem Absatz kehrt, marschierte zur Tür zurück und öffnete sie.

»Warte!« Plötzlich klang seine Stimme wieder wie die des Piotr, den sie kannte. »Ich höre auf, nach Seymour zu suchen. Nein, ich höre ganz auf. Hier und jetzt.«

Sie wandte sich um. »Woher soll ich wissen, dass es dir ernst ist?«

Er steckte seine Pistole ein, ging zu ihr und ergriff ihre Hand. »Lass uns einfach verschwinden.«

Sie zögerte nur einen winzigen Moment. »Ja. Das würde mir gefallen.«

Hand in Hand stiegen sie die Stufen in die Garage hinunter.

»Wie Sie sehen können, Mr. Roman, haben sich meine Pläne ... *unsere* Pläne ... gerade geändert«, sagte Piotr zu dem Mann. »Dass wir uns nicht missverstehen. Dem Carnivore ist weniger an einem Treffen mit mir gelegen als an meinen Stücken der Tafel und an Informationen, wie er Seymour finden kann. Ich weiß noch immer nicht, wo Seymour sich aufhält, und ich steige hiermit endgültig aus diesem Geschäft aus. Beides ist die Wahrheit. Hier, nehmen Sie meine Keilschriftstücke.« Betont langsam griff er in seine Jacke und zog die Aluminiumdose heraus. »Das wird beweisen, dass ich draußen bin. Ich bin sogar dermaßen fertig mit allem, dass es mir scheißegal ist, ob jemand den *Killer-Katalog* veröffentlicht oder nicht.«

»Was ist mit Ihrem Vater, Katia?«, fragte die Frau. »Wir würden gerne mit ihm sprechen.«

Abweisend erwiderte Katia: »Das können Sie nicht. Das ist unmöglich.«

»Lass uns den Citroën nehmen, Katia.« Piotr zog sie in Richtung des Wagens. »Unser Gepäck ist sowieso schon im Kofferraum. Ist doch praktisch.«

»Ja. Eine wundervolle Idee.«

Piotr wandte sich an Lisa. »Ich werde dir das Geld für den Wagen zukommen lassen, werte Freundin. Dir macht es doch hoffentlich nichts aus, ihn mir abzutreten?«

Lisa lächelte amüsiert. »Das macht mir nichts. Haut ab, na los. *Praschtschajetje. Schelajem wam schastja!*« Lebt wohl. Wir wünschen euch Glück. »Hata, öffne das Garagentor. Unsere Freunde reisen ab.«

Während das Tor hochglitt, stiegen Katia und Piotr in den Wagen. Im Innern roch es nach edlem Leder. Er startete den

Motor, und sie sahen einander an. Sie konnte es nicht fassen, dass ihr Traum am Ende doch noch Wirklichkeit wurde.

»Ich bin so froh«, sagte sie ihm. »Ich habe mal gehört, dass es heißt, Liebe kann man nicht finden, sie findet dich.«

Er zog sie zu sich und küsste sie.

Sie ließ sich an seine Brust sinken. »Wow.«

Lächelnd steuerte er den Citroën rückwärts aus der Garage. Katia winkte aus dem Fenster. Die anderen ließen ihre Waffen sinken und winkten zurück. Der Wagen fuhr in die Straße hinaus, und Piotr drehte das Lenkrad, um davonzufahren.

Weder Piotr noch Katia bemerkten den Mann, der auf die Fahrertür zugerannt kam. Der Mann trug ein F2000 Bullpup-Sturmgewehr, das auf Automatik gestellt war. Er trug eine dick wattierte schwarze Jacke und einen Motorradhelm mit getöntem Visier.

Katia schrie auf. Krot schnellte herum und griff in derselben Bewegung nach seiner Waffe.

Eigentlich hatte es sich der Schütze zur Regel gemacht, seinen Opfern nie in die Augen zu sehen. Aber dieses Mal machte er eine Ausnahme. Der Respekt gegenüber Krot verlangte es, ihn wenigstens wissen zu lassen, wer ihm ein Ende bereitete. Der Motorradfahrer hob das Visier an.

Als Krot ihn sah, weiteten sich entsetzt seine Augen. »Aber ich bin doch draußen«, brachte er noch hervor.

»Es ist nicht persönlich gemeint«, antwortete der Killer und drückte ab.

58

Die untergehende Sonne tauchte die Straße hinter dem Suq in lange Schatten. Judd und Eva rannten aus der Garage, sobald der Mann mit dem Motorradhelm in den Citroën feuerte. Sie sahen Krots Gesicht explodieren und dann das von Katia Lewintschew. Blut spritzte durch das Auto und aus den Fenstern heraus. Der Schütze hatte nicht auf Katia gezielt, also mussten die Kugeln, die sie getroffen hatten, erst Krots Kopf durchschlagen haben. Eva schien für einen Moment das Herz stehen zu bleiben.

Der Schütze wirbelte auf seinen Stiefelabsätzen herum und sprintete die Straße hinunter.

»Ihr habt ihnen eine Falle gestellt!«, schrie Lisa von der Garageneinfahrt zu Judd und Eva. »Ihr seid tot, tot!« Sie hob ihre Pistole.

Aber die beiden liefen bereits dem Killer hinterher, der auf ein Motorrad gesprungen war. Als der Mann einen Gang einlegte, warf Judd sich auf ihn. Doch in letzter Sekunde schoss das Motorrad davon, und Judd griff ins Leere und knallte auf die Straße. Fluchend begann er sich aufzurappeln.

»Unten bleiben!«, bellte Eva. Sie war in Hockstellung, die Glock in beiden Händen, und feuerte, während das Motorrad rasant in den fließenden Verkehr einzufädeln versuchte. Sie brach ab und hatte dann noch einmal freie Schussbahn, weil das Motorrad einen Schlenker um einen SUV machen musste. Sie feuerte zwei weitere Schüsse ab. Eine

Kugel schlug in das Rücklicht des Bikes ein, die zweite streifte knapp am linken Arm des Killers vorbei. Das Motorrad bog vor den SUV und war außer Sicht.

»Hinterher!« Ihr Wagen stand auf der anderen Seite. Sie brauchte nur schnell zu wenden und …

»Halt, Eva!« Judd kam auf die Beine.

»Was ist?«

Er wandte sich zur Garage zurück. »Den erwischen wir nicht mehr. Ich habe eine andere Idee.« Er hielt seine Beretta tief an den Oberschenkel gepresst, wo sie nicht so auffiel, und kehrte um. »Möglicherweise ist Lisa in der Lage, uns bei der Suche nach Seymour zu helfen.«

Eva holte ihn ein. »Falls es dir entfallen sein sollte, sie hat eben damit gedroht, uns abzuknallen.«

Als sie an der Garage ankamen, fuhr Hata gerade den Citroën wieder hinein. Sein Blick war starr nach vorn gerichtet, sein Profil unbewegt wie aus Holz. Auf seiner Wange zeichnete sich ein blutiger Streifen ab. Weder Lisa noch sonst jemand von ihren Leuten war zu sehen.

Vorsichtig folgten Eva und Judd dem Citroën. Geräuschlos öffnete sich der Kofferraum, und der metallische Geruch nach frischem Blut strömte heraus. Gebogen wie ein großes C lag Krots Leiche ordentlich verstaut darin.

Lisa trat aus dem Dunkeln mit einem vollen Longdrinkglas in der Hand. Sie warf einen Blick auf Krot und trank. Dann senkte sie das Glas mit einem Seufzer und drehte sich zu ihnen. »Ich hab gesehen, ihr wolltet stoppen den Dreckskerl, der die beiden umgebracht hat. Ist also nicht notwendig, euch abzuknallen. Gebt mir nicht neuen Grund.«

Hata stieg mit finsterer Miene aus der Fahrertür. Seine weiße *Djellaba* war überall mit geronnenem Blut verschmiert. Einer der Wachleute öffnete die Beifahrertür und hob Katia heraus. Er legte ihre Leiche zu der von Krot in den Kofferraum.

Lisa wandte den Blick ab und trank.

Hata kletterte wieder hinter das Lenkrad, und der Wachmann nahm auf dem Beifahrersitz Platz. Hata rangierte den Wagen rückwärts auf die Straße und fuhr fort.

»Wohin bringen sie Katia und Krot?«, fragte Eva.

»In den Suq. Zumindest sie werden zusammen sein. Mehr ich kann nicht für sie tun.« Lisa trank erneut.

Eva stockte. »Es tut mir leid.«

Lisa zuckte fatalistisch mit den Achseln. »Gehört zum Geschäft.«

»Hat einer von ihnen gesagt, wie man mit Seymour oder Katias Vater in Kontakt kommen kann?«, fragte Judd.

»Nein. Sind wichtige Männer?«, fragte Lisa.

»Vielleicht«, sagte Judd. »Ich habe Ihre Überwachungskameras bemerkt, die jeden erfassen, der sich dem Haus nähert. Daraus schließe ich, dass Sie es mit Sicherheitsvorkehrungen sehr genau nehmen und womöglich ja auch im Innern mit derselben Sorgfalt vorgehen.«

Lisas Augen verengten sich. Sie sagte nichts.

»Wir sind bereit, Ihnen eintausend Dollar für jede Art von Aufzeichnung zu geben, die Sie von Krot und Katia besitzen, egal ob Audio oder Video.«

Lisa zog die Stirn in Falten. Sie schien darüber nachzudenken. »Zweitausend und Chancen sind größer.«

»Abgemacht.« Er zog seine Brieftasche heraus. Während er mit einer Hand seine Beretta hielt, klappte er mit dem Daumen der anderen das Portemonnaie auf, sodass sie das Bündel Hundert-Dollar-Scheine sehen konnte.

»Hätte mehr fordern sollen.« Lisa drehte sich um. »Spartak, pass auf, dass sie hier nichts klauen.«

Ein großer, kräftiger Mann mit einem Kopf wie eine Bowlingkugel trat auf das Treppenpodest. Er hielt ein polnisches Beryl-Sturmgewehr in Händen, dessen Lauf er stumm auf Judd richtete.

Lisa lief die Stufen hinauf und verschwand im Haus.

Die nächsten Minuten blieb die Situation angespannt. Spartak zielte unverwandt auf Judd, während er und Eva ihre Waffen umgekehrt auf Spartak gerichtet hielten. Keiner sprach ein Wort.

Endlich kehrte Lisa zurück und stieg mit einer CD und ihrem frisch gefüllten Glas in der Hand die Treppe hinunter.

Sie hielt Judd die CD hin. »So, Mister Amerikaner, hier ist Tonaufzeichnung von allem, was in Raum gesagt wurde. Schaltet sich bei jedem Geräusch automatisch ein. Und nun mein Geld.«

Judd nahm die CD und gab ihr das Geld.

Lisa zählte die Scheine. »Schön, mit euch Geschäfte zu machen.« Sie nickte zu Spartak, der seine Waffe senkte.

Judd packte Eva am Arm und lief mit ihr aus der Garage. Die wenigen Laternen hüllten die Straße in ein gespenstisches Zwielicht. Sie mussten warten, bis ein alter VW-Bus vorbeigefahren war, dann rannten sie zu ihrem Wagen und stiegen ein.

Eva startete den Motor und gab Gas. Als sie die Stelle erreichten, wo der Motorradfahrer Krot und Katia erschossen hatte, sagte sie: »Es ist schrecklich, dass auch Katia sterben musste. Sie hatte doch mit alldem nichts zu tun.«

Judd nickte. »Das hast du gut gemacht, wie du dem Schützen nachgesetzt bist. Der Kerl war bestens vorbereitet und hat blitzschnell zugeschlagen. Das war ein Profi.«

Lob kam Judd nicht leicht über die Lippen. Sie nickte

kurz, während er die silberne Scheibe in den CD-Spieler des Wagens schob und auf Play drückte.

Erst war nur Rauschen zu hören, dann erklang die Musik von Rachmaninoff. Sie fuhren weiter und lauschten.

59

Da Zeit linear verlief, sollte auch das Leben so gelebt werden. Zumindest hatte Eva dies bislang geglaubt. Als sie sich nun jedoch das aufgezeichnete Gespräch zwischen Piotr und Katia anhörte, fühlte sie sich zurückversetzt in die Zeit, in der die Liebe der beiden noch so alles überragend gewesen war. Und gegen jeden gesunden Menschenverstand drückte Eva ihnen die Daumen, dass sie überleben würden.

Piotr sprach: »*Wirst du mir jetzt sagen, wie ich mit deinem Vater in Verbindung kommen kann? Ich möchte nur erfahren, wie ich Seymour erreiche.*«

»*Papa ist tot*«, gestand Katia. »*Er ist vor sieben Jahren gestorben.*«

»Scheiße«, entfuhr es Judd leise.

Katia erzählte vom letzten Treffen mit ihrem Vater und von der Krebsdiagnose. »*Er sagte, dass sich jemand um ihn kümmert. ... Ich glaube, er nannte ihn Seymour. ... Ich gebe dir die Kontaktinformation, aber sie wird vermutlich nicht mehr gültig sein.*«

Eva wartete plötzlich hochgespannt darauf, wie es weiterging.

Aber statt irgendwelcher Instruktionen durch Katia folgte eine lange Pause.

Judd erklärte im Auto: »Schätze, Katia redet nicht, weil sie es für ihn aufschreibt.«

»Schlecht für uns«, sagte Eva enttäuscht.

Endlich redete Eva wieder: »*Hier ist die Telefonnummer.*«

Ein paar Sekunden später fragte Piotr: »*Bagdad?*«

»*Er hatte schon seit Jahren in Bagdad gelebt*«, bestätigte sie.

Katia teilte Piotr mit, was er sagen musste, wenn er anrief, dann klingelte das Telefon, und die beiden verließen das Zimmer. Die Aufzeichnung war zu Ende.

Eva und Judd saßen eine Weile schweigend im Wagen.

»Arme Schweine«, sagte er schließlich. »Immerhin sind sie schnell gestorben.«

»Was für ein Trost. Etwa so, als dürfte man für das Gift, das einen umbringt, immerhin die Geschmacksrichtung wählen.«

Er nickte. »Piotr mag ein exzellenter Manipulator gewesen sein, aber es sieht ganz so aus, als hätte er sich am Ende selbst von seinen Gefühlen hinreißen lassen. Er war nicht wachsam genug, als sie die Garage verließen. Dass es sie beide erwischt hat, war sein Fehler.«

Sie fuhren vorbei an Zitrusbäumen auf der Avenue Guemassa in Richtung Südwesten. Kamele, Esel und Karren gab es hier nur noch selten. Vor ihnen zeichnete sich der moderne internationale Flughafen Marrakesch-Ménara ab.

Eva seufzte. »Alles, was wir aus diesem ganzen Scheiß gewonnen haben, sind ein paar vage Hinweise auf Seymours Aufenthaltsort, ohne jede Gewissheit, dass er tatsächlich noch in Bagdad ist. Bist du dir ganz sicher, dass du zum Flugzeug zurück und mit Bosa weitermachen willst?«

Er sah sie an. »Mal abgesehen von dem üblichen Risiko, das jede Zusammenarbeit mit dem Mann hat, stört dich da sonst noch etwas?« Er lehnte sich gegen die Tür, verschränkte die Arme und musterte sie.

Sie blickte beim Fahren konzentriert auf die Straße und

wechselte das Thema. »Mir ist niemand aufgefallen, der außer uns dem Citroën gefolgt wäre, dir etwa?«

»Nein. Mach weiter.«

»Piotr sagte, ihnen sei ganz sicher niemand in den Suq gefolgt. Wenn also niemand ihnen gefolgt ist und keiner außer uns dem Gepäck gefolgt ist, woher wusste der Motorradfahrer dann, an welchem Garagentor er Piotr auflauern musste?« Ohne auf eine Antwort von ihm zu warten, fuhr sie fort. »Natürlich hätte Lisa den Motorradfahrer verständigen können, aber ich bezweifle, dass sie Piotr hintergangen hat.«

»Deine Schlussfolgerung?«

»Jemand ist *uns* gefolgt. Der einzige Mensch, dem wir gesagt haben, was wir machen, und der ein Motiv hätte, Piotr umzubringen, ist der Carnivore. Er wusste, dass wir an ihrem Hotel warteten. Er wusste, dass unser Mietwagen direkt um die Ecke geparkt war. Als wir mit ihm sprachen, war er womöglich gar nicht mehr im Flugzeug. Er könnte unseren Wagen observiert haben. Allerdings begreife ich nicht, wie uns entgehen konnte, dass wir von einem Motorrad verfolgt wurden.«

»Wenn er einen Sender an unserem Wagen angebracht hat wie wir bei dem Citroën, hätte er außer Sichtweite bleiben können, während er uns verfolgte.« Judd stockte. »Aber irgendwas stimmt daran noch nicht. Irgendetwas ergibt keinen Sinn.«

»Ich glaube eigentlich nicht, dass der Carnivore uns in irgendeinem Punkt belogen hat … gleichzeitig bin ich aber ebenso fest davon überzeugt, dass er uns nicht die volle Wahrheit gesagt hat. Das Problem ist, dass er ganz bewusst so lange damit warten könnte, uns reinen Wein einzuschenken, bis es zu spät ist und wir beide irgendwo in echten

Schwierigkeiten stecken. Manchmal frage ich mich, ob er uns nicht für entbehrlich hält.«

»Er hat allerdings einen Haufen Scherereien auf sich genommen, um uns vor dem Padre zu retten«, sagte Judd.

»Er könnte seine Meinung inzwischen geändert haben.«

Judd nickte. »Trotzdem, sofern du nicht noch etwas weißt, von dem ich keine Ahnung habe, bleibt der Carnivore unsere beste Option.«

»Ja, aber er ist ungefähr so vertrauenswürdig wie ein Manager von Fonds mit einem Insidertipp.«

Sie stellten den Wagen auf dem Parkplatz der Mietwagenfirma ab. Graue Wolken zogen über sie hinweg und verdeckten den Mond. Sie sahen sich aufmerksam um und überquerten das Vorfeld.

»Die Turbinen der Maschine laufen schon«, bemerkte Judd. »Er hat es eilig, hier wegzukommen.«

Sie fielen in ein schnelleres Lauftempo.

Die Tür öffnete sich, und Alex Bosa trat auf den obersten Absatz der Treppe. Seine Gestalt wurde von dem Kabinenlicht aus dem Innern eingefasst. »Schön, dass Sie es noch geschafft haben«, sagte er, als sie die Stufen hochstiegen. »Ich habe schon Ausschau gehalten nach Ihnen.« Sein Gesichtsausdruck war in der Dunkelheit schwer auszumachen, aber seine Stimme klang so kräftig und autoritär wie immer. »Steckt Seymour in Bagdad?«

»Er war vor ein paar Jahren dort«, sagte Judd. »Woher zum Teufel wissen Sie von Bagdad?«

»Kommen Sie rein. Ich erzähle es Ihnen.«

BURLEIGH MORGAN

Auftragsmord ist weltweit sicherlich kein aussterbendes Gewerbe. Politisch motivierte Morde gibt es und hat es gegeben, seit der Mensch die ersten Gemeinwesen gründete.

– Carl Sifakis, *Encyclopedia of Assassinations*

60

Über Nordafrika

Bosa schob Judd und Eva in den Jet, zog die Treppe ein und verriegelte die Tür. Das Aufheulen der Turbinen war Anzeichen dafür, dass die Maschine die letzten Vorbereitungen vor dem Start durchlief.

Bosa steckte den Kopf ins Cockpit, wo Jack auf dem Platz des Ersten Offiziers saß und George als Copilot neben ihm. »Wir fliegen nach Bagdad«, wies Bosa sie an.

Während das Flugzeug bereits über das Vorfeld rollte, liefen Eva, Judd und Bosa zu ihren Sitzen und schnallten sich an. Bosa saß auf der einen Seite des Gangs mit seinem iPad rechts und seiner Sammlung von Keilschriftstücken links auf einem Klapptischchen. Auf der gegenüberliegenden Seite drehten Eva und Judd ihre Sessel so, dass sie ihn und einander ansehen konnten.

Sobald sie in der Luft waren, sagte Bosa: »Erzählen Sie erst mal, was Sie herausgefunden haben.« Sein breites Gesicht wirkte müde. Dennoch schenkte er ihnen ein Lächeln.

Eva sah Bosa offen in die Augen. »Warum haben Sie Katia Lewintschew umgebracht, Alex?«

Er zog verärgert die Brauen zusammen. »Das war ich nicht. Erzählen Sie, was geschehen ist.«

»Sowohl Krot als auch Katia sind tot«, sagte Judd. Er fasste die Ereignisse in Lisa Kosciuchs Garage zusammen. »Außer Ihnen wusste keiner etwas über unseren Mietwagen und über den Sender, den wir an dem Wagen mit Krot und Katias Gepäck angebracht hatten.«

»Ah, verstehe«, sagte Bosa. »Sie glauben, ich wäre Ihnen gefolgt.«

»Dass Sie Krot aus dem Weg räumen, kann ich ja noch begreifen«, sagte Eva. »Aber Katia hätten Sie verschonen sollen. Sie hatte mit dem Ganzen nichts zu tun. Sie war eine unbeteiligte Zuschauerin.«

»Das mit ihr tut mir leid, aber ich habe den Anschlag nicht durchgeführt«, erklärte Bosa ihnen. »Sie dürfen nicht vergessen, Krot besaß eine Menge Feinde, genau wie ich das tue. In unserer Branche verschafft man sich die zwangsläufig, und einige darunter sind überaus einflussreich. Das ist einer der Gründe, warum ich ständig so strenge Sicherheitsvorkehrungen treffe. Ich habe Sie nicht angelogen und werde auch jetzt nicht damit anfangen.«

Nachdenklich sah Judd aus dem Fenster, während das Flugzeug in den Nachthimmel stieg. Irgendetwas stimmte nicht an dem, was Bosa gerade erzählt hatte. Wieder war irgendein Teil daran unlogisch, vielleicht sogar derselbe wie vorher.

Bosa durchbrach das Schweigen. »Hören wir uns die CD an, die Lisa Ihnen verkauft hat.«

Judd legte die Scheibe ein, fand den Beginn der Aufzeichnung, und erneut hörten sie, wie Krot mit Katia über deren Vater sprach, über dessen Tod und über das Verfahren, mit dem sie früher Verbindung zu ihm aufnehmen konnte.

»Wir kennen die Codeworte, mit denen Katia ihn erreichte«, sagte Judd, »aber nicht die Telefonnummer.«

Einen Moment lang wirkte Bosa entmutigt. »Dass Grigori tot ist, wusste ich nicht. Das ist ein Schlag. Er war unsere mit Abstand beste Verbindung zu Seymour.«

»Sie wollten uns erzählen, wie Sie herausgefunden haben, dass Grigori sich in Bagdad aufhält«, erinnerte Eva ihn.

Bosa nickte. »Sobald ich wusste, dass Katia unter dem Namen Francesca Fabiano in oder bei Portland im Bundesstaat Maine lebte, habe ich jemanden kontaktiert, der die drei Telefonnummern ausfindig machen konnte, die sie über die vergangenen zehn Jahre hinweg benutzt hat. Zwei Festnetzanschlüsse und ein Handy. Dann hat mein Kontakt die gespeicherten Anruflisten eingesehen und entdeckt, dass die einzigen Auslandsgespräche von ihr nach Bagdad gingen und alle einen Rückruf aus Bagdad zur Folge hatten. Es gab ein Dutzend verschiedene Bagdader Nummern. Elf gehörten zu Prepaidhandys und konnten nicht zurückverfolgt werden. Die zwölfte gehörte zu einem Festnetzanschluss, den jemand in Bagdad für einen Rückruf an sie genutzt haben musste. Das war vor sieben Jahren, also etwa in der Zeit, in der sie und Grigori ihr Treffen in Wien planten. Damals war die Nummer zwar unterdrückt worden, aber natürlich besaß die Telefongesellschaft Namen und Anschrift des Besitzers. Es war die Save Iraq League, eine politische Partei. Ich habe die Nummer gewählt. Ein Nachtklub hat sich gemeldet.«

»Die SIL ist eng mit dem Iran verbündet«, erinnerte Judd sich. »Sie streitet sich mit der Partei des aktuellen Regierungschefs um die Macht im Land.«

»Grigori Lewintschew war Russe«, sagte Eva. »Was hatte er in Bagdad verloren, um dort von dem Anschluss einer irakischen Partei aus zu telefonieren?«

»Wahrscheinlich war er gut mit Seymour befreundet«, sagte Bosa.

»Ist ›Seymour‹ sein richtiger Name?«, fragte Eva.

»Glaube ich nicht.« Bosa verschränkte die Arme. »Wie ich gehört habe, kam er in den Vereinigten Staaten als Kind einer irakischen Mutter und eines amerikanischen Vaters auf die Welt und wuchs in Basra im Süden Iraks auf. Es kursierten eine Menge Geschichten über ihn, nachdem er dem Islamischen Dschihad beigetreten war, eine haarsträubender als die andere. … Er sei ein Abkömmling Mohammeds … Er stamme aus Südamerika und gäbe sich als Moslem aus … Er sei der blutrünstigste Killer, den der Dschihad jemals in seinen Reihen gehabt hat … Er habe Tausenden von Kindern das Leben gerettet … Er könne sich unsichtbar machen wie eine Staubwolke in der Wüste. Und so weiter und so fort. Er trug die Lügengeschichten wie Goldmedaillen zur Schau. Allerdings war Seymour immer ein ruheloser Typ, dem nichts jemals zu genügen schien.«

Während Eva und Bosa sich unterhielten, hatte Judd das Smartphone von Tucker aus seinem Rucksack geholt und durchgesehen. »Ich habe hier ein altes Foto von Seymour. Es war in einer der Akten, die Gloria für Tucker zusammengestellt hat.«

In seinen Zwanzigern war Seymour ein äußerst attraktiver Mann gewesen. Seine Statur war kräftig und derb, sein glatt rasiertes Gesicht dagegen puttenhaft, ja fast goldig. Die wuchtige Figur eines Footballspieler, gekrönt vom Antlitz eines Engels.

Judd reichte Bosa das Smartphone. »Ist er das?«

Bosa betrachtete das Bild. »Als ich ihn das letzte Mal gesehen habe, war er übergewichtig. Das Gesicht weist Ähnlichkeiten auf, ist aber nicht dasselbe, … was an kosmetischen Operationen liegen könnte. Man erkennt sein Selbstbewusstsein. Und die Art, wie er seinen Kopf etwas nach hinten und zur Seite neigt, zeigte ein wenig seine charmante Seite. Ja, ich würde sagen, das ist er.« Er reichte Eva das Smartphone.

»Er sieht ganz und gar nicht so aus, wie man sich einen

Assassinen vorstellen würde«, bemerkte sie. »Schlimmstenfalls wie jemand, der den Abgabetermin eines Buchs in der Stadtbibliothek überzieht.«

Bosa lächelte. »Ganz schön naiv.«

Sie schüttelte den Kopf. »Was noch übrig war von der Annahme, dass alle Assassinen gleich sind, habe ich längst über Bord geworfen, ... mit Ausnahme der einen Tatsache, dass sie alle kaltblütige Mörder sind.« Sie vermied es, Judd anzusehen.

»Sie testet gerade, ob ich auch auf die Liste gehöre«, erklärte Judd.

Bosa zuckte mit den Achseln. »Jeder tut das, was er gut kann.«

»Ich versuche nur, ein wenig Klarheit zu gewinnen«, sagte Eva.

Bosa betrachtete erst den einen abschätzend, dann den anderen, bevor er schließlich den Blick auf Eva gerichtet hielt. »Unter uns gibt es Leute jeden Alters, jeder Nationalität, mit den verschiedensten Persönlichkeiten und gesellschaftlichen Existenzen. Vor vielen Jahren war ich selbst mal verheiratet, hatte ein Kind und lebte ein ›normales‹ Leben. Ich habe Lebensmittel für den Haushalt eingekauft, mich regelmäßig bei meiner Schwester gemeldet, bin mit meiner Familie ausgegangen und war natürlich auch ab und zu geschäftlich auf Reisen. Alle glaubten, ich würde ein Import-Export-Geschäft führen, was ich im kleinsten Rahmen auch wirklich tat. Mir hat dieses Leben damals sehr gut gefallen.«

»Was ist passiert?«, fragte Eva.

Bosa holte tief Luft. »Meine Tochter – Liz – wurde erwachsen, heiratete einen miesen Typen, und ich habe das Problem aus der Welt geschafft. Liz fand heraus, dass ich für den Tod verantwortlich war, und entdeckte dann auch, welchem Beruf ich in Wahrheit nachging. Zu dieser Zeit erledigte meine Frau bereits mit mir gemeinsam Aufträge. Liz wollte nichts mehr mit uns zu tun haben. Als dann später meine Frau bei einem Job ums Leben kam, hoffte ich, Liz würde es sich anders überlegen.« Er seufzte schwer. »Aber Liz missbilligt, was ich bin.«

»Treffen Sie sie noch?«, fragte Eva.

»Nein.« Es folgte eine lange Pause, dann sagte er energisch: »Jetzt wollen wir doch mal sehen, wohin Krots Keilschriftstücke passen.« Er zog den Klapptisch zu sich.

Judd öffnete Krots Aluminiumbox und holte die eingewickelten Brocken heraus. Eva löste die Klettverschlüsse der Schutzhüllen, und Bosa ordnete die Puzzlestücke ihrem Platz in der zerbrochenen Kalksteintafel zu. Gemeinsam begutachteten sie das Ergebnis. Sechs Stücke fehlten noch. Judd spürte die angespannte Konzentration, mit der Eva die Teile musterte.

»Können Sie jetzt etwas übersetzen?«, fragte Bosa.

Sie schüttelte den Kopf. »Dafür reichen meine Kenntnisse nicht. Wenn Sie es abfotografieren, kann ich die Bilder einer Bekannten am Getty Center mailen. Sie ist die Fachfrau.«

»In Ordnung.« Bosa stand auf, richtete sein iPad aus und begann, die Tafel aus unterschiedlichen Winkeln zu fotografieren.

Judd fiel beim Zusehen auf, mit welcher Präzision der Assassinen vorging. Jede Bewegung war mit Bedacht ausgeführt, nichts schien dem Zufall überlassen zu werden. Das unangenehme Gefühl, das Judd früher schon beschlichen hatte, kehrte zurück. »Warum haben Sie Katia Lewintschew umgebracht?«, hatte Eva ihn vor einigen Minuten gefragt. Und Bosa hatte geantwortet: »Das war ich nicht.« Als Eva darauf zurückgekommen war und Bosa vorwarf, er hätte vorsichtiger sein sollen, da Katia nur eine unbeteiligte Zuschauerin gewesen sei, hatte Bosa gesagt: »Ich habe den Anschlag nicht durchgeführt.«

Plötzlich begriff Judd. Bosa hatte die Wahrheit gesagt. Tatsächlich mit eigener Hand erschossen hatte er sie nicht. Zu Bosa gewandt sagte er: »Während wir dem Citroën in den Suq folgten, haben Sie angerufen, um uns mitzuteilen, wie Katias richtiger Name lautet und dass ihr Vater eng mit Seymour befreundet ist. Als wir das Flugzeug verließen, wussten Sie von alldem noch nichts, sonst hätten Sie es uns gesagt. Also waren Sie entweder selbst in Marrakesch und haben es dort herausgefunden – oder derjenige, der Ihnen die Information gegeben hat, war dort.«

Eva starrte Judd erstaunt an. »Du hast recht.«

Judd hielt seinen Blick fest auf den raffinierten Auftragskiller gerichtet. »Also?«

»Dafür haben Sie aber ganz schön lange gebraucht.« Bosa lächelte kurz. »Würden Sie einem alten Mann einen Gefallen tun und mir eine Decke holen, Judd? Mir wird es kalt an den Beinen. Und Sie sollten mitgehen, Eva. Holen Sie sich auch eine Decke. Sie liegen hinten, wo die Betten sind.« Er deutete Richtung Heck.

Eva machte ein misstrauisches Gesicht. »Sie wollen doch eigentlich gar keine Decke, richtig?«

Bosa zuckte mit den Achseln. Dann lachte er leise.

Judd und Eva standen auf und verschwanden. Der Jet flog völlig ruhig, daher brauchten sie nur Sekunden den Gang hinunter. In der Bordküche begegneten sie Doug, der gerade Sandwichs machte. Seine schwarze Rollmütze hatte er ausgezogen, und nun baumelte sein braun-grauer Pferdeschwanz ihm locker den Nacken hinab.

Eva erreichte die Kabine zuerst und öffnete die Tür. Judd

warf einen Blick über ihre Schulter. Auf demselben Bett, auf dem Tucker gelegen hatte, lag ein hagerer alter Mann mit einer markanten Nase und einem akkurat gestutzten silbernen Schnurrbart. Das silbergraue Haar war nach hinten gekämmt zu einem Pferdeschwanz, der sich auf dem Laken bis zu seiner Brust kringelte. Trotz seines Alters, oder gerade deswegen, hatte sein Aussehen etwas Hartes, Zähes an sich. Er schnarchte leise.

Judd und Eva drehten sich um, als Doug sich hinter sie stellte. Er lächelte vergnügt, sagte aber nichts.

Sie sahen ihn an, dann den Mann auf dem Bett. Die Gesichtszüge unterschieden sich, doch von der Statur her bestand Ähnlichkeit, und irgendwie strahlten sie das gleiche großspurige Draufgängertum aus. Und dann war da natürlich noch die merkwürdige Tatsache, dass sie beide Pferdeschwänze trugen.

»Ein Verwandter?«, riet Eva.

»Ist er derjenige, der Bosa das über Krot und Katia erzählt hat?« Judd wollte ganz sicher sein.

Doug nickte. »Mein Vater. Er und Bosa kennen sich schon seit ewigen Zeiten.«

Quer über die beiden Notsitze befand sich ein dickes Bündel, über dem eine Decke lag. Judd zog die Decke fort, und zum Vorschein kam eine wattierte schwarze Motorradjacke, ein schwarzer Motorradhelm und ein F2000-Bullpup-Sturmgewehr.

Eva erkannte die Sachen sofort und sagte wütend: »Er war es, der Katia erschossen hat.«

»Und Krot«, ergänzte Judd.

Er betrachtete den Mann, der nur aus Sehnen und Knochen zu bestehen schien. Seine Haut wirkte durchscheinend wie Pergament. Und doch hatte dieser Mann sie bis zu Krots

Versteck im Suq verfolgt, hatte draußen geduldig auf seine Chance gewartet, Krot auszuschalten, und seinen Plan dann skrupellos in die Tat umgesetzt. Dazu bedurfte es schon eines enormen Antriebs.

»Denselben Nachnamen haben Sie aber nicht, oder?«, fragte Judd den Mann neben sich.

»Nein. Meine Mutter hat ihn geliebt, wollte ihn aber nicht heiraten«, erzählte Doug ihm. »Jetzt, da ich älter bin, verstehe ich auch warum. Sie werden auch verstehen, was ich meine. Im Augenblick ist er völlig erschöpft. Er hat einen langen Tag hinter sich. Eigentlich sogar mehrere lange Tage. Sein heiß geliebter Sportwagen wurde in Paris in die Luft gejagt. Der Junge, der ihm das Auto holen sollte, war derjenige, der dabei gestorben ist. Dad sparte sich die Mühe, die unzutreffende Angabe im Totenschein zu korrigieren. Die ganze Sache hat ihn ziemlich geärgert. Dad mochte den Wagen wirklich sehr.«

»Verdammt, der sechste Assassine.« Judd starrte den schlafenden Mann an. »Burleigh Morgan lebt.«

61

Judd und Eva kehrten rasch in die vordere Kabine zurück, wo Bosa nach vorn gebeugt an seinem iPad arbeitete. Sie ließen sich in ihre Sitze ihm gegenüber fallen.

»Also haben Sie und Morgan schon die ganze Zeit über zusammengearbeitet«, sagte Judd.

Bosa sah auf. »Morgan hat sich nach dem Mordanschlag auf ihn in Paris mit mir in Verbindung gesetzt. Wir kamen überein, dass es das Beste war, ihn tot sein zu lassen. Er ging nach Marrakesch, mietete einen Mercedes und begann Krot zu folgen. Als er mich anrief, um mir mitzuteilen, was er herausgefunden hat, habe ich diese Informationen an Sie weitergegeben. Ich wusste, dass Morgan Ihnen nicht in die Quere kommen würde, aber allein hätte er die Situation auch nicht regeln können. Herrgott, der Mann wird bald achtzig. Als er hier eintraf, sagte er, sie wären bereits auf dem Rückweg und den Rest würde er mir später erzählen. Er hat sich hingelegt, und ich habe seitdem nichts mehr von ihm gehört. Es bestand kein Grund, Ihnen von ihm zu erzählen, solange es nicht sein musste.«

»Pass bloß auf, was du sagst, Jungchen.« Sich von einer Rückenlehne zur anderen hangelnd, kam Morgan den Gang heruntergewankt. Einmal in Bewegung wirkte sein Körper durchaus geschmeidig und keineswegs wie das Klappergestell, das Judd und Eva liegend gesehen hatten. Seine Züge wirkten müde und erschöpft, aber seine Augen funkelten.

»Dir kann ich jedenfalls noch jederzeit das Fell über die Ohren ziehen, Alex.« Er ließ sich auf den Platz neben ihm fallen und sah über den Gang hinweg zu Judd und Eva. »Alex ist ein ungehobelter Kerl. Eigentlich hätte er uns ja einander vorstellen sollen. Freut mich, euch beide kennenzulernen. Ihr wisst aber schon, dass ihr schwer verliebt seid, oder?«

Judd zuckte zurück und spürte ein sonderbares Gefühl in der Magengrube.

Eva wandte verschämt den Blick ab.

Morgan lachte glucksend in sich hinein und sah dann zu seinem Sohn hoch, der ihm mit Decken auf dem Arm gefolgt war. »Dougie, ich habe Kohldampf.«

Doug breitete eine der Decken über Morgans Schoß aus. »Klar, Paps. Das Essen ist schon unterwegs.« Er reichte eine zweite Decke an Bosa weiter, der sie sich über die Beine legte.

»Nenn mich nicht Paps«, brummte Morgan.

»Kein Problem, Opi.«

Mürrisch vor sich hin grummelnd, konzentrierte sich Morgan auf die richtige Lage der Decke.

Doug deutete vielsagend auf ihn und sagte zu Eva und Judd gewandt: »Jetzt verstehen Sie auch, warum meine Mutter ihn nicht heiraten wollte.«

»Sie war ein Dummkopf«, erklärte Morgan. »Aber super Beine und Titten.«

Doug seufzte. »Er hat nie gelernt, sich zu benehmen. Aber wie sollte er auch. Angefangen hat er im alten Londoner East End als sogenannter Bullet Man. Ein paar Jahre später hat er seinen Boss im Ronan Point erschossen und dann den Boss von seinem Boss in einer Gasse erstochen, etwa da, wo heute die South Quay Station ist.«

»Ich war eben ehrgeizig«, erklärte Morgan.

Doug fuhr fort: »Er bot an, für die übrig gebliebenen Jungs gelegentlich Jobs zu übernehmen, wenn sie ihn dafür seinen eigenen Weg gehen lassen würden. Fünfundzwanzig war er damals. Sie sagten ihm, hau bloß ab, wir rufen dich, wenn wir dich brauchen – und daraufhin machte er sich selbstständig.«

Morgan nickte. »Und habe es nie bereut und auch nicht die geringste Absicht, in irgendeinen Ruhestand zu treten. Verglichen mit mir ist immer noch jedes Schlachtross ein Lämmchen. Ich bin die Macht in Person.«

Doug verdrehte die Augen und kehrte in die Bordküche zurück.

Eva starrte Morgan durchdringend an. »Warum mussten Sie Katia umbringen? Sie sind ein Profi und hätten eine andere Wahl treffen können.«

Morgan bedachte sie mit einem abwägenden Blick. »Krot war ein verflucht gefährlicher Kerl. Eine zweite Chance hätte ich nicht bekommen. Jetzt ist es vorbei. Nicht mehr zu ändern. Denk nicht weiter darüber nach, Eva, oder du büßt für die Zukunft die Fähigkeit ein, das zu tun, was du tun musst.«

Morgan hatte sich nur zu der Tat bekannt, aber keine Verantwortung dafür übernommen. Eva lehnte sich in den Sessel zurück. Sie schien in Gedanken versunken.

Bevor Morgan weiterreden konnte, kam Jacks Stimme aus den Lautsprechern: »Im Anflug auf Kairo International, Leute.«

Kairo war ein ungeplanter Zwischenstopp. »Verwischen wir hier unsere Spur?«, wollte Judd wissen.

»Genau«, bestätigte Bosa. »Wir werden die Maschine wechseln, damit unser Flugplan für Bagdad anzeigt, dass wir aus Kairo kommen, nicht aus Marrakesch.«

»Befürchten Sie, Seymour könnte irgendwie von unserem Kommen erfahren haben, immer vorausgesetzt, er ist überhaupt in Bagdad?«, wollte Judd wissen.

»Ich fürchte nur, nachlässig zu werden«, sagte Bosa, »und dafür büßen zu müssen.«

Der Jet drehte eine Runde über der Großstadt. Der Nil war ein schwarz schimmerndes Band, das die Stadt in zwei Hälften teilte. Sie landeten und rollten, bis sie neben einer Gulfstream IV zu stehen kamen. Sie transportierten ihre Sachen in den Business Jet und wählten das gleiche Sitzarrangement mit Bosa und Morgan auf einer Seite des Mittelgangs und Judd und Eva auf der anderen. Jack und George studierten die Wartungslisten, gingen durch das Flugzeug und unterzogen den Flieger einer gründlichen Inspektion.

Nach über einer Stunde auf dem Boden hoben sie erneut ab. Die Sterne strahlten hell am wolkenlosen Himmel. Judd wandte sich vom Fenster ab. Schon seit einer Weile ging ihm ein Gedanke im Kopf herum. Er lehnte sich vor, verschränkte die Hände zwischen den Knien und sah Bosa und Morgan aufmerksam an. »Wenn man den Aufwand bedenkt, den ihr sechs Killer betreibt, um euer gesamtes Vorgehen geheim zu halten, wem könnte es da gelungen sein, so viel über eure Arbeit herauszufinden, dass er damit eine komplette Sammlung eurer Auftragsmorde zusammenbekommt? Und wer außer euch wusste etwas von der Keilschrifttafel? Mir fällt darauf nur die Antwort ein, dass einer von euch die E-Mail verfasst haben muss. Einer von euch erpresst alle anderen, dieses schäbige Spiel zu spielen.«

Morgan und Bosa wechselten Blicke.

»Erzähl du es ihnen, Alex.« Morgans knochige Miene hatte sich verfinstert.

Bosa nickte kurz. »Morgan und ich haben uns darüber

natürlich auch schon unterhalten. Soweit wir wissen, hat Seymour sich mit keinem von uns in Verbindung gesetzt. Der Padre, Eichel und Krot haben alle nach ihm gesucht. Morgan und ich haben nach ihm gesucht. Der Erpresser versuchte, Morgan in die Luft zu sprengen. Demnach scheidet Morgan als Erpresser aus. Ich weiß, dass ich nicht der Erpresser bin, und Morgan weiß das auch, denn ich hätte ihn schon diverse Male aus dem Weg räumen können, unter anderem heute Abend, als er zum Flugzeug zurückgehumpelt kam. Wir beide haben uns von Anfang an gedacht, dass einer von uns diese E-Mail abgeschickt haben muss, mit der die ganze Scheiße begann. Da jetzt nur noch Morgan, Seymour und ich übrig sind, sieht es tatsächlich ganz danach aus, dass es Seymour sein muss. Es würde auch erklären, warum er sich mit keinem von uns in Kontakt setzte – er hatte keinen Grund dazu. Alle zwölf Stunden haben wir uns bei ihm melden müssen, uns war nur nie wirklich klar, dass er es war. Morgan und ich sind der Meinung, dass er wartet, bis nur noch einer von uns übrig ist. Wenn er die entsprechende Nachricht erhält, wird er die Falschmeldung in die Welt setzen, er – Seymour – sei tot, nur um sich anschließend mit dem ›Gewinner‹ zu verabreden und ihn in einen Hinterhalt zu locken. Auf diese Weise bekommt Seymour die Keilschrifttafel, behält den *Katalog* und hat die beruhigende Gewissheit, dass der Rest von uns ihm nicht länger im Weg stehen kann.«

»Ich dachte, Auftragskiller Ihres Kalibers sind steinreich«, sagte Eva. »Wie viel ist Ihr Flugzeug wert, Alex – vierzig Millionen? Ist Seymour wirklich so arm dran, dass er unbedingt diese Zwölf-Millionen-Dollar-Tafel braucht?«

»Gott weiß, warum er einen solchen Aufwand betreibt«, sagte Bosa mit müder Stimme. »Seymour ist ein Fall für sich.

Ich möchte den Dreckskerl gerne überraschen, aber erst mal müssen wir ihn finden.« Er tippte auf sein iPad. »Ich habe mir auf Google Earth das Gebäude angesehen, aus dem heraus das letzte Telefonat an Katia aus Bagdad geführt wurde. Jetzt ist mir auch klar, warum die SIL umgezogen ist. Da ist nämlich nur noch ein riesiger Krater im Boden zu sehen. Dann habe ich eine alte Aufnahme gefunden, auf der ein fünfstöckiges Apartmenthaus zu sehen ist. Womöglich hatte die SIL Ladenräume im Erdgeschoss, und Grigori Lewintschew hat darüber irgendwo gewohnt. Seymour vielleicht ebenfalls. Also habe ich nach dem Eigentümer des Gebäudes gesucht. Aber natürlich finden sich im Internet kaum Verzeichnisse über Grundbesitz in Bagdad, also habe ich mir die nächste Frage gestellt: Wohin ist die SIL umgezogen? Die Antwort lautet El-Saadun-Straße, ganz in der Nähe vom Firdos-Platz und dem Palestine Hotel.«

Bosa nahm eine Fernbedienung von dem Klapptischchen, zielte damit Richtung Heck und drückte eine Taste. Neben der Tür zur Bordküche fuhr die Außenhaut der Wand herunter und dahinter kam ein 48-Zoll-LED-Bildschirm zum Vorschein.

Bosa tippte auf die Tastatur seines Tablets. »Ich verbinde mein iPad mit dem Bildschirm, dann können wir gemeinsam sehen, was sich über die SIL herausfinden lässt.«

Die Suche auf Google ergab mehr als einhunderttausend Ergebnisse. Es gab Links mit Informationen zur Gründung durch Tariq Tabrizi und Siraj al-Sabah, zu Parteimitgliedern oder zu ihrer Ideologie. Es gab Interviews, Analysen, Dokumentationen von Programmen für Arme, Hinweise zu Kulturveranstaltungen und kritische Äußerungen von anderen Politikern, Wissenschaftlern und ausländischen Beobachtern.

Als sie auf der zehnten Seite angekommen waren, hatte Morgan sein Sandwich aufgegessen und schob den Teller zur Seite. »Geh noch mal zurück zum Anfang«, sagte er Bosa.

Bosa sprang zur ersten Seite zurück.

Morgan beugte sich vor. »Kannst du die Fotos da vergrößern?«

Auf drei Vorschaubildern waren Menschen zu sehen, während das vierte ein imposantes weißes Gebäude mit korinthischen Säulen an der Frontseite zeigte.

»Welches Foto möchtest du denn vergrößert haben?«, fragte Bosa.

»Was interessiert mich dieser scheiß Protzschuppen? Die Leute will ich sehen.«

Wortlos fuhr Bosa mit dem Cursor auf das erste Foto und klickte. Sofort vergrößerte sich das Bild. Dem Untertitel zufolge stürmten darauf dreißig SIL-Abgeordnete nach einer verlorenen Abstimmung wutentbrannt aus einer Parlamentssitzung. An der Spitze war Tariq Tabrizi, der inzwischen für das Amt des Ministerpräsidenten kandidierte. Auf dem nächsten Foto stand Tabrizi auf einer Bühne und hielt eine Rede. Das letzte Bild zeigte zwei Männer, die sich die Hände schüttelten. Der eine war Tabrizi, der gerade den anderen Mann, einen Geschichtsprofessor, für dessen tägliche Kolumne in *The Iraqi Sword* mit dem diesjährigen SIL-Leadership-Prize auszeichnete. Neben einer Bronzeplakette erhielt der Preisträger eine Prämie von € 100 000.

Judd pfiff leise. »Für eine Organisation in einem armen Land wie dem Irak ist das aber ein ganz schöner Batzen Geld.«

»Lass die Fotos noch mal durchlaufen«, sagte Morgan. »Ich weiß nicht genau, wonach ich suche.«

Bosa gehorchte.

»Irgendetwas ist mit Tabrizi«, sagte Morgan. »Keine Ahnung, was. Gibt's eine Möglichkeit, ihn in Bewegung zu sehen?«

»Vermutlich.« Bosa klickte am oberen Bildrand auf VIDEOS.

Eine Reihe von Fotos mit Kurzbeschreibungen erschien. Bosa scrollte die Seite hinunter. Er öffnete eine der Dateien, und sie sahen ein Video von Tabrizi, der vor dem Parlament stand und seine Faust schüttelte. Auf anderen jubelte er bei einem Fußballspiel oder sprach mit Menschen auf einem Freiluftmarkt.

»Und?«, fragte Bosa.

»Mach weiter«, befahl Morgan.

Das nächste Video war an einem sonnigen Tag in Bagdad aufgenommen. Tabrizi umarmte einen schiitischen Geistlichen, der einen schwarzen Turban trug, bevor er gemeinsam mit ihm vor demselben weißen Gebäude, das sie bereits gesehen hatten, den Bürgersteig hinunterschlenderte. Die beiden Männer hielten sich die Hände, wie es muslimische Männer mit wirklich guten Freunden taten. Eine Frau in einer langen schwarzen *Abaja*, die ein Großteil ihres Gesichts verdeckte, sah ihnen vom Straßenrand aus zu. Sie war klein, mehr als einen Kopf kleiner als Tabrizi und der Geistliche. Ein bärtiger Mann in einem Geschäftsanzug trat ins Bild und stellte sich neben sie. Er rauchte mit offensichtlichem Genuss eine Zigarre. Während sie dort standen, stieg der Geistliche in den Fond einer schwarzen Limousine. Sie winkten, Tabrizi winkte zurück, und die Limousine rollte davon.

»Heilige Mutter Gottes, hast du gerade gesehen, was ich gesehen hab, Alex?«, fragte Morgan erregt.

»Tabrizi«, fragte Eva. »Was ist mit ihm?«

»Mir ist nichts Besonderes aufgefallen«, gab Judd zu.

Keiner der Assassinen antwortete. Das Video lief weiter. Der Möchtegernpremier Tabrizi drehte sich zu dem bärtigen Mann und der Frau in der *Abaja* um. Er sagte etwas, und alle drei kamen wieder auf die Kamera zu. Tabrizi lachte in die Kamera. Der bärtige Mann lachte in die Kamera und winkte mit seiner Zigarre. Dann war es zu Ende.

»Hol mich der Teufel«, fluchte Bosa. »Damit hätte ich nie gerechnet. Dieses leichte Zögern, bevor er über die Fußballen abrollt. Der macht sich gar nicht erst die Mühe, seinen normalen Gang zu verstellen. Offenbar fühlt er sich im Irak so sicher, dass er nicht ständig in höchster Alarmbereitschaft sein muss.«

»Ja«, stimmte Morgan zu. »Und dann schwingt er seinen linken Arm immer auf eine ganz eigene Art. Verglichen mit seinem rechten, wirkt er ein wenig krumm. Und siehst du, wie sehr er seine Zigarre genießt? Genau wie du, Alex. Ihr seid beide Zigarrensnobs. Volltreffer. Da haben wir Seymour, den elenden Halunken.«

Eva fragte dazwischen: »Dieser Tabrizi, der Premier werden will?«

»Nein, nein.« Bosa schüttelte den Kopf. »Den anderen meinen wir. Der Größere von den beiden, der mit dem Bart. Das ist Seymour. Ich frage mich, unter welchem Namen er jetzt auftritt.« Er klickte zurück durch diverse andere Fotos, bis er zu einem Schnappschuss von sechs Männern kam, die in einem Café beim Tee zusammensaßen.

»Das ist der Kerl«, sagte Morgan sofort.

Der Mann, auf den er zeigte, hatte dasselbe quadratische Gesicht, den gleichen gestutzten grauen Vollbart und denselben wuchtigen Körperbau wie der Namenlose in dem Video mit Tabrizi und dem Geistlichen.

»Der Bildunterschrift zufolge lautet sein Name Siraj al-Sabah«, sagte Eva. »Hat jemand schon mal von ihm gehört?«

»Wir sind eben schon auf seinen Namen gestoßen, als wir zur SIL recherchierten«, erinnerte sich Bosa. »Tabrizi und al-Sabah haben die SIL gegründet.«

Morgan stieß ein eisiges Lachen aus. »Wer hätte gedacht, dass Seymour sich im Irak versteckt. Andererseits ist es ein vom Krieg zerrissenes Land, das die Welt am liebsten vergessen würde, der perfekte Ort, um seine Spuren zu verwischen. Und dann ist der alte Schweinepriester auch noch in die Politik gegangen. Im Rampenlicht stehen, das ist es, was er immer schon gewollt hat. Es mag ein kleines Rampenlicht sein, aber es ist ganz sicher tausendmal mehr, als der Rest von uns in diesem Gewerbe je abbekommt.«

Bosa nickte finster. »Jetzt wissen wir Bescheid. Siraj al-Sabah ist Seymour.«

62

Bagdad, Irak

Es war nach Mitternacht in Sadr-City, dem Stadtviertel, in dem mehr als zwei Millionen Menschen zu Hause waren. Der Mond schien hell, als Seymour in die Umreidi-Street bog, die für Schwarzmarktgeschäfte berüchtigt war. Hier gab es alles zu kaufen, von Alkohol bis zu Waffen, von Medikamenten bis zu menschlichen Organen. Auf der Straße selbst war es ruhig. Illegale Geschäfte fanden meist in den heruntergekommenen Lehmbauten an ihrem Rand statt.

Als Seymour den Wagen abstellte, hörte er aus dem wohlhabenderen Viertel am anderen Tigris-Ufer das Knattern automatischer Gewehre. Bagdads Straßen und Gassen wurden einmal mehr von einer Welle der Gewalt heimgesucht. In der Leichenhalle war man dazu übergegangen, die Opfer nach Todesart zu bestimmen. Bei Geköpften handelte es sich um Schiiten, die von Sunniten umgebracht worden waren. Und allen, denen man mit einer Bohrmaschine in den Schädel gebohrt hatte, waren Sunniten, die von Schiiten umgebracht worden waren. An den Ufern des Flusses wurden so viele Leichen angeschwemmt, dass die Leute sich davor fürchteten, Fisch zu essen.

Seymour wusste dies alles nur zu genau. Nachdem er jahrzehntelang in der Welt umhergezogen war, lebte er nun schon wieder ein Dutzend Jahre im heimischen Irak. Zu Beginn hatte er sich vor allem in den alten Stadtvierteln aufgehalten, wo er wenigstens die Überreste der Metropole sah, die einst Bagdad war: die reichste Stadt auf der ganzen Welt, vor dessen Toren einst die Mongolen standen und in der die Kalifen ihre Harems unterhielten. Er spazierte durch die staubigen Straßen mit ihren pittoresken sandfarbenen Gebäuden, den ausladenden Balkonen und den Erkerfenstern mit den kunstvoll geschnitzten, gitterförmigen Fensterläden. Er trank süßen, mit Zimt aromatisierten Tee und hörte dem Lachen der Kupferschmiede zu, die aus ihrem Metall neue Waren hämmerten. Und jetzt war er bis ins Zentrum der angespannten politischen Lage dieses so alten Landes vorgedrungen.

Seymour stieg aus dem Wagen, nahm sein Heckler-&-Koch-416-Sturmgewehr und einen unscheinbaren Koffer, der randvoll mit Bargeld war, und ging sich aufmerksam umsehend davon.

Trotz seiner massigen Figur bewegte er sich schnell und sicher. Er trug weite Jeans, ein langes Hemd und Mantel sowie die traditionelle *Kufija*, ein kariertes Baumwolltuch, das seinen Kopf bis auf die Augenpartie verbarg.

Als er sich dem Haus näherte, in das er wollte, öffnete sich die Tür.

»*Ahlan.*« Willkommen. Im Eingang stand Fatima, den Körper von einer langen schwarzen *Abaja* verhüllt und einen schwarzen Niqab so um den Kopf gelegt, das nur ein schmaler Sehschlitz offen blieb.

»*As-salamu aleikum*«, begrüßte Seymour sie.

Ihre Augen lächelten, und sein Herz klopfte ein wenig schneller.

Sie zog sich in den Bereich zurück, der als Küche diente, ausgerüstet mit einem zweiflammigen Gasbrenner und einem Regalbrett mit Schüsseln und Töpfen.

In einem klaustrophobisch engen Raum, der nur von einer Öllampe erleuchtet wurde, saßen vier Männer auf Schemeln um einen langen Holztisch herum. Auch sie trugen dunkle Jeans und Hemden und hatten ihre Gesichter hinter *Kufijas* verborgen. In der Unterwelt der irakischen Milizen war es das Sicherste, anonym zu bleiben, selbst gegenüber Wohltätern. Vor jedem der Männer stand ein aufgeklappter Laptop auf dem Tisch, und Kalaschnikows lehnten griffbereit an der Tischkante. Alle sahen erst auf Seymours Waffe, dann auf den Koffer.

»Da ist ja endlich unser Geld.« Der Sprecher nannte sich Abdul Ahab, was Diener des Einzigen hieß. Der ehemalige Bauingenieur war jetzt Spezialist für Militärtaktik.

»Zeig es uns.« Der zweite Sprecher nannte sich Ma'thur nach dem ersten Schwert, das der Prophet besessen hatte.

Aber Seymour blickte über die Köpfe hinweg zu der schwarz verhüllten Fatima, wie sich seine Frau nannte, wenn sie undercover war. »Hast du die Pläne überprüft?«

Wieder nickte sie. »Sie sind gut.« Sie zählte die Orte in Bagdad und den anderen Städten Iraks auf, die betroffen sein würden. Sie verfügte über eine exzellente Ausbildung in verdeckten Operationen durch den KGB.

»Alles ist vorbereitet, morgen früh loszuschlagen«, versicherte Abdul Ahab ihm.

Erneut wandte Seymour sich an Fatima. »Bist du so zufrieden?«

»Ja, das bin ich.«

Auf diese Worte hin stellte Seymour den Koffer auf den Tisch. Die vier Männer beugten sich gespannt nach vorn. Seymour drehte das Nummernschloss routiniert mit einer Hand, während die andere schussbereit auf dem H & K ruhte. Nachdem er ein leichtes Klicken gehört hatte, klappte er die Verschlüsse mit dem Daumen auf. Der Deckel sprang auf, und ordentlich gestapelte Dollarbündel wurden sichtbar.

Er drehte den Koffer zu ihnen. »Zwei Millionen US-Dollar«, sagte er. »Wie vereinbart.«

Sie starrten auf den Inhalt. Ein Moment herrschte beeindrucktes Schweigen.

Dann zog Abdul-Ahab den Koffer zu sich und begann, das Geld aufzuteilen. »Unsere Unkosten sind enorm. Den Rest wirst du uns morgen Nacht geben.« Es war eine Feststellung, keine Frage.

»Erledigt ihr eure Arbeit, dann bekommt ihr auch das Geld.«

Jeder der vier Männer befehligte eine andere schiitische Milizgruppe, kümmerte sich um deren militärische und religiöse Schulung und um alle Fragen der Finanzierung. Die im Iran herrschenden Ajatollahs steuerten monatlich $ 5 Millionen dazu, aber das reichte nicht für all die Granatwerfer, Mörser, Munition, für die Besoldung der Märtyrerfamilien, für Lebensmittel, Unterbringung, Reisekosten und Anwerbung. Bis zu Seymours Auftauchen hatten sie ihre Einkünfte durch Straßenkriminalität aufbessern müssen, was die Anzahl der Einsätze, die sie durchführen konnten, natürlich beschränkt hatte.

»*Inschallah*«, sagte Abdul Ahab. »Woher hast du das ganze Geld?«

Die Spannung im Raum wuchs schlagartig. Seymour bildete für sie den Schlüssel zum Reichtum, und Reichtum war die Voraussetzung dafür, ihren militärischen Kampf weiterführen zu können.

»Wer steht hinter dir?«, wollte ein Mann wissen, der sich Antarah nannte.

Seymour hob sein H & K wie beiläufig ein wenig an. Keinem entging die Bewegung.

»Komm, Fatima.« Während sie zur Tür rauschte, folgte er ihr rückwärts. Am liebsten hätte er ihnen gesagt, sie könnten ihn alle mal am Arsch lecken. Doch er unterdrückte den Drang und zitierte nur mit ruhiger Stimme ein altes mesopotamisches Sprichwort: »Wenn einer ein gutes Pferd reitet, kümmert es ihn, aus welchem Land es stammt? Natürlich nicht. Tötet mich und eure Quelle versiegt.«

Ihre Schultern erschlafften.

Aber Abdul Ahab fasste sich rasch wieder. »Bilde dir bloß nicht ein, wir seien dir treu ergeben, nur weil du das Geld hast. Unsere Loyalität gilt allein dem Iran!«

»Anders würden wir es auch gar nicht haben wollen«, sagte Seymour.

Er wandte sich um und verschwand gemeinsam mit Fatima hinaus auf die Straßen dieser Stadt, die schon bald in ihrer Hand sein würde.

63

Der Tigris durchzog den Irak wie eine Lebensader. Heute Nacht war der Fluss ruhig und silberfarben. Die Holzboote, die im seichten Wasser vor Anker lagen, stießen mit einem dumpfen Rumpeln aneinander. Seymour stand mit seinem H-&-K-Sturmgewehr unweit der Abu Nawas Street im Schatten eines verlassenen Bootshauses und behielt den Fluss im Auge. Das unbefestigte Ufer war eine einzige Wildnis aus Gestrüpp und frei wuchernden Bäumen und bot für den heutigen Abend eine ideale Deckung.

Er hörte ein Rascheln und drückte sich dicht gegen das Bootshaus, wobei seine dunkle Kleidung und die *Kufija* ihn fast unsichtbar werden ließen. Er sah nach links, in Richtung der über ihm laufenden Straße. Seine Frau Zahra kam mit fliegender *Abaja* den Hang heruntergeeilt. Wenn sie aus dem Haus ging, um mit Aufständischen und Terroristen unter ihrem Kampfnamen Fatima zu verhandeln, verschwand sie unter einem schwarzen Tuch und verbarg ihre blauen Augen hinter dunklen Kontaktlinsen.

»Irgendwelche Probleme?« Zahra presste eine halbautomatische Ruger-9 mm-Sonderanfertigung gegen den Körper. Es war eine relativ klobige Pistole, aber Zarah mochte deren Robustheit, Stärke und Zuverlässigkeit.

»Keine. Wie lief es bei deinen Absprachen?«

Während sie weiter am Fluss warteten, berichtete Zahra von ihrem Treffen mit dem Anführer eines Netzwerks sunnitischer Todesschwadronen, die morgen Operationen durchführen würden. Das hatte weitere $ 2 Millionen gekostet.

Schiiten und Sunniten teilten ähnlich wie Katholiken und Protestanten viele grundsätzliche Überzeugungen, etwa die, dass Mohammed der Gesandte Gottes war und der Koran heilig. Zur Trennung kam es 632 mit dem Tod von Mohammed. Die Sunniten glaubten, der Nachfolger Mohammeds müsse von den Führern gewählt werden. Sie setzten sich durch, und Mohammeds enger Vertrauter und Freund Abu Bakr wurde der erste Kalif. Andere waren jedoch der Meinung, jemand aus Mohammeds Familie, in diesem Fall sein Cousin und Schwiegersohn Ali ibn Ali Talib, hätte die Nachfolge antreten sollen. Seine Anhänger wurden Schiiten genannt. Die Wunden, die dieser Streit schlug, vertieften sich über die nächsten 1400 Jahre, und immer wieder kam es zu gewaltsamen Auseinandersetzungen.

Motorbrummen drang über den stillen Fluss zu ihnen, und eine schon sehr ramponierte Jacht kam in Sicht. Während der Plünderungen von 2003 war das gut fünfzehn Meter lange Boot von einem Fischer namens Khalif und dessen Sohn Abbas »befreit« worden. Sie wohnten auf ihm, verdienten ihren Lebensunterhalt damit, und gelegentlich veranstalteten sie sogar Dinnerfahrten. Die heutige Rundfahrt war wie geplant kurz vor ein Uhr nachts zu Ende gewesen, und jetzt kehrten sie mit ihrer Jacht zurück.

Seymour öffnete die Tür zum Bootshaus einen Spalt und sagte in die Dunkelheit hinein: »Sie kommt.«

»Ja, Sir«, antwortete eine Stimme aus dem Innern.

Zahra war an ihm vorbeigeschlüpft und durch das Gestrüpp bis ans Ufer hinuntergegangen. Seymour ließ die Tür offen und eilte ihr nach. Auf der Jacht war es inzwischen etwas unruhiger geworden, da Khalif und Abbas zwischen den anderen Booten in dem behelfsmäßigen Hafen den Anker herunterließen.

»*As-salamu aleikum!*«, rief Seymour. »Wir würden heute Nacht gerne eure Jacht mieten!«

»Kommt morgen wieder!«, rief Khalif zurück.

Aber sein Sohn ließ ein Dingi zu Wasser. »Er ist zu müde. Ich nicht.«

Der Sohn, der als unermüdlicher Arbeiter bekannt war, kletterte die Strickleiter herunter und ruderte auf sie zu. Er war in den Vierzigern und hatte ein dunkles, tief zerfurchtes Gesicht, das vom lebenslangen Arbeiten in der grellen Sonne Bagdads gezeichnet war. Als das Dingi ins Ufergestrüpp glitt, wartete Seymour dort bereits. Adrenalin pumpte durch seinen Körper. Er schlug dem Sohn den Schaft seines Sturmgewehrs unters Kinn und rammte es ihm anschließend so hart in den Hals, dass es seine Luftröhre zerschlug. Der Mann sackte in sich zusammen.

»Abbas!«, rief der Vater durch die Dunkelheit. »Was ist da los?«

»Ihm ist schlecht geworden«, rief Seymour zurück. »Wir bringen ihn zu dir!«

Zahra und Seymour kletterten in das Dingi. Sobald sie sich gesetzt hatte, ruderte er los, während der Sohn zu seinen Füßen im Sterben lag.

Der Vater war an der Reling der Jacht stehen geblieben. Seine besorgte Miene war im Mondlicht gut auszumachen. Als sie näher kamen, hob Zahra ihre Waffe. Seymour sah über die Schulter, um zu verfolgen, was geschehen würde.

Sie feuerte nur einmal. Ein dunkler Fleck erschien oberhalb des Nasenbeins. Der Mann stöhnte auf, atmete aus und fiel rückwärts aufs Deck.

»Toller Schuss«, sagte Seymour zu ihr.

»*Shukran*«, erwiderte sie in bescheidenem Ton. Ihre Augen aber leuchteten.

Sie banden das Dingi an der Jacht fest und kletterten die Leiter hinauf. Seymour sah nach dem alten Mann – tot. Der Lack auf dem Mahagoniholz bröckelte ab, und die Sitzpolster waren verblichen, aber das Steuerhaus war geräumig, und im Rumpf würde es reichlich Stauraum geben. Ebenso wichtig waren die Maße des Decks, das eine große, ebene Fläche bieten musste. Auch das passte perfekt.

Seymour und Zahra standen Hand in Hand an der Reling und beobachteten, wie sich ein großes Ruderboot näherte. Erkennen ließen sich darin nur die Köpfe von drei Männern und die Silhouette eines hohen, mit einer Plane bedeckten Stapels, der aus Kisten mit den Bauteilen für zwei Spezialmörser bestand.

»Komm, wir schauen nach, wie es unten aussieht.« Sie machten sich auf den Weg zum Steuerhaus.

Seymours iPhone vibrierte. »Ich habe einen Anruf.«

Sie hielt an. »Dann warte ich.«

Auf dem Display war kein Name zu lesen. Misstrauisch berührte er die TALK-Taste, sagte aber nichts, sondern wartete nur stumm.

Schließlich meldete sich eine Frauenstimme. »Bist du wirklich verflucht schwer zu erreichen, Seymour. Ich bin's, Lisa Kosciuch.«

»Lange nichts von dir gehört, Lisa. Was kann ich für dich tun?« Er kannte Lisa seit den Achtzigern, als sie gemeinsam in einem PLO-Camp im Sudan ausgebildet worden waren.

»Ist eher etwas, dass ich für dich tu. Unser alter Kollege Krot ist heute Abend mit Freundin hier aufgetaucht. Kurz darauf drang ein amerikanisches Pärchen ein, um mit Krot zu reden. Sie behaupteten, ihre Namen sind Greg und

Courtney Roman, und angeblich sie suchen Krot im Auftrag des Carnivore. Krot gab ihnen irgendwelche besonderen Steine – Steine mit Keilschrift drauf – und sagte ihnen, dass er sich jetzt endgültig zur Ruhe setzt. Dann fuhr er mit Freundin aus der Garage, wobei – und das ganz wichtig – außer uns keiner wusste, dass er bei mir ist. *Absolut keiner.* Meine Sicherheitsvorkehrungen sind exzellent, aber auch das konnte es nicht verhindern. Ein Motorradfahrer rannte zum Wagen und erschoss Krot. Die Kugeln schlugen durch den Kopf von Krot und trafen auch Frau in den Kopf. Sie starb ebenfalls. Der Motorradfahrer trug einen von diesen Rundumhelmen mit verdunkeltem Visier. Keiner konnte sein Gesicht erkennen. Wer kann das wohl gewesen sein?«

»Klingt nach dem Carnivore.«

»Wer sonst? Er entkam auf dem Motorrad. Greg und Courtney Roman haben ihn noch verfolgt, aber nicht erwischt. Also sie kamen zurück und kauften von mir die Tonaufzeichnung, die ich von der Unterhaltung zwischen Krot und seiner Freundin auf ihrem Zimmer habe. Eine Kopie habe ich noch behalten. Sie waren auf Suche nach dir, Seymour.«

Ein prickelnder Schauer durchzuckte ihn. »Wie viel willst du für die Aufzeichnung?«

»Ist umsonst. Ich werde dir dazu auch Bildmaterial von Greg und Courtney Roman schicken, da sie bestimmt auf dem Weg sind nach Bagdad. Ich tu das für Krot. Ich hoffe, du erwischst den Dreckskerl von Carnivore. Gib mir deine E-Mail-Adresse.«

Er gab sie ihr. »Ist das alles?«

»Nein. Freundin von Krot war Katia Lewintschew.«

Seymour verschlug es den Atem. Er hatte Mühe, auf den Beinen zu bleiben. Suchend sah er sich nach Zahra um. Sie stand noch immer am Steuerhaus und kam nun zu ihm zurück. Ihrem Gesichtsausdruck war anzusehen, dass sie wusste, etwas musste schiefgelaufen sein.

Er dankte Lisa und verabschiedete sich.

Zahra starrte besorgt zu ihm hinauf. »Was ist?«

»Der Carnivore ist nach Marrakesch gekommen, um Krot dort zu finden. Das hat er auch und ihn erschossen.«

»Schön. Das ist gut. Einer weniger, um den wir uns kümmern müssten. Was stört dich daran?«

»Das Problem ist, Krot hat eine Beziehung zu Katia angefangen ...«

Ihre Hand schnellte zu ihrem Mund. »Wie kam er ... sie ...«

Seymour packte sie und zog sie an sich, hielt sie, so fest er konnte, während er ihr erzählte, was geschehen war. »Katia starb durch dieselben Kugeln, die Krot töteten. Der Carnivore hat sie umgebracht.«

Es klang wie ein wildes Tier, das vor unsäglichen Schmerzen aufheulte. Er konnte spüren, mit welch vernichtender Wucht es ihren Körper traf. Den Kopf zurückgeworfen, heulte sie erneut auf, heulte die Sterne an, ihr Leben über diesen unersetzlichen Verlust.

»Schhh. Zahra. Schhh, schhh.« Er küsste ihre Wangen und schmeckte das Salz ihrer Tränen. »Es wird schon wieder. Wir werden uns den Carnivore schnappen. Dann wird es dir besser gehen. So oder so, der Carnivore wird sterben.« Es klang wie ein Schwur.

64

Über dem Tigris stiegen die ersten Anzeichen der Dämmerung auf, während von den höchsten Minaretten die Rufe zum Morgengebet über die Dächer der Stadt schallten. »Eilt zum Heil. Gebet ist besser als Schlaf …« Eine Straßenecke weiter durchbrach Maschinengewehrfeuer die Ruhe, aber das Geräusch von Schüssen war so allgegenwärtig, dass ihm keiner mehr große Beachtung schenkte.

Siraj al-Sabah stand am Bootshaus und verfolgte, wie zwei seiner Leute die letzte Fuhre zur Jacht ruderten. Der dritte Mann arbeitete an Bord. Schon bald würden die drei alles im Rumpf des Bootes verstaut haben, wo es vor neugierigen Blicken geschützt war. Die Jacht ankerte hier an ihrem gewohnten Platz und sollte den ganzen Tag über an ihrem Liegeplatz bleiben, bevor sie morgen Abend mit seinen Männern zu einer ihrer kleinen Ausflugsfahrten aufbrechen würde. Alles verlief genau nach Plan, alles außer dem Tod von Katia. Der war unerwartet gekommen. Al-Sabah bemühte sich dauernd, nicht daran zu denken. Zahra hatte sich in den Wagen zurückgezogen und weinte.

Im Ufergestrüpp zwitscherten zwei Vögel sich lieblich zu. In Basra hatte al-Sabah als Kind ihrem herrlichen Gesang gelauscht, und diese Empfindung hatte ihn nie verlassen. Manchen Menschen war es wichtig zu wissen, wer sie sind. Andere fanden dies nebensächlich. Und der Rest hatte sich mit der Frage überhaupt nie beschäftigt. Al-Sabah hatte sich nie dafür interessiert, es herauszufinden. In seinem Kopf gab es einen kleinen dunklen Ort, der ihm sagte, dass er es gar nicht wissen wollte.

Aber nun veränderte sich sein Leben in einem Maße, wie er es nie für möglich gehalten hätte. Wer ohne Vater und ohne Mutter aufwachsen musste, barfuß und ohne Geld, der begriff rasch, dass es dem Überleben diente, unbemerkt zu bleiben. Nach diesem Grundsatz hatte er sein gesamtes Erwachsenenleben verbracht. Jetzt war er endlich aus einem Leben im Verborgenen in die Öffentlichkeit getreten, wo er von den anderen bewundert, geachtet und beneidet wurde. Dies würde er auf keinen Fall noch einmal aufgeben.

Als das Ruderboot zurückkehrte, sprangen die drei Männer – Jalal, Hassan und Mahmoud – heraus und zogen es auf das schlammige Ufer. Jeder von ihnen trug eine Pistole im Gürtel. Sie alle waren Anfang vierzig, kampfstark und erfahren.

»Alles an Bord und verstaut, Sir«, meldete Jalal, als sie neben ihm standen.

Jalals gedrungene Statur war eindeutig für Schnelligkeit, nicht für Ausdauer geschaffen. Al-Sabah hatte ihn auf Empfehlung von Jalals Onkel, der vor ein paar Tagen bei einem Feuergefecht getötet worden war, in seine Spezialeinheit aufgenommen. Jalal hatte den Schusswechsel auch miterlebt, war aber unversehrt entkommen.

Al-Sabah nickte und wandte sich an den zweiten Mann. »Sag mir, was du gerade denkst, Hassan.« Es war eine Aufforderung, die er häufig aussprach, und sie wussten, was sie darauf zu antworten hatten.

»Dank Ihnen arbeite ich für Allah und für die Zukunft des Iraks«, erwiderte Hassan. »Was könnte besser sein?«

»Ja«, sagte al-Sabah. »Und wie steht's mit dir, Mahmoud?«

»Ich stimme ihm zu. Genau. Allah sei Dank!«

»Schön. Und was hast du zu sagen, Jalal?«

Es gab einen winzigen Moment des Zögerns, des Schuldbewusstseins, der al-Sabah nicht entging.

»Ich teile die Meinung von Hassan und Mahmoud.« Ein erster Strahl der Morgensonne fiel durch die Bäume direkt auf Jalals Gesicht. Nach einem Leben in Bagdads grellem Sonnenlicht waren seine Wangenmuskeln schlaff geworden, die Lippen schmal, und seine Augen blinzelten beständig. Wer arm war, dem brannte das Klima der Stadt seine Spuren ein.

»Da habe ich aber etwas anderes gehört, Jalal«, erklärte al-Sabah ernst. »Wie ich gehört habe, verkehrst du mit den Leuten von Ministerpräsident al-Lami.«

Jalal riss die Augen auf und wich zurück. »Nein!«

Al-Sabah trat auf ihn zu und zog ihm die Pistole aus dem Gürtel. Er richtete die Waffe auf Jalal. »Du bist mit Cala liiert.« Calas Vater arbeitete für einen der Spitzenberater von Ministerpräsident al-Lami.

Jalal schluckte schwer und sah auf die Waffe. »Ich … ich habe jetzt genug Geld, um zu heiraten«, flehte er. »Bitte …«

»Ist dir nie der Gedanke gekommen, dass ihr Vater dir nur erlaubt, sie zu sehen, weil du ihm am Ende alles, was er wissen will, über uns erzählen wirst? Denn nur unter diesen Umständen darfst du sie weiter treffen und dir Hoffnungen machen, dass er in eine Ehe einwilligt.«

Jalal schüttelte energisch den Kopf. »Das ist nicht wahr. Ich entstamme einer ehrbaren Familie!«

»Du bist ein Dummkopf, und zwar ein verflucht gefährlicher.« Al-Sabah wandte sich an die beiden anderen Männer. »Was sollen wir mit ihm tun?«

Hassan und Mahmoud verfolgten die Szene mit höchster Anspannung. Die Regeln von al-Sabah waren strikt. Jedem war klar, was geschah, wenn man sie brach.

Bevor sie antworten konnten, drehte sich al-Sabah wieder zu Jalal. »Was sollen wir mit dir tun, Jalal?«

Eine Träne lief Jalals Wange hinab. »Es tut mir leid«, murmelte er.

»Hast du deiner Tante gegenüber zugegeben, deinen Onkel umgebracht zu haben, weil er mir berichten wollte, was du tust?«

»Ich habe ihn nicht umgebracht! So etwas würde ich niemals tun!« Jalal schüttelte heftig den Kopf.

Mahmoud räusperte sich. »Jalal hat nichts mit seinem Tod zu tun«, erklärte er nervös.

Al-Sabah bedachte Mahmoud mit einem vernichtenden Blick. Niemand widersprach ihm, das wusste Mahmoud sehr genau. Wurde auch Mahmoud unzuverlässig?

Mahmoud entzog sich dem Blick und schien zu schrumpfen.

Al-Sabah wandte sich wieder Jalal zu. »Was sollen wir mit dir machen, Verräter?«

»Nein, nein! Ich habe nichts getan!« Jalal rannte los. Seine in dem Matsch versinkenden Füße erzeugten bei jedem Schritt ein tiefes, saugendes Geräusch.

»Erledigt ihn«, befahl al-Sabah.

In Hassans dumpfem Blick spiegelte sich Fassungslosigkeit darüber, dass Jalal sie verraten haben könnte. Mahmoud machte ein düsteres Gesicht. Sie zielten und feuerten. Zwei Schüsse waren zu hören. Jalals Arme flogen in die Luft, sein Rücken krümmte sich. Er machte noch drei Schritte, begann sich zu drehen und klappte zusammen. Die lauten Pistolenschüsse schienen dem gesamten Ufergelände einen Schreck zu versetzen. Auf einen Schlag herrschte Stille. Sogar das Zwitschern der Vögel hatte aufgehört.

Während seine Männer die Leiche fortschafften und die Spuren beseitigten, kletterte al-Sabah den Hang zu seinem Wagen hinauf, den er am Straßenrand abgestellt hatte. Er stieg ein und sah, dass Zahra ihr Kopftuch abgenommen hatte. Ihr Gesicht war rot und verquollen vom Weinen. Schlaff und kraftlos hing sie tief in ihrem Sitz.

»Wie geht es dir, Liebling?« Er tätschelte ihre Hand. Die Geste mochte unpassend sein, aber etwas Besseres fiel ihm nicht ein.

Mit einem Knäuel Tücher in der geballten Faust lehnte sie sich gegen seine Schulter und murmelte schluchzend Erinnerungen an Katia, als sie noch ihre kleine Katia gewesen war.

Al-Sabah steuerte den Wagen vom Fluss fort. Unterwegs rief er Jabari an und warnte ihn wegen Mahmoud. »Mahmoud hat versucht, Jalal zu retten. Am Ende hat er sich aber richtig entschieden und geholfen, ihn zu liquidieren.«

»Ich werde ihn beobachten lassen.« Jabari Juader war sein Stellvertreter, ein absolut vertrauenswürdiger Mann, der in Bagdad alles und jeden kannte.

Al-Sabah beendete das Gespräch und brachte den Wagen vor einer roten Ampel zum Stehen. Sanft strich er über Zahras Arm. Sosehr er es sich auch wünschte, er konnte nichts tun, um ihren tiefen Kummer zu vertreiben.

»Bist du in der Lage, dir ein Gespräch zwischen Krot und Kati anzuhören?«, fragte er.

Sie setzte sich auf. Ihre Züge wurden hart. »Ja, natürlich. Wir müssen über alles Bescheid wissen.« Sie schnäuzte sich.

Er reichte ihr sein iPhone. Es war an dem E-Mail-Anhang geöffnet, den Lisa Kosciuch ihm geschickt hatte. Zahra startete die Aufzeichnung und stellte den Lautsprecher ein. Aufmerksam hörten sie sich alles an, von Rachmaninoffs Klavierkonzert bis zu Katias und Krots zärtlichen Liebesbezeugungen.

»Katia klingt so glücklich«, flüsterte Zahra. »Zumindest das bleibt uns.«

Er nickte, »Der Carnivore befindet sich vermutlich gerade auf dem Weg hierher. Ich habe das Bildmaterial, das Lisa gemailt hat, an Jabari weitergesandt und ihn angewiesen, allen unseren Leuten Bilder zukommen zu lassen. Außerdem soll er Teams losschicken, die den Flughafen, den Bahnhof und das Bus-Terminal im Auge behalten. Wenn Greg und Courtney Roman eintreffen, werden wir sie entdecken.«

»Allerdings wissen wir nicht, wie der Carnivore inzwischen aussieht«, gab sie zu bedenken.

»Es bestehen andere Möglichkeiten, ihn zu erkennen. Das Problem ist nur, außer mir kann das keiner.« Al-Sabah parkte den Wagen am Bordstein.

Sie startete das Video auf seinem iPhone und beugte sich dicht zu ihm. Er konnte ihren frischen Zitronenduft riechen. Sie verfolgten, wie Mr. und Mrs. Roman – der große athletisch aussehende Mann in einem Hawaiihemd und eine rothaarige Frau in dunkler Hose und Bluse – über die Straße auf Lisas Garageneinfahrt zuliefen, dann an der Mauer lehnten und schließlich unter dem sich senkenden Tor hindurchkrochen.

»Sie sind gut bewaffnet«, bemerkte Zahra. »Machen einen selbstsicheren und auch kompetenten Eindruck.«

»Keine Bange, Liebling«, beruhigte er sie. »Wir sind besser. Außerdem dürfen wir es nicht ungesühnt lassen, dass sie unsere Katia umgebracht haben.«

65

Um neun Uhr morgens schlenderte al-Sabah unter den Kolonnaden der viele Jahrhunderte alten Mutanabbi Street entlang, jenem pulsierenden Zentrum des intellektuellen und literarischen Lebens der Stadt. Alte Männer in Strickjacken und ein paar alte Frauen mit Hidschab saßen in den geöffneten Fenstern des Poets Café, tranken starken Tee aus Gläsern, die wie Sanduhren aussahen, und diskutierten über Bücher und Ideen. Der Geruch von feinem Tabak lag in der Morgenluft.

Al-Sabah ging daran vorbei und hielt eine Querstraße weiter an einem Buchstand, wo er eine Ausgabe der *International New York Times* kaufte. Um Punkt 9 Uhr 04 explodierte die Bombe direkt vor dem Café. Der Knall war gewaltig. Die Fassade des Hauses stürzte zusammen. Zwei Zaunkönige fielen tot vom Himmel. Sie waren gestorben, weil die Explosion für einen Moment allen Sauerstoff aus der Luft gesaugt hatte. Überall lagen verkohlte Leichen und die rauchenden Trümmer Dutzender Autos verstreut.

Zufrieden klemmte sich al-Sabah die Zeitung unter den Arm und ging davon.

***

Der Tahrir-Platz war ein Kreisel im Zentrum Bagdads am Ende der Jumhuriya-Brücke. Hier trafen sechs der innerstädtischen Hauptstraßen zusammen, und die Autos kurvten um den Platz in irrwitzigem Tempo. An einer nahe gelegenen Bushaltestation schlugen zwei Raketen ein. Scheiben zerbarsten, und Verkehrsschilder schmolzen. Es regnete Pflasterreste, dichte Staubwolken sanken herab. Überlebende rannten schreiend davon.

Im Weggehen sah Zahra erfreut, dass die Polizei die Brücke komplett absperrte. Sie war noch keine zwei Kilometer entfernt, da herrschte in der sonst so geschäftigen Innenstadt bereits eine gespenstische Stille, die nur vom Jaulen der Sirenen unterbrochen wurde.

***

Tariq Tabrizi, der Kandidat für das Amt des Premierministers, stand vor den qualmenden Ruinen des Innenministeriums. Geschossdecken hatten den restlichen Schutt unter sich begraben. Es stank durchdringend nach Asche und Ruß. Gabelstapler räumten die Hüllen der ausgebrannten Fahrzeuge fort. Tabrizi hob den Kopf, und sofort konzentrierten sich die Kameras der Nachrichtensender auf ihn. Zorn stand ihm in das lange Gesicht geschrieben, während er gegen die terroristischen Bombenleger wetterte und gegen die aktuelle Regierung.

»Was muss denn noch passieren, bis der Premierminister endlich begreift, dass er abdanken muss?«, tobte er. »Dies ist der opferreichste Tag, den dieses Land seit einem Jahr erlebt hat. Einen Regierungssitz wie das Ministeriumsgebäude hinter mir anzugreifen bedeutet mehr als die schreckliche Zerstörung, die man hier überall sieht.« Die Kameras schwenkten über den qualmenden Berg aus Beton, Backsteinen und Holz. »Dies ist ein Angriff auf den Staat selbst, ein Angriff, der darauf abzielt, unser Vertrauen in dieses Land zu untergraben und unser Zusammengehörigkeitsgefühl zu zerstören. Sie haben gesagt, Sie würden für unsere Sicherheit sorgen, Premierminister al-Lami! Wo sind Sie jetzt? Haben Sie sich unter ihrem teuren Schreibtisch verkrochen? Iraker, sagt euren Volksvertretern, sie sollen mir ihre Stimme geben. Lasst sie einen Führer wählen, der euch wirklich beschützt!«

66

Die Lage im Irak verschlimmerte sich von Tag zu Tag. Die landesweiten Wahlen waren vorbei, aber es gab noch immer keinen Premierminister. Ohne Regierungschef und Kabinett konnten keine Brücken repariert, keine Schulen wiederaufgebaut und keine Krankenhäuser instand gesetzt werden.

In den Gängen des Parlaments buhlten die Politiker um Unterstützung, und jede Partei kämpfte darum, eine Koalition zu schmieden, die groß genug war, um die neue Regierung zu bilden.

In einem der Konferenzräume tauschten zwei der einflussreichsten Männer die üblichen Höflichkeitsbezeugungen aus. Nachdem sie sich die Hände geschüttelt hatten, legten sie die Handflächen aufs Herz und setzten sich einander gegenüber auf zwei Sofas. Von einer Schale, die zwischen ihnen auf dem Couchtisch stand, knabberten sie grüne Pistazien, deren milder Duft den Raum erfüllte.

Die beiden Männer waren unterschiedlich gekleidet, der eine traditionell arabisch, der andere modern europäisch. Beide waren Schiiten aus dem Süden des Landes. Einer war Parlamentsabgeordneter, der andere Mitbegründer der Partei Save Iraq League, die Tariq Tabrizi zum Ministerpräsidenten küren lassen wollte.

Siraj al-Sabah, der Mitbegründer der SIL, beugte seinen massigen Oberkörper vor und faltete die Hände zwischen den Knien. »Es ist immer schön, dich zu treffen, mein Freund. Besteht denn irgendeine Chance, dass du uns die Ehre erweist und eine Position in einer Tabrizi-Regierung übernehmen würdest?«

Seine *Kufija* hatte al-Sabah abgelegt, und nun waren sein breites Gesicht und der kurze graue Bart offen zu sehen. Er wirkte ein wenig wie ein Gelehrter. Seine Finger waren knotig, seine Nase platt, seine schwarzen Augen blickten fest und ruhig. Gekleidet war er für Regierungsgeschäfte – taubengrauer Londoner Maßanzug, der seinen muskulösen Körper betonte, dazu eine gediegen grüne Seidenkrawatte und glänzend polierte Schuhe. Vor dem Beginn des heutigen Meetings hatte er den Raum auf Wanzen abgesucht.

»Ich bin froh, dass du fragst«, sagte der Scheich. »Sollte Tabrizi gewinnen, hätte ich gerne Öl. Schließlich ist das Öl das Lebenselixier des Südens.« Scheich Muhammed bin Khalifa al-Hamed hob theatralisch die Hände, schwang sie in weitem Bogen um sein rot-weiß kariertes Kopftuch und bedeutete seinem Gegenüber so den Raum, das Parlament und den gesamten ölreichen Irak. Die Ärmel seines weißen Gewands – des *Thawb* – rutschten herab und enthüllten kräftige Unterarme und eine goldene Rolex.

Al-Sabah senkte seinen Blick und sagte nichts. In dieser respektvollen Haltung verharrte er, reglos und unnachgiebig.

Angesichts des Schweigens von al-Sabah nahm die Stimme des Scheichs einen resignativen Unterton an. »Wenn Öl nicht geht, dann Finanzen. Auf jeden Fall Finanzen. Wenn ihr ernsthaft an den Stimmen meiner Leute für eure Koalition interessiert seid, muss ich wenigstens Finanzen bekommen.«

Al-Sabah sah auf. »Verdient hast du das Ölministerium wie das Finanzministerium. Aus beiden könntest du gewiss etwas machen.« In der Politik spielte es keine Rolle, was man den Leuten erzählte, sondern allein, welches Gefühl man ihnen vermittelte. Millionen von Irakern waren in erster Linie ihrem Stamm treu ergeben. Daher konnte die Empfehlung eines beliebten Stammesfürsten wie al-Hamed ausschlaggebend für den Erfolg oder das Scheitern einer Koalition sein.

»Dann also doch Öl?«, fragte al-Hamed erwartungsvoll.

»Das kann ich nicht tun, mein Freund.« Öl, Finanzen und Inneres wollte al-Sabah für sich selbst. Diese drei Ministerien würden ihm den meisten Einfluss sichern.

Die schwarzen Brauen des Scheichs senkten sich und verrieten seinen Ärger. »Tabrizi braucht mich und du auch. Enttäusche mich nicht.«

Al-Sabah tätschelte seine Hand. »Wir hoffen sehr, dich niemals zu enttäuschen. Lass uns kurz auf eine andere Tragödie zu sprechen kommen, die unser Volk betrifft. Unsere Dattelbäume.«

Fünftausend Jahre lang war der Südirak für seine Datteln berühmt gewesen. Doch die meisten Dattelbauern waren Schiiten, und Saddam Hussein war sowohl paranoid als auch Sunnit. Als die Bauern sich auflehnten, zerschlugen seine Truppen die Proteste, und damit sie sich nie wieder erhoben, befahl er, etwa sechs Millionen Dattelpalmen zu fällen. Dann wurden die Sumpfgebiete trockengelegt, wodurch auch die restlichen Bäume noch eingingen.

»Saddam genügte es nicht, Schiiten umzubringen.« Die Stimme des Scheichs wurde laut vor Wut. »Er richtete auch noch unsere Bäume hin.«

Al-Sabah nickte. »Erinnerst du dich noch, wie schön Basra war – die breiten Boulevards, die Blumengärten und Parks? Jetzt ist es ein dreckiges Loch. Hilf unserem Volk, Muhammed. Wir müssen wieder das Dattelzentrum der Welt werden. Wenn dir das gelingt, wirst du eine bedeutende Person von internationalem Rang sein.«

Der Scheich seufzte tief. »Ich würde ja gerne zustimmen, aber ich habe eine große Familie zu versorgen. Wenn es dagegen Öl oder Finanzen sein könnte …« Er zuckte mit den Achseln, da klar war, was er damit sagen wollte. In diesen beiden Ministerämtern könnte er kräftig absahnen und beträchtliche Schmiergelder kassieren, während sich Agrarwirtschaft letztlich doch bloß mit Bauern beschäftigte, und die Landwirtschaft war ein verkrüppelter Riese, der so schnell nicht wieder auf die Beine kommen würde.

Al-Sabah schob einen großen weißen Umschlag über den Tisch. »Rette unsere Dattelindustrie, Muhammed. Du tust Gottes Werk.«

Der Scheich nahm den Umschlag, klappte die Lasche auf und sah hinein. Seine Augen leuchteten überrascht auf. Er zog die Blätter heraus, betrachtete sie genauer und lächelte breit. Es handelte sich um nicht weiter registrierte Inhaberschuldverschreibungen im Gesamtwert von 1 Million Euro. Leicht einlösbare Anleihen, bei denen weder der Besitzer noch ein Besitzerwechsel vermerkt wurden. So gut wie Bargeld, nur viel einfacher zu verstecken und zu transportieren. Er betrachtete al-Sabah. »Wie ich höre, bin ich nicht der Einzige, dem ein solch freundliches Geschenk von dir angeboten wird. Woher hast du so viel Geld, dass du solch großzügige Geschenke machen kannst? Ich frage nur, weil ich fürchte, du könntest dich deiner eigenen Mittel berauben.«

»Sei unbesorgt, mein Freund«, beruhigte al-Sabah ihn. »Ich schöpfe aus einer tiefen Quelle. Möchtest du in sechs Monaten vielleicht noch so einen weißen Umschlag bekommen?«

»Mit demselben Inhalt?«

»Natürlich.«

Der Scheich lehnte sich mit dem geöffneten Umschlag in der Hand zurück, schien aber noch immer nicht überzeugt. »Weshalb glaubt ihr, die stärkere Koalition knüpfen zu können? Meinen Informationen zufolge verfügt Ministerpräsident al-Lami über mehr zugesagte Stimmen.«

Aus seiner Aktentasche zog al-Sabah eine ausgedruckte Seite der Onlineausgabe von *Al-Zaman* vom heutigen Vormittag. Die Zeitung zählte zu den auflagenstärksten im Irak. Er reichte dem Scheich das Blatt. »Aus diesem Grund wird unser Kandidat gewinnen. Lies den ersten Absatz der Titelgeschichte.«

Der Scheich setzte stirnrunzelnd seine goldgerahmte Brille auf und begann laut zu lesen:

»›Innerhalb weniger Stunden wurden am Morgen staatliche Sicherheitskräfte und Regierungsgebäude Ziel von Bombenanschlägen und Maschinengewehrangriffen, bei denen mindestens zweihundert Menschen starben und fünfhundert verletzt wurden. In Bagdad detonierten Sprengsätze in zwei Ministerien und an vier besonders belebten Orten der Stadt …‹«

Der Scheich ließ das Blatt auf den Couchtisch fallen, als hätte er sich die Finger daran verbrannt. »Wir waren früher einmal zivilisierte Menschen. Was ist nur aus uns geworden?«

»Diese Instabilität wird ausländische Unternehmen davon abhalten, bei uns zu investieren«, erinnerte al-Sabah ihn. »Und unsere Waren und Dienstleistungen werden sie auch nicht nachfragen, weil sie fürchten, wir könnten nicht in der Lage sein zu liefern. Wenn das so weitergeht, werden Ölabkommen eingefroren, und wir verlieren die Einnahmequelle, die uns über Wasser gehalten hat. Ministerpräsident al-Lami hat uns bis heute nicht den Lebensstandard zurückgebracht, den wir noch unter Saddam hatten. Mit den Anschlägen und Entführungen ist es schlimmer denn je. Unser Land liegt im Sterben. Wie lange werden wir deiner Meinung nach als Nation noch existieren, wenn al-Lami wiedergewählt wird?«

»Du hast recht.« Der Scheich leckte an der Lasche, verschloss den Umschlag und besiegelte damit den Deal. »Aber wenn du einen alten Wüstennomaden wie mich dazu überreden kannst, das Landwirtschaftsministerium zu übernehmen, obwohl ich doch viel lieber da draußen auf dem Rücken eines Kamels sitzen würde, dann solltest besser *du* der nächste Ministerpräsident werden.« Plötzlich wirbelte das weite Gewand auf, und der Scheich war aufgestanden. »Werden wir uns heute Abend auf der Feier im Irakischen Museum sehen?« Die beliebte Gala war mittlerweile eine feste Einrichtung zu Ehren der neu gewählten Parlamentsabgeordneten.

»Selbstverständlich. Ich freue mich schon darauf.« Al-Sabah begleitete ihn zu Tür.

Sie küssten einander zum Abschied auf die Wangen, und der Scheich ging seines Weges.

Im Konferenzzimmer war es jetzt ruhig und friedlich. Al-Sabah schlenderte zum Couchtisch und hob den Zeitungsausdruck auf. Er würde ihn für das nächste Treffen brauchen und auch für das folgende Gespräch. Ein grimmiges Lächeln trat in sein Gesicht. Die Anschläge zeigten genau die Wirkung, die er sich erhofft hatte.

67

Aufgeregt plappernde Frauenstimmen erfüllten Zarah al-Sabahs Wohnzimmer. In ihren Designerjacken und -hosen, ihren Röcken und Twinsets aus Kaschmir sah man den Frauen sofort an, wer sie waren – Hausfrauen aus der Oberschicht und studierte Fachkräfte. Sie hatten es selbst zu etwas gebracht oder, was inzwischen weit häufiger der Fall war, leiteten ihre Bedeutung aus ihrer Ehe mit einem bedeutenden Mann ab. Es war der Salon, den Zahra einmal im Monat abhielt und in dem über Kulturelles und Geschichtliches geredet wurde. Heute aber würde es dabei nicht bleiben.

Während die Frauen Tee aus edlem Porzellan tranken, lauschten sie eine Weile jungen Dichtern von der Kunsthochschule der Bagdader Universität, die ihre jüngsten Werke vortrugen. Anschließend ging es in den gemütlichen Teil über, und ihre Gespräche wandten sich dem Leben in Bagdad zu, etwa den Restaurants, die auf der Rasheed Street neu eröffnet hatten, oder der Schließung eines Nachtklubs an der Sadun Street.

»Hat sich von euch auch schon mal jemand eine Fischpediküre machen lassen?« Die Sprecherin wohnte in einem der exklusiven Hochhäuser an der Haifa Street.

»Das meinst du nicht im Ernst, oder?«, fragte eine Neurochirurgin. Ihre Familie war 2011 aus Jordanien zurückgekommen, aber sie hatte seitdem keine Klinik und kein Krankenhaus finden können, die mit ihr zusammenarbeiten wollten. Es gab zu wenige Jobs für Frauen, das war derzeit eines der Hauptprobleme.

»Es stimmt wirklich«, sagte die Frau aus der Haifa Street. »Direkt neben deinem Pedikürebecken steht ein großes Aquarium voller Karpfen. Die Fußpflegerin öffnet eine kleine Tür, und der Fisch schwimmt zu deinen Füßen und beginnt das tote Gewebe abzuknabbern. Es kitzelt, aber deine Füße fühlen sich danach herrlich an. Zehntausend Dollar hat den Spa der Kauf und der Import von sechshundert Karpfen gekostet. Könnt ihr euch das vorstellen?«

Alle brachen in Lachen aus. Für einen Moment waren dies nicht mehr die Frauen, die zwei Stunden zuvor verängstigt und erschöpft eingetroffen waren. In Bagdad lebte man inzwischen mit der Tatsache, dass Tag für Tag Menschen eines gewaltsamen Todes starben. Man traf die Freundin, die Tante, den Sohn noch morgens, und manchmal besuchte man einen Tag später bereits deren Beerdigung. Es war die neue Realität, die ihnen allen Sorgen bereitete.

Zahra hatte neben dem Kamin auf einer niedrigen Ottomane Platz genommen und geistesabwesend zugehört. Ihr Gesicht war eine freundliche Maske, die nichts von ihrer Trauer verriet. Sie war eine Frau Ende fünfzig, die ihr ergrauendes blondes Haar zu einem eleganten Knoten frisiert hatte. Ihre Züge waren fein und zierlich, ihre Nase leicht nach oben gebogen und die Augen von einem strahlenden Blau, das an Kornblumen erinnerte. Mit ihrer rundlichen Figur und ihrer lebhaften Art war sie ein gern gesehener Gast auf Feiern und Teetreffen der Frauen. Sie war zum Islam übergetreten und sprach Arabisch mit russischem Akzent. Fast fünf Jahre hatte es sie gekostet, akzeptiert zu werden, aber inzwischen war es ihr gelungen, und nur selten machte noch jemand eine Bemerkung darüber, dass sie anders aussah und sprach. Zugleich unterließ sie jede noch so winzige Andeutung über das heimliche Leben, das sie mit ihrem Ehemann Siraj führte, oder über ihre Vergangenheit.

Sie erhob das Wort und kam auf ein anderes Thema zu sprechen. »Wir ihr alle wisst, findet heute Abend im Irakischen Nationalmuseum eine Feier zu Ehren der neuen Mitglieder der Parlaments statt. Es wird gewiss wieder ein großartiges Ereignis mit Livemusik und exzellentem Essen. Sollte irgendjemand von euch noch keine Einladung erhalten haben, gebt mir bitte Bescheid. Mein Mann wird sich darum kümmern, dass ihr und eure Männer eingeladen werdet.«

Ein beifälliges Gemurmel setzte ein. Zahra zählte zu den Frauen mit den besten Verbindungen in Bagdad. Sie war berühmt für die Gefälligkeiten, die sie erweisen konnte.

»Bevor wir auseinandergehen«, fuhr Zahra fort, »möchte ich euch noch sagen, wie groß derzeit meine Besorgnis ist. Eigentlich sollte Irak in diesem Sommer das Gipfeltreffen der Arabischen Liga ausrichten, aber Saudi-Arabien und Kuwait haben erklärt, unser Land sei zu gefährlich für ausländische Besucher, weshalb Irak die Ausrichtung der Veranstaltung verloren hat. Fast noch schlimmer ist, dass auch der Golfpokal im Fußball, der hier im November stattfinden sollte, abgesagt wurde. Beides stellt einen internationalen Affront gegen unser Land dar, ist aber auch nachvollziehbar. Jeder von uns weiß, wie sehr unser Alltagsleben unter der herrschenden Gewalt leidet. Es gibt immer weniger Dinge, die wir tun können, ohne uns zu gefährden.«

Die Frauen nickten. Alle hatten Angehörige durch Anschläge oder Entführungen verloren. Keine Familie war davon verschont geblieben.

Doch die Frau eines stellvertretenden Ministers warnte

Zahra. »Wir sind alle Anhänger von Ministerpräsident al-Lami. Mein Mann macht sich für seine Wiederwahl stark.«

»Ja, Jaida, ich weiß«, sagte Zahra in herzlichem Ton. »Dennoch bitte ich euch, darüber nachzudenken, was ich euch zu sagen habe.« Sie hob den Computerausdruck, den sie schon eine Weile in der Hand hielt. »Ich möchte euch eine Meldung aus *Al-Zaman* von heute Morgen vorlesen.« Es war eine Kopie desselben Artikels, den ihr Mann zu seinen Treffen im Parlament mitgenommen hatte. Nachdem sie den ersten Absatz gelesen hatte, fuhr sie fort:

»›In Tadschi explodierten drei mit Sprengstoff beladene Fahrzeuge in nur wenigen Minuten Abstand. Acht Menschen starben bei der Anschlagsserie, achtundzwanzig erlitten Verletzungen. Ein Selbstmordattentäter steuerte in Kut einen Kleinbus in einen Kontrollposten und tötete drei Polizisten. Fünf weitere wurden verletzt. In Tarmijah fuhr eine Militärpatrouille auf eine am Straßenrand versteckte Bombe. Zwei Soldaten starben, sechs Passanten trugen Verletzungen davon …‹«

Sie sah auf und sagte zu ihren Gästen: »Wann habt ihr euch das letzte Mal sicher gefühlt in Bagdad? Es war schon vorher schlimm genug, aber seit al-Lami an der Macht ist, hat sich die Lage nur noch weiter verschlimmert. Wir brauchen Tariq Tabrizi. Er wird den Frieden in unsere Straßen und Häuser zurückbringen.« Sie nahm einen Stapel pinkfarbener Umschläge in die Hand und wedelte ihnen damit zu. »Als Dankeschön dafür, dass ihr euch meine Worte durch den Kopf gehen lasst, habe ich hier für jede ein kleines Geschenk.«

»Was ist drin?«, fragte eine Frau, die neben ihr saß.

»Sieh selbst.« Zahra reichte ihr einen der Umschläge und machte dann eine Runde durch den Raum, um die anderen zu verteilen.

Die Frau öffnete den Umschlag. »Dinarscheine!«

»Ja. Bargeld, das ihr nach eigenem Willen eurer Moschee oder eurer bevorzugten Wohltätigkeitsorganisation spenden oder auch selbst behalten könnt.« Jede Besucherin erhielt 6 Millionen Dinar, umgerechnet ungefähr $ 5000. »Dies ist nur ein kleiner Vorgeschmack auf die reiche Zukunft, die unserem Land bevorsteht, sollte Tabrizi gewinnen. Wir alle werden davon profitieren, und mir wird es die Möglichkeit eröffnen, bei künftigen Salons weitere pinkfarbene Umschläge zu verteilen. Mit Allahs Hilfe werden wir einen Wohlstand erleben, wie er hier zuletzt in den Siebzigern geherrscht hat.«

Eine pensionierte Geschichtsprofessorin lächelte breit mit dem Umschlag in der Hand. »Ich erinnere mich noch gut an die Siebziger. Irak war so reich, dass Übergewichtigkeit ein nationales Problem darstellte.«

»Von Ali bekomme ich nie Geld für mich selbst«, sagte eine andere. »Das ist *fantastisch*. Vielen Dank!«

Die Frauen redeten durcheinander und lachten. Wie Zahra wusste, würden vermutlich sogar die meisten von ihnen das Geld für Trips nach Dubai »spenden«, um dort bei Saks Fifth Avenue und Bergdorf Goodman shoppen zu gehen. Sie bemerkte, wie einige auf ihren iPhones nach der Uhrzeit sahen.

»Vielen Dank für euer Kommen«, rief sie. »Bitte richtet euren Männern die herzlichsten Grüße von Siraj und mir aus. Auf Wiedersehen und eine sichere Heimfahrt.«

Hausmädchen brachten den Frauen ihre *Abajas* und *Hidschabs*. Plaudernd erhoben sie sich, bedeckten ihre feminin geschnittene Kleidung, umhüllten ihre aufwendig frisierten Haare und verbargen ihre üppig mit Eyeliner und Lidschatten geschminkten Augen hinter Sonnenbrillen.

An der Haustür umarmte Zahra jede einzeln und sagte ein paar persönliche Abschiedsworte. Bis auf zwei erzählten ihr alle, dass ihre Männer bereits mit dem Gedanken spielten, ihre politischen Bündnispartner zu wechseln. Wie dunkle Segelschiffe rauschten sie zu ihren Bentleys, Volvos und Hummer, die entlang der palmengesäumten Wohnstraße parkten. Bewaffnete Fahrer öffneten ihnen die Fondtüren. In Zahras Wohnzimmer hatten die Frauen ihre weltgewandte und modebewusste Seite gezeigt. Es waren Ehefrauen, Großmütter, Mütter und Töchter – Frauen, die Verantwortung trugen –, und mit jedem Tag der Gewalt vertiefte sich ihre Angst.

Jetzt, da ihre Aufgabe erledigt war, fühlte Zahra, wie der Schmerz über den Verlust Katias sie erneut überwältigte. Verkrampft hielt ihre Hand den Türknauf umklammert. Über die Jahre hinweg hatte Zahra immer wieder Vertraute ausgeschickt, die Katia heimlich fotografierten oder mit ihr sprachen. Nie hatte Katia realisiert, dass diese Menschen der Mutter Bericht erstatten würden, die sie längst für tot hielt. Zu wissen, dass Katia in Maine ein sicheres Leben führte, war Zahra unendlich wichtig gewesen. Das Schlucken fiel ihr schwer, und sie musste gegen die Tränen ankämpfen. *Sie hatte Katia im Stich gelassen.* Das Leben ihrer Tochter war nicht sicher genug gewesen.

Sie zwang sich, zurück ins Haus zu gehen. Mit jedem Schritt redete sie sich ein, jetzt noch stärker zu werden, ein eisernes Rückgrat zu beweisen. Sie hatte noch immer ihren Mann. Nun musste sie sich ganz auf ihn konzentrieren und ihm dabei helfen, seinen Lebenstraum zu verwirklichen.

68

Einer der Pflichttermine für jeden, der im Irak Regierungschef werden wollte, war ein Auftritt in *Today's Lunch*, einer Fernseh-, Radio- und Internetshow, die täglich etwa zwei Millionen Menschen erreichte und damit die höchsten Einschaltquoten aller Mittagssendungen im Land erzielte. Moderiert wurde die Show von Hydar Aadil, einem rundlichen Mann mit roten Wangen, der jedes Interview so anging, als wäre sein Gast nicht zum gemütlichen Mittagessen geladen, sondern zum Boxring.

Im Wartebereich des Studios saßen al-Sabah und Zahra auf metallenen Klappstühlen und beobachteten, wie Tabrizi direkt vom Mittagsgebet eintraf. In seinem dunkelblauen Nadelstreifenanzug, dem gestärkten weißen Hemd und der blauen Seidenkrawatte entsprach er perfekt dem Bild des modernen irakischen Politikers. Er war schlank wie ein Windhund. Altersfalten überzogen sein langes, schmales Gesicht. Die dunklen ovalförmigen Augen hinter den rahmenlosen Brillengläsern wirkten groß und fast ein wenig flüssig. Und das eher graue Haar war inzwischen über die Schädelmitte hinaus zurückgewichen. Weniger freundlich gesinnte Parlamentskollegen nannten ihn daher auch Halbglatze.

Der Moderator und sein Interviewgast saßen einander gegenüber. Aadil gab sofort Vollgas: »Mr. Tabrizi, Sie stellen eine rein schiitische Koalition zusammen. Was ist mit den Kurden und den Sunniten? Wollen Sie den Irakern damit andeuten, dass sie nichts zu sagen haben, wenn sie nicht Schiiten sind?«

Al-Sabah sah, wie die erste Verärgerung bei Tabrizi aufblitzte, aber als er antwortete, war sein Ton ruhig und beinahe freundlich. »Natürlich werden auch Sunniten und Kurden in einer SIL-geführten Regierung Posten übernehmen. Aber zuerst müssen die Schiiten alle gemeinsam an einem Strang ziehen, um den Irak wieder auf die Beine zu bringen, dann werden wir in der Lage sein, die anderen zu beteiligen.«

Der Journalist stach mit dem Zeigefinger auf die Tischplatte. »Die Koalition von Ministerpräsident al-Lami schließt bereits alle Minderheiten mit ein. Neue Geschäfte öffnen. Die Ölgewinne steigen. Die Börse beruhigt sich. Iraker, die seit Jahren im Ausland gelebt haben, kehren zurück. Es gab Pessimisten und Hetzer, die glaubten, die gegenwärtigen Terroranschläge würden dem allen ein Ende bereiten. Offensichtlich lagen sie falsch. Vieles, was der Ministerpräsident tut, macht Sinn.«

Tabrizi zögerte keine Sekunde. »Positives hat er allenfalls im Kleinen erreicht. Der generelle Umschwung ist ausgeblieben. Zählen Sie doch nur die Schlaglöcher auf den Straßen. Manche sind so groß, dass Wagenräder darin komplett verschwinden. Leichen liegen tagelang in den Parks, um dann von unseren Kindern gefunden zu werden. Wir verfügen über keine zuverlässige Versorgung mit Strom, Benzin, Telefon und Wasser. Nicht einmal unsere Regierungsgebäude können wir beschützen. Allein heute wurden nicht nur eins, sondern gleich zwei zerstört. Irak wird nie wieder zu alter Größe zurückfinden, solange Granaten, Raketen, Bomben und Maschinengewehre tagein, tagaus die Menschen töten und ihren Besitz zerstören. Oder sind Sie da anderer Meinung?«

»Natürlich nicht, aber ...«

Tabrizi demonstrierte Stärke, indem er sich der Kamera zuwandte und die Zuschauer in leidenschaftlichem Ton direkt ansprach. »Ich verspreche Sicherheit ... echte Sicherheit ... und zwar allen Menschen im Irak. Ministerpräsident al-Lami hat Ihr Leben und das Leben Ihrer Kinder in Gefahr gebracht. Möchten Sie etwa die Nächsten sein, die wegen seiner Unfähigkeit sterben müssen?« Den Leuten im Studio verschlug die Dreistigkeit dieser Frage für einen Moment den Atem. »Wenn Sie ein sicheres Leben möchten, sagen Sie Ihrem Abgeordneten, er soll mir seine Stimme geben. Als neuer Ministerpräsident werde ich Sie in Allahs Hände zurückführen und in eine bessere Zeit, die unserer ruhmreichen Geschichte würdig ist.«

Gemeinsam verließen sie den Sender. Tabrizi und al-Sabah in ihren Geschäftsanzügen, zwischen ihnen Zahra in *Abaja* und mit Kopftuch. Die Mittagssonne strahlte gleißend heiß von den Scheiben der voll verglasten Hochhäusern herab. Das Trio machte sich auf den Weg zu Tabrizis Wagen.

Ohne laufende Kameras in der Nähe nahm Tabrizis Gesicht wieder seine gewöhnliche Strenge an. Seine Züge ähnelten glasiertem Beton. Mitten auf seiner Stirn zeichnete sich Hornhaut ab. In den Augen von al-Sabah symbolisierte gerade das Tabrizis Besonderheit. Westliche Beobachter hätten diese Hornhaut wahrscheinlich als Makel begriffen, in der islamischen Welt indes galt sie als Zeichen der Gottesfürchtigkeit. Sie bedeutete, dass Tabrizi schon sein ganzes Leben lang mehrmals am Tag seine Gebete verrichtet hatte und dies 365 Tage im Jahr. Während seiner Gebete hatte, er sich mindestens zweimal niedergeworfen und dabei mit der Stirn nicht einen Teppich berührt, sondern – wie es Schiiten seit

Jahrhunderten vorzogen – eine *Turbah*, eine grobe Lehmtafel, die in der heiligen Stadt Najaf gefertigt worden war. Al-Sabah hatte schon gesehen, wie Tabrizi vor dem Spiegel die Hornhaut berührt und dann still vor sich hin gelächelt hatte.

Während sie zum Wagen gingen, brachte al-Sabah ihn auf den neuesten Stand: »Der Carnivore befindet sich auf dem Weg hierher. Von zwei seiner Helfer haben wir Bilder und Namen. Durch sie werden wir ihn rasch ausfindig machen.«

»Schön. Dann können wir endlich einen Schlussstrich ziehen. Das wird für uns alle eine große Erleichterung sein.« Höflich wandte er sich an Zahra: »Was meinst du dazu?«

Ihre Hände verknoteten sich. »Wir werden diesen Dreckskerl von Carnivore umbringen.«

Tabrizi zuckte zusammen. Er missbilligte Bemerkungen wie *Dreckskerl*, vor allem aus dem Mund von Frauen.

Zahra war so von ihrer Trauer beherrscht, dass ihr die Reaktion zu entgehen schien, al-Sabah jedoch registrierte sie sofort und wechselte rasch das Thema. »Dein Interview lief gut, Tariq. Es wird uns weiterhelfen. Wir haben bereits fast eine regierungsfähige Mehrheit zusammen, aber auch der Ministerpräsident legt derzeit noch zu.«

»Heute Abend verpassen wir ihm den entscheidenden Schlag«, erklärte Tabrizi voller Überzeugung.

Al-Sabah nickte. Die Ereignisse des heutigen Abends würden die Bevölkerung in Angst und Schrecken versetzen, die Abgeordneten einschüchtern und über jeden Zweifel hinweg beweisen, dass der aktuelle Ministerpräsident niemanden, nicht einmal sich selbst, zu beschützen in der Lage war.

Als sie Tabrizis gepanzerte schwarze Limousine erreichten, sprang der Fahrer heraus. Der bullige Mann trug eine Pistole am Gürtel und hatte – wie al-Sabah wusste – stets eine schussbereite AK-47 neben sich auf dem Beifahrersitz liegen.

Der Kofferraum öffnete sich. Ein großer Karton mit dem Aufdruck BÜCHER befand sich darin. Während der Fahrer sich hinabbeugte und die Kartonflügel aufklappte, nahm al-Sabah prüfend den Parkplatz in Augenschein. Der Karton war auf der linken Seite mit Dollarbündeln, auf der rechten randvoll mit Euros gefüllt.

Zahra streckte die Hand aus und berührte das gestapelte Geld.

»Wie viel?«, fragte al-Sabah.

»So viel, wie du gesagt hast, dass du noch brauchst – zehn Millionen Dollar.« Tabrizi lächelte ein ehrliches Lächeln. Seine tiefempfundene Freude an dem Geld war unübersehbar. Den Großteil seines Lebens hatte er in der zwielichtigen Welt der internationalen Finanzjongleure verbracht, wo die wichtigsten Player nur selten Schlaf fanden, da irgendwo auf dem Globus immer Börsen und Banken geöffnet hatten. Als er schließlich Milliarden von Dollar besaß, war es ihm zu gefährlich geworden weiterzumachen. Also war er ausgestiegen und von London in den Iran umgezogen, hatte dort jedoch schon bald seine alte Welt vermisst. Ein reicher Mann, dem all sein Reichtum nichts nutzte, da er nicht länger jene Finanzspielchen um Riesensummen betreiben durfte, die sein Leben spannend gemacht hatten. Er brauchte eine neue Herausforderung, etwas Schweres, Kompliziertes, das fast ans Unmögliche grenzte. Wer alles Geld der Welt hat, dem bleibt als Wunsch nur noch das, was man nicht kaufen kann.

Dann marschierten die Amerikaner und Briten im Irak ein. Die Invasion war die Gelegenheit, auf die Tabrizi gehofft hatte. Er zog über die Grenze in den Irak, nach Basra, wo er einst gemeinsam mit al-Sabah aufgewachsen war, um dort etwas Unbezahlbares anzustreben. Er wollte einem islamischen Land vorstehen und Ministerpräsident werden.

Auf gewisse Weise war es für ihn seitdem wie in den alten Tagen. Er zockte wieder. Wahlurnen ließen sich vollstopfen, aber sie blieben womöglich nicht so. Stimmen ließen sich kaufen, aber ein anderer konnte kommen und mehr Geld bieten. Elf Jahre saß er inzwischen im Parlament. Lange genug, um zu wissen, wer zum eigenen Vorteil mit Saddam zusammengearbeitet hatte, wer mit der CIA und dem MI6 kollaboriert hatte, wer mit dem Iran oder Russland oder beiden, wer die Korruptesten waren, wer zur Revolution aufgestachelt und wer Todesschwadronen angeführt hatte. Für ihn war klar, für welches uneigennützige Ziel er sich als Ministerpräsident einsetzen würde: Stabilität und Sicherheit sollten herrschen in einem Irak, den er zurück zu Allah führen würde.

Drei simple Gründe gab es dafür, dass al-Sabah ihn bei diesem langwierigen Programm unterstützte: Tabrizi brauchte jemanden, dem er vertrauen konnte. Al-Sabah suchte die Möglichkeit, eine öffentliche Karriere zu starten. Und nicht zuletzt wollte er das enorme Vermögen, das sein alter Freund ihm versprochen hatte. Sobald Tabrizi Ministerpräsident war, würde das Geld auf al-Sabahs Konto auf den Cayman Islands überwiesen werden.

Das iPhone von al-Sabah vibrierte. Er sah, dass es Jabari war, und meldete sich.

»Wir haben Flugblätter angefertigt mit einem Foto von Greg und Courtney Roman und einer Telefonnummer, unter der man anrufen und eine Belohnung bekommen kann, wenn man sie entdeckt«, erzählte Jabari ihm. »Unsere Leute verteilen die Flugblätter gerade an allen Einfallstellen – Flughäfen, Busstationen, Mietwagenfirmen, Taxizentralen – und sie bleiben vor Ort, um die Lage zu beobachten. Die zehntausend Euro Belohnung lassen alle hellwach sein.«

»Denk daran«, warnte al-Sabah, »mit hinterhältigen Tricks verdient der Carnivore seine Brötchen. Sei auf der Hut!«

»Es würde helfen, wenn wir wüssten, wie er aussieht«, sagte Jabari.

»Das weiß keiner. Findet einfach die Romans. Die werden uns zu ihm führen.«

Al-Sabah teilte Tabrizi und Zahra mit, was Jabari berichtet hatte.

»Gib mir Nachricht, sobald du etwas Neues erfährst.« Tabrizi stieg in seine Limousine. »Viel Glück, Gott schütze euch.«

Während Tabrizis Limousine davonrollte, kletterten al-Sabah und Zahra in ihren Land Rover. In diesem Moment hörten sie die erste Explosion, der kurz darauf eine zweite folgte. Eine Rauchwolke quoll in den blauen Himmel hinauf. Die heutige Anschlagsserie hatte begonnen.

69

Im Flugzeug über dem Nahen Osten

Strahlendes Sonnenlicht erfüllte die Kabine des Privatjets, der weiter Richtung Bagdad raste. Eva, Judd, Bosa und Morgan saßen einander gegenüber und sprachen über die Erkenntnis, dass Seymour sich eine neue Identität als Siraj al-Sabah aufgebaut hatte.

»Was ist Ihrer Meinung nach der wahre Grund, warum Seymour dieses Spiel angestoßen hat?«, fragte Eva.

Bosa streckte die Beine aus und dehnte sich. »Offenbar fühlt er sich im Irak als al-Sabah sicher vor einer Enttarnung, aber wenn er ins Ausland reisen und dort auftreten will, dann wird das für ihn erheblich gefährlicher. Er muss ständig damit rechnen, dass einer von uns ihn erkennt.«

»Sie meinen, jemand würde ihn anhand seines Gangs oder anderer Bewegungen identifizieren, so wie Sie eben?«, sagte Eva.

»Der eigene Körper verrät einen irgendwann immer«, erklärte Bosa. »Wirklich überzeugend seine Haltung, seinen Gang und seine Gesten zu verändern erfordert eine Menge Übung, und keiner von uns hält diese Veränderungen beliebig lange durch, genauso wie keiner endlos in höchster Alarmbereitschaft sein kann.«

»Herumkommandiert hat Seymour immer schon gerne«, grübelte Morgan laut. »Aber dämlich war er dabei nie. Ich vermute, dass er das Spiel erfunden hat, damit wir ihm die Arbeit abnehmen und uns gegenseitig abmurksen.«

Bosa nickte zustimmend.

Judd hatte bislang schweigend zugehört. »Dass mehr hinter dieser Geschichte steckt als bloß der Streit zwischen sechs Auftragskillern um die Stücke einer Keilschrifttafel, hat Tucker schon lange befürchtet. Ich frage mich inzwischen, ob nicht auch die SIL eine Rolle in der Sache spielt. Die internationale Lage ist ja allgemein bekannt. Der Irak und der Iran sind überwiegend schiitisch geprägt und bilden gemeinsam eine politische Insel, die von einem Meer an sunnitisch dominierten Ländern umgeben ist. Tabrizi ist ein erzkonservativer Schiit. Er zählte sogar zu jenen Schiiten, die während Saddams Regierungszeit vom Irak in den Iran flüchteten. Jetzt hat die SIL zum ersten Mal aussichtsreiche Chancen, den Ministerpräsidenten zu stellen und an die Schalthebel der politischen Macht zu kommen, mit allem, was dazu gehört, also Ämtervergabe, Klüngelwirtschaft und legitimes Gewaltmonopol.«

»Du meinst, Seymour hat das Spiel erfunden, um die SIL zu schützen«, sagte Eva.

Judd nickte. »Seymour ist Mitbegründer der SIL, hat sich finanziell engagiert und dürfte eigene politische Ambitionen verfolgen. Das Letzte, was er oder seine Partei da brauchen können, ist die Nachricht, dass ihr Gründer in Wahrheit ein freischaffender Assassine ist, der Hunderte Menschen gegen Bezahlung umgebracht hat.«

Morgan hob einen Zeigefinger und sagte: »Ich kann mir schon sein Wahlmotto vorstellen: ›Ihre Stimme oder ich puste Sie weg.‹« Er grinste die anderen dabei an.

Bosa schüttelte erst den Kopf über so viel schwarzen Humor, dann lachte er mit.

»Ich habe in Bagdad noch nie so viel Gewalt erlebt wie im vergangenen Monat«, fuhr Judd fort. »Und es geschah alles im Vorfeld der Wahlen. Einige der Anschläge zielten offensichtlich darauf ab, die Sunniten einzuschüchtern und von einer Beteiligung am politischen Leben abzuhalten. So zündeten Dschihadisten etwa an sunnitischen Wahllokalen Bomben. Andere Anschläge wie die auf schiitische Religionsstätten sollten vermutlich dafür sorgen, dass der von Schiiten dominierte Sicherheitsapparat härter gegen die Sunniten vorgeht. Am Ende errang keine Seite eine eindeutige Mehrheit.«

»Und während Tabrizi und der bisherige Ministerpräsident darum kämpfen, eine Mehrheit der Stimmen hinter sich zu bringen, hält die Gewalt an«, sagte Eva. »Wenn die SIL die irakische Regierung übernimmt, kann Seymour sich aussuchen, welches Amt er gerne hätte. Stellt euch mal vor, er wird UN-Botschafter und sitzt in irgendeinem Menschenrechtsausschuss. Was für ein schrecklicher Hohn!«

Alle verstummten für einen Moment.

»Könnte Seymour schon irgendwie herausgefunden haben, dass wir gerade im Flugzeug nach Bagdad sitzen?«, wandte sich Bosa fragend an Morgan.

»Wäre natürlich schön, wenn wir ihn überraschen«, antwortete Morgan nüchtern. »Aber bei dem Kerl würde ich mir lieber keine großen Hoffnungen machen.«

70

Sie flogen in zwölftausend Meter Höhe. Aus dem Fenster sah Judd auf ein Meer aus weißen Wolken herab. Die Erde darunter blieb unsichtbar. Eva, Bosa und Morgan arbeiteten in der Kabine an ihren Laptops.

Judd rief seinen Freund Bash Badawi in Washington an. Dort war es jetzt zwar mitten in der Nacht, aber Bash saß an seinem Schreibtisch.

»Bridgeman hat Catapult abgeriegelt«, schimpfte Bash. »Er hat den Verdacht, wir könnten euch helfen. Gloria sitzt er so penetrant im Nacken, die kommt kaum noch zum Atmen. Solange sie dich und Eva nicht geschnappt haben, muss hier alles durch seine Hände gehen, einschließlich sämtlicher Einsatzbefehle, Amtshilfeersuchen und Informationsnachfragen. Er macht uns hier die Hölle heiß. Ich kann dir nicht helfen, Kumpel. Wenn ich es tun würde, hätte er ganz schnell irgendwie herausgefunden, wo ihr euch aufhaltet.«

»Na wunderbar.« Judd versuchte, nicht entmutigt zu klingen.

»Aber ich habe auch ein paar gute Nachrichten«, fuhr Bash fort. »Tuckers Hirnblutung ist gestoppt, und es gibt Anzeichen, dass er das Bewusstsein wiedererlangt. Die Ärzte klingen zum ersten Mal vorsichtig optimistisch.«

Judd verabschiedete sich und erzählte Eva die erfreulichen Nachrichten über Tucker.

Während sie zuhörte, holte sie tief Luft und schloss die Augen. »Gott sei Dank.« Dann seufzte sie und deutete auf eine E-Mail, die der Laptop vor ihr anzeigte. »Meine Keilschriftexpertin hat sich nicht gemeldet, daher habe ich ihrem Assistenten gemailt. Er schreibt, sie ist in Death Valley, um dort Bilderzeichen zu untersuchen, und wird erst morgen Nachmittag zurückkommen. Mir zuliebe wird er schon mal versuchen, jemand zu finden, der sich die Keilschrift sofort ansehen kann, aber wir sollen nicht zu viel erwarten. Er sagt, manche Keilschriften seien überaus schwer zu entziffern.«

Eine Weile war in der Kabine nur das Klappern der Tastaturen zu hören.

Judd verschränkte die Arme und überdachte noch einmal die Lage im Irak. Langley hatte ständig Außenmitarbeiter dort im Einsatz, die sich derzeit gewiss auf den politischen Richtungsstreit konzentrieren würden. Dem Irak kam im Persischen Golf eine entscheidende Rolle zu, und für die Vereinigten Staaten war dies eine Region von enormem nationalem Interesse. Leider war das Bündnis von Ministerpräsident al-Lami in sich gespalten und nur selten fähig, Ministerien, Militär und Sicherheitskräfte zu kontrollieren. Zudem verfügte die Regierung über so geringe logistische und planungstechnische Mittel, dass sie zu einer ernsthaften Landesverteidigung gar nicht in der Lage war. Dennoch hielten die Vereinigten Staaten eine zweite Amtszeit von al-Lami für vorteilhafter als die Wahl eines schiitischen Extremisten wie Tabrizi. Das Regime von al-Lami mochte weniger von Stabilität als von rücksichtslosen Eigeninteressen geprägt sein, und es gewährte dem Iran womöglich bereits jetzt ungebührlich viel Einfluss. Zumindest stellte es die Grundlage eines Staats dar, der sich in eine bessere Richtung entwickeln konnte.

Das CIA-Büro in Bagdad würde detaillierte Dossiers über alle an der Wahl Beteiligten haben, darunter auch über den Mann, der Tabrizi an die Macht verhelfen wollte – al-Sabah. Das Problem war nur, dass dem Büro mittlerweile die Anordnung Bridgemans vorliegen dürfte, Eva und ihn umgehend festzunehmen. Das machte jede Kontaktaufnahme unmöglich.

Er fluchte leise vor sich hin.

Ein Blick auf die Uhr sagte ihm, dass es in Bagdad jetzt fast Mittag war. Er wählte die Nummer von Hailu Wahid. Hailu gehörte ein Unternehmen, das Fremdenführungen organisierte. Die Führungen selbst leiteten in der Regel Männer aus seinem Verwandtenkreis, während seine Frau das Büro managte. Hailu arbeitete nebenher als Übersetzungsfachmann für die US-Botschaft, der er gelegentlich auch als inoffizieller Mittelsmann zu irakischen Politikern, Geschäftsleuten, Stammesführern und Medienvertretern diente.

Hailu waren bestens vernetzt, ein Problemlöser, der sich in den verschiedensten Kreisen bewegte.

Es klingelte fünfmal, dann meldete sich eine mürrische Stimme. »*As-salamu aleikum.*«

»*Masaa al-khair*, Hailu. Hier ist dein alter Freund Judd Ryder.«

Sofort war Hailu hellwach. »Hab ich dich nicht erst vorgestern in ein Flugzeug nach Washington gesetzt, oder halluziniere ich schon?«

»Die Sehnsucht war einfach zu groß. In ein paar Stunden bin ich wieder in Bagdad.«

»Ich würde dich ja herzlich willkommen heißen, aber ich höre doch an deiner Stimme, dass du etwas willst. Du bist ein kleiner Halunke, Judd. Warte mal.« Eine kurze Pause trat ein. »Also gut, jetzt habe ich meine Lesebrille auf und etwas zu schreiben. Leg los.«

»Erzähl mir von Siraj al-Sabah.«

Judd hörte ein überraschtes Atemholen.

»Dieser Hundesohn«, brummte Hailu. »Hat Ehrgeiz für drei, aber ein dunkles Herz. Er schmeißt mit dem Geld nur so um sich und glaubt, alles dafür kaufen zu können. Al-Sabah und Tabrizi tun oft so, als wäre der Iran im Vergleich zum Irak der irgendwie bessere Staat, nur weil die Ajatollahs behaupten, Religion und Regierung ist dasselbe. ›Islam *ist* Politik‹ – das sagen die so.« Er murmelte etwas vor sich hin. »Unsere schiitischen Imame sind da anders. Ihrer Meinung nach sollte Religion sich nicht ins politische Tagesgeschäft einmischen. Aber es gibt noch mehr Unterschiede. Iraner sprechen Farsi und wir Arabisch. Sie sind Perser, wir Araber. Früher einmal hätten irakische Väter ihre Töchter nie mit Persern verheiratet, das galt als schändlich. Wir sind *nicht* wie der Iran, und ich will es auch gar nicht sein. Der Iran würde uns am liebsten mit Haut und Haar vereinnahmen, aber wir werden uns das nicht gefallen lassen!« Judd konnte das zornige Schnaufen von Hailu hören. »Reicht dir das als Info?«

»Es hilft, aber was weißt du denn über die Familie von al-Sabah? Woher kommt er? Woher hat er so viel Geld?«

»Okay, okay. Es gibt da jemand, den du treffen solltest, wenn du herkommst. Er arbeitet für al-Sabah und kennt ihn persönlich. Da wirst du ganz schön was zu hören bekommen. Er möchte die Organisation von al-Sabah nämlich gern verlassen, aber er sagt, es gäbe nur zwei Möglichkeiten da rauszukommen – entweder du stirbst bei einem Einsatz, oder er lässt dich umbringen.«

»Gut. Kannst du so ein Treffen arrangieren?«

»Sicher. Er ist ein Cousin von mir.«

Sie verabschiedeten sich, und Judd ließ sein Handy in die Tasche gleiten. Er hatte sich so auf das Gespräch konzentriert, dass er gar nicht gemerkt hatte, wie die Blenden an den Kabinenfenstern heruntergezogen worden waren. Morgan hatte den Kopf an das Seitenpolster gelehnt, sodass seine Hakennase gegen das helle Leder bestens zur Geltung kam, und döste in seinem Sessel. Bosa und Eva hatten die Augen geschlossen und schienen ebenfalls zu schlafen. Im Cockpit nahmen Jack und George ein Tablett mit Sandwichs entgegen und wechselten einige Sticheleien mit Doug.

Als Doug sich zum Gehen wandte, schlugen sie hinter ihm die Tür zu.

»Unsere Helden der Lüfte.« Doug schüttelte den Kopf. »Ich werde mich auch ein wenig hinlegen. Also bitte nur stören, wenn Blut fließt.«

Kaum war Doug im Heck verschwunden, öffneten alle ihre Augen und sahen Judd erwartungsvoll an.

»Was hat dein irakischer Freund gesagt?«, fragte Eva.

Judd wiederholte, was Hailu ihm mitgeteilt hatte.

Ein paar Minuten später summte Judds Handy. Er antwortete sofort. »Ja?«

»Hier ist Hailu, mein Freund. Alles arrangiert. Der Name meines Cousins ist Mahmoud Issa.« Er gab ihm die Adresse durch. »Er erwartet dich heute Nachmittag um vier. Ich werde versuchen auch zu kommen. Er sagt, du sollst vorsichtig sein. Sehr vorsichtig.«

71

Bagdad, Irak

Judd sah auf Bagdad International Airport herunter, der fünfzehn Kilometer westlich der Stadt wie eine Insel aus Beton und Stahl in der Wüste lag. Während das Flugzeug in einem Bogen zur Landung ansetzte, konnte er zwei rollende Jets ausmachen, ein paar abgestellte Hubschrauber und vier am Terminal parkende Maschinen.

Als er den Blick ein wenig hob, bemerkte er eine schwarze Wolke, die im Nordosten Bagdads in die Höhe schoss, dann eine zweite, die über dem Zentrum aufquoll. Das sah ganz nach weiteren Bombenanschlägen aus.

»Der Irak ist derzeit ein gefährliches Pflaster«, kommentierte Eva.

»Schlimmer denn je«, erwiderte er. »Geschäftsleute und Touristen scheuen Reisen in die Stadt. Und prompt herrscht am Flughafen wieder überall diese gähnende Leere.«

»Das war hier mal ein internationales Drehkreuz«, erinnerte sich Morgan. »Okay, kein Vergleich mit Frankfurt, aber so ein Anflug auf Bagdad war schon ganz schön eindrucksvoll.«

Bosa schüttelte nur schweigend den Kopf.

Es war kurz vor drei. Judd und Bosa blieb noch gut eine Stunde, um zu ihrer Verabredung mit Mahmoud Issa zu kommen. Der Treffpunkt lag im Zentrum Bagdads, und wenn der Verkehr zu dicht war, würden sie es nicht rechtzeitig schaffen. Eva und Morgan wollten zur Parteizentrale der SIL, um dort nach al-Sabah Ausschau zu halten. Aber auch diese Adresse lag in der Innenstadt Bagdads.

Das Flugzeug sank weiter, und nun konnte Judd zwei schwarze SUVs erkennen, die nebeneinander an dem Maschendrahtzaun abgestellt waren, der den Bereich für Privatmaschinen eingrenzte. Jack hatte bereits telefonisch zwei Ford Explorer angemietet, selbstverständlich gepanzerte Versionen und beide in Schwarz, da diese Wagenfarbe in Bagdad einflussreiche, machtvolle Insassen vermuten ließ. Die Mietwagenfirma hatte die Schlüssel auf den Fahrerseiten unter die hinteren Kotflügel geklebt.

Nach der Landung rollten sie am Terminal vorbei bis zu einer kleinen Reihe von Privatjets, parkten dort, und die Motoren fuhren runter. Ihre Gulfstream war die größte der Maschinen, die hier standen. Jack und George verließen das Cockpit und streiften die dunkelblauen Kaschmirsakkos über, die ihre Hosen aus dem gleichen Stoff perfekt ergänzten. Goldene Flügel glänzten als Anstecker auf den Schultern. Ihre Hemden waren strahlend weiß, und die blau-orange gestreiften Krawatten passten genau dazu. Die beiden Männer setzten ihre flachen Pilotenmützen auf. Jedes Jackett wies eine kleine Ausbuchtung auf, wo die Pistolenholster saßen.

»Mein Gott, ihr seht ja wie richtige Piloten aus«, sagte Morgan.

»Klar doch.« Jack vollführte eine einladende Geste. »Wenn ich bitten darf, George.«

»Mit Vergnügen.« George öffnete die Flugzeugtür und ließ die Treppe hinunter.

Warme, trockene Luft strömte in die Kabine.

Bosa reichte Jack ein Bündel Euros. In seiner anderen Hand hielt Jack sechs Pässe – die vier für Bosa, Jack, George und Morgan wirkten so echt, wie es ihr sündhaft teurer Preis erwarten ließ. Der Pass von Judd stammte aus der Sammlung an Notfallidentitäten, die er zu Hause in seinen Rucksack gesteckt hatte. Lediglich bei Evas Pass waren Dougs kunstvolle Bemühungen, ihr Foto am Computer einzupassen, etwas leichter als Fälschung zu erkennen.

Jack stieg die Treppe hinunter, und George folgte ihm.

Morgan und Bosa verharrten an ihren Plätzen, während Judd und Eva durch die Fenster die Geschäftsabwicklung draußen verfolgten. Der Zollinspektor beobachtete scharf die Neuankömmlinge. Sein Blick ruhte fest auf den Euros, die Jack ihm in die Hand drückte.

Judd sah, wie der Mann mit breitem Grinsen das Bargeldbündel einsteckte, das für ihn zwei zusätzliche Monatsgehälter bedeutete. Ohne die Pässe näher zu betrachten, stempelte er sie ab und reichte sie zurück. Er blickte zum Jet hinauf und winkte kurz. Dann nahm sein Gesicht einen winzigen Moment lang einen anderen Ausdruck an. Überraschung und so etwas wie Wiedererkennen spiegelten sich in ihm.

»Was war das gerade?«, fragte Eva.

»Ich bin mir nicht sicher«, antwortete Judd.

Bosa senkte die Augenbrauen. »Irgendein Problem?«

»Das werden wir gleich sehen«, erwiderte Judd.

Der Beamte begann zurückzuweichen. Jack legte die rechte Hand aufs Herz, nickte und verabschiedete sich. Rasch hielt der Mann inne und legte im Gegenzug ebenfalls die Hand auf das Herz. Dann entfernte er sich mit eiligen Schritten.

Jack schob die Mütze auf den Hinterkopf, stemmte die Hände in die Hüften und beobachtete den Rückzug des Zollbeamten. Auch er hatte gespürt, dass irgendetwas geschehen war.

Urplötzlich verfiel der Zollbeamte ins Laufen und hielt sich ein Handy ans Ohr.

Sofort sprinteten Jack und George ihm hinterher.

Im Flugzeug sprang Judd auf. »Jetzt haben wir ein Problem, Bosa.«

Judd raste die Treppe hinunter, Eva ihm dicht auf den Fersen liefen sie über das Rollfeld. Vor ihnen schnauften Jack und George schwer beim Laufen und schwangen mächtig mit den Armen.

Judd überholte gerade die beiden Älteren, als der Zollbeamte über die Schulter zurücksah. Seine Augen weiteten sich vor Panik, und er beschleunigte seine Geschwindigkeit mit aller Kraft.

Aber Judd hatte schon aufgeschlossen. Er kam sehr nah an den Beamten heran und rammte ihm die Schulter in den Rücken. Der Mann wurde nach vorn katapultiert, geriet ins Stolpern, stürzte und schlitterte bäuchlings über den Asphalt. Irgendwie gelang es Judd, weiterzulaufen, ohne das Gleichgewicht zu verlieren und auf dem Absatz kehrtzumachen.

Während er zurückspurtete, packten Jack und George den Mann unter den Armen und zogen ihn hoch

»Was zum Teufel sollte das nun wieder?«, fragte Jack den Mann auf Arabisch.

Der Zollbeamte keuchte stark. Schweiß tropfte ihm vom Gesicht. Er griff in sein Jackett und zog ein gefaltetes Papier heraus.

Zwei Schüsse knallten. Der Hals des Inspektors explodierte. Blut und Fleischfetzen spritzten herum.

Judd packte Eva und zog sie nach unten. Jack und George warfen sich ebenfalls auf den Boden. Judd schaute sich um und sah zwei Männer mit automatischen Gewehren, die vor dem Passagierterminal standen. Sie zielten erneut auf sie.

Unvermittelt kam aus Richtung des Flugzeugs eine Gewehrsalve und durchschlug die Oberkörper der Angreifer.

Judd drehte sich zur anderen Seite und sah oben auf der Flugzeugtreppe Bosa stehen. Mit seiner ausdruckslosen Miene und der AK-47 in den Händen gab er eine äußerst bedrohliche Figur ab. Während die Angreifer ganz auf den Zollinspektor fixiert gewesen waren, hatte Bosa nur auf sie geachtet. Was immer der Zollbeamte gewusst haben mochte, die Schützen hatten unbedingt verhindern wollen, dass er es ihnen erzählen konnte.

Judd warf einen prüfenden Blick in alle Richtungen. Niemand war zu sehen, aber das würde gewiss nicht lange so bleiben.

»Wir müssen hier verdammt noch mal verschwinden!«, rief Bosa von der Treppe herunter. »Jack und George, ihr verstaut die Leichen in einem der Hangars.«

Hektisches Treiben setzte ein, und jeder beeilte sich, seine Aufgabe zu erfüllen. Judd schnappte sich das Handy des Zollbeamten und das gefaltete Papier, bevor er zum Flugzeug zurückrannte, wo er Bosa und Eva ins Innere folgte.

Drinnen wartete bereits Morgan mit den Rucksäcken auf sie.

Bosa gab Anweisungen an Doug. »Sag Jack und George, sie sollen die Maschine so schnell wie möglich wieder hier rausbringen, eine neue mieten und zurückkommen. Aber dann sollen sie in Al-Rasheed landen. Ausschließlich Textnachrichten an mich, nur anrufen, wenn es absolut notwendig ist.«

Sie ließen Doug an Bord zurück und rannten die Treppe wieder hinunter. Die Leichen des Zollbeamten und der beiden Männer waren nicht mehr dort, wo sie gelegen hatten. An den Hangars konnte man Jack und George sehen, wie sie die Körper in eine der kleinen Flugzeughallen schleiften.

Judd und Eva sprinteten vorneweg auf das Tor im Maschendrahtzaun zu.

»Wo bleibt die Polizei?«, fragte Eva beim Laufen. »Zumindest die Sicherheitsleute des Flughafens müssten längst da sein. Die Schüsse können ihnen unmöglich entgangen sein. Nicht einmal Sirenen sind zu hören.«

»Willkommen in Bagdad«, sagte Judd grimmig. Er deutete zur Skyline, wo gerade zwei weitere Pilze aus braunem und grauem Qualm in die Luft wuchsen. »Die aktuellen Bombenanschläge binden gewiss alle verfügbaren Kräfte, sonst würde es hier längst vor Uniformträgern wimmeln. Im Augenblick ist das für uns von Vorteil. Später könnte sich das ändern.«

Das Schloss am Tor war herausgeschossen worden. Judd drückte den Flügel auf, und sie rannten zu den beiden schwarzen SUVs. Zwischen den Wagen, wo sie ein wenig Deckung hatten, blieben die beiden stehen. Judd drehte sich zum Rollfeld zurück. Bosa und Morgan mühten sich nach Kräften, zu ihnen aufzuschließen.

Judd faltete das Papier des Zollbeamten auf. »Dann wollen wir doch mal sehen, was den Herrn Inspektor so aufgeregt hat.«

Es handelte sich um ein Flugblatt, in dessen Mitte ein Foto prangte, auf dem Eva und er zwar nur geduckt im Halbdunkel zu sehen waren, aber gerade nach oben in die Kamera sahen. Judd übersetzte die ersten drei Zeilen aus dem Arabischen:

€ 10.000 BELOHNUNG
Für den Aufenthaltsort
von Greg & Courtney Roman

»Dann steht hier noch, dass wir in den Dreißigern sind und entweder amerikanische oder britische Staatsbürger«, erzählte er ihr. »Einen Namen gibt es nicht als Kontakt, nur eine Festnetznummer in Bagdad, die man anrufen soll.«

»Als der Zollbeamte zum Flugzeug hochgesehen hat, muss er uns erkannt haben«, sagte Eva.

Judd betrachtete das Foto. »Die Aufnahme zeigt die Rückseite von Lisas Garage. Wahrscheinlich stammt sie von einer ihrer Überwachungskameras. Wir haben ihr gesagt, dass wir nach Seymour suchen, weißt du noch?«

»Für sie war es also kein großes Problem, das Foto und die Information an ihn zu verkaufen. Womöglich sogar eine Kopie der CD. Wer weiß, an wie vielen Stellen das Flugblatt inzwischen schon verteilt worden ist?« Eva schüttelte den Kopf. »Kaum in Bagdad gelandet und schon sind wir aufgeflogen.«

Sie sahen einander besorgt in die Augen. Vielleicht war es die ständige Anspannung durch ihre Flucht, die jetzt durch die direkte Bedrohung noch gewachsen war. Oder vielleicht der Frust zweier Liebender, deren Wege sich für ein paar unvergessliche Tage gekreuzt hatten, nur um sich dann wieder zu trennen. Wie auch immer, Judd fürchtete jedenfalls, einer von ihnen oder sie beide könnten sterben, bevor er Gelegenheit hatte, Eva zu sagen, wie viel sie ihm bedeutete, dass er ein verdammter Idiot gewesen war und dass, wenn er noch einmal die Gelegenheit hätte …

Er versuchte, seinen rasenden Herzschlag zu beruhigen und nicht die Hand nach ihr auszustrecken. Aber dann sah er, wie ihr Blick sich änderte, sanfter wurde, und wie sich ihr Gesicht ein wenig entspannte. Sie trat vor und schmiegte sich in seine Arme. So standen sie im grellen Sonnenlicht von Bagdad, verborgen zwischen den beiden großen SUVs und hielten einander fest, als würde nichts anderes zählen.

»Gott, das fühlt sich so gut an«, murmelte sie. »Es tut mir leid, dass ich an dir gezweifelt habe.«

»Ich würde dir nie etwas antun, Eva«, sagte er ernst. »Du bist mir wichtiger als mein eigenes Leben ...«

Sie legte ihre Fingerspitzen auf seine Lippen. »Sag so etwas nicht.«

»Aber es ist wahr. Ich möchte, dass wir wieder richtig zusammen sind.«

Plötzlich hatten sich ihre Arme um seinen Hals geschlungen, und sie küsste ihn.

Er zog sie an sich, presste sie dicht an seinen Körper, schmeckte ihre Lippen, ihren Mund, sog den Rosenduft ihres Parfüms ein.

Sie riss sich als Erste los. »Ja, sobald wir das alles hier überstanden haben, versuchen wir's noch mal.«

Dann spürte er, wie ihr Rücken sich versteifte. Sie sah an ihm vorbei. Bosa und Morgan waren angekommen und traten mit verschwitzten Gesichtern zwischen die SUVs.

Morgan kommentierte sofort die Situation. »Euer Timing ist beschissen, aber ein hübsches Pärchen seid ihr schon.«

»Ab in die Autos«, befahl Bosa. »Wir müssen an die Arbeit.«

72

Innerlich aufgewühlt beobachtete Eva durch die Windschutzscheibe, wie Judd mit Bosa auf dem Beifahrersitz in dem zweiten SUV davonfuhr. Die kraftvoll beschleunigenden Hinterreifen wirbelten Steinchen gegen den Maschendrahtzaun. Die beiden Männer waren spät dran für ihr Treffen in Bagdad und hatten Angst, ihren Kontaktmann zu verpassen.

Eva zwang sich, ihre Aufmerksamkeit Morgan zuzuwenden. Sie saßen auf den Vordersitzen des anderen SUV. Morgan hatte darauf bestanden, das Steuer zu übernehmen, und dies damit begründet, dass er schon viele Male in Bagdad gewesen sei und fließend Arabisch spreche. Vermutlich machte dies auch Sinn, aber einstweilen saß er bloß hinter dem Lenkrad und untersuchte das Handy, das Judd dem toten Zollbeamten abgenommen hatte.

»Fahren wir los«, sagte sie ungeduldig. »Vielleicht haben wir ja Glück und entdecken al-Sabah bei der SIL-Parteizentrale.«

Doch Morgan drehte nicht einmal den Zündschlüssel um. »Noch nicht. Ich muss hier noch was erledigen. Ah, hier ist es. *Erneut wählen.*« Er drückte auf eine Taste und hielt sich das Telefon ans Ohr. »Notfall!«, schrie er voller Panik auf Arabisch in das Mikrofon. »Helft mir!« Er beendete die Verbindung.

Er hatte so verängstigt geklungen, dass es ihr vor Schreck den Brustkorb zusammengezogen hatte.

Er warf ihr einen Blick zu. »Klang verflucht überzeugend, was?«

»Was sollte der Anruf?«

»Ich möchte sehen, wie viele Leute Seymour hier noch in der Gegend hat und was sie tun werden.« Er öffnete seinen Rucksack und nahm ein Stoffetui heraus.

»Was denn jetzt noch?«

»Das ist ein Richtmikrofon. Geringes Eigengeräusch, exzellente Sprachdeutlichkeit und gute Rückkoppelungsunterdrückung. Kompakt und technisch vom Feinsten.« Er öffnete das Fahrerfenster und befestigte das Mikrofon auf dem Außenspiegel. Alle Scheiben des Wagens waren getönt, einschließlich der Front- und Heckscheibe.

Das Flugzeug hatte Jack bereits weggeflogen. In der Ferne arbeiteten Flughafenmitarbeiter an den Maschinen, die am Terminal geparkt standen. In der Nähe der Privatmaschinen hielt sich niemand auf.

Dann kamen plötzlich zwei Männer aus dem Terminal gerannt. Beide schienen Nummern auf ihren Handys zu wählen. Sofort schaltete Morgan das Mikrofon ein und richtete es aus.

Das Telefon, das auf dem Armaturenbrett lag, begann zu klingeln.

»Einer ruft hier an«, sagte Eva. »Der andere versucht es bestimmt bei einem der Typen, die auf den Anruf des Zollbeamten reagiert hatten.«

»So würde ich es jedenfalls tun«, sagte Morgan.

Das Duo bremste abrupt ab und starrte nach unten auf den Asphalt.

Während sie redeten, übersetzte Morgan für Eva. »Sie glauben, Blut entdeckt zu haben. Sie fragen sich, wo die anderen beiden stecken könnten.«

Die Männer sahen auf und riefen etwas, was wie arabische Namen klang. Nach einem prüfenden Blick in alle Richtungen liefen sie weiter auf die Stelle zu, an der die Chartermaschine gestanden hatte. Erneut hielten sie inne und sahen zu Boden, diesmal dort, wo der Zollbeamte gestorben war.

»Mehr Blut«, erklärte Morgan. »Einer von ihnen ruft jemand namens Jabari an. Klingt, als wäre Jabari eine wichtige Figur in al-Sabahs Organisation. Sie erzählen ihm, dass der Zollinspektor Greg und Courtney Roman entdeckt hat, aber nun wäre an zwei Stellen Blut, das Flugzeug fort und nirgends eine Spur von den Romans, dem Beamten oder den beiden Männern.« Eine Weile blickten sich die zwei Neuankömmlinge um, dann inspizierten sie erneut den Boden. »Da sind ein paar Bluttropfen. Sie folgen ihnen.« Regelmäßig das Rollfeld untersuchend, liefen die beiden in Richtung der kleinen Flugzeughallen. Sie rüttelten an den Türen. »Sie haben eine Tür gefunden, die aufgebrochen wurde«, erzählte Morgan ihr. »Nun rate mal, warum?«

»George und Jack haben dahinter die Leichen versteckt.«

»Bingo.«

Da die Männer im Innern verschwunden waren, funktionierte das Richtmikrofon nicht mehr. Morgan und Eva saßen schweigend da. Er machte einen völlig entspannten Eindruck.

»Macht Ihnen das keine Sorgen?«, fragte sie.

»Was? Zwei Deppen, die einem Chef Bericht erstatten müssen, der nicht einmal der Chef ist, sondern der für einen elenden Dreckskerl arbeitet, der noch viel mieser ist, als man es sich überhaupt vorstellen kann.«

Der Männer tauchten wieder auf und liefen laut redend zum Terminal zurück.

Morgan richtete das Mikrofon wieder aus. »Sie lassen die

Leichen, wo sie sind«, übersetzte er. »Den Bullen wollen sie erzählen, dass sie gesehen haben, wie ihr, Judd und du, die beiden umgebracht habt.«

Ein mulmiges Gefühl beschlich sie. »Na, wunderbar. Jetzt wird jeder Polizist in Bagdad nach uns Ausschau halten.«

Morgan brachte sie mit einer Handbewegung zum Schweigen. Die beiden Männer unterhielten sich weiter. »Aha. Jetzt kommen wir der Sache schon näher.« Sein hageres Gesicht wirkte hoch konzentriert, während er lauschte. »Sie wollen sich mit Jabari treffen.« Er startete den Motor. »Sie müssen irgendwo vor dem Terminal geparkt haben. Wir werden ihnen folgen. Ruf Bosa an, und erzähl ihm, was wir machen.«

73

Seit über einer Stunde hatte es im Zentrum Bagdads keine Bombenanschläge mehr gegeben. Vorsichtig traten die Menschen aus den Läden und Märkten, schauten sich nervös um und gingen dann eilig nach Hause oder weitere Besorgungen machen. Einige trauten sich sogar in ein nahe gelegenes Café. Auf seinem Weg zu einer großen schiitischen Moschee mit blau gedeckter Kuppel kam al-Sabah an einem Imbisswagen vorbei, an dem ein Mann von einem Drehspieß dünne Fleischscheiben säbelte, um damit Fladenbrote für *Schawarma* zu füllen. Der verlockende Duft des gegrillten Lammfleischs zog über den ganzen Bürgersteig. Immer mehr Kunden sammelten sich um den Stand. Alltägliche Dinge zu tun half den Leuten dabei, eine gewisse Normalität zu empfinden, dachte al-Sabah bei sich.

Al-Sabah ging um die Gruppe herum und schlüpfte durch eine Tür in die tausend Jahre alte schiitische Moschee, deren Mauern aus einzeln behauenen Steinen bestanden, die kein Mörtel zusammenhielt, sondern allein die Kunstfertigkeit der Handwerker. Am Ende eines Gangs klopfte er an eine glänzend polierte Holztür und betrat einen kleinen weiß getünchten Raum. Zwei Wände schmückten gerahmte Porträts von Imam Ali und dessen Sohn Husain, den Gründervätern des schiitischen Glaubens. An der dritten hing eine Abbildung von Großajatollah Ruhollah Chomeini, dem Anführer der iranischen Revolution von 1979.

In traditioneller Haltung kniete auf der anderen Seite des Raums Ajatollah Abdel-Husain Gilani mit dem Rücken zur Wand auf dem Boden. Er hob den Blick, schloss den Koran und stand auf. Mit seinem langen Bart, dessen Grau von schneeweißen Streifen durchzogen war, seiner ausgeprägten Höckernase und den intelligenten schwarzen Augen verkörperte Gilani das Idealbild eines schiitischen Geistlichen. Er trug ein leichtes graues Gewand, schwarze Halbschuhe und einen schwarzen Turban, der aller Welt bekundete, dass er ein Nachfahre des Propheten Mohammed war. Im Moment blickten seine Augen freundlich und interessiert. Gilani glaubte wie sein großes Vorbild Imam Chomeini fest daran, dass die Autorität Gottes allein auf herausragende Führer und hohe religiöse Gelehrte übertragen wurde.

Sie tauschten die obligatorisch herzlichen Begrüßungsgesten aus.

»*Allah bil-khair*«, sagte Ajatollah Gilani. Gott schenke dir einen guten Tag.

»Gehen wir ein Stück?«, fragte al-Sabah, ganz der höfliche Gastgeber.

»Ja, tun wir das.«

Mit einer freundlichen Handbewegung lud al-Sabah den Ajatollah ein, vor ihm in den Gang zu treten. Die Moschee war wie die ältesten Häuser Bagdads um einen Innenhof herum angelegt, den ein Säulengang säumte. Außerdem war der mächtige Bau wie in früheren Zeiten ganz nach innen ausgerichtet und zur Straße hin völlig abgeschottet. So wiesen die vier Außenwände, die an vier verschiedenen Straßen lagen, im Erdgeschoss keine Fenster, sondern lediglich jeweils eine Tür auf. Al-Sabah und Gilani, der noch immer seinen Koran mit sich trug, schlenderten unter einem Bogen hindurch in den zentralen Hof. Zwischen Bereichen mit festgetretenem Sand für Gebetsteppiche schlängelten sich hier schmale Wege durch eine smaragdgrüne Oase aus Pflaumen-, Aprikosen- und Walnussbäumen. Beim Anblick des Ajatollahs zogen sich die lesenden oder betenden Männer respektvoll in den Säulengang zurück und verschwanden dann in der Moschee, um al-Sabah mit Gilani allein zu lassen.

Begonnen hatte alles 2003, als al-Sabah gemeinsam mit Tabrizi, einem Freund aus Kindertagen, in Bagdad die Partei SIL gründete. Beide teilten sie die Vision von einem Irak, der wieder den Mittelpunkt eines mächtigen und bedeutenden schiitischen Reichs bildete. Al-Sabah hatte die alten Kontakte aus seiner Zeit bei Islamischem Dschihad und Hisbollah dazu benutzt, Treffen mit den im Iran herrschenden Mullahs zu organisieren.

Im Verlauf der nächsten Monate war auf beiden Seiten die Zuversicht gewachsen, dass sich das Ganze noch zu eigenen Lebzeiten realisieren ließe. Schiiten, die im Iran Zuflucht vor den Verfolgungen Saddams gefunden hatten, kehrten nach Bagdad zurück, um politische Ämter zu übernehmen, Geschäfte zu eröffnen und zunehmend auch um gegen die sunnitischen Scheichs und Militärangehörigen vorzugehen, die nicht bereit waren, sich von jenen Privilegien zu trennen, mit denen Saddam sie einst überhäuft hatte. Während der Einfluss der amerikanischen Koalition im Irak schwand, versank das Land immer stärker in Gewalt. Viele sahen darin eine Katastrophe, doch für al-Sabah, Tabrizi und die iranischen Mullahs war es vor allem eine Chance. Zusammen mit Ajatollah Gilani begann al-Sabah in dieser Phase damit, schiitische Freiheitskämpfer auszubilden und zu finanzieren, die aus aller Welt, insbesondere aber aus dem Iran, kommen sollten, um den Irak endlich unwiderruflich unter schiitische Kontrolle zu bringen.

Rasche Entwicklungen kannte der Nahe Osten nicht, noch dazu wenn es sich um eine derart einschneidende Veränderung handelte wie eine politische Union zwischen Persern aus dem Iran und Arabern aus dem Irak, zwei uralten Kulturvölkern, die wiederholt Kriege gegeneinander geführt hatten. Und dennoch standen sie jetzt kurz vor dem Durchbruch.

Gilani schien die Gedanken al-Sabahs lesen zu können, denn er sagte: »Einer meiner Helfer meinte gestern zu mir: ›Die Geschichte des Iran ist so prachtvoll, eigentlich sollte die Welt auf uns hören.‹«

»Ja, natürlich«, stimmte al-Sabah zu. »Die Iraner träumen wieder davon, eine Supermacht zu sein.«

Beginnend mit der Herrschaft von Kyros im sechsten Jahrhundert vor unserer Zeitrechnung war das persische Reich zum größten und mächtigsten Königreich aufgestiegen, das die Welt je gesehen hatte – die erste Supermacht der Geschichte.

»Aber Mesopotamien hat ebenfalls außergewöhnlich glorreiche Zeiten erlebt«, erinnerte ihn al-Sabah mit amüsiertem Unterton, da diese Diskussion immer wieder zwischen ihnen entbrannte. Keiner erwartete dabei zu gewinnen, doch nach und nach brachten die Gespräche über die sagenumwobene Bedeutung ihrer Vorfahren sie einander näher. »Über zweitausend Jahre vor eurem Reich, genau gesagt, dreitausend Jahre vor unserer Zeitrechnung, schenkten wir euch die Schrift. Wir schenkten euch das Rad. Wir waren die Wiege der Zivilisation. Und übrigens gaben wir euch auch die arabische Sprache, die Sprache des Propheten, geheiligt sei sein Name.«

Lächelnd neigte Gilani seinen Kopf mit dem schwarzen Turban. »Und damit kamen unsere Königreiche zusammen. Der Prophet hat uns zusammengebracht.«

Im siebten Jahrhundert, nach Mohammeds Tod, zogen die islamischen Armeen der Kalifen von der arabischen Halbinsel aus und eroberten Mesopotamien und Persien. Die überwiegende Mehrheit der Menschen in diesen Ländern konvertierte zum Islam. Bagdad wurde mit der Zeit zum islamischen und intellektuellen Zentrum. Eine der wohlhabendsten und schönsten Städte auf der Welt, in der Kunst, Wissenschaft und Philosophie prächtig gediehen.

Al-Sabah und der Ajatollah folgten ihrem gewohnten Weg, der sie quer über den Hof in einen anderen Gang führte. Es war ein warmer Tag, aber innerhalb der riesigen Moschee war es kühl. Lüftungskanäle auf dem Dach fingen den frischen Wind ein und verteilten ihn bis ins Kellergeschoss. Als sie einige Stufen nach unten stiegen, konnte al-Sabah das Säuseln der Luft hinter den Steinmauern hören. Es machte den Eindruck, als würde die Moschee atmen.

»Alle arbeiten mit Hochdruck, das werden Sie gleich sehen.« Al-Sabah öffnete eine Tür nach der anderen und zeigte ihm kleine, fensterlose Räume, in denen Gruppen von Männern vor Computern saßen und entweder tippten oder Unterlagen und Ausdrucke durchgingen. Alle waren Schiiten. Manche trugen die weißen Umhänge und Kopftücher, die sie als Araber zu erkennen gaben, andere die langen Gewänder und Turbane der Perser. Der Ajatollah begrüßte jede Gruppe und segnete sie.

Nachdem sie den letzten Raum verlassen hatten, fragte der Ajatollah: »Wie steht es um die Sicherheit?«

»Lückenlos, wie immer«, versicherte al-Sabah ihm. »Sie vollrichten alle Allahs Werk. Ihn würden sie nie betrügen.« Außerdem sorgten schiitische Hacker für eine unüberwindliche Absicherung der Computer.

Zuletzt betraten sie im Kellergeschoss ein weiß getünchtes, aber erheblich größeres Büro, in dem auf einer Reihe Fernsehbildschirme die Nachrichtenprogramme aus Teheran, Bagdad und vom internationalen Sender Al Jazeera liefen. Die Programme waren stumm gestellt, nur Untertitel in Altarabisch, der Sprache des Korans, liefen mit. In Teheran gab es ein zweites Büro dieser Art, wo sich al-Sabah und Gilani monatlich oder wann immer es die Lage erforderte, trafen, um Probleme zu besprechen, Verhandlungen weiterzuführen und die nächsten Planungen vorzunehmen.

Bei ihrem Eintreten sprangen die beiden Mitarbeiter sofort auf, und der Ajatollah begrüßte und segnete auch sie.

»Liegt die neue Einleitung der Verfassungspräambel vor?«, fragte al-Sabah sie. Der Wortlaut hatte Anlass zu erregten Diskussionen gegeben und war nun endlich sowohl von den höchsten geistlichen Stellen im Iran akzeptiert worden als auch von Tabrizi und al-Sabah, die davon träumten, schon bald die Regierungsgewalt im Irak zu übernehmen.

Die Mitarbeiter reichten al-Sabah und Gilani Kopien des Textes:

> Möge Allah uns führen, wenn wir Koran und Hadith eine lebendige Gestalt verleihen und die beiden herrlichen Nationen Iran und Irak zu einer islamisch theokratischen Föderation zusammenschließen, die den Namen Union der Schiitischen Staaten trägt. Jede Nation soll sich weiter in gewissem Rahmen selbst regieren, wobei die genaue Machtverteilung zwischen den Nationen und der Zentralregierung in dieser Verfassung festgelegt wird. Wie der Islam in den Schlachten um Mekka und Medina aus Feuer und Blut geboren wurde, als der Prophet, gepriesen werde Sein Name, sich entschlossen gegen die Ungläubigen zur Wehr setzte, so werden auch

> der Iran und der Irak bei der Bildung ihrer Föderation entschlossen alle Widerstände überwinden. Wir hoffen, noch in diesem Jahrhundert die Entstehung einer weltumfassenden heiligen Regierung und den Sturz aller anderen Herrschaften zu erleben.

Islamische Juristen und Gelehrte arbeiteten gerade eine Verfassung aus, nach der beide Länder unter einer schiitischen Zentralregierung vereint werden sollten. In einem gemeinsamen Bildungssystem würde sowohl auf Farsi wie auf Arabisch unterrichtet. Bürger könnten die gemeinsame Grenze ohne jede Einschränkung passieren. Sämtliche Zoll- und Einfuhrregelungen würden aufgehoben. Durch den Bau neuer Autobahnen und Zugverbindungen sollte der Handel gefördert werden. Außerdem würden die Voraussetzungen für eine gemeinsame Währung und eine gemeinsame Wirtschaftspolitik geschaffen. Jede Nation hätte ihre eigenen Scharia-Gerichte, aber es würde einen obersten Scharia-Hof der Union der Schiitischen Staaten geben, der in Grundsatzfragen und Streitfällen entscheidet.

Nach dem Vorbild der NATO würden beide Staaten ihre Verteidigungsaufgaben künftig gemeinsam wahrnehmen. Militärisch war Iran deutlich stärker aufgestellt. Um von Waffenimporten unabhängiger zu werden, war dort in den Achtzigern ein Entwicklungsprogramm aufgelegt worden, und inzwischen stellte das Land nicht nur eigene Kampfflugzeuge her, sondern auch Panzer, Raketen, U-Boote, Torpedos und Drohnen. Das Land besaß die größte Armee in der Golfregion und kontrollierte die Straße von Hormus, durch die täglich ein Großteil des weltweit benötigten Öls geschifft wurde. Der Iran selbst verfügte über beträchtliche geologisch belegte Öl- und Gasvorkommen, allerdings hatte der Irak in diesem Punkt die Nase vorn. Seine Ölreserven waren sogar noch umfangreicher. Zusammen saßen sie auf dem größten Einzelanteil an den weltweiten Öl- und Gasvorkommen, was zur Folge hatte, dass die angestrebte Union auch über das damit verbundene Maß an Reichtum, Einfluss und Macht verfügen würde. Endlich käme die Welt nicht mehr umhin, ihnen den angemessenen Respekt zu erweisen.

Al-Sabah und Ajatollah Gilani wechselten zufriedene Blicke.

»So ist es gut«, sagte Gilani.

»Ja«, pflichtete al-Sabah zu. »So ist es gut.«

Sie verließen den Raum und spazierten Seite an Seite den schmalen Gang hinunter.

Gilani strich sich nachdenklich den langen Bart. »Wie läuft es denn mit Ihren Plänen für heute Abend?«

»In ein paar Stunden wird alles vorbei sein«, versicherte al-Sabah ihm. »Was heute geschieht, wird mein Volk bis ins Mark erschüttern. Nichts ist schlimmer, als das Vertrauen in die eigene Regierung zu verlieren. Und das Vertrauen der Iraker, das sowieso bereits erschüttert ist, wird mit diesem Schlag endgültig zerstört sein. Unser Freund Tabrizi wird zum Ministerpräsidenten gewählt werden und ein Kabinett aus Schiiten berufen, die entweder stark religiös oder leicht zu kontrollieren sind.«

»Die anderen Mullahs sind alle bereit für den nächsten Schritt«, erklärte Ajatollah Gilani ernst. »Jetzt hängt alles von euch ab. Was genau soll denn heute geschehen?«

Al-Sabah zögerte. Dann zitierte er: »›Er ist es, der euch sehen lässt den Blitz in Furcht und Hoffnung und der aufsteigen lässt die schweren Wolken. Und der Donner lobpreiset, Seine Herrlichkeit, und ebenso lobpreisen Ihn die Engel in Ehrfurcht. Und Er sendet die Blitzschläge und trifft damit, wen Er will. Die Ungläubigen aber, sie streiten über Allah.‹«

Gilani drückte den Koran an sein Herz. »Allah ist stets allem gewahr. Ja, ich verstehe. Mohammed sah sich gezwungen, einen gewaltsamen Kampf gegen seine Feinde aufzunehmen. Und auch wir sollten uns darauf gefasst machen.«

Sie tauschten Abschiedsgrüße aus. Al-Sabah wünschte dem Ajatollah eine gute Heimreise nach Teheran, stieg die Treppe hinauf und trat in den warmen Bagdader Nachmittag. Bei jedem Schritt musste er an seine Jahre im Islamischen Dschihad denken, als er mit aufrichtiger Hingabe für die Wiedererstehung eines schiitischen Kalifats gekämpft hatte. Darauf folgten seine Jahre unter dem Decknamen »Seymour«, der gefürchtete internationale Assassine. Und heute lebte er wieder in Bagdad, wo er ein glücklicher Mann geworden war. Der Kreis hatte sich geschlossen. Jetzt endlich war er in der Lage, mit der Realisierung seines Kindheitstraums von einer zu absoluter Macht wiedererstarkten Schia zu beginnen, und dies ausgerechnet in Bagdad, der Stadt der Mythen und Legenden. Und unter diesen Mythen und Legenden würde nun auch er seinen Platz finden.

74

Es sah zwar nicht aus wie im Wilden Westen, aber die Atmosphäre war ähnlich, dachte Judd, als er mit Bosa das Sindbad's Oar betrat. In diesem neuen, hypermodernen Nachtklub waren sie mit Mahmoud Issa verabredet. Das Lokal lag in Karrada, einem wohlhabenden Stadtviertel im Zentrum Bagdads.

Hinter dem Eingangsbereich konnte Judd Tische, Gäste und einen großen, hohen Raum erkennen, dessen Innendekoration aus Chrom, Leder und künstlichen Leopardenfellen bestand. Der Geräuschpegel aus Stimmengewirr, Gläserklirren und Stühlen, die über den Boden aus Terrakotta geschoben wurden, war unangenehm hoch.

»Haben Sie Waffen dabei?« Der junge Mann trug enge Jeans und ein noch engeres T-Shirt. In einer Hand hielt er ein Sprechfunkgerät, das allgegenwärtige Symbol für Autorität in Bagdad. Er sprach Arabisch mit ihnen. »Wenn ja, müssen Sie sie hier deponieren.« Er wedelte mit einer Quittungsnummer. »Wir passen gut darauf auf, und Sie erhalten sie zurück, wenn Sie gehen.«

Judd nickte nur und reichte ihm seine Beretta und einen Fünfzigdollarschein.

»Ohhh, ich werde sogar ganz besonders gut darauf aufpassen, Sir«, flötete der junge Mann diensteifrig und reichte Judd den Beleg.

Bosa hatte keinen Ton gesagt, aber Judd konnte sein Widerstreben förmlich spüren. Schließlich reichte er seine Walther aber doch über den Tresen. »Wenn die nachher nicht unbenutzt und unbeschädigt hier auf mich wartet, bring ich Sie um.«

»Daran zweifle ich keine Sekunde, Sir«, erwiderte der junge Mann. »Andererseits wird mich hier jeder umbringen, wenn er seine Waffe von mir nicht zurückerhält. Von mir dürfte also nicht mehr viel übrig sein. Es ist schon ein äußerst gefährliches Leben, das ich führe.« Er drehte sich um und öffnete eine schmale Tür, hinter der an Wandhaken eine stattliche Waffensammlung hing.

Aus dem Inneren der Bar trat ein Mann mittleren Alters zu ihnen. Er war kräftig gebaut, hatte ein ovales Gesicht und einen kurz gestutzten braunen Bart. Seine Augen lagen tief in dunklen Höhlen. »Nein, Imad«, sagte er dem jungen Mann. »Das sind meine Gäste. Gib ihnen ihr Spielzeug zurück.« Er lächelte Judd und Bosa an und stellte sich vor: »Meine Name ist Mahmoud Issa.«

»Jawohl, Sir.« Die Garderobenmarken hatten sich damit erledigt. Der junge Mann reichte die Beretta und die Walther zurück. Fragend bot er Judd auch den Fünfzigdollarschein an.

Judd winkte ab.

»Vielen Dank, Sir!« Der junge Angestellte strahlte.

Mahmoud führte sie in den Klub, und sie durchquerten den Raum. Die meisten Gäste waren Männer. Die wenigen Frauen trugen Kopftuch. Die Tische quollen über vor Essen, dessen aromatischer Duft verführerisch in die Nase stieg. Kellner in schwarzen Button-down-Hemden und schwarzen Anzügen nahmen Bestellungen auf oder balancierten Tabletts zu den Tischen.

Sie stiegen hinter Mahmoud eine Treppe hinauf und blieben oben, wo man von einem breiten Balkon den Speiseraum überblicken konnte, einen Moment stehen. Mahmoud musterte die anwesenden Gäste und sah sich jedes Mal um, wenn jemand neu den Raum betrat. Schließlich zündete er sich eine Gauloise an. »Wir sind jetzt hier im Irak sehr religiös – kein Alkohol, keine Popmusik, keine Pornografie, aber Rauchen ist erlaubt. Ich habe über unsere Überwachungskameras beobachtet, wie Sie eingetroffen sind. Haben Sie bemerkt, ob Ihnen jemand gefolgt ist?«

»Nein«, sagte Judd ihm.

Der Klubbesitzer nickte kurz und klopfte an eine Tür. Es war weder eine Klinke noch sonst eine Möglichkeit zu sehen, die Tür zu öffnen. »Ab hier werden die Sicherheitsmaßnahmen erst richtig streng.«

Ein Mann öffnete die Tür, der von Größe und Gestalt an einen großen Kühlschrank erinnerte. Achtungsvoll senkte der Mann seinen Kopf und trat einen Schritt zurück.

Mahmoud machte eine einladende Handbewegung, und sie traten in einen nur schwach beleuchteten Raum. Herrliche Mosaike aus handbemalten Fliesen bedeckten die Wände bis auf halbe Höhe. In den schmalen, hohen Schränkchen, die aus Spiegeln gefertigt schienen, vervielfachten sich das edle Mobiliar und die Männer und schönen Frauen hier oben.

Während die Männer ausnahmslos Araber zu sein schienen, waren die Frauen dunkel-, braun- und hellhäutig. Es gab Brünette, Rothaarige und eine Blondine, die alle in weite, hauchdünne *Abajas* gehüllt waren, deren silbrig durchscheinender Stoff Brustwarzen und Scham deutlich zur Schau stellten. Die Frauen servierten Drinks, füllten Wasserpfeifen oder hatten ihre Arme um die Männer geschlungen, die orientalische Gewänder, Geschäftsanzüge oder auch nur bequeme Jeans und Samtsakko trugen.

»Und Sie sind wirklich streng religiös?«, fragte Judd. »Wenn mich nicht alles täuscht, ist das ein …«

»Ein überaus exklusives Bordell«, bestätigte Mahmoud lachend. »Dieser Bereich meines Lokals ist offensichtlich nicht streng religiös, dafür jedoch ausgezeichnet geschützt und ein sicherer Ort für vertrauliche Zusammenkünfte.«

»Und Sie arbeiten für al-Sabah?«, wollte Judd sichergehen.

»Ja.« Mahmoud öffnete eine weitere Tür und bat sie in einen ruhigen Raum, der mit seinen Ledermöbeln und getäfelten Wänden einen ausgesprochen männlichen Eindruck machte.

»Das ist mein Büro«, sagte Mahmoud. »Nehmen Sie doch bitte Platz, und machen Sie es sich gemütlich. Möchten Sie einen Drink, vielleicht Chivas Regal? Um diese Uhrzeit gönne ich mir immer diese kleine Sünde. So eine Art tägliches Ritual.«

Rechts von ihnen standen zwei schwere Ledersofas um einen verchromten Couchtisch.

Bosa setzte sich auf das hintere Sofa, sodass sie einander ansahen. »Ich nehme einen Doppelten.« Er legte die Walther auf den Oberschenkel, seine Hand am Griff.

Judd setzte sich neben ihn. »Für mich genauso.« Auch er nahm seine Pistole heraus, aber in seiner Handfläche lag zudem ein winziger Gegenstand, der wie ein kleiner USB-Stick aussah. Sie hatten unterwegs gehalten, um ihn auf einem überfüllten Markt im Sadrija-Viertel zu kaufen. Es handelte sich um eine Mini-Digitalkamera, die auf Bewegungen oder Geräusche hin automatisch ansprang und die ihre Aufzeichnungen sowohl speicherte als auch drahtlos automatisch verschickte. Judd hatte ein neues Yahoo-Konto eingerichtet, auf das die Daten in Echtzeit flossen. Versteckt zwischen seiner

Hand und der Waffe war der Aufnahmekopf genau auf Mahmoud gerichtet. Judd spürte, wie Bosa ihn beobachtete.

Mahmoud warf einen Blick auf ihre Pistolen und trat hinter das andere Sofa zu einer Vitrine, ohne sie dabei aus den Augen zu lassen. Auf der Vitrine stand eine Kristallkaraffe, deren Facetten das Licht in allen Regenbogenfarben brachen.

Mahmoud drückte seine Zigarette aus und griff nach der Karaffe. »Als der große Abbaside Kalif al-Mansur diese Stadt gründete, nannte er sie Medinat al-Salam, die Stadt des Friedens. Aber wir haben hier seitdem fast ununterbrochen Krieg gehabt. Ich habe jahrelang für al-Sabah gearbeitet. Ihm verdanke ich, dass ich mir dies alles hier leisten konnte.« Er nickte in alle Richtungen. »Er bezahlt gut, und ich bin stets sparsam mit meinem Geld umgegangen.«

»Warum wollen Sie sich von al-Sabah trennen?«, fragte Bosa.

Mahmoud betrachtete Bosa aufmerksam. »Und wer sind Sie?«

»Alex Bosa«, antwortete der Carnivore ihm. »Ein Freund von Judd.«

Mahmoud wandte sich Judd zu. »Und Sie sind ein Freund von Hilu?«

»Ja. Erzählen Sie uns, warum Sie rauswollen.«

»Weil al-Sabah zu weit gegangen ist«, sagte Mahmoud. »Als ich anfing, für ihn zu arbeiten, war ich jung, zornig und wollte meinem Land helfen. Jetzt bin ich älter, verheiratet, Vater und Geschäftsmann. Ich sehe, in welch schreckliche Lage uns all die Gewalt gebracht hat. Ich möchte mein Land besser machen, nicht zerstören. Die Leute hier reden ständig von der historischen Kluft zwischen irakischen und iranischen Schiiten, aber der Iran versucht gerade, diese Einstellung zu ändern. Al-Sabah und Tabrizi helfen dabei oft in vorderster Front mit Schmiergeldern, Erpressung und Meinungsmache nach. Der Iran ist zweifellos die aufstrebende Macht in der Goldregion, und weder die Vereinigten Staaten noch Saudi Arabien haben darauf eine brauchbare Antwort. Es spielt also gar keine Rolle, was wir Iraker vom Iran halten. Sich ihm zu widersetzen wird höchst gefährlich sein.«

Mit finsterer Miene zog Mahmoud den Stopfen aus der Whiskykaraffe und schenkte den Blended Scotch in drei niedrige Gläser. »Endgültig fest stand mein Entschluss, als al-Sabah einen meiner ältesten Freunde umbrachte, nur weil der sich in ein Mädchen verliebt hatte, deren Vater für die Opposition arbeitete – für den Ministerpräsidenten.« Zornesfalten traten auf seine Stirn. »Al-Sabah hat es befohlen, und ich habe Jalal erschossen.« Seine Lippen wurden schmal, ein gequälter Ausdruck trat in sein Gesicht. Er schloss die Augen und atmete tief ein. »Nur wenige wissen, was ich Ihnen jetzt erzählen werde. Es ist nicht nur al-Sabah, sondern auch seine Frau Zahra und Tariq Tabrizi. Al-Sabah ist das strategische Hirn. Er führt die Verhandlungen und trifft all die Hinterzimmerabsprachen. Zahra ist die Organisatorin. Sie arbeitet oft undercover und unterstützt Aufständische und Militante bei der Planung von Anschlägen. Und Tabrizi hat riesige finanzielle Mittel, die sie dazu benutzen, unser Land zu kaufen. Tabrizi hält Reden und tritt bei den richtigen Gelegenheiten auf. All dies dient nur dem einen Ziel: Sie sind entschlossen, den Irak und den Iran zu einer Nation zu vereinigen. Sie nennen es die Union der Schiitischen Staaten.«

»Verfluchte Scheiße.« Judd setzte sich auf. »Sind Sie sich da sicher?«

»Ja. Ich selbst habe al-Sabah und Tabrizi zu Treffen mit

den iranischen Mullahs gefahren. Mir schien da irgendetwas Großes geplant zu sein, deshalb habe ich ein wenig nachgeforscht. Sie arbeiten zusammen mit den Mullahs daran, den Irak in den Iran einzugliedern.« Mahmoud reichte Judd und Bosa ihre Drinks. Nachdem er einen großen Schluck aus seinem Glas genommen hatte, beschrieb er, wie die gemeinsame Verfassung aussehen und in welchen Schritten der Zusammenschluss der beiden Länder erfolgen sollte. »Al-Sabah plant einen Anschlag von so gewaltigen Ausmaßen, dass danach in der irakischen Bevölkerung niemand mehr dem gegenwärtigen Ministerpräsidenten zutrauen wird, der Gewalt ein Ende zu bereiten. Dieser eine Anschlag wird nach Meinung von al-Sabah – und ich denke, da hat er recht – die Abgeordneten zwingen, Tabrizi zum neuen Ministerpräsidenten zu wählen. Sobald das geschehen ist, werden Tabrizi und al-Sabah ihr Geld und ihre politische Macht dazu nutzen, den Irak in die Arme der Iraner zu treiben, und dann wird der Iran uns nie wieder freigeben. Sie sind Amerikaner, Judd Ryder. Erzählen Sie der CIA davon. Fordern Sie die CIA auf, diese Leute aufzuhalten, weil unsere Regierung dazu offenbar nicht in der Lage ist.«

»Für wann ist der Anschlag geplant?«, fragte Judd. »Ich brauche alle Details.«

»Schon heute Abend.« Wie um seinen Worten Nachdruck zu verleihen, rammte Mahmoud den Stopfer zurück in die Kristallkaraffe.

Die Wucht seiner Bewegung ließ die Karaffe erzittern. Bevor er weiterreden konnte, gab es eine gewaltige Detonation, und der Glasschrank unter der Karaffe explodierte. Mahmouds Körper wurde hochgeschleudert und in Stücke gerissen. Das Sofa vor ihm platzte auf, Polsterung und Innenteile flogen heraus, der gesamte Rahmen schnappte nach vorn und rammte den Couchtisch gegen die Beine von Judd und Bosa, die nun eingeklemmt waren.

Irgendwo in seinem Hinterkopf registrierte Judd dies alles noch. Dann verlor er das Bewusstsein.

75

»Hier sieht es ja aus, als wäre Satan persönlich durch Bagdad gezogen und hätte alles mit seinen widerlichen Drecksklauen angepackt«, knurrte Morgan, während er durch die Windschutzscheibe sah. »Das war mal eine Gartenstadt. Wunderschöne Architektur, einzigartige Mauerwerke. Hübsche Häuser mit Innenhof, Veranda und Dachterrasse. Jetzt gibt es nur noch Kontrollpunkte, zerbombte Mauern und Stacheldraht.«

»Und eine Menge Einschusslöcher in den Gebäuden«, sagte Eva. »Aufgepasst, sie biegen ab.«

Die beiden Männer, denen sie vom Flughafen aus gefolgt waren, fuhren einen großen schwarzen Hummer H3. Auf der Autobahn war der Wagen problemlos auszumachen gewesen, doch in der Innenstadt steckte er mitten zwischen anderen schweren Fahrzeugen. BMWs, Land Cruisers, Pajeros, Jaguars, viele davon nagelneu. Die Stadt mochte gefährlich sein, aber arm war sie nicht.

Morgan schob sich hupend zwischen einen zerbeulten Cadillac und einen neuen Peugeot. Der Hummer steckte drei Wagen vor ihnen in derselben Reihe. Er bog rechts ab. Die Autos hinter ihm fuhren alle geradeaus, bis Morgan mit ihrem Ford Explorer ebenfalls abbog.

Karar beobachtete erst, wie der Hummer um die Ecke fuhr, dann den Ford Explorer mit der Frau auf dem Beifahrersitz, deren Bild auf dem Flugblatt war. Ihr Name lautete Courtney Roman.

»Sie folgen dir noch immer«, informierte Karar den Fahrer des Hummers. »Siehst du sie im Rückspiegel?«

»Ja, ich sehe sie.«

In Bagdads Straßen herrschte ständig dichter Verkehr. Der Blutdruck erreichte schnell schwindelerregende Höhen, Fahrer fluchten und ruderten genervt mit den Armen durch die Luft. Karar jedoch hatte eine Lösung gefunden. Einen nagelneuen S-MAX-Roller von Yamaha.

Mit ihm hüpfte er einfach den Bordstein hoch, fuhr den Bürgersteig entlang und überholte so zwei Pick-ups und sechs andere Wagen. Vor einem Café spielten junge Männer an den Tischen Backgammon. Er sauste vorbei und wirbelte Staub und Dreck auf. Die Männer schrien wütend auf und schüttelten die Fäuste. Er huschte bereits um die Ecke. In dieser Straße waren allenfalls ein Dutzend Wagen. Der Hummer fuhr langsam, als hätte der Fahrer alle Zeit der Welt und wollte es dem Ford Explorer erleichtern, ihm zu folgen.

»Das gefällt mir gar nicht.« Morgan starrte den Hummer an. »Hier gibt's kaum Verkehr, und er schleicht trotzdem wie bei einer Beerdigungsprozession.«

Eva legte den Ellbogen auf die Rückenlehne und drehte sich nach hinten, um aus dem Heckfenster zu sehen. »Da ist ein kirschroter Motorroller hinter uns. Ich könnte schwören, den eben schon einmal gesehen zu haben.«

»Haben sie uns bemerkt?« Morgan schien die Frage an sich selbst zu stellen, nicht an sie.

»Sieht nicht gut aus.«

Der Hummer fuhr an einem Bekleidungsgeschäft vorbei, dann an einem für Haushaltswaren, an einem Spielzeugladen und bog schließlich in eine Tiefgarage.

»Das ist eine Falle!«, sagte Eva.

»Scheiße, nein. Nie und nimmer fahren wir da rein.« Morgan trat das Gaspedal durch.

Der große Lieferwagen einer Bäckerei schoss aus der Ausfahrt der Tiefgarage. Der Zusammenstoß fühlte sich an, als hätte ein Bulldozer sie gerammt. Airbags schossen heraus und schnürten Eva und Morgan in ihren Sitzen ein. Sie drückte gegen den Luftsack. Ein schmerzhafter Stich jagte ihr durch den Oberkörper. Womöglich hatte sie sich ein paar Rippen gebrochen. Morgan stieß Flüche aus, die sie noch nie gehört hatte. Von einem Schnitt auf seiner Stirn lief Blut die Wange hinab. Irgendwie musste er noch gegen das Steuerrad geknallt sein. Sie kam nicht an ihre Waffe heran. Auch Morgan mühte sich verzweifelt ab, seine Waffe zu erreichen.

Die Tür schwang auf.

Ein großer grobschlächtiger Mann mit einem langen schwarzen Schnurrbart und einer AK-47 in der Hand musterte erst sie, dann das Bild auf dem Flugblatt in seiner Hand.

»Wie nett von Ihnen, mal vorbeizuschauen, Courtney Roman«, höhnte er. »Wir werden extra für Sie eine Willkommensparty veranstalten.«

SEYMOUR

Ein einzelner Assassine zu Fuß kann selbst einen König, der über mehr als einhunderttausend Reiter verfügt, in Angst und Schrecken versetzen.

Ismailitisches Gedicht zur Huldigung der Fidawis
von einem persischen Dichter des 13. Jahrhunderts

76

Zahra und Siraj al-Sabah wohnten im Zentrum Bagdads in der stark gesicherten Grünen Zone, die einst als Tummelplatz von Saddam Husseins Familie und dessen höchsten Amtsträgern verrufen gewesen war. Inzwischen hatten sich hier zentrale Regierungsstellen, internationale Botschaften und einflussreiche Politiker niedergelassen. Im Wind sich wiegende Palmen säumten die Straße, an der al-Sabahs Villa lag. Prächtige rote Bougainvillea rankten sich die weißen Mauern hinauf, und glänzend blaue Fliesen bedeckten die Einfahrt. Das Innere war behaglich eingerichtet mit handgeknüpften Teppichen auf Marmorböden, modern designten Möbeln, die mit Musterstoffen aus dem Irak bezogen waren, und antiken Tischen aus den Zeiten des Osmanischen Reichs.

Es war ein langer Tag gewesen, vor allem nach einer Nacht mit wenig Schlaf. Al-Sabah hatte kurz Ruhe gefunden, aber seine Frau war in ihrer Trauer um Katia rastlos im Haus herumgelaufen. Jetzt war er von seinem Treffen mit Gilani nach Hause gekommen und freute sich darauf, etwas zu trinken. Bis auf diese kleine Schwäche führte er ein achtsames Leben als Moslem. Aber wenn Mohammed fermentierte Kamelmilch trinken konnte, dann würde er sich einen gelegentlichen Cocktail nicht verkneifen.

Zahra lag im Arbeitszimmer auf der Couch, hatte einen Arm über die Augen gelegt und hielt in der Hand ein Bündel

Kosmetiktücher. Hinter ihr war die Bar, an die er herantrat und fragte: »Möchtest du einen Gin Tonic?«

Sie setzte sich auf. Ihr Gesicht war aufgedunsen, die Augen rot gerändert.

»Glaubst du, ich habe das Falsche getan?«, fragte sie auf Russisch.

»Wenn du Marrakesch meinst, dann blieb dir gar keine andere Wahl«, antwortete er auf Russisch. »Dein Urteil war doch schon gefällt. Lubjanka organisierte bereits den ›Unfall‹, als wir deinen Selbstmord inszenierten. Ich mach dir einen Drink. Schnaps wird helfen. Russen hilft Schnaps doch immer.«

Er wollte sie ein wenig aufheitern, und tatsächlich lächelte sie ihm zu.

Dann schluchzte sie wieder auf. »Ich habe mich so geschämt. Ich konnte es Katia nicht erzählen. Wie hätte ich ihr klarmachen sollen, was aus ihrer Mutter geworden war? Ich wollte, dass sie an eine gute Mutter glaubte, damit sie selbst später einmal eine werden konnte.« Sie senkte den Kopf und weinte in die Taschentücher.

Rasch mixte er die Getränke und brachte sie zur Couch. Er stellte die Gläser auf den Tisch, legte den Arm um sie und drückte sie an sich. Sie vergrub das Gesicht in seiner Brust, und ihre Tränen begannen, den Stoff seines Hemds zu durchweichen. Das Schluchzen, Weinen und stoßweise Atemholen berührte eine längst vergessene Stelle in seinem Innern, die früher einmal gewusst hatte, wie man weinte.

»Rosa, mein Liebling«, raunte er ihr liebevoll zu. »Du hast ihr ein gutes Leben ermöglicht. Sie konnte in den Vereinigten Staaten frei wählen, was sie machen und was sie werden wollte. Hättest du sie nach Marrakesch mitgenommen, hätten wir auch ihren Selbstmord inszenieren müssen, und sie wäre gezwungen gewesen, mit uns gemeinsam unterzutauchen. Sie war erst ein Teenager. Sie hätte nie ein normales Leben führen können. Und es war auch nicht davon auszugehen, dass sie unsere Art zu leben nachvollziehen oder gar gutheißen würde. Ihre Mutter war schließlich nicht nur eine Auftragskillerin, sie liebte auch zwei Männer. Katia hätte die Situation und uns alle gehasst. All ihre schönen Erinnerungen, ihre Liebe für dich und Grigori wären zerstört worden.«

Zahra löste sich aus seiner Umarmung und ließ den Kopf nach hinten gegen die Rückenlehne sinken. Ihre ergrauenden blonden Haare bildeten wilde Wirbel, ihre Lippen waren geschwollen.

»Du hast recht.« Sie schloss die Augen. »Ich hab die ganze Sache richtig vermasselt.«

»Nein, es lag an den Umständen. Jeder von uns war tief in etwas viel Größeres verstrickt – in den Dienst für sein jeweiliges Land. Und dann ließen uns diese Länder im Regen stehen. Stell dir nur vor, wie schrecklich ihr das Leben vorgekommen wäre, hätten wir sie mit in den Irak gebracht. Sie war das unabhängige Leben einer jungen Frau in einem westlichen Land gewohnt. Das hätte ihr hier leicht den Kopf kosten können, vorausgesetzt, sie wäre nicht bereits vorher einer Autobombe, Sprengstofffalle oder irgendwelchen Querschlägern bei einer Schießerei zum Opfer gefallen.«

Rosa nickte mehrfach, als wollte sie sich selbst ermahnen, nach vorne zu sehen. »Jetzt würde ich gern etwas trinken.«

Er nahm die Drinks vom Tisch und reichte ihr einen davon. Dann stieß er mit seinem Glas an, und der helle Ton von edlem Kristall war zu hören. »Auf unsere Tochter, Katia Lewintschew.« Nicht Grigoris Tochter, *seine* Tochter. Weder Grigori noch Katia hatten es je erfahren. Es war ihm schwergefallen, mit diesem Geheimnis zu leben, aber anfangs hatte die politische Situation es nicht anders erlaubt. Zu groß war seinerzeit das Misstrauen zwischen ihren Organisationen gewesen, als dass sie sich von Grigori hätte scheiden lassen und ihn heiraten können. Später war die Lüge dann notwendig geworden, um das Mädchen zu schützen.

»Wir haben getan, was wir konnten.« Sie lächelte ihm tapfer zu. »Und jetzt erzähl mal, wie dein Treffen mit Ajatollah Gilani lief.«

Eine halbe Stunde später rief Jabari ihn an. »Gute Nachrichten. Mahmoud Issa ist tot. Die Bombe in seinem Büro ging wie geplant in die Luft. Zwar hat unter unseren Leuten keiner etwas gesagt, aber es ist eine neue Ernsthaftigkeit zu spüren. Sie haben begriffen, dass es eine Exekution war – und warum sie erfolgte. Wir werden also mit keinen weiteren Abwanderungsversuchen rechnen müssen. Außerdem habe ich einen Anruf von einem der Kellner bekommen. Er schwört, Greg Roman in dem Nachtklub gesehen zu haben.«

»Denkst du, er war es wirklich?«

»Ich habe Leute hingeschickt, um es nachzuprüfen, aber keiner konnte es mit Sicherheit sagen.«

»Schade. Es wäre schön gewesen, zwei Fliegen mit einer Klappe zu schlagen.«

»Aber bei Courtney Roman sind wir weitergekommen«, erklärte Jabari triumphierend. »Wir haben einen Zusammenstoß mit ihrem Wagen herbeigeführt und sie erwischt. Ein alter Mann saß am Steuer. Ich habe ein Foto von ihm gemacht und es dir geschickt.«

»Warte kurz.«

Al-Sabah wechselte an seinem iPhone die Funktionsebene, sah in seinen E-Mails nach und blickte in das vertraute Gesicht eines zornigen alten Mannes mit einem langen silberfarbenen Pferdeschwanz. Blut lief seine Wange herab. Er wurde vom Airbag eines Wagens eingezwängt und fletschte wütend die Zähne.

Mit einem Fluch öffnete al-Sabah wieder die Verbindung zu Jabari. »Das ist Burleigh Morgan. Irgendwie muss er dem Sprengsatz, den wir in Paris unter seinem Wagen deponiert hatten, entgangen sein.«

»Was sollen wir nun mit ihm und der Frau machen?«

Al-Sabah dachte einen Moment nach und gab dann Anweisungen.

77

Hustend kam Judd wieder zu Bewusstsein. Von der Decke in Mahmouds Arbeitszimmer regnete Gipsstaub. Eine dünne weiße Schicht überzog Bosa und ihn komplett. Aus dem Nachtklub waren kreischende Frauenstimmen zu hören. Irgendjemand würgte. Vor ihnen auf dem Couchtisch lag ein Arm von Mahmoud, von dessen Sehnen und Adern Blut herabtropfte. Über den ganzen Raum verteilt, entdeckte Judd weitere Körperteile. Da die Bombe an der Wand zum Bordell explodiert war, wo sie ein großes Loch in das Mauerwerk gerissen hatte, waren Bosa und er durch die Anrichte und das Sofa vor Schlimmerem bewahrt geblieben.

»Haben Sie noch die Minikamera?«, fragte Bosa.

Judd hob die Hand von seiner Pistole. Da lag die Kamera, die aussah wie ein gewöhnlicher USB-Stick. Er fing sie auf, als sie vom Griff der Pistole rutschte, und steckte sie in die Tasche seiner Jeans. Wenn sie Glück hatten, befand sich darauf eine vollständige Aufzeichnung von dem, was Mahmoud ihnen erzählt hatte. »Klar doch.«

Die beiden Männer sahen einander kurz an, bevor sie sich aufrappelten und aus dem Zimmer eilten, vorbei an Freiern und leicht bekleideten Damen, die vor Schreck noch wie erstarrt wirkten. Der Rausschmeißer stand zwar schon wieder auf den Beinen, wirkte aber noch stark benommen. Er riss die Tür auf und stürmte hinaus. Judd und Bosa folgten ihm.

Draußen herrschte Chaos. Die Menschen drängten schreiend zu den Ausgängen. Judd und Bosa mischten sich in die Menschentraube und wurden sofort von allen Seiten geschoben und gedrückt. Ein stechender Schweißgeruch ging von der verängstigten Menge aus. Und dann bemerkte Judd, dass einer der Kellner ein Flugblatt in der Hand hielt und die Fliehenden aufmerksam musterte.

Judd wandte das Gesicht ab, drehte dem Mann den Rücken zu und bewegte sich weiter in der Masse.

»Ich sehe ihn!« Ein anderer Kellner sah von der gegenüberliegenden Seite Judd direkt ins Gesicht und wedelte mit einem Flugblatt. Sofort begann der Mann, Leute aus dem Weg zu rempeln, um sich zu Judd durchzukämpfen.

»Verdammte Scheiße.« Judd suchte nach einer Lücke in der Menge, um schneller nach draußen zu kommen.

Hinter ihm sagte Bosa: »Ich hab ihn gesehen.«

Judd schaute sich um. Bosa war stehen geblieben, obwohl ihn die anderen in der Schlange beschimpften und anstießen.

Der Kellner hielt den Blick starr auf Judd gerichtet. Aber sobald er sich an Bosa vorbeischieben wollte, versetzte der ihm blitzschnell einen Schlag. Für eine Sekunde trat ein verblüffter Ausdruck in das Gesicht des Mannes, dann brach er bewusstlos zusammen. Bosa fing ihn auf und verstaute ihn unter einem Tisch.

Endlich erreichte Judd den Empfangstresen, wo man ihnen die Waffen hatte abnehmen wollen. Der junge Mann war noch da, von der Menge eingekeilt in seiner Ecke. Einige rangen miteinander, um zu ihren Waffen zu kommen, andere wedelten mit Euro- und Dollarscheinen, um sie zurückzuerhalten.

Judd roch frische Luft. Die beiden Flügel der Eingangstür standen weit offen.

»Judd!« Die Stimme war laut. Sie kam von irgendwo vorne.

In diesem Moment sah er ihn. Hilu Wahid, dem es erstaunlicherweise gelang, über die Kante einer der Türen zu schauen. Polizeisirenen heulten im Hintergrund.

Hilu brüllte: »Judd! *Ya Allah! Ya Allah*!« Mein Gott, mach schnell!

Von dem drängelnden Menschenstrom zusätzlich angeschoben, platzte Judd aus dem Eingang heraus. Hilu kletterte von den Schultern eines Mannes, der aussah, als könnte er auch einen Banktresor stemmen. Hilu selbst war ein etwa eins fünfundsechzig großer, freundlich aussehender, pausbäckiger Mann mit dichten schwarzen Haarbüscheln an den Kopfseiten. Er steckte dem Mann, der ihm als Leiter gedient hatte, einige Dinare zu und bedankte sich höflich.

»Wo ist dein Auto, Judd?« Während er sprach, bewegten sich seine Augen unaufhörlich, überflogen Gesichter, kontrollierten Hände.

Bosa erschien, und Judd stellte die beiden einander vor. Dann marschierten die drei Männer mit dem kleinen Hilu in der Mitte rasch davon.

»Steckst du in Schwierigkeiten?«, wollte Judd von Hilu wissen.

»Das tun wir alle. Ich hoffe, du hast ein gepanzertes Fahrzeug mit reichlich Pferdestärken unter der Haube. Eigentlich wollte ich nur kurz vorbeikommen, um zu sehen, ob zwischen euch und Mahmoud alles geklappt hat. Und auf einmal *rumms*!« Er warf die Arme in die Luft.

Der Abend dämmerte bereits. Die Straßenlaternen in dieser Enklave der Reichen flackerten auf und tauchten die Bürgersteige in gelbliches Licht.

Hinter ihnen trafen Polizeifahrzeuge und Rettungswagen

mit blinkenden Warnleuchten ein. Mittlerweile waren sie aber schon so weit vom Nachtklub entfernt, dass auf den Bürgersteigen und Straßen nur noch der normale Verkehr herrschte. Menschen bummelten an den Geschäften vorbei, gingen einkaufen. In den Schaufenstern war die neueste Pariser Mode ausgestellt.

Hilu schüttelte wütend die Faust in Richtung eines Ladens für Herrenbekleidung, der exklusive Designeranzüge anbot. »Die Regierung steckt voller Diebe. Es ist ekelhaft, wie viele hochrangige Amtsträger und Geschäftsleute sich derzeit die Taschen vollstopfen!« Ein paar Schritte lang murmelte er zornig vor sich hin. »Ein paar der Leute, die aus dem Nachtklub kamen, haben gesagt, dass Mahmoud bei der Explosion umgekommen ist. Stimmt das?«

»Ja.« Judd schilderte, wie die Bombe durch den Stopfen, den Mahmoud heftig in die Karaffe rammte, gezündet wurde.

Hilu schüttelte wütend den Kopf. »Es ist ganz sicher al-Sabah gewesen, der den Auftrag dazu gegeben hat. Al-Sabah hat überall seine Spione. Er muss erfahren haben, dass Mahmoud aussteigen wollte. Man sollte denken, ich wäre inzwischen an so etwas gewöhnt. Ein Toter mehr in der Familie. Schrecklich. Mahmoud hatte eine Frau und sechs Kinder. Und jetzt, da er endlich zur Vernunft gekommen ist und sich von al-Sabah trennen will, stirbt er!«

Sie erreichten ihren gemieteten SUV. Bosa stieg hinter das Lenkrad, Judd auf den Beifahrersitz, und Hilu kletterte in den Fond.

Während Bosa sich in den Verkehr einreihte, nahm Judd das Prepaidhandy heraus und rief sein E-Mail-Konto auf. Da war sie – die E-Mail mit der angehängten Audio/Video-Datei von Mahmoud.

»Hast du es drauf?«, erkundigte sich Bosa.

»Eingegangen ist es. Gleich weiß ich, ob ich es auch herunterladen kann.« Er öffnete den Anhang, und auf dem Bildschirm seines Handys erschien Mahmoud, der seine Zigarette ausdrückt und die Karaffe in die Hand nimmt.

»Willst du mir nicht endlich erzählen, was Mahmoud euch gesagt hat?«, fragte Hilu ungeduldig.

»Das kann er dir gleich selbst erzählen.« Judd reichte Hilu das Smartphone.

Die Stimme des Verstorbenen schallte durch den SUV: »Als der große Abbaside Kalif al-Mansur diese Stadt gründete, nannte er sie Medinat al-Salam, die Stadt des Friedens. Aber wir haben hier seitdem fast ununterbrochen Krieg gehabt …«

Judd drehte sich um. Hilu saß schweigend da, seine Augen hatten einen feuchten Glanz. Die Hand, in der er das Smartphone hielt, zitterte, während er sich anhörte, wie Mahmoud über al-Sabah sprach, über Zahra, Tabrizi und über deren geheime Vereinbarungen mit den iranischen Mullahs. Schließlich explodierte die Bombe. Die enormen Druckwellen des Knalls schienen noch den Wagen zu erschüttern.

Hilu stieß einen langen Seufzer aus und gab Judd das Handy nach vorn.

»Der arme Mahmoud«, sagte Hilu. »Es ist gut, dass du diese Aufnahme hast. Das ist wie sein Vermächtnis, oder? Ich habe mir schon immer gedacht, dass Tabrizi aus uns Klein-Iran machen will. Was die da treiben, jagt mir eine Höllenangst ein. Wenn man sich allein schon überlegt, wie viele Menschen sie umgebracht haben, nur um an diesen Punkt zu kommen!«

Bosa parkte den SUV am Straßenrand. Die nächste halbe Stunde verbrachten sie damit, im Dunkeln zu sitzen und

Telefonate zu führen, um die Leute vor dem unmittelbar bevorstehenden Anschlag zu warnen.

Die erste Person, die Judd anrief, war Kari Timonen, den Leiter des Bagdader CIA-Büros. »Und der Anschlag, erfolgt der vom Boden aus, vom Wasser oder aus der Luft, Judd?« Der Sarkasmus in Timonens Stimme war unüberhörbar.

»Das weiß ich nicht«, gab Judd zu.

»Also nur damit ich richtig verstehe, was du mitteilen willst … Ein irakischer Mietschläger hat dir erzählt, dass einer der geachtetsten Politiker des Landes einen Terrorangriff auf ein unbekanntes Ziel plant, aber eine weitere Überprüfung dieser Information ist nicht möglich, da deine Quelle inzwischen tot ist. Klingt so ein bisschen wie das Massaker in dem Jagdklub in Maryland, das du gesehen haben willst. Das Massaker, von dem sich anschließend nicht die geringste Spur finden ließ. Nun mal im Ernst, Judd. Keiner, der deine letzten Aktionen kennt, wird dir das abnehmen.«

Judd beschlich das ungute Gefühl, dass Timonen mit dieser Einschätzung richtigliegen dürfte.

»Wie wär's denn, wenn du uns einen kurzen Besuch abstatten würdest?«, schlug der CIA-Mann vor. »Ich habe nämlich die Anweisung, dich festzuhalten und zurück nach Langley zu befördern.«

Judd legte auf. Er dachte kurz nach und wählte dann die Nummer seines Kontakts beim militärischen Geheimdienst. Als er dort auf die gleiche Reaktion stieß, versuchte er es bei einem Undercover-Agenten des FBI, der in der US-amerikanischen Botschaft saß.

Schließlich ließ er das Handy sinken. »Ich erreiche nichts«, sagte er Bosa und Hilu.

»Ich habe meine Kontakte informiert«, sagte Bosa. »Vielleicht können sie ja herausfinden, was das Angriffsziel ist.«

»Kontakte heißt wohl ehemalige Auftraggeber, wie?«, fragte Judd.

Bosa zuckte nur mit den Achseln.

»Ich bin nicht zu Ministerpräsident al-Lami durchgedrungen«, berichtete Hilu von seinem Rücksitz. »Ich habe bei seinem Sekretär und seinem Berater Nachrichten hinterlassen. Bei der Armee und der Bagdader Polizei habe ich es auch probiert, aber die erhalten so viele Warnungen und Drohanrufe, dass meine Meldung bloß auf dem großen Stapel gelandet ist.« Er seufzte beunruhigt. »Ich wollte schon ein paar meiner Verwandten anrufen, aber dann könnte al-Sabah davon erfahren. Zwei von ihnen arbeiten für ihn.«

Bosa startete den Wagen und bog auf die Fahrbahn. »Wir müssen al-Sabah finden.«

»Kein Problem.«

Judd und Bosa hörten schweigend zu, wie der Iraker noch ein paar Telefonate führte.

»Ich weiß, wo er ist«, erklärte Hilu endlich. »Im Irakischen Nationalmuseum findet heute Abend eine große Gala zu Ehren der neu gewählten Parlamentsabgeordneten statt. Das Ganze ist zugleich eine Benefizveranstaltung zugunsten des Museums. Beginn ist um 20:00 Uhr. Selbstverständlich werden auch Tabrizi und al-Sabah dort sein – eine so wichtige Veranstaltung können sie sich nicht entgehen lassen –, und Tabrizi soll sogar eine Rede halten. Wollt ihr beide gerne hingehen?«

»Ja«, sagte Bosa. »Ich bräuchte dafür allerdings einen Rollstuhl. Al-Sabah und ich haben lange genug zusammengearbeitet, dass er mich sonst an meinem Gang erkennen könnte.«

Hilu schnaufte. »Sie haben mit al-Sabah zusammengearbeitet? Wer sind Sie wirklich, Mr. Bosa?«

»Für Sie, ein Freund. Können Sie Eintrittskarten, Verkleidungen und alles andere, was wir so brauchen, besorgen?«

»So gut wie erledigt.« Hilu begann wieder zu telefonieren.

»Ich werde Eva mal anrufen«, sagte Judd. »Seit der Nachricht, dass sie einen Hummer verfolgen, haben wir weder von ihr noch von Morgan etwas gehört.« Er gab die Nummer in sein Prepaidhandy ein.

Die hohe Stimme eines kleinen Jungen meldete sich. Judd reichte das Handy mit fragender Miene an Bosa weiter. »Sie ist das nicht. Es ist ein kleines Kind, und ich verstehe sein Arabisch nicht sonderlich gut.«

»*As-salamu aleikum*«, sprach Bosa in das Handy. Auf Arabisch fuhr er fort: »Lass mich bitte mit der Dame reden, der das Telefon gehört.« Es folgte eine Pause. »Dann würde ich gerne mit deiner Mutter sprechen. In Ordnung, mit deiner Tante.« Er gab Judd mit einem Nicken zu verstehen, dass die Tante ans Telefon kommen würde. »Können Sie mir sagen, wo die Dame ist, der das Telefon gehört, das Sie gerade benutzen?« Er hörte zu. »Nein. Ja. Vielen Dank.« Er drückte auf die Stopptaste und zog sein eigenes Handy aus der Tasche.

Sie schwiegen beide und konnten hören, wie Hilu im Fond mit leiser Stimme in sein Handy redete und Absprachen traf.

Schon nach kurzer Zeit klingelte Bosas Telefon. »Ja, ich bin's noch mal. Vielen Dank. Natürlich, behalten Sie die beiden Handys ruhig.«

»Sind Eva und Morgan aufgeflogen?«, fragte Judd, dem der Gedanke die Kehle zuschnürte.

Bosa nickte und schloss die Augen. »Sieht so aus, andernfalls hätten sie uns bestimmt wissen lassen, dass sie die Verbindung kappen. Verdammte Scheiße, es ist einfach nicht zu fassen. Morgan wird wirklich alt.« Seine Augen schnellten wieder auf. »Die Tante war mit ihrem Neffen auf dem Markt vor der Abu-Hanifa-Moschee einkaufen, da hat der Kleine unter einem Obststand die beiden Smartphones entdeckt. Die Handys sind vermutlich auf das Kopfsteinpflaster aufgeschlagen, denn sie sollen ziemlich zerkratzt sein. Die Leute, die Morgan und Eva erwischt haben, müssen die Handys offenbar schnell fortgeworfen haben aus Furcht, wir könnten ihr Signal orten.« Er stieß einen Seufzer aus. »Ich hoffe nur, sie sind noch am Leben.«

Judd schwieg. Eisige Angst um Eva kroch ihm über den Rücken.

»Ich hätte General werden sollen«, verkündete Hilu hinter ihm stolz. »Ich habe soeben ein fantastisches Manöver ausgearbeitet, wie wir auf das Gelände des Museums kommen. Dafür müssen wir allerdings erst das Aussehen von euch beiden verändern, aber ich bin zuversichtlich, dass die Sache klappt.«

78

Der Gestank des Flusswassers stieg Eva in die Nase. Abfall trieb auf der Oberfläche. So viel immerhin konnte sie im Mondlicht und im grellen Schein der Quecksilberdampflampen, die bei einer Raffinerie in der Nähe des Ufers leuchteten, erkennen. Sie saß zum Bug hin auf dem Deck einer Jacht. Ihr Rücken lehnte an einem in den Planken verschraubten Metallpfosten, an dem ihre Hände fest zusammengebunden waren. Die Rippen auf ihrer rechten Seite schmerzten. Sie fluchte innerlich.

»Wir hätten die bescheuerten Airbags im SUV ausschalten sollen.« Morgan war knapp zwei Meter entfernt an einen zweiten Pfosten gefesselt. In dem fahlen Licht sah sein ausgemergeltes Gesicht ganz grau aus.

»Dies ist eine neue Erfahrung, die ich mir liebend gerne erspart hätte.« Sie drehte ihre Handgelenke hin und her in der Hoffnung, das Seil zu lockern, doch sie bewirkte dadurch nichts weiter als aufgescheuerte Haut und einen scharfen Stich im Brustkorb.

Sie verdrängte die unbequeme Lage und betrachtete das Ufer genauer. Da es sich nicht bewegte, lag die Jacht anscheinend vor Anker. Angesichts der Richtung, in der sich der Abfall bewegte, und der Position des Monds lief der Fluss hier von West nach Ost. Flussabwärts strömte der Verkehr über eine Brücke auf den größten Lichtschein im Nachthimmel zu – das Stadtzentrum im Norden. Abgesehen von der Raffinerie waren nirgends in ihrer Nähe Lichter zu sehen.

Dem Lärm nach zu urteilen, den die sechs Iraker an Bord veranstalteten, war das Ufer in diesem Abschnitt nicht nur stockdunkel, sondern auch menschenleer. Drei der Männer öffneten an Deck mit Brechstangen, Hämmern und Äxten große Holzkisten, die sie dann schnell und geräuschvoll entluden. Metallteile schlugen scheppernd auf die Planken. Eva fragte sich, warum die Männer sich die Mühe gemacht hatten, dunkle Kleidung überzustreifen, wenn jeder sie doch schon hören konnte, bevor er überhaupt in Sichtweite kam.

Ein Mann hob kleine Kisten aus dem Ruderboot, das auch Eva und Morgan zur Jacht gebracht hatte. Zwei Männer arbeiteten angestrengt an einem fast zwei Meter langen Etwas, das Eva an ein riesiges Kanalrohr erinnerte.

Sie hatte einen ungehinderten Blick auf die Aktivitäten der Iraker, da das Deck zwischen ihnen und ihr leer war und es außer dem Steuerhaus am Heck keine Masten oder Aufbauten gab. Bei ihrem Eintreffen hatten hier noch stapelbare Stühle, Bänke und ein Dutzend Tischchen gestanden. Sie waren von zwei der Männer rasch auf die andere Seite des Decks geschoben worden, während ihre Kollegen bereits mit dem Öffnen der Kisten begonnen hatten.

»Ein Partyboot«, erklärte Morgan.

Sobald die Kisten geleert waren, teilten sich die Männer in zwei Dreiergruppen und fingen an, irgendwelche Apparate zusammenzusetzen.

»Was machen die da?«, fragte Eva.

»Hast du die langen Rohre bemerkt? Scheint mir, als würden die Iraker schwere Mörser montieren. Wenn ich mich nicht irre, werden das solche Riesendinger, die man an Lkws anhängen muss.«

Kurz darauf half die eine Dreiergruppe der anderen dabei, ein Rohr in eine fast senkrechte Position zu heben. Es überragte jeden der Männer und musste über zwei Meter groß sein. Während sie es aufrecht hielten, befestigten die anderen Teile an den Seiten und dem unteren Ende. Als das Geschütz fertig montiert war, machten sie sich bei dem zweiten an die Arbeit.

»Jetzt sind Sie auch noch Experte für Kriegswaffen«, sagte Eva. »Und ich dachte, Sie würden bloß den Leuten die Kehlen durchschneiden.«

»Die Kehlen schneide ich nur respektlosen Zeitgenossen durch, vergessen Sie das nicht.« Er schwieg einen Moment, wahrscheinlich weil er über Evas spitze Bemerkung nachdachte. »Sagen wir einfach, Mörser sind irgendwann ein Steckenpferd von mir geworden, und sie haben sich auch schon als durchaus nützlich erwiesen. Die Geschütze hier sehen nach 150 oder 160 Millimeter aus.«

Erneut teilten die Iraker sich auf. Während ein paar bei den jeweiligen Mörsern blieben, gingen die anderen zu den noch verschlossenen Kisten und begannen, diese aufzubrechen. Eva sah noch mehr zylinderförmige Gegenstände zum Vorschein kommen, diesmal kleinere, die Steuerflossen besaßen. Die Männer trugen sie zu den Mörsern und stapelten sie dort.

»Strix präzisionsgelenkte Munition«, erklärte Morgan ihr. »Wird von den Schweden hergestellt. Sobald sie in der Luft sind, korrigieren die beweglichen Leitflossen die Flugbahn. Können lasergelenkt oder GPS-gesteuert sein. Fiese Dinger mit enormer Zerstörungskraft.«

»Welche Reichweite haben diese Dinger?«, fragte Eva besorgt.

»Zehn Kilometer bei neutralen Bedingungen, also Windstille. Normalerweise enthält jedes Geschoss zweiunddreißig Einzelsprengkörper. Wenn dies die neuen iranischen Mörser sind, dann können sie bis zu acht Schuss pro Minute abfeuern. Bei einer solchen Frequenz bleibt dir keine Zeit zum Luftholen, und vom Zielgebiet wird nicht viel übrig bleiben.«

»Hat jemand erwähnt, was sie beschießen wollen?« Sie war frustriert, dass sie so wenig Arabisch verstand.

»Sie reden nicht viel. Sie scheinen genau zu wissen, was sie zu tun haben, und spulen es einfach ab. Der mechanische Teil des Aufbaus ist abgeschlossen. Jetzt machen sie sich offenbar an die Elektronik. Am Fuß jedes Mörsers kann man einen Computerbildschirm leuchten sehen.« Eine Minute verging. »Einer von ihnen hat von einer Botschaft gesprochen, aber nicht erwähnt welche.«

»Die Rohre scheinen zur Stadt hin ausgerichtet zu sein, richtig?«

»Scheiße. Einer von ihnen sagt gerade, Ziel sei die US-amerikanische Botschaft.«

»Oh Gott, nein!«

Morgans Miene verfinsterte sich. »Hast du den Bau schon mal gesehen?«Als sie den Kopf schüttelte, fuhr er fort: »Für übertriebene Bescheidenheit waren die Amis ja noch nie bekannt. Das stark befestigte Gelände hat die Ausmaße des Vatikanstaats. Hohe Mauern, Wachtürme, Maschinengewehrstellungen, mehrere Sicherheitsringe, dazu Türen wie vor Tresorräumen. Es gibt über zwanzig Gebäude, einschließlich Wohnanlagen, Turnhallen, Schwimmbädern, Geschäften, Kneipen, Restaurants, dazu Büros, Konferenzräume sowie eigene Strom- und Wasserversorgung und eine Müllanlage. Wenn das nach der teuersten, größten und bestgesicherten Botschaft klingt, die es auf diesem Globus je gegeben hat, dann ganz zu Recht, denn das ist sie.«

»Sind die Mörser Ihrer Meinung nach groß genug, um ernsthafte Schäden anzurichten?«

Er starrte sie an. »Da werden sich zurzeit etwa fünfzehnhundert Menschen dicht gedrängt auf viereinhalb Quadratkilometern aufhalten, und diese Mörser sind so stark, die durchschlagen dicken Stahl wie Butter. Frage beantwortet?«

»Ich denke, wir sollten jetzt besser etwas unternehmen!«

79

Nach und nach füllte sich die riesige, strahlend hell erleuchtete Ausstellungshalle des Irakischen Nationalmuseums mit Menschen. Das Bild unterschied sich drastisch von jenem im Jahre 2003, als sechs Assassinen hier eingedrungen waren, um die Keilschrifttafel zu stehlen. Damals hatte jeder Laut in der Leere widergehallt, und das durch die hohen Fenster einfallende Mondlicht war die einzige Lichtquelle gewesen, das der Düsternis nur wenig anhaben konnte. Ausstellungsvitrinen und Regale waren geplündert worden, und die Reste lagen verstreut auf dem Boden.

Heute Abend erinnerte nichts mehr an diese schreckliche Zeit. Antike Statuen standen auf Marmorpodesten, neue Vitrinen präsentierten die bedeutendsten Fundstücke, und an den Wänden wurde in hohen Glasschränken die glanzvolle Geschichte Mesopotamiens anhand historischer Originale chronologisch veranschaulicht. Das Publikum bestand hauptsächlich aus Abgeordneten des irakischen Parlaments sowie deren Ehepartnern. Daneben waren noch Vertreter des Museums und lokale Würdenträger anwesend und als dritte Gruppe einige ausländische Gäste.

Der Duft von teurem Parfüm zog sich bis zum Eingangsbereich, wo Judd, Bosa und Hilu anstanden und darauf warteten, von den Sicherheitskräften eingelassen zu werden. Von Körperscannern, die versteckte Waffen oder Sprengstoff aufspüren sollten, waren sie bereits durchleuchtet worden.

Keine Waffe zu besitzen bereitete Judd ein äußerst unangenehmes Gefühl. Er sah sich unauffällig um und hoffte, bei Gelegenheit einem der Wachleute die Pistole abnehmen zu können.

Endlich erreichten sie den Anfang der Schlange, wo ein junger Sicherheitsmann mit Clipboard und Filzschreiber stand.

»*Si, yes.* Stimmt alles.« Bosa, der eine Perücke aus krausem, grauweißem Haar trug, fuchtelte wie ein leidenschaftlicher Dirigent mit den Armen herum, während er aus seinem Rollstuhl zu dem Museumswächter aufsah und seinen VIP-Ausweis anhob, damit der junge Mann ihn besser lesen konnte. »Sie sind wirklich sehr hübsch, Seniore Guard. Singen Sie?« Mit künstlichen Einsätzen, die seine Nase breiter wirken ließen, und dunkel tönender Hautcreme auf Gesicht und Händen hatte Bosa sich in eine fiktive Person namens René San Martino verwandelt, einen italienischen Dirigenten. »Wie Ihnen Hilu schon sagte, bin ich Musikdirektor des Chors der Italo-Amerikanischen Kulturstiftung …«

»*Shukran*, Mr. San Martino.« Danke. Er hakte San Martinos Name auf dem Clipboard ab und wandte sich an Judd. »Und wer sind Sie, mein Herr?«

»Ich bin der amerikanische Manager des Chors der Italo-Amerikanischen Kulturstiftung«, gab Judd vor. Sein hellbraunes Haar war komplett abrasiert, sodass er nun eine Glatze hatte. Die Augenbrauen waren schwarz gefärbt und die nussbraunen Augen mithilfe von Kontaktlinsen verdunkelt. Zahnaufsätze ließen seinen Mund größer erscheinen. »Brad Chastain aus Philly, stets zu Diensten. Wir würden uns freuen …«

»*Shukran*, Mr. Chastain.« Der Wachmann fand Judds Deckname auf seiner Liste, hakte ihn ab und winkte Hilu, der als ihr einheimischer Führer angemeldet war. »Sie können hineingehen.« Er bedeutete den nächsten Gästen in der Schlange, nach vorn zu treten.

Hilu schob Bosa in seinem Rollstuhl weiter, und sie betraten die Ausstellungshalle. Judd hörte um sich herum wenigstens vier verschiedene Sprachen, darüber hinaus natürlich Arabisch mit sunnitischem und schiitischem Akzent. Im Raum herrschte inzwischen dichtes Gedränge und eine laute, angeregte Stimmung.

Judd betrachtete prüfend die Örtlichkeit. An der gegenüberliegenden Seite war eine provisorische Bühne aufgebaut worden. An den beiden Seitenwänden hingen etwa auf halbem Weg mächtige Bildschirme, die auch allen weiter hinten Stehenden einen persönlichen Blick auf den Redner ermöglichen sollten. In den Ecken der Halle hatte man in diskreter Höhe Lautsprecher angebracht, aus denen im Moment noch leise arabische Musik strömte.

Bosa richtete den Blick quer durch den Raum. »Hilu, sehen Sie die kleine blonde Frau rechts von uns?« Sie schien Ende fünfzig zu sein. Eine attraktive Frau mit rundlicher Figur, Stupsnase und blonden Haaren. Sie unterhielt sich mit zwei irakischen Frauen. »Sie kommt mir irgendwie bekannt vor«, fuhr er fort. »Wer ist das?«

»Das ist die Frau von al-Sabah«, sagte Hilu. »Ihr Name ist Zahra. Sehr beliebt in der hiesigen Damenwelt. Normalerweise geht sie verschleiert. Ohne Schleier bin ich ihr bislang nur auf Veranstaltungen wie dieser hier begegnet.«

»Zahra«, wiederholte Judd. »Übersetzt heißt das ›Rose‹.«

»Und auf Russisch ›Rosa‹«, ergänzte Bosa. »Nicht zu fassen. Das ist Rosa Lewintschew – Katias Mutter. Ich kenne sie noch von früher.«

Einen Moment lang blickten Judd und Bosa nur stumm.

»Sie müssen sich alle drei hier in Bagdad aufgehalten haben«, sagte Judd. »Seymour, Rosa und Grigori. Warum haben sie es Katia nicht erzählt?«

»Wahrscheinlich wollte Rosa, dass ihre Tochter sie für tot hält«, erwiderte Bosa. »Aber um sicher zu sein, müsste man sie das schon selbst fragen.«

»Und jetzt heißt sie Zahra und ist die Frau von Seymour.« Judd schüttelte den Kopf.

»Folgen wir ihr doch ein wenig, Hilu«, sagte Bosa. »Sie wird uns zu ihm führen.«

Sie orientierten sich nach rechts und blieben stets in Sichtweite zu Zahra, die weitere Freundinnen begrüßte, mit denen sie plauderte, lachte und denen sie vertraulich die Hand auf den Arm legte.

Dann wurde durch einen Spalt in der Menge plötzlich Tariq Tabrizi sichtbar, der sich seinen Weg zur Bühne bahnte.

»Hier halten wir an«, sagte Bosa.

Judd sah, wie er Tabrizi genau studierte.

»Jetzt weiß ich, warum Morgan sich so für Tabrizi interessierte, als wir uns im Flieger die Videos von ihm und Seymour angesehen haben«, sagte Bosa. »Es ist, als würde man einem Gespenst begegnen.«

»Was soll das heißen?«, fragte Judd.

Bosa winkte sie mit dem Zeigefinger näher, und Judd und Hilu gingen neben dem Rollstuhl in die Hocke.

Bosa lehnte sich ihnen entgegen. »Hilu, hören Sie zu, was ich Judd erzähle.« Dann fuhr er fort: »Erinnerst du dich noch an die Sache, mit der alles begann, die Sache mit Saddam und dem Finanzspezialisten, den er anheuerte, um sein Vermögen zu verstecken?« Die Frage war rein rhetorischer Art, und er wartete gar nicht erst auf eine Antwort von Judd. »Dieser Finanzberater teilte die Summe in sechs Einzelbeträge und engagierte fünf weitere Anlageexperten. Von denen verbarg jeder den ihm zugewiesenen Betrag, und nur Saddam und der Chefberater wussten, wo alle Einzelbeträge lagen. Anschließend beauftragte Saddam dann Morgan damit, ein Team von sechs Assassinen zusammenzustellen, die jeweils einen der Finanzleute ausschalten sollten. Und als Seymour darum bat, den Topbanker übernehmen zu dürfen, hat Morgan dem zugestimmt. Später haben alle sechs nach und nach gemeldet, dass sie ihre Aufträge erfolgreich abgeschlossen haben. Dann wurde Saddam hingerichtet, und der Großteil seines Vermögens blieb unauffindbar. Also dachten alle, das Wissen darüber sei mit ihm begraben worden.«

»Es ist nicht *Saddams* Vermögen«, verbesserte Hilu energisch. »Es sind noch immer Milliarden verschwunden, die dem irakischen Volk gehören.«

»Richtig«, sagte Bosa. »Jedenfalls ist dieses Geld nicht länger verschwunden. Tariq Tabrizi kann darüber genauestens Auskunft geben. Bis auf den letzten Dirham, Penny und Euro. Er weiß, wo *alles* liegt.«

Judd sah ihn fragend an: »Was meinen Sie damit?«

»Tabrizi ist der Londoner Finanzberater, der für Saddam die Milliarden versteckt hat«, erklärte Bosa. »Sein richtiger Name lautet Professor Toma Asker. Er war einer der erfolgreichsten Broker unter den europäischen Investmentexperten und Finanzmanagern. Vermutlich hat Seymour ihm geholfen, von der Bildfläche zu verschwinden, statt ihn umzubringen, weil er für sich selbst einen Vorteil darin sah. Wahrscheinlich ging es um einen Haufen Geld und vielleicht auch um die politische Verbindung, die wir zwischen den beiden erleben.«

»Tabrizi will sich mit dem Geld einen neuen Job kaufen und irakischer Ministerpräsident werden«, sagte Hilu.

»Ganz richtig«, pflichtete Judd ihm bei. »Und wir müssen nun überlegen, wie wir ihn bloßstellen können.«

Judd und Hilu richteten sich wieder auf und sahen, wie der US-amerikanische Botschafter gemeinsam mit dem amtierenden irakischen Ministerpräsidenten auf die Bühne stieg. Ihnen folgte Tabrizi, der beiden Männern die Hände schüttelte, bevor sich die drei in einer Reihe dem Publikum zuwandten. Der Botschafter hatte sich zwischen den Regierungschef al-Lami und Tabrizi gestellt, deren gegenseitige Abneigung unübersehbar war. Kameraleute drehten die Szene, Journalisten hielten Aufnahmegeräte hoch oder machten sich Notizen.

Schließlich betrat auch al-Sabah – Seymour – durch einen hohen Türbogen den Raum. Er mischte sich unter die Menge, grüßte und machte hier und da eine kurze Bemerkung. In natura war seine Erscheinung erheblich eindrucksvoller als auf dem Video. Er hatte ein offenes Gesicht, der Bart war kurz gestutzt, und er hielt den Kopf auf selbstzufriedene Art ein wenig zur Seite geneigt. Sein Lächeln wirkte einladend, und tatsächlich schien es alle, die ihn erkannten, sofort zu ihm hinzuziehen. Er strahlte jene charismatische Energie aus, die Menschen in seinen Bann schlug und die sie wünschen ließ, mit ihm zu reden, ihm zuzustimmen und ihm zu folgen.

Unmittelbar hinter ihm trat ein kraushaariger Mann mit Schnurrbart ein, dessen kraftvoll athletischer Gang von reichlich Muskeln und Fitness zeugte. Unter seiner Schulter zeichnete sich eine Beule in seinem Anzug ab, und er ließ den Blick sofort herausfordernd durch den Raum wandern. Das musste al-Sabahs Bodyguard sein. Judd juckten die Finger. Sehnsüchtig dachte er an seine Beretta.

Al-Sabah kam immer näher auf sie zu. Einen Moment

lang war Judd beunruhigt, er könnte Bosa und ihn ungeachtet ihrer Verkleidung erkennen.

Ausgerechnet da vibrierte Judds Handy. *Verflucht.* Er würde sich später um den Anruf kümmern. Er schob die Hand in seine Sakkotasche und schaltete den Vibrationsalarm aus.

Bosa bat Hilu, die Aufmerksamkeit von al-Sabah auf sie zu lenken. Hilu rief al-Sabahs Namen.

Al-Sabah drehte sich um. Als er sah, dass es Hilu war, kam er zu ihm herüber. »Geht es dir gut?«

Sie legten sich die Hände auf die Herzen.

»Sehr gut, vielen Dank.«

Bosa räusperte sich. Hilu stellte ihn al-Sabah vor.

»Wie ich hörte, mögen Sie gute Zigarren«, sagte Bosa zu ihm mit breitem italienischem Akzent. Er hielt zwei Glasröhrchen hoch, in denen dicke Zigarren von kräftig dunkelbrauner Farbe steckten. »Schon einmal eine HMR probiert?«

Al-Sabah starrte auf die Zigarren und erwiderte ehrfürchtig: »Eine Gurkha His Majesty's Reserve.«

»Si, si.« Bosa lächelte ihm verschwörerisch von Feinschmecker zu Feinschmecker zu. »Eine geheime Mischung aus Spitzentabaken aus der ganzen Welt, gerollt in seltene dominikanische Deckblätter von hohem Alter und durchzogen von einer ganzen Flasche Louis XIII, dem edelsten Cognac, den Remy Martin zu bieten hat. Wie Sie sicher wissen, werden nicht einmal hundert Kisten davon im Jahr hergestellt, allerdings sind die Ansprüche dafür eben auch unübertroffen.« Jede Zigarre kostete ungefähr $ 750. Der Carnivore mochte das Beste vom Besten, genau wie Seymour. »Ich hatte das Glück, eine Kiste erstehen zu dürfen, und würde mich freuen, Ihnen eine anbieten zu dürfen. Vielleicht können wir sie ja draußen genießen? Es ist ein solch herrlicher, sternenklarer Abend.«

Al-Sabahs graue Augenbrauen hoben sich erstaunt. Er sah sich um. Der amerikanische Botschafter sprach gerade ein paar einführende Worte über die beiden Kandidaten. Kameras waren auf ihn gerichtet, und Reporter machten sich Notizen. Das Publikum war damit beschäftigt, dem Redner zuzuhören. Zahra hatte sich zu einer großen Gruppe Frauen gesellt.

»Mit Vergnügen«, sagte al-Sabah zu Bosa und schien dies aufrichtig zu meinen. »Hier entlang.« Er ging auf eine Terrassentür zu.

Der Bodyguard folgte ihm durch die Menschenmenge. Hinter ihm kam Bosa, der von Hilu im Rollstuhl geschoben wurde. Judd sah sich noch einmal kurz um und eilte ihnen nach.

80

Die Jacht schaukelte sanft in der Strömung. Die sechs Iraker waren weiterhin damit beschäftigt, die Mörser an Deck betriebsbereit zu machen.

»Ich bin fast durch«, flüsterte Morgan.

»Was?« Eva sah zu ihm hinüber und riss erstaunt die Augen auf. Gleich würde er seine Hände frei haben. »Wie haben Sie …«

Er zischte ihr zu: »Schhh! Starr nicht so rüber.«

Eva blickte wieder zu den Irakern, die ganz auf ihre Arbeit an den Mörsern konzentriert waren.

»Auf Gefangene waren sie nicht vorbereitet«, fuhr Morgan fort. »Deshalb haben sie nur gewöhnliches Seil verwendet. Außerdem sind das keine ausgebildeten Wachleute, daher haben sie mir nicht den Gürtel abgenommen – in dem die Rasierklinge steckte. Ich habe sie herausgezogen und zwischen meinen Fingern versteckt, bevor sie mich fesselten. Wir müssen Bosa und Judd davor warnen, was sie mit der Botschaft vorhaben. Du musst jetzt hier Ärger veranstalten und wenigstens einen von denen dazu bringen herzukommen. Ich werde dir ein paar Beleidigungen auf Arabisch sagen, die du ihnen zurufen kannst. Mit ein wenig Glück wird derjenige, der herüberkommt, eine Waffe und ein Handy dabeihaben. Sobald er dicht genug vor dir steht, trittst du ihm in die Eier, und ich schneide dir schnell die Fesseln durch. Während ich ihn nach einer Waffe durchsuche, siehst du nach, ob er ein Handy hat. Wenn du eins findest, rennst du sofort zum Bug und springst über Bord. Versuch das Handy nicht nass werden zu lassen. Sollte der Kerl kein Handy haben, bleibst du in meiner Nähe, bis wir eins erwischen. Alles verstanden?«

»Warum springe ich am Bug hinaus? Die Seiten liegen doch viel näher.«

»Erstens ist der Bug weiter von ihnen weg, zweitens ist er ausladend und geschwungen, was bedeutet, dass es einen beträchtlichen Überhang geben muss, der dich aus dem Schussfeld bringt. Natürlich musst du dafür so clever sein und direkt darunter bleiben. Also keine gewagten Experimente!« Seine hagere Gestalt stand nun unter Hochspannung. Er nahm noch einmal die Jacht in Augenschein und konzentrierte sich dann auf die Iraker. »Sobald du ein Handy hast, hau ab! Nicht umdrehen und auf mich warten.«

»Und was machen Sie, während ich laufe, telefoniere und Wasser trete?«

»Die Kerle beschäftigt halten.«

»Das ist eins gegen fünf. Da haben Sie keine Chance. Wenn ich auch bleibe, können wir mit ihnen fertigwerden.«

Er sah sie durchdringend an. »Und noch besser wäre es, wenn du mal auf jemanden hören würdest, der solche Dinge schon erledigt hat. Ich werde mit den Irakern schon fertig. Außerdem hat oberste Priorität, dass wir die Warnung an die anderen absetzen können. Das ist wichtiger als mein Schicksal oder deins.«

»Sie sind ein Assassine. Sie töten für Geld. Warum tun Sie das?«

»Ich halte mich bei meiner Arbeit an gewisse Grundsätze. Das heißt auch, dass ich kein Massenmörder bin.«

Eva nickte. »Okay, wie lauten diese Beleidigungen, die Sie mir sagen wollten?«

»Steh auf und schrei so hämisch wie möglich *›ja khorg‹*.«

»Was bedeutet das?«

»›Arschloch.‹ Mach schon!«

Eva schob sich an dem Pfahl hoch, bis sie auf den Beinen stand, und schrie: »Hey, *ja khorg*!«

Die Iraker blickten erst verwundert zu Eva, dann sahen sie einander an. Zwei zuckten mit den Achseln. Dann machten sie sich alle wieder an die Arbeit, so als sei nichts geschehen.

»*Nik imak*«, flüsterte Morgan.

»*Nik imak!*« Die Iraker sahen sie erneut an. »*Nik imak!*«

Morgan flüsterte kichernd. »Das heißt ›Fick deine Mutter‹. Jetzt hast du ihre Aufmerksamkeit. Such dir einen aus und ruf ihm *›mos aire‹* zu. Das ist ›Schwanzlutscher‹.«

Sie wählte den am nächsten Stehenden aus und beugte sich in seine Richtung. »*Mos aire!*«

Der Mann starrte sie an und verschränkte die Arme vor der Brust, als wollte er sich selbst zur Ruhe ermahnen.

»Jetzt versuch *›ibn al kalb‹*«, sagte Morgan. »Das heißt ›Hundesohn‹.«

»*Ibn al kalb*!«, rief Eva dem Mann zu und spuckte aus.

Der Mann drehte sich zu den anderen um, sagte etwas und nickte zu Eva hinüber. Dann kam er auf sie zu.

»*Tfoo ala wishnak*«, sagte Morgan. »Und spuck noch mal aus. Das war eine gute Idee und passt jetzt genau, denn das bedeutet ›Ich spuck dir ins Gesicht‹.«

Eva blaffte dem Mann *tfoo ala wishnak* entgegen und spuckte aus.

Das reichte. Die Augen des Irakers verengten sich zu schmalen Schlitzen. Er griff nach hinten und zog eine Automatik aus seinem Hosenbund. Er ließ sie in der Luft eine halbe Umdrehung vollführen und packte sie am Lauf, um mit dem schweren Griff zuschlagen zu können. Mit gesenktem Blick kam er auf sie zu.

Sie spuckte ein letztes Mal aus. Diesmal trafen ihn ein paar Spritzer.

Sie konnte sehen, wie seine Miene sich verfinsterte, sein Mund schmal wurde. Er kochte vor Wut. Inzwischen war er fast nahe genug. Während er mit seiner Pistole ausholte und einen letzten Schritt machte, stützte sie sich ab, schnellte das Bein hoch und rammte ihm den Fuß in den Unterleib. Es war ein guter, solider Tritt.

Er stöhnte auf, beugte sich vor Schmerz nach vorn und presste die Hände in den Schritt. Grinsend versetzte Eva ihm einen zweiten Tritt an die Kinnlade. Sein Kopf flog zurück, und schon hatte sich Morgan mit der Geschwindigkeit einer Gottesanbeterin auf ihn gestürzt und ihm die Halsschlagader aufgeschlitzt. Anschließend wirbelte Morgan herum und durchschnitt das Seil an ihren Handgelenken, bevor er sich wieder neben den zuckenden Körper kniete, die Pistole ergriff, spannte und über den Sterbenden hinweg zwei Schüsse auf die Männer abfeuerte, die an den Mörsern arbeiteten.

Eva ließ sich auf Hände und Knie fallen und durchsuchte die Taschen des Mannes nach einem Handy.

Verdutzt von Morgans plötzlichem Angriff, dauerte es eine Weile, bis al-Sabahs Männer nach ihren Waffen griffen. Mit seinem dritten Schuss traf Morgen einen in die Brust, der sofort rücklings aufs Deck knallte. Morgans nächste Kugel erwischte einen anderen an der Hüfte.

Die Männer stoben auseinander, wobei einige Richtung Heck stürmten, um am Steuerhaus Deckung zu suchen. Einer sprintete nach Steuerbord und tauchte zwischen den

Stühlen und Tischen ab, während ein weiterer sich auf die Deckplanken warf und nach seiner Waffe tastete. Zu ihm war der Weg am kürzesten. Morgan sprang auf und hatte schon zweimal geschossen, ehe der Mann seine Pistole ziehen konnte. Das Gesicht des Mannes explodierte. Morgan drehte die Leiche auf die Seite und fand die Automatik. Jetzt hatte er zwei Pistolen. Er legte sich flach hinter die Leiche und nutzte sie als Schutzschild.

»Handy gefunden?«, rief er zu Eva zurück.

»Nein!«

»Komm her, ich gebe dir Feuerschutz.« Er schoss auf den Mann, der sich zwischen den Deckmöbeln verbarg, dann auf das erstbeste Ziel, das sich am Steuerhaus zeigte.

Sekunden später lag Eva neben ihm.

»Nimm die hier und schieß auf alles, was sich bewegt.« Morgan reichte ihr eine der Pistolen.

Der unter den Tischen versteckte Iraker feuerte wild in ihre Richtung. Eine Kugel zerschlug die Reling hinter Eva und Morgan, eine zweite bohrte sich vor ihnen in die Planken.

Eva schoss zurück, während Morgan die Leiche drehte und die Taschen abklopfte. Auf Evas zweiten Schuss hin ließ der Mann unter den Tischen die Waffe fallen und umklammerte seinen Oberschenkel. Eva schwang nach rechts und schoss zwei weitere Male, einmal auf einen Mann, der neben dem Steuerhaus hervorsah, und einmal ins Steuerhaus hinein.

»Bingo!« Morgan streckte Eva ein Handy hin. »Mit vollem Akku.«

»Gut.« Sie nahm das Telefon und gab ihm die Waffe zurück.

Er feuerte auf einen Mann, der zu einer der leeren Kisten

lief. Der Schuss verfehlte sein Ziel, und so schoss er noch einmal direkt auf die Kiste, hinter der sich der Mann versteckte. »Und jetzt mach, dass du wegkommst!«

Eva zögerte und legte eine Hand auf seine Schulter. Morgan zitterte. Sein knochiges Gesicht war schweißnass. Sie brachte vor Sorge um ihn kein Wort heraus.

Er drehte sich ihr zu und senkte missmutig die Brauen. »Keine Zeit für Gefühlsduseleien«, bellte er. »Lauf!«

Eva sprang auf und raste im Zickzack die zehn Meter bis zum Heck. Das Herz schlug ihr bis zum Hals. Kugeln schlugen ins Deck und jagten Holzsplitter in die Luft. Mit einer Hand auf der Reling schwang sie sich über Bord. Während sie den linken Arm und die Beine weit abspreizte, reckte sie die rechte Hand mit dem Telefon in die Höhe. Sie knallte hart auf das Wasser auf. Kälte umschlang sie und zog sie in die Tiefe. Für einen Moment wurde es stockdunkel, dann wippte ihr Kopf zurück aus dem Wasser. Sie sah zu dem Handy hoch und stieß ein stummes Dankesgebet aus. Es war fast trocken geblieben.

Sie legte sich auf den Rücken und war mit ein paar Beinschlägen unter dem Bug. Dort hob sie das Handy ins Mondlicht, während sie auf der Stelle schwamm, und erkannte, dass die Symbole auf diesem arabischen Modell sich nicht von den ihr vertrauten amerikanischen unterschieden. Sie wählte Judds Nummer. Es klingelte zweimal, dann meldete sich die Mailbox. Genervt wartete sie auf den Piepton am Ende der Ansage. Über ihr knatterten plötzlich Salven aus einer automatischen Waffe, unterbrochen von weniger schnellen Schussfolgen, die hoffentlich von Morgan abgefeuert wurden.

Mit gehetzter Stimme sagte sie: »Judd, ich bin auf einer Jacht auf dem Tigris. Al-Sabahs Männer bringen gerade mächtige Mörser in Stellung, um damit die US-amerikanische Botschaft zu bombardieren. Sieht aus, als würde es bald losgehen. Ruf nicht zurück.«

Sie dachte einen Moment nach. Die Nummer von Gloria Feit kannte sie auch. Tucker hatte darauf bestanden, dass sie auch diese Nummer auswendig lernte. Beim zweiten Klingeln meldete sich Gloria.

»Gloria, hier ist Eva Blake. Ich bin in Bagdad. Genauer gesagt, bin ich unter dem Bug einer Jacht im Tigris und trete Wasser, während ich mit dir spreche. Irakische Terroristen bereiten sich darauf vor, von der Jacht aus unsere Botschaft unter schweren Mörserbeschuss zu nehmen. Hinter dem Ganzen steckt ein lokaler Politiker namens Siraj al-Sabah.« Sie buchstabierte den Namen. »Bei ihm handelt es sich wahrscheinlich um einen Assassinen, der als Seymour bekannt ist. Burleigh Morgan ist oben an Bord und versucht sie aufzuhalten. Gelingt ihm das nicht, wird die Bombardierung gestartet.« Als über ihr Schüsse knallten, streckte sie das Handy kurz hoch. »Hast du das gehört?«, sagte sie anschließend wieder in das Mikrofon.

»Ja.« Wie erwartet erfasste Gloria rasch die Situation. »Woher soll ich wissen, dass du es wirklich bist, Eva?«

»Judd Ryder und ich sind hier heute Nachmittag angekommen. Frag nicht wie. Bei unserer Abreise lag Tucker in einem Krankenhaus in Maryland mit …«, Gewehrsalven aus automatischen Waffen überdröhnten ihre Stimme, »… einer Kopfwunde. Judd steckt irgendwo in Bagdad, aber ich kann ihn nicht erreichen, um zu helfen.«

»Wo genau bist *du*?«

»Die Jacht ist auf dem Tigris südlich vom Stadtzentrum, westlich von einer Brücke und nordwestlich von etwas, das wie eine Raffinerie aussieht.«

In diesem Moment prasselte über ihr Gewehrfeuer. Eine bogenförmige Serie von Wasserfontänen spritzte im Fluss auf und regnete auf sie herab. Jetzt hatten die Iraker es auf sie abgesehen und schossen nach unten. Es würde nicht lange dauern, bis sie entdeckt war. Eva beendete die Verbindung.

81

Sobald Morgan vom Bug her das heftige Platschen hörte, atmete er erleichtert auf. Merkwürdigerweise hatte keiner der Iraker mehr auf ihn gefeuert, seit Eva über Bord gesprungen war.

Nach kurzer Überlegung kam er zu dem Schluss, dass sie vermutlich automatische Waffen besaßen, die sie nun heraussuchten und luden. In diesem Fall war die Leiche, hinter der er Deckung gesucht hatte, ein höchst ungeeigneter Schutzschild. Er musste die Leute möglichst lange beschäftigen, um Eva genügend Zeit zu verschaffen, alle nötigen Anrufe zu machen. Er sah sich rasch um. Die Tische und Stühle zu beiden Seiten des Decks boten allenfalls notdürftigen Schutz. Das Steuerhaus war zwar besser, lag jedoch deutlich näher zu ihnen als zu ihm.

Dann gab es da noch die Mörser. Oder noch besser, die aufgestapelte Strix-Munition. Wenn er sich dahinter versteckte, konnten die Iraker nicht auf ihn feuern, weil sie befürchten mussten, dass das Zeug in die Luft ging oder zumindest beschädigt und damit unbrauchbar wurde. Grundsätzlich dürfte ein Verschanzen hinter Munitionsbergen seinen Überlebenschancen allerdings eher abträglich sein. Ein erregendes Prickeln durchlief ihn. Armselige Chancen hatten ihn schon immer gereizt.

Er musterte die Granatentürme. Die Iraker hatten zwei Stapel zu je achtzehn Stück gebildet, genug für einen zweiminütigen Beschuss aus zwei Geschützen, der Hunderte Tote und gewaltige Sachschäden zur Folge haben würde. Jeder Stapel war einen knappen Meter hoch und etwa einen halben breit. Für Morgan eine durchaus passable Deckung.

Er schoss noch zweimal auf das Steuerhaus, bevor er über die Leiche sprang, quer über das Deck raste und hinter den näher zum Bug hin errichteten Munitionsstapel hechtete. *Herrgott, tat das weh.* Wilder Schmerz hämmerte in seinen arthritischen Knie- und Fußgelenken. Der Länge nach auf den harten Holzboden zu schlagen hatte sich wie der Frontalcrash mit einem Bulldozer angefühlt. Er wischte sich den Schweiß aus dem Gesicht und massierte den linken Ellbogen.

Gewehrfeuer setzte ein, doch die Kugeln pfiffen über ihn hinweg. Sie zielten absichtlich zu hoch, um die Munition nicht zu treffen.

Ihm war aber auch klar, wie ihr nächster Schritt aussehen würde. Ein paar von ihnen würden weiter über ihn oder links an ihm vorbeischießen, damit er in Deckung blieb. Währenddessen konnten die anderen sich vorschleichen und ihn über den linken und rechten Bootsrand in die Zange nehmen. Wenn sie wirklich clever waren, würden sie sogar mit dem kleinen Ruderboot bis zum Bug rudern und ihn dann von hinten angreifen.

Er schielte um die rechte Seite des Strix-Stapels. Tatsächlich robbte jemand die Seitenwand entlang. Ein schneller Schuss und der Mann sackte in sich zusammen. Damit blieben Morgans Berechnung nach noch drei Männer übrig. Langsam stiegen seine Chancen aufs Überleben. Eine weitere Salve fegte über ihn, nach der er irgendwo links ein Platschen hörte. Wie gerne hätte er jetzt eine Handgranate gehabt! Wieder ein Feuerstoß. Er sah um die linke Seite des

Stapels, dann noch einmal um die rechte. Niemand zu sehen. Noch eine Salve, wohl um die Geräusche der Schwimmer im Fluss zu übertönen. Morgan drehte sich um, sodass er nun mit dem Rücken gegen die Strix-Granaten lehnte. Der Angriff würde bestimmt über die Bordwand erfolgen, und zwar wahrscheinlich von der Steuerbordseite, da ein Schütze vom Bug immer befürchten müsste, die Munition zu treffen.

Wenige Sekunden später griff auf der Steuerbordseite eine Hand nach oben und umklammerte an der Reling einen Pfosten wie den, an dem sie gefesselt worden waren. Morgan zog den rechten Fuß an, um das Bein aufzustellen, legte die Hand mit der Pistole auf das Knie und zielte auf die Finger des Irakers. Kurz darauf tauchte eine Stirn auf. Morgan schoss, die Stirn des Mannes zerplatzte, er flog nach hinten und verschwand.

Im gleichen Moment hatte Morgan das Gefühl, ein Vorschlaghammer würde ihn rechts in den Magen treffen. Er drehte sich um und sah, wie der Mann, der sich zwischen den Deckmöbeln versteckt hatte, erneut auf ihn zielte.

Morgan versuchte, seine Pistole herumzuschwingen, doch sein Arm wollte ihm nicht mehr gehorchen. Der Mann feuerte wieder, und ein wuchtiger Einschlag an seiner Schulter warf Morgan mit der linken Seite zu Boden. Seinen rechten Arm konnte er nicht mehr gebrauchen. Er war wehrlos. Der Mann schrie etwas.

In seiner linken Hand hielt Morgan aber noch die zweite Pistole. Es gelang ihm, den linken Arm so weit zu heben, dass er auf den Laptop zielen konnte, der am Mörser neben ihm angeschlossen war. Er feuerte in den Bildschirm. Hinter ihm schien jemand Richtung Bug zu laufen. Dann wurde am Bug aus einer automatischen Waffe geschossen. Jetzt stand ein Mann über ihm und hielt eine Pistole direkt in sein Gesicht gerichtet. Das Letzte, was Morgan sah, war der Finger des Mannes, der sich am Abzug krümmte.

82

Washington, D. C.

Als die Verbindung abbrach, stand Gloria von ihrem Schreibtisch auf und lief zu Scott Bridgemans Büro. Die Tür war geschlossen. Sie klopfte einmal und öffnete, ohne darauf zu warten, hereingebeten zu werden. Bridgeman telefonierte gerade. Sein jugendliches Gesicht verzog sich bei ihrem Eintreten missbilligend.

»Legen Sie auf«, sagte sie ihm. »Rasch.«

Verblüfft runzelte er die Stirn. Dann beendete er sein Gespräch. »Ich hoffe, Sie haben einen triftigen Grund hierfür, Gloria«, warnte er sie.

»Rufen Sie unsere Telefonaufzeichnungen auf.« Sie deutete auf seine Telefonanlage. »Sie müssen sich die Nachricht anhören, die eben hereinkam.«

Er drückte einige Tasten und spielte das Gespräch über den Lautsprecher ab. Die Aufzeichnung von Evas Nachricht war klar und deutlich, das Gewehrfeuer laut und bedrohlich.

»Verfluchter Scheißdreck.« Er schüttelte den Kopf. »Was halten Sie davon?«

»Gehen Sie kein Risiko ein, Chef. Lassen Sie mich die aktuellen Satellitenbilder anfordern, dann können wir die Jacht orten und sehen, ob sich Mörser darauf befinden.«

Als zentrale Aufklärungsbehörde für die US-Nachrichtendienste war das National Reconnaissance Office für Entwicklung, Bau, Installierung und technische Betreuung aller amerikanischen Geheimdienstsatelliten verantwortlich, während die National Security Agency die Sammlung und Auswertung des ausländischen Funk- und Datenmaterials übernahm. Catapult war mit einer direkten Verbindung zu der Satellitenüberwachung ausgestattet worden. Die Satelliten über Bagdad waren so gut, dass man bei einer mitternächtlichen Pokerrunde hätte erkennen können, welches Blatt die Spieler in den Händen hielten.

Wortlos erhob Bridgeman sich von seinem Schreibtisch und eilte hinaus. Gloria folgte ihm den Flur hinunter zur IT-Abteilung. Stimmengewirr und Tastengeklapper schlug ihnen beim Öffnen der Tür entgegen. Auf den Arbeitstischen, die in akkuraten Reihen angeordnet waren, stand etwa ein Dutzend abgesicherter Computer und Telefone. Wie üblich lagen überall verstreut Getränkedosen, zerknüllte Tüten von Schnellrestaurants und leere Pizzakartons, weshalb auch alles mit dem salzigen Fettgeruch von Fast Food durchdrungen war. Der Raum strahlte eine Atmosphäre konzentrierter Anspannung aus.

Debi Watson, die Leiterin der Abteilung, studierte einen der sechzehn Monitore, die an der gegenüberliegenden Wand hingen. Als sie eintraten, wandte sich die hübsche junge Brünette in dem kurzen schwarzen Rock und pinkfarbenen Pulli sofort um.

»Ja, Sir?«, sagte sie.

»Zeigen Sie mir den Tigris südlich vom Stadtzentrum Bagdads, westlich einer Brücke und nordwestlich einer Raffinerie«, wies Bridgeman sie an.

»Bones Howe, das ist etwas für Sie«, gab sie den Befehl weiter.

Ein junger Mann mit sommersprossigem Gesicht tippte

rasch auf seiner Tastatur, bewegte kurz die Maus und deutete dann auf einen Bildschirm rechts über ihm. »Da haben wir ihn. Der Tigris.«

Auf dem Monitor wand sich der Tigris wie eine Schlange durch Bagdad. Den Angaben Evas folgend, zoomte er näher heran.

»Ich suche nach einer Jacht«, sagte Bridgeman ihm.

Der Ausschnitt auf dem Monitor wechselte ein paarmal, und ein Boot wurde sichtbar.

»Das könnte es sein. Gehen Sie näher ran.« Bridgeman beugte sich zu dem Monitor.

Das Deck des Boots sprang aus dem Bildschirm regelrecht auf sie zu. Zwei Männer waren zu sehen, die an zwei zylinderförmigen Apparaten arbeiteten, die wie Kanonenrohre in den Himmel zeigten. Außerdem waren Tote zu erkennen, die offenbar noch dort lagen, wo sie gefallen waren.

»Danke, Debi.« Strotzend vor Entschlossenheit, wandte Bridgeman sich an Gloria.

»Sie rufen Kari Timonen in Bagdad an«, befahl er. »Ich informiere Langley.«

»Wir sollten ihnen vorsichtshalber sagen, dass Eva und Judd nicht die üblen Schurken sind, für die sie gehalten werden«, sagte sie.

Bridgeman zögerte. Seine Miene verfinsterte sich. Dann nickte er vorsichtig. »Sie haben recht.«

Sie eilten zur Tür hinaus.

83

Bagdad, Irak

Eva ließ das Handy ins dunkle Flusswasser gleiten und schwamm weiter auf der Stelle. Gott sei Dank hatte sie Gloria erreichen können. Sie betrachtete kurz abschätzend das Boot über und neben ihr. Wie tief der Kiel unter Wasser lag, wusste sie zwar nicht, aber wenn es ihr gelang, den Grund des Flusses zu berühren, sollte sie auch unter der Jacht hindurchtauchen können.

Sie atmete stark aus und tief ein und tauchte ab. Nach zwei kräftigen Armzügen bohrten sich ihre Finger bereits in Schlamm. Sie zog die Beine an, um mit den Füßen nach unten zu kommen, und tauchte mit gleichmäßigen Arm- und Beinzügen etwa zehn Meter unter dem großen schwarzen Schatten des Jachtrumpfs hindurch, bis sie wieder Mondlicht durch das Wasser schimmern sah. Sie ließ sich langsam nach oben treiben, wobei sie eine Hand über den Kopf hielt, um auf etwaiges Treibgut vorbereitet zu sein.

Ihre Lungen schmerzten. Die Luft ging ihr aus. Endlich durchstieß ihre Hand die Wasseroberfläche. Sofort hörte sie auf zu strampeln und breitete die Arme aus, um ihren Auftrieb zu bremsen. Fast geräuschlos tauchte sie auf. Sie bezwang sich, nicht gleich heftig nach Luft zu schnappen, sondern atmete stattdessen langsam durch die Nase ein und aus, bis ihr Kreislauf sich wieder beruhigt hatte.

Auf der Stelle schwimmend, drehte sie sich einmal im Kreis. In der einen Richtung lag das südliche Flussufer, in der anderen die Jacht, die sich als schwarze Silhouette gegen den nächtlichen Lichterschein der Stadt abhob. Sie wünschte sich, Morgan irgendwo sehen zu können, und wartete in der Hoffnung, er würde gleich über die Reling springen und zu ihr schwimmen.

Schließlich rollte sie sich auf den Rücken und schwamm mit ruhigen Beinschlägen unter der Wasseroberfläche langsam auf das Ufer zu. Aus größerer Entfernung konnte sie jetzt auf der Jacht zwei Männer erkennen, die an dem näher zum Heck hin stehenden Mörser arbeiteten. Einer war nach vorn gebeugt, wahrscheinlich um die Stützen zu überprüfen, der zweite kam gerade mit einem Laptop auf dem Arm, dessen erleuchteter Bildschirm sein Gesicht in graues Licht tauchte.

Sie schrammte mit dem Hintern über irgendetwas, dann schlug ihr rechter Ellbogen gegen einen Stein. Sie hatte das Ufer erreicht. Rasen und Palmen waren noch knapp zehn Meter entfernt. Sie kletterte über die Steine hinweg aus dem Fluss und rannte in Deckung.

84

Kari Timonen, der Leiter des CIA-Büros in Iraks Hauptstadt, saß auf dem Gelände der US-Botschaft in Bagdaddy's Bar. Das Lokal war der bevorzugte Treff unter CIA-Leuten. Er setzte gerade seinen Gin Tonic ab, als die beiden roten Lichter an den beiden Längsseiten des Raums zu blinken begannen. Synchron mit jedem Aufblinken, ertönte eine dröhnende Sirene. Sofort war er auf den Beinen und rannte zur Tür. Alle anderen im Lokal taten dasselbe.

Es gab zwar gelegentlich Raketenalarm, aber da die ganze Anlage wie ein Bunker gebaut war, beschränkten sich die Folgen in der Regel auf die lästigen Unannehmlichkeiten, die der Alarm mit sich brachte.

Dennoch musste jede Warnung vor einem Angriff ernst genommen werden. Und so hielten sich die Anwesenden beim Aufheulen der Sirenen die Hände über die Ohren und taten, was sie tun sollten, indem sie die Bar verließen und die fünfzehn Meter unter der Erde liegenden bombensicheren Bunkerstollen aufsuchten.

Während sich Timonen mit der Menge nach draußen schob, nahm er sein Handy, um beim Headquarter nachzufragen, was zum Teufel denn los war. Bevor er noch eine Taste drücken konnte, klingelte es bereits. Er nahm das Gespräch an.

Es war Gloria Feit von Catapult. »Notfall, Timonen. Ist der Alarm schon an?«

»Ging gerade los. Was gibt's?«

»Terroristen werden die Botschaft mit Granaten beschießen. Es klingt, als ob sie über irgendwelche neuartigen Mörser verfügen, die auch Stahl durchschlagen.«

Er fluchte. »Wann?«

»Kann jederzeit losgehen.«

»Weißt du, von wo aus der Angriff erfolgt?«

»Ja, von einer Jacht im Tigris, die etwa anderthalb Kilometer südlich von euch liegt.« Sie gab ihm die genauen Koordinaten durch, die er sich einprägte. »Passt auf euch auf.« Sie beendete die Verbindung.

Timonen schob sich weiter mit der Menge und scrollte dabei durch seine Telefonkontakte, bis er Karim Nagi fand. Nagi war sein Verbindungsmann bei der irakischen Luftwaffe, die im militärischen Sonderbereich von Bagdad International ständig drei Apache-Hubschrauber samt Crews in Bereitschaft hielt. Eigentlich sollte Nagis Einheit bereits über die Einzelheiten des bevorstehenden Angriffs informiert sein, sodass Timonens Anruf lediglich als zusätzliche Vorsichtsmaßnahme gedacht war.

Sobald er Nagis Stimme hörte, begann er zu reden: »Oberst, hier ist Kari Timonen. Wir haben einen bestätigten Alarm. Jeden Moment sollen Granaten von einem Boot im Tigris auf Fort Knox abgefeuert werden.« *Fort Knox* war das monatliche Codewort für die US-Botschaft. Er gab die Koordinaten durch. »Noch Fragen?«

Aber der Oberst hatte bereits aufgelegt.

Im zentralen Eingangsbereich des Gebäudes hielt Timonen kurz an und betrachtete den kontrollierten Irrsinn, der entstand, wenn sich Hunderte Menschen zur gleichen Zeit in teils gegenläufigen Richtungen bewegten. Ungeachtet aller Anstrengungen der Botschaft kannte oder erinnerte sich nicht jeder an die Eingänge der Treppenhäuser, die in jedem Gebäude zu den diversen Luftschutzstollen führten. Timonen begann damit, Arme zu packen, Leute umzulenken und sich als Verkehrspolizist zu betätigen.

85

Die feiernde Gesellschaft im Museum war stiller geworden. Die Menschen hielten ihre Teller mit den Büfetthäppchen in der Hand und lauschten Ministerpräsident al-Lami, der über die Leistungen seiner Regierung sprach. Der Regierungschef, ein Mann von mittlerer Größe und moderater Leibesfülle, stand in selbstbewusster Haltung hinter dem Rednerpult. Auf seinen kräftigen Wangen zeichneten sich die üblichen abendlichen Stoppeln ab. Wie allgemein bekannt war, rasierte er sich zwar dreimal am Tag, aber auch das genügte nicht, seinen Bartwuchs völlig unter Kontrolle zu halten. Außerdem sagte man ihm nach, er würde sich nur keinen Bart wachsen lassen, weil er es für unzeitgemäß hielt und er als moderner Staatsmann erscheinen wollte, nicht als irgendein Araber, der eben erst mit zusammengeschnürtem Zelt auf dem Rücken und dem Bart voller Wüstensand von seinem Kamel gestiegen war. Die letzte Bemerkung über Kamele und Wüstensand verübelten ihm natürlich viele Wähler auf dem Land wie in den Städten. Den Aussagen seiner Unterstützer zufolge handelte es sich dabei jedoch nur um eine der unverschämten Lügen, die über ihn in Umlauf gesetzt wurden.

Auf den beiden großen Bildschirmen gab er eine eindrucksvolle Figur ab, und seine geschliffene Rede schallte mit der Klarheit eines perfekten Lautsprechersystems in den Raum. Eigentlich war auch die Videoübertragung von ungewöhnlich hoher Qualität, fand Judd. Da nirgends ein Techniker zu sehen war, der sich um Ton oder Bild kümmerte, musste es irgendwo einen Kontrollraum geben. Während Judd sich noch suchend umschaute, kam ihm eine Idee.

Aber zuerst musste er nachsehen, wer ihn angerufen hatte. Er ging nach draußen. Der Abend war angenehm kühl. Als er Hilu einholte, senkte er seine Stimme und sagte: »Mein Handy hat vibriert. Ich muss meine Nachrichten überprüfen.« Mit lauter Stimme fügte er hinzu: »Sagen Sie Mr. San Martino, ich komme gleich nach.«

»Wird gemacht, Sir.« Hilu nickte und schob Bosa weiter über die breite Terrasse zu ein paar Dattelpalmen, unter denen ein Tisch und eine Steinbank standen.

Judd trat einen Schritt zurück und kontrollierte das Display seines Handys. *Ein entgangener Anruf.* Er tippte weiter und fand eine hinterlassene Nachricht. Rasch blickte er auf. Der Carnivore und Seymour hatten an der Bank angehalten.

Judd kehrte in die Ausstellungshalle zurück. Unaufgeregt schlenderte er hinter dem Publikum her, da bemerkte er, wie ein Kellner auf der Rückseite des Raums an eine Tür klopfte. Durch ein Fenster in der Wand war im Innern ein Mann mit Kopfhörern zu sehen. Die Tür öffnete sich. Judd trat näher und verfolgte, wie der Kellner dem Mann, der an einem Mischpult saß und Regler korrigierte, einen Teller mit Essen reichte. Hier war die Bühnentechnik versteckt.

Kaum hatte der Kellner sich abgewandt, packte Judd die zufallende Tür, steckte den Kopf in den Raum und hielt den Daumen anerkennend in die Luft. »Hervorragende Arbeit!«, sagte er auf Arabisch. Der Raum besaß die Maße einer großen Vorratskammer, und die Übertragungstechnik war computergesteuert. *Perfekt.*

Der Mann hinter dem Pult hob eine Kopfhörermuschel an und sah fragend zu ihm hoch.

»Hervorragende Arbeit!«, wiederholte Judd.

Der Techniker nickte und lächelte kauend. Dann klappte er die Hörermuschel wieder über das Ohr und richtete seine Aufmerksamkeit zurück auf die Regler.

Judd zog sich zurück und trat ein Stück weiter durch eine Tür wieder in den milden Abend hinaus. Hier war es deutlich lauter, da der Museumskomplex zu dieser Seite an die vielbefahrene Verbindungsstraße zwischen Hauptbahnhof und Bankenviertel grenzte. Er nahm sein Handy, trat in die Ecke eines Mauervorsprungs und gab sein Passwort ein.

Wenig später hörte er in seinem Ohr Evas Stimme. »Judd, ich bin auf einer Jacht auf dem Tigris. Al-Sabahs Männer bringen gerade mächtige Mörser in Stellung, um damit die US-amerikanische Botschaft zu bombardieren. Sieht aus, als würde es bald losgehen. Ruf nicht zurück.«

Nicht zurückrufen? So ein Quatsch. Judd drückte auf Rückruf, aber es klingelte nicht am anderen Ende. Alles blieb totenstill. Er versuchte es erneut. Wieder nichts. Er hoffte nur, dass ihr nichts passiert war.

Er lenkte seine Gedanken weg von Eva. Kari Timonen hatte er heute schon einmal angerufen, um ihn zu warnen, und hatte sich nur eine Abfuhr geholt. *Scheißegal.* Er wählte erneut Timonens Nummer. Dieses Mal war besetzt. Er versuchte es ein zweites Mal mit dem gleichen Ergebnis. Frustriert beschloss er, es noch einmal bei Bash Badawi zu probieren. Er fand seine Nummer in der Adressliste und rief in Washington an. Bash meldete sich sofort.

»Hier ist Judd Ryder. Hör mir zu. Ich bin in Bagdad, und die amerikanische Botschaft wird gleich mit Granatwerfern angegriffen.«

»Mensch, Judd«, erwiderte Bash sofort voller Energie. »Da musst du unbedingt mit Gloria reden. Im Moment telefoniert sie, aber ich werde ihr sagen, dass sie dich umgehend zurückrufen soll.«

Die Verbindung wurde getrennt.

Judd unterdrückte seinen Frust über die Verzögerung und ließ den Blick über diesen Teil des Museumsgeländes wandern. Bei ihrer Ankunft waren ihm einige Wachleute aufgefallen, die an der Außenseite patrouillierten. Alle trugen Pistolentaschen an den Hüften, ein paar waren sogar mit Sturmgewehren bewaffnet. Nachdem er den Vibrationsalarm an seinem Handy kontrolliert hatte, schob er es in seine Innentasche und betrachtete die alten Gebäude, die Sandsteinmauern und Türmchen, die Spazierwege. Das gesamte Gelände nahm mitten in der Stadt mehr als vier Hektar ein. In diesem Abschnitt schienen zwei Wachleute auf Kontrollgang zu sein.

Während er beobachtete, wie lange sie für ihre Tour brauchten, vibrierte endlich sein Handy.

»Judd Ryder, wo genau steckst du?«, wollte Gloria wissen.

»In Bagdad, um genau zu sein im Irakischen Nationalmuseum. Es wird hier einen Mörserangriff auf unsere Botschaft geben ...«

»Wissen wir schon. Eva Blake hat mich angerufen, und es sind alle da unten gewarnt. Was habt ihr beide in Bagdad verloren?«

»Das lässt sich jetzt so einfach nicht erklären. Wo steckt Eva?«

»Sie war auf einer Jacht im Tigris. Von dort sollen die Granaten abgefeuert werden. Wir haben das Boot geortet und die Information an die Iraker weitergegeben. Nach meinem Telefonat mit ihr wollte sie sofort ans Ufer schwimmen.«

Gloria versuchte beruhigend zu klingen. »Ich glaube nicht, dass sie in Gefahr ist.«

»Hoffentlich hast du recht.«

Sie verabschiedeten sich rasch.

Judd blieb weiter im Schatten des Mauervorsprungs stehen und behielt die Wachleute im Auge. Einer von ihnen würde gleich wieder an ihm vorbeikommen. Der kräftig gebaute Mann mittleren Alters machte einen bedächtigen Eindruck.

Mit einigen schnellen Schritten löste sich Judd vom Haus und versetzte dem Wachmann einen Fausthieb direkt auf den Solarplexus oberhalb der Magengrube. Der Mann japste pfeifend nach Luft. Durch den Schlag war sein Herz aus dem Rhythmus geraten und sein Herzkreislaufsystem erschüttert.

Bevor der Mann sich erholen konnte, schlug Judd ihm in die Nieren und rammte seinen Schädel mit beiden Händen seitlich auf den Boden. In wenigen Sekunden war alles vorbei. Judd zerrte den bewusstlosen Mann zurück in die dunkle Ecke und nahm ihm sein Pistole ab.

Dann presste er sich erneut mit dem Rücken gegen die Außenwand und wartete auf den zweiten Wachmann.

86

Die Terrasse des Museums war von einem üppigen Blumenbeet umsäumt, die Grünanlage dahinter sorgsam geharkt und gepflegt. Das Bild unterschied sich stark von dem Kriegsschauplatz im Jahre 2003, an den sich der Carnivore noch gut erinnerte. Jetzt, da er Seymour genau dorthin gelockt hatte, wo er ihn haben wollte, spürte er, wie er sich auf die neue Situation einstellte und sowohl die Rolle des San Martino als auch die gewohnte Tarnidentität des Alex Bosa abstreifte. Erleichtert wurde er wieder er selbst: der Carnivore. Einzigartig, arrogant in einer Weise, die typisch war für Menschen, die üblicherweise recht hatten, und die über die Durchsetzungsmacht verfügten, selbst wenn sie sich irrten. Es gab bei ihm da diesen ewigen leidenschaftlichen Zorn, der unmittelbar unter der Haut loderte. Er war sich all dieser Charakterzüge durchaus bewusst und hatte längst aufgehört, daran etwas ändern zu wollen. Älterwerden bedeutete in seinen Augen, zunehmend verschont zu bleiben von den Dämonen früherer Jahre, als er noch unbedingt ein Held sein wollte.

Der Carnivore konzentrierte sich. Er hatte sich mit Seymour auseinanderzusetzen. Mit einer theatralischen Handbewegung hob er das Glasröhrchen, das eine Zigarre enthielt, in die Höhe. »Es ist mir eine Freude, Ihnen dieses edle Stück aus der Neuen Welt zu überreichen.«

Al-Sabah saß auf der Gartenbank, und der Carnivore hatte seinen Rollstuhl im rechten Winkel zu ihm abgestellt. In Höhe ihrer Knie war ein niedriger Steintisch.

Al-Sabah nahm das Röhrchen und betrachtete die Zigarre bewundernd. Dann entfernte er das Siegel, hielt sich das offene Ende an die Nase und saugte genüsslich den Duft ein. Er zog die Zigarre heraus und führte sie der Länge nach unter seiner Nase entlang. »Manche Kunstwerke sind von Dauer, andere wie Ballett, Musik oder eine außergewöhnliche Zigarre existieren nur vorübergehend. Aber in allen Fällen ist es wichtig, den Moment mit ihnen in vollen Zügen zu genießen.«

»Ja, genau. Und dies ist unser Moment.« Der Carnivore reichte ihm einen Zigarrenschneider.

Al-Sabah rollte die Zigarre erst dicht an seinem Ohr, um den Feuchtigkeitsgrad zu prüfen, bevor er das Ende abschnitt. Der Carnivore bot ihm eine Schachtel Streichhölzer an, und al-Sabah zündete die Zigarre an. Ein Ausdruck höchsten Vergnügens trat beim Inhalieren auf sein Gesicht.

Der Carnivore entzündete seine eigene Zigarre. Aroma und Geschmack begeisterten ihn einmal mehr.

»Ich stehe tief in Ihrer Schuld«, sagte al-Sabah. »Das ist ein unvergleichlicher Genuss.«

Schritte näherten sich, und die beiden wandten sich um.

»Ich dachte, sie wären vielleicht hungrig«, sagte Judd. »Da habe ich ein paar Kleinigkeiten vom Büfett mitgebracht.«

Judd wechselte einen kurzen Blick mit dem Carnivore, dann mit Hilu, der daraufhin zwei Teller von dem Tablett nahm und sie zwischen dem Carnivore und al-Sabah auf den Tisch stellte. Die Teller boten eine Auswahl verschiedener Käsesorten, dazu Brot und Schälchen mit kräuterhaltigem Olivenöl.

»Und hier noch Renés Medikamente.« Judd nahm den

Teller mit Warmhaltehaube, der sich noch auf dem Tablett befand, und setzte ihn direkt auf die Oberschenkel des Carnivore.

Der Carnivore zögerte eine Sekunde, dann hatte er verstanden. Getreu seiner Rolle als San Martino lachte er auf und klatschte amüsiert in die Hände. »Die Arzneiration eines alten Mannes elegant aussehen lassen zu wollen ist genauso sinnlos, wie einem Esel goldene Ohrringe anzuhängen.«

Der Carnivore genoss die Situation. Nicht nur die gute Zigarre bereitete ihm Vergnügen, auch dass al-Sabah – Seymour – ihn noch immer nicht durchschaut hatte. Er lächelte seinen Tischnachbar an. »Ich habe einen Freund, dem aus einer unbekannten Quelle eine Nachricht zugegangen ist. Er hat mich gebeten, Sie zu fragen, ob Sie vielleicht wissen, wer diese Quelle ist.«

Der Carnivore rauchte entspannt. Aber ihm entging nicht die leichte Veränderung in Seymours schwarzen Augen.

»Und wer ist dieser Freund von Ihnen?«, erkundigte sich Seymour.

Der Carnivore ignorierte die Frage. »Wie er mir erzählte, hat er Sie das letzte Mal vor über einem Jahrzehnt, zurzeit der Invasion, genau hier auf diesem Gelände gesehen.«

Seymour steckte sich die Zigarre in den Mund und zog daran. Seine gute Laune war verschwunden. Das breite Gesicht mit dem Vollbart war ausdruckslos, der Blick kalt. Der Carnivore konnte die Drohung in seiner Haltung spüren. Zugleich schien Seymour allerdings zu überlegen, wie viel er preisgeben sollte, welche unmittelbare Gefahr »San Martino« überhaupt darstellte.

Seymour blies Rauch aus. »Worum ging es denn in dieser Nachricht?«

»Es ging um ein wertvolles archäologisches Fundstück – eine Keilschrifttafel, wurde mir gesagt.«

Seymour erhob sich. »Ich weiß nichts von einer Nachricht über einen solchen Gegenstand. Ihr Freund muss sich geirrt haben.«

Der Carnivore sah zu ihm hoch. »Mein Freund ist sich sicher, weil außer ihm und Ihnen nämlich, wie er mir erzählte, niemand mehr übrig ist von damals, und er selbst kann es ja nicht gewesen sein.«

Seymour musterte ihn nachdenklich. Sein Blick verriet, dass er langsam, aber sicher begriff.

Der Carnivore riss die Haube vom Teller auf seinem Schoß, packte die Beretta 9 mm und richtete sie auf Seymour.

Seymour schloss die Augen für einen langen Wimpernschlag, um seine Überraschung zu verbergen.

»Judd«, sagte der Carnivore. »Seymours Bodyguard.«

Aber Judd war bereits auf dem Weg zur Tür, wo der Bodyguard stand. Der Körper des Carnivore schirmte im Moment noch die Waffe vor den Blicken des Wachmanns ab. Aber das würde nicht lange so bleiben.

»Hilu«, sagte der Carnivore. »Sie sollten sich die Waffe des Bodyguards einstecken.«

Hilu nickte und lief Judd hinterher.

Ohne den Blick von der Beretta des Carnivore zu lösen, wich Seymour einen Schritt zurück und bereitete sich vor, einen zweiten zu machen.

»Stopp!« Als Seymour stehen blieb, erklärte der Carnivore in nüchternem Ton: »Entschuldige, aber außer dir und *mir* ist niemand mehr übrig.«

Plötzlich warf Seymour den Kopf in den Nacken und lachte schallend. Dann musterte er den Carnivore aufmerksam.

Ein kühl berechnender Ausdruck huschte über sein Gesicht. Er deutete auf den Rollstuhl. »Bist du wirklich ein Krüppel, oder ist das nur einer deiner Tricks?«

***

Eva war mit ihren Kräften fast am Ende. Triefend nass rannte sie zu den Palmen hinüber und ließ sich hinter einen Stamm fallen. Sofort sah sie zur Jacht zurück, und genau in diesem Moment erfolgte am hinteren Mörser ein gewaltiger Feuerstoß. Ein blendend heller Lichtstrahl schoss über die Jacht, und vom Flussufer hallte ein mächtiges Donnern wider.

Wenig später stiegen am nördlichen Horizont ein feuerroter Lichtball und eine riesige Rauchwolke auf. Der Explosion folgte das Geräusch einer in der Ferne detonierten Bombe. Der Mörser hatte eine Granate abgefeuert, die etwas Großes getroffen haben musste. So wie sie von hier den Einschlagort abschätzen konnte, dürfte es sich um eines der Botschaftsgebäude gehandelt haben. Niedergeschlagen verfolgte sie, wie die nächste Strix abgefeuert wurde.

87

Seymours Bodyguard sah nur sporadisch zu seinem Boss hinüber, und wie bei den patrouillierenden Wachleuten nutzte Judd auch hier das Überraschungsmoment. Der Mann hatte zwar ein kräftiges, jugendliches Gesicht, aber seine halbgeschlossenen Augen verrieten, dass er sich inzwischen langweilte.

Mit einem entwaffnenden Lächeln auf den Lippen ging Judd auf ihn zu und schlug ihm die Faust auf den Solarplexus. Während der Mann japste, versetzte Judd ihm einen Handkantenschlag an den Hals, der die Blutzufuhr einige entscheidende Sekunden lang unterbrach. Er fing den bewusstlosen Mann auf, bevor er auf den Boden fallen konnte, und zerrte ihn hinter einen Busch.

»Mensch, Judd, du kannst einem ganz schön Angst einjagen«, sagte Hilu, der ihn beobachtet hatte. »In einem Moment läufst du rum und unterstützt Grundschulen, und im nächsten schlägst du Leute k. o. Was soll man davon bloß halten?«

»In diesem Fall, einfach nicht darüber nachdenken.« Judd reichte ihm die Pistole des Bodyguards.

Ein heller Lichtschein flammte im Süden am Himmel auf, gefolgt vom dröhnenden Knall einer Explosion.

Hilu schüttelte wütend seine Faust in Richtung des Qualms, der sich über die Lichter der Stadt erhob. »Sie starten ihren großen Angriff!«, rief er aufgebracht. »Wir müssen allen die Wahrheit über al-Sabah und Tabrizi erzählen!« Er rannte auf den Eingang des Museums zu.

Judd eilte ihm hinterher und packte ihn am Arm. »Warte. Du willst sie bloßstellen, aber lass es uns so machen, dass die Leute uns auch vertrauen. Steck die Pistole weg und komm mit.« Judd schob die Beretta unter seinem Jackett in den Hosenbund.

Eine weitere Granate explodierte und erschütterte die Nacht. Sie traten in die Ausstellungshalle. Viele der Anwesenden waren zu den Fenstern gerannt und sahen nach draußen. Ihre Gesichter waren aschfahl. Inzwischen sprach Tabrizi mit laut schallender Stimme. Die hoch hängenden LED-Wände zu beiden Seiten des Raums zeigten überlebensgroß sein Bild. »Wie ich soeben erfahren habe, wird gerade die US-Botschaft mit Granaten beschossen, und dahinter stecken die Sunniten. Immer sind es die Sunniten, die uns einzuschüchtern versuchen, die uns Angst einflößen wollen, damit wir nicht wählen gehen und sie uns in die Zeiten Saddams zurückführen können.«

Mit Hilu im Schlepptau schob sich Judd durch die Menge, hielt unvermittelt am Büfett, wo er einen Teller mit gezuckerten Feigen mitnahm, und eilte dann weiter auf die Rückseite des Raums zu.

Das Publikum hatte sich jetzt wieder von den Fenstern abgewandt und hörte Tabrizi zu, der voller Leidenschaft weiterredete. »Der Ministerpräsident mag ehrenwerte Absichten verfolgen, aber er ist unfähig, die Gewalt einzudämmen oder zu beenden. Allein die Tatsache, dass die Sunniten derart dreist die Amerikaner bombardieren, zeigt doch schon, wie weit sie für ihre Ziele zu gehen bereit sind. Laut internationalem Recht stellt der Angriff auf eine ausländische Botschaft einen kriegerischen Akt dar. Wollen die Sunniten die

Amerikaner dazu provozieren, erneut in unser Land einzumarschieren, oder leben sie einfach in der Vergangenheit und suchen gewalttätige Auseinandersetzungen, die in der Gegenwart nichts mehr verloren haben? Geben Sie mir Ihre Stimme, und ich werde unser Land vor jedem schützen, der Ihnen Schaden zufügen will!«

Draußen auf der Terrasse vor dem Museum warf der Carnivore einen kurzen Blick nach Süden, wo am Himmel ein dritter gleißender Lichtschein aufleuchtete, dem sofort das Donnern eines weiteren Einschlags folgte. »Deine Granatwerfer scheinen ihr Ziel gefunden zu haben, Seymour. Gratuliere. In großer Stückzahl zu töten hat dir schon immer gefallen.« Der Carnivore erhob sich geschmeidig aus dem Rollstuhl.

Seymour beobachtete ihn. »Scheiße.«

»Ja. Pech für dich. Ich bin nicht gelähmt. Und deshalb werden wir beide jetzt auch einen kleinen Spaziergang unternehmen. Dreh dich um und leg die Hände hinter den Rücken. Lass sie dort, wo ich sie sehen kann, dann steig die Stufen hinunter und bieg nach links.«

Seymour bewegte sich nicht. »Was willst du?«

»Nicht dich umbringen, zumindest noch nicht. Aber wenn du nicht tust, was ich von dir verlange, werde ich diesen Punkt noch einmal überdenken.«

Seymour drehte sich zögernd um, legte die Hände hinter dem Rücken zusammen und stieg die Stufen hinab zu einem mit Steinplatten ausgelegten Weg.

Wieder blitzte es auf, und es waren weitere Explosionen zu hören.

Als sie von der Terrasse aus nicht mehr gesehen werden konnten, befahl der Carnivore: »Anhalten. Beug dich vor und streck die Hände hoch.«

Seymour begann die Hände voneinander zu lösen.

Umgehend korrigierte ihn der Carnivore: »Die Hände zusammen lassen. Weiter vorbeugen.«

Seymour brummte irgendetwas vor sich hin, folgte aber den Anweisungen. Weit vornübergebeugt und die Arme nach hinten ausgestreckt, sah er aus wie ein Schwimmer auf dem Startblock.

Der Carnivore hob Seymours Sakkoschöße an, und eine Pistole kam zum Vorschein. Er nahm sie an sich und tastete den Rest des Körpers ab. Es war die einzige Waffe. »Du kannst dich wieder aufrichten, aber behalte die Hände schön da, wo sie sind.«

Seymour gehorchte.

Sie gingen weiter. Hinter einem Nebengebäude bogen sie um die Ecke in eine der schmalen Straßen auf dem Museumsgelände. Hier konnte sie endgültig niemand mehr von der Terrasse oder der Ausstellungshalle aus sehen.

»Du hast gefragt, was ich will«, sagte der Carnivore zu ihm. »Ich will diese Aufstellung, die du an Nachrichtenbüros und Blogs schicken willst. Ich will den *Killerkatalog*.«

Von den Palmen am südlichen Flussufer aus beobachtete Eva mit Entsetzen die Feuerbälle und den Qualm über der US-Botschaft. Dann hörte sie ein neues Geräusch. Es war ein immer lauter werdendes hohes Schwirren. Tief am Horizont wurden drei dunkle Punkte größer und größer. Apache-Hubschrauber. Plötzlich schossen gelbweiße Lichtstrahlen aus ihnen heraus. Vermutlich wärmesuchende Geschosse, dachte sie. Die Hitze des Mörsers würde sie wie ein Magnet anziehen.

Bevor sie noch Luft holen konnte, platzte die Jacht wie eine Eiterbeule auf und schleuderte Flammen, Holzteile und zerfetztes Metall in die Luft. Eine Weile regnete es lodernde Trümmer vom Himmel, die auf den Fluss, das Ufer und auch die Palmwedel über ihrem Kopf einprasselten.

»Morgan!«, schrie sie. »Morgan!« Sie schlang fest die Arme um ihren Oberkörper. Sie kannte die schreckliche Wahrheit. Das Inferno da draußen auf dem Fluss konnte unmöglich jemand überlebt haben.

Im Museum öffnete Judd die Tür zum Kontrollraum, wo der Techniker neben einem breiten Steuergerät voll blinkender Lichter und Digitalanzeigen stand. Sie traten gemeinsam ein, und Hilu schloss hinter ihnen die Tür.

Der Mann, der gerade durch das kleine Fenster auf die Feier hinausgesehen hatte, drehte sich um. Er streifte den Kopfhörer ab und blickte auf die gezuckerten Feigen.

Judd reichte ihm den Teller und sagte auf Arabisch: »Wir dachten, Sie hätten vielleicht Hunger.«

Mit einem Nicken stopfte sich der Techniker zwei Feigen in den Mund.

Judd nahm den USB-Stick heraus, auf dem er am Mittag das Gespräch mit Mahmoud aufgezeichnet hatte, dem Barbesitzer, der bei dem Bombenanschlag auf sein Büro ums Leben gekommen war. »Sie müssen für uns diese Videoaufzeichnung über Ihre Anlage abspielen.«

Hilu gab ein freudiges Glucksen von sich. »Au ja, das ist gut, Judd. Die Idee finde ich super.«

Doch der Techniker schüttelte den Kopf. »Das kann ich nicht machen. Sie stehen nicht auf dem Programm.«

Seufzend zog Judd seine Beretta aus dem Bund und verdeutlichte so seinen Wunsch: »*Spiel es!*«

88

Gemeinsam mit anderen Gästen hatte Zahra sich an die Fenster gestellt und die Bombardierung verfolgt. Nach all der Vorarbeit, den langwierigen Planungen genoss sie jetzt die aufschießenden Flammen und quellenden Rauchpilze. Als der Beschuss frühzeitig abbrach, ahnte sie schon, dass etwas geschehen war. Womöglich hatte das Militär die Jacht gefunden und zerstört. Diese Gefahr war nie völlig auszuschließen gewesen.

Sie mischte sich wieder unter die Gäste und behielt dabei Augen und Ohren offen. Die Leute sprachen aufgeregt miteinander.

»Tabrizi hat recht«, sagte einer.

»Die Gewalt ist heute schlimmer als früher«, stimmte ein anderer zu.

»Die Sunniten müssen aufgehalten werden. Sonst sorgen sie noch für einen neuen Krieg!«

Jemand betete laut: *»Allah yustur min bachir.«* Möge Allah mich bewahren vor allem Übel, das der morgige Tag bereithält.

Sie lächelte stumm vor sich hin. Die Pläne ihres Mannes gingen wie erhofft auf. Sie wollte ihm gerne dazu gratulieren. Wo steckte er? Sie sah auf die Bühne. Der amerikanische Botschafter eilte die Stufen hinunter und sprach dabei in sein Handy. Der Ministerpräsident erteilte zwei Assistenten lautstark Anweisungen.

Tabrizi war auf den Boden gesprungen und beruhigte verängstigte Anhänger. »Alle Gesetze haben ihren Ursprung in Allah. Denkt an den bewaffneten Kampf, den Mohammed gegen seine Feinde führen musste, an all das Blut und die Toten. Feinde des Islam gibt es noch immer. Und so wie Mohammed von Allah die Erlaubnis zu kämpfen erhielt, so ist es auch uns erlaubt, gegen all jene Krieg zu führen, die dem Islam Schaden zufügen.«

Diese Lesart des Koran diente Tabrizi wie ihrem Mann als Richtschnur im Leben, und niemand vermochte diese Auslegung für ungültig erklären, da es keine allgemein anerkannte islamische Hierarchie gab, keinen muslimischen Papst und keine Exkommunizierung von Ketzern.

Sie setzte ihre Suche nach ihrem Mann fort. Gesehen hatte sie ihn schon eine ganze Weile nicht mehr. Jetzt wurde die Lautsprecheranlage wieder eingeschaltet, und auf den beiden Bildschirmen an den Seitenwänden erschien eine riesig wirkende Version von Mahmoud Issa, einem Angestellten ihres Mannes. Fragend sah sie in die Gesichter der Umstehenden, die aber ebenso verwirrt schienen.

Die Stimme eines Mannes sagte aus dem Off: »*Erzählen Sie uns, warum Sie rauswollen*?«

Mahmouds tief liegende Augen nahmen einen traurigen Ausdruck an, und er antwortete: »*Weil al-Sabah zu weit gegangen ist. Als ich anfing für ihn zu arbeiten, war ich jung und zornig und wollte meinem Land helfen …*«

Rasch blickte Zahra sich um. Die Leute waren stehen geblieben, um den gigantischen Mann auf dem Bildschirm über ihnen zu beobachten, der furchtbare Sachen über ihren Ehemann zu erzählen begann. »*Endgültig fest stand mein Entschluss, als al-Sabah einen meiner ältesten Freunde umbrachte, nur weil der sich in ein Mädchen verliebt hatte, deren*

Vater für die Opposition arbeitete – für den Ministerpräsidenten …«

Zahra bahnte sich mit den Ellbogen einen Weg durch die Menge. Sie musste den Kerl finden, der diese Aufzeichnung von Mahmoud abspielte, und der Sache ein Ende bereiten.

»*Es ist nicht nur al-Sabah*«, fuhr die Stimme fort, »*sondern auch seine Frau Zahra und Tariq Tabrizi … All dies dient nur dem einen Ziel: Sie sind entschlossen, den Irak und den Iran zu einer Nation zu vereinigen. Sie nennen es die Union der Schiitischen Staaten …*«

Bislang hatten die Menschen um sie herum nur leise gemurmelt. Jetzt waren sie wütend oder besorgt und sprachen kopfschüttelnd in erregtem oder ungläubigem Ton miteinander.

Jemand deutete mit dem Finger auf sie, als sie vorbeilief. »Da ist sie ja! Das ist Zahra, die Frau von al-Sabah!«

Hinter ihr hörte sie Tabrizi etwas schreien. Sie verstand nur die Worte *Schwindel* und *meine Feinde*.

Die Tür zum Kontrollraum war geschlossen. Sie drehte den Knauf und zog sie auf. Aus dem Innern blickten ihr drei Männer entgegen.

»Schaltet den Mist aus!«, verlangte sie.

»Nein, Rosa«, erklärte der groß gewachsene Mann kopfschüttelnd. »Das Video läuft durch bis zum Ende. Und Sie wissen genau, wie es endet, hab ich recht? Ich habe schon eine Menge von Ihnen gehört, Rosa Lewintschew. Und über Seymour natürlich. Das mit Ihrer Tochter Katia tut mir leid …«

Rosa. Seymour. Katia. Woher kannte er all diese Namen? Wo war ihr Mann? Sie hatte Angst um ihn. Womöglich brauchte er Hilfe. Sie musste ihn finden. Sie drängte sich zu den Terrassentüren durch.

Als er sah, wie Rosa davonrannte, sagte Judd zu Hilu: »Ich muss ihr nach.« Er sprang durch die Tür, schlängelte sich durch das Menschengedränge und hörte seine eigene Stimme über ihm sagen: »*Wann ist der Anschlag? Ich brauche alle Details.*«

Judd stand der schreckliche Augenblick noch lebhaft vor Augen.

Da er die meisten der Anwesenden überragte, konnte Judd schnell Zahra ausmachen, die sich gerade an der Terrassentür noch einmal umdrehte und zu der Aufzeichnung hinaufsah. Judd ging auf sie zu.

»*Schon heute Abend*«, sagte Mahmoud und rammte den Stopfer zurück in die Kristallkaraffe.

Ein gewaltiger Knall war zu hören. Der Schrank unter der Karaffe explodierte. Das Video war zu Ende. Zahra rannte hinaus. Und Judd folgte ihr.

Kari Timonen stieg aus dem Bunker unter der US-Botschaft nach oben und trat aus dem Gebäude. Die Sirenen hatten bereits Entwarnung gegeben. Über sein gesichertes Diensthandy rief er die Nachricht ab, dass irakische Hubschrauber die Jacht, von der aus die Granaten abgefeuert worden waren, pulverisiert hatten.

Während er auf den ersten vorläufigen Bericht über Verletzte und die entstandenen Sachschäden wartete, ging er weiter und sah sich um. Braune Rauchwolken hüllten die Gebäude ein. Die gepflegten Grünanlagen waren von Kratern zerrissen. Palmen lagen entwurzelt und gespalten auf dem Weg. Scheiben aus Sicherheitsglas waren zerborsten, und Betonbrocken lagen überall verstreut auf dem Boden. Lastwagen, Autos und einige der Nebengebäude standen in Flammen. In der Luft lag der Gestank von brennendem Öl.

Endlich traf der erste Bericht ein. Es gab zahlreiche Verletzte, aber bislang keine Todesopfer. Die Warnung war so rechtzeitig erfolgt, dass die meisten Leute in der Lage gewesen waren, die Schutzräume aufzusuchen. Er wollte sich gar nicht erst vorstellen, wie schlimm die Sache ohne den Alarm ausgegangen wäre.

Ansonsten schienen dem Bericht zufolge alle zentralen Versorgungssysteme wie Wasser, Strom und Kanalisation auf dem Gelände zu funktionieren. Timonen atmete erleichtert auf. Die hohen Gebäude um ihn herum standen alle noch, allerdings hatten die Ingenieure bei ihrem Bau die fortschrittlichsten Stahlbetontechniken verwand. Die US-Botschaft in Bagdad wurde schließlich nicht umsonst *Festung Amerika* genannt.

Die Atmosphäre zwischen dem Carnivore und Seymour war bis zum Zerreißen gespannt. Noch immer standen sie auf dem mit Platten ausgelegten Weg zwischen den Museumsgebäuden, wo der Carnivore seine Waffe auf den Rücken von Seymour gerichtet hielt.

»Ich werde dir mal sagen, was *ich* möchte.« Seymour drehte sich langsam um und hob dabei seine Hände, damit der Carnivore sehen konnte, dass sie leer waren. »Ich möchte Teil der neuen irakischen Regierung sein. Aber der Padre, Eli Eichel, Morgan, Krot und du, ihr alle hättet mich auffliegen lassen können. Also um deine Frage zu beantworten – es gibt überhaupt keinen *Killerkatalog*. Mir genügte schon, mit der Existenz zu drohen, um euch dazu zu bringen, das Ding unbedingt haben zu wollen. Und was die Keilschrifttafel betrifft, die hätte ich natürlich gerne, wenn sie zu einem Schatz führt. Aber meinetwegen kannst du die Tafel haben. Sie gehört dir. Meine Teile schenke ich dir. Du musst bloß verschwinden und vergessen, dass ich noch am Leben bin.«

»Schwachsinn.« Es gab diesen *Killerkatalog* überhaupt nicht? Der ganzen Tour von Washington nach Bagdad mit all ihren Strapazen und Gefahren lag nichts anderes zugrunde als Seymours bescheuerter Traum von einer politischen Karriere? »Vermutlich wirst du mir gleich auch noch erzählen, dass du in die Fußstapfen von Mutter Teresa zu treten beabsichtigst. Ich weiß alles über den Feldzug, mit dem du Tabrizi zum Posten des Ministerpräsidenten verhelfen willst. Was schätzt du, wie viele Iraker du auf diesem Weg bereits umgebracht hast? Eintausend, zweitausend oder mehr? Und dann dein Plan, den Irak mit dem Iran zu einem Land zu vereinigen. Dafür dürfte der Preis an Menschenleben noch einmal erheblich höher ausfallen, würde ich sagen. Und zu guter Letzt war es natürlich verdammt clever von dir, Toma Asker am Leben zu lassen und ihn in den Superpolitiker Tariq Tabrizi zu verwandeln. Wie viele von Saddams Milliarden hat er dir dafür gegeben?«

Jetzt war es Seymour, der ein verblüfftes Gesicht machte. »Meinen Lohn erhalte ich, wenn *Tabrizi* zum Ministerpräsidenten gewählt ist.«

»Soll das heißen, dass du keine Ahnung hast, wo Saddams Geld ist?«

»Natürlich nicht. Alle Antworten darauf stecken in Tabrizis Kopf.« Nach kurzem Zögern fuhr Seymour fort: »Als ich herausfand, dass er auf der Liste von Zielpersonen, die Morgan von Saddam bekommen hatte, der federführende Banker war, bat ich darum, auf ihn angesetzt zu werden. Ich habe seinen Tod vorgetäuscht und neue Identitäten besorgt …«

In diesem Moment hörte der Carnivore vom anderen Ende des Gebäudes erst Stimmen und dann Schritte.

Seymour brüllte: »Wache, zu Hilfe!«, machte einen Hechtsprung nach rechts, kugelte sich zweimal auf dem Boden, rappelte sich auf und sprintete zu einer offenen Tür in einem Gebäude links vom Carnivore.

Die beiden Wachleute, die um die Ecke kamen, hoben ihre Waffen, und der Carnivore feuerte zweimal kurz hintereinander. Die Männer taumelten zurück und fielen, während er bereits in das Haus rannte, in dem Seymour verschwunden war.

Er befand sich in der assyrischen Halle, in der er vor über zehn Jahren gemeinsam mit den fünf anderen Assassinen die Keilschrifttafel gefunden hatte. Erinnerungen schossen ihm durch den Kopf. Was für eine Ironie, dass er nun wieder durch dieselben Gänge lief. Immerhin gab es heute mehr Licht als damals nur mit den Taschenlampen, denn alle zehn Meter leuchtete ein schwaches Notlicht und tauchte alles in lange Schatten.

Er lauschte in den Raum hinein. Vom anderen Ende des Korridors waren leise Schritte zu hören. Der Carnivore sprintete bis zur Ecke, woraufhin das Geräusch abbrach.

»Freut mich, dass du hier bist, Alex«, rief Seymour. »Da können wir eine kleine Feier veranstalten.«

Der Carnivore hatte noch immer Seymours Pistole. Mit der rechten Hand schob er sie ein paar Zentimeter über die Ecke hinaus. Ein Schuss schleuderte sie zurück, womit diese Frage beantwortet wäre – Seymour hatte sich irgendwie eine zweite Waffe besorgt.

»Das war dämlich«, rief Seymour ihm zu. »Dachtest du wirklich, ich käme unvorbereitet?«

Der Carnivore lehnte sich mit dem Rücken gegen die Wand, nahm einen kleinen Spiegel aus seiner Hemdtasche und klappte ihn auf. »Wo hattest du denn die Waffe versteckt, du kleiner Dreckskerl?«, fragte er, während er den Spiegel zur Decke hob und so drehte, dass er in den abgehenden Flur sehen konnte. Sofort riss er den Spiegel wieder zurück. Er hatte Glück: Direkt hinter der Ecke standen zwei knapp ein Meter hohe Holzkisten nebeneinander, jede von ihnen eins fünfzig breit. Seymour hockte hinter der letzten und war bis zu den Schultern zu sehen gewesen, wie er selbstsicher mit einer kleinen Pistole auf die Stelle zielte, an der er mit dem Auftauchen des Carnivore rechnete. Die Kisten machten einen soliden Eindruck. Sollten sie allerdings gefüllt sein, waren sie zu schwer, und sein Plan würde scheitern. Einfach zu bleiben, wo er war, würde ihm allerdings auch nicht weiterhelfen.

»Das ist eine hübsche kleine Knarre«, sagte Seymour. »Fast alles Plastik. Eine Menge kleiner Teile, die ich einfach in meinen Hosentaschen verteile. Als du mich abgetastet hast, konntest du keine Waffe fühlen, weil keine da war – noch keine.« Er lachte. »Und dabei hältst du dich immer für so wahnsinnig schlau, du arroganter Wichser.«

Während Seymour noch redete, hatte der Carnivore sich flach auf den Rücken gelegt und war mir den Füßen voran um die Ecke gekrabbelt. Von der Stelle, an der Seymour sich versteckte, war ein leises Schlurfen zu hören. Offenbar bereitete er irgendeine Aktion vor.

Der Carnivore zog die Beine an und versetzte der ersten Kiste mit beiden Füßen einen so heftigen Tritt, dass sie gegen die zweite flog und diese wie eine Billardkugel wegspritzen ließ. Ein Aufstöhnen verriet ihm, dass er Seymour erwischt hatte.

Als der Carnivore aufsprang, taumelte Seymour gerade aus seiner Deckung und hob die Waffe. Im Lossprinten feuerte der Carnivore einen schnellen Schuss auf dessen Oberschenkel. Seymours Bewegung geriet für einen Moment ins Stocken, da rammte der Carnivore bereits aus vollem Lauf seine Schulter in ihn. Mit einem tiefen Knurren knallte Seymour auf den Boden.

Rasch fegte der Carnivore die Plastikpistole mit einem Fußtritt aus dem Weg, dann stand er über Seymour. »Keine Zeit für langes Abschiednehmen.« Er richtete die Waffe auf die Nasenwurzeln von Seymour.

Seymour starrte zu ihm hoch. Hier in dem weiten Flur war seine Gestalt plötzlich nicht mehr so eindrucksvoll, wirkte sein Bart eher weiß als grau. »Du warst schon immer rührselig.«

Der Carnivore schoss.

»Bestie, Bestie!«, kreischte Rosa Lewintschew, die gerade um die Ecke gerannt kam, auf Russisch und feuerte wild drauflos.

Eine Kugel streifte den Carnivore an der Seite. Andere schlugen neben ihm in die Holzkisten ein oder prallten von den Bodenfliesen ab. Der Carnivore duckte sich hinter eine Kiste.

»Runter mit der Pistole, Rosa!« Judds Ton war laut und befehlend. »Verflucht, hast du sie nicht mehr alle? Ich erschieße dich, wenn es sein muss! Her damit!«

Stille trat ein, dann klackerten Stöckelabsätze auf dem harten Boden. Vorsichtig richtete der Carnivore sich auf und sah, wie Judd die unbewaffnete Rosa in seine Richtung dirigierte. In der einen Hand hielt Judd die Waffe, die er dem Wachposten abgenommen hatte, in der anderen offenbar Rosas Pistole.

Tobend vor Wut und Trauer beschimpfte sie den Carnivore auf Russisch. Sie ging aufrecht, das Kinn hocherhoben. Tränen liefen ihr die Wangen herab. Ihre Hände hatte sie zu

Fäusten geballt, die sie jetzt wortlos gegen den Carnivore schüttelte.

»Ich habe Katia nicht getötet«, erklärte der Carnivore. »Das war Morgan. Und er hatte es auf Krot abgesehen, nicht auf sie, falls das einen Unterschied machen sollte. Ja, ich habe Seymour erschossen. Was hast du erwartet? Er hat den Preis bezahlt, den wir alle dafür zahlen müssen, wenn wir in unserem Geschäft versagen.«

Näher als Rosa konnte ein Mensch dem Bild einer rasenden Furie kaum kommen. In ihren blitzenden Augen schien blaues Feuer zu lodern. »Katia war mein einziges Kind. Ich habe meinen Mann geliebt. Du bist eine Bestie!«

Ihr Zorn machte dem Carnivore nichts aus. Was ihn stocken ließ, war ihre Trauer. »Ich habe auch meine Tochter verloren«, gestand er unvermittelt. »Sie war mein einziges Kind. Ich würde viel darum geben, sie zurückzubekommen.« Er betrachtete sie aufmerksam.

Sie starrte ihm stumm in die Augen. Er sah Verzweiflung in ihrem Blick, dann Hoffnungslosigkeit.

»Du willst, dass ich dich umbringe«, erkannte er plötzlich. »Ich töte nicht, um Menschen von ihrem Leid zu erlösen. Mach, dass du verschwindest!«

Ihre Miene verfinsterte sich. Sie trat einen Schritt auf ihn zu.

Judd stellte sich rasch wieder vor sie und hielt sie auf. »Raus hier!«, brüllte er ihr ins Gesicht. »Hau ab, solange du es noch kannst!«

Sie schien sich selbst wach zu rütteln. Ruckartig, als würde sie aus einer Trance erwachen, sah sie sich um und eilte dann den Weg zurück, den sie gekommen war.

Der Carnivore ging zu Seymour, durchsuchte dessen Taschen und zog einen kleinen Lederbeutel heraus, den er einsteckte. Ein Stück weiter bemerkte er einen Seitenausgang im Flur.

»Zeit für mich zu gehen.« Er joggte in Richtung Tür.

Judd rief: »Bosa, warte.«

Der Carnivore hatte bereits die Hand auf dem Türriegel. Er sah zurück. Auf dem zerfurchten Gesicht des Jüngeren lag neben aller Erschöpfung ein ernster Ausdruck. Irgendetwas musste noch geschehen sein.

»Hast du etwas von Eva gehört?«, erkundigte sich der Carnivore.

»Ja. Sie hat es geschafft.« Judd ging auf ihn zu. »Aber Morgan nicht.«

Der Carnivore seufzte. Plötzlich fühlte er sich alt. Morgan und er waren so lange zusammen gewesen, er hatte den alten Mann unwillkürlich lieb gewonnen. Und dennoch, Morgan hatte die Risiken gekannt. Der Carnivore musste einen Moment lang an sein eigenes zunehmendes Alter denken. »Ich nähere mich selbst dem Punkt, an dem ich mich zur Ruhe setzen muss«, gestand er. »Ich brauche jemanden, den ich als Nachfolger aufbauen kann. Ich möchte mein Wissen gerne weitergeben und habe schon eine Weile darauf gewartet, dem Richtigen zu begegnen. Du bist der Richtige dafür, Judd. Überleg es dir.« Er hob zwei Finger und tippte sich an die Schläfe.

Judd zögerte.

»Ich melde mich.« Der Carnivore riss die Tür auf und verschwand in der Dunkelheit.

DER CARNIVORE

Die Behauptung, Mord wäre noch nie eine Lösung gewesen, ist ebenso unzutreffend wie die Aussage, Verbrechen würden sich nicht bezahlt machen. Oder, dass Assassinen stets ein böses Ende finden.

George Fetherling, *The Book of Assassins*

89

Silver Spring, Maryland

Drei Monate waren vergangen. Der April hatte mildes Frühlingswetter gebracht, und um das alte Haus im Kolonialstil, das Eva und Judd gekauft hatten, blühten die Tulpen und Narzissen. Nach einigem Hin und Her waren sie zu dem Schluss gekommen, dass sie auch eine neue Umgebung brauchten, um ihr gemeinsames Leben zu gestalten.

Jetzt genossen sie hier ihre Ungestörtheit, die ausgedehnten Frühstücke am Vormittag und die gemeinsamen Abendessen vor dem Kamin bei einem guten Glas Wein. Die geruhsamen Tage und prickelnd sinnlichen Nächte waren Balsam für sie. Das war im ersten Monat nach ihrer Rückkehr noch alles ganz anders gewesen. Sie hatten vor dem Joint Intelligence Committee erscheinen müssen, das sie hinter verschlossenen Türen eingehend über die politische Situation im Irak und die Ereignisse rund um die Bombardierung der US-Botschaft befragte. Außerdem waren sie wiederholt gebeten worden, Regierungsstellen und in der Region engagierte Firmen mit Einschätzungen zum Irak, den Golfstaaten, dem Mittleren Osten oder dem Islam zu dienen. Sie hatten sich nicht einer dieser Anfragen verweigert und geholfen, wo sie konnten. Im Gegenzug war es Langley gelungen, ihre Beteiligung an den Geschehnissen und an deren Aufarbeitung zu verheimlichen, wobei es sich als nützlich erwies, dass sie unter den Decknamen Greg und Courtney Roman im Irak gewesen waren.

Judd hatte sich von Hilu auf der Museumsfeier in Bagdad rasch verabschiedet, und Hilu hatte anschließend über die Lautsprecheranlage verkündet, dass Tariq Tabrizi ein Betrüger war, der unter seinem wirklichen Namen Toma Asker als raffinierter Finanzexperte das Vermögen von Saddam versteckt hatte. Am nächsten Tag erschien die Polizei bei Tabrizi, um ihn zur Vernehmung abzuholen, aber da war er bereits abgetaucht.

Es wurde gemunkelt, Tabrizi habe sich für einen solchen Notfall bereits eine andere Identität zurechtgelegt. Anderen Gerüchten zufolge war er nachts auf Befehl des Ministerpräsidenten festgenommen und ins Abu-Ghuraib-Gefängnis verschleppt worden, wo er noch immer heimlich festgehalten wurde. Und zuletzt kursierte die Behauptung, die Familie von Saddam habe ihn entführt, da sie das Geld allein für sich beanspruchte und bis auf den letzten Cent wiederhaben wollte. Judd schätzte, dass es nie jemandem gelingen dürfte, dem Finanztrickser das Versteck der Milliarden zu entlocken, wenn daran selbst Seymour gescheitert war.

In all der Aufregung um den Granatenbeschuss der Botschaft und die Enthüllungen bei der Museumsgala erregte der Mord an Siraj al-Sabah kaum öffentliches Aufsehen. Was bedeutete schließlich in Bagdad eine Leiche mehr?

»Er ist da!« Eva stürmte mit wehenden Haaren und einem strahlenden Lächeln im Gesicht durch das Wohnzimmer. Sie war barfuß, hatte die Zehennägel knallrot lackiert und trug ein lässiges Outfit aus Trainingshose und Top.

»Ich komme.« Er schlug den Roman zu, den er gerade mit Vergnügen las – *Reel Stuff* von Don Bruns –, und eilte zu ihr an die Haustür.

Tucker Andersen schob seinen Rollator auf das Haus zu. Tucker war zwar schmaler als vor der Schussverletzung, und seine Koordination war noch nicht die beste, aber in seinen Augen lag wieder ein Leuchten, das alle wissen ließ, dass er noch lange nicht am Ende war. Neben ihm ging seine Frau Karen. Sie war einige Jahre jünger und einen halben Kopf größer, eine sportliche Erscheinung mit dem lässigen Gang eines Rennpferds. In ihrer Hand hielt sie Tuckers alte, ramponierte Aktentasche aus braunem Rindsleder.

Judd stieg die Eingangsstufen hinunter. »Schön, euch beide zu sehen. Macht ganz den Eindruck, als hätte Karen dich zu einem Friseurbesuch überredet, Tucker.«

Die grauen Nackenhaare, die gewöhnlich über Tuckers Kragen fielen, waren kaum zu sehen. Nur ein paar kleine Strähnchen lugten unter seiner Red-Sox-Kappe hervor.

Tucker warf ihm einen gequälten Blick zu. »Empfängt man so etwa einen heimkehrenden Krieger?«

»Heimkehrend von wo? Aus dem Coffeeshop?«

»Du hättest wohl gern einen Bagel gehabt, wie? Nein, ich kehre zurück aus Langley. Und ich habe reichlich Beute gemacht – Fotos und Neuigkeiten.«

Karen unterbrach ihn: »Hallo, Judd. Schön, dich zu sehen.«

Er umarmte sie und sagte dann zu Tucker: »Ich helfe dir die Stufen hoch.«

Überraschenderweise legte Tucker keinen Protest ein. Er durchlief noch seine Rehabilitation, war aber schon in der Lage, zu Hause zu wohnen. Die Prognosen waren gut. Den Großteil seiner Fähigkeiten sollte er wiedererlangen, aber es würde Zeit kosten.

Die vier nahmen am Esstisch Platz und tranken Tee und Kaffee. Es war eine herzliche, entspannte Runde mit Tucker und Karen, und Judd dachte, dass genau so sich ein Zuhause auch anfühlen sollte.

»Matt Kelley lässt beste Grüße ausrichten«, erzählte Tucker. »Er ist beeindruckt von dem, was ihr beide getan habt, und hat gesagt, ich könnte dich jederzeit einstellen, Judd.«

»Ich kann mir wirklich irre gut vorstellen, für Scott Bridgeman zu arbeiten«, sagte Judd. »Ja, da hätten wir bestimmt beide unseren Spaß.«

»In diesem Punkt musst du dir keine Sorgen machen, Scott hat gekündigt«, erklärte Tucker. »Er hat beschlossen, lieber für seinen Schwiegervater zu arbeiten, der irgendwas in Möbeln und Heimtextilien macht.«

»Heimtextilien?«, wiederholte Eva.

»Menschen brauchen Heimtextilien«, sagte Tucker. »Und er ist stellvertretender Geschäftsführer.«

»Wenn es ihm Spaß macht …« Karen lachte.

»Du musst dich von der Vorstellung verabschieden, du könntest von alldem die Finger lassen, Judd«, sagte Tucker. »Es ist gefährlich, die eigene Natur zu verleugnen.«

Judd sah ihn nur wortlos an. Innerlich kämpfte er mit sich. Tucker hatte recht, es lag in seiner Natur.

»Wer ist denn der neue Chef von Catapult?«, fragte Eva.

»Ich«, antwortete Tucker mit einem Seufzer. »In meinem Zustand kann ich einfach nicht mehr im Außendienst arbeiten. Laut Aussage der Ärzte könnte ich allerdings in ein paar Monaten so weit sein, hinter einem Schreibtisch zu sitzen. Immer noch besser, als sich irgendwo im Ruhestand aufs Sterben vorzubereiten.«

Eva griff über den Tisch und legte ihre Hand auf seine. »Eine gute Entscheidung. Freut mich für dich, Tucker. Und für Catapult auch. Wie steht's mit mir? Hat Matt auch gesagt, du könntest mich einstellen?«

Tucker nickte. »Hat er tatsächlich. Aber erst einmal heißt es für dich natürlich zurück zur Farm, wo sie dich gewiss ein wenig schikanieren werden. Es wird dir gefallen, da bin ich mir sicher.«

»Klar doch. Ordentlich schikaniert werden kann ich kaum erwarten.« Dennoch grinste Eva vergnügt. Aber dann sah sie fragend zu Judd hinüber.

Er behielt seine ausdruckslose Miene bei.

»Ich werde mit Judd darüber sprechen und mich dann bei dir melden«, sagte sie.

Judd atmete tief ein. Einen unangenehmen Moment lang fragte er sich, wie groß sein Mut wirklich war. Eben erst hatte ihm die Zusammenarbeit mit dem Carnivore erneut vor Augen geführt, wie vorteilhaft es war, Dinge, die getan werden mussten, zu erledigen, ohne in seinem Handeln von einem Vorgesetzten oder auch von gesetzlichen Vorschriften behindert zu werden. Allerdings wollte er nicht Teil der bürokratischen Geheimdienstwelt sein, nicht herumreisen und Menschen für Geld umbringen. Und trotzdem reizte ihn das Angebot des Carnivore.

Tucker sprach zu ihm. »Solltest du deine Meinung noch ändern, Judd, würden wir uns freuen, dich in unserem Team zu begrüßen. Ich habe aber noch andere Neuigkeiten für euch. Letzten Monat hat jemand bei Catapult ein Paket abgelegt. Es war nur in braunes Packpapier geschlagen, ohne jeden Absender. Nachdem die Bombenjungs festgestellt hatten, das es nicht tickt, haben wir es geöffnet und darin sämtliche Teile der Keilschrifttafel gefunden.«

»Das war der Carnivore«, sagte Eva.

Tucker nickte. »Das denken wir auch. Anonym, geheimnisvoll und einen Hauch unheimlich. Ja, das passt zu ihm. Außerdem war er derjenige, der zuletzt alle Teile in seinem

Besitz hatte. Es lag ein nicht unterzeichnetes Schreiben dabei, in dem darum gebeten wurde, die Tafel zusammenzufügen, zu übersetzen und sie dann dem Irakischen Nationalmuseum zurückzugeben.«

»Mein Gott, jetzt wird der Carnivore schon zum Wohltäter«, sagte Eva. »Kein Wunder, dass die Spende anonym erfolgte.«

»Was hat er selbst von diesem Schritt?«, überlegte Judd.

»Die Frage habe ich mir auch schon gestellt«, erwiderte Tucker. »Eine Antwort ist mir bislang nicht eingefallen, aber eine mögliche Übersetzung habe ich. Und die führt tatsächlich zu einem zeitgenössischen Schatz. Saddam hat jemanden mit der Anfertigung der Tafel beauftragt, und dieser Jemand war immerhin so geschickt, uns alle glauben zu lassen, die Tafel sei Tausende Jahre alt. Hier sind die Ergebnisse der Untersuchung.«

Karen reichte ihm seine Aktentasche, aus der er ein halbes Dutzend 20 x 25 cm große Farbfotos zog, die er auf dem Tisch ausbreitete. Sie zeigten aus verschiedenen Winkeln das Modell einer antiken Stadt, die aus glänzendem Gold zu bestehen schien.

Eva atmete hörbar ein. »Wahnsinn.«

»Im Jahre 1982 beschloss Saddam die antike Stadt Babylon wieder so aufzubauen, wie sie etwa fünfhundert Jahre zuvor in ihrer Blütezeit ausgesehen hatte.« Tucker deutete auf die betreffenden Fotos, während er über zwei riesige Paläste, breite Boulevards, Märkte, Wohnhäuser, Plätze, Amtssitze, Gerichtsgebäude und die legendären Hängenden Gärten sprach.

»Die Hängenden Gärten zählten zu den Sieben Weltwundern der Antike«, erinnerte Karen sie. »Und Babylon war Regierungssitz der mesopotamischen Königshäuser.«

»Das Modell zeigt die Stadt, die Saddam geplant hatte«, fuhr Tucker fort. »Aus irgendeinem Grund hielt er sich für einen direkten Nachkommen von Nebukadnezar dem Zweiten, dem wahrscheinlich mächtigsten babylonischen Herrscher. Er begann sein Rekonstruktionsvorhaben mit dem sechshundert Zimmer großen Palast des Königs, den er ausgerechnet über einer archäologisch bedeutsamen Fundstelle errichten ließ, an der noch keine umfassenden Ausgrabungen erfolgt waren. Außerdem wich er von einer originalgetreuen Wiederherstellung des Palastes ab und brachte eigene Ideen ein. So waren auf den ursprünglich verbauten Ziegeln Huldigungen an Nebukadnezar eingeritzt, und Saddam befahl seinen Arbeitern jetzt, neue Ziegel herzustellen mit der Inschrift: ›Aus der Zeit von Saddam Hussein, dem Beschützer des Irak, der Hochkultur und Babylon wiedererschuf.‹ Keine zehn Jahre später bekamen die neuen Ziegel bereits Risse.«

Eva schüttelte den Kopf. »Sinnbildhaft für Saddam selbst. Und die Keilschrifttafel hat zu diesem Modell geführt. Unglaublich, oder?«

»Rechnet man das Gold, die künstlerische Gestaltung und das handwerkliche Geschick dazu, und natürlich die Tatsache, dass es sich bei dem Modell angeblich um eine historische Rekonstruktion handelt, dann ist es sicherlich die zwölf Millionen Dollar wert, die den Assassinnen genannt worden waren«, sagte Tucker. »Während das Goldmodell auf Befehl Saddams in der Wüste nahe Babylon vergraben wurde, behielt er die Tafel, bis Babylon fertiggestellt war. Dann wollte er mit ihrer Hilfe eine öffentliche Sensation inszenieren, um Touristen anzulocken.«

Eva lehnte sich zurück. »Und was geschieht jetzt mit dem Modell?«

Karen sammelte die Fotos wieder ein. »Es wird im Irakischen Nationalmuseum ausgestellt werden. Dort sind sie hocherfreut darüber, denn das Modell wird bestimmt ein prächtiger Publikumsmagnet, genau wie Saddam es geplant hatte.«

Eva schenkte noch einmal Kaffee und Tee nach und servierte Chocolate Chip Cookies, die sie am Morgen gebacken hatte. Eine weitere Stunde verging bei ungezwungener Unterhaltung. Dann wurde Tucker immer stiller, und jeder konnte sehen, dass seine Kräfte nachließen. Sein Gesicht wirkte abgespannt, seine Hände zitterten.

»Es wird Zeit heimzufahren«, erklärte Karen.

Judd und Eva begleiteten sie noch vor die Tür und winkten zum Abschied. Dann legte Judd den Arm um Eva, und sie gingen wieder hinein.

»Ich bin froh, dass Tucker weitermacht«, sagte Eva zu ihm. »Ich glaube, es würde ihn umbringen, wenn er das nicht könnte.«

»Und was wirst du tun?«

»Ich würde gerne zurück auf die Farm und meine Ausbildung abschließen. Aber wir sind jetzt ein Paar, und es ist eine wichtige Entscheidung. Und wichtige Entscheidungen, sollten wir gemeinsam treffen, denkst du nicht auch?«

Eine bedrückende Unruhe befiel ihn. Das war eins der Probleme mit Eva – sie war nicht so selbstsüchtig wie er. »Ich denke, du solltest es tun«, sagte er fest. »Es wird dich glücklich machen.«

»Am glücklichsten macht es mich, wenn wir zusammen sind.« Sie trat einen Schritt zurück und betrachtete ihn. »Was geht im Innern dieses Kopfes vor, Judd? Du siehst so bekümmert aus.«

Er nahm sie in die Arme und zog sie zu sich. Ihre Haare

rochen so frisch. Tief saugte er ihren Duft ein. Wenn er sich entschied, für den Carnivore zu arbeiten, würde sich alles für sie ändern. »Wir sollten einfach unser Leben genießen, wie es ist. Du hast eine wichtige Entscheidung getroffen, aber ich muss derzeit noch keine fällen. Vielleicht sogar nie.«

Auf der anderen Straßenseite parkte einige Häuser weiter ein dreckiger Ford-Kleinbus. Es war ein älteres Modell, das sich in nichts von vielen Tausend anderen im Einzugsgebiet der Stadt unterschied. Der einzige Insasse saß im Fond an einem abgedunkelten Fenster und zielte mit einem Richtmikrofon samt Demodulator auf das große Panoramafenster in dem Haus, das Judd Ryder und Eva Blake bewohnten.

Er nahm sein Smartphone und rief seinen langjährigen Chef Alex Bosa an. »Sie geht zurück zur CIA.«

»Und was ist mit Judd?«

»Er scheint sich aus allem heraushalten zu wollen.«

»Noch. Das wird sich ändern.«

Danksagung

Ich zähle zu den glücklichsten Autoren auf diesem Erdball. Nicht nur liebe ich meine Arbeit, ich bin zudem von fantastischen Menschen umgeben, die mich beim Schreiben unterstützen. Ganz besonders zu Dank verpflichtet bin ich jenen, die das gesamte Manuskript mehrere Male gelesen und kommentiert haben, so meiner Lektorin Keith Kahla, meiner Literaturagentin Lisa Erbach Vance, der freischaffenden Lektorin Frances Jalet-Miller und meiner Schriftstellerkollegin und guten Freundin Melodie Johnson Howe.

Glück hatte ich auch nach meinem letzten Roman und dem Tod meines Ehemanns Dennis Lynds, denn ich begegnete und verliebte mich in John C. Sheldon, mit dem ich inzwischen seit einigen Jahren verheiratet bin. John ist ein beeindruckender Mensch, der eine Karriere als Staatsanwalt, Strafverteidiger und Richter hinter sich hat und der noch heute wissenschaftliche Artikel für juristische Fachzeitschriften schreibt. Er ist zudem schon seit Langem ein leidenschaftlicher Leser. Niemals hätte ich geahnt, dass er sich bei der Ideenfindung wie beim Überarbeiten als Hilfe von solch unschätzbarem Wert erweisen würde. Mittlerweile haben wir bereits drei Short Stories gemeinsam verfasst. Bei der Lektüre von *Kartell der Angst* werden Sie nicht bemerken, welchen Einfluss er auf jede einzelne Seite ausgeübt hat, aber ich versichere Ihnen: Er hat es.

Meine Familienmitglieder bilden weiter eine nicht versiegende Quelle der Hilfe und Inspiration. Sie tragen Ideen an mich heran, beantworten Fragen und sind für mich da, wenn es wirklich zählt. Mein tiefster Dank geht an Julia Stone und Kari Timonen, Paul Stone und Katrina Baum, Deidre Lynds und Hudson Bunce, Katie Lynds, Emily Sheldon und Trevor Ross, Jim Sheldon und Vandy Say sowie Heather und Craig Geikie. Und natürlich an unsere wundervollen Enkel, die alle viel zu schnell groß werden: Sophia Stone, Finn Timonen, Duncan Geikie und Ian Geikie.

Mein Verleger ist schon seit vielen Jahren St Martin's, wo Büchermachen tatsächlich noch geschätzt wird. Besonders dankbar bin ich hier Hannah Braaten, Melissa Hastings, Paul Hochman, Kelsey Lawrence, Carolyn McBroom, Justin Velella und der bemerkenswerten Sally Richardson.

Ebenfalls großzügig unterstützt haben mich unter anderem Nancy Colahan, Julian Dean, Celine Godin, Tara und Dominique Harbeck, Bethany Hays, Bones Howe, Elizabeth Huebnor, Randi und Doug Kennedy, Sarah Ketcham, Phillip Kowash, Dan Lord, Bill und Carol McDonald, Cathy McDonald, Jason Merry, Melinda Molin, David und Donna Morrell, Monika Mozdzynski, Elaine und George Russell, Kathleen Sharp und Ray Briare sowie Pam und Frank Smith.

Ich hoffe, *Kartell der Angst* wird Ihnen gefallen.